스위트 투스

SWEET TOOTH
by Ian McEwan

이 도서의 국립중앙도서관 출판예정도서목록(CIP)은
서지정보유통지원시스템 홈페이지(http://seoji.nl.go.kr)와
국가자료종합목록 구축시스템(http://kolis-net.nl.go.kr)에서 이용하실 수 있습니다.
(CIP제어번호: CIP2020038423)

SWEET
TOOTH

IAN
McEWAN

스위트 투스

이언 매큐언
장편소설

민승남 옮김

문학동네

크리스토퍼 히친스(1949~2011)에게

이번 조사에서 명백한 악인을

단 한 사람이라도 만날 수 있었더라면 좋았을 텐데.

—티머시 가턴 애시, 『파일』

차례

1

내 이름은 세리나 프룸('플룸plume'과 운이 맞게 발음한다)이고, 사십여 년 전 영국 보안정보국의 비밀 임무 수행을 위해 파견되었다. 나는 무사히 복귀하지 못했다. 보안정보국에 들어간 지 십팔 개월 만에 망신당하고 사랑하는 사람을 파멸시키고서 해고되었다. 분명 그 사람이 제 무덤을 판 측면도 있지만.

유년기와 십대 시절 이야기로 시간을 많이 허비하지는 않겠다. 성공회 주교의 딸인 나는 잉글랜드 동부의 매력적인 소도시에 위치한 교회 경내에서 여동생과 함께 자랐다. 우리집은 온화하고, 윤이 나고, 질서정연하고, 책이 가득했다. 그런대로 금슬이 좋았던 부모는 나를 사랑했고 나도 부모를 사랑했다. 동생 루시와는 일 년 반 터울로 사춘기 때는 앙칼지게 싸웠지만 앙금은 없었고 어른이 되어서는 더 가까워졌다. 아버지의 신앙심은 유연하고 합리적이어서 우리 삶에 별로 개입하지 않으면서도, 교회의 서열 사다리를 순조롭게 올라가 우리를 안락한 앤여왕 양식의 집에서 살게 해주기에 충분했다. 그 집에서는 오래된 다년초 화단들이 있는, 담장에 둘러싸인 정원이 내다보였는데, 이 다년초 화단들은 식물을 좀 안다 하는 사람들 사이에서 유명했고, 지금도 그렇다. 그렇듯 모든 게 안정적이고, 부러움을 살 만하며, 목가적이기까지 했다. 우리는 벽이 쳐진 정원에서 그것이 암시하는 모든 즐거움과 한계를 지닌 채 자랐다.

60년대 말이 밝아왔으나 우리 삶이 혼란에 빠지지는 않았다. 나는 아플 때를 제외하곤 그래머스쿨을 하루도 빼먹지 않았다. 십대 후반에 이른바 진한 애무와 담배, 알코올, 약간의 해시시, 로큰롤 레코드, 더 화사한 색깔들과 어느 모로 보나 더 따뜻한 관계들이 정원 담장을 슬그머니 넘어왔다. 열일곱 살의 나와 친구들은 소심하면서도 기꺼이 반항적이 되었으나, 그러면서도 학교 숙제를 하고 불규칙동사와 방정식, 소설 속 인물들의 모티프를 암기하고 쏟아냈다. 우리는 불량소녀를 자처하고 싶었지만 사실 모범생 쪽이었다. 1969년의 흥분된 분위기가 좋았다. 그건 우리가 조만간 다른 곳에서 교육을 받기 위해 집을 떠나게 되리라는 기대와 떼려야 뗄 수 없었다. 나의 첫 십팔 년 동안 이상하거나 끔찍한 일은 전혀 없었으니 그 시절은 건너뛰겠다.

내 마음대로 할 수 있었다면 집에서 북쪽이나 서쪽으로 멀리 떨어진 지방대학에 가서 느긋하게 영문학을 공부하는 길을 택했을 것이다. 나는 소설 읽는 걸 좋아했다. 책 읽는 속도가 빨라서—일주일에 두세 권은 가뿐히 읽어치웠다—삼 년간 책이나 읽으며 지냈으면 좋았을 것이다. 하지만 당시 나는 여학생인데도 수학적 재능이 있어서 별종으로 여겨졌다. 그 과목에 흥미도 없고 즐거움도 거의 느끼지 못했지만, 최고인 게 좋았고 별로 힘들이지 않고도 그 자리에 오를 수 있었다. 나는 어떻게 답을 구했는지 알기도 전에 문제의 답을 알았다. 친구들이 끙끙대며 계산하는 동안, 정답을 향한 얼마간은 시각적이고 얼마간은 직감인 일련의 떠돎의 단계를 거쳐 해결에 이르렀다. 내가 아는 걸 어떻게 아는지 설명하기란 어려운 일이었다. 확실히 수학 시험이 영어 시험보다 훨씬 쉬웠다. 마지막 학년에는 학교 체스팀 주장이 되었다. 당시 여학생이 인근 학교로 원정을 가서 거들먹거리며 히죽거리는 보잘것없는 남학생을 무너뜨리는 것이 어떤 의미인지 이해하려면 역사적 상상력을 약간 동원해야 할 것이다. 하지만 내게 수학과 체스는 하키, 주름치마, 찬송가와 더불어 그저 고등학교에서나 하는 활동이었다. 대학 지원에 대해 생각하기 시작하면서 그런 유치한 것들은 한옆으로 치워버려야 할 때가 되었다고 생각했다. 하지만 그건 어머니를 고려하지 못한 생각이었다.

어머니는 교구사제의 아내, 그다음에는 주교의 아내로서 그 전형이랄까 패러디 같은 사람이었다. 교구민들의 이름, 얼굴, 고민거리에 대한 가공할 만한 기억력, 에르메스 스카프를 두르고 당당하게 거리를 걸어가는 모습, 가정부와 정원사를 대하는 친절하면서도 단호한 태도에 이르기까지. 그녀는 어느 계층에나 무슨 비결을 써서라도 흠잡을 데 없는 매력을 발휘했다. 교회 지하실에서 열리는 '어머니와 아기 모임'에 오는 공영주택단지 출신의 표정이 굳은 골초 여자들과도 얼마나 스스럼없이 대화를 나누었는지 모른다. 우리집 응접실에서 바나도 고아원 아이들을 발치에 앉혀놓고 크리스마스이브 이야기를 읽어줄 때는 아이들을 완전히 사로잡았다. 캔터베리 대주교가 복원된 교회 세례반을 축성한 뒤 차와 자파 오렌지 케이크를 먹으러 들렀을 때는 타고난 권위를 발휘해 그를 편안하게 해주었다. 그가 머무르는 동안 루시와 나는 아래층으로 내려오면 안 되었던 것이다. 이 모든 것은 아버지의 이상에 대한 완전한 헌신, 복종과 결합되어 있었고, 그게 어려운 부분이었다. 어머니는 아버지를 격려하고, 섬기고, 어떤 경우에도 불편함이 없게 해주었다. 상자에 정리해둔 양말과 옷장에 걸린 다림질한 중백의부터 먼지 한 톨 없는 서재,

아버지가 설교문을 쓸 때면 집안에 감돌던 토요일의 심오한 정적까지. 그 대가로 어머니가 요구한 건—물론 내 추측이지만—아버지가 자신을 사랑해주는 것, 혹은 최소한 자기 곁을 떠나지 않는 것뿐이었다.

하지만 내가 어머니에 대해 미처 몰랐던 건 관습적인 겉모습 아래 페미니스트의 작고 단단한 씨앗이 깊숙이 묻혀 있다는 사실이었다. 어머니가 그 단어를 입에 올린 적은 결코 없지만 그렇다고 달라지는 건 없었다. 나는 어머니의 확신이 놀라울 뿐이었다. 어머니는 케임브리지대학에 가서 수학을 공부하는 것이 여성으로서 내 의무라고 말했다. 여성으로서? 당시에, 우리 환경에서는 아무도 그런 말을 하지 않았다. 어떤 여자도 '여성으로서' 뭔가를 하지는 않았다. 어머니는 내가 재능을 낭비하는 꼴은 못 본다고 말했다. 나는 탁월한 능력을 발휘해 비범한 인물이 될 거고, 과학이나 공학이나 경제 분야에서 제대로 된 직업을 가져야 했다. 어머니는 '세상과 굴' 같은 진부한 표현*까지 동원했다. 나는 똑똑하고 아름다운데 루시는 그렇지 못한 건 동생에게 불공평하다고, 내가 큰 뜻을 품지 않는다면 그 불공평을 가중시키는 짓이라고 했다. 나로서는 이해할 수 없는 논리였지만 아무 말도

* The world is your oyster, '세상은 너의 것이다'라는 뜻의 관용어.

하지 않았다. 어머니는 내가 대학에 가서 영문학이나 읽고 기껏 해야 자신보다 약간 더 배운 주부가 된다면 나도, 그녀 자신도 용서하지 못할 거라고 말했다. 나는 인생을 낭비할 위험이 있었다. 그것이 어머니의 말이었고, 그 말은 어머니 자신을 향한 것이기도 했다. 어머니가 자기 운명에 대한 불만을 표현하거나 암시한 건 그때가 처음이자 마지막이었다.

그다음에 어머니는 아버지—루시와 내가 '주교님'이라고 부르는—의 힘을 빌렸다. 어느 날 오후 학교에서 집으로 돌아오자 어머니가 아버지 서재로 가보라고 했다. 책상에 앉은 아버지가 콧노래를 부르면서 종이를 뒤적거리며 생각을 정리하는 동안, 나는 학교 문장紋章과 장식된 모토—니시 도미누스 바눔*—가 새겨진 초록색 교복 재킷을 입고 부루퉁한 얼굴로 사교클럽 스타일 가죽 안락의자에 축 늘어져 있었다. 재능에 관한 우화나 듣겠거니 싶었는데, 아버지는 놀랍고도 실용적인 태도를 취했다. 그는 조사를 좀 했다고 했다. 케임브리지는 '현대 평등 사회에 문호를 개방하고 있다'는 인식을 얻기 위해 애쓰고 있었다. 그러니 삼중의 역경—그래머스쿨 출신에 여학생이며 남학생들만 진학하는 전공을 선택한—을 짊어진 나도 케임브리지에 들어갈 게

* '주님 없이는 모든 것이 헛되도다'라는 뜻의 라틴어.

확실했다. 하지만 만일 내가 거기 영문학과를 지원한다면(그럴 의도도 없었는데, 주교님은 늘 세부적인 것에 약했다) 훨씬 힘든 시간을 보내게 될 거라고 했다. 일주일 전 어머니는 교장과 얘기를 끝낸 터였다. 특정 과목 선생들이 동원되어 그들의 주장에 우리 부모의 것까지 보태서 나를 설득했고, 물론 나는 굴복할 수밖에 없었다.

그리하여 행복하게 지낼 수 있었을 더럼이나 애버리스트위스에 가서 영문학을 읽겠다는 야심을 포기하고 케임브리지 뉴넘칼리지*에 진학했고, 트리니티칼리지에서 진행된 첫 개별지도 수업시간에 나의 수학적 재능이 얼마나 평범한지 깨달았다. 나는 첫 학기부터 낙담해 학교를 그만둘 뻔했다. 매력도 없고 공감이나 언어 생성 능력 같은 인간적 자질도 없는 얼빠진 남학생들이, 내가 체스 경기에서 박살낸 멍청이들의 더 똑똑한 사촌들이, 자신에게는 당연한 개념들을 붙들고 씨름하는 나를 힐끔거렸다. "아, 조용한 프룸 양." 한 교수는 내가 화요일 아침 강의실에 들어갈 때마다 이렇게 빈정거리며 외쳤다. "세레니시마.** 파란 눈의 여인! 이리 와서 우리를 깨우쳐주오!" 교수와 동급생들은 내

---

* 케임브리지에서 두번째로 오래된 여자대학.

** '가장 조용한'이라는 뜻의 이탈리아어.

가 어깨뼈 아래까지 고불고불한 금발이 흘러내리고 미니스커트를 입은 예쁜 여학생이라는 바로 그 이유로 좋은 성적을 낼 수 없으리라 생각하는 게 분명했다. 사실 내가 성적이 좋지 못했던 건 거의 모든 다른 인간과 마찬가지로 수학을 잘 못해서였다—이곳 수준에서는 말이다. 나는 영문과나 불문과, 하다못해 인류학과로라도 옮기려고 기를 썼지만, 어디에서도 받아주지 않았다. 당시에는 학칙이 엄격히 준수되었다. 길고 불행한 이야기를 짧게 줄이자면, 나는 끝까지 버텼고 결국 3등급*으로 학업을 마쳤다.

유년기와 십대 시절을 쏜살같이 지나왔다면, 대학 시기는 요약해서 말하겠다. 나는 태엽 감는 축음기를 가지고든 안 가지고든 뱃놀이를 한 적이 없고, 각광** 공연을 보러 간 적이 없을뿐더러—연극은 나를 당혹스럽게 한다—가든하우스 폭동***에서 체포된 적도 없었다. 하지만 첫 학기에 처녀성을 잃었고, 그후로도 대체로 말없이 서투르게 하는 식이다보니 첫 경험만 몇 번이나 하는 듯했으며, 섹스를 어떻게 정의하느냐에 따라 아홉 학기 동안 여섯도, 일곱도, 여덟도 될 수 있는 남자친구와 연달아 즐겼

---

* 영국 대학 졸업성적의 최하 등급.

** Footlights, 케임브리지대학의 대표적인 학생극단.

*** 1970년 2월 케임브리지 가든하우스호텔에서 일어난 시민폭동으로, 영국 학생운동의 분수령이 되었다.

다. 그리고 뉴넘 여학생들 중에서 좋은 친구도 몇 명 사귀었다. 테니스를 치고 책을 읽었다. 어머니 덕에 엉뚱한 과목을 공부하고 있었지만 독서를 중단하지는 않았다. 시는 별로 읽지 않고 희곡은 한 편도 읽지 않았지만, 매주 과제로 『미들마치』나 『허영의 시장』에 관한 에세이를 쓰느라 진땀 빼는 대학 친구들보다 소설 읽는 즐거움을 더 많이 누릴 수 있었던 듯하다. 그런 책들을 후딱 읽고 혹시라도 내 기초적인 수준의 담론을 참고 들어줄 수 있는 사람이 옆에 있으면 책에 대해 떠들어댔고, 그러고 나서 다른 책으로 넘어갔다. 내게 독서는 수학에 대한 생각을 하지 않는 방법이었다. 거기서 더 나아가(혹은 덜 나아가는 건가?), 생각을 하지 않는 방법이었다.

내가 책을 빨리 읽는다는 이야기는 이미 앞에서 했다. 『지금 우리가 사는 법』의 경우 오후에 침대에 누워서 나흘 만에 읽었다! 나는 글을 뭉텅이로, 단락을 통째로 한눈에 집어삼킬 수 있었다. 시선과 생각이 밀랍처럼 유연하게 움직여 그 페이지의 느낌을 곧장 받아들이는 식이었다. 나는 몇 초마다 조급하게 손목을 놀려 책장을 넘겨서 주위 사람들을 짜증나게 만들었다. 내 욕구는 단순했다. 주제나 절묘한 문구에 그다지 연연하지 않았고 날씨, 풍경, 실내장식에 대한 세세한 묘사는 건너뛰었다. 믿을 수 있는 등장인물들을 원했고, 그들에게 무슨 일이 일어날지 알고 싶어지기를 원했다. 대개는 등장인물들이 사랑에 빠지고 사랑이 끝나는 걸 선호했지만, 그들이 다른 걸 시도해도 크게 개의치 않았다. 통속적이긴 해도 마지막에 누가 '나랑 결혼해줘'라고 말하며 끝나는 게 좋았다. 여자들이 등장하지 않는 소설은 생명 없는 사막 같았다. 그래서 키플링과 헤밍웨이의 소설 대부분과 마찬가지로 콘래드는 내 고려 대상이 아니었다. 명성에 좌우되지도 않았다. 아무 책이나 눈에 띄는 대로 읽었다. 싸구려 통속소설과 위대한 문학작품과 그 사이의 모든 책—나는 그것들을 똑같이 거칠게 다루었다.

어떤 유명한 소설이 이렇게 간결하게 시작할까? "그녀가 도착한 날 기온이 32도를 찍었다."* 아주 효과적이지 않은가? 모르겠나? 내가 『인형의 계곡』이 제인 오스틴이 쓴 어느 작품 못지않게 훌륭하다고 말하자 영문학을 전공하는 뉴넘 친구들은 재미있어 했다. 그들은 웃음을 터뜨렸고, 몇 달 동안 나를 놀렸다. 수잰의 작품을 단 한 줄도 읽어보지 않았으면서 말이다. 하지만 누가 신경이나 썼을까? 낙제한 수학도의 미숙한 견해에 누가 정말로 관심을 가졌을까? 나도 아니고 내 친구들도 아니었다. 적어도 그 정도로 나는 자유로웠다.

---

* 재클린 수잰의 『인형의 계곡』 첫 문장.

대학 시절 독서 습관이 탈선은 아니었다. 그 책들 덕에 정보기관에서 일하게 되었으니까. 졸업반 때 친구 로나 켐프가 『?쿠이스*?』 라는 주간지를 만들었다. 그런 잡지가 십여 개씩 생겼다 없어졌지만, 그녀의 잡지는 고급과 저급의 혼합이라는 점에서 시대를 앞서갔다. 시와 팝 음악, 정치이론과 가십, 현악사중주와 학생 패션, 누벨바그와 풋볼. 십 년 후 그 공식은 어디서나 보게 되었다. 로나가 창안자는 아닐지라도 그 매력을 알아본 선구자 중 하나였다. 그녀는 『타임스 리터러리 서플먼트』를 거쳐 『보그』로 갔다가 맨해튼과 리우에서 새 잡지들을 만들면서 선정적인 부침을 겪게 된다. 그녀의 첫 잡지 이름의 이중 물음표는 11호까지 발행을 보장해준 하나의 혁신이었다. 내가 수잰에 매료되었던 때를 기억하고 있던 그녀가 '지난주에 읽은 책'이라는 제목의 고정란을 맡겼다. '수다 떠는 듯하면서 잡식성의' 책 소개여야 했다. 식은 죽 먹기였다! 나는 말하듯이 글을 썼고, 대개는 방금 후딱 읽은 책의 줄거리 요약에 그쳤으며, 이따금 의견을 제시할 때는 의식적인 자기 패러디로 느낌표를 연달아 찍어 강조했다. 두운으로 장식된 나의 가벼운 산문은 좋은 반응을 얻었다. 두어 번 길에서 모르는 사람이 다가와 그런 말을 해주었고, 경박한 수

* quis, '누구, 누가'라는 뜻의 라틴어.

학 교수까지도 칭찬해주었다. 내가 명성이라는 달콤하고 아찔한 묘약의 맛에 가장 가까이 다가간 경험이었다.

그렇게 대여섯 편의 경쾌한 글을 쓴 후 일이 꼬이고 말았다. 작은 성공을 거둔 많은 작가가 그러듯 나는 스스로를 너무 진지하게 받아들이기 시작했다. 정식으로 교육받지 않은 취미를 가진 학생이던 나는, 바야흐로 무언가에 사로잡히기를 고대하는 공허한 상태였다. 내가 읽고 있던 몇몇 소설에서처럼 이상형의 남자가 나타나 그에게 정신없이 빠져들기를 기다리고 있었다. 내 이상형은 엄격한 러시아인이었다. 나는 한 작가와 주제를 발견했고 열성팬이 되었다. 그리하여 갑자기 하나의 테마를, 설득의 임무를 갖게 되었다. 나는 장황한 고쳐쓰기에 탐닉하기 시작했다. 종이에 대고 곧장 말하는 대신 두번째, 세번째 초고를 썼다. 나의 소견으로, 내 글은 중요한 공익사업이었다. 밤중에 일어나 단락을 통째로 삭제하고 원고에 화살표와 말풍선을 그려넣었다. 나는 권위적인 태도를 취했다. 대중적 인기가 떨어질 걸 알았지만 신경쓰지 않았다. 인기의 감소는 내 생각이 옳았음을 보여주며, 내가 치러야 할 영웅적 대가였다. 그동안 엉뚱한 사람들이 내 글을 읽고 있었던 거니까. 로나가 불평했을 때도 아랑곳하지 않았다. 사실 내 정당함이 입증된 느낌이었다. "이건 수다 떠는 듯한 글이 아냐." 어느 날 오후 코퍼 케틀 카페테리아에서 그녀가 내 원고를 돌려주며 냉랭하게 말했다. "우리가 합의했던 것과 다르잖아." 그녀의 말이 옳았다. 분노와 다급함에 내 관심사가 좁아지고 스타일이 파괴되는 동안 경쾌함과 느낌표들이 사라졌으니까.

나의 내리막길은 길런 에이킨의 새 번역으로 나온 알렉산드르 솔제니친의 『이반 데니소비치의 하루』를 읽으면서 보낸 오십 분과 함께 시작되었다. 이언 플레밍*의 『옥터퍼시』를 읽고 나서 곧바로 집어든 책이었다. 무자비한 전환이었다. 나는 소련 강제노동수용소에 대해 아무것도 몰랐고 '굴라크'**란 말을 들어본 적도 없었다. 교회 경내에서 자란 내가 공산주의의 잔인한 부조리에 대해, 용감한 남자들과 여자들이 황량하고 외딴 유형지에서 어떻게 하루하루 살아남을 궁리만 하며 지내게 되었는지에 대해 무엇을 알았겠는가? 수십만 명이 이국땅에서 조국을 위해 싸웠거나, 전쟁 포로가 되었거나, 당간부의 비위를 거슬렀거나, 당간부이거나, 안경을 쓰거나, 유대인이나 동성애자나 소를 소유한 농부나 시인이라는 이유로 시베리아의 불모지에 보내졌다. 이 모든 인간성 상실에 대해 누가 발언하고 있나? 그전까지 나는 정

* 007시리즈의 원작자.

** '교정(矯正)노동수용소 관리본부'의 약칭.

치 문제를 고민한 적이 없었다. 구세대의 주장들과 환멸에 대해 아는 게 없었다. '좌익 반대파'라는 말도 들어보지 못했다. 학교 공부 외의 배움은 가외로 하는 수학 공부와 문고판 소설들에 한정되어 있었다. 나는 순진했고 내 격노는 도덕적이었다. '전체주의'라는 말을 쓰지 않았고 심지어 들어본 적도 없었다. 들었다 해도 술을 거절하는 일과 관련있겠거니 짐작했을 것이다.* 나는 장막 너머를 보고 있다고, 알려지지 않은 전선에서 특보를 전하며 신기원을 열고 있다고 믿었다.

일주일 안에 솔제니친의 『제1원』을 읽었다. 그 제목은 단테에서 가져온 것이었다.** 단테의 지옥 제1원은 그리스 철학자들을 위해 마련된 곳으로, 지옥의 고통을 막아주는 담장에 둘러싸인 정원이었으며, 그 즐거운 정원에서 도망치거나 천국에 접근하는 일은 금지되었다. 나는 모든 사람이 과거의 나처럼 무지할 거라고 여기는 광신자의 우를 범했다. 내 글은 장광설이 되었다. 독선적인 케임브리지는 동쪽으로 5000킬로미터 떨어진 곳에서 무슨 일이 일어났고 여전히 진행중인지 모르지 않는가? 식량배급 행렬과 끔찍한 옷, 여행 제한이 있는 이 실패한 유토피아가 인간

---

* 전체주의(totalitarianism)와 금주가(teetotal)의 발음이 비슷하기 때문이다.
** 단테의 『신곡』에서 지옥의 최상위층으로 그리스도 탄생 이전의 고대인이나 아기 등 세례는 받지 못했으나 선한 사람들이 가는 림보를 가리킨다.

정신에 끼치고 있는 폐해를 깨닫지 못하지 않았는가? 그렇다면 무엇이 행해져야 할까?

『?쿠이스?』는 내 반공주의 글을 네 번은 참아주었다. 나의 관심은 케스틀러의 『한낮의 어둠』, 나보코프의 『벤드 시니스터』, 그리고 미워시의 훌륭한 보고서 『사로잡힌 마음』으로 이어졌다. 나는 또한 오웰의 『1984』를 세상에서 가장 먼저 이해한 사람이었다. 하지만 마음은 늘 첫사랑인 알렉산드르 솔제니친에게 가 있었다. 그리스정교회 돔처럼 솟은 이마, 시골 목사 같은 쐐기 모양 턱수염, 굴라크가 부여한 엄숙한 권위, 정치가들에 대한 굳건한 면역력. 그의 종교적 신념조차 나를 막을 수 없었다. 그가 인간은 신을 잊었다고 말했을 때도 나는 그를 용서했다. 그가 신이었으니까. 누가 그에게 필적할 수 있겠는가? 누가 그의 노벨상을 부정할 수 있겠는가? 나는 그의 사진을 들여다보며 그의 연인이 되기를 갈망했다. 어머니가 아버지에게 그랬듯이 나도 그를 섬길 수 있었다. 양말 정리? 그의 앞에 무릎 꿇고 앉아 발도 닦아줄 수 있었다. 그것도 혀로!

당시에는 소비에트 체제의 부당성에 대해 곱씹는 것이 서구 정치인들과 신문사설 대부분의 관례였다. 대학생활과 정치라는 맥락에서 보면 그건 기껏해야 약간의 혐오감만 줄 뿐이었다. CIA가 공산주의에 반대한다면 그것을 옹호하는 이야기도 있어야 했다. 여전히 노동당 분파들이 늙어가는 사각턱의 크렘린 야수들과 그들의 소름끼치는 정책을 지지하고, 연례 전당대회에서 인터내셔널가를 제창하고, 친선 교류를 위해 학생들을 보내고 있었다. 냉전시대의 이분법적 사고에 따라 소련연방에 대해, 베트남에서 전쟁을 벌이고 있는 미국 대통령과 의견을 같이해선 안 될 일이었다. 하지만 코퍼 케틀에서의 티타임 회동에서 당시에도 이미 아주 세련되고 향수 냄새를 풍기고 정확했던 로나는 내 글이 정치적이어서 거슬리는 게 아니라고 했다. 내 죄는 진지함이었다. 잡지 다음호에는 내 글이 실리지 않았다. 인크레더블 스트링 밴드 인터뷰가 그 자리를 차지했다. 그러고 나서 『?쿠이스?』는 폐간되었다.

『?쿠이스?』에서 잘리고 며칠 후 나는 콜레트* 단계로 넘어갔고, 이 시기는 몇 개월이나 이어졌다. 그리고 다른 급선무들도 있었다. 기말시험이 몇 주밖에 남지 않았고, 새 남자친구도 생겼는데 제러미 모트라는 역사학도였다. 그는 확실히 구식이었다—비쩍 마르고 코가 크고 목울대는 특대형이었다. 단정치 못한 차림에 절제된 방식으로 똑똑하며 지극히 정중했다. 주위에

* 시도니 가브리엘 콜레트, 20세기 초의 프랑스 소설가.

서 많이 본 타입이었다. 그들은 모두 한 가문의 후손이자 똑같은 옷을 지급하는 잉글랜드 북부 사립학교 출신인 것처럼 보였다. 팔꿈치에 가죽을 덧대고 소맷단에 테두리 장식을 한 해리스 트위드 재킷을 여전히 입고 다니는 지구상의 마지막 남자들이었다. 제러미에게 직접 들은 건 아니었지만, 나는 그가 1등급으로 졸업할 예정이며 16세기 연구 학술지에 이미 글을 발표했다는 사실을 알게 되었다.

사랑을 나눌 때 그는 다정하고 배려심이 깊었지만, 애석하게도 치골이 날카롭게 돌출되어 첫 관계 때 지독히 아팠다. 그는 미친 먼 친척에 대해 사과하듯 그 점을 사과했다. 그러니까 내 말은, 그가 딱히 당황하지 않았다는 뜻이다. 우리는 수건을 접어서 대는 것으로 문제를 해결했는데, 그가 전에도 종종 썼던 방법인 듯했다. 그는 정말로 세심하고 능숙했으며 내가 원할 때까지, 아니 그 이상으로, 내가 더는 참을 수 없을 때까지 행위를 지속할 수 있었다. 하지만 그 자신은 내가 아무리 노력해도 오르가슴에 도달하지 못했고, 아무래도 내가 무슨 말이나 행동을 해주기를 원하는 것 같았다. 하지만 그는 자신이 무엇을 원하는지에 대해 한사코 입을 다물었다. 아니 그보다는, 원하는 게 없다고 주장했다. 나는 그의 말을 믿지 않았다. 오직 나만이 충족시켜줄 수 있는 은밀하고 부끄러운 욕구가 그에게 있기를 원했다. 그 고상하고 정중한 남자를 독차지하고 싶었다. 내 엉덩이를 때리고 싶은가? 아니면 내가 그의 엉덩이를 때려주기를 원할까? 내 속옷을 입고 싶은 걸까? 그와 떨어져 있을 때도 이 수수께끼에 골몰했고, 그러다보니 수학 문제에 집중해야 할 때 그에 대한 생각을 떨치기가 더 힘들었다. 콜레트는 나의 탈출구였다.

4월 초의 어느 오후, 제러미의 방에서 접은 수건을 대고 일을 치른 후 둘이 구舊 곡물거래소* 근처의 길을 건너고 있었는데, 나는 만족감과 빼근한 등허리에서 느껴지는 근육통 속에 몽롱한 상태였고 그는—글쎄, 모르겠다. 나는 걸으면서 다시 그 얘기를 꺼내야 하나 고민했다. 그는 유쾌하게 내 어깨에 묵직한 팔을 두르고 성법원**에 관한 자신의 에세이에 대해 들려주고 있었다. 나는 그가 제대로 충족되지 못했다고 확신했다. 그의 목소리에 어린 긴장, 초조한 걸음걸이에서 느껴졌다. 섹스의 시대에 그는 단 한 번의 오르가슴도 누리지 못하고 있었다. 나는 그를 도와주고 싶었고, 진심으로 궁금했다. 내가 그를 만족시키지 못하는지도 모른다는 걱정도 있었다. 그를 흥분시키는 건 확실했지만, 어쩌면 그는 나를 충분히 원하지 않는 것일 수도 있었다. 습한 봄

* 1965년 곡물거래소가 이전한 후 해당 건물은 공연장으로 사용되었다.

** 1641년 폐지된 영국의 불공평한 형사법원으로 천장이 금박 별들로 장식되어 있었다.

날 해질녘의 냉기 속에 우리는 곡물거래소를 지났고, 연인의 팔이 여우 모피처럼 내 어깨를 감싸고 있었으며, 나의 행복은 찌르르한 근육통과 그보다 살짝 더 거슬리는 제러미의 욕구에 대한 수수께끼로 희미하게 손상되어 있었다.

갑자기 제러미의 역사학 교수 토니 캐닝이 뒷골목에서 나와 어슴푸레한 가로등 불빛을 받으며 우리 앞에 나타났다. 인사를 나누면서 그가 나와 악수를 했는데 내 생각에는 악수를 너무 오래 끄는 듯했다. 그는 오십대 초반—우리 아버지 연배—이었고 내가 그에 대해 아는 바는 제러미에게 들은 게 전부였다. 정교수였고, 한때 내무장관 레지 모들링과 친구 사이여서 모들링이 함께 식사를 하려고 대학으로 찾아오기도 했다. 그러다 어느 날 저녁 술에 취해 북아일랜드의 재판 없는 구류 정책에 대해 논쟁을 벌이다가 사이가 틀어졌다. 캐닝 교수는 사적지위원회의 의장직을 역임했고 여러 자문위원회에 속해 있으며 대영박물관 이사이고 빈회의에 관한 저서가 높은 평가를 받았다.

그는 내게 조금은 익숙한 유형의 유력 인사였다. 이따금 그런 사람들이 주교님을 만나러 우리집에 오곤 했다. 물론 그들은 1960년대 이후에 스물다섯 살 이하의 사람들 누구에게나 짜증을 유발하는 존재들이었지만, 나는 그들을 좀 좋아하기도 했다. 그들은 매력적일 수도, 심지어 재치까지 겸비할 수도 있었으며,

그들에게서 끼쳐오는 시가와 브랜디 냄새는 세상이 질서정연하고 풍요로운 듯 느껴지게 했다. 그들은 스스로를 대단한 존재로 여겼지만 그렇다고 부정직한 것 같지는 않았으며 공익정신이 투철하거나, 아니면 그런 인상을 주었다. 그들은 즐거움(와인, 음식, 낚시, 브리지 등)에 탐닉했고, 그들 중 일부는 흥미로운 전쟁에 참전한 경험이 분명 있었다. 어릴 적 크리스마스에 그런 사람 한두 명이 루시와 내게 10실링짜리 지폐를 줬던 기억이 난다. 그런 사람들이 세계를 지배하게 하라. 그들보다 훨씬 나쁜 사람들도 있다.

캐닝은 비교적 절제된 위엄을 지녔는데, 아마도 그의 고상한 공적 역할에 맞추다보니 그런 듯했다. 멋지게 가르마를 탄 곱슬머리, 촉촉하고 도톰한 입술, 턱 가운데 옴폭 파인 부분이 눈에 들어왔고 약한 불빛 아래서도 턱의 그 부분을 말끔히 면도하기가 어렵다는 걸 알 수 있어서 귀엽다는 생각이 들었다. 그 세로 골에서 통제 불가능한 검은 털들이 삐져나와 있었다. 그는 잘생긴 남자였다.

소개가 끝난 후 캐닝이 나에 대해 몇 가지 물었다. 학위, 뉴넘, 그의 좋은 친구인 뉴넘 학장, 고향, 교회에 관한 정중하고 악의 없는 질문들이었다. 제러미가 잡담을 하며 끼어들자 캐닝은 『?쿠이스?』에 실린 나의 마지막 세 편의 글을 보여주어서 고맙다는 말로 끝내 그의 이야기를 끊었다.

캐닝이 나를 다시 바라보며 말했다. "아주 훌륭한 글이었어요. 재능이 아주 뛰어나더군. 언론계로 갈 생각인가요?"

『?쿠이스?』는 진지한 독자를 염두에 두지 않은 허접한 학생잡지였다. 나는 그의 칭찬에 기뻤지만 너무 어려서 칭찬을 어떻게 받아들여야 하는지 몰랐다. 겸손의 말을 중얼거렸으나 거만하게 들렸고, 그래서 어설프게 해명하려고 애쓰며 허둥거리게 되었다. 나를 딱하게 여긴 교수가 차를 마시러 가자고 했고 우리는, 아니 제러미가 제안을 받아들였다. 그렇게 우리는 캐닝을 따라 다시 시장을 가로질러 칼리지로 갔다.

그의 방은 생각보다 작고 우중충하고 어지러웠다. 그가 갈색으로 착색된 두툼한 머그잔들을 대충 헹구고 지저분한 전기주전자의 뜨거운 물을 서류와 책들에 흘리며 차를 준비하는 엉성한 모습은 놀랍기만 했다. 그 모든 것이 나중에 내가 알게 된 그와 어울리지 않았다. 그는 책상에, 우리는 그 앞에 놓인 안락의자에 앉았고, 그가 질문을 이어갔다. 개별지도라고 볼 수도 있는 시간이었다. 포트넘&메이슨 초콜릿 비스킷을 조금씩 베어물며 나는 그에게 더 자세히 대답해야 한다는 의무감을 느꼈다. 제러미는 내가 하는 모든 말에 멍청하게 고개를 끄덕이며 나를 격려하고 있었다. 교수가 내 부모님에 대해, 그리고 "교회의 그림자 속에서" 자라는 게 어떤지 물었다—내 딴에 재치를 발휘한답시고 교회가 집 북쪽에 있어서 집으로 그림자가 지지 않았다고 대답했다. 두 남자가 웃음을 터뜨리자 나는 그 농담에 내가 모르는 의미가 또 있나 싶어 어리둥절했다. 화제는 핵무기로 옮겨가 일방적 군축을 주장하는 노동당이 도마에 올랐다. 나는 어디서 본 구절을 그대로 말했다—나중에 알고 보니 상투적인 말이었다. "지니를 호리병에 다시 집어넣는 건" 불가능한 일이다. 핵무기는 잘 관리되어야지 금지되어야 할 것이 아니다. 젊은이들의 이상주의는 이쯤에서 그만하자. 사실 나는 그 주제에 대해 별다른 의견이 없었다. 다른 상황에서는 핵군축을 강력하게 지지했을 수도 있었다. 스스로는 아니라고 부인했겠지만, 나는 캐닝을 기쁘게 하고 올바른 대답을 하고 흥미로운 대상이 되기 위해 애쓰고 있었다. 토니 캐닝이 내 이야기를 들으려고 몸을 앞으로 기울이는 것이 좋았고, 동의를 나타내는 엷은 미소, 입 전체로 크게 번져가면서도 도톰한 입술 사이가 벌어지지는 않는 그 미소와 내가 말을 멈출 때마다 "그렇군"이라거나 "그럼……"이라고 맞장구를 쳐주는 것에 용기를 얻었다.

어쩌면 나는 그 만남이 어디로 이어질지 뻔히 알았어야 했는지도 모른다. 온실 같은 작은 대학 언론계에서 스스로 예비 냉전주의자라고 선언해왔으니까. 지금 생각하면 뻔한 일이었다. 결국, 그곳은 케임브리지였다. 그게 아니면 내가 왜 그 만남을 이야기하겠는가? 당시에는 그 일이 내게 전혀 중요하지 않았다. 우리는 서점에 가다가 제러미의 교수님을 만나 그와 차를 마시게 되었다. 크게 이상할 것이 없었다. 그때는 모집방법이 바뀌고 있었지만 그래봤자였다. 서구 세계는 꾸준한 변모를 겪어왔을지도 모르고, 젊은이들은 새로운 대화법을 발견했다고 생각했을 수도 있으며, 낡은 장벽들은 토대부터 허물어지고 있다고 했다. 하지만 그 유명한 '어깨 위의 손'은 빈도와 강도가 약해졌을지언정 여전히 적용되고 있었다. 대학이라는 세계 안에서 특정 교수들은 계속해서 유망한 인재들을 찾아내고 면접 후보자들의 명단을 전달했다. 공무원 시험 성적이 우수한 특정 수험생들은 여전히 따로 불려가 '다른' 부서로 갈 의향이 없느냐는 질문을 받았다. 사회에 진출한 지 몇 년 된 사람들에게는 대체로 조용히 접근했다. 아무도 자세히 밝힐 필요는 없었지만 배경은 여전히 중요했고, 내 경우 주교님이 있는 것은 결코 결점이 아니었다. 버지스, 매클린, 필비* 사건으로 특정 계급이 다른 계급보다 국가에 대한 충성심이 훨씬 높다는 가정이 무너지기까지 얼마나 오랜 시간이

---

* 1930년대 케임브리지 재학 시절 소련에 포섭되어 영국 정계에 진출, 기밀정보를 소련에 빼돌린 '케임브리지 5인방'의 주요 인물들.

걸렸는지는 종종 언급되어온 바이다. 70년대에도 그 유명한 배신행위에 대한 이야기는 여전히 널리 알려져 있었으나, 구식 채용방식은 건재했다.

일반적으로 손과 어깨 모두 남자였다. 그런 유서 깊고 자주 언급되는 방식의 접근 대상이 여자인 경우는 흔치 않았다. 토니 캐닝이 나를 MI5*에 들여보낸 건 엄연한 사실이지만, 그의 동기는 복잡했고 공식 인가를 받은 것도 아니었다. 설령 내가 젊고 매력적이라는 사실이 그에게 중요했다고 하더라도, 그 모든 정념을 발견하기까지는 시간이 좀 걸렸다. (이제 거울이 다른 말을 하니, 나도 이 말을 하고 지나갈 수 있다. 나는 진짜로 예뻤다. 그 이상이었다. 드물게 격정적인 편지에서 제러미는 내가 "정말로 눈부시게 아름답다"고 쓴 적도 있다.) 짧은 근무기간 동안 만난 적도, 거의 본 적도 없는 6층의 높은 노친네들은 내가 왜 그들에게 보내졌는지 도통 알지 못했다. 그들은 이런저런 가능성을 고려해보았지만, 한때 MI5요원이었던 캐닝 교수가 속죄의 마음으로 그들에게 선물을 할 생각이었으리라고는 짐작조차 못했다. 그의 경우는 사람들이 아는 것보다 더 복잡하고 슬펐다. 돌아올

---

* Military Intelligence, Section 5, 군사정보총국 제5과. 영국 국내 담당 정보기관인 보안정보국의 속칭.

희망이 없는 여정에 나설 준비를 하면서 그는 내 인생을 바꾸고 이타적으로 잔인하게 행동할 터였다. 내가 지금까지도 그에 대해 아는 게 너무 적다면, 그 여정의 아주 작은 부분만 그와 동행했기 때문이다.

2

나와 토니 캐닝의 관계는 몇 개월 동안 지속되었다. 초반에는 제러미도 계속 만났지만, 그는 기말고사가 끝난 6월 말 박사과정을 위해 에든버러로 떠났다. 그때까지도 그의 비밀을 알아내지 못하고 끝내 그를 만족시키지 못한 게 내내 마음에 걸렸지만, 그래도 걱정은 덜었다. 그가 불만을 토로하거나 풀죽어 보인 적은 없긴 했다. 몇 주 후 그는 다정하고 유감 어린 편지로 어느 날 저녁 어셔 홀에 갔다가 브루흐 협주곡을 연주하는 바이올리니스트와 사랑에 빠졌다는 소식을 전했다. 그는 뒤셀도르프 출신의 독일 청년으로, 특히 느린 부분에서 정교한 소리를 낸다고 했다. 이름은 만프레트였다. 물론. 내가 조금만 더 고루한 사고방식을 가졌더라면 진작 눈치챘을 것이다. 남자들의 성적 문제에는 단

하나의 이유밖에 없던 시대가 있었으니까.

어찌나 편리한지. 수수께끼는 풀렸고, 나는 제러미의 행복에 대한 걱정을 내려놓을 수 있었다. 그는 다정하게도 내 감정을 신경써주며 직접 와서 자초지종을 설명하겠다는 제안까지 했다. 나는 축하한다는 답장을 썼고, 그를 위해 기쁨을 과장하며 성숙한 기분을 느꼈다. 그런 관계가 합법화된 지 겨우 오 년밖에 되지 않아서 내게는 신기하기만 했다. 나는 그에게 굳이 케임브리지까지 올 필요 없다고, 늘 좋은 기억들만 간직할 거라고, 그는 가장 사랑스러운 남자였다고, 언젠가 만프레트를 만나보고 싶다고, 앞으로도 연락을 주고받자고, 안녕이라고 말했다! 토니를 소개해줘서 고맙다는 말도 하고 싶었지만 공연히 의심을 사서 좋을 게 없었다. 토니에게도 제자였던 제러미 이야기는 하지 않았다. 모두가 각자 행복해지기 위해 알 필요가 있는 것만 알게 되었다.

그리하여 우리는 행복했다. 우리는 서퍽의 베리 세인트 에드먼즈에서 멀지 않은 외딴 오두막에서 주말마다 밀회를 즐겼다. 한적한 좁은 도로를 벗어나 들판에 희미하게 난 길을 따라가다가 가지를 짧게 쳐낸 고목들의 숲 가장자리에서 멈추면, 거기 뒤엉킨 산사나무 덤불 뒤로 조그만 흰색 목책문이 숨어 있었다. 층층이부채꽃, 접시꽃, 커다란 양귀비가 제멋대로 자란 시골 정원으로 들어서면 판석을 깐 길이 대갈못 박힌 육중한 떡갈나무 문까지 곡선을 그리며 이어졌다. 그 문을 열면 거대한 판석과 회벽에 반쯤 묻힌 벌레 먹은 구멍이 뚫린 기둥들로 이루어진 식당이 나왔다. 맞은편 벽에는 흰 칠을 한 집들과 빨랫줄에 걸린 시트들이 있는 밝은 지중해 풍경이 보였다. 윈스턴 처칠이 1943년 회담* 휴식기간에 마라케시에서 그린 수채화였다. 그 그림이 어떻게 토니의 소유가 되었는지는 나도 모른다.

미술상으로 해외를 많이 다니는 프리다 캐닝은 여기 오는 걸 좋아하지 않았다. 이곳의 눅눅함과 곰팡내, 두번째 집과 관련해 처리해야 할 수십 가지 자잘한 일에 대해 불평했다. 하지만 곰팡내는 난방을 하자마자 사라졌고, 집안일은 그녀 남편이 다 했다. 다루기 어려운 레이번 스토브에 불을 지피고, 부엌 창문을 억지로 열고, 욕실 배관을 고치고, 덫에 걸려 등이 부러진 생쥐들을 치우는 데는 특별한 지식과 기술이 필요했다. 심지어 내가 요리할 필요도 별로 없었다. 차를 끓일 때는 엉성하던 토니가 주방에서는 자신만만했다. 이따금 거들면서 나도 많이 배웠다. 그는 시에나에서 강사로 일하던 사 년 동안 배운 이탈리아식 요리를 했다. 허리가 안 좋은 그를 대신해 그곳에 갈 때마다 들판에 세운 고물 MGA 자동차에서 음식과 와인이 든 갈색 자루들을 꺼

* 카사블랑카회담.

내 정원을 가로질러 집까지 나르는 것은 내 몫이었다.

영국 기준으로 날씨가 좋은 여름이었고 토니는 우아한 속도로 일과를 보냈다. 우리는 정원의 늙은 개야광나무 그늘에서 점심을 먹을 때가 많았다. 대개 그는 점심을 먹고 낮잠을 잔 후 목욕을 하고, 날씨가 따뜻하면 두 그루의 자작나무 사이에 매달아놓은 해먹에서 책을 읽었다. 날씨가 무더우면 종종 코피가 나서 수건에 싼 얼음을 얼굴에 대고 실내에 똑바로 누워 있어야 했다. 저녁이면 우리는 빳빳한 마른행주로 감싼 화이트와인 병과 삼나무 통에 든 와인잔, 커피 병을 들고 숲으로 소풍을 가기도 했다. 이른바 풀밭 위의 만찬이었다. 컵뿐 아니라 컵받침, 다마스크 식탁보, 도기 접시들, 은식기류, 그리고 알루미늄과 캔버스로 만들어진 접이식 의자 하나까지 챙겼다—나는 불평 없이 전부 들고 갔다. 늦여름에는 토니가 걸으면 아프다고 해서 오솔길을 따라 멀리까지 가진 않았다. 그는 쉽게 피로를 느꼈다. 저녁이면 낡은 축음기로 오페라 듣기를 즐기는 그가 〈아이다〉 〈여자는 다 그래〉 〈사랑의 묘약〉의 등장인물과 음모에 대해 급히 설명해주긴 했지만 그 갈망에 찬 고음의 목소리들은 내게 의미가 거의 없었다. 무딘 바늘이 레코드판의 굴곡을 따라 부드럽게 오르내리며 내는 쉬익거리고 지직대는 기묘한 소리는 죽은 자들의 절망적인 외침이 담긴 천상의 소리처럼 들렸다.

그는 내게 어린 시절 이야기를 즐겨 들려주었다. 부친은 1차세계대전 때 해군사령관을 지낸 요트의 달인이었다. 20년대 후반 그의 가족은 휴가 때면 발트해의 섬들을 여행했고, 그러다 부모가 쿰링에의 외딴섬에 있는 돌집을 샀다. 그 집은 향수鄕愁로 윤을 낸 어릴 적 낙원이 되었다. 토니는 형과 함께 섬을 맘껏 누비며 해변에서 불을 피우고 캠프를 치고 작은 무인도로 노를 저어 가서 바닷새 알을 훔치기도 했다. 그는 그게 꿈이 아님을 증명하기 위해 상자 모양의 구식 사진기 셔터를 눌러댔었다.

8월 말 어느 오후 우리는 숲으로 들어갔다. 숲에는 자주 갔지만 이번에는 토니가 오솔길을 벗어났고, 나는 무턱대고 따라갔다. 덤불을 헤치고 나아가는 동안, 나는 그가 아는 비밀 장소에서 사랑을 나누려나보다 생각했다. 나뭇잎들이 충분히 말라 있었다. 하지만 그는 오직 버섯, 그물버섯에 골몰해 있었다. 나는 실망감을 감춘 채 그물버섯을 구별하는 법을 배웠다—주름이 아닌 구멍이 있고, 자루에는 고운 줄세공 무늬가 있으며, 엄지손가락으로 살을 눌러도 얼룩지지 않는다. 그날 저녁 그가 포르치니*라고 부르기를 더 좋아하는 그 버섯을 올리브오일, 후추, 소금, 판체타**

* 그물버섯의 이탈리아어 이름.

** 돼지 뱃살로 만든 이탈리아식 베이컨.

와 함께 커다란 팬에 요리했고, 우리는 구운 폴렌타*, 샐러드, 바롤로 레드와인을 곁들여 먹었다. 70년대에는 이국적인 요리였다. 모든 게 기억난다—빛바랜 담녹청색 다리에 움푹 팬 자국들이 난 낡은 소나무 식탁, 미끈거리는 그물버섯이 담긴 넓은 파이앙스 도자기 그릇, 유약의 균열이 있는 연녹색 접시에서 작은 태양처럼 빛나는 원반 모양의 폴렌타, 먼지 앉은 검은 와인병, 이 빠진 흰 그릇에 담긴 매운 향이 나는 루꼴라, 샐러드를 식탁으로 가져오는 동안 오일을 붓고 레몬 반쪽을 손으로 짜서 몇 초 만에 드레싱을 만드는 토니. (우리 어머니는 공업화학자처럼 눈높이에서 드레싱을 만들었다.) 토니와 나는 그 식탁에서 비슷한 식사를 많이 했지만 그날의 식사가 나머지를 대표한다고 할 수 있다. 그 단순성, 그 맛, 세상 물정에 밝은 남자! 그날 밤에는 바람이 불어서 물푸레나무 가지가 초가지붕을 때리고 스쳤다. 저녁식사 후에 책을 읽을 것이고, 그다음에는 분명 대화를 나누겠지만 먼저 사랑을 나눌 것이고, 그전에 와인을 한 잔씩 더 마실 터였다.

사랑을 나눌 때는? 글쎄, 확실히 제러미처럼 정력적이고 지칠 줄 모르진 않았다. 토니는 그 나이치고 몸이 좋았지만, 오십사 년이라는 세월이 인간의 몸에 무슨 짓을 할 수 있는지 처음 확인

* 옥수수가루로 만든 죽을 그릴에 구운 요리.

했을 때 나는 약간 당혹감을 느꼈다. 침대 가장자리에 앉은 그가 몸을 구부려 양말을 벗고 있었다. 가여운 맨발이 닳아빠진 낡은 신발처럼 보였다. 생각지도 못한 곳에 주름이 있었고 심지어 겨드랑이에도 있었다. 재빨리 놀라움을 가라앉히면서도, 나 자신의 미래를 보고 있다는 생각은 들지 않았으니 얼마나 이상한가. 나는 스물한 살이었다. 내가 표준으로 여기는 것—팽팽함과 매끄러움과 탄력—은 젊음의 일시적 상태였다. 하지만 내게 노인은 참새나 여우처럼 별개의 종으로 여겨졌다. 그리고 지금은, 다시 쉰네 살이 될 수 있다면 무엇이라도 내놓을 것이다! 몸의 가장 큰 기관이 가장 큰 타격을 받는다—노인들은 피부가 더이상 몸에 맞지 않는다. 성장을 고려해 일부러 크게 맞춘 교복 재킷 아니면 잠옷처럼 그들에게, 우리에게 헐렁해진다. 그리고 토니는 특정한 빛 속에서 보면, 침실 커튼 때문이었겠지만, 해묵은 문고본처럼 누르스름했고 다양한 불운의 흔적이 읽혔다—과식의 흔적, 무릎과 맹장수술 흉터, 개에게 물린 자국, 암벽등반 사고의 흔적, 어릴 때 프라이팬에 데어 음모에 남은 땜빵. 오른쪽 가슴에는 목을 향해 10센티미터쯤 되는 흰 흉터가 있었는데, 그 사연은 그에게서 들을 수 없었다. 물론 그는 약간…… 누렇게 변색되고 가끔은 교회 경내에 있는 내 고향집의 낡고 해진 곰 인형 같았지만, 한편으로 세상 경험이 많고 신사적인 연인이기도 했다. 그의 방식은 정중했다. 그가 내 옷을 벗긴 후 수영장 직원처럼 팔에 거는 것과 이따금 그의 얼굴을 깔고 앉게 하는 것(이 방식은 내게 루꼴라 샐러드처럼 새로웠다)에 나는 흥분을 느꼈다.

의구심이 들기도 했다. 그가 어서 다음 순서로 넘어가고 싶어서 서두를 때가 있었던 것이다—그의 삶의 열정은 술과 대화에 있었다. 나중에, 이따금 나는 그가 자신의 절정을 향해 내달리다 늘 씨근거리는 외침을 내뱉으며 도달하는, 이기적이고 확실히 구식인 남자라는 생각이 들었다. 게다가 내 가슴에 지나치게 집착했는데, 당시 내 가슴이 아름답긴 했지만 주교님 나이의 남자가 거의 유아적인 방식으로, 낑낑거리는 이상한 소리를 내면서 젖을 빨다시피 하는 건 올바르게 느껴지지 않았다. 그는 일곱 살에 엄마 품에서 억지로 떨어져 감각을 마비시키는 기숙학교라는 유형지로 보내진 영국 남자들 중 하나였다. 그 불쌍한 남자들은 손상을 인식하지 못한 채 그저 살아간다. 하지만 그런 것들은 사소한 불만에 지나지 않았다. 그와의 만남은 무척이나 새로웠고 나의 성숙함을 증명하는 하나의 모험이었다. 박식하고 나이 많은 남자가 나를 맹목적으로 사랑하고 있었다. 나는 그의 모든 걸 용서했다. 그리고 나는 그의 푹신한 입술이 좋았다. 그의 키스는 훌륭했다.

그렇지만 내가 가장 좋아한 건 다시 옷을 입고 멋진 가르마를 복구했을(머릿기름과 쇠빗을 이용해서) 때의 그, 다시금 유력 인사로 돌아와 나를 안락의자에 앉히고서 솜씨 좋게 피노 그리지오의 코르크마개를 따고 내게 독서지도를 해줄 때의 그였다. 나는 그후로 수년간, 벌거벗은 남자와 옷을 입은 남자 사이에 높은 산맥이 자리하고 있음을 의식하게 되었다. 하나의 여권을 가진 두 남자. 하지만 또 한편으로, 그건 거의 문제가 되지 않았고 모든 게 하나였다—섹스와 요리, 와인과 짧은 산책, 대화. 우리는 학구적이기도 했다. 만남의 초기인 그해 봄과 초여름 나는 기말고사 준비를 하고 있었다. 그 공부에는 토니가 도움을 줄 수 없었다. 그는 내 맞은편에 앉아 존 디*에 관한 논문을 썼다.

그에게는 친구가 수십 명 있었지만, 물론 나와 함께 있을 때는 아무도 초대하지 않았다. 딱 한 번 손님이 찾아왔다. 어느 오후 기사가 딸린 차를 타고 왔는데, 짙은 색 양복 차림의 사십대로 보이는 남자 둘이었다. 토니가 좀 지나치게 퉁명스러운 말투로 내게 숲으로 산책을 오랫동안 가달라고 부탁했다. 한 시간 반쯤 지나서 돌아와보니 손님들은 가고 없었다. 토니는 아무 설명이 없었고, 우리는 그날 밤 케임브리지로 돌아왔다.

우리는 그 오두막에서만 만났다. 케임브리지는 작은 시골마을

---

* 엘리자베스 여왕 시대 사상가이자 수학자, 점성술사.

이나 마찬가지였고, 토니는 그곳에서 너무나 잘 알려진 사람이었다. 나는 여행가방을 들고 주택단지 가장자리에 있는 외딴곳까지 걸어가 버스정류장에서 그가 골골거리는 스포츠카를 몰고 나타나기를 기다려야 했다. 원래 지붕이 열리는 차였지만 캔버스 지붕을 지지하는 아코디언처럼 생긴 금속부가 심하게 녹슬어 도로 접히지 않았다. 이 낡은 MGA에는 크롬 막대에 달린 지도용 조명과 떨리는 눈금판이 있었다. 엔진오일과 마찰열 냄새가 났는데, 1940년대의 스핏파이어*가 그랬을 것 같았다. 발밑에서 따뜻한 양철 바닥의 진동이 느껴졌다. 버스를 기다리는 줄에서 빠져나와 평범한 승객들의 눈총을 받으며 개구리에서 공주로 변해 교수님 옆으로 기어들어가는 건 짜릿했다. 공개적으로 잠자리에 드는 것 같았다. 내 뒤쪽 좁은 공간에 여행가방을 밀어넣고 키스를 받기 위해 옆으로 몸을 기울이다가 좌석의 가죽이 갈라진 부분에 실크블라우스—그가 리버티 백화점에서 사준—가 살짝 걸리는 게 느껴졌다.

시험이 끝나자 토니가 내 독서를 지도해주겠다고 말했다. 소설은 충분하다는 것이었다! 그는 자신이 "우리 섬 이야기"라고 부르는 것에 대한 나의 무지에 경악했다. 하기야 그럴 만도 했

* 2차세계대전 당시의 영국 전투기.

다. 나는 열네 살 이후 학교에서 역사를 배운 적이 없었다. 스물한 살의 나는 특권적 교육의 혜택을 누리고 있었으나, 아쟁쿠르*, 왕권신수설, 백년전쟁은 내게 그저 무의미한 말들에 지나지 않았다. '역사'라는 말 자체도 따분한 왕위 계승과 성직자들의 살기등등한 논쟁을 연상시킬 뿐이었다. 하지만 나는 그의 지도에 따랐다. 역사는 수학보다 흥미로웠고, 독서목록도 짧았다—윈스턴 처칠과 G. M. 트리벨리언**. 나머지는 나의 교수님이 말로 설명해주었다.

첫 개별지도는 정원의 섬개야광나무 아래서 이루어졌다. 나는 16세기 이후 유럽에서 잉글랜드 그리고 뒤이은 연합왕국 영국의 정책은 힘의 균형을 추구하는 데 근간을 두고 있음을 알게 되었다. 1815년 빈회의에 대해서도 공부해야 했다. 토니는 국가들 간의 균형이 평화외교라는 합법적 국제체제의 토대라고 주장했다. 국가들의 상호 견제가 핵심이라는 것이었다.

점심을 먹고 토니가 낮잠을 자는 동안 나는 혼자 책을 읽을 때가 많았다—여름이 흘러가면서 그의 낮잠 시간이 점점 더 길어지는 걸 알아차렸어야 했다. 처음에는 속독으로 그에게 감명을

* 1415년 백년전쟁에서 프랑스군이 영국군에 대패한 북프랑스의 작은 마을.

** 20세기 영국의 역사가.

주었다. 두어 시간 만에 이백 쪽을 읽어치웠으니까! 하지만 이내 그를 실망시키고 말았다. 머릿속에 정보를 담아두지 않은 나는 그의 질문들에 대답하지 못했다. 그는 처칠*판 명예혁명에 대해 다시 읽게 하고 테스트를 한 후 연극조로 한탄하며—이런 한심한 쳇구멍이 있나!—다시 읽게 한 다음 질문을 했다. 이 구두시험은 숲을 산책하거나 그가 요리한 저녁을 먹고 나서 와인을 마실 때 진행되었다. 나는 그의 집요함에 분개했다. 그와 사제지간이 아닌 연인이 되고 싶었다. 답을 모를 때면 나 자신뿐 아니라 그에게도 화가 났다. 그렇게 몇 번 불만스러운 시험을 치른 후에는 얼마간 자부심을 느끼기 시작했는데, 성적이 좋아져서만은 아니었다. 나는 명예혁명이라는 이야기 자체에 주목하기 시작했다. 거기에는 소중한 가치가 있었고, 소비에트 압제의 경우처럼 나 스스로 그걸 발견한 듯했다. 17세기 말 영국은 세계에서 가장 자유롭고 탐구적인 사회가 아니었던가? 프랑스보다 영국의 계몽주의가 더 중요하지 않았던가? 영국이 유럽대륙 가톨릭의 횡포에 맞서기 위해 스스로 분리된 건 옳은 일이 아니었던가? 그리고 분명 우리는 그 자유의 계승자들이었다.

* 제임스 2세의 장군이었으나 명예혁명을 지지하고 윌리엄 3세를 추대한 존 처칠로 윈스턴 처칠의 조상이다.

나는 쉽게 따라갔다. 9월에 있을 첫 면접에 대비한 훈련을 받고 있었던 것이다. 그는 그들이—어쩌면 그 자신이—채용하고 싶어하는 영국 여자 스타일을 알고 있었고, 내가 편협한 교육 탓에 실망스러운 결과를 안게 될까봐 걱정했다. 면접관들 중에 자신의 옛 제자가 있을 거라고 믿었지만 결과적으로 그렇진 않았다. 그는 내게 날마다 신문을 읽도록 종용했는데, 물론 여기서 신문이라 함은 그때까지만 해도 아직 권위 있는 기록매체였던 〈타임스〉를 의미했다. 전에는 신문에 별 관심이 없고 사설이라는 말을 들어본 적도 없었다. 확실히 사설은 신문의 '살아 있는 심장'이었다. 처음에 얼핏 보기에 그 산문은 체스 문제와 비슷했다. 그래서 나는 빠져들었다. 공적 사안에 대한 그 당당하고 위엄 있는 선언들이 감탄스러웠다. 사설들이 쏟아내는 판단은 다소 불명료했고, 타키투스나 베르길리우스를 인용하는 걸 꺼리지 않았다. 무척 성숙했다! 나는 그 무명의 필자들이라면 누구라도 세계의 대통령감이라고 생각했다.

그러면 당시의 걱정거리는 무엇이었을까? 사설에서는 웅장한 종속절이 별처럼 빛나는 주절 동사의 궤도를 애매하게 빙빙 돌았지만, 독자의 편지 코너에서는 불확실성을 찾으려야 찾을 수 없었다. 종속절들은 호응이 맞지 않았고, 편지를 쓴 사람들은 나라가 절망과 분노와 자포자기적인 자해의 늪으로 가라앉고 있음을 알고 염려하고 있었다. 한 편지는 영국이 아크라시아의 광기에 굴복했다고 선언했다—토니는 그 말이 더 나은 판단에 반反해 행동한다는 뜻의 그리스어임을 상기시켜주었다. (나도 플라톤의 『프로타고라스』를 읽지 않았던가?) 유용한 단어였다. 나는 그 단어를 저장해두었다. 하지만 더 나은 판단은 없었고 따라서 반해 행동할 대상도 없었다. 모두가 미쳤다고 모두가 말했다. '스트라이프'*라는 고어가 남발되던 격동의 시대였다. 파업을 유발하는 인플레이션, 인플레이션을 가속화하는 임금협상 타결, 술을 진탕 마시며 느긋한 점심식사나 하는 우둔한 경영진, 여차하면 폭동이나 일으키려 드는 삐딱한 노조, 약한 정부, 에너지 위기와 단전, 스킨헤드족, 더러운 거리, 북아일랜드 분쟁, 핵무기. 데카당스, 쇠퇴, 몰락, 활기를 잃은 무능 상태, 세상의 종말……

〈타임스〉 독자의 편지 코너의 인기 주제는 광부들, '노동자 국가', 이넉 파월과 토니 벤의 양극 세계, 피켓 시위대, 솔틀리 투쟁** 이었다. 어느 퇴역 해군소장의 편지는 이 나라가 흘수선 아래에 구멍이 난 녹슨 전함을 닮았다고 했다. 토니가 아침식사중에 그걸 읽고 나를 향해 요란하게 신문을 흔들었다—당시의 신문지

---

* strife. 당시에는 '분투'라는 원래 의미보다 주로 '분쟁' '분규'의 뜻으로 쓰였다.

** 1972년 영국 광부 파업 기간 중 솔틀리에서 일어난 경찰과 광부, 공장노동자의 충돌 사건.

는 바스락거리는 소리가 시끄럽게 났다.

"전함이라고?" 그가 씩씩거렸다. "코르벳함도 안 돼. 그냥 노 젓는 배지! 가라앉는."

그해 1972년은 시작일 뿐이었다. 내가 신문을 읽기 시작했을 때 주 3일제*, 다음 단전들, 정부의 제5차 비상사태 선언이 머지않은 미래에 임박해 있었다. 나는 내가 읽는 내용들을 믿긴 했지만 먼 나라 이야기 같았다. 케임브리지는 달라진 게 거의 없었고, 캐닝의 오두막 근처 숲도 마찬가지였다. 역사 수업을 받고 있었지만 내가 나라의 운명과 관련있다는 느낌은 들지 않았다. 여행가방 하나에 다 들어가는 옷가지와 오십 권이 안 되는 책, 그리고 고향집 침실에 남겨둔 어릴 적 물건들이 내가 소유한 전부였다. 그리고 나를 무척 사랑하고 요리도 해주고 아내와 헤어지겠다는 협박 따위는 절대 하지 않는 연인이 있었다. 의무라면 직장 면접이 하나 있었는데—몇 주 후였다. 나는 자유로웠다. 그러니까 이 병든 나라, 이 유럽의 병자를 부양하기 위해 보안정보국에 지원한다면서 뭘 하고 있었던 거지? 아무것도, 아무것도 하고 있지 않았다. 나는 몰랐다. 그저 기회가 왔고, 그걸 잡았다. 토

* 영국 정부가 석탄 광부들의 파업으로 인한 전력 위기를 타개하기 위해 산업용 전력공급을 주 3일로 제한한 조치.

니가 그걸 원했기에 나도 원했고 내게는 달리 하는 일도 없었다. 그러니 안 될 게 뭔가?

게다가 여전히 나는 부모님에게 의무감을 느꼈고, 부모님은 내가 공무원 조직에서 꽤 괜찮은 계통인 보건사회보장부를 고려하고 있다는 이야기를 듣고 기뻐했다. 어머니가 염두에 두었던 원자폭탄급은 아니었을지라도 격동의 시대에 그 안정성이 어머니에게 위안이 되었던 모양이었다. 어머니는 기말고사가 끝난 뒤에도 내가 집에 오지 않는 이유를 알고 싶어했고, 나는 친절한 늙은 교수님이 '공무원' 시험 준비를 도와주고 있다고 설명할 수 있었다. 지저스 그린 근처에 작고 싼 방 하나를 얻어 그곳에서 지내면서 주말까지도 '혼신을 다해' 공부에 매진한다고 하니 확실히 통했다.

그해 여름 동생 루시가 심각한 말썽을 피워서 그쪽으로 관심이 쏠리지 않았더라면, 어머니는 얼마간 의구심을 보였을지도 모른다. 루시는 늘 나보다 요란하고 거침없고 모험심이 강했으며, 다음 십 년 속으로 절룩거리며 걸어들어간 해방의 60년대에 대한 확신이 훨씬 강했다. 루시는 이제 나보다 5센티미터가 컸고, 내가 처음 본 무릎 위로 짧게 자른 컷오프 청바지를 입은 사람이기도 했다. 긴장 좀 풀어, 언니, 자유로워지라고! 우리 여행 가자! 루시는 히피 유행이 끝나갈 때 그 세계에 물들었고, 그것이 지방 마켓타운*의 실상이었다. 그녀는 또한 삶의 유일한 목표는 의사가 되는 거라고, 가정의나 어쩌면 소아과의사가 되겠다고 공언했다.

루시는 우회로를 통해 야망을 추구했다. 그해 7월 칼레에서 도버행 페리를 탔는데 세관원, 아니 그의 개, 그러니까 그녀의 배낭에서 나는 냄새에 흥분해서 갑자기 짖어대는 탐지견에게 붙잡히고 말았다. 배낭에는 빨지 않은 티셔츠들과 개를 피하기 위해 비닐에 겹겹이 싼 200여 그램 분량의 터키산 해시시가 들어 있었다. 그리고 루시 안에는, 역시 세관에 신고되지 않은, 태아가 있었다. 아기 아버지가 누구인지는 확실치 않았다.

그후 몇 달 동안 어머니는 네 가지 임무를 수행하느라 날마다 많은 시간을 바쳐야 했다. 첫번째 임무는 루시를 감옥에서 구해내는 것, 두번째는 신문에 루시의 기사가 실리지 않게 하는 것, 세번째는 루시가 의대 2학년에 재학중인 맨체스터에서 퇴학당하지 않게 하는 것, 네번째는 큰 고통 없이 중절수술을 받게 하는 것이었다. 내가 급히 집에 가서(루시는 파출리향을 풍기며 햇볕에 그을린 양팔로 나를 꽉 끌어안고 흐느꼈다) 알게 된 바로는, 주교님은 패배를 인정하고 하늘이 자신을 위해 예비하신 모

* 장이 서는 소읍.

든 걸 받아들일 준비가 되어 있었다. 하지만 어머니는 이미 통제권을 쥐고 12세기에 지어진 대성당이라면 어디서든 지역적, 전국적으로 뻗어나가는 인맥을 맹렬히 가동시켰다. 예를 들어 우리 주州 경찰청장은 평신도 전도사였고 그와 직급이 같은 켄트주 경찰청장과 예전부터 아는 사이였다. 보수연합의 한 친구는 루시가 첫 재판을 받은 도버 치안판사와 친분이 있었다. 우리 지역 신문 편집장은 음치인 쌍둥이 아들을 성가대에 넣고 싶어했다. 물론 음의 높낮이라는 건 상대적이지만 당연한 일은 아무것도 없었고, 어머니는 내게 전부 아주 힘들었다고 말했다. 그중에서도 중절이 가장 힘들었는데, 의학적으로는 일상적인 일이었지만 루시는 스스로도 놀랄 정도로 깊은 마음의 상처를 입었다. 결국 루시는 육 개월 집행유예를 받았고, 신문에 기사가 나지 않았으며, 맨체스터의 어느 교구 목사인지 아니면 그 정도 지위의 누군가가 다가오는 종교회의에서 어떤 불가해한 문제를 두고 우리 아버지의 지지를 확인하게 되었다. 9월이 되자 루시는 학업에 복귀했다. 그리고 두 달 후 중퇴했다.

그래서 나는 7월과 8월 지저스 그린에서 태평히 빈둥거리며 처칠을 읽고, 따분해하고, 어서 주말이 되어 시 경계선에 있는 버스정류장에 가기를 기다릴 수 있었다. 머지않아 72년 여름을 나의 황금기로, 소중한 목가로 고이 간직하게 되겠지만 어쨌거나 그때는 금요일부터 일요일 저녁까지만 기쁨을 느꼈다. 그 주말들은 연장된 개별지도 시간이라 할 수 있었고, 어떻게 살지, 무엇을 어떻게 먹고 마실지, 어떻게 신문을 읽고 논쟁에서 제 몫을 다하고 어떻게 책의 '요점'을 뽑아낼지를 배웠다. 면접이 다가오고 있다는 건 나도 알았지만 토니가 왜 그렇게 열성적으로 준비를 시키는지 물어볼 생각은 하지 않았다. 설령 그 생각이 들었다고 해도 그런 보살핌은 나이든 남자와의 연애에 따르는 일부분이라고 여겼을 터였다.

물론, 그 상황은 오래갈 수 없었고, 내가 런던에서 면접을 보기로 한 날을 이틀 앞두고 복잡한 간선도로변에서 폭풍우와도 같은 반시간 동안 모든 게 산산조각나버렸다. 그 사건은 시간순으로 정확히 기록할 만한 가치가 있다. 앞에서 언급했듯이, 토니가 7월 초에 사준 실크블라우스가 있었다. 잘 고른 블라우스였다. 나는 따스한 저녁에 느껴지는 그 블라우스의 고급스러운 감촉이 좋았고, 토니는 그 옷을 입은 내게 단순하고 헐렁한 스타일이 정말 마음에 든다고 몇 번이나 말했다. 나는 감동했다. 그때껏 살아오면서 내게 옷을 사준 남자는 그가 처음이었다. 슈거 대디.* (주교님은 가게에 들어가본 적도 없었을 것이다.) 그 선물은

---

* 성관계를 대가로 젊은 여자에게 경제적 도움을 주는 중년 남자.

약간 저속한 면도 있고 지독히 소녀적이기도 한 구식 물건이었지만 그래도 좋았다. 그걸 입으면 그의 품에 안긴 것 같았다. 라벨의 연푸른색 코퍼플레이트* 글자는 확실히 에로틱해 보였다—'와일드 실크** 핸드 워시.' 목둘레와 소맷단에는 띠 모양의 브로드리 앙글레즈***가 들어가 있었고, 어깨에 잡힌 두 개의 주름이 등에 있는 두 개의 작은 주름 장식과 잘 어울렸다. 그 선물은 하나의 상징이었다고 생각한다. 주말에 오두막을 떠날 때 나는 그걸 셋방으로 가져와 손으로 빤 후 다음에 입고 가려고 잘 다려서 개어두곤 했다. 그게 나라도 되는 양.

하지만 9월의 그 주말 우리는 침실에 있었고, 짐을 싸고 있는 내게 토니가 하던 말을 멈추고—우간다의 이디 아민에 대해 이야기하고 있었다—그 블라우스를 자기 셔츠와 함께 세탁바구니에 던져넣으라고 했다. 타당한 말이었다. 우리는 곧 다시 올 거고 파출부 트래버스 부인이 다음날 와서 모든 걸 처리할 테니까. 캐닝 부인은 열흘 일정으로 빈에 가 있었다. 그게 너무 기뻤던 터라 나는 그 순간을 또렷이 기억했다. 우리의 사랑이 일상이 되고 당연하게 여겨지며 가까운 미래가 사나흘 단위로 끊어지는

---

* 동판 인쇄 글씨 같은 동글동글하고 또렷한 필기체.

** 야생의 산누에로부터 얻은 실로 짠 실크.

*** 구멍을 뚫어 그 주위를 자수 처리하는 아일릿 기법.

것이 위안이 되었다. 케임브리지에서는 외로워하며 복도의 공중 전화로 걸려오는 토니의 연락을 기다릴 때가 많았다. 잠시나마 아내의 자격 같은 걸 얻은 나는 고리버들 세탁바구니 뚜껑을 열고 그의 셔츠 위에 내 블라우스를 넣고는 그 일에 대해선 더이상 생각하지 않았다. 세라 트래버스는 가까운 마을에서 일주일에 사흘씩 일하러 왔다. 한번은 그녀와 식탁에서 완두콩 껍질을 까며 반시간가량 즐겁게 보낸 적이 있었는데, 그때 히피로 살겠다며 아프가니스탄으로 떠난 그녀의 아들 이야기를 들었다. 아들이 불가피하고 위험한 전쟁에 참전하기 위해 군에 입대라도 한 것처럼 자랑스러운 말투였다. 나는 지나치게 자세히 생각하고 싶진 않았지만 그녀가 그 오두막을 거쳐간 토니의 여자친구들을 다 보았으리라 짐작했다. 하지만 그녀는 보수만 받으면 됐지, 신경쓰지 않았을 거라고 나는 생각한다.

지저스 그린으로 돌아와서 나흘이 지나도록 감감무소식이었다. 나는 토니가 시킨 대로 공장법과 곡물조례에 대해 읽고 신문을 꼼꼼히 읽었다. 지나가던 길에 들른 친구를 몇 명 만났지만 절대 전화기에서 멀리 떨어지지 않았다. 닷새째 되는 날 토니의 대학으로 가서 수위에게 쪽지를 남기고 행여 그사이 전화가 왔을까봐 부랴부랴 돌아왔다. 나는 그에게 전화를 걸 수 없었다—나의 연인은 내게 집 전화번호를 알려주지 않을 만큼 조심성을 발휘했었다. 그날 저녁 그에게서 전화가 왔다. 단조로운 목소리였다. 그는 인사도 없이 다음날 아침 열시 버스정류장으로 나오라고 지시했다. 그리고 내가 애처롭게 질문을 던지는 와중에 전화를 끊어버렸다. 당연히 나는 그날 밤 잠을 설쳤다. 어리석은 나는 그에게 차일 걸 알았어야 했는데 정작 놀랍게도 그를 걱정하며 뜬눈으로 밤을 지새웠다.

새벽에 목욕을 해서 몸에서 좋은 향기가 풍기도록 했다. 일곱시쯤에는 준비가 끝나 있었다. 그가 좋아하는 속옷(당연히 검은색, 그리고 자주색도)과 숲을 산책할 때 신을 즈크화를 가방에 챙겼으니 희망에 부푼 바보가 아니면 무엇이겠는가. 행여 그가 일찍 왔다가 내가 보이지 않으면 실망할까봐 아홉시 이십오분까지 버스정류장으로 나갔다. 그는 열시 십오분쯤 왔다. 그가 조수석 문을 열어주어서 차에 탔지만 키스는 없었다. 그는 운전대에 두 손을 그대로 올려놓은 채 연석에서 벗어나 출발했다. 16킬로미터를 달리는 동안 그는 말이 없었다. 손가락 관절이 하얘지도록 운전대를 꽉 잡고 전방만 응시했다. 무슨 일이에요? 그는 말해주지 않았다. 앞으로 닥칠 폭풍우를 예고하듯 그가 작은 차로 거칠게 차선을 넘나들고 오르막과 굽이에서 무모하게 앞지르기를 하자 나는 겁에 질려 미칠 것 같았다.

그는 어느 로터리에서 케임브리지 쪽으로 다시 방향을 돌려

A45 도로변 대피소로 들어갔다. 그곳은 쓰레기로 지저분한 기름투성이 잔디밭이었고, 맨땅이 드러난 곳에 화물트럭 운전사들에게 핫도그와 햄버거를 파는 간이매점이 있었다. 오전 그 시간에 매점은 셔터가 내려간 채 자물쇠까지 채워져 있었고 주차된 차도 없었다. 우리는 차에서 내렸다. 여름이 끝나갈 무렵의 최악의 날씨로—해가 쨍쨍하고, 바람이 심하고, 먼지가 자욱했다. 우리 오른쪽으로는 바싹 마른 플라타너스 묘목들이 한 줄로 듬성듬성 늘어서 있고, 그 반대편에서는 차들이 쌩쌩 달렸다. 자동차경주 트랙 가장자리에 있는 것 같았다. 대피소는 200미터쯤 되었다. 그가 그곳을 따라 걷기 시작했고 나는 옆에서 따라갔다. 이야기를 하려면 고함을 지르다시피 해야 했다.

그의 입에서 나온 첫 마디는 이랬다. "네가 부린 잔꾀는 안 먹혔어."

"무슨 잔꾀요?"

나는 재빨리 최근 일들을 되짚어보았다. 잔꾀 같은 건 부린 적도 없어서 금세 풀릴 단순한 문제이겠거니 하는 생각에 불쑥 희망이 솟았다. 우리는 이 일을 두고 웃을 수 있을 거야 하는 생각마저 들었다. 정오 전에 사랑을 나눌 수 있을 거야.

우리는 대피소와 도로가 만나는 곳에 이르렀다. "분명히 해둘 게 있어." 그가 말했고 우리는 멈춰 섰다. "넌 프리다와 나 사이에 끼어들 수 없어."

"토니, 무슨 잔꾀요?"

그는 다시 차를 향해 걸었고 나는 뒤따라갔다. "끔찍한 악몽이야." 그가 혼잣말을 했다.

나는 소음에 맞서 큰 소리로 외쳤다. "토니. 말해줘요!"

"기쁘지 않아? 어젯밤 우린 이십오 년 만에 가장 심하게 싸웠어. 네 계획이 성공해서 신나지?"

미숙한데다 당황하고 겁에 질린 나였지만, 그런 나조차 부조리를 알아챌 수 있었다. 그는 자기 식대로 내게 말하려 했고, 그래서 나는 잠자코 기다렸다. 그가 다시 차와 문 닫힌 매점을 지나쳤다. 우리 오른쪽에 먼지투성이의 높은 산사나무 울타리가 있었다. 화려한 색깔의 사탕 포장지니 감자칩 봉지니 하는 것들이 뾰족뾰족한 가지들에 걸려 있었다. 사용한 콘돔 하나가 잔디밭에 버려져 있었는데 우스꽝스러울 정도로 길었다. 불륜을 끝내기에 좋은 장소였다.

"세리나, 어쩜 그렇게 어리석은 짓을 할 수 있지?"

나는 정말로 바보가 된 기분이었다. 우리는 다시 멈춰 섰고, 나는 조절이 되지 않아 떨리는 목소리로 말했다. "솔직히 무슨 소리인지 모르겠어요."

"넌 프리다가 네 블라우스를 발견하기를 바랐어. 그래, 그녀는 네 블라우스를 발견했지. 넌 그녀가 몹시 화를 낼 거라고 생각했고, 그 생각은 옳았어. 내 결혼을 파탄내고 그 자리를 차지할 수 있을 거라고 생각했지만, 그건 틀렸어."

나는 부당함에 압도되어 말문이 막혔다. 혀뿌리 바로 뒤쪽 위 어디쯤에서 목이 죄어들기 시작했다. 눈물이 고였을까봐 얼른 고개를 돌렸다. 그에게 보이고 싶지 않았다.

"물론, 넌 젊고 뭐 그래. 하지만 부끄러운 줄 알아야지."

내 입에서 꺽꺽대는 애원의 목소리가 나오자 끔찍했다. "토니, 당신이 세탁바구니에 넣으라고 했잖아요."

"그만해. 내가 그런 말 안 했다는 건 너도 알잖아."

그는 부드럽게, 흡사 다정하게, 마치 내게 마음을 써주는, 그리고 이제 잃게 될 아버지처럼 말했다. 우리는 말다툼을 벌였어야 했다. 그와 프리다 사이에 있었던 어떤 싸움보다 크게 싸웠어야 했고, 나는 그에게 덤볐어야 했다. 하지만 곤란하게도 울음이 터지려 했고 나는 절대로 울지 않을 작정이었다. 나는 잘 울지 않는 성격이며, 울 때는 혼자 있고 싶어한다. 하지만 상류층 특유의 그 부드러우면서도 권위적인 목소리가 나를 꿰뚫었다. 너무도 다정하고 확신에 찬 목소리에 나는 거의 그 말을 믿어버릴 지경이었다. 나는 이미 지난 일요일에 대한 그의 기억을 바로잡거나 그에게 버림받지 않는 게 불가능하다는 걸 감지했다. 내가 죄인처럼 굴 위험이 있다는 것도 알았다. 가게 좀도둑처럼, 붙잡혀서 안도의 울음을 터뜨리는 것이다. 너무 불공평하고 너무 절망적이었다. 내 입장을 밝히려 해도 말이 제대로 나오지 않았다. 전화기 옆에서 기다린 시간들과 불면의 밤이 나를 망쳐놓았던 것이다. 목구멍 안쪽이 계속 죄어들고 그 아래 목의 다른 근육들까지 가세해 입술을 잡아당겨서 이 위에서 팽팽히 당겨지도록 만들었다. 무언가 툭 끊어지며 무너지려는 중이었고 그렇게 되게 내버려둘 수 없었다. 그가 보는 앞에서는. 그가 너무나 잘못하고 있을 때는. 그것을 억제하고 품위를 지키는 유일한 방법은 침묵이었다. 입을 열면 폭발할 것이었다. 그런데 말이 하고 싶어서 답답했다. 지금 그의 행동이 얼마나 부당한지를, 그가 기억의 착오로 우리 사이의 모든 걸 위험에 빠뜨리고 있다는 것을 말해야 했다. 마음이 원하는 것과 몸이 원하는 것이 다른 익숙한 경우였다. 시험중에 섹스가 하고 싶거나 결혼식 때 아픈 것 같은. 침묵 속에서 감정을 억누르려고 애쓸수록 나 자신에 대한 혐오가 커져갔고, 그는 한층 차분해졌다.

"비열한 짓이었어, 세리나. 난 네가 그 정도밖에 안 되는 사람인 줄 몰랐어. 이런 말 하기 쉽지 않지만, 너에게 실망이 커."

내가 등을 돌리고 있는 동안 그는 계속 그런 식으로 말했다. 그동안 자신이 나를 얼마나 신뢰하고 격려하고 내게 큰 기대를 걸었는지, 내가 자신을 얼마나 실망시켰는지. 그로서는 내 눈을 보지 않고 뒤통수에 대고 말하는 게 더 쉬웠을 터였다. 나는 그게 단순한 착오가 아니라 요직에 있는 바쁜 중년 남자의 흔한 기억력 감퇴가 아닐까 하는 의심이 들기 시작했다. 모든 정황이 빤히 보였다. 프리다가 빈에서 일찍 돌아온다. 그녀는 모종의 이유로, 어쩌면 고약한 예감에 이끌려 오두막으로 간다. 또는 둘이 같이 갔을 수도 있다. 침실에서 세탁된 내 블라우스가 발견된다. 그다음 서퍽이나 런던에서 싸움이 벌어지고 그녀의 최후통첩—그 여자랑 헤어져, 아니면 가버려. 그래서 토니가 뻔한 결심을 한 것이다. 하지만 중요한 점은 이것이다. 그가 다른 선택도 했다는 것. 스스로를 피해자로, 부당한 일을 당한 사람, 속은 사람, 의분에 찬 사람으로 만들기로 결심한 것이었다. 내게 세탁바구니 이야기를 한 적 없다고 스스로를 설득했다. 그 기억은 의도적으로 지워졌다. 하지만 이제는 자신이 기억을 지웠다는 사실조차 몰랐다. 기억을 못하는 척하는 게 아니었다. 그는 자신이 실망했다고 철석같이 믿었다. 정말로 내가 기만적이고 비열한 짓을 했다고 생각했다. 그는 자신에게 선택권이 있었다는 생각으로부터 스스로를 보호하고 있었다. 나약하다? 자기기만적이다? 거만하다? 그 모두에 해당되었고, 무엇보다도 논리가 떨어졌다. 만찬, 논문들, 정부위원회 자리—의미 없다. 그의 논리가 그를 저버렸다. 내가 보기에 캐닝 교수는 심각한 지적 기능장애를 겪고 있었다.

나는 타이트한 청바지 주머니를 뒤져서 휴지를 찾아 구슬픈 흥 소리를 내며 코를 풀었다. 여전히 목소리가 어떻게 나올지 몰라 말을 하기가 두려웠다.

토니가 말하고 있었다. "이 모든 일이 어떤 결과로 이어질지 너도 알 거야, 안 그래?"

여전히 심리치료를 하는 듯한 부드러운 목소리였다. 나는 고개를 끄덕였다. 나는 정확히 알았다. 어쨌든 그는 말했다. 그러는 동안 나는 밴 한 대가 빠르게 달려와 매점 옆 자갈밭에 급커브를 그리며 멋지게 정차하는 모습을 지켜보았다. 차 안에서 요란한 팝 음악 소리가 들려왔다. 갈색 근육질 팔이 드러나 보이는 드러머 티셔츠 차림의 말총머리 청년이 밴에서 내리더니 햄버거 빵이 든 커다란 비닐봉지 두 개를 매점 옆 땅바닥에 휙 던졌다. 그러고는 굉음과 푸른 매연을 남기며 떠났는데 바람 때문에 매연이 우리에게 곧장 날아왔다. 그래, 나는 저 빵처럼 버려지려 하고 있었다. 문득 나는 우리가 왜 이 대피소로 들어왔는지 깨달았다. 토니는 소동이 벌어지리라 예상했다. 자신의 작은 차 안에서 싸우는 건 피하고 싶었다. 히스테리에 빠진 여자를 조수석에서 어떻게 쫓아내겠는가? 그러니 나는 다른 사람 차를 얻어 타고 시내로 오게 두고 자긴 차를 몰고 가버리면 그만인 이곳이 어떨까?

내가 왜 그런 수모를 겪어야 하지? 나는 그에게서 멀어져 그의 차로 갔다. 뭘 해야 할지 알았다. 우리 둘 다 대피소에 남아 있으면 된다. 억지로라도 한 시간 더 나와 함께 있게 되면 그가 분별력을 되찾을 수도 있었다. 아닐 수도 있고. 그건 중요하지 않았다. 나는 계획이 있었다. 운전석 쪽 차문을 열고 시동 스위치에서 열쇠를 뽑았다. 그의 인생 전체가 두툼한 열쇠고리—사무실, 집, 두번째 집, 우편함, 금고, 세컨드 카, 그리고 내게 비밀로 하고 있는 그라는 존재의 다른 모든 부분으로 통하는 크고 복잡하고 남성적인 처브, 배넘, 예일*의 집합체—에 달려 있었다. 그 총체를 산사나무 울타리 너머로 던지려고 팔을 뒤로 젖혔다. 설령 그가 울타리 안으로 들어갈 수 있다 해도, 자신의 삶으로 통하는 열쇠들을 찾기 위해 내가 지켜보는 가운데 들판에서 소들과 똥웅덩이들 사이를 엉금엉금 기어다니게 하자.

뉴넘에서 삼 년이나 테니스를 친 덕에 나는 꽤나 힘차게 던질 수 있었을 것이다. 하지만 실력을 뽐낼 수 없었다. 팔을 있는 힘껏 뒤로 젖힌 순간 그의 손가락이 내 팔목을 감아쥐고 죄어오는

* 영국의 자물쇠와 열쇠 제조업체들.

게 느껴졌다. 그는 금세 열쇠들을 빼앗았다. 그는 난폭하게 굴지 않았고 나도 저항하지 않았다. 그는 말없이 내 옆을 돌아가 차에 탔다. 말은 이미 할 만큼 한데다 내가 방금 그의 최악의 예상을 직접 확인시켜주었기 때문이었다. 그는 내 가방을 땅에 내던지고 문을 쾅 닫고 나서 시동을 걸었다. 이제 나는 목소리를 되찾았지만 무슨 말을 하겠는가? 다시, 나는 비참한 신세가 되었다. 그가 떠나는 건 원치 않았다. 나는 바보같이 차 캔버스 지붕에 대고 외쳤다. "토니, 진실을 모르는 척하지 마요."

얼마나 우스꽝스러운 말인지. 물론 그는 모르는 척하는 게 아니었다. 잊은 거였다. 그는 내가 하고 싶은 말이 더 있을 경우를 대비해 들리지 않게 하려고 두어 번 요란한 엔진소리를 냈다. 그리고 앞으로 차를 뺐다—혹시 내가 차 앞유리나 바퀴 아래로 몸을 던질까봐 처음에는 천천히 움직였다. 하지만 나는 비극적인 멍청이처럼 우두커니 서서 그가 떠나는 모습을 지켜보기만 했다. 도로로 진입하기 위해 속력을 늦추면서 브레이크등이 켜졌다. 그러고 나서 그는 가버렸고, 그것으로 끝이었다.

3

나는 MI5 면접을 취소하지 않았다. 이제 달리 할 일도 없었고, 루시 사건이 일단락된지라 주교님까지도 내가 보건사회보장부에 들어가기를 응원하고 있었다. 간선도로 대피소 소동 이틀 후 나는 소호 서쪽 가장자리의 그레이트 말버러 스트리트로 면접을 보러 갔다. 무언중에 못마땅한 기색을 내비치는 비서가 어둑한 복도 콘크리트 바닥에 놔준 딱딱한 의자에 앉아서 기다렸다. 그런 음울한 건물에 들어가보기는 난생처음이었다. 내가 앉은 곳에서부터 철제 창틀에 유리 블록을 끼운 창문이 늘어서 있었다. 기포가 들어간 창이 지하실을 연상시켰지만 빛을 가로막는 건 유리 블록이 아니라 그 안팎으로 낀 때였다. 가장 가까운 창틀 위에 놓인 신문더미들도 검은 먼지에 뒤덮여 있었다. 만약 여기

취직이 된다면, 이 일자리가 멀리서 토니가 지속적으로 가하는 일종의 벌이 될지 궁금해졌다. 복합적인 냄새가 계단 위로 올라왔다. 나는 그 냄새의 여러 근원을 밝혀내며 시간을 보냈다. 향수, 담배, 암모니아 기반의 액체 세제, 그리고 한때는 먹을 수 있는 상태였을 유기농 제품.

조앤이라는 활기차고 다정한 여자를 상대로 본 첫 면접은 대부분 서류 작성과 간단한 신상 관련 질문들에 답하는 것으로 이루어졌다. 한 시간 후 나는 조앤과 해리 탭이라는 군인 타입 남자와 같은 방에 함께 있었다. 칫솔 모양의 모래색 콧수염을 기른 남자는 얄팍한 금빛 상자에 든 담배를 연달아 피웠다. 또박또박 끊어 말하는 구식 말투와 말할 때마다 누런 오른손 손가락들로 테이블을 톡톡 두드리다가 상대의 말을 들을 때는 손동작을 멈추는 게 마음에 들었다. 우리 셋은 오십 분 동안 합심해서 나라는 인물의 프로필을 구축했다. 나는 기본적으로 수학도였고 그 밖에 몇 가지 적당한 관심사를 갖고 있었다. 그런데 도대체 어떻게 3등급으로 졸업을 했단 말인가? 나는 필요에 따라 거짓말이나 왜곡을 보태가며 마지막 학년에 주어진 학업량을 고려하건대 대단히 어리석게도 글쓰기에, 소련과 솔제니친의 작품에 관심을 갖게 되었다고 설명했다. 결별한 연인의 충고에 따라 나의 예전 글들을 꼼꼼히 읽고 가서 늘어놓는 견해들을 탭 씨는 흥미롭게 경청했다. 그리고 대학 외에, 내가 만들어낸 자신은 전적으로 그와 보낸 여름에서 나온 것이었다. 내게 달리 누가 있었겠나? 이따금 나는 토니가 되었다. 알고 보니 나는 영국의 전원을, 특히 서퍽을, 그리고 가을에 거닐며 그물버섯 따기를 즐겼던 가지를 짧게 쳐낸 고목들의 장엄한 숲을 열렬히 좋아하고 있었다. 조앤은 그물버섯에 대해 알았고, 탭이 초조하게 지켜보는 동안 우리는 재빨리 요리법을 교환했다. 그녀도 판체타는 처음 들어본다고 했다. 탭이 내게 암호화에 관심을 가진 적이 있는지 물었다. 나는 아니라고 대답하면서 시사 문제에 약하다는 걸 고백했다. 우리는 서둘러 시사 문제들을 짚어갔다—광부들과 부두노동자들의 파업, 경제공동체, 벨파스트 사태. 나는 귀족적인 울림을 지닌 〈타임스〉 사설의 언어로, 여간해서는 반발을 살 수 없는 사려 깊게 들리는 의견을 말했다. 예를 들어 '관대한 사회'*를 이야기할 때, 개인의 성적 자유는 안전한 환경에서 사랑받으며 자라야 할 어린이들의 권리와 균형을 맞추어야 한다는 〈타임스〉의 견해를 인용했다. 누가 그 점에 반대할 수 있겠는가? 나는 자신만만하게 나아가고 있었다. 그다음에는 영국 역사에 대한 열정

* 1960년대 기독교와 중산층 윤리가 약화되면서 전반적으로 자유로워진, 특히 성적 자유가 허용된 영국 사회를 가리키는 말.

을 보여줄 차례였다. 해리 탭이 다시금 생기를 찾았다. 특히 무엇에 대해? 명예혁명. 아, 정말이지 그건 너무도 흥미로웠다! 그 다음으로 나의 지적 영웅은 누구인가? 나는 정치인이 아닌 역사가(나는 그의 '비길 데 없는' 트라팔가르 해설을 요약했다), 노벨 문학상 수상자, 수채화가로서의 처칠을 꼽았다. 나는 그의 거의 알려지지 않은 수채화 작품 〈마라케시 옥상 빨래〉를 늘 각별히 애호해왔으며, 지금 그 작품은 개인이 소장하고 있을 거라고 말했다.

나는 탭의 어떤 발언에 고무되어 내 자화상에 체스에 대한 열정을 덧칠하면서도 삼 년이 넘게 하지 않았다는 이야기는 뺐다. 그가 1958년 질베르와 탈의 종반전에 대해 잘 아느냐고 물었다. 나는 잘 몰랐지만 유명한 사아베드라 배치에 대해 그럴듯하게 설명할 수 있었다. 사실 내 평생 그 면접 때만큼 영민했던 적이 없었다. 그리고 『?쿠이스?』에 글을 싣던 시기 이후로 그토록 스스로에게 만족했던 적도 없었다. 거의 어떤 주제든 막히는 법이 없었다. 어떤 사안에 대한 무지도 번지르르하게 광을 낼 수 있었다. 내 목소리는 토니의 것이었다. 나는 대학교수, 정부조사위원회 위원장, 지역 명사라도 되는 양 말했다. MI5에 들어오겠느냐고? 나는 MI5를 이끌 준비가 되어 있었다. 이제 나가봐도 좋다는 말을 들은 지 오 분 후 다시 불려들어와 탭 씨로부터 채용 통보를 들었지만 전혀 놀라지 않았다. 그가 달리 어쩔 수 있었겠는가?

몇 초간 나는 그가 하는 말을 이해하지 못했다. 그리고 이해했을 때는 그가 나를 놀리거나 시험하는 거라고 생각했다. 내가 채울 자리는 하급 보조요원이었다. 공무원 서열에서 그 자리가 말단 중의 말단임을 나는 익히 알고 있었다. 나의 주업무는 서류철 정리와 색인 만들기, 관련 자료실 작업이 될 것이었다. 열심히 일하다가 때가 되면 보조요원으로 승진할 수도 있겠지. 문득 내가 뭔가—내가, 혹은 토니가 끔찍한 실수를 저질렀다—를 깨달았음을 내색하지 않으려고 했다. 어쩌면 그건 토니가 나를 위해 고안한 벌이었을 수도 있었다. 애초에 나는 '요원'으로 모집된 게 아니었다. 그렇다면 스파이도 아니고, 일선 업무도 아니었다. 기쁜 척하며 조심스럽게 물어본 결과, 남자와 여자는 경력의 경로가 다르고 남자들만 요원이 될 수 있다는 틀에 박힌 현실을 조앤을 통해 확인하게 되었다. 물론이죠, 물론이죠, 나는 말했다. 물론 나는 알고 있었다. 모르는 게 없는 똑똑한 젊은 여성이니까. 얼마나 잘못 알고 있었는지, 얼마나 화가 났는지 그들에게 보여주기에 나는 너무 자존심이 셌다. 열성적으로 그 자리를 받아들이는 내 목소리가 들렸다. 멋져요! 감사합니다! 나는 첫 출근일을 통보받았다. 어서 빨리 출근하고 싶어요! 우리는 일어섰고, 탭 씨가 나와 악수를 나누고 자리를 떴다. 조앤이 건물 입구까지 배웅하며 탭 씨가 제안한 자리에 채용된 사람은 통상적인 신원조회를 거치게 된다고 설명했다. 신원조회에서 통과되면 커즌 스트리트에서 일하게 될 것이었다. 그리고 나는 공직자 비밀엄수 서약서에 서명하고 그 엄격한 규정들을 준수해야 했다. 물론이라고 나는 거듭 말했다. 멋지네요. 감사합니다.

나는 심란하고 암담한 마음으로 건물을 나섰다. 조앤에게 작별인사를 하기도 전에 그 일을 하지 않기로 결정을 내렸다. 통상 봉급의 3분의 2만 받으면서 하찮은 비서 일을 하다니 모욕적이었다. 웨이트리스로 뛰면서 팁만 받아도 그 두 배는 벌 수 있었다. 일자리는 사양하자. 편지로 알려야지. 아무리 실망스러워도 그편이 최소한 일 처리가 확실해 보이니까. 마음이 허전했고 뭘 해야 할지, 어디로 가야 할지 아무 생각도 나지 않았다. 케임브리지 방세 때문에 돈이 바닥나고 있었다. 부모님에게 돌아가 다시 딸이, 어린애가 되어 주교님의 무관심과 어머니의 조직적 열정을 마주할 도리밖에 없었다. 하지만 그런 전망보다 더 끔찍한 건 갑작스럽게 발작적으로 찾아든 사랑의 슬픔이었다. 내 필요에 따라 한 시간 동안 토니의 흉내를 내고 우리가 함께한 여름의 추억을 급습한 결과, 그와의 연애가 마음속에서 되살아났던 것이다. 나는 실연을 온전히 이해하도록 스스로를 설득해왔다. 그것은 마치 긴 대화를 나누고 있다가 돌연 그가 돌아서버리는 바람에 그의 부재를 압도적으로 느끼게 된 것 같았다. 나는 그를 그리워하고 갈망했으며 그가 다시는 돌아오지 않을 것임을 알았다.

나는 쓸쓸한 기분으로 그레이트 말버러 스트리트를 천천히 걸었다. 그 일자리와 토니는 어느 여름의 감상적 교육이라는 한 사건의 두 측면이었고, 그 사건은 종료된 지 48시간도 되지 않았다. 그는 아내에게로, 대학으로 돌아갔고 나는 가진 게 아무것도 없었다. 사랑도, 일자리도. 그저 외로움의 냉기뿐이었다. 그가 나를 공격했던 방식이 떠올라 슬픔은 더욱 악화되었다. 너무 부당했다! 길 맞은편을 흘끗 보니, 무슨 얄궂은 우연인지 앞쪽에 토니가 내게 블라우스를 사주었던 리버티 백화점의 튜더양식을 흉내낸 정면이 있었다.

참담해지고 싶지 않아서 얼른 카너비 스트리트로 접어들어 인파를 헤치며 걸었다. 지하 가게에서 올라오는 흐느끼는 기타 음악과 파출리향에 동생을 비롯한 집안의 온갖 문제가 떠올랐다. 보도 위 긴 옷걸이에 '사이키델릭' 셔츠들과 서전트 페퍼 스타일의 술장식 달린 군복들이 줄줄이 걸려 있었다. 개성을 표현하지 못해 안달난, 고만고만한 생각을 가진 무리를 위한 것이었다. 기분이 영 고약했다. 리젠트 스트리트를 내려가다가 왼쪽으로 꺾어 소호 안쪽으로 더 깊이 들어가서 쓰레기와 버려진 음식들, 보도와 배수로에 뭉개진 케첩 뿌린 햄버거와 핫도그와 상자들, 가로등 근처에 쌓인 쓰레기봉지들로 지저분한 거리를 걸었다. 곳곳에 '성인용품'이라는 붉은 네온사인이 보였다. 진열창에는 모조 벨벳 받침대에 채찍, 딜도, 윤활제, 징 박힌 마스크 같은 제품들이 놓여 있었다. 한 가게 문간에서 스트립쇼 업소 호객꾼 같은 가죽재킷 차림의 뚱뚱한 남자가 나를 향해 불분명한 말을 한마디 외쳤는데 '토이Toy!'라고 한 것 같았다. 어쩌면 '어이Oi!'라고 했는지도 모른다. 누군가 내게 휘파람을 불었다. 나는 누구와도 눈이 마주치지 않게 조심하면서 걸음을 서둘렀다. 여전히 루시 생각을 하고 있었다. 이 동네와 루시를 결부시키는 건 부당했지만, 내 동생이 경찰에 체포되고 임신하도록 만든 성적 해방이라는 새로운 정신이 이 가게들도 허용한 것이다(뿐만 아니라 내가 나이 많은 남자와 불륜에 빠졌던 일도 덧붙일 수 있겠다). 루시는 내게 과거는 짐이라고, 모든 걸 해체할 때가 왔다고 몇 번이나 말했었다. 많은 사람이 그런 식으로 생각했다. 저급하고 경망스러운 반란의 기운이 감돌고 있었다. 하지만 토니 덕분에 이제 나는 서구 문명이 비록 불완전하기는 해도 얼마나 힘들게 이룩되었는지 알고 있었다. 우리는 결점 많은 지배 권력으로 인해 고통받고 있고 우리의 자유는 불완전했다. 하지만 이쪽 세계 통치자들은 더이상 절대권력을 갖지 못하며 야만성은 대개 사적인 일로 나타났다. 소호 거리에서 나의 발아래 무엇이 있건 우리는 쓰레기를 딛고 일어섰다. 대성당, 의회, 그림, 법원, 도서관과 연구실—허물어뜨리기에는 너무 소중한 것이었다.

어쩌면 케임브리지에서 수많은 고풍스러운 건물과 잔디밭에 둘러싸여 지낸 일과, 시간이 돌에 얼마나 친절한지 본 일의 누적 효과일 수도 있었고, 아니면 단순히 내가 젊은이다운 용기가 부족하고 신중하고 고지식한 탓일 수도 있었다. 하지만 그 불명예스러운 혁명은 나와 맞지 않았다. 동네마다 있는 성인용품점도, 동생과 같은 삶도, 역사를 불사르기도 원치 않았다. 여행을 가자고? 나는 법과 제도의 중요성을 당연시하고 그것을 어떻게 개선시켜야 할지 늘 고민하는 토니 캐닝 같은 문명인과 함께 여행하고 싶었다. 그가 나와의 여행을 원하기만 한다면. 그가 그런 개자식만 아니라면.

리젠트 스트리트에서 채링 크로스 로드까지 배회하는 데 걸린 반시간이 내 운명을 정리해주었다. 나는 마음을 바꾸어 결국 그 일자리를 받아들이고 삶의 질서와 목적, 얼마간의 독립성을 갖기로 결심했다. 그런 결심에는 일시적으로 약간의 마조히즘이 작용했을지도 모른다—실연당한 여자에게는 사무실 하녀가 제격이라는 생각. 게다가 거기 말고는 오라는 데도 없었다. 토니와 연관된 케임브리지를 떠나 런던의 군중 속에 묻힐 수 있었다—

거기에는 기분좋게 비극적인 면이 있었다. 부모님에게는 보건사회보장부에서 어엿한 공무원으로 일하게 되었다고 말할 생각이었다. 나중에 알고 보니 그렇게까지 비밀스러울 필요도 없었지만 어쨌든 그때는 부모님을 속인다는 짜릿함을 맛볼 수 있었다.

그날 오후 나는 셋방으로 돌아가 집주인에게 나가겠다고 알린 뒤 짐을 싸기 시작했다. 이튿날 짐을 다 챙겨들고 교회 경내의 집에 도착했다. 어머니가 소식에 기뻐하며 다정하게 안아주었다. 그리고 놀랍게도 주교님은 내게 20파운드짜리 지폐 한 장을 주었다. 삼 주 후 나는 런던에서 새로운 인생을 시작했다.

훗날 국장이 되는 싱글맘 밀리 트리밍엄을 알았느냐고? 세월이 흘러 사람들에게 MI5에서 근무한 사실을 밝힐 수 있게 되었을 때 내가 자주 받은 질문이었다. 그 질문이 짜증스러웠다면 그건 그 안에 다른 질문이 숨어 있다고 생각했기 때문이었다. 당신은 케임브리지대학 출신인데 왜 그만큼 높이 올라가지 못한 거지? 나는 그녀보다 삼 년 늦게 MI5에 들어갔고, 그녀가 회고록에서 묘사한 그 길을 따라 출발한 게 사실이다—그녀와 똑같이 메이페어에 위치한 음산한 건물의 길쭉하고 어둠침침한 방 연수팀에서 무의미하면서도 아주 흥미로운 업무를 수행했다. 하지만 내가 그곳에 들어갔던 1972년 이미 트리밍엄은 신입 여직원들 사이에서 하나의 전설이었다. 잊지 마라. 우리는 이십대 초반, 그녀는 삼십대 중반이었다. 새로 사귄 친구 셜리 실링이 그녀를 가리켰다. 트리밍엄은 복도 끝에서 더러운 창문으로 들어오는 빛을 등진 채 한쪽 옆구리에 쐐기 모양으로 튀어나온 서류철들을 끼고 권력의 구름 위 정상에서 내려온 듯한 이름 모를 남자와 긴급회의중이었다. 그녀는 그 남자와 거의 동등한 듯 편안해 보였고 농담도 허용되는 사이인 게 분명해서 그가 크게 웃음을 터뜨리며 그녀의 팔뚝에 슬쩍 손을 댔는데, 당신의 위트 좀 자제해달라고, 안 그러면 내 인생이 곤란해진다고 암시하는 듯했다.

그녀는 우리 신입사원들에게 경탄의 대상이었다. 그녀가 서류철 관리 시스템과 등록소의 복잡한 업무들을 매우 빨리 익혀서 이 개월도 안 되어 승진했다는 소문 때문이었다. 누구는 몇 주 만이라고 했고 심지어 며칠 만이라고도 했다. 우리는 그녀의 옷차림이 반항적인 분위기를 띠며, 밝은 날염무늬 옷과 스카프들은 그녀가 근무했던 무법지대 전초기지가 있던 파키스탄에서 산 진품이라고 믿었다. 우리끼리 한 얘기였다. 그녀에게 물어보았어야 했다. 한평생이 지난 후 나는 그녀의 회고록에서 이슬라마바드 사무소에서 사무를 보았다는 내용을 읽었다. 그해 MI5의 대졸 여직원들이 더 나은 승진 기회를 얻기 위한 운동을 펼치면서 시작된 여성 봉기에 그녀가 함께했는지는 지금도 나는 모른다. 그들은 남성 사무직 요원들처럼 공작원을 지휘할 권한을 얻고 싶어했다. 내 짐작에 트리밍엄은 그 취지에 동조하면서도 집단행동이나 연설, 결의안에는 조심스러웠을 것이다. 나는 봉기라는 말이 어째서 우리 신입들에게까지 닿지 않았는지 정말로 이해가 되지 않았다. 어쩌면 너무 애송이로 여겨졌는지도 모른다. 어쨌든, 시대정신이 보안국을 서서히 변화시키고 있긴 했어도 트리밍엄은 처음으로 구습에서 벗어나고, 처음으로 여성 구역의 천장에 구멍을 뚫은 인물이었다. 그녀는 그 일을 조용히, 빈틈없이 해냈다. 나머지 우리는 그녀 뒤에서 소란스럽게 위를 향해 기어올랐다. 나는 그중에서도 꼴찌 그룹에 속했다. 그리고 그녀가 연수팀을 떠나 험난한 새 미래—아일랜드공화국군 테러리즘—에 맞섰던 데 반해 뒤따르던 우리 대다수는 소련과의 옛 싸움을 이어가며 한동안 더 뭉그적거렸다.

건물 1층 대부분은 등록소가 차지하고 있었는데, 그 거대한 메모리 뱅크에서는 삼백 명 이상의 좋은 집안 출신 비서가 피라미드를 쌓는 노예들처럼 요청된 서류정리 작업을 하고, 공작원을 지휘하는 사무직 요원들의 방을 돌며 서류를 돌려주거나 나눠주고, 들어오는 자료를 분류하는 노동을 하고 있었다. 그 시스템은 대단히 잘 돌아간다고 인식되어 컴퓨터 시대가 도래한 후에도 지나치게 오래 명맥을 이어갔다. 그것은 최후의 보루, 종이의 최종적인 독재였다. 신병이 감자 껍질을 벗기고 칫솔로 연병장 바닥을 닦으며 새로운 삶을 받아들이듯, 나도 대영제국 공산당 지부들의 당원 명단을 작성하고 아직 처리되지 않은 모든 사람의 서류철을 만들며 첫 몇 달을 보냈다. 내 특별 관심 지역은 글로스터셔였다. (트리밍엄의 경우 요크셔였다고 했다.) 근무 첫 달 스트라우드에 있는 그래머스쿨 교장에 관한 서류철을 만들었는데, 그는 1972년 7월의 어느 토요일 저녁 거주지 지부 공개집회에 참석한 적이 있었다. 그때 그는 동지들이 나눠준 종이에 이름을 적긴 했지만 그후 당에 가입하지 않기로 결정한 모양이었다. 우리가 입수한 어떤 신청자 명단에도 올라와 있지 않았다. 하지만 나는 그가 청소년들의 정신에 영향을 미칠 수 있는 위치라는 점을 감안해 그에 관한 서류철을 만들기로 했다. 그것이 내가 주도적으로 해낸 첫번째 일이었고, 바로 그런 이유로 지금까지도 그의 이름 해럴드 템플먼과 출생년도를 기억한다. 만일 템플먼이 교직을 떠나(그는 겨우 마흔세 살이었다) 기밀정보를 접하는 공직에 지원했다면, 신원조회를 맡은 사람이 그의 서류철을 보게 되었을 터였다. 템플먼은 7월의 그날 저녁에 대한 질문을 받거나(분명 그는 놀라워했으리라) 아니면 이유도 모른 채 탈락했을 것이다. 완벽했다. 적어도 이론상으로는. 우리는 어떤 자료를 서류철에 넣어야 하는지에 관한 까다로운 준칙을 아직 다 익히지 못한 상태였다. 1973년 초반 그런 폐쇄적이고 기능적인 시스템은, 아무리 무의미하다 해도, 내게 위안이 돼주었다. 그 방에서 일하는 우리 열두 명 모두는 소련 공작원이 대영제국 공산당에 가입해 우리에게 제 존재를 알리는 짓은 절대 하지 않을 것임을 잘 알고 있었다. 나는 개의치 않았다.

출근길에 직무기술서와 현실의 어마어마한 괴리에 대해 골똘히 생각해보곤 했다. MI5에서 일한다고 마음속으로는—다른 사람에게 말할 수 없으니—말할 수 있었다. 거기에는 특정한 느낌이 있었다. 조국을 위해 소임을 다하고 싶어하는 작고 창백한 존재를 떠올리면 지금도 약간 마음이 동요된다. 하지만 나는 그린파크행으로 갈아타기 위해, 쓰레기와 먼지, 악취를 실은 지하 돌풍이 뺨을 때리고 헤어스타일을 바꿔놓아도 으레 그러려니 하며 지저분한 지하철 연결통로를 쏟아져내려가는 수천 명의 틈에 낀 미니스커트 차림 직장여성들 중 하나에 불과했다. (이제는 런던이 아주 많이 깨끗해졌다.) 그리고 일하러 가서도 영국 수도에 널리고 널린 수십만 명처럼 담배 연기 자욱한 방에서 꼿꼿한 자세로 앉아 거대한 레밍턴 타자기를 두드리고, 서류철을 가져오고, 남성의 손글씨를 해독하고, 점심을 먹은 후 급히 사무실로 돌아오는 직장여성이었다. 심지어 대부분의 직장여성보다 벌이가 적었다. 그리고 언젠가 토니가 읽어준 베처먼의 시에 나오는 직업여성과 똑같이 나도 세들어 사는 단칸방 세면대에서 속옷을 빨았다.

제일 말단 사무직원으로서 내가 첫 주에 받은 세후 주급은, 당시 아직 진지하지 않고 섣부르며 부정한 인상에서 벗어나지 못했던 새 십진제 통화로 14파운드 30펜스였다. 그중 방세로 4파운드가 나가고, 전기세로 1파운드를 더 내야 했다. 교통비는 1파운드 남짓이어서 식비와 기타 생활비로 8파운드가 남았다. 이렇게까지 세세하게 제시하는 건 불평을 하려는 게 아니라 케임브리지에서 후딱 읽어치웠던 제인 오스틴의 정신에 따른 것이다. 실제든 허구든 한 인물의 재정 상태를 모르고서 어떻게 그의 내적인 삶을 이해할 수 있겠는가? 런던 노스웨스트1, 세인트오거스틴로드 70번지 자그마한 셋방에 새로 자리잡은 프룸 양은 일 년에 1,000파운드가 안 되는 봉급을 받으며 무거운 마음을 안고 살았다. 나는 한 주 한 주 근근이 버티긴 했지만, 매혹적이고 은밀한 세계의 일부가 된 기분은 느낄 수 없었다.

그래도 젊었기에 하루종일 무거운 마음으로 지내기란 불가능했다. 내가 점심시간과 저녁때 어울리는 친구는 셜리 실링이었는데, 미더운 옛 통화 단위*와 두운이 맞는 그 이름은 그녀의 포

* 영국에서 1971년까지 사용된 주화인 실링(shilling)을 뜻한다.

동포동하고 비뚜름한 미소, 유흥에 대한 구식 취향과 닮은 구석이 있었다. 그녀는 근무 첫 주부터 "화장실에 가서 너무 오래 머문다"는 이유로 우리의 골초 관리자 미스 링과 마찰을 빚었다. 사실 셜리는 그날 밤 파티에서 입을 드레스를 사기 위해 열시에 황급히 건물을 나서서 옥스퍼드 스트리트의 마크스&스펜서 매장까지 내처 달려가 마음에 드는 옷을 골라 입어보고 한 사이즈 큰 걸로 다시 입어본 후 값을 치르고 버스를 타고 돌아왔다—이십 분 만에. 신발도 신어볼 계획이어서 점심 먹을 시간조차 없었다. 다른 신입 여직원들이었다면 그런 일은 엄두도 못 냈을 것이다.

그렇다면 우리는 그녀를 어떻게 생각했을까? 지난 몇 년 동안 엄청난 문화적 변화가 일어났을지언정 우리의 사회적 안테나는 꺾이지 않았다. 일 분 안에, 아니, 그보다 빨리, 셜리가 세 단어만 말해도 우리는 그녀가 미천한 출신임을 알 수 있었다. 아버지는 일퍼드에서 침대와 소파를 판매하는 베드월드라는 상점을 운영했고, 그녀는 그 지역의 대형 종합중등학교*와 노팅엄대학 출신이었다. 가족 중 열여섯 살이 넘어서까지 학교에 다닌 사람은 그녀가 처음이었다. MI5가 보다 개방적인 채용 정책의 사례로 고

* 학생을 수준에 따라 선별적으로 받아들이지 않고 모두 모아 가르치는 학교.

용했을 수도 있지만, 셜리는 특출났다. 타이핑 속도가 우리 중 최고로 빠른 사람보다 두 배나 빨랐고, 기억력—얼굴, 서류철, 대화, 절차에 대한—도 우리보다 정확했으며, 대담하고 흥미로운 질문들을 던졌다. 조직 내에서 큰 소수자 집단인 여직원들이 그녀를 찬양하는 일 자체가 시대를 반영하는 하나의 상징이었다—그녀의 가벼운 코크니* 어투는 현대적인 매력을 풍겼고, 목소리와 태도는 트위기나 키스 리처즈, 보비 무어를 연상시켰다. 실제로 그녀의 오빠는 울버햄프턴 원더러스 팀 2군에서 뛰는 프로 축구선수였다. 그래서 우리는 이 팀이 그해 신생 UEFA컵 대회에서 결승전까지 오른 걸 알 수밖에 없었다. 셜리는 색달랐고, 자신만만한 신세계를 대표했다.

몇몇 여직원은 셜리에 대해 우월감을 느꼈으나 우리 중 누구도 그녀만큼 세상 물정에 밝고 멋지지 못했다. 신입 여직원 다수가 사교계에 진출해 엘리자베스 여왕의 궁정에 드나들 만한 신분이었다. 그 관행이 십오 년 전 종말을 맞이하지 않았더라면. 몇 명은 현직에 있거나 은퇴한 요원들의 딸이나 조카였다. 3분의 2는 유서 깊은 대학에서 학위를 받았다. 우리는 똑같은 말씨를 쓰고, 사회적으로 자부심이 크며, 시골 저택에서 열리는 주말 모

* 런던 이스트엔드 노동자계급이 사용하는 말씨.

임에 초대받을 자격이 있었다. 하지만 우리의 행동양식은 늘 죄송스러워하는 기색을 띠었고, 특히 나이든 상관, 구舊식민지 타입이 우리의 어스름한 방에 들어오면 저도 모르게 공손해지는 예의의 충동을 느꼈다. 당시 우리 대부분은(물론 나는 제외하고) 눈을 내리깔고 순종적인 미소를 엷게 머금은 아가씨였다. 신입 여직원들 사이에서는 적절한 배경을 가진 괜찮은 남편감을 찾는 저공탐색이 암암리에 진행되고 있었다.

하지만 셜리는 죄송스러워하는 기색 없이 시끄러웠고, 결혼 생각이 없었기 때문에 모든 사람의 눈을 똑바로 보았다. 그녀에게는 자기 이야기에 깔깔거리며 웃어대는 재주인지 결점인지가 있었는데—내 생각에 그건 스스로가 웃겨서가 아니라 삶은 축하할 필요가 있는 것이라 여기고 다른 사람들도 동참하기를 원해서인 듯했다. 시끄러운 사람, 특히 시끄러운 여자는 적을 만들기 마련이고 셜리 역시 한두 사람에게 지독한 경멸을 받긴 했지만, 대체로 수월하게 우리의 애정을 얻었으며 특히 내게 그랬다. 아마도 위협적일 정도로 아름답지는 않았던 것이 그녀에게 득이 되었을 것이다. 그녀는 덩치가 커서 못해도 15킬로그램 정도 과체중이었고, 사이즈가 10인 나에 비해 16이나 되는데도 우리더러 자신에게 '호리호리하다'는 표현을 사용하라고 말하고는 웃음을 터뜨렸다. 동그랗고 다소 통통한 얼굴은 좀처럼 가만있는 법이 없다는 점에서 구원받았고 심지어 축복받았다고 할 수 있었다. 그녀는 대단히 생기 넘쳤다. 가장 아름다운 특징은 자연 곱슬인 검은 머리칼과 콧잔등의 연한 주근깨, 잿빛이 도는 푸른 눈의 약간 특이한 조합이었다. 오른쪽 입가가 아래로 내려가는 삐뚜름한 미소는 나로서는 적절한 표현을 찾아낼 길 없는 표정이었다. 방탕함과 투지 넘침 사이의 어딘가에 해당된다고나 할까? 그녀는 풍족하지 못한 환경에도 불구하고 우리 대부분보다 더 많은 곳을 돌아다녔다. 대학을 졸업한 해 혼자 히치하이크로 이스탄불까지 가서 매혈을 했고, 오토바이를 사고, 다리와 어깨와 팔꿈치가 부러지고, 시리아인 의사와 사랑에 빠지고, 낙태를 하고, 아나톨리아에서 요리를 좀 해주는 조건으로 개인 요트를 얻어 타고 영국으로 돌아왔다.

하지만 내가 보기에 그런 모험은 그녀가 늘 지니고 다니는 공책만큼 색다르지는 않았다. 유치한 분홍색 플라스틱 표지가 달린 공책으로 스프링에 작은 연필이 끼워져 있었다. 한동안 거기에 뭘 쓰는지 말하지 않으려던 그녀는 어느 날 저녁 머스웰 힐에 있는 펍에서 사람들이 하는 "똑똑하거나 재미있거나 바보 같은 이야기들"을 적어둔다고 털어놨다. 또한 "이야기들에 대한 아주 작은 이야기들"과 그냥 "생각들"도 적는다고 했다. 그녀는 공책을 늘 손닿는 곳에 두고 대화중에 글을 적곤 했다. 사무실의 다른 여직원들은 그걸로 그녀를 놀렸지만 나는 그녀가 글쓰기에 더 큰 야심을 품고 있는지 궁금했다. 내가 읽고 있는 책들에 대해 이야기하면 그녀는 예의바르게, 심지어 열심히 들어주긴 했지만 자기 의견을 말한 적은 없었다. 나는 그녀가 독서를 하는지 확신이 없었다. 그게 아니면 그녀는 커다란 비밀을 지키고 있는 것이었다.

그녀는 천둥소리 같은 소음이 들리는 홀로웨이 로드가 내려다보이는 작은 4층 방에 살고 있었다. 내 셋방과는 북쪽으로 불과 1.6킬로미터 거리였다. 우리는 서로 알게 된 지 일주일도 안 되어 저녁때 만나기 시작했다. 머지않아 나는 사무실 사람들이 우리의 우정에 '로럴과 하디'라는 별명을 붙였음을 알게 되었다. 슬랩스틱코미디 취향에서 나온 게 아니라 우리의 체구 차이 때문에 붙은 별명이었다. 셜리에게는 그 말을 하지 않았다. 그녀는 단 하루저녁도 펍이 아닌 다른 곳으로 놀러간다는 건 상상조차 못했고, 특히 음악이 흘러나오는 시끄러운 펍을 선호했다. 메이페어 주변 장소에는 관심이 없었다. 나는 몇 개월 내로 캠던, 켄티시 타운, 이즐링턴 일대 펍의 인간생태, 품위와 타락의 단계적 차이에 익숙해졌다.

내가 난투극을 본 것도 우리의 첫 외출 장소인 켄티시 타운의 아일랜드 펍에서였다. 영화에서는 턱에 주먹을 날리는 것이 흔해빠진 일이지만 실제로 목격하니 뼈 으스러지는 소리가 훨씬 약하고 무르게 들리는데도 예사롭지 않게 다가왔다. 온실 속 젊은 여자에게는 낮에 머피 건축회사를 위해 곡괭이를 휘두르던 주먹이 사람의 얼굴을 강타한다는 것이 믿을 수 없을 만큼 무모하고, 보복이나 장래, 인생 자체에 대해 전혀 개의치 않는 듯 보였다. 우리는 바에 앉아서 지켜보았다. 맥주 펌프 손잡이를 지나 허공으로 곡선을 그리며 날아가는 무언가가 보였다—단추 아니면 치아였을 거다. 더 많은 사람이 싸움에 가세해 고래고래 소리를 질러댔고, 손목 위쪽에 헤르메스의 지팡이 문신을 한 손재주 좋게 생긴 바텐더가 전화기에 대고 말하고 있었다. 셜리가 내 어깨에 팔을 두르고 문 쪽으로 데려갔다. 얼음이 녹고 있는 우리의 럼 앤드 코크가 등뒤 바에 그대로 있었다.

"경찰이 오고 있으니, 목격자를 찾을 수도 있어. 가는 게 좋아." 거리로 나와서야 우리는 그녀의 코트가 생각났다. "아 잊어버려." 손을 저으며 말하는 그녀는 이미 걸음을 옮기고 있었다. "내가 시러하는 코트였어."

우리는 밤외출 때 남자를 찾아다니지 않았다. 대신 많은 이야기를 나누었다—가족에 대해, 지금까지의 삶에 대해. 그녀는 시리아인 의사 이야기를 했고, 나는 제러미 모트에 대해 이야기했지만 토니 캐닝에 대해서는 이야기하지 않았다. 직장 뒷담화는 우리 같은 낮은 신입사원들에게도 엄격히 금지되었고 규정을 준수하는 건 자부심의 문제였다. 게다가 나는 셜리가 이미 나보다 더 중요한 일을 하고 있다는 인상을 받고 있었다. 꼬치꼬치 캐묻는 건 예의가 아니었다. 펍에서 남자들이 접근해 우리 대화가 중단될 때, 그들은 나를 보고 왔다가 셜리 차지가 되었다. 나는 남자를 넘겨받는 그녀 옆에 가만히 있는 걸로 만족했다. 그들의 대화는 가벼운 희롱과 웃음, 무슨 일을 하고 어디 출신인지에 대한 잡담조의 재치 있는 질문을 넘어서지 못했고, 남자들은 럼 앤드 코크 한두 잔을 산 후 물러났다. 캠던 록이 관광명소가 되기 전 그곳 히피 펍들의 장발 남자들은 내면의 여성스러움, 집단무의식, 금성의 태양면 통과 관련 잡설 등으로 부드럽게 유혹하며 더 음흉하고 끈질기게 굴었다. 내 여동생을 생각나게 하는 그들에게서 몸을 사린 나와 달리 셜리는 눈치 없이 친절하게 굴어서 그들을 물리쳤다.

우리가 그 동네에 가는 건 음악 때문이었고, 술을 마시기 위해서는 파크웨이에 있는 더블린 캐슬로 갔다. 셜리는 남자애들처럼 로큰롤에 열광했고, 1970년대 초 최고의 밴드들은 펍에서, 주로 동굴 같은 빅토리아시대 건물에서 공연했다. 나 역시 스스로도 놀랍게 일시적으로나마 이 화끈하고 가식 없는 음악에 빠졌다. 셋방은 따분했고 저녁때 소설 읽기 말고도 할일이 있어서 기뺐다. 어느 날 저녁, 서로에 대해 더 잘 알게 된 셜리와 나는 이상형에 대한 이야기를 나누었다. 그녀는 꿈의 남자가 180센티미터가 훌쩍 넘는 장신에 청바지와 검정 티셔츠를 걸치고, 머리가 짧고 빼빼이 홀쭉하며 목에 기타를 메고 다니는 내성적이고 여윈 사람이라고 했다. 그녀가 나를 데리고 캔비 아일랜드와 셰퍼즈 부시 사이의 모든 펍을 누비고 다니는 동안 우리는 이 원형의 스무가지가 넘는 형태를 보고도 남았다. 우리는 비스 메이크 허니(내가 제일 좋아하는), 루걸레이터(셜리가 제일 좋아하는), 그리고 닥터 필굿, 덕스 딜럭스, 킬번, 하이 로즈 같은 밴드의 음악을 들었다. 전혀 나답지 않게 술잔을 들고 땀투성이 관객 가운데 서 있다보면 소음 때문에 귀가 윙윙거렸다. 주위의 반체제 군중이 우리가 MI5라는 '건전한' 잿빛 세계에서 온 궁극의 적임을 알게 되면 얼마나 겁에 질릴까. 그런 생각을 하면 순수한 즐거움이 느껴졌다. 로럴과 하디, 국내 보안의 새 기습부대.

4

1973년 겨울이 끝나갈 무렵 나는 옛 친구 제러미 모트의 편지를 받았다. 고향집으로 온 편지를 어머니가 다시 보내주었다. 그는 여전히 에든버러에 살고, 여전히 행복하게 박사과정을 밟고 있으며, 그의 말로는 매번 큰 문제나 회한 없이 끝나는 공공연한 비밀 연애가 있는 새로운 삶을 즐기고 있다고 했다. 아침 출근길에 악취나는 만원 지하철 객차 안으로 비집고 들어가 다른 때와 달리 요행히 자리에 앉게 된 날 그 편지를 읽었다. 중요한 단락은 두번째 페이지 중간부터 시작되었다. 제러미에게는 심각한 남 이야기에 지나지 않았을 것이다.

내 지도교수 토니 캐닝 기억나지? 그 교수님 방에 차 마시러 간 적 있었잖아. 지난 9월 그가 아내 프리다를 떠났어. 삼십 년 넘게 결혼생활을 했는데. 아무 설명도 없었던 모양이야. 그가 서펵에 있는 오두막에서 젊은 여자를 만나고 있다는 소문이 캠퍼스에 돌았지. 하지만 그게 아니었어. 그가 그 여자도 버렸다는 거야. 지난달 친구에게 편지를 받았어. 그 친구 말이 교수님에게서 직접 들었대. 이 모든 일이 캠퍼스에서는 공공연한 비밀이었지만 아무도 내게 말해줄 생각을 못했나봐. 캐닝은 아팠어. 왜 그 얘기를 안 했을까? 중병에 걸려 치료가 불가능한 상태였대. 10월에 교수직을 사임하고 발트해의 섬으로 떠나 작은 집을 빌렸어. 그 지역 여자가 그를 돌봐주었는데 가정부 이상의 역할을 약간 했을지도 몰라. 최후가 가까워지면서 그는 다른 섬에 있는 시골 병원으로 옮겨졌어. 아들이 그곳을 방문했고 프리다도 갔지. 2월에 〈타임스〉에 실린 부고를 넌 못 봤겠지. 봤다면 내게 연락했을 테니까. 그가 종전 무렵 SOE* 소속이었다는 사실은 전혀 몰랐어. 대단한 영웅이었어. 밤에 낙하산을 타고 불가리아에 잠입해 매복하다가 가슴에 중상을 입었대. 그후 40년대 후반 사 년 동안 MI5에 몸담았어. 우리 아버지 세대—그들은 우리보다 훨씬 의미 있는 삶을 살

* Special Operations Executive, 영국 특수작전국.

왔지. 그렇게 생각하지 않아? 토니는 내게 무척 잘해줬어. 누가 내게 소식을 알려줬더라면 좋았을 텐데. 그랬다면 최소한 편지라도 보냈겠지. 네가 여기로 와서 나 좀 달래줬으면 좋겠어. 주방에 작고 아담한 여분의 방이 딸려 있는데. 하긴 생각해보니 전에도 너한테 이 말을 한 것 같네.

왜 그 얘기를 안 했을까? 암이라고. 70년대 초 그건 삶의 종말을 의미했고, 그런 얘기를 할 때면 사람들은 목소리를 낮추었다. 암은 불명예였고 희생자에게 일종의 실패, 육체보다는 인격의 오점, 더러운 결함이었다. 토니가 아무 설명 없이 슬그머니 떠나 차가운 바닷가에서 끔찍한 비밀을 안고 겨울을 보내야 했던 걸 당시 나도 당연하게 받아들였던 같다. 어린 시절의 모래언덕들, 매서운 바람, 나무 없는 습지, 그리고 수치심과 고약한 비밀과 다시 낮잠을 자고 싶다는 점점 커져가는 욕구를 안고 동키재킷 차림으로 잔뜩 웅크린 채 텅 빈 해변을 걷는 토니. 조수처럼 밀려드는 잠. 물론 그는 혼자 지내야 했다. 그 점은 의문의 여지가 없었다. 내게 감명과 충격을 준 건 계획성이었다. 내가 따라가서 그의 마지막 몇 개월을 복잡하게 만드는 일이 없도록 미움을 사기 위해 일부러 내게 블라우스를 세탁바구니에 넣으라고 말한 다음 그 사실을 잊은 듯 행동했던 것이다. 정말 그렇게까지 정교하고 가혹할 필요가 있었을까?

출근길에 나는 감정에 대해 논리적으로 사고하는 능력이 그보다 뛰어나다고 생각했던 것을 떠올리며 얼굴을 붉혔다. 곧이어 울음이 터졌다. 혼잡한 지하철 안 가까이 있던 승객들이 친절하게도 시선을 돌려주었다. 그는 내가 진실을 들은 후 과거의 얼마나 많은 부분을 고쳐써야 할지 분명 알았을 것이다. 나중에 내게 용서받으리라는 믿음에 얼마간 위안을 느꼈을 것이다. 무척 서글픈 일이었을 것 같다. 그런데 왜 그 일에 대해 설명하고, 우리 사이의 무언가를 추억하고, 작별의 말을 하고, 나를 인정하고, 내가 간직하고 살 무언가, 우리의 마지막 장면을 대체할 무언가를 주는 사후의 편지가 없었던 걸까? 그런 편지를 그 '가정부'나 프리다가 중간에서 가로챘을 거라는 의심이 그후 몇 주 동안 나를 괴롭혔다.

아무 근심 걱정 없던 시절을 함께 보낸 소꿉친구 형—테런스 캐닝은 노르망디상륙작전에서 사망했다—도, 대학 사람들도, 친구들도, 아내도 없이 쓸쓸한 해변을 터벅터벅 거니는 유배지의 토니. 무엇보다도 나 없이. 토니는 프리다의 보살핌을 받을 수도 있었다. 시골 오두막이나 집에 있는 침실에서 책과 더불어 지내며 친구들과 아들의 방문을 받을 수도 있었다. 심지어 나도 옛 제자로 위장하고 몰래 숨어들 수 있었다. 꽃, 샴페인, 가족과 옛 친구들, 과거 사진들—그게 사람들이 죽음을 준비하는 방식 아닐까? 적어도 숨을 쉬지 못해 헐떡거리거나 고통으로 몸부림치거나 공포로 마비된 상태가 아니라면.

그후 몇 주 동안 나는 수많은 사소한 순간을 되새겼다. 나를 몹시 조바심나게 했던 오후의 낮잠, 차마 바라볼 수 없었던 아침의 잿빛 얼굴. 그때 나는 쉰네 살의 나이에는 으레 그런 거려니 생각했었다. 특히 자꾸만 곱씹게 되는 대화가 있었다—침실 세탁바구니 옆에서 몇 초간 그가 내게 들려준 이디 아민과 추방된 우간다 아시아인들에 대한 이야기. 당시 그게 큰 화제였다. 포악한 독재자가 자국민들을 몰아냈고, 그들은 영국 여권을 소지하고 있었으며, 테드 히스 정부는 타블로이드 신문들을 장식한 분노를 무시하고 관대하게도 그들이 이곳에 정착하는 걸 허용해야 한다고 주장했다. 토니의 견해도 같았다. 그는 이야기를 중단하고는 숨도 돌리지 않고 재빨리 말했다. "그냥 거기 내 거랑 같이 넣어. 금방 다시 올 거니까." 딱 그렇게 일상적이고 가정적인 지시를 내리고는 다시 자기 의견을 이어서 말했다. 육신이 이미 무너지고 있고 계획이 형태를 갖추어가는 시점의 영리한 행동이 아니었던가. 그 순간을 체계적으로 준비하고 기회가 보이자 날쌔게 잡은 것이다. 아니면 나중에 일을 꾸몄을 수도 있다. 어쩌면 그건 계략이라기보다는 SOE 시절 생겨난 정신적 습관에 더 가까울지도 몰랐다. 직업적 기술. 하나의 장치, 속임수로서 그 일은 빈틈없이 처리되었다. 그는 나를 버렸고, 그에게 매달리기에 나는 상처가 너무 컸다. 나는 그때, 오두막에서 그와 보낸 몇 개월 동안 진심으로 그를 사랑했다고 생각하지는 않는다. 하지만 그가 죽었다는 소식을 들었을 때는 곧바로 그를 사랑했다고 확신하기에 이르렀다. 그 계략, 속임수는 어느 유부남의 바람보다 훨씬 더 기만적이었다. 심지어 그때도 나는 그의 그런 점에 감탄했으나 그를 용서할 수는 없었다.

나는 〈타임스〉의 지난 호들이 보관된 홀본 공공도서관으로 가서 부고란을 뒤졌다. 멍청하게 내 이름을 찾으며 훑어보다가 다시 시작했다. 한 사람의 인생 전체가 사진 한 장 없이 몇 단에 들어 있었다. 옥스퍼드 드래건 스쿨, 말버러, 그다음 베일리얼칼리지, 근위대, 서부사막 전투, 밝혀지지 않은 공백, 그다음 제러미가 말한 SOE, 그리고 1948년부터 사 년간 보안정보국 소속. 나는 토니가 MI5와 두터운 연줄이 있음을 알면서도 그의 전쟁과 전후 시기에 대해 얼마나 무관심했던가. 부고에는 그후 50년대에 대해 간략히 요약되어 있었다—저널리즘, 저서들, 공직, 케임브리지, 죽음.

그리고 내 경우, 아무것도 달라지지 않았다. 나는 은밀한 슬픔이라는 작은 신전을 돌보며 계속해서 커즌 스트리트에서 일했다. 토니는 내게 직업을 정해주고, 자신의 숲과 그물버섯, 견해, 처세술을 빌려주었다. 하지만 내게는 아무 증거도, 징표도 없었다. 그의 사진도, 편지도, 심지어 쪽지 한 장도 없었다. 만날 때마다 늘 전화로 약속을 잡았으니까. 그가 빌려준 책들을 부지런히 읽고 돌려주었기에 내게 남은 건 R. H. 토니의 『기독교와 자본주의의 발흥』뿐이었다. 그 책을 찾아 사방을 뒤지고 같은 곳을 여러 번 쓸쓸히 살펴보았다. 빛바랜 연녹색 하드커버의 저자 이름 머리글자 부분에 고리 모양 컵 자국이 있고, 첫 면지에 푸른빛이 도는 자주색 잉크로 '캐닝'이라고만 쓰여 있으며, 처음부터 끝까지 거의 모든 페이지의 여백에 그가 가는 연필로 메모를 해놓은 책이었다. 너무도 귀중한. 하지만 오직 책만이 그럴 수 있듯 그것은 슬그머니 사라져버렸다. 아마도 지저스 그린에서 이사할 때 없어진 듯했다. 내게 남은 유품은 무심히 증여된 서표—이것에 대해서는 나중에 설명하겠다—와 직장이었다. 그가 레컨필드 하우스*에 있는 지저분한 사무실로 나를 보냈다. 나는 좋아하지 않았지만 그곳은 그의 유산이었고, 거기가 아닌 다른 곳에 있는 건 견딜 수 없었을 것이다.

불평하지 않고 미스 링의 비난을 겸허히 감내하며 끈기 있게

* 1945년부터 1976년까지 MI5 본부로 이용된 장소.

일하기—그것이 내가 불길을 지키는 방법이었다. 만일 내가 유능하지 않다면, 지각하거나 불평하거나 MI5를 떠날 생각을 한다면, 그를 실망시키게 될 터였다. 나는 폐허 속의 위대한 사랑을 받아들였고, 그래서 고통을 얻었다. 아크라시아! 내가 사무직 요원이 휘갈겨쓴 글씨를 타이핑해서 오류 없는 메모 세 통으로 바꾸는 일에 각별히 공을 들인 건, 사랑했던 남자를 추모하는 것이 내 의무이기 때문이었다.

우리 동기는 남자 셋을 포함해 열두 명이었다. 그중 두 명은 삼십대 기혼 사원으로 누구에게도 관심의 대상이 아니었다. 세 번째 남자 그레이토렉스는 이름이 야심찬 부모님이 지어준 맥시밀리언이었다. 서른 살가량으로 귀가 삐죽 튀어나오고 극도로 과묵했는데, 수줍음이 많아서인지 우월감 때문인지 우리로서는 알 수 없었다. MI6*에서 전근해왔고, 이미 사무직 요원의 지위였으며, 시스템이 어떻게 돌아가는지 파악하기 위해 신입들과 함께 앉아 있을 뿐이었다. 회사원 타입의 다른 두 남자 역시 머지않아 요원의 지위에 오를 터였다. 나는 면접 때 무엇을 느꼈건 이제 크게 마음 쓰지 않았다. 정신없이 연수가 진행되면서

* 영국의 해외정보 전담 정보기관.

나는 다른 여직원들에게서 힌트를 얻어 그곳의 전반적인 분위기를 흡수했고, 어른의 세계의 이 작은 일부분에서는 다른 공직 사회와 달리 여성이 하위 카스트에 속한다는 사실을 받아들이기 시작했다.

이제 우리는 등록소의 다른 여직원 수십 명과 더 많은 시간을 보내며 서류철 회수의 엄격한 규칙을 배웠고, 굳이 누가 말해주지 않아도 기밀정보 취급 허가의 동심원이 존재하며 우리는 그 동심원 밖의 어둠 속에 위치함을 알게 되었다. 신경질적으로 덜커덕거리며 지나가는 손수레들이 건물 안을 돌며 다양한 부서에 서류철을 배달했다. 손수레들이 고장나면 그때마다 그레이토렉스가 늘 지니고 다니는 초소형 스크루드라이버 세트로 고쳤다. 그러다보니 속물적인 여직원들이 그를 남편 후보로 어림없는 사람이라고 못박는 '잡역부'라는 별명으로 불렀다. 나로서는 다행이었으니, 애도중임에도 맥시밀리언 그레이토렉스에게 관심이 생겼기 때문이었다.

우리는 가끔 오후 늦게 강연에 '초대'되었다. 강연에 빠지는 건 상상도 못할 일이었다. 주제는 공산주의의 이론과 실제, 지정학적 갈등, 세계의 패권을 쥐려는 소련의 노골적인 의도에서 크게 벗어나는 법이 없었다. 이렇게만 들으면 강연이 실상보다 훨씬 흥미로운 듯하다. 이론과 실제가 단연코 가장 많은 부분을 차지했고 그중에서도 이론이 대부분이었다. 그래서 공군 출신인 아치볼드 조웰이 강연을 맡았다. 그는 공산주의에 두루 통달했고(아마도 야간강좌를 통해서), 변증법과 관련 개념에 대해 자신이 아는 바를 우리와 나누고자 하는 마음이 강했다. 대다수가 그랬듯이 눈을 감고 있으면, 스트라우드 같은 곳의 공산당 집회에 와 있는 상상을 쉽게 할 수 있었는데, 마르크스-레닌 사상을 무너뜨리거나 그에 대한 회의를 표하는 건 조웰의 의도나 소관이 아니었다. 그는 우리가 적의 마음을 '안으로부터' 이해하고 사상이 작용하는 이론적 토대를 철저히 알기를 원했다. 온종일 타이핑을 하고, 무시무시한 미스 링이 보기에 서류철에 넣을 가치가 있는 사실은 어떤 것인지 배우려고 애쓰고 나면, 조웰의 열성적인 장광설은 내 동기들 대부분에게 치명적인 최면효과를 발휘했다. 다들 목 근육이 이완되고 고개가 앞으로 꺾이는 민망한 순간을 들키면 커리어에 타격을 입을 수도 있다고 믿었다. 하지만 믿는 것만으로는 충분치 않았다. 늦은 오후의 무거운 눈꺼풀은 나름의 논리를, 나름의 기이한 무게를 지녔다.

그렇다면 한 시간 내내 긴장을 늦추지 않고 다리를 꼰 채 꼿꼿이 앉아 맨 무릎에 공책을 올려놓고 필기를 해가며 듣는 내게 무슨 문제가 있었을까? 나는 수학도에 체스선수 출신이었고 위안이 필요한 여자였다. 변증법적 유물론은 신원조회처럼 안전하게 폐쇄된 시스템이면서도 그보다 더 엄밀하고 복잡했다. 라이프니츠나 힐베르트의 방정식처럼. 인간의 열망들, 사회들, 역사, 그리고 하나의 분석 방식이 바흐의 푸가만큼이나 풍부한 표현력과 비인간적 완벽성을 지니고 하나로 얽혀 있었다. 그런 강연을 들으면서 누가 졸 수 있겠는가? 나와 그레이토렉스를 빼고 다 졸았다. 그는 내 자리에서 체스판의 나이트가 앞쪽과 왼쪽으로 한 번 움직인 위치에 앉아 동글동글한 글씨로 공책을 빽빽이 채웠다.

한번은 강연에서 집중력이 흐트러지면서 그를 눈여겨보게 되었다. 두개골 측면의 기이한 둔덕 모양 뼈에서 돌출된 귀는 지독히도 분홍빛을 띠었다. 게다가 군대식으로 뒤와 옆을 짧게 쳐서 목덜미의 깊은 고랑이 드러나는 구식 헤어스타일 때문에 분홍 귀가 훨씬 도드라져 보였다. 그는 제러미를, 그리고 껄끄러운 케임브리지의 몇몇 수학과 학부생, 바로 개별지도 수업 때 내게 굴욕감을 주었던 남학생들을 연상시켰다. 하지만 그의 얼굴 생김이 오해를 부르는 측면이 있었으니, 몸은 군살이 없고 탄탄했다. 나는 머릿속으로 그의 헤어스타일을 바꿔 양쪽 귀 끝과 머리통 사이를 채우고 목깃 윗부분을 덮도록 길러보았는데, 이제는 레컨필드 하우스에서도 전적으로 허용되는 스타일이었다. 겨자색 체크무늬 트위드 재킷은 벗겨버려야 했다. 내 자리의 비스듬한 각도에서도 그의 넥타이 매듭이 너무 작은 게 보였다. 사람들에게 자신을 맥스로 부르게 하고 스크루드라이버는 서랍 속에 넣어두어야 할 필요가 있었다. 갈색 잉크로 필기를 하고 있었는데, 그것 역시 바꿔야 했다.

"그래서 출발점으로 돌아가면," 공군 중령 출신 조웰이 결론을 말하고 있었다. "궁극적으로 마르크스주의의 힘과 지속성은 다른 이론체계와 마찬가지로 지식인 남성들과 여성들의 마음을 끌 수 있는 역량에 달려 있습니다. 그리고 이 이론은 결단코 그럴 수 있습니다. 감사합니다."

피곤에 찌든 우리는 자리에서 몸을 일으켜 연사가 강연장을 나가는 동안 공손히 서 있었다. 그가 떠나자 맥스가 돌아서서 나를 똑바로 바라보았다. 그의 두개골 기저부에 있는 세로 홈이 텔레파시에 감응하기라도 한 듯했다. 그는 내가 자신을 전체적으로 바꾸고 있었던 걸 알았다.

시선을 돌린 건 나였다.

그가 내 손의 펜을 가리켰다. "필기 많이 했네요."

내가 말했다. "아주 흥미로웠어요."

그는 무슨 말을 하려다가 마음을 바꿔 초조한 손짓으로 아래쪽을 가리킨 뒤 돌아서서 강연장을 나갔다.

하지만 우리는 친구가 되었다. 그가 제러미를 연상시켰기에 그도 남자를 좋아할 거라는 나태한 가정을 하면서도 그 생각이

틀렸기를 바랐다. 직장이 직장인지라 그가 그런 이야기를 한다는 건 거의 기대할 수 없었다. 보안 세계에서는 적어도 표면적으로는 동성애자를 경멸했고, 그래서 그들은 협박당하기 쉬웠으며, 그래서 그들은 정보기관에 취업할 수 없었고, 고로 경멸의 대상이 되었다. 하지만 맥스에 대한 환상을 품고 있는 동안은 적어도 토니를 잊어가는 모양이라고 생각할 수 있었다. 그리고 내가 모두에게 맥스로 부르게 하려고 애쓴 그는 함께 어울리기에 괜찮아 보였다. 처음에는 셜리와 삼인조를 이루어 시내를 돌아다닐 수 있겠다고 생각했지만, 셜리는 그가 소름끼치고 신뢰할 수 없다고 했다. 그 역시 펍이나 담배 연기, 시끄러운 음악을 좋아하지 않아서 나는 퇴근 후 그와 둘이서 하이드파크나 버클리 스퀘어의 벤치에 앉아 있을 때가 많았다. 그가 말할 수 없는 부분이라 물을 생각은 없었지만, 나는 그가 한동안 첼트넘의 통신감청기관에서 일했으리라는 인상을 받았다. 그는 서른두 살이었고, 에검 근처 템스강 굽이의 시골 저택 일부에서 홀로 살았다. 몇 번 내게 놀러오라고 했지만 구체적으로 초대한 적은 없었다. 그는 학자 집안 출신으로 윈체스터와 하버드에서 법학과 심리학 학위를 받았으나 자신이 잘못된 선택을 했다는, 공학 같은 실용적인 학문을 공부했어야 했다는 생각에 시달렸다. 한때 제네바에 가서 시계 디자이너의 도제 노릇을 할까 생각도 했지만 부모의 만류로 포기했다. 아버지는 철학자, 어머니는 사회인류학자였고 맥시밀리언은 외아들이었다. 부모는 아들이 정신노동을 하기를 원했고, 육체노동을 해선 안 된다고 생각했다. 그는 학원 선생으로 짧고 불행한 시간을 보낸 후 프리랜서 기자 생활도 하고 여행도 다니다가 삼촌의 사업상 친구를 통해 보안국에 들어왔다.

그해 봄은 따뜻했고, 우리의 우정은 우리가 찾아간 여러 벤치 주위의 나무, 관목과 함께 꽃을 피웠다. 만남 초기에 나는 열의가 지나쳐 우리의 친밀한 정도를 넘어선 질문을 하고 말았다. 학구적인 부모가 외아들에게 압박감을 주어 수줍어하는 성격이 된 건 아닌지 물었던 것이다. 내가 자기 가족을 모욕하기라도 한 듯 그는 기분 나빠했다. 심리학적인 설명을 싫어하는 전형적인 영국인의 반응이었다. 뻣뻣한 태도로 자신이 그런 성격이라고 생각지 않는다고 말했다. 그가 낯선 사람과 거리를 둔다면 그건 상대가 어떤 사람인지 이해하기 전까지는 신중하게 행동하는 게 상책이라고 믿기 때문이라는 것이었다. 자신이 알고 좋아하는 사람에게는 완전히 편안하게 대한다고 했다. 알고 보니 정말 그랬다. 나는 그의 부드러운 유도에 이끌려 모든 걸 말했다—가족, 케임브리지, 형편없는 성적의 수학 학위, 『?쿠이스?』에 실린 칼럼.

"칼럼에 대해 들었어요." 놀랍게도 그가 말했다. 그러고는 나를 기쁘게 해주는 말을 덧붙였다. "당신은 읽을 가치가 있는 건 다 읽었다는 소문이 돌던데요. 현대문학이나 그런 것에 조예가 깊다고."

마침내 누군가에게 토니에 대해 말하게 되자 속이 후련했다. 맥스는 심지어 그에 대해 들어본 적이 있었고, 그의 정부위원회 직과 역사책 한 권, 단편적인 글 한두 편을 기억하고 있었다. 그 중 하나는 예술기금에 관한 공개적인 논쟁이었다.

"그의 섬 이름이 뭐라고 했죠?"

그 지점에서 나는 머릿속이 새하얘졌다. 너무도 잘 아는 이름이었는데. 죽음과 동의어였는데. "갑자기 생각이 안 나네요." 내가 말했다.

"핀란드어인가요? 스웨덴어?"

"핀란드어예요. 올란드제도에 있어요."

"렘란드인가요?"

"아닌 것 같아요. 생각나겠죠."

"생각나면 말해줘요."

나는 그의 집요함에 놀라서 물었다. "그게 왜 중요하죠?"

"사실 나도 발트해 쪽에 잠깐 있었거든요. 거긴 섬이 수만 개는 돼요. 현대 관광지의 일급비밀 중 하나죠. 여름엔 다들 남쪽으로 피신하니 천만다행이에요. 분명 캐닝은 안목 있는 사람이었어요."

그 이야기는 거기서 끝났다. 하지만 한 달쯤 후 우리가 버클리 스퀘어에 앉아 그곳에서 노래하는 나이팅게일에 관한 유명한 노래 가사를 되살리고 있을 때였다. 맥스가 자신은 독학으로 피아노를 배웠으며 40, 50년대의 감상적인 노래와 뮤지컬 곡들을 즐겨 연주한다고 말했는데, 당시에는 그의 헤어스타일만큼이나 유행에 뒤진 음악이었다. 마침 나는 학교 연극 공연에서 부른 그 곡을 알고 있었다. 우리는 그 매력적인 가사를 노래로 부르기도 하고 말로 읊조리기도 했다. 내가 맞을 수도 있고, 틀릴 수도 있지/ 하지만 나는 기꺼이 맹세할 수 있어/ 네가 돌아서서 내게 미소를 지어준다면/ 나이팅게일이…… 그러다 맥스가 느닷없이 말했다. "쿰링에였어요?"

"그래요, 맞아요. 어떻게 알았어요?"

"그냥, 무척 아름다운 곳이라고 들었어요."

"그는 고립을 즐겼던 것 같아요."

"분명 그랬겠죠."

봄이 지나가면서 나는 그가 더 좋아져서 가벼운 집착까지 하게 되었다. 그와 함께 있지 않을 때면, 저녁에 셜리와 외출할 때면 불완전하고 불안한 기분이 들었다. 직장에 복귀해 책상 너머로 서류에 고개를 박고 있는 그를 보면 안도감이 느껴졌다. 하지만 그것만으로는 전혀 충분하지 않아서 곧 그와의 다음 만남을 계획하게 되었다. 내가 옷을 못 입고 스타일이 구식인 남자들(토니는 제외하고), 뼈대가 굵고 말랐으며 어색할 정도로 지적인 타입을 좋아한다는 걸 인정해야겠다. 맥스의 태도에는 냉담하고 꼿꼿한 데가 있었다. 그의 반사적인 자제는 나 자신이 서툴고 지나치게 밀어붙이는 것처럼 느껴지게 했다. 실은 그가 나를 좋아하지 않는데 예의상 그 말을 못하는 건 아닐까 걱정될 정도였다. 그에게 온갖 사적인 규칙이, 올바름에 대한 숨겨진 관념이 있고 내가 그것들을 끊임없이 어기는 느낌이었다. 불안할수록 그에 대한 관심은 더욱 또렷해졌다. 그가 생기를 띠게 하는 것, 그의 태도에 온기를 불어넣는 주제는 소련 공산주의였다. 그는 우월한 부류의 냉전주의자였다. 다른 사람들이 증오하고 분노할 때, 맥스는 선한 의도가 음울한 함정의 비극을 고안하려 드는 인간 본성과 결합되었다고 믿었다. 러시아제국 수억 명의 행복과 충족은 치명적으로 위태로워졌다. 아무도, 심지어 그 지도자들조차 그들의 현실을 선택하진 않았을 것이다. 점진적으로, 체면을 손상시키지 않고, 끈기 있는 회유와 유인책으로, 그가 진실로 끔찍한 관념이라 부르는 것에 단호히 반대하면서도 신뢰를 쌓는 방식으로, 탈출을 제안하는 책략을 써야 했다.

그는 확실히 내가 애정생활에 대해 물을 수 있는 종류의 사람이 아니었다. 나는 그가 에검에서 남자 애인과 함께 사는 건 아닌지 궁금했다. 거기로 가서 확인해볼까 하는 생각까지 들었다. 나쁜 일은 그런 식으로 흘러간다. 가질 수 없다고 여겨지는 것을 원하자 내 감정은 더 고조되었다. 하지만 한편으로는 그 역시 제러미처럼 자신은 별로 즐기지 않으면서도 여자에게 쾌감을 선사할 수 있을지 모른다는 생각이 들었다. 이상적이지도, 상호적이지도 않을 테지만 내게는 그리 나쁘지 않을 것이었다. 무의미한 갈망보다는 나았다.

어느 날 퇴근 후 이른 저녁 우리는 공원을 걷고 있었다. 우리의 화제는 급진주의 아일랜드공화국군*이었다—나는 그가 내부 정보를 좀 알고 있으리라 추측했다. 그가 신문에서 읽은 기사에 대해 말하고 있을 때 나는 충동적으로 그의 팔을 잡고 내게 키스하고 싶은지 물었다.

"아니, 별로요."

"나는 해줬으면 좋겠는데."

우리가 두 나무 사이의 길 한가운데 멈춰 서는 바람에 사람들

---

* 1969년 이후 아일랜드공화국군(IRA)은 가톨릭과 독립주의를 근간으로 한 급진파 '프로비저널 IRA'와 마르크스주의를 내세운 온건파 '오피셜 IRA'로 분열되었다.

이 비좁게 우리를 돌아서 지나가야 했다. 깊고 열정적인 키스, 혹은 그것의 훌륭한 모방이었다. 나는 그가 결여된 욕망을 메우기 위해 그런 키스를 하고 있는 건지도 모른다고 생각했다. 그가 뒤로 물러나길래 도로 끌어당기려 했지만 한사코 거부했다.

"이번엔 여기까지요." 그가 떼쓰는 아이를 다루는 단호한 부모처럼 집게손가락으로 내 코끝을 만지며 말했다. 그래서 나도 장단을 맞춰 토라진 표정을 지은 채 순순히 그의 손을 잡고 걸음을 옮겼다. 나는 키스 때문에 더 힘들어지리라는 걸 알았지만 그래도 처음으로 그와 손을 잡고 있었다. 그는 몇 분 후 손을 놓았다.

우리는 풀밭에서 다른 사람들과 멀찍이 떨어져 앉아 급진주의 아일랜드공화국군 이야기로 돌아갔다. 한 달 전 화이트홀*과 런던 경시청에서 폭탄이 발견되었다. 보안국에서는 조직개편이 계속되고 있었다. 신입사원 중 소수, 셜리를 포함한 장래가 촉망되는 소수가 유아원 수준의 등록소 업무에서 옮겨갔는데 새 일에 흡수된 게 분명했다. 그들은 방을 차지하고 문을 닫아놓고서 늦게까지 회의를 했다. 나는 뒤에 남겨졌다. 이전에도 그랬듯이 나는 좌절하는 대신 낡은 싸움에 붙들려 있는 것에 대해 불평했다. 강연들은 사어와 같은 이유로 매혹적이었다. 세계는 두 진영으

* 런던의 관공서들이 밀집한 거리.

로 공고히 자리잡았다고 나는 주장했다. 소련 공산주의는 우리가 영국국교회에서 찾아볼 수 있는 것과 같은 팽창에 대한 복음주의적 열정에 차 있었다. 러시아제국은 억압적이고 부패했으나 혼수상태였다. 새로운 위협은 테러리즘이었다. 나는 『타임』지에 실린 기사를 읽고 그 문제에 대해 잘 안다고 여겼다. 급진주의 아일랜드공화국군이나 다양한 팔레스타인 단체에 국한된 문제가 아니었다. 유럽 본토 전역의 극좌파들과 지하 무정부주의자들이 이미 폭탄을 터뜨리고 정치인과 기업가를 납치하고 있었다. 붉은여단, 바더마인호프 그룹, 남미의 투파마로스와 수십 개의 유사 조직, 미국의 공생해방군—이 피에 굶주린 허무주의자들과 나르시시스트들은 국경을 가로질러 긴밀히 연결되어 있었고, 조만간 여기에서도 내부의 위협이 될 터였다. 우리에게는 분노여단이 있었고 그보다 훨씬 지독한 다른 단체들이 뒤따를 터였다. 우리는 아직까지도 소련 통상사절단의 시간만 잡아먹는 시답잖은 인간들과의 고양이와 쥐 싸움에 대부분의 자원을 쏟아부으면서 도대체 뭘 하고 있단 말인가?

대부분의 자원? 한낱 수습사원이 보안국의 자원 배분에 대해 뭘 알겠는가? 하지만 나는 확신에 차서 말하려 애썼다. 나는 키스에 고무된 상태였고, 맥스에게 감명을 주고 싶었다. 그는 너그럽게도 재미있어하며, 나를 유심히 바라보고 있었다.

"당신이 소름끼치는 파벌들에 대해 잘 알고 있다니 기쁘군요. 하지만 세리나, 재작년에 우리는 백오 명의 소련 공작원을 쫓아냈어요. 그들은 사방에 깔려 있어요. 화이트홀이 올바른 일을 하도록 교육시킨 건 보안국으로선 대단한 순간이었죠. 소문으로는 내무장관을 참여시키는 게 지독히도 어려웠다더군요."

"그 사람은 토니 친구였어요. 예전에……"

"그 모든 게 올레크 랼린의 변절에서 비롯되었죠. 그는 영국에서 위기상황 발생 시 방해공작을 조직하는 임무를 맡고 있었어요. 하원에서 성명서를 발표했죠. 당신도 그때 그 사건 기사를 읽었을 거예요."

"그래요, 기억나요."

물론 읽지 않았다. 그 추방 사건은 『?쿠이스?』 칼럼에서 다루지 않았다. 그때만 해도 내게 신문을 읽도록 시키던 토니가 곁에 없었다.

"내 말은, 소련이 혼수상태라는 말은 틀렸다는 거예요. 안 그래요?" 맥스가 말했다.

그는 대화가 어딘가 중요한 지점에 이르기를 기대하듯이 특별한 시선으로 여전히 나를 응시하고 있었다.

내가 말했다. "그렇네요." 나는 불안감을 느꼈고 그가 그걸 의도했음을 감지했기에 더욱 그랬다. 우리의 우정은 아주 최근의 갑작스러운 일이었다. 나는 그에 대해 아는 게 없었고, 지금은 그가 낯선 사람처럼 보였다. 컵 모양으로 나를 향해 있는 지나치게 큰 두 귀는 내 가장 작고도 가장 부정직한 속삭임을 포착하기 위한 레이더 접시 같았고, 야위고 진지한 얼굴은 내 얼굴에 흔들림 없이 집중하고 있었다. 그가 내게 뭔가를 원하고 있으며 설령 그걸 얻어간다 해도 나는 그게 무엇인지 모를까봐 걱정스러웠다.

"다시 키스해도 돼요?"

이 낯선 이의 키스는 처음만큼이나 길었고, 우리 사이의 긴장을 깼기에 더욱 큰 쾌감을 불러일으켰다. 나는 긴장이 풀리는 걸, 로맨스 소설에 나오는 사람들처럼 녹는 걸 느꼈다. 나는 그가 거짓 키스를 하고 있다는 생각을 더이상 견딜 수 없었다.

그가 뒤로 물러나며 조용히 말했다. "캐닝이 당신에게 랄린 이야기를 한 적 있어요?" 내가 대꾸할 새도 없이 그가 다시 키스했는데, 그저 입술과 혀를 스치는 정도의 접촉이었다. 나는 그가 원하는 대로 그렇다고 대답하고 싶은 유혹을 느꼈다.

"아뇨, 그런 적 없어요. 왜 물어요?"

"그냥 궁금해서요. 그가 모들링에게 소개해줬어요?"

"아뇨. 왜요?"

"당신이 어떤 인상을 받았는지 듣고 싶었어요. 그게 다예요."

우리는 다시 키스했다. 풀밭에 비스듬히 누웠다. 내 손이 그의 허벅지에 있었고 사타구니를 향해 미끄러져갔다. 그가 정말로 흥분했는지 알고 싶었다. 감쪽같이 연기하는 거라면 싫었다. 하지만 내 손끝이 확실한 증거에 가까워지자 그는 몸을 비틀어 빼고 일어나서 허리를 굽혀 바지에 묻은 마른풀을 털어냈다. 까탈스러워 보이는 몸짓이었다. 그는 나를 일으켜주려고 손을 내밀었다.

"기차를 타야 해요. 친구한테 저녁을 차려주기로 했거든요."

"오, 그래요."

우리는 다시 걸었다. 내 목소리에서 반감을 포착한 그는 머뭇거리며, 혹은 사과하듯 내 팔을 만졌다. 그가 말했다. "쿰링에에 있는 그의 무덤에 가본 적 있어요?"

"아뇨."

"부고는 읽어봤어요?"

이 '친구' 때문에 우리의 저녁은 아무 진전도 이루지 못하고 있었다.

"네."

"〈타임스〉에서요, 아니면 〈텔레그래프〉에서요?"

"맥스, 지금 나 심문하는 거예요?"

"말도 안 돼요. 내가 너무 오지랖이 넓었네요. 용서해줘요."

"그럼 나 좀 그냥 내버려둬요."

우리는 침묵 속에 걸었다. 그는 무슨 말을 해야 할지 몰랐다. 외아들에다 남자 기숙학교 출신—그는 상황이 꼬였을 때 여자에게 어떻게 말해야 하는지 몰랐다. 그리고 나도 아무 말 하지 않았다. 화가 났지만 그를 밀어내고 싶지는 않았다. 우리가 공원 철책 바로 너머 보도에서 작별인사를 하기 위해 걸음을 멈췄을 때쯤 나는 차분해져 있었다.

"세리나, 내가 많이 끌리고 있다는 거 당신도 분명 알 거예요."

나는 기뻤다, 아주 기뻤다. 하지만 내색하지 않고 한마디도 하지 않은 채 그가 더 말하기를 기다렸다. 그는 그러려는 듯하더니 화제를 돌렸다.

"그건 그렇고, 일 때문에 너무 조바심내지 마요. 조만간 진짜 흥미로운 프로젝트에 들어간다는 걸 우연히 알게 됐어요. 스위트 투스. 당신이 적격이에요. 내가 당신을 추천했어요."

그는 반응을 기다리지 않았다. 입술을 오므리더니 어깨를 으쓱하고는 마블 아치를 향해 파크 레인을 걸어갔고, 나는 그 자리에 서서 그를 바라보며 생각했다. 그 말이 사실일까.

5

세인트 어거스틴 로드의 내 방은 북쪽으로 마로니에 가지들이 보이는 거리에 면해 있었다. 그해 봄 나뭇잎들이 돋아나면서 방은 나날이 어두워져갔다. 방의 절반을 차지한 침대는 호두나무 베니어판과 늪처럼 물컹거리는 매트리스로 이루어진, 금방이라도 무너질 듯한 물건이었다. 침대에는 곰팡내 나는 노란색 캔들윅* 침대보가 덮여 있었다. 빨래방에 두어 번 가져가보았지만, 개가 풍기는 것 같기도 하고 몹시 불행한 인간의 몸에서 나는 것 같기도 한 그 축축하고 은밀한 냄새를 완전히 없앨 수는 없었다. 침대 외에 다른 가구는 가장자리를 깎은 회전거울이 위에 달린

---

* 초의 심지처럼 표면에 보풀이 일어난 듯 도톰한 무늬를 새긴 면직물.

서랍장이 전부였다. 그 앞에는 소형 벽난로가 있었는데, 날씨가 따뜻할 때면 시큼한 검댕이 냄새가 풍겼다. 나무에 꽃이 만개하면서 흐린 날에는 자연광만으로 독서를 할 수 없는 탓에, 캠던로드의 중고용품점에서 30펜스를 주고 아르데코풍 스탠드를 구입했다. 그리고 다음날 다시 그 가게에 가서 푹 꺼지는 침대에 파묻히지 않고 책을 읽기 위해 상자 모양의 소형 안락의자를 1파운드 20펜스에 구입했다. 가게 주인이 안락의자를 등에 짊어지고 집까지 날라주었는데, 800미터를 걸어와서 층계 두 개를 올라가야 했다. 애초에 정한 배달료는 맥주 1파인트 값—13펜스—이었지만, 나는 15펜스를 주었다.

그 거리의 집들 대부분이 여러 세대로 잘게 나뉜데다 현대화되지 않았는데, 내 기억으로 당시 누구도 그런 단어를 사용하지 않고 그런 방식으로 생각하지도 않았다. 난방은 전기히터로 했고, 복도와 주방 바닥에는 해묵은 갈색 리놀륨이, 다른 곳에는 발밑에 달라붙는 꽃무늬 카펫이 깔려 있었다. 소소한 개조는 아마도 20년대나 30년대에 이루어진 듯했다—전선은 나사로 벽에 고정시킨 먼지투성이 관에 들어 있고, 전화기는 외풍이 드는 복도에만 있으며, 계량기가 굶주린 듯 맹렬히 돌아가는 가운데 침수식 전열기가 여자 넷이 함께 쓰는 샤워기 없는 작고 추운 욕실에 거의 끓기 직전의 물을 공급했다. 이 집들은 아직 빅토리아시대의 우울이라는 유산에서 탈피하지 못했지만, 누구 하나 불평하는 소리를 들은 적이 없었다. 내 기억으로, 심지어 70년대에도 이 낡은 집에 살게 된 평범한 사람들은 이곳 집값이 오르면 외곽으로 나가 더 편하게 살 수 있으리라는 생각에 겨우 눈뜨기 시작한 참이었다. 캠던 타운 뒷골목 집들은 활기찬 새로운 계층의 사람들이 들어와 공사를 시작하기를, 라디에이터를 설치하고 아무도 설명할 수 없는 이유로 소나무 굽도리널과 마룻널, 문짝의 페인트칠이나 시트지의 흔적을 모조리 없애버리기를 기다리고 있었다.

나는 하우스메이트 복이 있었다. 폴린, 브리짓, 트리샤—스토크 온 트렌트 출신의 이 노동자계급 아가씨 셋은 어릴 적부터 서로 알고 지낸 사이로, 모든 학교 시험을 통과한 후 어찌어찌해서 함께 법률 교육을 받는 중이었고, 그 과정은 거의 끝나가고 있었다. 그들은 따분하고, 야심차고, 지독히도 깔끔했다. 집안 살림은 순조롭게 돌아가고, 부엌은 늘 깨끗하며, 작은 냉장고는 가득 차 있었다. 그들에게 남자친구가 있었는지는 모르지만 나는 한 번도 본 적이 없었다. 그들은 술에 취하거나, 약을 하거나, 시끄러운 음악을 듣는 법도 없었다. 당시 더 가족적인 곳이라면 내 동생 같은 사람들이 살고 있을 터였다. 트리샤는 법정변호사 공부를 하고 있었고, 폴린은 회사법 전문이었으며, 브리짓은 부동

산 분야로 진출할 계획이었다. 그들은 내게 각기 다른 도전적인 방식으로 절대 돌아가지 않을 거라고 말했다. 순전히 지리적 개념으로서의 스토크를 말하는 게 아니었다. 하지만 나는 꼬치꼬치 캐묻지 않았다. 새 일에 적응중이었던 나는 그들의 계급투쟁 혹은 신분상승에 별로 관심이 없었다. 그들은 나를 따분한 공무원으로 생각했고, 나는 그들을 따분한 변호사 실습생으로 여겼다. 완벽했다. 우리는 생활패턴이 달랐고 함께 식사하는 경우가 거의 없었다. 하나뿐인 편안한 공용공간인 거실에 크게 연연하는 사람도 없었다. 심지어 TV도 대개 꺼져 있었다. 저녁때 그들은 자신들 방에서 공부하고 나는 내 방에서 책을 읽거나 셜리와 외출했다.

나는 예전의 독서 방식을 고수해 일주일에 서너 권씩 읽었다. 그해 자선행사나 번화가의 중고서점들, 그리고 여유가 있을 때 캠던 록 근처 컴펜디엄 서점에서 산 책들은 대부분 문고본 형태의 현대물이었다. 나는 늘 그랬듯이 탐욕스럽게 독서에 매달렸다. 막아보려고 애썼지만 헛되었던 권태도 그 이유 중 하나였다. 내가 책 읽는 모습을 지켜본 사람이라면 참고도서를 찾아본다고 생각할 수도 있을 만큼 책장을 휘리릭 넘겼다. 그때 나는 아무 생각 없이 뭔가를, 다른 형태의 나를, 내가 그 안으로 미끄러져 들어갈 수 있는 여주인공을 찾고 있었던 것 같다. 좋아하는 낡은 신발을 신거나 와일드 실크 블라우스를 입을 때 그러는 것처럼. 왜냐하면 내가 원하는 최고의 나는 저녁때 중고용품점에서 산 의자에 웅크리고 앉아 책등이 갈라진 문고본을 들여다보는 여자가 아니라, 스포츠카 조수석 문을 열고 몸을 기울여 연인에게 키스를 받고 시골 은신처를 향해 질주하는 방탕한 젊은 여성이었기 때문이다. 나는 염가판 로맨스물 같은 저급한 소설이나 읽고 있었어야 했다고 스스로 인정하려 들지 않았다. 결국 케임브리지 혹은 토니로부터 취향이라든가 속물근성을 어느 정도 흡수했던 것이다. 이제는 제인 오스틴보다 재클린 수잰이 뛰어나다고 떠들지 않았다. 이따금 또다른 자아가 행간에서 언뜻 어른거리기도 했는데, 도리스 레싱이나 마거릿 드래블, 아이리스 머독의 소설 책장에서 다정한 유령처럼 나를 향해 둥둥 떠왔다. 그러다 사라졌다—그 자아들은 내가 되기에는 대단히 많이 배웠거나 대단히 영리하거나 세상에서 충분히 외롭지 않았다. MI5에서 하찮은 직위에 있으며 남자도 없이 캠던의 단칸방에 세들어 사는 여자에 관한 소설을 손에 쥐기 전까지는 만족하지 않았으리라.

나는 일종의 소박한 리얼리즘을 열망했다. 내가 아는 런던 거리나 드레스 스타일, 실제 공인, 자동차가 언급될 때마다 각별한 주의를 기울이고 독자로서 목을 길게 뺐다. 그리고 내게 하나의 척도가 있어서 글의 질을 정확성에 따라, 그것에 대한 내 인상에 일치하거나 더 발전시킨 정도에 따라 평가할 수 있다고 생각했다. 다행히 당시 영국에서 나온 대부분의 글은 읽기 까다롭지 않은 사회 기록물의 형태를 취하고 있었다. 나는 가련한 독자에게 모든 등장인물과 심지어 작가 자신조차 순전히 지어낸 것이고, 허구와 삶은 다름을 상기시키겠다는 결의로—혹은 반대로 삶은 어차피 허구임을 주장하기 위해—출연진의 일부로서 작품 속에 스며든 작가들(남미와 북미에 퍼져 있는)이 크게 인상적이지 않았다. 내 생각에 작가들만이 늘 삶과 허구를 혼동할 위험에 처해 있었다. 나는 타고난 경험론자였다. 작가들은 사실인 척해서 돈을 벌며, 그들이 지어낸 것을 그럴싸하게 만들기 위해 적절한 곳에서 우리 모두가 공유하는 실제 세계를 이용해야 한다고 믿었다. 따라서 그들의 예술이 지닌 한계에 대해 복잡하고 까다로운 언쟁을 벌일 것도 없고, 변장을 한 채 상상의 경계를 넘고 다시 넘는 듯 보여서 독자에게 불충해서도 안 된다고 생각했다. 내가 좋아한 책들에는 이중첩자가 존재할 여지가 없었다. 그해 나는 케임브리지의 지적인 친구들이 권했던 작가들을 시도했다가 버렸다—보르헤스와 존 바스, 핀천과 코르타사르, 윌리엄 개디스. 그중에 영국인은 없었고 어떤 인종의 여성도 없었다. 나는 마늘의 맛과 냄새를 싫어할 뿐만 아니라 마늘을 먹는 사람들을 모조리 불신하는 부모 세대와 좀더 비슷했다.

우리가 사랑을 나누던 여름 토니 캐닝은 내가 책을 펼친 채 아무렇게나 엎어놓는다고 타박하곤 했다. 그러면 책등이 망가져 특정 페이지에서 확 펼쳐진다고, 그건 작가의 의도와 다른 독자의 판단에 대한 임의적이고 부적절한 침범이라고 했다. 그래서 그는 내게 서표를 선물했다. 대단한 선물은 아니었다. 서랍 밑바닥에서 꺼낸 것일 터였다. 초록색 가죽으로 된 기다란 서표는 양 끝이 총안처럼 생겼고, 금색 양각으로 웨일스의 성 혹은 성곽의 이름이 새겨져 있었다. 그가 아내와 행복했던 시절, 함께 여행을 다닐 정도로 행복했던 시절 휴가지 선물가게에서 산 저급한 공예품이었다. 내가 없는, 다른 곳에서의 또다른 삶을 너무도 교활하게 암시하는 그 가죽 혀에 나는 희미한 분노만을 느꼈다. 당시에는 사용한 적이 없었을 것이다. 읽던 페이지를 기억해두고 책등을 망가뜨리는 짓은 더이상 하지 않았다. 그와 끝나고 몇 달 후, 더플백 밑바닥에서 초콜릿 껍질 때문에 끈끈해지고 돌돌 말린 서표를 발견했다.

그가 죽고 난 후 내게 남은 사랑의 징표는 아무것도 없었다고 말한 바 있다. 하지만 서표가 있었다. 나는 서표를 깨끗이 닦고 잘 펴서 소중히 간직하며 사용하기 시작했다. 작가에게는 미신과 소소한 의식이 있다고 한다. 독자도 마찬가지다. 내 경우는 책을 읽을 때 서표를 손가락 사이에 감고 엄지로 쓰다듬었다. 늦은 밤 책을 치울 시간이 되면 서표를 입술에 대었다가 책장 사이에 끼운 후 책을 덮고 다음번에 쉽게 손이 닿도록 의자 옆 바닥에 두는 것이 의식이었다. 토니도 찬성했을 터였다.

첫 키스로부터 일주일 넘게 지난 5월 초의 어느 저녁, 나는 맥스와 버클리스퀘어에서 평소보다 늦은 시간까지 이야기를 나누었다. 그는 유난히 말이 많아서는 18세기 시계에 대해 이야기하며 언젠가 글을 써볼 생각이라고 했다. 내가 세인트 어거스틴 로드로 돌아왔을 때쯤에는 집안이 어두웠다. 그날이 무슨 법정공휴일 둘째 날인 게 떠올랐다. 고향을 부정하던 폴린, 브리짓, 트리샤도 긴 주말을 보내러 스토크에 가 있었다. 나는 현관 불과 부엌으로 가는 복도 불을 켰다. 현관문을 잠그고 내 방으로 올라갔다. 문득 북쪽에서 온 합리적인 세 여자가, 그들 각자의 방문 밑으로 보이던 쐐기 모양 불빛이 그리웠고 마음이 불안해졌다. 하지만 나도 합리적이었다. 초자연적 공포를 느끼지도 않았고 직관적 앎이니 육감이니 경건하게 하는 이야기에도 코웃음쳤다. 맥박수가 증가한 건 계단을 오르느라 힘들어서라고 스스로를 안심시켰다. 하지만 내 방문 앞에 도착하자 크고 낡은 집에 혼자 있다는 희미한 불안감에 머리 위 전등을 켜기 전 문턱에 잠시 멈춰 섰다. 한 달 전 캠던스퀘어에서 행인이 칼에 찔리는 사건이 있었는데, 조현병 환자인 서른 살 남자의 묻지 마 범죄였다. 집안에 침입자가 없다고 확신했지만 그런 끔찍한 사건 뉴스는 우리에게 본능적으로, 거의 인식하지도 못한 방식으로 작용한다. 감각을 날카롭게 만든다. 가만히 서서 정적의 이명과도 같은 쏴 소리 너머로, 도시의 웅웅거림, 그리고 더 가까이에서 나는, 밤공기에 건물 뼈대가 식으면서 수축하는 삐걱거림과 딸깍거림에 귀기울였다.

팔을 뻗어 베이클라이트 스위치를 아래로 눌렀고 방에 침입 흔적이 없음을 즉시 확인했다. 내 생각에는 그랬다. 안으로 들어가 가방을 내려놓았다. 지난밤 읽던 책—맬컴 브래드버리의 『식인은 잘못이다』—은 마땅히 있어야 할 자리인 의자 옆 바닥에 있었다. 그런데 서표가 안락의자에 놓여 있었다. 아침에 나간 후로 집안에 들어온 사람은 아무도 없었다.

당연히 처음 든 생각은 어젯밤 내가 의식을 지키지 않았으리라는 것이었다. 피곤하면 충분히 그럴 수 있으니까. 일어서서 세면대로 씻으러 가면서 서표를 떨어뜨렸을 수도 있었다. 하지만 머릿속 기억은 또렷했다. 그 소설은 나로서는 앉은자리에서 두 번 읽을 수 있을 만큼 짧았다. 하지만 눈꺼풀이 무거웠다. 그래서 책을 반도 못 읽고 가죽 서표에 입맞춘 후 98쪽과 99쪽 사이에 끼웠다. 심지어 책을 덮기 전에 다시 흘끗 보았던 터라 마지막으로 읽은 구절까지 기억났다. 대사 한 줄이었다. "인텔리겐치

아가 늘 편견 없는 견해를 갖는 건 결코 아니지."

방안을 돌아다니며 다른 침입 흔적을 찾아보았다. 나는 책꽂이가 없어서 책을 읽은 것과 읽지 않은 것으로 나누어 벽에 기대어 쌓아놓았다. 읽지 않은 책 무더기의 맨 위에 올려놓은, 다음에 읽을 작품은 A. S. 바이어트의 『게임』이었다. 모든 게 제자리에 있었다. 서랍장, 세면도구 가방을 확인하고 침대 위아래를 살펴보았다—위치가 바뀌거나 도난당한 물건은 아무것도 없었다. 나는 의자로 돌아가 한참 동안 의자를 내려다보았다. 그러면 미스터리가 풀리기라도 할 것처럼. 아래층으로 내려가 침입 흔적을 찾아봐야 한다는 걸 알았지만 내키지 않았다. 브래드버리의 소설 제목이 보였는데 이제 그것이 지배 윤리에 대한 효과적이지 못한 항의인 듯 느껴졌다. 책을 집어들고 페이지를 휙휙 넘겨 마지막으로 읽은 곳을 찾아냈다. 층계참으로 나가 난간 너머로 몸을 기울여보았지만 별다른 소리는 들리지 않았다. 그래도 아래로 내려갈 엄두가 나지 않았다.

내 방문에는 자물쇠도 빗장도 없었다. 나는 서랍장을 끌어다가 문을 막고 불을 켜놓은 채 잠자리에 들었다. 그리고 밤새도록 이불을 턱까지 끌어당긴 채 똑바로 누워 귀를 쫑긋 세웠고, 머릿속에서는 같은 생각만 빙빙 맴도는 가운데 마음을 달래주는 어머니 같은 새벽이 어서 찾아와 상황이 나아지기를 기다렸다. 그리고 새벽이 오자 실제로 상황이 나아졌다. 동이 트자 나는 피곤해서 기억이 흐려진 거라고, 내가 의도와 행위를 혼동했다고, 서표를 끼우지 않고 책을 내려놓은 거라고 납득할 수 있었다. 제 그림자를 보고 겁먹은 셈이었다. 그때는 햇빛이 상식의 물리적 명시 같았다. 다음날 중요한 강연에 참석해야 해서 휴식을 좀 취해야 했다. 서표를 둘러싼 모호함이 충분히 지겨워지자 나는 알람이 울리기 전까지 두 시간 반을 잘 수 있었다.

다음날 나는 MI5에서 오점을 남겼다. 아니, 셜리 실링이 내게 오점을 남겨주었다고 하는 편이 더 정확할 것이다. 나는 가끔은 내 생각을 서슴없이 말할 수 있는 여자였지만, 승진과 상사들의 인정에 대한 욕구가 더 강했다. 셜리에게는 내 본성과 맞지 않는 전투적이고 심지어 무모하기까지 한 면이 있었다. 하지만 우리는 로럴과 하디 콤비였기에 내가 그녀의 건방진 분위기에 휘말려 죄를 덮어쓸 조수 역을 맡는 건 어쩌면 피할 수 없는 일이었다.

그 일은 오후에 레컨필드 하우스에서 열린 '경제적 혼란, 시민의 불안'이라는 제목의 강연에 참석했을 때 벌어졌다. 우리 말고도 참석자가 많았다. 유명 객원연사가 올 경우에는 무언의 관례대로 지위에 따라 좌석 배치가 이루어졌다. 6층의 여러 거물이 맨 앞에 자리했고, 세 줄 뒤 해리 탭이 밀리 트리밍엄과 함께 앉아 있었다. 그들보다 두 줄 뒤에 앉은 맥스는 내가 처음 보는 남자와 애기를 나누고 있었다. 그 뒤로는 사무직 보조요원보다 직위가 아래인 여직원들이 자리를 채웠다. 마지막으로 건방진 아가씨들인 셜리와 내가 뒷줄을 차지했다. 그래도 나는 최소한 공책은 준비해왔다.

보안정보국 국장이 앞으로 나와 객원연사를 소개했는데, 반란진압 분야에서 오랜 경험을 쌓은 준장으로 현재 보안정보국 고문 역할을 맡고 있다고 했다. 강연장 여기저기서 군인을 향한 박수갈채가 터져나왔다. 그의 말투에 이제는 옛날 영화나 1940년대 라디오 실황방송을 연상시키는 또박또박 끊는 방식이 남아 있었다. 우리 고참 중에도 장기 전면전의 체험에 기인한 무감정한 심각함을 발산하는 이가 아직도 몇몇 있었다.

그런데 준장은 이따금 미사여구를 동원하는 것도 좋아했다. 그는 이 자리에 군인 출신이 많다는 걸 알고 있으며 그들은 잘 알지만 다른 사람들은 알지 못하는 사실을 논하는 데 양해를 바란다고 말했다. 그리고 그런 사실 중 첫번째는 이것이었다—우리 군인은 전쟁을 하고 있지만 그것에 전쟁이라는 이름을 붙일 용기를 가진 정치인이 아무도 없다. 모호하고 해묵은 종파적 증오로 갈라진 파벌을 떼어놓기 위해 투입된 사나이들은 자신들이 양측 모두의 공격을 받고 있음을 깨달았다. 교전규칙*에 따라야만 하는 훈련받은 군인들은 그들이 가장 잘 아는 방식으로 대응할 수 없었다. 한때 자신의 임무가 이곳에 와서 개신교의 지배력으로부터 소수집단인 가톨릭을 보호하는 것이라고 생각했을지도 모르는 노섬벌랜드나 서리 출신의 열아홉 살 신병들이, 가톨릭 어린이들과 십대 깡패들의 조롱과 환호성 속에 쓰러져 벨파스트와 데리의 배수로에 그들의 생명을, 미래를 흘려보내고 있었다. 이들은 종종 고층건물에서 날아오는 저격수의 총알에, 대개는 조직적인 폭동이나 길거리 소요를 틈타 움직이는 아일랜드 공화국군 총잡이들에 의해 쓰러졌다. 지난해 벌어진 '피의 일요일'의 경우 낙하산부대가 그처럼 충분한 시험을 거친 전술—저격수의 엄호를 받는 데리의 훌리건들—로 인해 견딜 수 없는 압박을 받았다. 지난 4월 칭찬할 만한 속도로 나온 위저리 보고서가 그런 사실을 확인해주었다. 보고서는 낙하산부대 같은 공격적이고 사기충천한 집단에 민권 행진 진압을 맡긴 건 분명 작전상 오류라고 말했다. 그 임무는 왕립 얼스터 경찰대**가 맡았어야 했다. 하다못해 왕립 앵글리안 연대도 그보다는 차분하게 대응했을 것이다.

* 무장하지 않은 민간인 사살 금지 규칙을 가리키는 것으로 보인다.

** Royal Ulster Constabulary, 1922년부터 2001년까지 북아일랜드 경찰의 명칭이다.

하지만 사건은 벌어졌고 그날 열세 명의 시민을 죽인 결과 아일랜드공화국군의 양쪽 파벌이 전 세계의 애정 공세를 받았다. 돈, 무기, 지원자가 꿀의 강처럼 넘쳐흘렀다. 다수가 가톨릭보다는 개신교의 후손인 감상적이고 무지한 미국인들이 NORAID 같은 모금단체를 통해서 공화국군의 대의명분을 위해 멍청한 달러를 기부했다. 직접 테러리스트의 공격을 당하기 전까지 미국은 이해해보려고도 하지 않을 것이다. 온건주의 아일랜드공화국군은 인명을 앗아간 데리의 비극을 되갚기 위해 올더숏에서 여자 청소부 다섯, 정원사와 가톨릭 신부 한 명씩을 학살했고, 급진주의 아일랜드공화국군은 벨파스트의 애버콘 레스토랑에서 일부 가톨릭교도인 어머니들과 어린이들을 살해했다. 그리고 전국적인 파업중에 우리 병사들은 야비하기 짝이 없는 얼스터 뱅가드*에 고무된 추악한 개신교 폭도와 맞섰다. 휴전이 이어졌고 그것이 무너지자 이번에는 개신교와 가톨릭 양 진영의 총과 폭탄을 지닌 사이코패스들이 얼스터 대중을 상대로 극도로 야만적인 행위를 저질렀다. 수천 건의 무장강도와 무차별적 못 폭탄 공격, 무릎 쏘기, 태형으로 오천 명이 중상을 입었으며, 왕당파와 공화

* 1972년부터 1978년까지 북아일랜드에서 활동한 개신교 통합주의(왕당파) 정당.

파 민병대 손에 죽은 사람이 수백 명이었고, 영국 군대에 희생된 숫자도 상당했다—물론 고의는 아니었다. 그것이 1972년의 기록이었다.

준장이 연극조로 한숨을 쉬었다. 그는 거구였고, 뼈로 이루어진 커다란 덩어리인 머리통에 비해 눈이 너무 작았다. 평생에 걸친 때 빼고 광내기도, 검은 맞춤양복과 가슴주머니 행커치프도 그 털북숭이의 느릿한 190센티미터의 거대한 몸뚱이를 감출 수 없었다. 사이코패스 스무 명쯤은 맨손으로 해치울 준비가 되어 있는 듯 보였다. 그는 이제 급진주의 아일랜드공화국군이 영국 본토에서 고전적 테러리스트 형태의 소규모 조직들로 편성되었다고 말했다. 십팔 개월간의 치명적 공격 후, 그들이 더 지독해질 거라는 소문이 돌았다. 순수한 군 자산만 노리는 척하는 가식은 버린 지 오래였다. 그 게임은 테러였다. 북아일랜드에서처럼 어린이, 쇼핑객, 평범한 노동자까지 모두가 표적이 되었다. 많은 사람이 경기침체, 높은 실업률, 인플레이션과 에너지 위기에 의한 사회적 와해를 전망하는 상황에서 백화점이나 펍 폭파는 한층 더 큰 영향을 미칠 터였다.

테러리스트의 소규모 조직들을 색출하거나 그들의 보급선을 파괴하는 데 실패한 건 우리의 집단적 불명예다. 그리고 이것이 그의 요점이었다—우리가 실패한 가장 중요한 이유는 바로 정보기관의 공조 결여다. 정보기관이 너무 많고, 자기편을 옹호하는 관료도 너무 많다. 관할이 애매한 곳이 너무 많고 중앙 통제는 부족하다.

들리는 소리라고는 의자의 삐걱거림과 소곤거림뿐이었고, 앞쪽 사람들이 고개를 최소한으로 갸웃하거나 돌리고 어깨를 옆 사람 쪽으로 살짝 기울이는 등의 절제된 움직임이 보였다. 준장이 레컨필드 하우스에 널리 퍼진 불만을 언급한 것이다. 심지어 나도 맥스를 통해 들은 적이 있었다. 질투심에 찬 왕국들의 국경 너머로 정보가 흐르지 못하고 있다. 그런데 우리 손님이 우리가 듣고 싶어하는 걸, 그가 우리 편임을 말하려는 것인가? 그랬다. 그는 MI6가 있어선 안 될 곳에서, 벨파스트와 런던데리에서, 영국에서 운영되고 있다고 말했다. MI6의 소관은 해외 정보인데도 분할 이전으로 거슬러올라가는, 그리고 이제는 부적절해진 역사적 권리를 주장하고 있다. 이건 국내 문제다. 따라서 MI5의 영역이다. 군 정보부는 인원 초과에 절차상 선례라는 수렁에 빠져 있다. 스스로를 그 지역의 주인으로 여기는 왕립 얼스터 경찰대 특수부는 서툴고 자원이 부족하며, 무엇보다 그들 자신이 문제의 일부인 개신교 세력권이다. 그들 말고 다른 누가 71년에 그런 한심한 구류 사태를 저지를 수 있었겠는가?

누가 봐도 고문인 수상쩍은 심문 기술과 MI5가 거리를 두어온

건 옳은 일이었다. 현재 MI5는 혼잡한 분야에서 최선을 다하고 있다. 하지만 설령 각각의 정보기관이 천재들과 효율의 화신들을 갖춘다 하더라도, 네 개 기관이 협업하는 형태로는 세상에 알려진 가장 무시무시한 테러조직 중 하나인, 단일 의사결정체인 급진주의 아일랜드공화국군을 절대로 이길 수 없다. 북아일랜드는 국가안보의 매우 중대한 관심사다. 보안국은 정신 바짝 차리고 화이트홀의 회랑에서 권리를 주장하고, 다른 선수들을 보안국의 뜻에 따르도록 사주하고, 유산의 정당한 계승자가 되어 문제의 뿌리로 파고들어야 한다.

박수가 나오지 않았는데, 부분적으로는 준장의 말투가 훈계에 가까웠고 이곳에서 그런 건 잘 통하지 않기 때문이었다. 그리고 화이트홀의 회랑을 공략한다고 문제가 간단히 해결되지 않으리란 걸 모두가 알고 있었다. 준장과 보안국 국장이 토론하는 동안에는 나도 필기를 하지 않았다. 질의응답 시간에는 질문 중 하나만, 아니 전반적인 동향을 대표하는 두어 개 질문을 합쳐서 기록했다. 그 질문은 구식민지 요원들—특히 기억에 남는 사람은 딱딱한 태도에 머리카락이 붉고 원래 서리 출신인데도 남아프리카 사람처럼 모음을 심하게 삼키는 발음이 특징인 잭 매그리거 요원이었다—에게서 나왔다. 그와 그의 동료 일부는 사회적 와해에 대한 적절한 대응에 특히 관심이 많았다. 그에 대한 보안국의 역할은? 그리고 군의 역할은? 공공질서 붕괴를 정부가 저지하지 못할 경우 우리는 방관만 해야 하는가?

국장이—짤막하고 지나치게 정중하게—대답했다. 보안국은 합동정보위원회와 내무장관에게, 군은 국방부에 보고할 의무가 있고 앞으로도 그럴 것이다. 비상지휘권은 어떤 위협에도 충분히 대응할 수 있으며 그 자체로 민주주의에 도전이 된다.

몇 분 후 다른 구식민지 요원이 또다시 같은 질문을 좀더 날카로운 형태로 던졌다. 다음 총선에서 노동당이 정권을 잡는다고 가정해보자. 그리고 노동당 좌파가 급진적 노조 분자들과 손잡아 의회 민주주의에 직접적인 위협이 된다고 가정해보자. 분명 모종의 비상대책이 적절할 것이다.

나는 국장의 말을 그대로 받아적었다. "나는 입장을 명확히 밝혀왔다고 생각합니다. 이른바 민주주의의 회복은 군과 보안기관이 파라과이에서나 할 법한 일입니다. 이곳에서는 아니에요."

목장주나 차 농장주 같다고 여기던 사람들이 외부인 앞에서 본색을 드러내고, 거기에 객원연사가 근엄하게 고개를 끄덕이자 국장이 당황한 모양이라고 나는 생각했다.

바로 그때, 강연장 뒷줄 내 옆에 앉은 셜리가 소리쳐 사람들이 경악했다. "이 멍청이들은 쿠데타를 일으키고 싶어한다니까!"

단체로 헉하는 소리가 들렸고 모두가 고개를 돌려 우리를 보았다. 그녀는 단번에 몇 가지 규칙을 깼다. 국장이 청하지도 않았는데 발언을 했고, 분명 몇몇 사람은 알고 있을 압운속어*에서 유래한 '멍청이berk'**라는 수상쩍은 단어를 사용했다. 그렇게 해서 예의를 모독하고 까마득한 상관인 두 사무직 요원을 욕보였다. 그녀는 손님 앞에서 무례하게 행동했다. 게다가 직위가 낮고 여자였다. 그리고 그중에서도 최악은 아마도 바른말을 했다는 것이었다. 그것은 나와 무관할 수도 있었지만, 문제는 사람들의 시선에 태연하게 반응한 셜리와 달리 나는 얼굴을 붉혔고 얼굴이 붉어질수록 다들 내가 그 말을 했다고 확신하게 되었다는 것이다. 그들이 무슨 생각을 하고 있는지 깨닫자 얼굴은 더 시뻘겋게 달아올랐고 급기야 목까지 화끈거렸다. 사람들의 시선은 이제 우리가 아닌 내게 고정되었다. 나는 의자 밑으로 기어들어가고 싶었다. 저지르지도 않은 죄에 대한 수치심이 목구멍까지 치밀어올랐다. 나는 공책을 만지작거리며—필기를 해서 사람들에게 좋은 평가를 받고 싶었는데—시선을 내리깔고 무릎만 응시했고, 그러다보니 내가 죄인이라는 증거만 더 제공했다.

국장이 준장에게 감사의 말을 하면서 행사가 공식적인 예의를

* 원래 쓰려는 단어 대신 운을 이용한 어구를 쓰는 속어.

** berk는 Berkeley Hunt의 준말로, Hunt는 cunt와 운이 맞아서 멍청이(stupid person)라는 뜻의 속어로 사용된다.

되찾게 되었다. 박수가 쏟아졌고, 준장이 국장과 함께 강연장을 나서자 자리를 뜨려고 일어난 사람들이 또다시 나를 돌아보았다.

맥스가 내 앞에 불쑥 나타났다. 그가 조용히 말했다. "세리나, 그건 좋은 생각이 아니었어요."

나는 셜리에게 호소하려고 고개를 돌렸지만 그녀는 인파에 섞여 문을 나서고 있었다. 소리지른 사람이 내가 아니라고 주장하지 못하게 만드는 그런 피학적 사교예절을 어디서 익혔는지 아직도 모르겠다. 어쨌거나 나는 지금쯤 보안국 국장이 내 이름을 묻고 해리 탭 같은 사람이 대답해주고 있으리라 확신했다.

나중에 셜리를 따라가 대면하자 그녀는 그 모든 게 사소하고 재미난 일이었다고 말했다. 그러면서 내게 걱정할 필요 없다고 했다. 사람들이 내가 독자적인 의견을 가진 줄 안다고 해서 내게 해될 건 없다는 것이었다. 하지만 나는 그 반대라는 걸 알았다. 그건 내게 큰 해가 될 터였다. 우리 지위의 사람들은 독자적 의견을 가져선 안 되니까. 그것이 나의 첫 오점이었고, 그것이 마지막은 아니었다.

6

나는 질책을 예상하고 있었는데 오히려 기회가 찾아왔다—비밀 임무를 전달받고 셜리와 함께 외부로 파견되었다. 어느 날 아침 우리는 팀 르 프레보라는 사무직 요원의 지시를 받았다. 사무실에서 보긴 했지만 우리에게 말을 건넨 적은 없는 요원이었다. 우리는 그의 방으로 불려가 주의깊게 새겨들으라는 요청을 받았다. 앙다문 작은 입술, 좁은 어깨, 엄격한 표정의 그는 군 출신임이 거의 확실했다. 800미터 떨어진 메이페어의 어느 길 근처 잠긴 차고에 밴 한 대가 주차되어 있었다. 우리는 풀럼에 있는 주소로 차를 몰고 가야 했다. 물론 그곳은 안가였고, 그가 책상에 던진 갈색 봉투에는 여러 열쇠가 들어 있었다. 밴 뒤칸에는 청소 도구와 후버 진공청소기 그리고 우리가 출발 전에 입어야 하는 비닐 앞치마가 있다고 했다. 우리는 스프링클린이라는 회사의 직원으로 위장할 터였다.

목적지에 도착해서는 그곳을 "끝내주게 깨끗이 청소"해야 했다. 모든 침대의 시트를 갈고 유리창을 닦는 일까지 포함이었다. 깨끗한 침구는 이미 배달된 상태였다. 싱글침대 매트리스 하나는 뒤집어야 했다. 이미 오래전에 바꾸었어야 하는 매트리스였다. 변기와 욕조는 특히 신경써야 했다. 냉장고 안의 썩은 음식은 폐기해야 했다. 재떨이도 전부 비워야 했다. 르 프레보는 그런 자잘한 집안일을 입에 담는 게 몹시 불쾌한 기색이었다. 우리는 그날 중으로 풀럼 로드의 작은 슈퍼마켓에 가서 기본 식량과 두 사람이 사흘간 세 끼씩 먹을 음식을 사와야 했다. 그리고 주류판매점에서 조니 워커 레드 라벨 네 병을 사와야 했다. 꼭 그 술이어야 했다. 5파운드짜리 지폐로 50파운드가 든 봉투가 하나 더 있었다. 그는 영수증과 거스름돈을 가져오라고 했다. 외출 시에는 반드시 현관문을 밴험 열쇠 세 개를 사용해 삼중으로 잠가야 했다. 그리고 무엇보다 그 주소를 평생 누구에게도, 심지어 이 건물 안의 동료들에게도 말해선 안 되었다.

"아니," 르 프레보가 작은 입을 일그러뜨리며 말했다. "특히라고 해야 할까?"

그만 나가보라는 지시를 받고서, 건물을 나와 커즌 스트리트를 따라 걸으며 독설을 내뱉은 건 내가 아닌 셜리였다.

"위장." 그녀가 계속해서 목소리를 높여 속삭였다. "거지같은 위장. 청소부가 청소부로 위장하다니!"

물론 모욕적인 일이었으나 당시에는 지금보다는 덜 치욕스럽게 느껴졌다. 보안국으로서는 안가에 외부 청소부를 들일 수 없고 남자 동료들에게 그 일을 시키기도 곤란하다는—그들은 너무 대단할 뿐만 아니라 청소를 엉망으로 해놓을 테니까—뻔한 사실을 나는 입에 올리지 않았다. 스스로도 내 극기심이 놀라웠다. 보편적인 동지애와 여자들이 흔쾌히 자기 본분을 다하는 자세를 흡수한 모양이었다. 나는 어머니를 닮아가고 있었다. 어머니에게는 주교님이, 내게는 보안국이 있었다. 어머니처럼 나도 복종하는 성향이 강했다. 하지만 맥스가 내게 적격이라고 했던 일이 이것은 아닐까 걱정스럽기는 했다. 만일 그렇다면 다시는 그와 말을 섞지 않을 작정이었다.

우리는 차고를 발견하고 앞치마를 입었다. 운전석에 비좁게 끼어 앉은 셜리는 차가 피커딜리로 빠져나가는 동안에도 계속 반항적으로 투덜거렸다. 밴은 2차세계대전 이전 것이었다—스포크 휠과 발판이 달려 있었고, 도로에서 마지막으로 볼 수 있는 시트업앤드베그 스타일이었다. 차의 양 옆구리에 우리 회사 이름이 아르데코 글씨체로 쓰여 있었다. 'Springklene'에서 'k'는 깃털로 만든 먼지떨이를 휘두르는 신바람난 하녀의 형상이었다. 나는 우리가 지나치게 눈에 띈다는 생각이 들었다. 셜리는 놀라우리만치 자신감에 가득차 하이드파크 코너를 질주하면서, 고물차에 필수적인 더블 디클러칭 기술이라며 화려한 기어 테크닉을 선보였다.

안가는 조용한 골목에 자리잡은 조지왕 시대풍 주택 1층을 차지하고 있었고, 예상했던 것보다 웅장했다. 모든 창문에 창살이 달려 있었다. 우리는 대걸레와 액체 세제, 양동이를 들고 안으로 들어가서 먼저 실내를 한 바퀴 둘러보았다. 그곳의 불결함은 르프레보가 암시했던 것보다 더 우울했고, 욕조 가장자리에 놓인 흠뻑 젖었던 흔적이 있는 시가 꽁초와 족히 30센티미터는 되게 쌓여 있고 일부는 거칠게 사등분되어 화장지로 부업중인 〈타임스〉를 보건대 확연히 남성적인 것이었다. 거실은 드리워진 커튼, 빈 보드카와 스카치 병들, 담배꽁초가 수북이 쌓인 재떨이들, 잔 네 개가 방종한 심야의 분위기를 풍겼다. 침실은 세 개였고 제일 작은 방에는 싱글침대가 있었다. 그 방의 커버가 벗겨진 매트리스의 머리 쪽에 마른 핏자국이 크게 얼룩져 있었다. 셜리는 큰소리로 혐오감을 드러냈지만 나는 좀 전율이 일었다. 누군가 집중 심문을 당했다. 등록소 서류철들이 실제 운명과 연결되어 있었다.

엉망으로 어질러진 집안을 둘러보는 동안 셜리는 계속해서 투덜거리며 비명을 질렀다. 나도 동조해주기를 원하는 게 분명해서 그래보려고 애썼지만 마음이 동하지 않았다. 전체주의 정신과의 전쟁에서 내가 맡은 작은 역할이 썩어가는 음식을 봉지에 담고 욕조의 찌든 때를 박박 문질러 닦아내는 것이라면 나는 찬성이었다. 메모를 타이핑하는 일보다 약간 더 따분할 뿐이었다.

알고 보니 셜리보다 내가 그 일을 더 잘 파악하고 있었다—유모와 파출부를 두고 귀하게 자란 성장기를 고려하면 희한한 일이었다. 나는 화장실, 주방, 쓰레기 치우기 같은 제일 더러운 일을 먼저 하고 그다음에 표면, 그다음에 바닥, 그리고 마지막으로 침대 순으로 청소하자고 제안했다. 하지만 모든 일에 앞서 셜리를 위해 피 묻은 매트리스를 뒤집었다. 거실에 라디오가 한 대 있었고 우리는 팝 음악을 틀어놓는 것이 우리의 위장신분에 어울리겠다고 판단했다. 두 시간 동안 일한 뒤 내가 5파운드짜리 지폐 한 장을 들고 차를 마실 때 곁들일 음식을 사러 나갔다. 돌아오는 길에 잔돈 일부를 주차요금 징수기에 넣었다. 집에 와보니 셜리가 더블베드 가장자리에 걸터앉아 분홍 공책에 뭔가를 쓰고 있었다. 우리는 부엌에 앉아 차를 마시고 담배를 피우고 초콜릿 비스킷을 먹었다. 라디오에서 음악이 흘러나왔고, 열린 창문으로 신선한 공기와 햇살이 들어왔으며, 다시 기분이 좋아진 셜리가 비스킷을 다 먹어가며 자신에 관한 놀라운 이야기를 들려주었다.

일퍼드 종합중등학교에 다닐 때 셜리는 영어 선생님으로부터 일부 교사들이 학생의 인생에 미치는 영향을 받았는데, 아마도 예전에 공산당원이었을 그는 지방의회 노동당 의원이었으며 열여섯 살의 셜리가 교환학생으로 독일에 갈 수 있게 해주었다. 그녀는 학교에서 단체로 공산주의 동독 라이프치히에서 버스로 한 시간 거리인 마을로 가게 되었다.

"난 거지같을 거라고 생각했었지. 다들 그럴 거라고 말했으니까. 세리나, 그곳은 존나 천국이었어."

"GDR*가?"

셜리는 마을 가장자리에 있는 집에서 묵게 되었다. 흉물스럽고 비좁은 침실 두 칸짜리 단층집이었지만 2000제곱미터에 달하는 과수원과 개울이 있고, 멀지 않은 곳에 길을 잃기에 충분할 정도로 큰 숲도 있었다. 그 가정의 아버지는 TV엔지니어, 어머니는 의사였고 다섯 살이 안 된 딸이 둘 있었는데, 아이들이 하숙생인 셜리를 무척 좋아해서 아침 일찍 그녀의 침대로 기어들곤 했다. 동독에는 늘 태양이 환히 비쳤다—4월이었던 그때 뜻

* 독일민주공화국.

밖의 폭염이 찾아왔다. 숲으로 곰보버섯을 따러 다녔고, 다정한 이웃이 있었으며, 그녀가 어설픈 독일어로 말해도 모두 격려해 주었고, 기타를 가진 누군가는 밥 딜런 노래들을 알았고, 한 손의 손가락이 세 개인 잘생긴 소년이 그녀에게 열성적이었다. 소년은 어느 날 오후 그녀를 라이프치히까지 데려가 멋진 축구 경기를 보여주었다.

"많이 가진 사람은 없었어. 하지만 다들 충분히 갖고 있었지. 열흘 일정이 끝난 후 생각했어. 아니, 이게 진짜 돌아가는구나, 여기가 일퍼드보다 낫구나 하고."

"어쩌면 어디나 그런지도 모르지. 특히 시골은. 셜리, 넌 도킹 외곽에서도 멋진 체험을 할 수 있었어."

"솔직히, 거긴 달랐어. 사람들이 서로에게 마음을 썼어."

그녀가 말하는 내용은 익숙한 것이었다. 마침내 동독이 생활수준에서 영국을 추월했다고 의기양양하게 떠들어대는 신문기사와 TV다큐멘터리는 그전에도 있었다. 하지만 세월이 흘러 베를린장벽이 무너지고 회계장부가 공개되자 그건 헛소리로 판명났다. GDR는 한마디로 재앙이었다. 사람들이 믿었고 믿고 싶어 했던 사실과 수치는 당에서 조작한 것이었다. 하지만 70년대 영국에는 혹독한 자기비판의 분위기가 팽배해, 오트볼타를 포함한 세계의 모든 국가가 우리보다 훨씬 앞서가려 한다는 추정이 대체적으로 기꺼이 받아들여졌다.

내가 말했다. "여기 사람들도 서로에게 마음을 써."

"그래, 좋아. 우리 모두 서로에게 마음을 쓰지. 그럼 우린 무엇과 싸우는 거지?"

"편집증적인 일당 독재국가, 언론의 자유가 없는 것, 여행의 자유가 없는 것. 정치범 수용소 국가, 그런 거지." 내 어깨에서 토니가 말하는 목소리가 들렸다.

"여기가 일당 독재국가야. 우리 언론은 웃음거리고. 그리고 가난한 사람들은 여행을 못해."

"오, 셜리, 진짜!"

"의회가 우리의 하나뿐인 당이야. 히스와 윌슨*은 똑같이 엘리트에 속하지."

"말도 안 돼!"

그때까지 우리가 정치 이야기를 나눈 적은 없었다. 늘 음악, 가족, 개인적 취향 이야기였다. 나는 직장 동료들이 대체로 같은 견해이리라 생각했다. 혹시 나를 놀리고 있나 싶어서 그녀를 자세히 살펴보았다. 그녀는 시선을 돌려 담배를 더 피우려고 식탁 위로 대충 손을 뻗었다. 그녀는 화가 나 있었다. 나는 새 친구와

* 에드워드 히스는 보수당, 해럴드 윌슨은 노동당의 대표였다.

심각한 싸움을 벌이고 싶지 않았다. 목소리를 낮추고 부드럽게 말했다. "하지만 셜리, 그렇게 생각한다면 이 직장엔 왜 들어온 거야?"

"모르겠어. 아빠를 기쁘게 해주기 위해서이기도 했지. 아빠한테 공무원이라고 말했거든. 뽑힐 거라고는 생각도 안 했어. 뽑히고 나니까 다들 자랑스러워했고. 나까지도. 하나의 승리처럼 느껴졌거든. 하지만 너도 알다시피 실상은 이거야—비非옥스브리지* 타입이 하나는 필요했던 거지. 난 그저 구색을 맞추려고 끼워준 프롤레타리아에 불과해. 그러니." 그녀가 일어섰다. "우리의 중대한 일이나 하는 게 좋겠다."

나도 일어섰다. 곤혹스러운 대화였기에 나로서도 끝난 게 기뻤다.

"난 거실 청소를 마무리할게." 그녀가 말하더니 부엌 문간에서 멈췄다. 비닐 앞치마가 불룩 튀어나오고 머리칼은 휴식시간 전의 고된 일로 아직도 축축하게 젖어 이마에 달라붙은 처량한 모습이었다.

그녀가 말했다. "이봐, 세리나, 이 모든 걸 그렇게 단순하게 생각하면 안 돼. 우리가 천사들 편에 서 있다고 말이야."

---

* 옥스퍼드와 케임브리지를 함께 일컫는 단어.

나는 어깨를 으쓱했다. 실제로 나는 상대적으로 보자면 우리가 천사들 편에 서 있다고 생각했지만, 셜리의 어조가 너무 신랄해서 그렇게까지 말하고 싶지는 않았다. 내가 말했다. "너의 GDR를 포함한 동유럽 전체에서 사람들에게 투표권이 생긴다면 그들은 러시아인들을 쫓아낼 거고 공산당은 가망 없을 거야. 러시아인들은 무력으로 거기 있는 거야. 난 그것에 맞서는 거고."

"그럼 여기 사람들은 자신의 기반에서 미국인들을 쫓아내지 않을 거라고 생각해? 너도 분명 알아차렸을 텐데—그런 선택은 주어지지 않았다는 걸."

막 내가 대꾸하려는데 셜리가 먼지떨이와 광택제가 든 라벤더색 스프레이 캔을 잡아채듯 들고 나가서 복도를 걸어가며 외쳤다. "넌 정치선전에 완전히 물들어버렸어, 이 아가씨야. 현실이 다 중산층 같진 않아."

이제 나는 화가 났다. 너무 화가 나서 말문이 막혔다. 셜리는 마지막 순간 내게 맞서 노동자계급의 고결함이라는 관념을 더 효과적으로 이용하기 위해 억센 코크니 말씨를 썼다. 어떻게 감히 그런 식으로 거들먹거릴 수가 있지? 현실이 다 중산층 같진 않아! 참을 수 없었다. 그녀는 '현실'을 목구멍에서 나는 우스꽝스러운 소리로 발음했다. 어떻게 우리의 우정을 비방하고 자신이 구색을 맞추려고 끼워준 프롤레타리아라고 말할 수 있지? 나는 그녀가 나온 대학에 대해 단 한 순간도 떠올려본 적이 없었다. 내가 그 대학을 다녔더라면 더 행복했을 거라고 생각했던 때 말고는. 그녀의 정치적 견해로 말할 것 같으면—멍청이들의 낡아빠진 통설이었다. 그녀를 쫓아가 소리지르고 싶었다. 마음속에 꽉 차 있다 수그러들어가는 반박을 한꺼번에 쏟아내고 싶었다. 하지만 나는 잠자코 서 있다가 식탁을 두어 번 돈 후 튼튼한 진공청소기를 집어들고 피 묻은 매트리스가 있는 작은 침실로 갔다.

그리하여 나는 그 방을 그토록 철저히 청소하게 되었다. 셜리와의 대화를 거듭 곱씹으며, 내가 한 말과 하고 싶었던 말을 뒤섞으며 격분해서 맹렬히 일했다. 휴식시간 직전에는 창문의 목조부를 닦기 위해 양동이에 물을 가득 담아놓았다. 굽도리널을 먼저 닦기로 했다. 바닥에 무릎을 꿇고 앉으려면 먼저 카펫을 진공청소기로 밀어야 했다. 일을 본격적으로 하기 위해 가구 몇 점—침대 옆 사물함과 나무의자 두 개—을 복도에 내놓았다. 그 방의 하나뿐인 전기 콘센트가 침대 아래쪽 벽면에 있었고 이미 독서등 플러그가 거기 연결되어 있었다. 나는 바닥에 모로 누워 팔을 있는 힘껏 뻗어야 했다. 침대 밑은 오랫동안 청소를 하지 않은 상태였다. 먼지 뭉치와 사용한 화장지 두어 장, 그리고 더러운 흰 양말 한 짝이 보였다. 독서등 플러그가 콘센트에 단단히 꽂혀 있어서 좌우로 움직여가며 어렵사리 뽑았다. 그러면서도 셜리를, 그녀에게 무슨 말을 할지를 생각했다. 중요한 대립이 있을 때면 나는 겁쟁이가 되었다. 우리 둘 다 영국식 해법을 택해 아예 그런 대화를 나눈 적이 없었던 것처럼 행동하지 않을까 싶었다. 그래서 더 화가 났다.

그러다가 침대 다리에 가려 있던 종이 쪼가리가 손목에 스쳤다. 〈타임스〉 오른쪽 면의 상단 귀퉁이를 삼각형으로 찢은 것이었고, 빗변 길이가 8센티미터를 넘지 않는 크기였다. 한쪽 면에 친숙한 서체로 '올림픽 게임: 전체 일정, 5면'이라고 인쇄되어 있었다. 그 뒷면에는 직선으로 된 가장자리 아래에 희미한 연필 글씨가 있었다. 나는 뒤로 물러나 침대에 앉아서 자세히 들여다보았다. 뚫어져라 봐도 무슨 글씨인지 알 수 없던 참에 거꾸로 들고 있음을 깨달았다. 처음 눈에 들어온 건 두 개의 소문자였다. 'tc.' 그리고 그 아래 단어의 글자들 사이를 가르며 종이가 찢겨 있었다. 연필에 최소한의 힘만 줘서 쓴 것처럼 글씨가 희미했지만 분명 'umlinge'였다. 'u'자 바로 앞에 있는 하나의 획은 'k'자 끝부분일 수밖에 없었다. 그것이 내 추정일 뿐임을 증명하는 다른 해석의 실마리를 찾을 수 있을까 해서 종이 쪼가리를 다시 거꾸로 돌려보았다. 하지만 모호한 구석은 없었다. 그의 이름 머리글자, 그의 섬이었다. 하지만 그의 필체는 아니었다. 몇 초 만에 내 기분은 격한 분노에서 좀더 복잡하게 뒤섞인 것, 당혹감과 초점 없는 불안감으로 바뀌었다.

당연히 처음 떠오른 생각은 맥스였다. 내가 아는 한 그 섬 이름을 아는 사람은 그뿐이었으니까. 부고에도 섬에 대한 언급은 없었고, 제러미 모트도 몰랐다. 하지만 토니는 보안국에 과거 연줄이 많았다. 아직까지 활동하는 사람은 거의 없었지만, 최고참 두어 명쯤 되려나. 그들도 분명 쿰링에를 몰랐을 터였다. 맥스의 경우, 그에게 해명을 요구하는 건 좋은 생각이 아님을 직감했다. 나는 비밀로 지켜야 할 무언가를 누설할 것이었다. 그는 자신에게 득이 되지 않는다면 진실을 말해주지 않을 것이다. 만일 내게 말해줄 만한 무언가를 알고 있다면 그는 침묵을 지킴으로써 이미 나를 속인 셈이었다. 나는 공원에서 그와 나누었던 대화와 그의 집요한 질문들을 되새겼다. 다시 그 종이 쪼가리를 바라보았다. 약간 누르스름해진 것이 오래되어 보였다. 설령 그게 중대한 수수께끼라 해도 내게는 그걸 풀 수 있을 만큼의 정보가 없었다. 정보의 공백 안으로 말도 안 되는 생각이 비집고 들어왔다. 우리가 타고 온 밴 옆구리의 하녀 모습으로 꾸민—바로 나처럼—'k'가 그 찢어진 글씨일 것이다. 그래, 모든 게 연결되어 있다! 이제 나는 진짜 멍청해지고 있었고 그게 오히려 위안이 되었다.

나는 일어섰다. 매트리스를 뒤집어서 핏자국을 다시 보고 싶은 충동이 일었다. 내가 앉아 있었던 자리 바로 아래였다. 핏자국은 종이 쪼가리처럼 오래되었을까? 나는 핏자국이 시간에 따라 어떻게 변하는지 몰랐다. 하지만 수수께끼를 최대한 간단하게 정리하고 내 불안의 핵심을 말하자면 바로 이것이었다—섬 이름과 토니의 이름 머리글자가 핏자국과 관련있을까?

나는 앞치마 주머니에 종이 쪼가리를 넣고 셜리와 마주치지 않기를 바라며 복도를 지나 화장실로 갔다. 화장실 문을 잠그고 신문더미 옆에 무릎을 꿇고 앉아 신문을 뒤져보았다. 모든 날짜가 있지는 않았다—안가는 장기간씩 비어 있었던 게 분명했다. 몇 달 전 신문까지 있었던 것이다. 뮌헨 올림픽은 열 달 전인 지난여름 열렸다. 이스라엘 선수 열한 명이 팔레스타인 게릴라에게 학살되었는데 어떻게 잊을 수 있겠는가? 맨 밑에서부터 5센티미터 정도 위에서 귀퉁이가 찢겨나간 신문지를 발견했다. 거기 '일정'이라는 단어의 앞쪽 절반이 남아 있었다. 1972년 8월 25일. '8월 실업률 1939년 이래 최고 수준.' 기사가 어렴풋이 기억나는 건 실업률 헤드라인 때문이 아니었다. 그 면 맨 위쪽에 내 옛 영웅 솔제니친 기사가 실려 있었다. 그의 1970년 노벨상 수상 연설이 표면화되던 무렵이었다. 그는 인권선언 채택을 회원국의 조건으로 삼는 데 실패한 유엔을 공격했다. 나는 그 주장이 옳다고 생각했고 토니는 순진하다고 여겼다. 나는 "전사자들의 그림자" "시베리아 불모지의 고통과 고독에서 솟아난 예술의 비전" 같은 표현에 감명받았다. 특히 좋았던 문장은 "문학이 권력의 간섭에 시달리는 국가에 재난 있으리라"였다.

그랬다, 우리는 그 연설에 대해 얼마간 이야기를 나누었고 의견이 갈렸다. 도로변 대피소에서 이별 소동이 있기 얼마 전이었을 것이다. 그는 그후 자신의 은둔 계획이 이미 형태를 갖췄을 때 여기 왔던 것일까? 하지만 왜? 그리고 누구의 피일까? 아무 의문도 풀지 못했지만 생각을 진전시키는 과정에서 스스로가 똑똑하게 느껴졌다. 그리고 자신이 똑똑하게 느껴지는 건 쾌활함과 한끗 차이일 뿐이라는 게 평소 내 생각이었다. 셜리가 오는 기척에 얼른 신문더미를 정리하고 변기 물을 내리고 손을 씻은 후 문을 열었다.

내가 말했다. "장보기 목록에 두루마리 화장지도 잊지 말고 넣어야겠어."

그녀는 복도에서 한참 떨어져 서 있어서 내 말을 듣지 못했을 것이다. 그녀의 후회하는 얼굴을 보자 갑자기 마음이 풀렸다.

"방금 전 일은 미안해. 세리나, 내가 왜 이러는지 모르겠어. 바보처럼. 논쟁을 하다보면 도를 넘는다니까." 그러더니 분위기를 바꾸려고 농담을 덧붙였다. "이게 다 내가 널 좋아해서야!"

나는 그녀가 무언의 사과로 'right'의 't'를 일부러 발음한 걸

놓치지 않았다.*

나는 "별것 아니었는데, 뭐"라고 말했고 그 말은 진심이었다. 우리 사이에 있었던 일은 방금 내가 발견한 것에 비하면 별것 아니었다. 그것에 대해서는 셜리에게 말하지 않기로 이미 마음먹은 뒤였다. 토니 이야기는 그녀에게 별로 하지 않았었다. 그 이야기는 맥스에게만 했다. 내 생각이 잘못되었을지도 몰랐지만 지금 그녀에게 털어놓는다고 득 될 게 없었다. 그 종이 쪼가리는 내 주머니 깊숙이 들어 있었다. 잠시 우리는 평소대로 다정하게 수다를 떤 후 다시 일을 시작했다. 긴 하루였고, 여섯시가 넘어서야 청소와 쇼핑이 완전히 끝났다. 나는 혹시 더 알아낼 게 있을까 해서 그 〈타임스〉 8월 신문을 챙겼다. 그날 저녁 메이페어에서 밴에서 내려 헤어질 때는 셜리와 내가 다시 가장 친한 친구로 돌아갔다고 생각했다.

---

* 코크니 말씨는 단어 끝에 오는 t의 발음을 하지 않는다.

7

다음날 아침, 열한시에 해리 탭의 사무실로 오라는 전달이 왔다. 나는 여전히 강연 때 셜리가 저지른 무분별할 행동에 대한 질책이 떨어지리라 예상하고 있었다. 열한시 십 분 전 외모를 점검하러 화장실로 갔고, 머리를 빗으면서 직장에서 해고된 후 집으로 돌아가는 기차에서 어머니에게 둘러댈 거짓말을 꾸미는 상상을 했다. 주교님은 내가 떠나 있었던 걸 알기나 할까? 두 층을 올라갔고, 그곳은 내게 생소한 공간이었다. 복도에는 카펫이 깔려 있고 벽의 크림색과 초록색 페인트가 벗겨지지 않아 건물의 나머지 부분보다 우중충한 느낌이 아주 약간 덜했다. 나는 소심하게 노크했다. 한 남자—심지어 나보다 어려 보였다—가 나오더니 긴장되고 예의바른 태도로 잠깐 기다려달라고 했다. 그러면서 당시 사무실에 많이 보급되기 시작하던 밝은 오렌지색 플라스틱 의자를 가리켰다. 십오 분 후 그가 다시 나타나 내가 안으로 들어갈 수 있도록 문을 잡아주었다.

어찌 보면 이때가, 내가 해리 탭의 사무실로 들어가 임무에 대한 설명을 들은 시점이 이야기가 시작된 순간이었다. 탭은 책상에 앉아 나를 향해 무표정하게 고개를 끄덕였다. 그 방에는 나를 안내해준 남자 말고도 네 사람이 더 있었다. 그중 단연코 가장 나이가 많아 보이는 은발을 뒤로 빗어넘긴 남자가 긁힌 자국이 많은 가죽 안락의자에 큰대자로 눕다시피 앉아 있고, 나머지 사람들은 딱딱한 사무용 의자에 앉아 있었다. 맥스도 거기 있었고 인사로 입술을 오므려 보였다. 나는 그를 보고도 놀라지 않고 미소만 지었다. 사무실 한구석에는 커다란 금고가 있었다. 공기가 연기 때문에 탁하고 숨결 때문에 습했다. 그들은 한참 회의를 이어오던 중이었다. 소개 같은 건 없었다.

나는 딱딱한 의자들 중 하나로 안내되었고, 우리는 책상을 향해 말굽 모양으로 앉았다.

탭이 말했다. "그래, 세리나, 적응하기는 어떤가?"

나는 순조롭게 적응중이라고 생각하며 일도 만족스럽다고 말했다. 사실은 그렇지 않음을 맥스가 알고 있다는 걸 의식했지만 개의치 않았다. 내가 덧붙였다. "제가 수준 미달이라서 여기로 부른 겁니까?"

탭이 말했다. "자네에게 그 말을 하는 데 다섯 명이나 필요하진 않겠지."

여기저기서 숨죽여 낄낄거렸고 나도 조심스럽게 동참했다. '수준 미달'은 나도 난생처음 쓰는 표현이었다.

잠시 잡담이 이어졌다. 어떤 사람은 내 거처에 대해, 다른 사람은 통근에 대해 물었다. 지하철 노던선의 불규칙한 배차 간격을 두고 토론이 벌어졌다. 구내식당 음식이 가벼운 조롱거리가 되었다. 이야기가 진행될수록 나는 점점 초조해졌다. 안락의자에 앉은 남자는 한마디도 하지 않았지만, 양손 엄지손가락을 턱 밑에 대고 손가락들을 세워 만든 첨탑 너머로 나를 지켜보고 있었다. 나는 그쪽을 보지 않으려고 했다. 대화는 탭이 이끄는 대로 시사 문제로 넘어갔다. 불가피하게 총리와 광부들 이야기가 나왔다. 나는 자유노동조합이 중요한 단체라고 말했다. 하지만 그들의 소관은 조합원들의 임금과 노동조건에 국한되어야 한다. 정치에 개입해서는 안 되며, 민주적으로 선출된 정부를 몰아내는 건 그들 일이 아니다. 정답이었다. 나는 최근 영국의 유럽경제공동체 가입에 대한 의견을 말하도록 유도되었다. 찬성한다고, 경기에 이롭고 섬나라 특유의 고립성이 줄어들고 음식도 나아질 거라고 말했다. 정답이 뭔지 잘 모르겠지만, 확고한 어조로 말하는 게 낫겠다는 판단이었다. 이번에는 다른 사람들과 의견이 갈렸다는 걸 알게 되었다. 우리는 채널 터널*로 넘어갔다. 백서가 나왔고, 히스 총리가 프랑스 퐁피두 대통령과 예비협정을 체결했다. 나는 대찬성이었다—런던 파리 간 특급열차를 탄다고 상상해보라! 스스로도 놀랄 만큼 들떠 열성적으로 말했다. 또다시, 나는 혼자였다. 안락의자의 남자가 얼굴을 찌푸리며 눈길을 돌렸다. 나는 그가 젊은 시절 유럽 대륙인들의 정치적 열정에 맞서 왕국을 지키기 위해 목숨을 바칠 각오를 했던 사람이리라 짐작했다. 그에게 터널은 안보의 위협이었다.

그렇게 우리는 계속 대화를 이어갔다. 나는 면접을 보고 있었지만 무엇을 위한 면접인지는 전혀 몰랐다. 그냥 기계적으로 면접관들을 만족시키고자 애썼고, 성공적이지 못하다고 느껴질 때마다 더욱 애썼다. 그 모든 게 은발의 남자를 위해 진행되고 있다고 나는 추측했다. 그는 딱 한 번 불만족스러운 표정을 지은 것 말고는 대화에 일절 참여하지 않았다. 손은 기도 자세를 그대로 유지한 채 검지손가락 끝이 코에 살짝 닿아 있었다. 그를 보지 않으려고 의식적으로 노력해야 했다. 그의 인정을 바라는 스스로에게 화가 났다. 그가 내게 맡기려는 임무가 무엇인지는 몰

* 영국과 프랑스를 잇는 해저터널.

라도 받아내고 싶었다. 그가 나를 원하기를 원했다. 나는 그를 똑바로 보지 못하는 대신 다른 사람이 말할 때 그 사람과 눈을 맞추려고 시선을 돌리면서 슬쩍 곁눈질했지만, 아무것도 알아낼 수 없었다.

대화가 중단되었다. 탭이 책상 위 옻칠 상자를 가리켰고 사람들에게 담배를 권했다. 나는 아까처럼 밖으로 내보내지리라 예상했다. 하지만 은발 신사에게서 무언의 신호를 받았는지 탭이 목청을 가다듬어 새로운 시작을 알리며 말했다. "자 그럼, 세리나, 우리는 여기 있는 맥스에게서 자네가 수학뿐 아니라 현대의 저술, 그러니까 문학, 소설 같은 것에도 훤하다고 들었네. 최근 나온 문학, 그걸 뭐라고 하지?"

"동시대 문학입니다." 맥스가 대답했다.

"그래, 대단히 많이 읽어서 무척 조예가 깊다고."

나는 주저하다가 말했다. "저는 여가시간에 책 읽기를 좋아합니다, 서sir."

"'서'는 붙일 필요 없네. 그러니까 자넨 요즘 나오는 동시대 것에 밝다는 거지."

"저는 주로 중고 페이퍼백으로 소설을 읽습니다. 하드커버로 나오고 이삼년 후에요. 하드커버는 생활비를 조금 넘어서서요."

사소한 걸 까다롭게 따지는 모양새가 탭을 몹시 당황스럽거나 짜증나게 한 듯했다. 그는 뒤로 기대앉아 잠시 눈을 감고 당혹스러움이 가시기를 기다렸다. 그리고 다음 문장을 반쯤 말하고서야 눈을 떴다. "그럼 내가 자네에게 킹슬리 에이미스나 데이비드 스토리나……" 그는 책상 위 종이를 흘끗 내려다보았다. "윌리엄 골딩 같은 이름을 대면 무슨 소리를 하는지 정확히 안다는 거지?"

"그 작가들 작품을 읽었습니다."

"그들에 대해 말할 수도 있고."

"그렇다고 생각합니다."

"그들의 순위를 매긴다면?"

"순위를 매긴다고요?"

"그래, 알잖나, 최고부터 꼴찌까지."

"그들은 매우 다른 종류의 작가입니다…… 에이미스는 해학적인 작품을 쓰는 소설가로, 뛰어난 관찰력으로 무자비한 유머를 구사하죠. 스토리는 노동자계급 생활의 기록자로서 경이로운 글을 쓰고 그리고, 음, 골딩은 뭐라고 정의하기가 어려운데 아마도 천재라고……"

"그래서?"

"순수하게 읽는 즐거움으로만 본다면 에이미스를 제일 위에, 그다음에 심오한 골딩, 세번째에 스토리를 놓겠습니다."

탭이 메모를 확인한 후 사무적인 미소를 지으며 고개를 들었다. "내가 여기 적어놓은 것과 똑같군."

나의 정확함을 인정하는 웅성거림이 일었다. 내게는 그것이 대단한 성과로 여겨지지 않았다. 어쨌거나 나올 수 있는 순위는 여섯 가지밖에 없으니까.

"이 작가 중 개인적으로 아는 사람이 있나?"

"없습니다."

"그럼 혹시 작가나 출판인이나 그쪽 일에 관계된 사람 중에 아는 이가 있나?"

"없습니다."

"실제로 작가를 만나거나 작가와 한 공간에 있어본 적이 있나?"

"아뇨, 그런 적 없습니다."

"아니면 작가에게 편지를 쓰거나. 그러니까 팬레터 말이야."

"없습니다."

"케임브리지 친구들 중에 작가가 되기로 결심한 사람은?"

나는 신중하게 생각해보았다. 뉴넘 영문과 학생들은 그쪽 방향으로 나아가고 싶어하는 열망이 상당했지만, 내가 알기로 내 여자 지인들은 결국 번듯한 직업을 얻거나, 결혼하거나, 임신하거나, 해외로 사라지거나, 흐릿한 마리화나 연기 속에서 반문화의 잔재로 도피하는 다양한 방식으로 현실에 안주했다.

"없습니다."

탭이 기대하는 눈빛으로 바라보며 말했다. "피터?"

마침내 안락의자의 남자가 손을 내리고 말했다. "그건 그렇고, 난 피터 너팅이라고 하네. 프룸 양, 『인카운터』라는 잡지에 대해 들어본 적 있나?"

모습을 드러낸 너팅의 코는 새의 부리처럼 보였다. 목소리는 가벼운 테너 음색이었는데—왠지 놀라웠다. 나체주의자 애인 구함 같은 광고가 실리는 그런 이름의 쪽신문에 대해 들어본 듯도 했지만 확실치 않았다. 뭐라 대꾸할 새도 없이 그가 말을 이어갔다. "못 들어봤어도 상관없네. 지적인 월간지로 정치, 문학, 문화 전반을 다루지. 아주 훌륭하고 높이 평가되는, 아니 과거에 그랬던 잡지이고 정치적 견해의 폭이 꽤 넓어. 중도 좌파에서 중도 우파까지 아우르는데 대개는 후자에 속하네. 요점은 이걸세. 대부분의 지적인 정기간행물과 달리 공산주의, 특히 소련 공산주의에 대해 회의적이거나 노골적으로 적대적인 태도를 보여왔다는 것이지. 이 잡지는 언론의 자유, 민주주의 등 유행에 뒤떨어진 대의를 강력히 옹호했네. 사실 여전히 그러고 있고. 그리고 미국의 외교정책에 미온적인 태도를 취하지. 뭐 기억나는 거 없나? 없다고? 오륙 년 전 어느 이름 없는 미국 잡지에, 그다음엔 내가 알기로 〈뉴욕 타임스〉에 『인카운터』가 CIA 자금으로 운영되고 있다는 폭로기사가 실렸지. 구린내가 났고, 많은 사람이 팔을 휘두르며 고함을 질러댔고, 여러 작가가 양심에 찔려 줄행랑을 쳤어. 멜빈 래스키라는 이름, 자네는 모르지? 알아야 할 이유가 없지. CIA는 40년대 말부터 그들이 지식층 문화라고 여기는 걸 후원해왔어. 대개는 한 발 물러서서 다양한 재단을 활용하는 방식으로. 중도 좌파 유럽 지식인들을 마르크스주의적 관점에서 벗어나도록 꾀어내고, 자유세계를 옹호하는 것이 지적으로 높이 평가되도록 만드는 거지. 우리 친구들은 다양한 간판을 걸고 거금을 뿌려댔네. 문화자유회의*라고 들어봤나? 신경쓰지 말게.

그게 미국의 방식이었고, 요컨대 대단한 잠재성을 지녔으나 『인카운터』 사건 이후 실패작이 되었지. 웬 거대 재단에서 나왔다며 미스터 X가 불쑥 나타나 수십만 파운드를 내밀면 다들 비명을 지르며 도망치니까. 하지만 이건 단순히 정치적, 군사적 문제가 아니라 하나의 문화 전쟁이고 노력을 기울일 만해. 소련도 그걸 아니까 교환 프로그램, 방문, 회담, 볼쇼이 발레에 돈을 쓰는 거고. 전국광산노조 파업자금으로 대는 돈 외에도 말이지……"

* 민주주의 사회의 친공 자유주의자들에 대항하기 위해 파리에 설립된 자유주의적 반공 단체.

“피터.” 탭이 웅얼거렸다. “그 문제는 더 파고들지 마세.”

“알았어. 고맙네. 이제 먼지도 가라앉고 있고, 우린 계획을 밀어붙이기로 결정했네. 적당한 예산으로. 국제 축제니 일등석 여행이니 화물차를 스무 대나 동원하는 오케스트라 순회공연이니 파티 같은 것 없이. 그럴 여유도 안 되고 그러고 싶지도 않네. 우리가 의도하는 바는 정확하고, 장기적이고, 비용도 저렴하지. 그래서 자넬 여기로 부른 거야. 지금까지 들은 것 중에 질문 있나?”

“없습니다.”

“외무부의 정보조사부*에 대해 아는지 모르겠군.”

나는 몰랐지만 고개를 끄덕였다.

“그럼 이런 종류의 일이 역사가 길다는 것도 알겠군. IRD는 우리, 그리고 MI6와 수년간 함께 일하며 작가, 신문사, 출판인을 양성해왔지. 조지 오웰은 임종 당시 IRD에 공산주의자 동지 서른여덟 명의 명단을 넘겼네. IRD는 『동물농장』이 열여덟 개 언어로 출간될 수 있도록 돕고 『1984』를 위해서도 좋은 일을 많이 했지. 몇몇 경탄할 만한 출판 사업도 꾸렸네. 백그라운드 북스라고 들어봤나?—IRD의 조직이었어. 첩보 예산으로 운영되었지.

* Information Research Department.

최고였네. 버트런드 러셀, 가이 윈트, 빅 페더. 하지만 요즘은……"

그는 한숨을 쉬며 방안을 둘러보았다. 나는 공통의 불만을 감지했다.

"IRD는 길을 잃었지. 어리석은 아이디어가 너무 많고, MI6와 너무 가깝고—사실 MI6 소속 인물이 책임자로 있지. 칼턴 하우스 테라스*에 자네처럼 열심히 일하는 훌륭한 아가씨들이 잔뜩 있는데, MI6 쪽 사람이 방문하면 어떤 바보가 그전에 사무실을 뛰어다니며 '다들 벽 쪽으로 고개 돌려!'라고 외쳐야 한다는 거 아나? 상상이나 되나? 단언하는데, 그 아가씨들 말이야, 손가락 사이로 다 훔쳐볼걸, 응?"

그가 기대에 차서 주위를 둘러보았다. 그 말에 부응하는 낄낄거림이 들렸다.

"그래서 우리는 새롭게 출발하고 싶네. 적합한 젊은 작가, 학자, 그리고 주로 언론인에 집중할 생각이야. 경력의 시작 단계라 경제적 후원이 필요한 사람들. 으레 그들은 쓰고 싶은 책이 있고, 일이 많은 직장에 다니면서 집필을 하려면 휴가를 낼 수밖에 없지. 그래서 우리 생각엔 소설가도 한 명 명단에 포함시키면 재

* IRD 사무실이 입주한 건물.

미있을 것 같은데……"

해리 탭이 평소와 달리 흥분해서 끼어들었다. "좀 덜 무거운, 그러니까 약간 가벼운 흥밋거리가 있어야지. 얄팍한. 신문들이 흥미를 가질 만한 인물."

너팅이 말을 이었다. "자네가 그런 걸 좋아한다니, 그 일을 해보고 싶어할지도 모른다고 생각했지. 우리는 서양의 몰락이나 개발 반대, 그 밖에 다른 유행하는 비관주의에 관심 없네. 내 말 무슨 뜻인지 알겠나?"

나는 고개를 끄덕였다. 안다고 생각했다.

"자네 분야는 다른 데보다 약간 더 까다로울 걸세. 자네도 나만큼 잘 알겠지만, 소설에서 작가의 견해를 도출하기란 간단한 일이 아니지. 바로 그런 이유로 우리는 언론인이기도 한 소설가를 찾고 있네. 동구권의 압박받는 동료들을 위해 짬을 낼 수 있는 사람이 필요해. 혹시라도 그들에게 도움이 될까 해서 그곳으로 가거나 책을 보내주고, 박해받는 작가들을 위한 탄원서에 서명하고, 이곳의 허위적인 마르크스주의자 동료들을 끌어들이고, 카스트로 집권하의 쿠바에서 투옥된 작가들을 위한 공개 발언을 서슴지 않는 사람. 전반적으로 정통적인 흐름을 거스르는 인물. 그런 일엔 용기가 필요하네, 프룸 양."

"예, 서. 제 말씀은, 예."

"특히 젊은 사람에겐."

"예."

"언론의 자유, 집회의 자유, 법적 권리, 민주적 절차—요즘엔 많은 지식인이 그리 소중히 여기지 않는 것이지."

"예."

"우린 적합한 인재들을 격려해주어야 해."

"예."

방안에 침묵이 깔렸다. 탭이 자신의 상자에 든 담배를 돌렸는데, 먼저 내게 권하고 나서 나머지 사람들에게도 건넸다. 우리 모두 담배를 피우며 너팅이 다시 말하기를 기다렸다. 맥스의 시선이 느껴졌다. 내가 눈길을 마주치자 그는 '그대로 계속해요'라고 말하듯 아주 살짝 고개를 끄덕였다.

처음에 얼마간 어려움을 겪으며 너팅은 몸을 지렛대로 들어올리듯 안락의자에서 일으켜 탭의 책상으로 가서 메모를 집어들었다. 그는 원하는 것을 찾을 때까지 페이지를 넘겼다. "우리가 찾는 사람들은 자네 세대일 걸세. 분명 비용이 덜 들 테지. 우리가 위장 단체를 통해 제공하게 될 지원금은 일 년이나 이 년, 심지어 삼 년까지 직업 없이도 생활하기에 충분한 액수일 걸세. 우리는 서둘러서도 안 되고, 당장 다음주에 결과를 얻게 되지도 않을 거라는 걸 아네. 열 명을 대상으로 진행할 예정이지만, 자넨 한 사람만 고려하면 돼. 우리가 제안하는 인물은……"

그는 줄에 매달아 목에 건 반달 모양 안경을 끼고 메모를 들여다보았다.

"이름은 토머스 헤일리, 또는 그가 필명으로 선호하는 T. H. 헤일리. 서식스대학에서 영어를 전공해서 1등급으로 졸업했고 지금도 거기 있네. 피터 칼보코레시 밑에서 국제관계학 석사과정을 밟았고, 지금은 문학박사과정중이지. 의료기록을 슬쩍 봤는데 특별한 건 없었어. 단편소설 몇 편을 발표했고, 언론에 기고도 좀 했지. 지금 출판사를 찾고 있고. 하지만 공부가 끝나면 제대로 된 직장도 잡아야 하지. 칼보코레시가 그를 높이 평가하고 있어서 그거면 충분할 거야. 여기 있는 벤저민이 서류철을 만들었는데 자네 의견을 듣고 싶네. 자네만 좋다면 우리는 자네가 브라이턴으로 기차를 타고 가서 그를 살펴보길 원하네. 자네가 엄지를 들어 보이면 그를 고용하겠네. 안 그러면 딴 데 가서 찾아봐야지. 자네가 좋소 하면 하는 거고. 물론 자네가 방문하기에 앞서 소개편지를 먼저 보내둬야겠지."

모두 나를 지켜보고 있었다. 탭은 양 팔꿈치를 책상에 올리고 손가락으로 첨탑 모양을 만들었다. 그러더니 양 손바닥을 떼지 않은 채 소리 없이 손가락들끼리 두드렸다.

나는 어떤 지적인 이의를 제기해야 할 것만 같은 기분이었다.

"제가 수표책을 들고 불쑥 나타나는 미스터 X처럼 보이지 않을까요? 저를 보자마자 그가 도망칠 수도 있습니다."

"자넬 보자마자? 그렇진 않을걸, 아가씨."

또다시 여기저기서 숨죽인 낄낄거림이 들렸다. 나는 얼굴이 새빨개졌고 화가 났다. 너팅이 내게 미소를 보내고 있어서 나도 애써 미소를 지어 답했다.

그가 말했다. "액수가 매력적일 걸세. 우리는 매개자인 기성 재단을 통해 자금을 댈 계획이네. 규모가 크거나 잘 알려진 조직은 아니지만 믿을 만한 연줄이 있는 곳이지. 헤일리나 다른 누군가가 확인해본다고 해도 아주 그럴싸해서 문제없을 거야. 일이 성사되면 바로 자네에게 재단 이름을 알려주겠네. 당연히 자네가 그 재단을 대표하게 될 거야. 자네한테 편지가 오면 그쪽에서 우리에게 알려줄 거야. 재단 이름과 주소가 인쇄된 편지지를 좀 주겠네."

"그냥 예술가에게 돈을 지원해주는 정부 부서에 호의적으로 추천을 하면 되지 않을까요?"

"예술위원회?" 너팅이 쓴웃음을 터뜨리는 듯한 몸짓을 했다. 다른 사람들도 히죽거렸다. "이 아가씨야, 자네의 천진함이 부럽군. 하지만 자네 말이 옳아. 그게 가능했어야 하지! 문학 부문 책임자가 소설가야. 앵거스 윌슨이라고. 그를 아나? 이론상으로는 우리와 함께 일할 수 있는 인물이지. 애서니엄* 회원에, 해군 무관으로 참전했었고, 유명한 헛 에잇**에서 기밀 업무도 했어. 헛 에잇, 에, 그게 어디 있었느냐 하면, 음, 그건 말하면 안 되네. 아무튼 내가 그에게 점심을 대접하고 일주일 후 그의 사무실에서 만났지. 그리고 원하는 걸 설명하기 시작했네. 프룸 양, 어떻게 됐는지 아나, 그는 나를 4층 창문 밖으로 내던질 기세였다네."

그는 전에도 이 이야기를 한 적이 있었고, 윤색해서 다시 들려주며 즐거워했다.

"멋진 흰색 리넨 양복에 라벤더색 나비넥타이를 매고 책상에 앉아 재치 있는 농담을 던지던 사람이 별안간 얼굴이 시뻘게져서는 내게 달려들어 멱살을 잡고 사무실에서 밀어내더군. 그가 한 말은 차마 숙녀 앞에서 옮길 수 없네. 게다가 영락없는 동성애자야. 그가 어떻게 42년에 해군 암호에 접근할 수 있었는지 불가사의라니까."

"그렇다니까." 탭이 말했다. "우리가 하면 더러운 정치선전인데, 앨버트 홀에서 열리는 붉은군대 합창단 공연은 매진되는 식이지."

---

* 런던의 문인과 학자 모임.

** Hut Eight, 2차세계대전 당시 독일의 암호를 풀기 위해 영국 정부가 설립한 기관.

"여기 있는 맥스는 차라리 윌슨이 나를 창밖으로 진짜 던져버렸으면 좋았을 거라고 생각하지." 너팅이 말하면서 놀랍게도 내게 눈을 찡긋했다. "안 그런가, 맥스?"

"제가 하고 싶은 말은 다 했지요. 이제 저도 동의합니다." 맥스가 말했다.

"좋아." 너팅이 아까 나를 방으로 안내한 젊은 남자인 벤저민을 향해 고개를 끄덕였다. 벤저민이 무릎 위에 있는 서류철을 펼쳤다.

"그가 출간한 건 이게 전부인 게 확실합니다. 일부는 추적하기가 쉽지 않죠. 먼저 언론 기고문을 보는 게 좋을 겁니다. 그가 〈리스너〉에 기고한, 신문들이 악당을 낭만적으로 미화하는 현상에 대해 개탄하는 기사를 주목해주세요. 이 기사는 주로 영화 〈대열차 강도〉—그는 '대'라는 단어를 붙인 데 반대하고 있지만—를 다루고 있으나 버지스와 매클린, 그리고 그들에게 책임이 있는 사망자 수에 대한 강경한 어조의 여담도 있죠. 그는 동유럽 반체제 인사들을 후원하는 기관인 '독자와 작가 교육 신탁' 회원입니다. 작년에 그 기관지에 글을 썼죠. 〈히스토리 투데이〉에 기고한 1953년 동독 폭동에 관한 긴 글도 읽어보세요. 『인카운터』에 베를린장벽에 관한 꽤 괜찮은 글도 썼고요. 전반적으로 언론 쪽으로는 건전합니다. 하지만 당신은 단편소설과 관련해 그에게 편지를 쓸 거고, 단편소설이야말로 그의 핵심이죠. 피터가 말한 대로 전부 다섯 편입니다. 실제로 그중 한 편은 『인카운터』에 실렸고 나머지는 당신이 들어본 적 없는 곳에 실렸어요—『패리스 리뷰』 『뉴 아메리칸 리뷰』 『케니언 리뷰』 『트랜스애틀랜틱 리뷰』."

"이름 짓는 데는 천재들이야, 창작자 족속들 말이야." 탭이 말했다.

"이 넷은 미국에 기반을 둔 잡지라는 점을 주목할 필요가 있습니다." 벤저민이 말을 이었다. "심정적으로는 범대서양주의자인 거죠. 이리저리 알아봤는데 장래가 촉망된다는 게 중평이더군요. 하지만 업계 내부자 말로는 젊은 작가에게 으레 붙이는 평이랍니다. 그는 펭귄 단편소설 시리즈 게재를 세 번 거절당했죠. 『뉴요커』 『런던 매거진』 『에스콰이어』에서도 거절당했고요."

탭이 말했다. "궁금해서 물어보는 건데, 이런 정보를 다 어디서 얻었나?"

"얘기가 깁니다. 처음 만난 사람은……"

"하던 얘기를 마저 하지." 너팅이 말했다. "열한시 반에 위층에 올라가야 해서. 그건 그렇고, 칼보코레시가 친구에게 그랬다더군. 헤일리가 외모가 반반한 친구라고, 옷맵시도 뛰어나다고. 그러니 젊은이들에게 훌륭한 역할모델이지. 미안하네, 벤저민. 계속하게."

"어느 유명 출판사에서 단편소설들을 마음에 들어하는데, 그가 장편소설을 쓰기 전에는 단편집을 내줄 수 없다는 입장입니다. 단편소설은 잘 안 팔리니까요. 출판사는 기성 작가들에게 호의를 표하기 위해 단편집을 내주는 식이거든요. 그는 더 긴 소설을 써야 합니다. 이게 중요한 정보인 게 장편을 쓰려면 시간이 많이 걸리고 정규직으로 일하면서 시간을 내기란 어려우니까요. 그는 장편을 몹시 쓰고 싶어하고 분명 아이디어도 있을 겁니다. 또 한 가지, 그는 에이전트가 없고 현재 물색중입니다."

"에이전트?"

"전혀 다른 일을 하는 사람입니다, 해리. 작품을 팔고, 계약을 하고, 수수료를 받죠."

벤저민이 내게 서류철을 건넸다. "관련 서류예요. 물론, 아무데나 두면 안 됩니다."

이제껏 말이 없던 기름 낀 머리에 가운데 가르마를 탄 쪼그라든 듯 보이는 잿빛 남자가 입을 열었다. "그 사람들이 쓰는 글에 우리가 적어도 약간의 영향력은 행사하게 되는 건가?"

너팅이 말했다. "그런 방식은 효과가 없을 겁니다. 우리의 선택을 믿어야죠. 그리고 헤일리와 나머지 작가들이 잘 풀려서, 그 뭐냐, 중요한 인물이 되기를 바라는 수밖에요. 서서히 타오르는 불길처럼요. 우리는 미국인들에게 이 일을 어떻게 해내는지 보여줄 생각입니다. 하지만 중간중간 도움을 못 줄 이유는 없겠죠. 알다시피 우리한테 여러 번 신세 진 사람들이 있으니까요. 헤일리의 경우, 조만간 우리 사람이 새 부커상 위원회 의장직을 맡게 될 겁니다. 에이전트 쪽도 강구해볼 수 있겠고. 하지만 작품 자체는 작가가 자유롭게 써야죠."

그는 일어서서 손목시계를 보았다. 그리고 나를 보았다. "배경지식 관련 문의는 벤저민에게 하게. 작전과 관련해선 맥스와 얘기하고. 암호명은 스위트 투스*. 됐나 그럼? 이상."

나는 모험을 해볼 작정이었다. 내가 없어서는 안 될 존재로 느껴지기 시작했다. 어쩌면 지나치게 자신만만했는지도 모르겠다. 하지만 이 방에서 나 말고 누가 성인이 된 후 여가시간에 단편소설을 읽었겠는가? 스스로를 억누를 수 없었다. 나는 열성적이었고 갈망하고 있었다. 내가 말했다. "이런 말씀 드리기 좀 난처하지만, 그리고 맥스가 기분 나쁘게 받아들이지 않았으면 좋겠는데, 제가 맥스와 직접 일하게 될 경우 제 직위를 좀 명확히 해두는 게 도움이 되지 않을까 합니다."

피터 너팅이 도로 앉았다. "우리 아가씨, 그게 무슨 뜻이지?"

나는 서재에서 아버지 앞에 서 있었을 때처럼 공손하게 그의

* sweet tooth, 단것을 좋아하는 취향을 뜻한다.

앞에 섰다. "이 일은 커다란 도전이고, 제게 맡겨주셔서 너무도 흥분되고 기쁩니다. 헤일리 건은 매혹적이고, 또한 섬세하게 접근해야 하기도 합니다. 저는 헤일리를, 요컨대 관리해야 합니다. 저로서는 영광이죠. 하지만 에이전트 활동을 하려면…… 음, 제 위치가 분명했으면 좋겠습니다."

방안 가득한 남자들에게 여자만이 야기할 수 있는 곤혹스러운 침묵이 이어졌다. 잠시 후 너팅이 웅얼거렸다. "글쎄, 그래, 아주……"

그가 절박하게 탭에게로 시선을 돌렸다. "해리?"

탭이 금색 담뱃갑을 재킷 안주머니에 넣으며 일어섰다. "간단하네, 피터. 우리 둘이 점심식사 후 아래층 인사과에 가서 얘기하면 되지. 반대는 없을 걸세. 세리나는 사무직 보조요원이 될 수 있을 거야. 그럴 때가 됐지."

"됐지, 프룸 양."

"감사합니다."

우리 모두 일어섰다. 맥스가 새로운 존경을 담은 눈길로 나를 보고 있는 것 같았다. 귓가에서 노랫소리가, 다성 합창 같은 곡이 울려퍼지는 듯했다. 보안국에 들어온 지 구 개월밖에 되지 않았고 하물며 동기들 중 승진 서열 꼴찌 그룹에 속했던 내가 여자에게 허용된 가장 높은 자리에 오른 것이다. 토니가 무척이나 자랑스러워했을 것이다. 그의 클럽에 데려가 축하의 뜻으로 저녁을 사주었을 것이다. 너팅과 같은 직위가 아니던가? 나는 다른 사람들과 함께 줄지어 탭의 사무실을 나서며 적어도 어머니에게 전화해서 내가 보건사회보장부에서 얼마나 잘나가는지 알려줄 수는 있겠다고 생각했다.

8

나는 안락의자에 자리를 잡고 앉아 새로 산 독서등을 비스듬히 기울이고 미신처럼 늘 만지작거리는 서표를 집어들었다. 수업 준비라도 하듯 연필도 갖다놓았다. 꿈이 실현되었다—수학이 아닌 영어를 공부하게 되었다. 어머니의 야망에서 해방된 것이다. HMSO*라고 적힌 담황색 서류철이 끈고리로 봉해진 채 무릎 위에 놓여 있었다. 서류철을 집에 가져오다니 얼마나 중대한 위반이고 특권인가. 서류철은 신성하다—연수 초기 우리에게 주입된 생각이었다. 서류철의 내용물을 꺼내서도 안 되고 서류철을 건물 밖으로 가져나가서도 안 된다. 벤저민이 건물 현관까

* Her Majesty's Stationery Office, 정부간행물출판국.

지 동행해 이 서류철이 등록소의 신상 서류철이 아님을—비록 색깔은 같아도—증명하기 위해 직접 열어 보여야 했다. 그가 인사과 당직자에게 설명했듯이 배경 정보에 불과했다. 하지만 그날 밤 나는 그걸 헤일리 서류철이라고 생각하며 기쁨을 느꼈다.

나는 그의 소설을 처음 접한 그 시간을 MI5에서 가장 행복했던 순간들 중 하나로 친다. 성적인 것을 넘어서는 나의 모든 욕구가 충족되고 하나로 어우러졌던 것이다. 나는 읽고 있었고, 그것은 내게 직업적 자부심을 부여하는 더 높은 목적을 위한 행위였으며, 곧 작가를 만나게 될 터였다. 그 작전에 대한 회의나 도덕적 가책을 느꼈느냐고? 그 단계에서는 아니었다. 선택되어서 기뻤다. 그 일을 잘할 수 있을 것 같았다. 건물 위층 사람들에게서 칭찬을 받게 될 것 같았다—나는 칭찬받기를 좋아하는 여자였다. 만일 누군가 물었다면 우리가 그저 은밀히 활동하는 예술위원회라고 말했을 것이다. 우리가 제공하는 기회는 다른 어떤 기회 못지않게 훌륭하다고 말이다.

단편소설은 1970년 겨울『케니언 리뷰』에 실린 것으로, 코벤트 가든의 롱에이커에 있는 전문서점 영수증이 튀어나온 그 잡지가 통째로 거기 있었다. 에드먼드 앨프리더스라는 대단한 이름을 가졌으며, 중세사회사를 가르치는 교사로 사십대 중반에 거친 런던 동부 선거구에서 노동당 하원의원으로 당선되어 십여 년간 지방의회 의원으로 활동해온 인물의 이야기였다. 그는 당내에서도 좌파 성향이 강하고 좀 말썽꾼에, 지적인 멋쟁이, 연쇄 불륜남, 뛰어난 연설가이며 런던 지하철 기관사 노조의 영향력 있는 노조원들과 친분이 두텁다. 에드먼드에게는 일란성쌍둥이 형제 자일스가 있는데 그보다는 온화한 인물이고, 성공회 교구목사로 한때 터너*가 그림을 그렸던 펫워스 하우스에서 자전거로 갈 수 있는 거리의 웨스트서식스 시골에서 쾌적한 삶을 누리고 있다. 연로한 신도들이 소수 모이는 노르만양식** 이전 교회의 울퉁불퉁한 회반죽 벽에는 고통받는 예수를 묘사한 색슨 벽화 위에 소용돌이를 그리며 승천하는 천사들을 덧그린 팰림프세스트***가 있으며, 교회의 서툰 우아함과 단순성은 자일스에게 산업과 과학의 시대가 닿을 수 없는 신비로 다가왔다.

에드먼드 역시 그 신비에 닿을 수 없는 것이, 그는 엄격한 무신론자로 자일스의 안락한 삶과 개연성 없는 믿음을 은밀히 경멸하기 때문이다. 한편, 목사는 목사대로 에드먼드가 사춘기의 볼셰비키적 견해에서 아직도 벗어나지 못한 걸 당혹스러워한다. 하지만 형제는 가깝게 지내고, 대체로 종교나 정치 논쟁은 그럭

---

* 윌리엄 터너. 영국 근대 미술의 아버지이며 대표적인 풍경화가.

** 영국의 11, 12세기 건축양식으로 로마네스크 양식의 영향을 받았다.

*** 여러 번 겹쳐 써서 원래 원고가 지워진 양피지 또는 두루마리.

저럭 피해간다. 그들은 여덟 살 때 어머니를 유방암으로 여의고 감정적으로 소원한 아버지에 의해 사립기숙학교로 보내졌으며, 그곳에서 서로 의지하며 마음의 위안을 얻었기에 평생 가까이 지낸다.

두 사람 다 이십대 후반에 결혼해 자녀를 두고 있다. 하지만 에드먼드가 하원의원이 된 지 일 년 만에 또다시 불륜을 저지르자 아내 몰리는 인내심이 한계에 다다라 그를 쫓아낸다. 에드먼드는 가정 파탄과 이혼소송이라는 폭풍과, 냄새를 맡고 관심을 보이는 언론을 피해 긴 주말을 보내려고 서식스 목사관으로 향하고 여기서 이야기가 진짜로 시작된다. 그의 형제 자일스는 고민에 빠져 있다. 그는 그주 일요일에 걸핏하면 발끈하고 완고하기로 유명한 모 주교가 참석한 가운데 교회에서 설교를 할 예정이다. (자연히 나는 그 역할에 아버지를 대입했다.) 자신이 참관하기로 되어 있는 예배를 주관하는 목사가 후두염을 동반한 지독한 감기에 걸렸다는 소식을 주교가 달가워할 리 없다.

에드먼드는 목사관에 도착하자마자 목사 부인인 제수의 안내로 자일스가 격리된 꼭대기층의 옛 육아실로 올라간다. 앨프리더스 쌍둥이 형제는 사십대인데다 서로 다른 점도 많지만 똑같이 장난을 좋아한다. 자일스가 땀을 흘리며 목쉰 소리를 내는 중에도 그들은 반시간 동안 상의한 끝에 결정을 내린다. 이튿날인 토요일 온종일 기도문과 예배 순서를 익히고 설교에 대해 생각하면서 에드먼드는 가정 문제에서 벗어날 수 있는 유용한 기분 전환을 한다. 주교에게 사전에 알린 설교 주제는, 킹 제임스 성서*의 유명한 구절인 고린도전서 13장의 믿음과 소망과 사랑 이 세 가지는 항상 있을 것인데 "그중의 제일은 사랑이라"는 선언이다. 자일스는 현대 학문에 발맞춰 사랑을 의미하는 단어가 'charity'에서 'love'로 대체되어야 한다고 주장한다. 그것에 대해서는 의견 충돌이 없다. 중세사학자로서 에드먼드는 성서를 잘 알고 흠정역성서를 찬양한다. 그리고 물론, 사랑에 대해 이야기하게 되어 기쁘다. 일요일 아침, 그는 쌍둥이 형제의 성직자 가운을 걸치고 자일스의 단정한 옆 가르마를 흉내내어 머리를 빗은 후 집을 빠져나와 묘지를 가로질러 교회로 간다.

주교의 방문 소식에 신도들은 사십 명 가까이로 불었다. 평소 순서에 따라 기도와 성가가 이어진다. 모든 게 순조롭게 진행된다. 골다공증 때문에 시선이 아래로 향하는 늙은 참사회원은 자일스가 에드먼드로 바뀐 줄도 모르고 능숙하게 예배를 보조한다. 정시에 에드먼드가 조각 장식이 새겨진 석조 설교단에 오른다. 신도석의 늙은 신도들조차 평소 조용조용 이야기하던 목사가 유별나

* 1611년 잉글랜드의 왕 제임스 1세의 지시에 따라 영어로 번역된 흠정역성서.

게 자신만만하고 심지어 직설적이기까지 하다는 걸 깨닫고, 유명한 손님에게 좋은 인상을 주고 싶어서 그러려니 생각한다. 에드먼드는 처음부터 고린도서의 선택된 구절을 읽는 것으로 설교를 시작하는데, 배우의 낭랑한 목소리—극장에 가본 적이 있는 사람들이라면 로런스 올리비에의 패러디에 가깝다고 생각할 수도 있는(이라고 헤일리는 방백처럼 덧붙인다)—로 낭독한다. 에드먼드의 말이 텅 비다시피 한 교회 안에 울려퍼지고, 그는 이 사이로 혀를 내밀어 동사 뒤에 붙는 'th' 소리를 맛깔나게 발음한다. 사랑은 오래 참고 온유하며, 사랑은 시기하지 않고, 자랑하지 아니하며, 무례히 행하지 아니하며, 성내지 아니하며, 악한 것을 생각하지 아니하며, 불의를 기뻐하지 아니하며, 진리와 함께 기뻐하고…… 그다음에는 얼마간 자신이 최근 저지른 배신들에 대한 수치심과 집에 두고 온 아내와 두 아이에 대한 슬픔, 그가 알아온 모든 좋은 여자에 대한 따뜻한 기억, 그리고 뛰어난 연설가가 연설을 하면서 느끼는 순수한 즐거움에 이끌려 사랑에 관한 열정적 설교를 시작한다. 풍부한 음향효과와 설교단의 높은 위치 또한 그가 화려한 웅변술의 새 역사를 쓰는 데 일조한다. 런던 지하철 기관사들이 삼 주 동안 세 차례나 종일 파업에 돌입하는 데 기여한 바로 그 화술을 효과적으로 활용해, 오늘날 우리가 알고 찬양하는 사랑은 기독교가 고안한 창조물이라고 설명한다. 구약성서의 가혹한 철기시대 세계에서는 도덕률이 무자비했고, 질투 많은 신은 무정했으며, 신이 가장 소중히 여기는 가치는 복수, 지배, 노예화, 집단학살, 강간이었다. 이 대목에서 일부 신도들은 주교가 침을 삼키는 모습을 놓치지 않는다.

에드먼드는 그런 배경에서 사랑을 중심에 놓는 새로운 종교가 얼마나 급진적이었는지 알 수 있다고 말한다. 인류 역사에서 유례없이, 완전히 다른 사회조직 원칙이 제안된 것이었다. 사실상 새로운 문명이 뿌리내린다. 그런 이상에는 못 미친다 해도, 새로운 방향이 정해진다. 예수가 제시한 관념은 거부할 수도, 되돌릴 수도 없다. 믿지 않는 자들조차 그 안에서 살아야 한다. 왜냐하면 사랑은 고립되어 있지 않고 그럴 수도 없으며, 타오르는 혜성처럼 꼬리를 남기면서 다른 빛나는 선들—예수의 메시지의 핵심인 사랑과 묶여 있는 용서, 친절, 관용, 공정성, 사교성, 우정—을 품고 가기 때문이다.

웨스트서식스 성공회 교회에서 설교에 박수갈채를 보내는 일은 일어나지 않는다. 하지만 에드먼드가 셰익스피어, 로버트 헤릭, 크리스티나 로세티, 윌프레드 오언, 오든의 구절을 외워서 인용하며 설교를 마칠 때 신도석에서는 환호하고 싶어 들썩이는 분위기가 감지된다. 신도석에 지혜와 슬픔을 불어넣는 낭랑한 하강 어조로 목사는 회중을 기도로 이끈다. 기도가 끝나자 주교는 똑바로 앉으며 몸을 앞으로 숙이고 기도하느라 자줏빛이 된 얼굴로 환한 미소를 짓고, 다른 모든 사람, 퇴역 대령들, 말 사육자들, 폴로팀 전前 주장, 그리고 그들의 아내들도 활짝 웃는다. 그들은 줄지어 현관을 나서며 에드먼드와 악수를 나눌 때도 환하게 웃는다. 주교는 지나칠 정도로 힘차게 악수한 뒤 다른 약속이 있어서 커피를 마시고 갈 수 없어 유감이라고 말한다. 참사회원은 말없이 발을 끌며 떠나고, 곧 모두가 주일 점심식사를 하러 가며, 에드먼드는 자신의 형제에게 이 모든 이야기를 들려주기 위해 승리감에 찬 가벼운 발걸음으로 깡충깡충 뛰다시피 묘지를 지나 목사관으로 돌아간다.

여기, 전체 서른아홉 쪽 중 18쪽의 단락 사이에 별표 하나로 장식된 여백이 있었다. 나는 시선이 아래로 미끄러져내려가 작가의 다음 수를 읽지 않도록 그 별표를 응시했다. 감상적이게도, 나는 에드먼드의 거창한 사랑론이 그를 아내와 아이들에게 돌아가게 만들기를 바랐다. 현대 소설에서는 그럴 가능성이 별로 없지만. 아니면 그는 스스로를 설득해 기독교인이 될 수도 있었다. 아니면 자일스가 자신의 신도들이 무신론자의 입에서 나온 번드르르한 웅변에 감동한 이야기를 전해듣고 신앙심을 잃을 수도 있었다. 나는 주교가 집에 돌아가 밤에 김이 자욱한 욕조에 누워 그날 자신이 들은 설교를 곱씹는 서사가 이어질 가능성에 마음이 끌렸다. 내 아버지인 주교님이 이야기에서 사라지기를 원치 않았기 때문이었다. 사실 나는 기독교적 덫에 매혹되었다—노르만양식 이전의 교회, 헤일리가 되살려낸 놋쇠 광택제와 라벤더 밀랍과 오래된 돌과 먼지의 냄새, 크게 금간 부분을 대갈못과 끈으로 고정시킨 불안정한 떡갈나무 뚜껑이 달린 세례반과 그 뒤에 있는 검정과 하양, 빨강이 섞인 종을 당기는 줄, 무엇보다도 에드먼드가 바둑판무늬 리놀륨 바닥에 가방을 내려놓는 부엌 너머의 어질러진 뒷문 현관과 우리집과 똑같이 꼭대기층에 욕아실이 있는 목사관. 나는 희미한 향수를 느꼈다. 헤일리가 욕실로 들어가서, 아니 에드먼드를 들여보내서 연푸른색 칠을 한 허리 높이의 제혀쪽매 패널을, 수도꼭지 아래가 청록색 녹조류로 얼룩진 채 녹슨 사자발로 견고하게 선 거대한 욕조를 보게 했더라면 좋았을 텐데. 그리고 화장실로 들어가면 보이는 물탱크 사슬 끄트머리에 달린 색이 바랜 목욕용 오리인형. 나는 가장 저급한 종류의 독자였다. 내가 원하는 건 나 자신의 세계, 인위적 형상과 접근 가능한 형태로 내게 다시 주어진 세계 속의 나 자신뿐이었다.

나는 자일스의 온화한 태도가 연상시키는 것 때문에 그에게 끌리긴 했지만 그래도 에드먼드를 원했다. 원했다고? 그와의 여행을 말이다. 헤일리가 나를 위해 에드먼드의 정신을 진단하기를, 내가 확인할 수 있도록 그것을 열어 보이기를, 그것에 대해 남자 대 여자로 내게 설명해주기를 원했다. 에드먼드는 맥스, 그리고 제러미를 연상시켰다. 그리고 무엇보다도 토니를. 이 똑똑하고 도덕관념이 없고 창의적이고 파괴적인 남자들은 외골수에 이기적이고, 감정적으로 차분하고 냉철한 매력을 지녔다. 나는 예수의 사랑보다 그들을 더 좋아했던 듯하다. 그들은 꼭 필요한 사람이었고 내게만 그런 것이 아니었다. 그들이 없었더라면 우리는 아직도 움막에서 살며 바퀴가 발명되기를 기다리고 있으리라. 삼모작은 실현되지 못했으리라. 2세대 페미니즘의 물결이 태동하는 시기에 그런 용납할 수 없는 생각이나 하고 있다니. 나는 별표를 응시했다. 헤일리는 나를 짜증나게 했고 나는 그도 꼭 필요한 사람들 중 하나일까 궁금해졌다. 그에게 침범당한 기분과 더불어 향수와 호기심을 동시에 느꼈다. 아직까지 나는 연필을 움직이지 않았다. 에드먼드 같은 더러운 인간이 훌륭한 냉소적 연설을 하고 칭송받는 건 공평하지 못했지만, 그게 옳았고 또 진실되어 보였다. 쌍둥이 형제에게 자신이 설교를 얼마나 잘했는지 말해주러 돌아가는 길에 무덤들 사이에서 기쁨의 춤을 추는 그의 이미지는 자만심을 나타냈다. 헤일리는 형벌이나 몰락이 따를 것임을 시사하고 있었다. 나는 그렇게 되길 원치 않았다.

토니는 벌을 받았고 내게는 그것으로 충분했다. 작가는 독자를 배려하고 자비를 베풀 의무가 있다. 나의 못박힌 시선 아래에서 『케니언 리뷰』의 별표가 회전하기 시작했다. 눈을 깜박여 별표를 정지시키고 계속 읽어나갔다.

이야기가 절반쯤 진행된 상태에서 헤일리가 또다른 중요 인물을 소개할 거라고는 생각도 못했었다. 하지만 그녀는 예배시간 내내 그곳에 있었다. 신도석 세번째 줄 끝에, 벽에 붙여 쌓아놓은 찬송가집 더미 옆에, 에드먼드의 눈에 띄지 않고 앉아 있었다. 그녀 이름은 진 앨리스다. 서른다섯 살이고, 그 지역에 살며, 미망인에 다소 재력이 있고, 독실한 신자이며, 남편이 오토바이 사고로 죽은 후 신앙심이 더 강해졌고, 과거에 정신질환을 앓았고, 당연히 아름답다는 사실이 빠르게 밝혀진다. 에드먼드의 설교는 그녀에게 심오한, 압도적이라고도 할 수 있는 영향을 미친다. 그녀는 그 메시지를 사랑하고 그 진실을 이해한다. 그 시를 사랑하고 그것을 말한 남자에게 강하게 이끌린다. 그녀는 그날 밤을 뜬눈으로 지새우며 어떻게 할지 고민한다. 정말로 그러고 싶지 않았지만 사랑에 빠졌고, 목사관으로 가서 그 말을 할 준비가 되어 있다. 그녀도 어쩔 수가 없다. 그녀는 목사의 결혼을 파탄낼 준비가 되어 있다.

이튿날 아침 아홉시 목사관 초인종을 누른 그녀에게 문을 열어준 사람은 가운 차림의 자일스다. 그는 이제 회복되기 시작했지만 여전히 얼굴이 창백하고 몸이 떨린다. 내게는 다행히도, 진은 그가 자신의 남자가 아님을 곧바로 안다. 그녀는 쌍둥이 형제의 존재를 알아내고 자일스가 아무 의심 없이 알려준 주소를 들고 런던으로 그를 찾아간다. 그곳은 에드먼드가 이혼 진행 기간 동안 임시 거처로 삼은 초크 팜의 가구가 딸린 작은 아파트다.

힘든 시간을 보내고 있는 에드먼드는 자신이 원하는 건 다 주고 싶어 안달난 듯한 아름다운 여자를 거부하지 못한다. 그녀는 그곳에 이 주 내리 머물고, 에드먼드는 그녀를 열정적으로 사랑한다—헤일리는 난감할 정도로 그들의 성행위를 자세히 묘사한다. 그녀의 클리토리스는 거대하여, 사춘기를 맞지 않은 남자아이의 페니스 크기다. 에드먼드는 그렇게 관대한 연인을 만나본 적이 없다. 진은 곧 남은 생을 그와 함께하기로 결심한다. 에드먼드가 무신론자임을 알게 된 그녀는 자신에게 주어진 임무가 그를 하느님의 빛으로 인도하는 것임을 깨닫는다. 그녀는 현명하게도 에드먼드에게 그 임무에 대해 말하지 않고 때를 기다린다. 그가 불경하게 목사 행세를 한 것도 그녀는 며칠 만에 용서한다.

한편 에드먼드는 재결합을 강하게 암시하는 아내 몰리의 편지를 몰래 읽고 또 읽는다. 몰리는 그를 사랑하고, 만일 그가 더이상 불륜을 저지르지 않는다면 그들은 다시 한 가족이 될 수도 있을 것이다. 아이들이 그를 몹시 그리워하고 있다. 진에게서 벗어나기는 힘들겠지만 그는 해야 할 일을 안다. 다행히 진은 말들과 개들을 돌보고 다른 볼일도 볼 겸 서식스에 있는 해자가 둘러진 저택에 잠시 가 있다. 에드먼드는 집에 가서 아내와 한 시간을 보낸다. 일이 잘 풀려 그녀는 멋져 보이고, 그는 지킬 수 있다고 확신하는 약속을 한다. 아이들이 학교에서 돌아오고 그들은 함께 차를 마신다. 옛날로 돌아간 것 같다.

이튿날 그가 지방의 작은 싸구려 식당에서 진과 함께 프라이업*을 먹으며 아내에게 돌아가겠다고 말하자, 그녀는 무시무시한 정신병 발작을 일으킨다. 그는 진의 정신건강이 얼마나 위태로운 상태인지 그제야 깨닫는다. 진은 그의 음식 접시를 박살내고 비명을 내지르며 거리로 뛰쳐나간다. 그는 그녀를 따라가지 않기로 작정한다. 대신 서둘러 아파트로 가서 짐을 싸고 자기 딴엔 다정한 쪽지를 진에게 남기고 몰리에게로 돌아간다. 재결합의 더없는 행복은 사흘밖에 가지 못한다. 진이 복수심을 품고 다시 그의 삶으로 들어온 것이다.

진이 집으로 찾아오고 몰리와 아이들 앞에서 소란을 피우면서 악몽이 시작된다. 진은 에드먼드뿐 아니라 몰리에게도 편지를

* 달걀과 소시지, 베이컨, 토마토, 버섯을 기름에 지진 영국식 아침식사.

보내고, 등교하는 아이들에게 말을 걸고, 하루에 몇 번씩, 심지어 한밤중에도 전화를 해댄다. 날마다 집밖에 서서, 감히 밖으로 나오는 가족 누구에게든 말을 걸기 위해 기다린다. 경찰은 진이 법을 어기지는 않는다는 이유로 아무 조치도 취하지 않는다. 그녀는 몰리의 직장까지 따라가—몰리는 초등학교 교장이다—운동장에서 엄청난 소동을 벌이기도 한다.

두 달이 지난다. 스토커는 가족을 갈라놓을 수 있는 만큼이나 쉽게 결속시킬 수도 있다. 하지만 앨프리더스 가족의 경우 아직 유대가 너무 약하고 지난 세월의 상처가 아물지 않았다. 몰리는 에드먼드와 마지막으로 진솔한 대화를 나누면서 그들 가족에게 이런 고통을 초래한 사람은 그라고 말한다. 그녀는 자신의 온전한 정신과 직업뿐만 아니라 아이들도 보호해야 한다. 다시 한번, 그녀는 그에게 떠나달라고 말한다. 그는 견딜 수 없는 상황임을 인정한다. 그가 짐을 들고 집을 나서자 진이 길에서 기다리고 있다. 그가 손을 흔들어 택시를 잡는다. 몰리가 침실 창가에서 목격하기로는, 격렬한 몸싸움 끝에 진이 남자의 얼굴을 할퀴어 심한 생채기를 내고, 그 옆에 우격다짐으로 몸을 싣는다. 그는 진이 사랑의 성지로 지켜온 초크 팜의 아파트로 돌아가는 내내 결혼 파탄을 슬퍼하며 운다. 진이 그의 어깨에 팔을 두르고 그를 사랑하겠다고, 늘 곁에 있겠다고 약속하는데도 그는 전혀 의식하지 못한다.

둘이 함께 살게 되자 진은 이성을 되찾아 현실적이고 사랑스러운 모습을 보인다. 한동안은 그녀가 그런 끔찍한 발작을 일으켰다고는 도저히 상상이 되지 않는데다, 고통에 빠져 있는 그는 다정한 보살핌에 쉽게 굴복해 다시 그녀의 연인이 된다. 하지만 이따금 그녀는 감정적 회오리바람이 형성되는 먹구름을 향해 흘러간다. 그의 이혼이 법적으로 확인되어도 진은 만족하지 못한다. 에드먼드는 그녀가 폭발하는 순간이 두려워 그것을 피하기 위해서라면 무엇이든 한다. 그녀가 폭발하는 때는? 그가 다른 여자 생각을 하거나 다른 여자를 바라본다는 의심이 들 때, 의회에서 밤샘 회의를 할 때, 좌파 친구들과 함께 술을 마시러 나갈 때, 그가 등기소 결혼식을 또다시 연기할 때. 그는 대립을 싫어하고 천성적으로 나태했으며, 그러다보니 그녀는 점차 질투심을 폭발시킴으로써 그를 자기 뜻대로 길들이게 되었다. 그 일은 서서히 일어난다. 그는 친구로 지내는 옛 연인들 혹은 일반 여성 동료를 멀리하기가 더 쉬워지고, 의회의 표결을 알리는 종소리나 원내총무와 선거구민의 요구를 무시하기가 더 쉬워지고, 계속 날짜를 미룬 끝에 초래할 결과—끔찍한 폭풍—를 맞이하기보다는 차라리 결혼하는 게 더 쉬워진다.

에드워드 히스가 권력을 쥐게 된 1970년 선거에서 에드먼드는 낙선하고, 선거 대리인이 그를 불러내 당의 다음번 후보 지명은 없을 거라고 전한다. 신혼부부는 서식스에 있는 진의 아름다운 집으로 이사한다. 에드먼드는 경제적으로 진에게 의존하게 된다. 이제 그는 런던 지하철 기관사 노조나 다른 좌파 친구들 사이에서 영향력을 행사하지 못한다. 자신의 부유한 환경이 당혹스럽기에 차라리 잘된 일이다. 아이들의 방문도 고약한 싸움을 일으키는 듯해 점차 그는 두번째 아내를 달래기 위해 자녀와의 만남을 포기하는 수동적인 남자로 이루어진 딱한 그룹에 들게 된다. 또한 아내와 시끄러운 말다툼을 벌이기보다는 매주 교회 예배에 참석하기가 더 쉬워진다. 오십대로 접어들면서는 저택의 담장에 둘러싸인 정원의 장미에 흥미를 갖기 시작하고, 해자의 잉어에 관한 전문가가 된다. 승마를 배우지만 말을 탄 자신의 모습이 우스꽝스러워 보인다는 느낌을 떨쳐버리지 못한다. 하지만 쌍둥이 형제 자일스와의 관계는 더할 수 없이 좋다. 진으로 말할 것 같으면, 그녀는 교회에서 앨프리더스 목사의 설교 후 축복기도가 진행되는 동안 몰래 실눈을 뜨고 옆에 무릎을 꿇고 있는 에드먼드를 볼 때, 비록 고난의 길이었고 고통스럽기도 했지만 자신이 남편을 예수님께 한층 가까이 데려왔고, 그녀의 생애에서 단 하나의 가장 중요한 성취인 그 일은 오직 구원하고 인내하는 사랑의 힘을 통해서만 가능했다는 것을 안다.

그게 끝이었다. 결말에 이르러서야 내가 제목을 이해하지 못했음을 깨달았다. '이것이 사랑이다.' 이 스물일곱 살 작가는 내 순진한 표적이 되기에는 지나치게 세속적이고 영리한 듯했다. 여기, 감정적 폭풍에 시달리는 파괴적인 여자를 사랑한다는 일이 어떤지 아는 남자, 해묵은 세례반의 뚜껑을 눈여겨보고, 부자들은 해자에 잉어를 채우고 짓밟힌 사람들은 슈퍼마켓 카트에 물건을 담는다는 걸—슈퍼마켓과 카트는 영국인의 삶에 최근 추가된 것들이었다—아는 남자가 있었다. 진의 희한한 생식기가 창작이 아닌 기억에서 나온 걸지도 모른다고 생각하니, 나는 작아지고 압도된 기분을 느꼈다. 그의 정사에 일말의 질투심을 느꼈던 걸까?

다른 단편소설을 마주하기에는 너무 지쳐서 서류철을 치웠다. 나는 독특한 형태의 의도적인 서사형 사디즘을 체험했다. 앨프리더스의 삶이 협소해진 건 자업자득일 수도 있지만, 헤일리는 그를 땅에 처박아버렸다. 인간혐오 혹은 자기혐오가—그것들은 완전히 구분되는가?—그의 기질 일부인 게 분명했다. 나는 작가를 알 때, 혹은 곧 알게 될 때 독서 체험이 왜곡된다는 걸 알아가고 있었다. 나는 모르는 사람의 마음속에 있었다. 모든 문장이 비밀스러운 의도를 뒷받침하거나 부정하거나 가린 건 아닌가 하는 천박한 호기심이 일었다. 톰 헤일리가 지난 구 개월간 등록소에서 함께 일한 동료였어도 이보다 가깝게 느껴지지는 않았을 것이다. 하지만 설령 친밀감을 느낀다 한들 내가 아는 바를 정확히 말하기는 어려웠다. 헤일리와 에드먼드 앨프리더스 사이의 거리를 잴 수 있는 도구가, 어떤 측정기가, 움직이는 나침반 바늘의 서사적 등가물이 필요했다. 작가가 스스로의 악마들과 적당히 거리를 두고 있을 수도 있었다. 어쩌면 앨프리더스—결국 꼭 필요한 남자가 아니었던—는 헤일리가 되고 싶지 않은 인간 유형을 나타내는지도 몰랐다. 어쩌면 그는 불륜을 저지르고 경건한 사람 행세를 한 앨프리더스를 도덕적 엄격함으로 벌한 것일지도 몰랐다. 헤일리는 도덕가연하는 사람, 심지어 종교적인 도덕가연하는 사람일 수도 있고 두려움이 많은 사람일 수도 있었다. 도덕가연하는 것과 두려움은 더 큰 성격적 결함의 두 측면일 수도 있었다. 내가 케임브리지에서 잘하지도 못하는 수학 공부에 삼 년을 허비하지 않았다면 영문학을 전공해 독해법을 배웠을지도 모른다. 하지만 T. H. 헤일리를 독해하는 법을 알았을까?

9

이튿날 밤 나는 이즐링턴의 호프 앤드 앵커에서 비스 메이크 허니의 공연을 보기로 셜리와 약속이 되어 있었다. 나는 반시간 늦게 도착했다. 그녀는 바bar에 홀로 앉아 공책 위로 몸을 숙인 채 담배를 피우고 있었고, 파인트 유리잔에 맥주가 5센티미터쯤 남아 있었다. 바깥은 따뜻했으나 폭우가 쏟아지고 있었고 실내에서는 축축한 청바지와 머리카락이 개냄새를 풍겼다. 로드매니저가 홀로 장비를 설치하고 있는 구석에서 앰프 불빛이 반짝였다. 펍 안에는 아마도 밴드와 그 친구들인 듯한 사람들까지 포함해서 겨우 스물너덧 명뿐이었다. 그 시절에는, 적어도 내 주변에서는 여자들도 인사로 포옹을 하지 않았다. 나는 셜리 옆자리에 슬그머니 앉아 마실 것을 시켰다. 당시만 해도 여자 둘이 남자들처럼 펍을 자기 공간으로 여기며 바에서 술을 마시는 건 대단한 일이었다. 하지만 호프 앤드 앵커를 비롯한 런던의 몇 안 되는 펍에서는 아무도 개의치 않았다. 혁명이 도래했고, 그 정도는 그냥 넘어갈 수 있었다. 우리는 당연한 일인 척했지만 그래도 스릴이 있었다. 영국의 다른 곳에서라면 창녀로 여겨졌거나 그런 취급을 받았을 것이다.

직장에서 함께 점심을 먹었지만 우리 사이에는 여전히 뭔가가, 짧은 언쟁의 껄끄러운 앙금이 조금 남아 있었다. 그녀의 정치적 입장이 그토록 유아적이거나 완고하다면 얼마나 가까운 친구가 될 수 있을까? 하지만 어떤 때는 시간이 해결해줄 거라고, 그녀의 정치적 견해가 직장 분위기에 전염되어 성숙해질 거라고 믿기도 했다. 때로는 말을 하지 않는 게 어려움을 극복하는 최선의 방법일 수 있다. 내가 보기에 개인적 '진실'과 대립이라는 열풍이 막대한 폐해를 끼치고 많은 우정과 결혼을 망치고 있었다.

약속이 있기 얼마 전, 셜리는 거의 하루종일 그리고 다음날도 몇 시간 자리를 비웠다. 아프지는 않았다. 그녀가 엘리베이터에 올라 버튼을 누르는 모습을 본 사람이 있었다. 높으신 분들이 우리는 알 수 없는 업무를 수행하는 안개 속 고지인 6층으로 불려갔다는 소문이 돌았다. 그녀가 우리 중 제일 똑똑하기 때문에 모종의 특별 승진을 하게 되리라는 추측도 있었다. 이 소문은 큰

무리를 이루는 사교계에 데뷔한 상류층 여직원들 사이에서 '아, 나도 노동자계급 출신이라면 좋았을걸' 유의 호의적이고도 속물적인 언사를 자아냈다. 나도 내 감정을 점검해보았다. 가장 친한 친구에게 뒤지면 질투를 느낄까? 그럴 것 같았다.

우리에게로 돌아온 그녀는 질문을 못 들은 척하고 아무 말도 해주지 않으며 거짓말조차 하지 않았는데, 우리 대부분은 그걸 승진의 확인으로 받아들였다. 나는 그다지 확신이 없었다. 그녀의 통통한 얼굴은 이따금 표정을 읽기 어려웠다. 피하지방은 그녀를 숨겨주는 가면이었다. 그런 점에서 그녀는 직업 선택을 잘 했다고 할 수 있었다. 여자들에게 안가 청소보다 더 중요한 임무가 주어진다면 말이다. 하지만 나는 그녀를 충분히 잘 안다고 생각했다. 그녀에게서 의기양양함이 보이지 않았다. 그래서 내가 손톱만큼이라도 안도했을까? 그랬던 것 같다.

그후로 건물 밖에서 셜리를 만나기는 처음이었다. 나는 6층에 대해 절대 묻지 않을 작정이었다. 격 떨어지는 짓이었다. 게다가 나 자신도, 비록 그녀보다 두 층 아래에서 나온 것이긴 하지만, 임무도 받고 승진도 했으니까. 그녀가 진 앤드 오렌지 큰 잔을 주문했고 나도 같은 것을 시켰다. 처음 십오 분 동안 우리는 목소리를 낮추어 직장의 가십거리를 이야기했다. 이제 우리는 신입이 아니라서 몇 가지 규칙은 무시할 자유가 있었다. 큼직한 가십거리가 새로 하나 생겼다. 우리 동기인 리사—옥스퍼드 고교, 옥스퍼드대학 세인트앤스칼리지, 총명하고 매력적임—가 앤드루—이튼칼리지, 케임브리지대학 킹스칼리지, 소년 같고 지적임—라고 불리는 사무직 요원과의 약혼을 발표한 것이다. 구 개월 동안 네번째 결합이었다. 폴란드가 나토에 가입했다고 해도 이 쌍방협상보다 우리에게 더 큰 흥분을 불러일으키지 못했을 것이다. 그리고 누가 다음 순서가 될지도 흥밋거리였다. 어느 레닌주의자 익살꾼의 표현을 빌리면 이랬다. "누가 누구와?" 나는 초기에 맥스와 버클리스퀘어 벤치에 앉아 있다가 직장 사람들 눈에 띈 적이 있었다. 우리 이름이 입방아에 오르는 걸 들을 때면 뱃속에 전율이 일었지만 최근 눈에 보이는 진전을 이뤄내지 못했다. 셜리와 나는 리사에 대해, 그녀의 결혼 날짜가 너무 멀다는 중론에 대해 이야기하고, 웬디가 어쩌면 지나치게 대단하다고도 할 수 있는 남자—그녀의 올리비에는 부서장 바로 아래 지위였다—와 잘될 가능성도 언급했다. 하지만 대화는 김이 빠지거나 틀에 박힌 듯 느껴졌다. 용기를 끌어내듯 잔을 연거푸 드는 셜리의 모습에서 그녀가 뭔가를 미루고 있음을 알아챘다.

아니나 다를까, 그녀는 진 한 잔을 더 주문해서 벌컥벌컥 마시더니 주저하다가 말했다. "너한테 해야 할 말이 있어. 하지만 먼저 네가 나를 위해 해줄 게 있어."

"그래."

"웃는 얼굴로 있어. 방금 전처럼."

"뭐?"

"그냥 내가 하라는 대로 해. 우리 감시당하고 있어. 웃어. 우린 지금 즐거운 대화를 나누고 있는 거야. 알았지?"

나는 입술을 쭉 늘였다.

"그것보다 더 잘할 수 있잖아. 얼지 마."

나는 더 애를 썼고, 생기 차 보이려고 고개를 끄덕이고 어깨를 으쓱했다.

셜리가 말했다. "나 잘렸어."

"말도 안 돼."

"오늘자로."

"셜리!"

"계속 웃어. 아무한테도 말하면 안 돼."

"알았어. 하지만 왜?"

"너한테 다 말할 순 없어."

"네가 잘렸을 리 없어. 말이 안 되잖아. 우리 중 제일 나은데."

"조용한 데서 얘기했으면 좋았을 텐데. 하지만 사무실은 안전하지 않아. 그들에게 너랑 얘기하는 모습을 보여주고 싶기도 하고."

리드 기타리스트가 어느새 기타를 메고 있었다. 이제 그와 드러머가 로드매니저와 함께 있었는데 셋 다 바닥에 놓인 장치 위로 몸을 숙이고 있었다. 앰프에서 울부짖는 되먹임 소리가 나다가 빠르게 잦아들었다. 나는 펍 안의 사람들을 바라보았다. 대부분 남자로, 우리를 등진 채 맥주잔을 들고 서서 밴드 연주가 시작되기를 기다리고 있었다. 그중 한둘이 A4*에서 나온 감시자일까? 그럴 성싶지 않았다.

내가 물었다. "정말로 네가 미행당하고 있다고 생각해?"

"아니, 나 말고 너."

나는 진짜로 웃었다. "말도 안 돼."

"농담 아냐. 감시자들. 네가 입사하면서 줄곧. 그들은 네 방에도 들어갔을 거야. 도청장치를 했을걸. 세리나, 계속 웃는 얼굴로 있어."

나는 사람들을 돌아보았다. 당시 남자가 어깨까지 머리를 기르는 건 소수의 취향이었고, 끔찍한 콧수염과 커다란 구레나룻은 아직 얼마간 시대를 앞선 것이었다. 그렇다면, 애매해 보이는 타입이 많았고, 후보자가 많았다. 대여섯은 가능성이 있어 보였다. 그러다 갑자기 펍 안의 모두가 가능성이 있어 보였다.

"하지만 셜리. 왜?"

---

* MI5의 감시 전담 부서.

"네가 말해줄 수 있을 거라고 생각했는데."

"그런 거 없어. 네가 지어낸 거잖아."

"있잖아, 너한테 할말 있어. 내가 어리석은 짓을 저질렀는데 정말 창피해. 어떻게 말해야 할지 모르겠다. 어제 말하려고 했는데 용기가 안 났어. 하지만 이 일에 대해 솔직해져야 해. 내가 완전 바보짓을 했어."

그녀는 숨을 깊이 들이쉬고는 담배 한 대를 더 피우려고 손을 뻗었다. 양손이 떨리고 있었다. 우리는 밴드 쪽을 보았다. 드러머가 자리에 앉아 발로 치는 심벌즈를 조정하며 드럼 브러시를 멋지게 돌렸다.

이윽고 셜리가 말했다. "우리가 그 집 청소하러 가기 전에 그들이 나를 불렀어. 피터 너팅, 탭, 그리고 그 벤저민 뭐라는 소름 끼치는 남자."

"세상에. 왜?"

"칭찬 세례를 퍼붓더라고. 일을 아주 잘한다고, 승진 가능성이 있다고. 그런 식으로 나를 구워삶았지. 그러더니 너와 내가 절친이라는 걸 안다더라. 너팅이 네가 특이하거나 수상쩍은 말을 한 적이 있는지 물었어. 난 없다고 대답했고. 그들은 우리가 무슨 이야기를 나누는지 물었어."

"맙소사. 그래서 뭐라고 대답했어?"

"집어치우라고 말했어야 했는데 그럴 용기가 없었지. 감출 게 없어서 사실대로 말했어. 우린 음악, 친구들, 가족, 과거, 잡담, 별것 아닌 이야기를 한다고 대답했지." 그녀가 약간 비난 어린 눈으로 나를 보며 말했다. "너였어도 똑같이 했을 거야."

"모르겠다."

"내가 아무 말도 하지 않았다면 그들이 더 의심했을 거야."

"좋아. 그랬는데?"

"탭이 너와 정치 얘기를 한 적이 있는지 물어서 아니라고 했어. 그가 믿기 어렵다고 말했고, 나는 그게 사실이라고 대답했지. 우린 잠시 똑같은 이야기를 반복했어. 그러다 그들이 됐다면서 나한테 좀 까다로운 부탁을 해야겠다고 했어. 하지만 아주 중요한 일이고 내가 어떻게든 그 부탁을 들어준다면 무척이나 고마울 거고 등등, 너도 그들의 유들유들한 어법 알 거야."

"그래."

"그들은 내가 너와 정치 얘기를 나누길 원했어. 나한테 숨은 좌파 행세를 하면서 네 입을 열어 네가 어느 쪽에 서 있는지 보고……"

"그들에게 알려달라."

"그래. 나도 부끄러워. 하지만 삐치지 마. 너한테 솔직해지려고 애쓰는 중이니까. 웃는 얼굴 잊지 말고."

나는 그녀를, 그녀의 통통한 얼굴과 점점이 박힌 주근깨를 바라보았다. 나는 그녀를 미워하려고 애썼다. 거의 그렇게 되었다. 내가 말했다. "네가 웃어. 속이는 건 네 전문이니까."

"미안해."

"그러니까 그때 그 대화가…… 네 작업이었네."

"잘 들어, 세리나. 난 히스에게 투표했어. 그러니까 맞아. 작업이었어. 나도 그런 짓을 한 내가 싫어."

"라이프치히 근처의 노동자 천국도 거짓말이었어?"

"아니, 학교에서 단체로 거기 간 건 진짜야. 더럽게 따분했지. 난 향수병에 걸려 아기처럼 울었어. 하지만 세리나, 넌 잘했어. 옳은 말만 했어."

"넌 그걸 보고했고!"

그녀는 고개를 저으며 슬픈 눈으로 나를 보았다. "요점은 그거야. 안 했어. 그날 저녁 그들에게 가서 못했다고, 안 했다고 말했지. 우리가 그런 대화를 나눈 것조차 말 안 했어. 난 친구를 밀고하지 않을 거라고 말했어."

나는 눈길을 돌렸다. 차라리 그녀가 그들에게 내 말을 전했기를 바랐기에 정말 혼란스러웠다. 하지만 셜리에게 그런 말을 할 수는 없었다. 우리는 삼십 초 정도 침묵 속에 진을 마셨다. 이제 베이시스트도 무대에 서 있었지만 바닥의 그 물건, 일종의 배선함 같은 것이 여전히 말썽이었다. 나는 주위를 흘끗 둘러보았다. 펍 안에서 우리 쪽을 보고 있는 사람은 아무도 없었다.

내가 말했다. "우리가 친구라는 걸 아니까 네가 나한테 털어놓으리라는 것도 짐작했겠지."

"바로 그거야. 그들은 너한테 메시지를 보내고 있는 거야. 어쩌면 네가 무언가를 하지 못하도록 경고하는 건지도 모르지. 난 너한테 솔직하게 털어놨어. 이제 네가 말해봐. 그들이 왜 너한테 관심을 갖는 거지?"

물론, 나는 전혀 아는 게 없었다. 하지만 그녀에게 화가 났다. 내가 아무것도 모르는 것처럼 보이기는 싫었다—아니, 더 나아가 내가 말하고 싶지 않은 비밀을 품고 있다고 그녀가 믿게 하고 싶었다. 게다가 그녀의 얘기가 믿기지 않았다.

나는 질문을 그녀에게 돌렸다. "그러니까 네가 동료를 밀고하지 않았다는 이유로 해고당했다고? 말이 안 되는 것 같은데."

그녀는 천천히 시간을 들여 담배 두 개비를 꺼내 내게 하나를 건네고 두 개비에 불을 붙였다. 우리는 술을 더 시켰다. 나는 진이라면 그만 마시고 싶었지만 머릿속이 어수선해서 다른 것을 생각할 여력이 없었다. 그래서 우리는 다시 똑같은 것을 마시게 되었다. 나는 돈이 거의 다 떨어진 상태였다.

그녀가 말했다. "그 얘기는 하고 싶지 않아. 그렇게 됐어. 이 일도 끝났어. 어차피 오래갈 거라고 생각하지도 않았어. 집으로 들어가서 아빠를 돌볼 거야. 요즘 좀 이상하게 행동하시거든. 가게 일을 도우려고. 글을 써볼 수도 있고. 하지만 들어봐. 무슨 일이 일어나고 있는지 네가 말해줬으면 좋겠어."

그러더니 갑자기 우리의 옛 우정을 상기시키는 애정 표현으로 내 면 재킷 목깃을 잡고 흔들어댔다. 내가 정신을 차리도록 말이다. "넌 무슨 일에 말려들었어. 미친 짓이야, 세리나. 그들은 격식이나 따지는 듯 보이고, 또 실제로 그렇기도 하지만, 얼마든지 야비해질 수 있는 자들이야. 그게 그들 특기지. 그들은 야비해."

내가 말했다. "두고 보면 알겠지."

나는 불안하고 당혹스럽기 짝이 없었지만, 그녀에게 벌을 주고 싶었다. 그녀가 나를 걱정하게 만들고 싶었다. 그래서 정말로 비밀이 있다고 스스로도 믿게 되었다.

"세리나. 나한테 말해도 돼."

"너무 복잡해. 그리고 왜 너한테 말해야 하지? 네가 뭘 어쩔 수 있는데? 어차피 너도 나처럼 조직의 밑바닥 신세잖아. 그것도 과거 일이지만."

"너 저쪽 편하고 접촉하는 거야?"

충격적인 질문이었다. 취기가 올라 무모해진 그 순간, 나는 러시아 조종자 밑에서 이중생활을 하며 햄프스테드 히스에 비밀편지를 교환하는 장소를 두고 있다면, 아니 그보다는, 외국 조직에 쓸모없는 사실과 파괴적인 거짓말을 알려주는 이중첩자였으면 좋겠다고 생각했다. 적어도 내게는 T. H. 헤일리가 있었다. 내가 의심받고 있다면 그들이 왜 내게 그를 맡겼겠는가?

"셜리, 저쪽 편은 너야."

그녀의 대답은 〈니 트렘블러〉의 첫 화음에 묻혀버렸다. 우리가 오랫동안 좋아해온 곡이었지만 이번만은 즐길 수 없었다. 그렇게 대화는 끝났다. 교착 상태. 그녀는 내게 자신이 해고된 이유를 말해주려 하지 않았고, 나는 있지도 않은 비밀을 그녀에게 말해주려 하지 않았다. 일 분 후, 그녀는 의자에서 미끄러져내려가 작별의 말도, 몸짓도 없이 떠나버렸다. 어차피 나도 응답하지 않았을 터였다. 잠시 더 앉아서 밴드를 즐기며 마음을 가라앉히고 논리적으로 생각을 정리하려 애썼다. 진을 다 마시고 셜리가 남긴 것까지 마셨다. 친한 친구와 상사들 중 누구에게 염탐당한 게 더 화가 나는지 가늠이 되지 않았다. 셜리의 배신은 용서할 수 없었고, 상사들의 배신은 두려웠다. 만일 내가 의심받고 있다면 분명 행정적 착오가 있었을 테지만 그렇다고 너팅과 그 일당이 덜 두렵지는 않았다. 그들이 내 방에 감시자들을 보냈고 그중 한 사람이 순간의 불찰로 내 서표를 떨어뜨렸음을 알게 된 것도 아무 위안이 되지 못했다.

밴드가 쉬지 않고 바로 두번째 곡 〈마이 로킹 데이스〉로 들어갔다. 만일 정말로 감시자들이 저 아래, 맥주잔을 든 펍 손님들 사이에 섞여 있다면, 그들은 스피커에 나보다 훨씬 가까이 있을 터였다. 나는 밴드 노래가 그들의 취향이 아니리라 짐작했다. 둔감한 A4 타입은 듣기 편한 잔잔한 음악을 더 좋아할 것이다. 쿵쿵거리고 쟁쟁거리는 이 음은 싫어할 것이다. 그 점이 좀 위로가 되었지만, 달리 위로가 되는 게 별로 없었다.

집에 가서 단편소설이나 하나 더 읽기로 했다.

닐 카더가 어떻게 돈을 벌었고, 방 여덟 개짜리 하이게이트 맨션에 혼자 살면서 뭘 하는지 아는 사람은 아무도 없었다. 가끔 길에서 지나치는 이웃 대부분이 그의 이름조차 몰랐다. 삼십대 후반인 그는 기다랗고 창백한 얼굴에 평범한 용모의 남자로 수줍음을 많이 타고 태도가 어색했으며, 동네 사람들과 친분을 맺는 시작점이 될 수 있는 가벼운 잡담에도 재능이 없었다. 하지만 별다른 문제를 일으키지 않았고 집과 정원도 잘 가꾸었다. 그의 이름이 입방아에 오를 때 주로 등장하는 건, 그가 집밖에 세워두는 1959년식 대형 흰색 벤틀리였다. 카더같이 소심한 남자가 그런 사치스러운 차로 뭘 하는 걸까? 또다른 억측의 대상은 그의 집에서 매주 육 일씩 일하는 젊고 쾌활하고 옷차림이 다채로운 나이지리아인 가정부였다. 아베제는 장을 보고 세탁을 하고 요리를 했으며, 매력적이고, 경계심 강한 주부들에게도 인기가 좋았다. 그런 그녀가 카더 씨의 애인이기도 한 걸까? 도무지 그럴성싶지 않아서 사람들은 그럴 수도 있다고 생각하고픈 유혹을 느꼈다. 창백하고 조용한 남자들은 알 수 없는 법이라…… 하지만 그들이 함께 있는 모습은 눈에 띈 적이 없었고, 그녀는 그의 차에 탄 적이 없었으며, 티타임 직후 집을 나와 거리 맨 위쪽에서 윌즈던으로 돌아가는 버스를 기다렸다. 만일 닐 카더가 성생활을 했다면 실내에서, 정확히 아홉시에서 다섯시 사이에 했을 것이다.

짧은 결혼생활, 놀라운 거액의 유산, 내성적이고 모험심 없는 성격이라는 상황이 만나 카더의 삶을 공허하게 만들었다. 런던의 낯선 동네에 그런 큰 집을 산 건 실수였지만 그는 그 집에서 나와 다른 집을 살 의욕이 없다. 그래봐야 무슨 소용인가? 몇 안 되던 친구들과 공무원 동료들은 그가 갑작스럽게 거부가 되자 다 떨어져 나갔다. 어쩌면 질투 때문이었는지도 모른다. 어쨌거나, 사람들이 줄서서 그가 돈 쓰는 걸 도와주려 할 리 없었다. 그는 집과 차 말고는 대단한 물질적 야망도, 마침내 실현 가능한 열정적 취미도, 자선에 대한 충동도 없었고 해외여행도 내켜하지 않았다. 확실히 아베제는 보너스 같은 존재였고 그녀에 대한 환상을 적잖

이 품긴 했지만, 그녀는 어린아이가 둘 딸린 유부녀였다. 마찬가지로 나이지리아인인 그녀의 남편은 한때 국가대표 축구팀 골키퍼였다. 그의 스냅사진을 한번 슬쩍 본 카더는 자신이 그와 상대가 되지 않고 아베제가 좋아하는 타입도 아님을 알게 되었다.

닐 카더는 권태로운 남자였고, 그의 삶이 그를 더 권태롭게 만들고 있었다. 그는 늦잠을 자고, 재무 포트폴리오를 점검한 후 주식중개인과 이야기하고, 책을 좀 읽고, TV를 보고, 가끔 햄프스테드 히스를 산책하고, 누군가와의 만남을 기대하며 바나 클럽을 찾았다. 하지만 수줍음이 많아서 먼저 접근하지 못했기에 아무 일도 일어나지 않았다. 그는 자신이 유예 상태라고 느끼며 새로운 삶이 시작되기를 기다렸지만 주도적으로 찾아나서는 건 불가능하다고 여겼다. 그러다가 마침내 새로운 삶이 시작되었고, 그 일은 대단히 이례적인 방식으로 일어났다. 그는 위그모어 스트리트에 있는 치과를 방문하고 돌아오는 길에 옥스퍼드 스트리트를 따라 걷다가, 마블 아치 쪽에서 거대한 판유리 쇼윈도 안에 마네킹들이 줄지어 서서 다양한 포즈로 야회복을 선보이는 백화점을 지나게 되었다. 그는 잠시 걸음을 멈추고 쇼윈도를 들여다보다가 남의 시선을 의식하고는 몇 발짝 떼었고, 망설이다가, 되돌아왔다. 인체모형들은—그는 그 모형이라는 말을 싫어하게 되었다—세련된 칵테일 모임이 연상되도록 배치되어 있었다. 한 여자는 비밀을 누설하기라도 하려는 듯 몸을 앞으로 기울이고 있었고, 다른 여자는 흥미진진해하며 믿을 수 없다는 듯 뻣뻣한 한쪽 팔을 들고 있었으며, 나른하고 따분한 표정의 또다른 여자는 문가 쪽을 어깨 너머로 돌아보고 있었는데, 거기에는 야회복 재킷을 입은 다부진 체격의 남자가 불을 붙이지 않은 담배를 들고 기대서 있었다.

하지만 닐은 그들 중 누구에게도 관심이 없었다. 그는 그들 모두를 외면하고 있는 젊은 여자를 보고 있었다. 그녀는 벽에 걸린 판화—베니스 풍경—를 들여다보고 있었다. 하지만 전적으로 그렇다고 볼 수도 없었다. 쇼윈도 장식가의 실수로, 아니면 그의 난데없는 상상 속에서, 그녀는 좀 고집스러운 데가 있어서 시선이 판화에서 몇 센티미터 벗어나 구석을 향해 있었다. 자신이 어떻게 보일지 개의치 않은 채 하나의 생각을, 관념을 좇고 있었다. 그녀는 거기 있고 싶지 않았다. 단순한 주름이 잡힌 오렌지색 실크드레스를 입었고 나머지 사람들과 달리 맨발이었다. 신발은—그녀의 신발이 분명했다—그녀가 들어올 때 벗어던져서 문가에 모로 누워 있었다. 그녀는 자유를 사랑했다. 한 손에 검은색과 오렌지색의 작은 구슬 핸드백을 들고 다른 손은 손목을 바깥쪽으로 돌려서 아래로 늘어뜨린 채 자신만의 생각에 빠져 있었다. 아니, 어쩌면 추억에 잠겼는지도 몰랐다. 고개를 살짝 숙이고 있어서 순수한 목선이 드러나

보였다. 아주 살짝만 벌어진 입술은 마치 하나의 생각을, 단어를 말하는 듯했다…… 닐이라는 이름을.

그는 어깨를 으쓱하며 몽상에서 깨어났다. 터무니없는 생각인 걸 알았기에 목적이 있는 듯 걸음을 옮기며 정말로 목적이 있다고 스스로도 믿기 위해 손목시계를 흘끗 보기까지 했다. 하지만 목적은 없었다. 그를 기다리는 건 하이게이트의 빈집뿐이었다. 집에 도착할 때쯤에는 아베제도 가고 없을 터였다. 그녀의 걸음마쟁이들에 관한 소소한 새 소식을 접하는 혜택조차 누리지 못할 터였다. 그는 마음속에 일종의 광기가 잠복하고 있음을, 하나의 생각이 형성되어 절박해지고 있음을 분명히 의식하며 마지못해 걸음을 옮겼다. 옥스퍼드 서커스까지 갔다가 돌아왔다는 것이야말로 그의 정신력을 말해주었다. 하지만 돌아오는 내내 서둘렀던 것은 그의 정신력을 그리 좋게 말해주지 않았다. 이번에는 그녀 곁에 서서, 그녀의 사적인 순간을 들여다봐도 당혹스럽지 않았다. 이제 그는 그녀의 얼굴을 보았다. 너무도 사려 깊고, 슬프고, 아름다웠다. 그녀는 너무도 동떨어져 있고 너무도 고독했다. 주위의 대화는 피상적이고, 하나같이 전에 들었던 이야기인데다가, 그들은 그녀의 사람이 아니고, 그곳은 그녀가 속한 배경이 아니었다. 어떻게 벗어날 것인가? 그것은 달콤한 환상이었고 즐거운 것이었으며, 이 단계에서 카더는 순순히 그게 환상이라고 인정했다. 그 온전한 정신의 증거는 보도의 쇼핑객들이 그를 돌아 지나다니는 가운데 그를 더 자유롭게 환상에 빠져들게 해 주었다.

나중에, 그는 신중히 판단하거나 결정을 내린 기억이 없었다. 이미 정해진 운명이라고 느끼며 백화점 안으로 들어가 한 사람에게 말을 걸고, 다른 사람에게 인계되고, 그다음에는 더 높은 사람에게 대놓고 거절당했다. 완전히 규칙에 어긋나는 일이라고 했다. 금액이 제시되고, 눈썹이 올라가고, 상급자가 불려오고, 두 배의 금액에 합의가 이루어졌다. 주말까지? 아니, 당장이어야 하고, 드레스도 함께 와야 하며, 똑같은 사이즈의 다른 옷도 몇 벌 더 사겠다고 했다. 점원들과 매니저들이 그를 둘러싸고 서 있었다. 그들은 괴짜를 시중들게 되었고 그런 일이 처음도 아니었다. 사랑에 빠진 남자. 거기 있는 모든 사람이 굉장한 구매가 진행중임을 알았다. 그런 드레스들은 싸지 않고 그에 어울리는 신발과 풍뎅이 빛깔 실크속옷 또한 마찬가지였다. 그다음으로—얼마나 침착하고 과단성 있는 남자인지—보석. 그리고 나중에 생각난 향수. 두 시간 반 안에 모든 일이 진행되었다. 배달트럭이 즉시 수배되고, 하이게이트 주소를 적고, 지불이 끝났다.

그날 저녁, 배달기사의 품에 안겨 도착하는 그녀를 아무도 보지 못했다.

이 대목에서 나는 독서용 의자에서 일어나 차를 끓이러 아래층으로 내려갔다. 아직 취기가 약간 남아 있었고 셜리와의 대화가 신경쓰였다. 숨겨진 도청장치를 찾아 방을 뒤지기 시작하면 나도 내 정신이 온전한지 의심스러워질 것 같았다. 닐 카더의 느슨한 현실감에 영향을 받을 것만 같았다. 내 현실감도 느슨해질 수 있었다. 그도 모든 걸 잘못 생각했다는 이유로 헤일리의 서사적 발꿈치 아래 짓이겨지는 또 한 명의 등장인물이 되는 걸까? 나는 얼마간 내키지 않은 마음으로 차를 들고 위층으로 올라가서 침대 가장자리에 앉아 헤일리의 이야기를 마저 읽을 의욕을 불러일으키려고 애썼다. 분명 독자는 백만장자의 광기에서 위안을 얻을 수 없고 바깥에 떨어져 서서 그것을 있는 그대로 볼 기회도 없을 터였다. 이 불쾌한 이야기가 좋게 끝날 가능성은 없었다.

이윽고 의자로 돌아간 나는 그 마네킹의 이름이 허마이어니이며 그것은 카더의 전처 이름이기도 하다는 사실을 알게 되었다. 그녀는 결혼한 지 일 년도 되지 않은 어느 아침 그를 떠났다. 그날 저녁, 허마이어니가 알몸으로 침대에 누워 있는 동안 그는 드레스룸의 옷장 하나를 비우고 거기에 그녀의 옷들을 걸고 신발들을 집어넣었다. 그는 샤워를 했고 그들은 저녁식사용 옷을 입었다. 그는 아래층으로 내려가 아베제가 준비해둔 음식을 접시 두 개에 담았다. 음식은 데우기만 하면 되었다. 그는 침실로 다시 가서 그녀를 화려한 식당으로 데려왔다. 그들은 침묵 속에 식사를 했다. 사실 그녀는 음식에 손도 대지 않았고 그와 눈을 마주치려 하지도 않았다. 그는 그녀가 그러는 이유를 이해했다. 그들 사이의 긴장은 견디기 힘든 것이었다—그래서 그는 와인을 두 병이나 비웠다. 그는 만취해서 그녀를 데리고 위층으로 올라가야 했다.

얼마나 근사한 밤이었는지! 그는 여자의 수동성에서 자극을, 짜릿한 유혹을 느끼는 남자였다. 황홀경 속에서도 그는 그녀의 눈빛에서 권태를 보았고 그로 인해 더 높은 경지의 황홀경에 이르렀다. 이윽고 새벽이 머지않았을 때 그들은 쾌락에 물리고 완전히 탈진해 더는 몸을 움직일 수 없는 지경이 되어 서로에게서 떨어졌다. 몇 시간 후, 커튼 틈으로 비쳐드는 햇살에 잠이 깬 그는 가까스로 옆으로 돌아누웠다. 그리고 그녀가 밤새 똑바로 누워서 잤다는 데 깊은 감동을 받았다. 그는 그녀의 부동성에 기쁨을 느꼈다. 그녀의 내향성은 너무 강한 나머지 오히려 반대의 힘으로, 그를 압도하고 소모시키고 그의 사랑을 부단한 관능적 강박상태로 몰아가는 힘으로 작용했다. 쇼윈도 밖에서 한가로운 환상으로 시작되었던 것이 이제 온전한 내면세계, 그가 광신도의 열정으로 지키는 아찔한 현실이 되었다. 그의 사랑의 기쁨은 그녀가 자신을 무시하고 경멸하며 그녀의 키스나 애무, 심지어 대화조차 원할 가치가 없다고 생각하는 마조히즘적 이해에 의존하고 있었기에, 그는 그녀를 무생물로 여기는 걸 스스로 용납할 수 없었다.

침실 청소를 하러 들어온 아베제는 구석에서 찢어진 실크드레스 차림으로 창밖을 내다보고 있는 허마이어니를 발견하고 깜짝 놀랐다. 하지만 옷장에 걸린 고급 드레스들을 보자 기뻤다. 지적이고 세상 물정에 밝은 여자인지라 일할 때 주인의 미적거리는 헛된 시선을 의식하고 좀 부담스럽던 참이었다. 이제 그에게 연인이 생겼다. 얼마나 다행인가. 그 여자가 자기 옷을 걸어놓을 마네킹을 집에 들여놨다면 무슨 문제가 되겠는가? 엉망으로 어질러진 침구가 암시하듯, 그리고 그날 밤 그녀가 근육질의 남편을 대담하게 만들기 위해 자신의 부족 언어인 요루바어로 전달한 대로, 그들은 진정으로 노래하고 있다.

아무리 소통이 잘되고 호혜적인 연애라 해도 초기의 황홀한 상태가 몇 주 이상 지속되기란 거의 불가능하다. 역사적으로, 자원이 풍부한 소수의 경우는 몇 개월을 넘겼을지도 모르겠다. 하지만 단 하나의 마음만이 성적 영역을 돌볼 때, 고독한 한 사람이 그 황무지의 변경을 개척할 때, 종말은 며칠 내로 온다. 카더의 사랑을 키웠던 것—허마이어니의 침묵—이 그걸 파괴하게 될 터였다. 함께 산 지 일주일도 되지 않아 그는 그녀의 기분 변화를 눈치챘다. 그녀의 침묵에 감지 불가능에 가까운 재조정이 일어나면서,

거의 들리지 않을 정도로 희미하지만 꾸준한 실망의 음을 띠게 된 것이었다. 그는 이 의심스러운 이명에 이끌려 그녀를 만족시키기 위한 노력에 더욱 박차를 가했다. 그날 밤 둘이 위층에 있을 때 그의 마음에 의심이 파고들었고 그는 공포의 전율—정말로 전율이었다—을 체험했다. 그녀는 다른 사람을 생각하고 있었다. 쇼윈도에서 다른 손님들과 동떨어져 서서 구석을 바라볼 때도 그런 표정을 짓고 있었다. 그녀는 다른 곳으로 가기를 원했다. 그녀와 사랑을 나눌 때 그 깨달음의 고통은 쾌감과 분리될 수 없었고, 마치 외과의의 메스처럼 날카로워서 그의 심장을 반으로 가르는 듯했다. 하지만 그는 그녀에게서 떨어져 침대의 자기 자리로 물러나면서 그것은 어디까지나 의심이라고 생각했다. 그날 밤 그는 깊이 잠들었다.

이튿날 아침 그의 의심이 되살아난 건 아침식사 시중을 드는 아베제의 태도에서 똑같은 변화가 엿보여서였다(허마이어니는 늘 정오까지 침대에 있었다). 가정부는 활기차면서도 회피하고 있었다. 그와 눈을 마주치려 하지 않았다. 커피가 미지근하고 묽다며 불평하자 퉁명스럽게 구는 듯했다. 그녀가 커피를 다시 끓여 와서 뜨겁고 진한 것이라고 말하며 내려놓았을 때 그는 비로소 깨달았다. 단순했다. 진실은 늘 단순한 법이었다. 그들, 아베제와 허마이어니가 연인이 된 것이었다. 은밀하고 찰나적인 사랑. 그가 집을 비울 때마다. 허마이어니가 여기 와서 본 사람이 아베제 말고 누가 있단 말인가? 그래서 그렇게 마음이 딴 데 가 있는, 갈망 어린 표정을 지었던 것이다. 그래서 오늘 아침 아베제가 그런 돌출행동을 한 것이다. 모든 것이 설명되었다. 그는 순진해빠진 멍청이였다.

파탄은 신속했다. 그날 밤 의과의의 메스는 더 날카로웠고 더 깊이, 한 번 비틀어서 파고들었다. 그는 허마이어니도 알고 있음을 알았다. 공포에 질린 멍한 얼굴에 드러났다. 그녀의 죄가 그에게 무모한 권한을 부여했다. 그는 실망한 사랑의 무자비함으로 그녀를 탐했고 그녀가 절정에 도달했을 때, 둘 다 절정에 도달했을 때, 손으로 그녀의 목을 감쌌다. 그가 끝냈을 때 그녀의 팔과 다리, 머리는 몸통과 분리되어 있었고, 그는 그것들을 침실 벽에 던져버렸다. 그녀는 망가진 여자가 되어 사방에 흩어졌다. 이번에는 잠이 위안이 되어주지 못했다. 아침이 되자 그는 그녀의 토막난 몸을 비닐봉지에 숨긴 후 그녀의 소지품과 함께 쓰레기통으로 가져갔다. 혼란스러운 채로 아베제에게 '즉시' 해고를 알리는 쪽지를 쓰고(더이상 누군가와 대립할 기분이 아니었다) 월말까지 셈한 급료를 부엌 식탁에 올려놓았다. 그는 히스에서 마음을 정화시키는 긴 산책을 했다. 그날 밤, 아베제는 쓰레기통에서 수거해온 비닐봉지들을 풀어 남편 앞에서 그 옷들—실크드레스뿐만 아니라 보석과 신발까지—을 몸에 걸쳐보았다. 그녀가 남편의 부족 언어인 카누리어로(그들은 서로 다른 부족끼리 결혼했다) 더듬거리며 말했다. 여자가 떠나서 그는 무너졌지.

그후로 카더는 혼자 살면서 자력으로 '해결했고' 최소한의 권위를 지닌 중년으로 쪼그라들었다. 그 경험은 그에게 남긴 것이 없었다. 교훈도, 평가도 없었다. 평범한 남자였던 그가 스스로 상상력의 어마어마한 힘을 발견해냈지만 무슨 일이 일어났었는지에 대해서는 생각하지 않으려 했기 때문이다. 그는 그 일을 완전히 지워버리기로 작정했고, 구획된 정신이 지닌 놀라운 효율성으로 그것을 해냈다. 그는 그녀를 완전히 잊었다. 그리고 다시는 그렇게 격렬하게 살지 않았다.

10

맥스는 자신의 새 사무실이 청소도구실보다 작다고 했지만 그보다는 약간 컸다. 책상과 문 사이에 빗자루 열두 개는 너끈히 세워서 보관할 수 있을 듯했고, 의자와 벽 사이에도 몇 개 더 들어갈 것 같았다. 하지만 창문을 낼 만한 자리는 없었다. 좁은 삼각형의 방에서 맥스가 꼭짓점을 이루는 벽들 사이에 끼어 앉고 나는 밑변을 등지고 앉았다. 문이 제대로 닫히지 않아서 프라이버시를 갖기는 힘들었다. 게다가 안쪽으로 열리는 문이라 만일 누가 들어오려 했다면 일어나서 의자를 책상 밑으로 집어넣었어야 했을 것이다. 책상 위에는 어퍼 리젠트 스트리트의 자유국제재단 주소와, 펼쳐진 책을 부리에 물고 날아오르는 피카소풍 비둘기 그림이 상단에 인쇄된 편지지 뭉치가 놓여 있었다. 각자 앞에 재단 브로슈어가 한 권씩 놓여 있었는데, 표지에는 고무 스탬프를 연상시키는 고르지 않은 붉은 글씨로 비스듬히 '자유'라는 단어만 들어 있었다. 자유국제재단, '전 세계 곳곳에서 예술의 탁월성과 표현의 자유'를 증진하는 공인 자선단체. 쉽게 무시할 수 없었다. 유고슬라비아와 브라질, 칠레, 쿠바, 시리아, 루마니아, 헝가리의 작가들, 파라과이 무용단, 프랑코 치하 스페인과 살라자르 치하 포르투갈의 언론인들, 소련 시인들을 보조금이나 번역 또는 다른 우회적 방법으로 지원해왔다. 뉴욕 할렘의 배우단체와 앨라배마의 바로크 오케스트라에 돈을 대주었고, 영국 연극계가 체임벌린 경의 지배에서 벗어나도록 캠페인을 벌여 성공을 거두었다.

"괜찮은 조직이에요." 맥스가 말했다. "당신이 동의하면 좋겠군요. 그들은 도처에 포진해 있어요. 그들을 저 IRD 기관원과 혼동하는 사람은 아무도 없을 거예요. 대체로 더 교묘하죠."

그는 진청색 양복을 입고 있었다. 하루걸러 한 번씩 입는 겨자색 재킷보다 훨씬 나았다. 머리를 기르고 있어서 귀도 덜 돌출되어 보였다. 방안의 유일한 광원인 천장의 주석 갓 달린 전구는 광대뼈와 활 모양 입술을 도드라지게 했다. 그는 매끈하고 아름다워 보였고, 비좁은 우리에 갇힌 동물처럼 작은 방에 전혀 어울리지 않았다.

내가 물었다. "셜리 실링은 왜 해고된 거죠?"

그는 화제의 전환에 눈도 꿈쩍하지 않았다. "당신이 알고 있길 바랐는데."

"나와 관련있나요?"

"세리나, 이런 데서 일하다보면…… 동료들이 유쾌하고 매력적이고 배경 좋고 뭐 그런 사람들이죠. 하지만 작전을 함께 수행하지 않는 한 그들이 무슨 일을 하고 그 일을 잘하는지 못하는지 알 수 없어요. 빙글거리는 멍청이인지 다정한 천재인지 모른다고요. 그들이 갑자기 승진하거나 해고되어도 당신은 이유를 알 수 없어요. 그런 거예요."

나는 그가 아무것도 모른다고는 믿지 않았다. 우리는 그 문제를 그냥 넘겼고 침묵이 흘렀다. 맥스가 하이드파크 입구에서 내게 끌린다고 말한 뒤로 우리는 함께 보낸 시간이 너무도 적었다. 나는 그가 서열이 높아지며 내가 닿을 수 없는 곳으로 가고 있다고 느꼈다.

그가 말했다. "지난번 회의 때 당신이 IRD에 대해 잘 모른다는 인상을 받았어요. 정보조사부. 공식적으로는 존재하지 않는 조직이에요. 1948년 외무부의 부서로 만들어졌고, 칼턴 테라스에 있으며, 우호적인 언론인들과 통신사들을 통해 소련에 대한 정보를 공공에 제공하고, 정보보고서를 내놓고, 반론을 제기하고, 특정 출판물을 장려하는 게 목적이죠. 그러니까—강제노동 수용소, 법치의 부재, 형편없는 생활수준, 반대 의견에 대한 탄압을 다뤄요. 대개 NCL, 즉 비공산주의 좌파를 지원하고 동구권의 삶에 대한 이곳의 환상을 무력화하는 일에 발 벗고 나서고요. 하지만 IRD는 표류하고 있어요. 작년에는 우리가 유럽에 합류해야 한다고 좌파를 설득하려 했죠. 어처구니없게도 말이에요. 천만다행으로 우리는 그들로부터 북아일랜드를 떼어내고 있죠. IRD는 전성기 때 뛰어난 활약을 보였어요. 지금은 지나치게 비대하고 허술해졌어요. 시대에 뒤떨어지기도 했고. 곧 축소될 거라는 소문이 있어요. 하지만 이 건물에서 문제삼는 건 IRD가 MI6에 예속되고 흑색선전, 아무도 속이지 못하는 기만행위에 휘말렸다는 거예요. 그쪽 보고서들이 의심스러운 출처에서 나오고 있어요. IRD와 일명 그 행동팀은 지난 대전大戰을 되살리기 위해 MI6를 지원해왔어요. 그들은 그 터무니없는 보이스카우트 정신을 좋아해요. 그래서 MI5의 모든 사람이 피터 너팅이 이야기한 '벽 쪽으로 고개 돌려'를 좋아하는 거죠."

내가 물었다. "그 얘기 진짜예요?"

"아마 아닐걸요. 하지만 MI6를 멍청하고 거만해 보이게 만드는 얘기라 여기선 잘 먹히죠. 아무튼, 스위트 투스의 취지는 독자적으로 해보자는 거예요. MI6나 미국인들과 별개로. 소설가를 포함시킨 건 나중에 추가된 생각이에요. 피터의 변덕이었죠. 개인적인 생각으로, 그건 실수예요—너무 예측 불가라. 하지만 이미 시작된 일이죠. 작가가 냉전광일 필요는 없어요. 동구의 유토피아나 서구의 다가오는 재앙 등에 회의적이기만 하면 돼요."

"우리가 집세를 대주고 있다는 걸 작가가 알면 어떻게 되죠? 분노할 텐데요."

맥스는 시선을 돌렸다. 나는 멍청한 질문을 했다고 생각했다. 하지만 잠시 침묵이 흐른 뒤 그가 말했다. "우리와 자유국제재단은 몇 단계를 거쳐 연결되어 있어요. 설령 정확히 어디를 봐야 할지 안다고 해도 진실을 알아내기란 매우 힘들겠죠. 우리 계산으로는, 만일 뭐가 나오더라도 작가들은 난처한 상황을 피하는 쪽을 선호할 거예요. 조용히 입다물고 있을걸요. 그러지 않는다고 해도, 그들이 처음부터 돈이 어디서 나오는지 알고 있었다는 걸 증명할 방법이 있다고 하면 돼요. 그리고 돈은 계속 나올 거예요. 특정한 생활방식에 익숙해지고 나면 그 생활을 잃고 싶지 않은 법이니까요."

"그럼 협박이네요."

그는 어깨를 으쓱했다. "세리나, IRD는 전성기에 조지 오웰이나 아서 케스틀러에게 어떤 내용을 책에 넣으라고 말한 적이 없어요. 하지만 IRD의 이념이 세상에 널리 퍼질 수 있도록 할 수 있는 바를 했죠. 우리는 자유로운 영혼들을 다뤄요. 우리는 그들에게 무슨 생각을 하라고 말하지 않아요. 그저 그들이 그들의 일을 할 수 있게 해주죠. 저쪽에서는 자유로운 영혼들이 강제노동수용소로 줄지어 들어가곤 했어요. 이제 소련에서는 정신의학이 새로운 국가폭력이 됐어요. 체제에 대한 저항을 정신이상 상태에서 저지르는 범죄로 보는 거죠. 이쪽에선 일부 노동당원들과 조합원들, 대학교수들, 학생들, 그리고 이른바 지식인들이 미국도 나을 게 없다고—"

"베트남을 폭격하고 있으니까요."

"뭐, 좋아요. 하지만 제3세계 인구 전체가 소련을 통해 자유에 대해 배울 게 있다고 생각하고 있어요. 싸움은 아직 끝나지 않았어요. 우리는 올바르고 좋은 일을 장려하고 싶어요. 피터 말대로, 세리나, 당신은 문학을 사랑하고 조국을 사랑해요. 그는 이 임무가 당신에게 적격이라고 생각해요."

"당신은 아니고요."

"나는 우리가 논픽션만 고수해야 한다고 생각해요."

나는 그를 이해할 수 없었다. 그의 태도에는 어딘가 냉담한 데가 있었다. 그는 스위트 투스를, 혹은 거기서 내가 맡은 부분을 마음에 들어하지 않았지만 침착하고 심지어 온화하기까지 한 태도를 유지했다. 마치 내게 맞지 않는 걸 알면서도 드레스를 사라고 권하는 따분한 점원 같았다. 그가 평정을 잃게 해서 우리 사이를 더 가깝게 만들고 싶었다. 그가 세부사항을 설명했다. 내 실명을 사용해야 한다. 어퍼 리젠트 스트리트로 가서 재단 직원을 만나야 한다. 그쪽에서는 내가 워드 언펜드에서 일하는 것으로 알며, 워드 언펜드는 재단이 추천 작가들에게 나누어줄 기금을 기부하는 단체다. 그리고 마침내 브라이턴에 가게 되면 나를 레컨필드 하우스와 연결지을 수 있는 건 아무것도 가져가선 안 된다.

나를 멍청이라고 생각하는 건가. 나는 맥스의 말을 끊고 물었다. "만일 내가 헤일리를 좋아하게 되면요?"

"좋죠. 그와 계약하는 거죠."

"내 말은, 진짜로 좋아하게 되면요."

그가 체크리스트에서 고개를 들고 날카롭게 쳐다보았다. "이 임무를 맡고 싶지 않다면……" 그의 목소리가 차가웠고 나는 기분이 좋았다.

"맥스, 농담이에요."

"당신이 그에게 보낼 편지 이야기나 합시다. 내게 초안을 보여줘야 해요."

우리는 그것과 다른 준비사항을 논의했고, 나는 그의 입장에서는 우리가 더이상 가까운 친구 사이가 아님을 깨달았다. 더이상 그에게 키스해달라고 말할 수 없었다. 하지만 나는 그 사실을 받아들일 준비가 되어 있지 않았다. 바닥에 있던 핸드백을 집어 들어 휴대용 화장지를 꺼냈다. 어머니가 크리스마스 선물로 준, 가장자리를 브로드리 앙글레즈로 마감하고 한 귀퉁이에 내 이름 머리글자를 분홍색 모노그램으로 수놓은 면 손수건을 사용하지 않게 된 게 불과 일 년 전이었다. 화장지가 슈퍼마켓 카트처럼 흔한 것이 되었다. 세상이 심각하게 일회용이 되어가기 시작했다. 나는 결단을 내리려고 애쓰며 화장지로 눈가를 가볍게 두드려 닦았다. 핸드백에 연필 자국이 있는 삼각형 종이가 동그랗게 말린 채 들어 있었다. 나는 마음을 바꾼 상태였다. 그것을 맥스에게 보여주는 게 확실히 옳은 일이었다. 아니면 확실히 그른 일일 수도 있고. 중간은 없었다.

"괜찮아요?"

"꽃가루 알레르기가 좀 있어서요."

마침내 나는 그동안 여러 번 해온 생각을 굳혔다. 아무것도 모르는 것보다는 맥스가 내게 거짓말을 하게 만드는 편이 낫다. 적어도 더 흥미롭다. 나는 그 신문지 쪼가리를 꺼내 책상에 놓고 그에게로 밀었다. 그는 그걸 흘끗 보더니 뒤집었다가 바로 했다가 책상에 내려놓고 나를 응시했다.

"뭐죠?"

내가 말했다. "캐닝과 그 섬이에요. 당신이 너무도 영리하게 이름을 알아맞힌."

"어디서 났어요?"

"말해주면 당신도 나한테 솔직해질 거예요?"

그는 아무 말도 하지 않았고, 어쨌든 나는 그에게 풀럼 안가와 싱글침대와 매트리스에 대해 이야기했다.

"누구와 함께 있었어요?"

내가 대답하자 그는 두 손에 대고 조용히 "아" 소리를 냈다. 그러더니 말했다. "그래서 그녀가 해고됐군."

"무슨 뜻이죠?"

그는 두 손을 떼어 무력감을 나타내는 몸짓을 해 보였다. 나는 의혹이 해소되지 않았다.

"이거 내가 갖고 있어도 될까요?"

"물론 안 돼요." 나는 그가 손을 움직이기 전에 얼른 책상 위의 신문지 쪼가리를 집어서 핸드백에 넣었다.

그가 조용히 목청을 가다듬었다. "그럼 다음 이야기로 넘어가야겠네요. 단편소설들. 그에게 뭐라고 말할 생각이에요?"

"무척 흥분되는, 눈부신 신예, 놀랍도록 폭넓은, 아름답고 유연한 산문, 뛰어난 감수성, 특히 여자들에 대한, 대부분의 남자와는 달리 여자를 내부로부터 알고 이해하는 듯한, 그에 대해 더 많이 알고 싶은 간절한 마음—"

"세리나, 됐어요!"

"그에겐 위대한 미래가 있고, 재단측에서는 그 미래를 함께하고 싶다. 특히 그가 장편소설 집필을 고려한다면. 지원금을—얼마로 할까요?"

"일 년에 2,000."

"몇 년 동안—"

"이 년. 갱신 가능하고."

"맙소사. 그가 어떻게 거절하겠어요?"

"생전 처음 보는 사람이 그의 무릎에 앉아 얼굴을 핥을 테니까요. 냉정해져요. 그가 당신에게 오게 해요. 재단이 관심을 갖고 있다, 그에 대해 고려중이다, 다른 후보자도 많다, 그의 미래 계획은 무엇이냐 등등."

"좋아요. 비싸게 굴죠. 그다음엔 그에게 다 주는 거예요."

맥스가 팔짱을 끼고 뒤로 물러나 앉으며 천장을 흘끗 보고 말했다. "세리나, 미안하지만 당신은 화가 나 있어요. 난 정말로 실링이 해고당한 이유를 모르고, 당신의 그 신문지 쪼가리에 대해서도 몰라요. 그게 다예요. 하지만 나에 대해 말해줘야 공정할 것 같네요."

그는 내가 이미 의심하고 있었던 것, 그러니까 자신이 동성애자라고 말하려 하고 있었다. 이제 나는 부끄러워졌다. 애초에 억지로 고백을 끌어내려던 건 아니었다.

"우리가 그동안 좋은 친구 사이였기 때문에 말하는 거예요."

"그래요."

"하지만 이야기가 이 방 밖으로 새어나가선 안 돼요."

"그럼요!"

"나 약혼했어요."

표정을 수습하기까지 찰나의 순간밖에 걸리지 않았지만 그사이 그에게 당혹감을 간파당했으리라 나는 생각했다.

"환상적인 소식이네요. 누구—"

"MI5 사람이 아니에요. 루스는 가이스병원 의사예요. 양가가 원래 아주 가깝게 지냈어요."

"중매결혼이네요!" 도로 삼킬 새도 없이 말이 튀어나왔다.

하지만 맥스는 수줍게 웃기만 했다. 얼굴을 살짝 붉혔을 수도 있으나 누르스름한 빛 속에서 감지하기는 어려웠다. 그러니 어쩌면 내 말이 맞는지도 모른다. 아들의 전공을 정해주고 육체노동을 못하게 한 그의 부모가 아내까지 골라준 것이다. 그의 그런 나약함을 상기하며 나는 처음으로 싸늘한 슬픔을 느꼈다. 기회를 놓쳐버린 것이다. 자기연민도 있었다. 사람들은 내게 아름답다고 말했고 나는 그 말을 믿었다. 나는 아름다움이 부여하는 특권으로 언제나 내 쪽에서 남자를 버리며 인생을 향유해야 마땅했다. 그런데 오히려 남자가 나를 버리고 떠나거나 죽었다. 아니면 결혼하거나.

맥스가 말했다. "당신에게 얘기해야 한다고 생각했어요."

"그래요, 고마워요."

"앞으로 두 달 동안은 약혼 발표를 하지 않을 생각이에요."

"물론 그렇겠죠."

맥스가 활기차게 메모지들을 책상에 대고 반듯하게 정리했다. 불쾌한 문제는 마무리되었고 이제 일 이야기를 이어갈 수 있었다. 그가 말했다. "그의 단편소설들에 대해 정말로 어떻게 생각해요? 쌍둥이 형제 이야기."

"아주 훌륭하다고 생각했어요."

"난 끔찍하다고 생각했어요. 무신론자가 성서를 잘 안다니 믿기지 않더군요. 교구목사처럼 차려입고 설교하는 것도 그렇고."

"형제애죠."

"하지만 그에겐 어떤 종류의 사랑도 불가능해요. 비열한 인간인데다 나약하죠. 우리가 왜 그런 인간에 대해, 그에게 무슨 일이 일어나는지에 대해 신경써야 하는지 모르겠어요."

나는 우리가 에드먼드 앨프리더스가 아닌 헤일리 이야기를 하고 있다는 인상을 받았다. 맥스의 어조에서 긴장감이 느껴졌다.

그의 질투심을 유발하는 데 성공했다는 생각이 들었다. 내가 말했다. "난 그가 대단히 매력적이라고 생각했어요. 똑똑하고, 뛰어난 연설가에다 장난기도 있고, 흥미진진한 위험도 무릅쓰고. 단지 그 여자—이름이 뭐였죠?—진의 상대가 안 됐던 거죠."

"난 그 여자도 전혀 수긍이 안 갔어요. 그런 파괴적이고 남자를 잡아먹는 여자들은 특정 부류의 남자가 품는 환상에 불과해요."

"어떤 부류의 남자요?"

"아, 그야 모르죠. 마조히스트. 죄책감이 있거나 자기혐오적이거나. 어쩌면 당신이 다녀와서 말해줄 수 있겠네요."

그가 자리에서 일어나 회의가 끝났음을 알렸다. 화가 난 건지 아닌지 분명치 않았다. 자신의 결혼이 내 탓이라는 비뚤어진 생각을 하고 있는 건 아닐까. 아니면 스스로에게 화가 났거나. 아니면 중매결혼이라는 말에 기분이 상했거나.

"정말로 헤일리가 우리에게 맞지 않는다고 생각해요?"

"그건 너팅 소관이에요. 이상한 건 당신을 브라이턴에 보내는 거죠. 보통은 이런 식으로 직원을 연루시키지 않아요. 대개 재단에서 사람을 보내게 하는 방식으로 한 발짝 떨어져서 일을 처리하죠. 게다가 내 생각엔 이 모든 게, 글쎄요, 어쨌든, 이건 내, 음……"

그는 책상 위에 펼친 손가락들을 향해 몸을 기울였고 고개를 살짝 숙여 내 뒤쪽 문을 가리키는 듯했다. 최소한의 노력으로 나를 내쫓으려는 것이다. 하지만 나는 대화를 끝내고 싶지 않았다.

"맥스, 한 가지 더 있어요. 이 말을 할 수 있는 사람은 당신뿐이에요. 나 미행당하는 것 같아요."

"정말요? 당신 수준에서는 굉장한 성취네요."

나는 그의 조롱을 무시했다. "모스크바 센터 얘기가 아니에요. 감시자들이 미행한다고요. 누가 내 방에 들어왔어요."

셜리와의 대화 이후 집으로 돌아가는 길에 세심하게 주위를 둘러봤지만 의심스러운 점은 발견하지 못했다. 하지만 나는 뭘 찾아봐야 하는지 몰랐다. 그런 훈련을 받지 않았으니까. 영화를 통해 막연히 아는 것은 있어서 왔던 길을 되돌아가기도 하고 러시아워의 수백 명의 얼굴을 빤히 보기도 했다. 지하철에 탔다가 바로 내리기도 했지만 캠던까지 퇴근시간만 길어졌을 뿐 소득은 없었다.

하지만 지금은 목적을 달성했다. 맥스가 의자에 앉고 대화가 재개되었으니까. 그는 얼굴이 굳어졌고 더 나이들어 보였다.

"그걸 어떻게 알아요?"

"오, 당신도 알잖아요, 방안의 물건 위치가 바뀐 거. 감시자들이 좀 어설프기도 한가봐요."

그는 나를 응시하고 있었다. 나는 벌써 바보가 된 기분이 들기 시작했다.

"세리나, 조심해요. 당신이 실제보다 많이 알고 있는 것처럼 행동하면, 등록소에서 몇 개월 근무한 사람치고 너무 아는 게 많은 것처럼 가장하면 잘못된 인상을 주게 돼요. 케임브리지 3인방과 조지 블레이크* 이후 사람들은 여전히 불안해하고, 사기가 좀 꺾여 있어요. 그들은 지나치게 빨리 결론을 내려요. 그러니까 실제보다 많이 아는 것처럼 행동하는 건 그만둬요. 결국 미행만 당할 테니까. 사실 그건 당신 문제예요."

"추측인가요, 아니면 뭔가 아는 게 있나요?"

"우정 어린 경고예요."

"그러니까 진짜 미행당하고 있는 거네요."

"난 여기서 상대적으로 낮은 직급이에요. 내가 제일 늦게 알게 될 거예요. 사람들이 우리가 함께 다니는 걸 봐서……"

"맥스, 이젠 아니잖아요. 어쩌면 우리 우정이 당신이 출세하는 데 방해가 되고 있었는지도 모르겠네요."

얄팍한 짓거리였다. 나는 그의 약혼 소식에 얼마나 화가 났는지 스스로 인정할 수 없었다. 그의 자제력이 내 화를 돋웠다. 그를 자극하고 벌주고 싶었고, 마침내 그 바람은 이루어졌다. 그가

* 소련을 위해 이중첩자 노릇을 한 영국 스파이.

벌떡 일어나 부들부들 떨고 있었다.

"여자들은 정말 공과 사를 구분하는 능력이 없나요? 세리나, 난 당신을 도우려고 이러는 거예요. 당신은 내 말을 듣지 않고요. 달리 말해주죠. 이 일에서는 사람들이 상상하는 것과 현실의 경계선이 아주 모호할 수 있어요. 사실 그 경계선은 커다란 회색 공간이죠. 그 안에서 길을 잃을 수도 있을 만큼 크다고요. 당신이 뭔가를 상상하면—그게 실현되게 할 수 있어요. 유령이 진짜가 되는 거죠. 내 말 이해하겠어요?"

나는 그렇게 생각하지 않았다. 영리하게 받아칠 태세로 일어섰지만 그는 이미 내게 질린 터였다. 내가 입을 열 새도 없이 그가 한층 조용히 말했다. "이제 그만 가는 게 좋겠어요. 그냥 당신 일만 해요. 단순하게 해요."

나는 요란하게 퇴장할 작정이었다. 하지만 의자를 책상 아래로 밀어넣은 다음 비좁은 공간으로 돌아나가야 했고, 복도로 나가서도 문틀이 뒤틀려 있는 탓에 문을 있는 힘껏 쾅 닫을 수 없었다.

11

이곳은 관료조직이라 마치 정책 지침이라도 되는 듯 일이 지연되었다. 나는 헤일리에게 보낼 편지 초안을 써서 맥스에게 제출했고, 그는 그 초안뿐 아니라 내가 다시 써서 제출한 두번째 안도 수정했으며, 마침내 세번째 안이 피터 너팅과 벤저민 트레스콧에게 전달되고 나서도 그들의 의견을 거의 삼 주나 기다려야 했다. 그들의 의견이 반영되고, 맥스가 마지막 손질을 했으며, 나는 초안이 나온 후 오 주가 지나서야 다섯번째 버전인 최종안을 마무리해 헤일리에게 우편으로 보냈다. 한 달이 지나도 아무 소식이 없었다. 우리를 대신해 문의가 들어갔고, 결국 헤일리가 조사차 해외에 나가 있다는 사실을 알게 되었다. 9월 말이 되어서야 답장이 왔는데, 메모지 뭉치에서 뜯어낸 줄 쳐진 종이에 비스듬히 휘갈겨쓴 것이었다. 의도적인 무심함으로 보였다. 더 자세히 알고 싶다는 내용이었다. 그는 대학원 강사로 일하며 생계를 꾸렸고, 이는 캠퍼스에 연구실이 있다는 의미였다. 자기 아파트가 너무 좁으니 거기서 만나는 게 좋겠다고 했다.

나는 맥스와 짧은 최종 브리핑을 했다.

그가 말했다. "『패리스 리뷰』에 실린 단편 어때요? 쇼윈도 마네킹에 대한 거요."

"흥미롭게 읽었어요."

"세리나! 그건 완전히 말도 안 되는 이야기예요. 그 정도로 망상이 심한 사람은 안전한 정신병원에 있어야죠."

"그가 정신병원에 있지 않다는 걸 당신이 어떻게 알아요?"

"그렇다면 헤일리는 독자에게 그 사실을 알려줘야죠."

내가 그의 사무실을 나설 때 그는 스위트 투스 작가 세 명이 자유국제재단의 지원금을 받아들였다며, 네번째 작가 확보에 실패해 그와 나 자신을 실망시켜선 안 된다고 말했다.

"비싸게 굴어야 하는 걸로 알고 있었는데요."

"우리는 다른 모든 사람에게 뒤지고 있어요. 피터가 초조해하기 시작했어요. 헤일리가 마음에 안 들어도 그냥 계약해요."

계절에 맞지 않게 따뜻한 10월 중순의 어느 아침 기차를 타고 브라이턴으로 가서 동굴 같은 역사를 가로질러 걸으며 짭짤한 공기 냄새를 맡고 재갈매기들의 하강조 울음소리를 듣는 건 기분좋은 일상 탈출이었다. 킹스칼리지 잔디밭에서 열린 하계 셰익스피어 공연 〈오셀로〉의 그 단어*가 떠올랐다. 잘 속는 얼간이. 나는 얼간이를 찾고 있었을까? 물론 아니었다. 낡아빠진 세 량짜리 루이스 기차를 타고 팔머역에서 내려 400미터를 걸어서 서식스대학(한동안 언론에서는 '바닷가의 베일리얼칼리지'로 알려지기도 했던)이라 불리는 붉은 벽돌** 건물 소재지로 갔다. 나는 빨간 미니스커트와 목깃이 높은 검은 재킷 차림에 검은 하이힐을 신고 끈이 짧은 흰색 에나멜가죽 숄더백을 메고 있었다. 발의 통증을 무시한 채 정문으로 이어지는 포장된 진입로를 학생들을 헤치고 뽐내며 걸어갔다. 불하 군용물자 판매점에서 산 옷을 너저분하게 입은 소년들—내가 보기에 그들은 소년이었다—은 경멸스러웠고, 길게 기른 생머리에 가운데 가르마를 타고 민낯인데다 투박한 무명천 스커트 차림인 소녀들은 더했다. 일부 학생들은 저개발국 농부들에 대한 연민 때문인지 맨발이었다. 내게는 '캠퍼스'라는 단어 자체가 미국에서 건너온 경박한 수입품

---

* '갈매기'를 뜻하는 'gull'에는 '얼간이'라는 뜻도 있으며, 〈오셀로〉 5막 2장 에밀리아의 대사에서 바로 그 의미로 쓰인다.

** 옥스퍼드, 케임브리지 같은 유서 깊은 대학과 달리 19세기 후반 이후에 세워진 대학들을 가리킨다.

같았다. 나는 서식스 다운스의 움푹한 곳에 자리한 배질 스펜스 경*의 작품을 향해 자의식에 차서 성큼성큼 걸으며 새 대학이라는 것을 멸시했다. 난생처음 케임브리지 뉴넘 출신인 게 자랑스러웠다. 진지한 대학이 어떻게 새것일 수 있단 말인가? 그리고 빨강, 하양, 검정으로 공들여 치장하고서 편협한 마음으로 길을 물으려고 수위실을 향해 아무것도 용납하지 않겠다는 듯 척척 나아가는 나를 그 누가 거부할 수 있겠는가?

아마도 건축학적으로 쿼드**를 참조한 듯한 곳에 나는 들어섰다. 양 측면에 얕게 물을 채운 인공조형물이 있었는데 매끄러운 강바닥 돌을 바닥에 깐 직사각형 연못이었다. 하지만 물은 다 빠지고 맥주 캔들과 샌드위치 포장지들이 그 자리를 메우고 있었다. 앞쪽의 벽돌과 돌과 유리로 지은 건축물에서 록 음악의 쿵쿵거림과 울부짖음이 들려왔다. 나는 제스로 툴의 귀에 거슬리는, 요동치는 플루트 소리를 알아들었다. 2층 통유리 창문 너머 테이블축구판 위로 허리를 구부린 선수들과 구경꾼들이 보였다. 학생회관이 분명했다. 어느 대학이나 이런 장소는 주로 수학도와 화학도인 멍청한 남학생들의 전용 공간으로 남겨졌다. 여학생들

---

* 스코틀랜드 출신 건축가.

** 'quadrangle'의 약어로, '건물로 둘러싸인 사각형의 안뜰'을 뜻한다.

과 스포츠를 싫어하는 학구파들은 다른 곳으로 갔다. 그 건물은 대학의 입구치고는 초라한 인상을 풍겼다. 나는 쿵쿵대는 드럼 소리에 발맞춰 걷는 게 불쾌해서 걸음을 빨리했다. 휴가지의 캠프장에 다가가는 것 같았다.

포장길이 학생회관을 통과했고 이곳에서 방향을 돌려 유리문을 지나 안내실로 갔다. 긴 카운터 뒤의 제복 입은 수위들은 그래도 낯설지 않았다—이 별종 인간들의 태도에서는 지친 아량과, 학생 누구보다도 자신이 똑똑하다는 무뚝뚝한 확신이 드러났다. 그들이 알려준 대로, 희미해지는 음악을 뒤로한 채 널따란 공터를 가로지른 다음 콘크리트로 된 거대한 럭비 골대 아래를 지나 예술관 A로 들어가서 반대쪽 문으로 나가 예술관 B로 걸어갔다. 건물에 예술가나 철학자 이름을 붙일 수는 없었을까? 안으로 들어가서 복도를 따라 걸으며 강사실 문에 붙은 것들을 보았다. "세계는 일어나는 모든 것이다"*라고 적어 압정으로 고정한 카드, 블랙 팬서 포스터, 독일어로 된 헤겔의 말, 프랑스어로 된 메를로퐁티의 말. 과시하는 것들. 두번째 복도 맨 끝에 헤일리의 방이 있었다. 나는 노크하기 전에 망설였다.

나는 복도 끝, 잔디광장이 내다보이는 높고 좁은 창문 옆에 서

---

* 철학자 비트겐슈타인의 『논고』에 나오는 구절.

있었다. 빛이 약해서 유리창에 내 모습이 희미하게 비쳤고, 빗을 꺼내 얼른 머리를 빗고 목깃을 똑바로 폈다. 내가 살짝 초조해졌다면 지난 몇 주 동안 상상 속에서 빚어낸 헤일리와 친밀한 사이가 되었기 때문이었다. 나는 섹스와 기만, 긍지와 실패에 관한 그의 생각을 읽었다. 우리는 이미 친분을 맺었는데 이제 그 친분이 교정되거나 파괴될 운명이었다. 그의 실체가 어떻든 놀라거나 아마도 실망할 터였다. 악수를 나누자마자 우리의 친밀감은 후퇴할 터였다. 브라이턴으로 내려가는 길에 그의 언론 기고문을 전부 다시 읽었다. 소설과 달리 분별 있고 회의적이며, 이데올로기에 사로잡힌 바보들을 겨냥해서 쓴 듯 학교 선생의 훈계조였다. 1953년 동독 폭동에 대한 글은 "노동자들의 국가가 노동자들을 사랑한다고 생각하는 사람이 있어선 안 된다. 노동자들의 국가는 그들을 싫어한다"로 시작되었고, 정부가 인민을 해산시키고 다른 인민을 선출하라고 한 브레히트의 시를 경멸했다. 헤일리의 설명에 따르면 브레히트의 첫째가는 충동은 소련의 잔혹한 파업 진압을 공개적으로 지지함으로써 동독에 '아첨'하는 것이었다. 러시아 군인들이 군중을 향해 직접 발포했다. 브레히트에 대해 잘 몰랐던 나는 그가 천사들 편이라고 생각했었다. 나는 과연 헤일리의 말이 옳은지, 그의 직설적인 언론 기고문과 소설의 교묘한 친밀함을 어떻게 받아들여야 할지 알 수 없었고, 그를 만나면 더 알 수 없게 될 거라고 생각했다.

그보다 더 거침없는 글에서는 베를린장벽을 다루지 않는 서독 소설가들을 심약한 겁쟁이라고 맹비난했다. 물론 그들은 베를린 장벽의 존재를 혐오했지만 그런 발언을 하면 미국 외교정책에 동조하는 것으로 비칠까봐 두려워했다. 그렇다 해도 지정학적 문제와 개인의 비극을 결합하는 건 대단히 훌륭하고 필수적인 주제였다. 당연히, 런던 장벽이 있다면 영국의 모든 작가가 그것에 대해 할말이 있을 것이다. 노먼 메일러가 워싱턴을 가르는 장벽을 모른 척할까? 뉴어크의 주택가가 둘로 나뉘는데도 필립 로스가 못 본 척하는 편을 택할까? 존 업다이크의 등장인물들이 분단된 뉴잉글랜드를 가로질러 부부 문제가 벌어질 기회를 잡지 않을까? 팍스아메리카나에 의해 소련의 탄압으로부터 보호받아온 응석받이이자 지나친 보조금을 받아온 문학의 문화는 그들을 자유롭게 해주는 손을 미워하는 쪽을 선호했다. 서독 작가들은 베를린장벽이 존재하지 않는 양 굴었고 그로 인해 모든 도덕적 권위를 잃었다. 『검열의 지표』에 게재된 이 에세이 제목은 '지식인들의 배반'이었다.

나는 펄이 들어간 분홍색 매니큐어를 칠한 손톱으로 문을 가볍게 두드렸고, 불분명한 웅얼거림인지 신음소리가 들리자 문을 밀어서 열었다. 실망할 마음의 준비를 해두기를 잘했다. 책상에 앉아 있다가 일어선 인물은 체구가 왜소했고 등을 반듯하게 펴려고 애썼지만 살짝 굽어 있었다. 그는 여자처럼 가냘프고 손목이 가늘며, 악수를 해보니 손도 나보다 작고 보드라운 듯했다. 피부는 몹시 창백하고, 눈동자는 진녹색이며, 진갈색 머리는 길어서 단발에 가까웠다. 처음 몇 초 동안 그의 단편소설들 속의 트랜스젠더 요소를 내가 못 보고 놓쳤던 걸까 생각했다. 하지만 그는 쌍둥이 형제, 자만심 강한 교구목사, 똑똑한 신진 노동당 하원의원, 무생물과 사랑에 빠진 고독한 백만장자였다. 반점이 박힌 흰색 플란넬 천으로 만든 칼라 없는 셔츠와 넓적한 허리띠를 맨 타이트한 청바지, 흠집 난 가죽부츠 차림이었다. 나는 혼란스러웠다. 그런 섬세한 골격치고 목소리는 굵고, 지역 억양이 없으며, 계급이 드러나지도 않고 순수했던 것이다.

"앉을 수 있게 이것 좀 치우겠습니다."

그는 팔걸이 없는 푹신한 의자에서 책 몇 권을 치웠다. 그가 나를 맞이하기 위해 별다른 준비를 하지 않았음을 보여주려고 한다는 생각이 들자 조금 짜증스러웠다.

"여행은 괜찮았나요? 커피 좀 드릴까요?"

여행은 즐거웠고 커피는 필요 없다고 내가 말했다.

그는 책상에 앉아 의자를 돌려 나를 마주보고 한쪽 무릎 위에 반대쪽 발목을 걸치고서 살짝 미소 지으며 심문하는 태도로 양

손바닥을 펼쳐 내밀었다. "그러니까, 프롬 양……"

"플룸과 운이 맞게 발음해요. 하지만 그냥 세리나라고 불러주세요."

그는 내 이름을 말하며 한쪽으로 고개를 갸웃했다. 그러더니 부드럽게 내게 시선을 맞추고 잠자코 기다렸다. 속눈썹이 길었다. 이 순간을 대비해 연습해둔 나는 그의 앞에 모든 걸 펼쳐놓기가 쉬웠다. 진실하게. 자유국제재단이 하는 일, 그 폭넓은 영역, 광범위한 세계적 접근성, 열린 태도와 이데올로기의 부재. 그는 고개를 갸웃한 채 재미있어하면서도 회의적인 표정을 띠고 이야기를 경청했으며, 언제라도 참여하거나 넘겨받아서 내 말을 자기 것으로 만들거나 개선시킬 준비가 되어 있는 듯 입술이 살짝 떨렸다. 길게 늘어지는 농담을 들으면서, 기쁨을 억누르고 입술을 달싹거리며 결정적인 한 방을 고대하는 표정이었다. 재단이 지원해온 작가와 예술가의 이름을 대던 나는 그가 이미 내 의중을 간파했으면서도 그런 티를 낼 생각이 없다는 환상을 품었다. 그는 거짓말쟁이를 가까이에서 관찰하기 위해 내가 열을 올리게 만들고 있다. 훗날 소설에 써먹기 위해서. 겁에 질린 나는 그 생각을 밀어내고 머릿속에서 지워버렸다. 집중해야 했다. 나는 재단의 재원에 대한 이야기로 넘어갔다. 맥스는 헤일리에게 자유국제재단이 얼마나 부유한지 말해야 한다고 생각했다. 재단의 돈은 예술적 심미안이 있는 과부의 기부에서 나오는데 그녀의 남편은 20, 30년대에 특허권을 사들이고 활용해 부를 이룬 불가리아 출신 미국 이민자였다. 그가 죽은 뒤 부인은 전후의 파괴된 유럽에서 전쟁 전 가격으로 인상주의 그림들을 사들였다. 그리고 생애 마지막 해 마침 재단을 설립중이던 문화 애호가 정치인에게 마음을 빼앗겼다. 그래서 자신과 남편의 재산을 그의 재단에 남겼다.

거기까지 이야기한 모든 내용은 쉽게 확인할 수 있는 사실이었다. 이제 나는 허위 속으로 자신 없는 첫발을 내디뎠다. "솔직하게 말씀드리죠. 저는 가끔 자유국제재단이 돈을 뿌릴 프로젝트를 충분히 확보하지 못했다는 생각이 들어요."

"대단히 기분좋은 말이네요." 헤일리가 말했다. 그러더니 내 얼굴이 붉어지는 걸 봤는지 이렇게 덧붙였다. "무례한 의도는 아니었습니다."

"제 말을 오해했나보군요, 헤일리 씨……"

"톰이라고 불러주세요."

"톰. 죄송해요. 제가 말을 잘못했나보네요. 제가 하려던 말은 이거예요. 비도덕적인 정부에 의해 투옥되거나 탄압받는 예술가가 많아요. 우리는 그런 사람들을 돕고 그들의 작품을 널리 알리기 위해 할 수 있는 일을 다 하고 있어요. 하지만 물론 검열을 받는다고 반드시 훌륭한 작가나 조각가인 건 아니죠. 예를 들어, 우리는 폴란드의 형편없는 극작가를 단지 그의 작품이 금서라는 이유로 지원하고 있었음을 깨닫게 됐죠. 그래도 지원을 중단하진 않을 거예요. 또 감옥에 갇힌 헝가리 추상인상파 화가의 쓰레기 같은 작품을 잔뜩 사들이기도 했죠. 그래서 운영위원회에서 포트폴리오의 영역을 넓히기로 결정했어요. 어디에 있든, 탄압을 받든 받지 않든 탁월한 예술가라면 누구나 지원하는 쪽으로요. 특히 젊은 신예들에게 관심이 있고……"

"세리나, 나이가 어떻게 되나요?" 톰 헤일리가 중병에 대해 묻기라도 하듯 걱정스럽게 내게로 몸을 기울이며 물었다.

나는 대답했다. 내가 그를 아랫사람 대하듯 하는 걸 용납하지 않겠다는 의미였다. 그리고 그건 사실이었다. 나는 초조해져서 냉담하고 공식적인 어조로 말하고 있었다. 긴장을 풀고 덜 거만하게 굴고, 그를 톰이라고 불러야 했다. 내가 이런 일에 그리 뛰어나지 못하다는 걸 깨달았다. 그가 내게 대학을 나왔는지 물었다. 나는 대답하며 대학 이름을 댔다.

"전공이 뭐였나요?"

나는 주저했고, 말실수를 했다. 예상치 못한 질문인데다 수학이라고 하면 의심을 살 것 같아 나도 모르게 '영문학'이라고 말해버린 것이었다.

그는 공통점을 발견해서 기쁜 듯 즐거운 미소를 지었다. "우수한 1등급 성적을 받았을 것 같은데요."

"사실 2등급 상위였어요." 부지불식간에 나온 말이었다. 3등급은 창피하고, 1등급이라고 말하면 위험할 것 같았다. 불필요한 거짓말을 두 가지나 했다. 형편없다. 내가 알기로, 뉴넘에 전화 한 통만 하면 영문과 졸업생 중 세리나 프룸은 없다는 게 들통날 것이었다. 그에게 심문을 받게 되리라고는 예상 못했었다. 그런 기본적인 준비 작업을 빠뜨리고 말았다. 어째서 맥스는 내가 번듯하고 빈틈없는 신상 이야기를 준비해놓도록 도와줄 생각을 못 했을까? 당황하고 진땀이 난 나는 말도 없이 벌떡 일어나 핸드백을 낚아채듯 집어들고 방에서 도망치는 상상을 했다.

톰이 특유의 친절하면서도 빈정대는 눈빛으로 나를 보고 있었다. "1등급을 기대했던 모양이네요. 하지만 2등급 상위도 아무 문제 안 돼요."

"실망스러웠죠." 나는 조금 회복을 하고 말했다. "아무래도, 음, 일반적인, 음……"

"기대에 대한 부담감?"

우리의 눈이 이삼 초 이상 마주쳤고 내가 먼저 시선을 돌렸다. 그의 글을 읽어서 그의 마음 한구석을 너무도 잘 알았기에 오랫동안 똑바로 바라보기가 힘들었다. 나는 그의 턱 아래로 시선을 떨어뜨려 가느다란 은목걸이를 보았다.

"그러니까 신예 작가들을 찾고 있다는 거군요." 의식적으로 그는 면접을 보러 온 초조한 지원자를 달래주는 다정한 교수 역할을 하고 있었다. 나는 다시 우위를 회복해야 한다는 걸 알았다.

내가 말했다. "보세요, 헤일리 씨……"

"톰."

"당신의 시간을 허비하고 싶진 않아요. 우리는 아주 훌륭하고 아주 전문적인 사람들에게서 조언을 얻고 있습니다. 그들은 이 일을 심사숙고했어요. 그들은 당신의 언론 기고문을 마음에 들어하고 단편소설도 좋아해요. 정말 좋아하죠. 그래서……"

"당신은요? 읽어봤나요?"

"물론이죠."

"어땠어요?"

"전 전달자에 불과해요. 제가 어떻게 생각하는지는 아무 의미도 없죠."

"내겐 의미가 있어요. 내 글이 어땠어요?"

방이 어두워진 것 같았다. 나는 그를 지나쳐서 창밖을 보았다. 기다란 잔디밭과 다른 건물 모퉁이가 보였다. 우리가 있는 방과 비슷한 방이 들여다보였는데 그곳에서는 개별지도가 진행중이었다. 나보다 별로 어리지 않은 여학생이 에세이를 발표하고 있었다. 옆에는 항공점퍼 차림의 남학생이 앉아서 수염 기른 턱을 손으로 받치고 점잖게 고개를 끄덕였다. 교수는 나를 등지고 있었다. 나는 우리가 있는 방으로 시선을 거두어들이며 내가 이 중대한 휴지기를 지나치게 길게 쓴 건 아닐까 생각했다. 다시 그와 눈이 마주쳤고 나는 애써 그대로 있었다. 너무도 기이한 진초록 눈동자에 너무도 긴 어린애 같은 속눈썹과 굵은 검정 눈썹이었다. 하지만 시선에 머뭇거림이 있었고, 그는 눈길을 돌리기 직전이었다. 이번에는 힘이 내게 넘어와 있었다.

내가 아주 조용히 말했다. "대단히 탁월하다고 생각해요."

그는 누군가에게 가슴을, 심장을 찔린 듯 움찔하며 작게 헉 소리를 냈다. 웃음 같지는 않았다. 대화를 이어가려 했지만 말문이 막힌 듯했다. 그는 나를 응시하며 내가 계속하기를, 그와 그의 재능에 대해 더 말해주기를 기다렸지만 나는 자제했다. 내 말이 희석되지 않은 채로 더 큰 힘을 발휘하리라 여겼던 것이다. 게다가 심오한 말을 할 수 있으리라는 자신감도 없었다. 우리 사이에서 격식의 허물이 벗겨져나가고 당혹스러운 비밀이 드러났다. 내가 확언, 찬사, 내가 줄 수 있는 어떤 것에 대한 그의 갈망을 노출시켰다. 그에게는 그보다 중요한 게 없는 듯했다. 그의 단편소설들은 편집자의 판에 박힌 공치사와 격려를 제외하면 여러 지면에서 주목받지 못한 게 분명했다. 아무도, 적어도 아는 사이가 아닌 경우에는 소설이 탁월하다는 말을 해준 적이 없는 것 같았다. 그런데 막상 그 말을 듣고 보니 자신이 늘 그 점을 의심했음을 깨달은 모양이었다. 내가 그에게 엄청난 소식을 전한 것이다. 누군가 확인해주기 전에는 자신이 훌륭한 작가라는 걸 어떻게 알 수 있겠는가? 이제 그는 그것이 사실임을 알게 되었고 감사히 여겼다.

그가 입을 열자마자 그 순간은 깨지고 방이 평소의 밝기를 되찾았다. "특별히 마음에 드는 작품이 있었나요?"

너무 어리석고 소심한 질문의 본보기였던지라 그 여린 마음 때문에 그가 좋아졌다. "다 뛰어나긴 하지만, 쌍둥이 형제에 관한 단편 「이것이 사랑이다」가 제일 야심찬 작품 같아요. 전 그 작품의 스케일이 장편급이라고 생각했어요. 믿음과 감정에 관한 장편소설. 그리고 진이라는 인물은 어찌나 경이로운지! 너무나 불안정하고 파괴적이고 매혹적이에요. 정말이지 대단한 작품이에요. 좀더 살을 붙여서 장편으로 확대시킬 생각 안 해봤어요?"

그가 이상하다는 듯 나를 바라보았다. "아니, 좀더 살을 붙일 생각은 안 해봤어요." 그가 무표정하게 내 말을 반복해서 나는 깜짝 놀랐다.

"죄송해요. 멍청한 말을……"

"내가 원했던 길이였어요. 만오천 단어 정도. 하지만 그 작품이 마음에 들었다니 기쁘네요."

그가 냉소적이고 짓궂은 미소를 보냈고 나는 용서받았다. 하지만 내 우세는 힘을 잃었다. 소설이 이렇게 기술적인 방식으로 수량화되는 걸 들어본 적이 없었다. 내 무지가 혀를 짓누르는 느낌이었다.

내가 말했다. "그리고 「연인들」. 남자와 쇼윈도 마네킹 이야기는 너무나 기이하면서도 완전한 설득력을 지녀서 모두가 매혹되었죠." 이제 노골적인 거짓말을 하니 해방감이 들었다. "우리 위원회에 교수 두 명과 유명 평론가 두 명이 있어요. 신작을 많이 읽는 사람들이죠. 그런데도 최종 회의에서 얼마나 흥분했는지 당신도 봤어야 해요. 솔직히, 톰, 그들은 당신 작품 이야기를 그칠 줄 몰랐죠. 투표에서 처음으로 만장일치가 나왔다니까요."

그의 엷은 미소가 사라져가고 있었다. 내가 그에게 최면을 걸고 있기라도 하듯 그의 눈이 흐려졌다. 일이 심각해지고 있었다.

"이것참," 그가 황홀경에서 깨어나려고 머리를 흔들며 말했다. "모든 게 무척이나 기쁘네요. 달리 무슨 말을 할 수 있겠어요?" 그러더니 덧붙였다. "그 평론가 둘은 누구죠?"

"죄송하지만, 그분들의 익명성을 보장해줘야 해요."

"그렇군요."

그는 잠시 내게서 시선을 거두고 혼자만의 생각에 잠긴 듯했다. 그러더니 말했다. "그럼, 그쪽에서 제안하는 건 뭐고, 내게 원하는 건 뭔가요?"

"질문으로 답해도 될까요? 박사과정이 끝나면 뭘 할 계획인가요?"

"여러 군데 강사직을 지원하고 있어요. 여기를 포함해서."

"풀타임으로요?"

"예."

"우리는 당신이 직업 없이도 생활할 수 있도록 돕고 싶어요. 그 대신 집필에만 집중하는 거죠. 언론 기고문을 포함해서."

그가 지원금이 얼마쯤 되는지 물었고 나는 대답했다. 기간을 물어서 그것도 대답했다. "이, 삼 년이라고 해두죠."

"내가 아무 작품도 쓰지 못한다면요?"

"우리는 실망할 거고 다른 작가에게로 옮겨가겠죠. 돈을 돌려달라고 하지는 않을 거예요."

그는 그 점을 납득하고는 이렇게 물었다. "그럼 내 작업물에 대한 권리를 원하나요?"

"아뇨. 게다가 당신에게 작품을 보여달라는 요구도 하지 않아요. 심지어 우리를 인정할 필요조차 없어요. 재단에서는 당신을 독보적이고 비범한 인재로 평가합니다. 당신의 소설과 언론 기고문이 집필되고 출간되어 읽힌다면 우리는 기쁠 거예요. 당신이 작가로서 자리를 잡아 자립할 수 있게 되면 당신 인생에서 사라질 거고요. 소임을 다한 것이니까요."

그가 일어나더니 책상 저쪽 끝으로 돌아가 나를 등지고 창가에 섰다. 한 손으로 머리칼을 쓸어내리며 소리 죽여 웅얼거렸는데 '말도 안 돼'였거나 어쩌면 '이제 그만'이었을 수도 있다. 그는 잔디밭 건너편의 그 방을 바라보고 있었다. 이제 턱수염 기른 남학생이 에세이를 읽고 있었고 그의 개별지도 파트너는 무표정하게 앞을 응시하고 있었다. 이상하게도 선생이 전화 통화를 하고 있었다.

톰이 의자로 돌아와 앉아 팔짱을 꼈다. 시선은 내 어깨 너머를 향했고 입은 굳게 다물고 있었다. 나는 그가 중대한 이의 제기를 하려는 참이라고 직감했다.

내가 말했다. "하루이틀 생각해보세요. 친구와 상의도 해보고…… 잘 생각해보세요."

그가 말했다. "문제는……" 하고 말끝을 흐렸다. 그러더니 무릎을 내려다보며 말을 이었다. "이거예요. 매일 이 문제를 생각하죠. 더 큰 고민거리는 없어요. 이것 때문에 밤에 잠도 안 와요. 늘 똑같이 네 단계예요. 첫째, 나는 소설을 쓰고 싶다. 둘째, 나는 빈털터리다. 셋째, 나는 직업을 가져야 한다. 넷째, 직업을 가지면 글을 못 쓴다. 돌아갈 길이 안 보여요. 길이 없으니까요. 그런데 친절한 젊은 여인이 내 방문을 노크하더니 아무 대가 없이 후한 지원금을 주겠다네요. 너무 좋은 일이라 믿기지가 않아요. 의심이 들어요."

"톰, 이 일을 실제보다 단순하게 말하네요. 당신은 이 일에서 수동적인 입장이 아니에요. 먼저 움직인 건 당신이었죠. 탁월한 단편소설들을 썼으니까요. 런던에서는 사람들이 당신에 대해 얘기하기 시작했어요. 그게 아니라면 우리가 당신을 어떻게 발견했겠어요? 당신은 재능과 각고의 노력으로 행운을 스스로 만든 거예요."

빈정대는 듯한 미소, 갸우뚱한 머리—진전.

그가 말했다. "당신이 내 작품들이 탁월하다고 얘기해주니까 좋네요."

"좋아요. 탁월하고, 탁월하고, 탁월해요." 나는 바닥에 둔 핸드백을 뒤져 재단 브로슈어를 꺼냈다. "이게 우리가 하는 일이에요. 어퍼 리젠트 스트리트에 있는 사무실로 와서 이야기를 나눠봐도 돼요. 거기 사람들이 마음에 들 거예요."

"당신도 거기 있을까요?"

"제 직속은 워드 언펜드예요. 자유국제재단과 긴밀히 협조하고 그들이 하는 일에 돈을 대죠. 그들은 우리가 예술가를 찾는 일을 돕고요. 전 외근을 많이 하고 재택근무를 해요. 하지만 재단 사무실로 메시지를 보내면 제게 전달될 거예요."

그가 손목시계를 흘끗 보며 일어서서 나도 일어섰다. 나는 기대에 부응하겠다는 결의에 찬, 책임감 있는 젊은 여자였다. 헤일리가 지금, 점심시간 전에 우리 지원을 받겠다고 동의하기를 원했다. 그러면 오후에 맥스에게 전화로 소식을 전할 수 있고, 내일 아침이면 피터 너팅에게서 판에 박힌 축하 메시지—강한 어조도 아니고 서명도 없으며 다른 사람을 시켜 타이핑한, 그러나 내게는 중요한—를 받게 될 테니까.

"지금 결정을 내려달라는 건 아녜요." 나는 애원조로 들리지 않기를 바라며 말했다. "당신에겐 아무 의무도 없어요. 당신이 좋소 하면 매달 지급이 이루어지도록 조처하겠어요. 계좌번호만 알려주면 돼요."

좋소 하면? 난생처음 써본 말이었다. 그는 동의의 뜻으로 눈을 깜빡였는데 돈보다는 전반적인 취지에 대해서였다. 우리는 2미터도 안 되는 거리를 두고 서 있었다. 그의 허리는 가늘었고 셔츠의 어수선한 틈 사이로 단추 아래 속살과 배꼽 위 솜털이 얼핏 보였다.

"고맙습니다." 그가 말했다. "신중하게 생각해보죠. 그러잖아도 금요일에 런던에 갈 예정이었어요. 당신 사무실에 들를 수도 있겠네요."

"네 그럼." 나는 손을 내밀며 말했다. 그가 내 손을 잡았다. 하지만 그건 악수가 아니었다. 내 손가락들을 손바닥으로 감싸고는 엄지손가락으로 쓰다듬었다. 단 한 번의 느린 지나감. 바로 그것이었다. 지나감. 그러면서 줄곧 나를 응시했다. 나는 손을 빼면서 엄지손가락으로 그의 검지 전체를 쓸었다. 우리가 더 가까이 다가설 수도 있었던 순간, 힘차고 터무니없이 요란한 노크 소리가 들렸다. 그가 내게서 물러서며 외쳤다. "들어와요." 문이 활짝 열렸고 여학생 둘이 서 있었는데 가운데 가르마를 탄 금발, 옅어져가는 그을린 피부, 샌들과 페디큐어를 한 발톱, 드러난 팔, 상냥하고 기대에 찬 미소, 못 견디게 예뻤다. 겨드랑이에 낀 책과 논문이 내 눈에는 전혀 그럴듯해 보이지 않았다.

"아하, 『요정여왕』* 개별지도 시간이군." 톰이 말했다.

나는 옆걸음으로 그를 돌아서 문으로 가며 말했다. "저 그 작품은 못 읽었어요."

내가 멋진 농담이라도 한 듯 그가 웃었고, 두 여학생도 따라 웃었다. 그들은 내 말이 믿기지 않는 모양이었다.

---

* 16세기 영국 시인 에드먼드 스펜서의 대표작.

12

런던으로 돌아가는 이른 오후 기차에서 그 칸의 승객은 나뿐이었다. 기차가 사우스 다운스를 뒤로하고 서식스 윌드를 가로질러 달릴 때 나는 동요를 가라앉히기 위해 통로를 왔다갔다했다. 몇 분 좌석에 앉아 있다가 다시 일어났다. 끈질기지 못했던 자신을 책망했다. 수업이 끝날 때까지 기다렸다가 그와 점심을 먹으면서 처음부터 다시 설득해 동의를 받아냈어야 했다. 하지만 진짜 중요한 건 그게 아니었다. 나는 그의 집주소를 알아내지 못하고 그곳을 떠났다. 그것도 아니었다. 우리 사이에 무언가가 시작되었을 수도, 그러지 않았을 수도 있었다. 하지만 그건 그저 한 번의 접촉에 불과했다—거의 아무것도 아닌. 거기 남아 그 위에 무언가를 더했어야 했다. 조금 더 많이, 다음 만남으로 이어주는 다리를 남기고 떠났어야 했다. 나 대신 말을 해주고 싶어하던 그 입에 진한 키스를 했어야 했다. 셔츠 단추 사이로 보이던 살과 배꼽 가장자리에 소용돌이 모양으로 난 엷은 빛깔의 털, 가볍고 호리호리한 어린애 같은 몸이 떠올라 기분이 언짢았다. 그의 단편소설 한 편을 다시 읽어보려고 집어들었지만 금세 집중이 흐트러졌다. 헤이워즈 히스에서 내려 돌아갈까 생각도 했다. 그가 내 손가락을 애무하지 않았더라면 그렇게까지 신경썼을까? 그러지 않았을 거라는 생각이 들었다. 그의 엄지손가락 접촉은 전적으로 우연이었을까? 불가능했다. 그건 의도적이었고 하나의 의사 표현이었다. 가지 마요. 하지만 기차가 멈췄을 때 나는 움직이지 않았다. 나 자신을 믿지 않았다. 맥스에게 몸을 던져서 무슨 꼴을 당했는지 보라.

서배스천 모렐은 런던 북쪽 터프넬파크 근처에 있는 큰 종합중등학교의 프랑스어 교사다. 그는 모니카와 결혼해 아이 둘, 각각 일곱 살, 네 살인 딸과 아들을 두었고, 핀즈베리파크 근처 테라스하우스에 세들어 산다. 서배스천의 직업은 힘들고, 무의미하며, 박봉이다. 학생들은 버릇없고 제멋대로다. 수업중에 질서를 잡고 스스로도 좋지 않다고 생각하는 벌을 내리다보면 하루가 다 가는 날도 가끔 있다. 그는 아이들의 삶에 기초 프랑스어 지식이 얼마나 무용한지 놀랍기만 하다. 학생들을 좋아하고 싶었지만 그들의 무지와 공격성, 감히 배움에 흥미를 보이는 학생이 있으면 그게 누구라도 조롱하고 괴롭히는 짓거리에 혐오를 느꼈다. 그런 식으로 아이들은 스스로 밑바닥에 머물렀다. 그들 대부분이 최대한 빨리 학교를 떠나 특별한 기술이 필요치 않은 일을 하거나, 임신하거나, 실업수당으로 근근이 살아갈 것이다. 그는 그들을 돕고 싶다. 가끔은 그들을 동정하고 가끔은 그들에 대한 경멸을 억누르려고 애쓴다.

그는 삼십대 초반이며, 힘이 무척 센 마르고 강인한 남자다. 맨체스터에서 대학에 다닐 때 서배스천은 등산에 대한 열정을 불태우며 노르웨이, 칠레, 오스트리아 원정대를 이끌었다. 하지만 요즘은 더이상 산에 오르지 않는데, 생활에 찌들어 그럴 돈도 시간도 없고 의기소침해진 상태이기 때문이다. 그의 등산장비는 캔버스백에 담겨 계단 밑 창고에 진공청소기와 대걸레와 양동이 뒤쪽 깊숙이 처박혀 있었다. 늘 돈이 문제다. 모니카는 초등교사 자격증을 갖고 있다. 현재는 아이들을 키우고 살림을 하느라 집에 있다. 그녀는 주부 역할을 잘해내고 사랑이 넘치는 엄마이며 아이들도 무척 사랑스럽지만, 그녀 역시 서배스천처럼 불안과 좌절에 시달리고 있다. 지저분한 거리에 있는 작은 집치곤 세가 터무니없이 비싸고, 구 년째로 접어든 결혼생활은 근심 걱정과 힘든 노동으로 무미건조해지고 가끔 하는 싸움—대개 돈 때문에—으로 훼손되어 재미가 없다.

학기말을 사흘 앞둔 12월의 어느 어둑어둑한 늦은 오후, 그는 길에서 강도를 만난다. 모니카가 그에게 크리스마스 선물을 사고 파티 준비도 할 수 있도록 점심시간에 은행에 가서 공동계좌에서 70파운드를 찾아와달라고 부탁한 터였다. 그들이 저축으로 갖고 있는 돈의 거의 전부다. 그가 좁고 침침한 골목으로 접어들어 자기 집 대문을 100미터쯤 앞두고 있을 때 뒤에서 발소리가 들리더니 누가 어깨를 툭 친다. 돌아보니 열여섯 살쯤 된 서인도제도 출신 소년이 부엌칼을 들고 서 있었다. 톱니날이 달린 큰 칼이었다. 두 사람은 몇 초 동안 1미터도 안 되는 가까운 거리에 서서 말없이 서로를 바라보았다. 서배스천은 소년의 동요가, 소년이 손에 든 칼이 떨리고 얼굴이 겁에 질려 있는 것이 걱정스럽다. 사태가 통제 불가능해지기 십상이다. 소년이 떨리는 작은 목소리로 지갑을 내놓으라고 말한다. 서배스천은 천천히 코트 안주머니로 손을 올린다. 자녀들의 크리스마스를 내주려 하고 있다. 그는 자신이 소년보다 힘이 세다는 걸 알고 있으며 지갑을 내밀면서 상대를 공격, 코를 세게 가격한 후 칼을 빼앗을 수 있으리라 계산한다.

하지만 서배스천이 주저하는 건 소년의 동요 때문만은 아니다. 범죄, 특히 절도와 강도는 사회적 불평등의 결과라는 견해가 교무실을 강하게 지배하고 있었다. 강도들은 가난하고 삶에서 정당한 기회를 가져본 적이 없기에 자신의 소유가 아닌 걸 취하는 그들의 행위를 비난하기 어렵다. 그건 서배스천의 견해이기도 하다. 그 문제를 깊이 생각해본 적은 없었지만 말이다. 사실 견해라고 할 수도 없고, 품위와 교양을 갖춘 사람들에게는 일반적인 관용의 분위기다. 범죄에 대해 불평하는 사람들은 길거리의 그라피티나 쓰레기에 대해서도 불평하고 이민과 노조, 세금, 전쟁, 교수형에 대해서도 모두 거부감을 드러낸다. 따라서 자존심을 위해서라도 강도당하는 일에 크게 개의치 않는 게 중요했다.

그래서 그는 지갑을 넘겨주고, 도둑은 도망친다. 서배스천은 곧장 집으로 가지 않고 시내 중심가로 나가서 경찰서에 신고한다. 내근중인 경사와 대화하면서 비열한 인간, 혹은 밀고자의 기분을 어렴풋이 느끼는데, 경찰은 사람들을 도둑으로 모는 체제의 대행자이기 때문이다. 경사가 진지한 관심을 보이며 칼에 대해, 칼날의 길이와 손잡이에서 눈에 띄는 점은 없었는지 계속 묻는데도 서배스천의 마음은 점점 불편해져만 간다. 물론 무장강도는 매우 심각한 범법행위다. 소년은 몇 년간 복역할 수도 있다. 경사가 불과 한 달 전 노부인이 핸드백을 뺏기지 않으려고 버티다가 칼에 찔려 치명상을 입었다는 이야기를 들려주지만, 서배스천의 거북함은 가시지 않는다. 칼 이야기는 하지 말았어야 했다. 다시 밖으로 나와 길을 걸으면서 그는 반사적인 충동으로 경찰에 신고한 걸 후회한다. 그는 중년이 되어가고 있고 부르주아다. 그러니 스스로에 대한 책임을 졌어야 했다. 이제는 자신의 민첩성과 힘, 기술을 믿고 목숨을 건 채 깎아지른 듯한 화강암 절벽을 기어오르는 남자가 아니다.

그는 다리 힘이 풀리고 후들거리기 시작해서 펍에 들어간다. 주머니에 스카치위스키를 큰 잔으로 한 잔 마실 정도의 동전은 있다. 그는 술을 한입에 털어넣고 집으로 간다.

강도 사건으로 결혼생활이 무너지기 시작한다. 말은 절대 그렇게 하지 않지만 모니카는 그를 믿지 않는 게 분명하다. 흔한 이야기다. 그는 술냄새를 풍기며 집에 들어와 누군가가 명절 비용을 훔쳐 달아났다고 주장한다. 크리스마스가 끔찍해진다. 그들은 모니카의 거만한 오빠에게 돈을 빌려야 한다. 모니카의 불신이 서배스천의 분노에 불을 붙이고, 그들은 서로 소원해지지만 크리스마스에는 아이들을 위해 즐거운 척해야 하고, 그 때문에 그들을 침묵의 덫에 빠뜨리는 암울함이 고조되는 듯하다. 그녀가 자신을 거짓말쟁이로 여긴다는 생각이 그의 마음에 독이 되었다. 그는 열심히 일하는 충실하고 신의 있는 남편이며 아내에게 아무 비밀도 없다. 어떻게 아내가 그를 의심할 수 있단 말인가! 어느 날 저녁 나오미와 제이크가 잠자리에 든 후 그는 아내에게 강도 사건을 믿는지 말하라고 요구한다. 그녀는 즉각 화를 내며 믿는지 믿지 않는지 말해주지 않는다. 대신 화제를 바꾸는데, 그는 그것이 말싸움을 할 때 아내가 발휘하는 뛰어난 장기이며 자신도 그런 요령을 배워야겠다고 씁쓸히 생각한다. 그녀는 자신의 삶이, 경제적으로 그에게 의존하는 것이, 그가 밖에서 경력을 쌓아가는 동안 종일 집에 처박혀 있는 것이 신물난다고 말한다. 어째서 그들은 그녀가 일을 다시 시작하고 그는 집안일을 하며 아이들을 돌보는 걸 고려조차 해보지 않았을까?

그녀가 그런 말을 하는 동안 그는 솔깃한 방안이라고 생각한다. 수업중에 조용히 하거나 자리에 가만히 앉아 있지 못하는 끔찍한 학생들에게서 벗어날 수 있다니. 학생들이 프랑스어를 한마디라도 할 수 있게 하려고 신경쓰는 척하기를 그만둘 수 있다니. 그리고 그는 자녀들과 함께 있기를 좋아한다. 아이들을 학교와 놀이방에 데려다주고 두 시간쯤 자신을 위한 시간을 가질 수 있을 것이고, 어쩌면 제이크를 데려와 점심을 먹이기 전에 오래전 꿈인 글쓰기를 좀 할 수도 있을 것이다. 그리고 오후에는 육아를 하며 가벼운 집안일을 하는 것이다. 더없는 행복일 터다. 아내는 월급노예나 되라지. 하지만 지금 아내와 싸우는 중이라 회유책을 내놓을 기분이 아니다. 그는 모니카의 주의를 급격히 강도 사건으로 돌려놓는다. 그녀가 그를 거짓말쟁이라고 부르도록 다시 자극하며 경찰서에 가서 진술서를 읽어보라고 말한다. 그에 대한 응답으로 그녀는 문을 거칠게 닫고 나가버린다.

불쾌한 평화가 집안에 팽배하고, 크리스마스 휴가가 끝나 그는 직장으로 복귀한다. 학교는 언제나 그랬듯이 끔찍하다. 학생들은 문화 전반에서 시건방진 저항 정신을 흡수한다. 해시시, 술, 담배가 운동장에서 통용되는 화폐였고, 교장을 포함한 교사들은 반쯤은 이런 반란의 분위기가 자신들이 학생들에게 전하는 바로 그 자유와 창의성의 표시라 믿고, 반쯤은 어떤 가르침도 배움도 이루어지지 않은 채 학교가 개판이 되어가고 있음을 의식하면서 혼란에 빠져 있다. '60년대'가, 그 정체가 무엇이었든, 사악한 새 가면을 쓰고 이 70년대로 들어왔다. 중산층 학생들에게 평화와 빛을 가져다주었다는 말을 듣던 그 마약이 이제 현실에 내몰린 도시 빈민의 전망을 열악하게 만들고 있었다. 열다섯 살짜리들이 약에 취하거나 술에 취하거나 둘 다에 취해서 서배스천의 수업에 들어온다. 그보다 어린 아이들이 운동장에서 LSD를 해서 집으로 돌려보내진다. 그의 제자였던 아이들이 학교 정문 근처에서 엄마들, 유모차들과 나란히 서서 대놓고 마약을 판다. 교장은 결정을 못 내리고 머뭇거린다. 모두가 머뭇거린다.

서배스천은 수업시간에 목소리를 높여서 일과가 끝날 무렵에는 목이 쉴 때가 많다. 그에게는 집까지 천천히 걸어가는 것이

한 가지 위안인데, 하나의 암울한 환경에서 또하나의 암울한 환경으로 가는 도중에 혼자만의 생각에 잠길 수 있기 때문이다. 모니카가 일주일에 네 번 저녁때 요가나 독일어, 천사학을 배우러 나가서 다행이다. 그렇지 않으면 그들은 집에서 가사에 꼭 필요한 말만 하면서 서로 피해 다닌다. 그는 빈방에서 자면서 아이들에게는 그의 코 고는 소리 때문에 엄마가 잠을 못 자서 그런다고 설명한다. 그는 아내가 직장으로 돌아갈 수 있도록 직업을 포기할 준비가 되어 있다. 하지만 아내가 그를 아이들 크리스마스를 술로 날려버릴 수 있는 남자라고 생각한다는 사실은 잊을 수 없다. 그래놓고 거짓말까지 하는 남자. 분명 훨씬 더 깊은 문제가 있다. 그들은 서로에 대한 신뢰를 잃었고 결혼은 위기에 이르렀다. 그녀와 역할을 바꾼다 한들 피상적인 해결책에 불과할 것이다. 이혼 생각에 공포가 차오른다. 어떤 다툼과 어리석음이 따를까! 나오미와 제이크에게 어떻게 그런 고통과 슬픔을 줄 수 있겠는가? 이 문제를 해결하는 건 그와 모니카의 의무다. 하지만 그는 어떻게 해결의 실마리를 풀어야 할지 알 수 없다. 그 강도와 그의 손에 들린 부엌칼을 생각할 때마다 지난 분노가 되살아난다. 모니카가 그를 믿고 신뢰하려 하지 않은 것이 필수적인 유대를 깨뜨렸고 그에게는 그것이 끔찍한 배신으로 여겨진다.

그리고 돈도 문제다. 그들은 늘 돈이 부족하다. 1월에 십이 년

된 승용차 클러치를 새로 갈아야 한다. 그래서 모니카의 오빠에게 돈을 갚는 게 지연되고—3월 초까지 빚을 해결하지 못한다. 일주일 후 서배스천이 점심시간에 교무실에 있을 때 학교 직원이 다가온다. 그의 아내가 급한 일이라며 전화를 했다고 한다. 그는 두려움에 메스꺼움을 느끼며 황급히 서무실로 갔다. 여태 아내가 학교로 전화한 적은 한 번도 없었으니 아주 나쁜 소식일 수밖에 없고, 어쩌면 나오미나 제이크와 관련된 일일 수도 있었다. 그래서 아침나절 집에 도둑이 들었다는 소식을 듣고 얼마간 안도한다. 그녀는 아이들을 데려다준 후 병원에 갔다가 상점에 들렀다. 그리고 집에 돌아오니 현관문이 조금 열려 있었다. 도둑이 뒤뜰로 돌아들어와 집 뒤쪽 유리창을 깨고 잠금장치를 따고 들어와 물건을 챙겨서 앞문으로 나갔다. 어떤 물건? 그녀는 단조로운 목소리로 모두 열거했다. 그가 몇 해 전 맨체스터에서 받은 프랑스어상 상금으로 산 귀중한 1930년대형 롤라이플렉스 카메라. 그리고 두 사람의 트랜지스터라디오, 그의 라이카 쌍안경, 그녀의 헤어드라이어. 그녀는 잠시 멈추었다가 여전히 단조로운 목소리로 그의 등산장비도 전부 가져갔다고 말한다.

그 시점에서 그는 앉아야 할 필요를 느낀다. 주위에서 얼쩡거리던 직원이 눈치 빠르게 밖으로 나가며 문을 닫아준다. 몇 년에 걸쳐 세심하게 모은 너무도 훌륭한 장비들, 안데스에서 폭풍우를 뚫고

하산할 때 친구의 생명을 구해준 로프를 비롯해, 감상적 가치가 너무 나 큰 물건들이었다. 설령 보험으로 다 보상받을 수 있다 해도—서배스천은 그러기 힘들 거라고 생각하지만—등산장비는 대체 불가능한 것이다. 장비가 너무 많은데다 그보다 우선순위가 높은 물건도 너무 많다. 그는 젊음을 도둑맞았다. 강직하고 인정 많은 관용을 잃은 채 그는 도둑의 숨통을 조르는 광경을 상상했다. 그러고는 고개를 저어 상상을 떨쳐낸다. 모니카가 경찰이 이미 다녀갔다고 말해준다. 깨진 유리창에 혈흔이 남았다. 하지만 지문은 없는 것으로 보아 도둑이 장갑을 꼈던 듯하다. 그는 창고 안 등산장비를 모두 꺼내 신속하게 집밖으로 들고 나간 것으로 보아 도둑이 두 명 이상인 게 분명하다고 말한다. 그렇다고, 두 명이었던 게 분명하다고 그녀가 냉담한 목소리로 동의했다.

저녁에 집으로 돌아온 그는 계단 밑 창고 문을 열고 등산장비가 있었던 공간을 들여다보고 싶은 충동을 억누르지 못한다. 그는 양동이와 대걸레, 빗자루를 도로 제자리에 똑바로 세워놓고 카메라를 보관해두었던 양말 서랍을 열어보기 위해 위층으로 올라갔다. 도둑들은 뭘 가져가야 할지 알고 있었다. 헤어드라이어는 두 개여서 문제가 덜 되지만. 그들에게 닥친 최근의 시련, 가정의 사생활을 침해한 그 사건은 서배스천과 모니카를 가까워지게 하는데 아무런 도움이 되지 못한다. 그들은 짧은 의논 끝에 아이들에게 도둑이 들었다는 이야기를 하지 않기로 하고 그녀는 수업을 들으러 간다. 그후 며칠 동안 그는 기분이 몹시 저조해 보험금 청구도 간신히 한다. 총천연색 보험 안내책자는 '확실한 보장'을 자랑하지만 작은 글씨로 인쇄된 별표 내용은 인색하고 가혹하다. 카메라의 가치는 일부만 보장되고, 등산장비는 항목별로 자세히 표기하지 않았다는 이유로 전혀 가치를 인정받지 못한다.

그들의 음울한 공존이 다시 시작되었다. 도둑이 들고 한 달이 지난 후 학교 직원이 쉬는 시간에 서배스천에게 와서 웬 남자가 교무실로 찾아왔다고 전한다. 사실 남자는 교무실이 아닌 복도에서 팔에 레인코트를 걸친 채 서배스천을 기다리고 있다. 반스 경위라고 자신을 소개한 그는 의논할 일이 있다고 말한다. 모렐씨, 퇴근 후 경찰서에 잠깐 들러주시겠습니까?

몇 시간 후 그는 크리스마스 전 강도 사건 신고를 했던 경찰서 안내데스크에 다시 와 있다. 반스 경위가 시간이 날 때까지 삼십 분을 기다린다. 경위는 사과를 하며 그를 데리고 콘크리트 계단 세 층을 올라가 작고 어두운 방으로 안내한다. 벽에 접이식 스크린이 걸려 있고 방 한가운데 놓인 바 스툴처럼 생긴 의자 위에 영사기가 균형을 잡고 있었다. 반스가 서배스천에게 의자를 권하고 함정수사에 성공한 이야기를 시작했다. 경찰은 일 년 전 골목에 있는 허름한 가게를 빌려 사복경관 두 명을 배치했다. 일반인에게서 중고품을 사들이는 가게로, 장물을 들고 온 도둑을 카메라에 담기 위해서였다. 현재 여러 건의 기소가 진행중인 상태에서 위장수사가 들통나는 바람에 가게는 문을 닫고 말았다. 하지만 한두 사건이 종결되지 않았다. 그는 조명을 어둡게 한다.

'점원' 뒤에 숨겨진 카메라가 거리로 통하는 문과 카운터, 그리고 그 사이의 공간을 비추고 있다. 서배스천은 길에서 자기 돈을 빼앗은 소년이 가게로 들어오리라 짐작한다. 신원확인이 성공적으로 이루어진다면 소년은 무장강도 혐의로 처벌받을 것이고, 그렇다면 괜찮을 것이다. 하지만 서배스천의 짐작은 완전히 빗나간다. 여행용 가방을 들고 들어와 카운터에 라디오, 카메라, 헤어드라이어를 올려놓은 사람은 그의 아내다. 거기 그녀가, 몇 해 전 그가 생일선물로 사준 코트를 입고 서 있다. 우연히 얼굴을 돌려 카메라 쪽으로 시선을 주기도 하는데 마치 서배스천을 보고 이거 봐! 하고 말하는 듯하다. 소리는 들리지 않지만 그녀는 점원과 몇 마디 주고받고 둘이 함께 밖으로 나가 잠시 후 묵직한 캔버스백 세 개를 끌고 들어온다. 가게 바로 앞에 차를 세운 모양이다. 점원은 캔버스백 안을 일일이 들여다본 후 카운터 뒤로 돌아가 그 위의 물건들을 훑어본다. 이어서 가격 흥정이 이루어지는 듯하다. 모니카의 얼굴이 한줄기 형광등 불빛을 받아 환했다. 그녀는 활기찼고, 심지어 신경질적으로 들떠 있는 듯했다. 연신 미소를 지었고, 사복경관의 농담에 웃음을 터뜨리기까지 했다. 가격이 정해지고, 지폐를 세고, 모니카가 나가려고 돌아선다. 그녀는 문가에 멈춰 서서 간단한 인사보다 정성을 들인 작별의 말을 한 후 밖으로 나갔고 스크린이 어두워졌다.

경위는 영사기를 끄고 불을 켠다. 그는 미안해하는 태도를 보인다. 그리고 경찰에서 기소를 할 수도 있었다고 말한다. 경찰의 시간 낭비, 법 집행 방해 같은 것으로. 하지만 이 경우 미묘한 가정 문제가 분명하니 어떻게 할지는 서배스천이 스스로 결정해야 한다는 것이다. 두 남자는 계단을 내려가 거리로 나간다. 경위는 서배스천과 악수를 나누며 정말 유감이라고, 몹시 힘든 상황인 듯한데 모든 일이 잘 해결되기를 바란다고 말한다. 그러고는 경찰서로 들어가기 전에 덧붙인다. 가게에서 일하며 카운터에서 오간 대화를 녹음한 경찰팀 의견으로는 '모렐 부인에게 도움이 필요한 것 같다'고.

집으로 돌아가는 길에—그보다 더 천천히 걸었던 적이 있던가?—똑같은 펍에 들러 술 한 잔으로 기운을 북돋울 수 있다면 좋겠지만 그는 반 파인트를 살 돈조차 없다. 어쩌면 차라리 잘된 일인지도 모른다. 그에게는 맑은 정신과 깨끗한 숨결이 필요하니까. 집까지 2킬로미터를 가는 데 한 시간이 걸린다.

집에 들어가보니 그녀는 아이들과 요리를 하고 있다. 그는 부억 문간에서 얼쩡거리며 가족이 케이크를 만드는 광경을 지켜보았다. 제이크와 나오미가 엄마의 소곤거리는 지시에 그 소중한 머리를 너무나 열성적으로 끄덕이는 모습이 몹시도 슬펐다. 그는 위층으로 올라가 빈방 침대에 누워 천장을 바라본다. 무겁고 지친 기분으로 자신이 충격을 받은 건 아닐까 생각한다. 오늘 끔찍한 진실을 알게 되었지만, 지금 그는 그것과 똑같이 충격적인 새로운 진실에 괴로워하고 있다. 충격적인? 그게 맞는 말일까?

방금 전 그가 아래층에서 모니카와 아이들을 지켜보고 있을 때 그녀가 어깨 너머로 흘끗 돌아본 순간이 있었다. 그때 둘의 시선이 마주쳤다. 그는 그녀를 잘 안다. 과거에도 그녀의 그런 눈빛을 여러 번 보았으며 그때마다 그 눈빛을 환영했다. 그 눈빛은 많은 것을 약속한다. 때가 되면, 아이들이 잠들면, 가정적 의무에 대한 근심을 모두 지워버릴 기회를 가져보자는 무언의 제안이다. 이제 진실을 알게 된 상황이니 혐오감이 들어야 마땅하다. 하지만 낯선 이, 분명히 파괴에 취미가 있다는 것 말고는 아무것도 모르는 여자가 보낸 눈길이라 흥분이 된다. 그는 무성영화 속의 그녀를 보았고 자신이 그녀를 이해했던 적이 없음을 깨달았다. 그는 그녀를 완전히 잘못 알고 있었다. 그녀는 더이상 그에게 친숙하지 않다. 부엌에서 그는 생기 넘치는 눈빛의 그녀를 보았고 마치 처음인 듯 그녀가 얼마나 아름다운지 깨달았다. 아름답고 뜨거운 여자. 이를테면 파티에서, 북적거리는 사람들 틈에서 발견한, 모호하지 않은 단 한 번의 눈길로 위험하고 짜릿한 초대를 하는 여자.

그는 결혼생활 내내 아내에 대한 정절을 끈덕지게 지켜왔다. 이제 정절이 자기 인생의 전반적인 속박과 실패의 또다른 측면처럼 느껴진다. 그의 결혼생활은 끝났고 예전으로 돌아갈 수 없다. 이제 어떻게 그녀와 살 수 있겠는가? 그의 물건을 훔치고 거짓말까지 한 여자를 어떻게 신뢰할 수 있겠는가? 다 끝났다. 하지만 여기 정사의 기회가 있다. 광기에 휩싸인 정사. 그녀에게 도움이 필요하다면 그가 줄 수 있는 도움은 이것이다.

그날 저녁 그는 아이들과 놀아주고, 아이들과 함께 햄스터 우리를 청소한 후 잠옷으로 갈아입히고 아이들에게 세 번, 한 번은 함께, 그다음은 제이크에게만, 그다음은 나오미에게 책을 읽어준다. 그의 인생에 의미를 부여하는 것은 바로 이런 시간이다. 깨끗한 침구 냄새와 민트향 치약 숨결, 가상의 인물들이 벌이는 모험에 대해 듣고 싶어하는 아이들의 열성은 얼마나 위로가 되는가, 눈꺼풀이 무거워진 아이들이 하루의 너무도 귀중한 마지막 몇 분을 붙잡으려고 애쓰다가 마침내 잠에 지고 마는 모습을 지켜보는 일은 또 얼마나 감동적인가. 그러는 내내 그는 아래층에서 돌아다니는 모니카를 의식한다. 몇 차례 오븐을 여닫는 소리를 또렷이 들으며 음식이 있다면, 둘이 음식을 함께 먹는다면, 그렇다면 섹스가 있을 거라는 단순하고 심란한 논리에 흥분을 느낀다.

아래층으로 내려가보니 비좁은 거실이 깔끔하게 정돈되어 있고, 식탁에도 평소의 잡동사니가 치워지고 촛불이 켜져 있으며, 하이파이에서 아트 블레이키의 연주가 흘러나오고, 식탁에 와인 한 병과 도기 접시에 담긴 통닭구이가 놓여 있다. 그는 경찰서에서 본 영상이 떠올라서—자꾸만 그 생각이 났다—그녀가 미웠다. 그리고 그녀가 부엌에서 산뜻한 치마와 블라우스 차림으로 와인잔 두 개를 들고 나왔을 때, 그는 그녀를 원했다. 지금 빠진 건 사랑, 혹은 죄책감 어린 사랑의 기억, 혹은 그것에 대한 필요이며 그는 해방감을 느낀다. 그녀는 정직하지 않고 기만적이며 불친절하고 심지어 잔인하기까지 한 다른 여자가 되었으며, 그는 그녀와 사랑을 나누려 하고 있다.

그들은 식사를 하면서 지난 몇 개월 동안 결혼생활을 옥죄어 온 악감정에 대해서는 언급을 피한다. 평소처럼 아이들 이야기를 하지도 않는다. 대신 과거의 행복했던 가족 휴가, 그리고 제이크가 조금 더 크면 보내게 될 가족 휴가에 대해 이야기한다. 다 거짓이다. 그런 일은 일어나지 않을 테니까. 그러다 정치로 화제를 옮겨 파업, 비상사태, 의회와 도시들과 국가 정체성의 임박한 붕괴에 대해 이야기했다—그들 자신의 붕괴를 제외한 모든 파괴에 대해 이야기했다. 그는 말하고 있는 그녀를 자세히 관찰하고, 모든 말이 거짓임을 안다. 내내 대화 없이 지내오다가 아무 일도 없었던 듯 행동하는 것이 그는 이상한데 그녀는 그렇지 않을까? 그녀는 모든 걸 바로잡기 위해 섹스에 의존하고 있다. 그래서 더 그는 그녀를 원한다. 그녀가 지나가는 말로 보험금 청구에 대해 묻고 우려를 표할 때 더 그렇게 된다. 놀라웠다. 배우가 따로 없었다. 마치 그녀 혼자 있고 그는 작은 구멍으로 그녀를 훔쳐보고 있는 듯했다. 그는 그녀에게 경찰서에서 있었던 일을 말할 생각이 없다. 그랬다가는 틀림없이 싸우게 될 것이다. 그녀는 모든 걸 부인할 테니까. 아니면 그에게 경제적으로 의존하다보니 극단적인 수단을 쓸 수 밖에 없었다고 말할 수도 있다. 그러면 그는 그들의 모든 계좌가 공동명의로 되어 있고 그 역시 그녀만큼 돈이 없다는 점을 지적할 수밖에 없을 것이다. 하지만 이런 식으로 사랑을 나누면 최소한 그는 이것이 정말로 마지막임을 알게 될 것이다. 그는 거짓말쟁이이자 도둑, 결코 알 수 없는 여자와 사랑을 나누게 되는 것이었다. 그리고 그녀 역시 거짓말쟁이이자 도둑과 사랑을 나누고 있다고 스스로 확신할 것이었다. 용서의 정신으로 그렇게 하고 있다고.

내 견해로는 톰 헤일리가 이 작별의 닭고기 만찬에 지나치게 긴 분량을 할애한 듯했고, 두번째 읽을 때 특히 더 길게 끄는 느낌이 들었다. 채소들을 언급하거나 와인이 버건디였다고 말해줄 필요는 없었다. 내가 마지막 페이지로 넘어갔을 때 기차가 클래펌정크션역에 접근하고 있었다. 마지막 페이지를 건너뛰고 싶어졌다. 나는 세련된 독자를 자처할 생각이 없다—기질적으로 서배스천을 톰의 대역, 그의 성적 기량을 가진 자, 그의 성적 불안을 담은 그릇으로 여길 수밖에 없는 단순한 독자였다. 나는 그의 작품 속 남자가 여자, 다른 여자와 정을 통할 때마다 불편해졌다. 하지만 호기심도 있었고, 지켜봐야만 했다. 모니카가 기만적일 뿐만 아니라 멍청하기까지 하다면(천사학은 왜 배운단 말인가?) 서배스천은 둔감하고 어두운 면이 있었다. 아내의 기만에 대해 입을 다물기로 한 건 성적 목적을 위한 잔인한 권력 행사일 수도, 단순한 비겁함의 문제일 수도, 소란을 피하고 싶어하는 영국인의 특성 때문일 수도 있었다. 톰에게 좋은 인상을 주는 장면은 아니었다.

지난 수년간 그가 애처가로서 해왔던 반복이 절차를 간소화했고 그들은 신속히 알몸이 되어 침대에서 껴안았다. 그들이 서로의 욕구에 능란한 전문가가 될 정도로 결혼생활을 오래한데다가 그동안의 긴 냉담과 금욕의 종말이 보너스로 작용한 게 분명하지만, 그래도 지금 그들을 휘어잡은 열정을 설명하기는 쉽지 않다. 그들의 관례적이고 부드러운 리듬은 거칠게 버려졌다. 그들은 게걸스럽고, 격렬하고, 헤프고, 요란하다. 옆방의 어린 나오미가 자면서 비명을 내질렀는데, 어둠 속에서 높아져가는 그 순수하고 낭랑한 울부짖음을 그들은 처음에 고양이 울음소리로 착각했다. 부부는 꼼짝 않고 나오미가 진정되기를 기다린다.

이어서 등장인물들이 황홀경의 절정에 불안하게 올라타는 「전당포 포르노」의 마지막 부분이 나왔다. 비참함은 페이지 밖에서 이어질 터였다. 독자로선 최악을 면한 셈이었다.

그 소리가 너무 싸늘하고 암울해서 그는 딸이 꿈에서 피할 수 없는 미래를, 다가올 모든 슬픔과 혼란을 본 것이리라 생각했고 그도 공포로 움츠러들었다. 하지만 그 순간은 지나갔고 곧 서배스천과 모니카는 다시 빠져들었다. 혹은, 솟아올랐다. 왜냐하면 그들이 헤엄치거나 뒹굴고 있는 공간에는 물리적 차원이 존재하지 않고 관능만이, 너무도 집중적이고 너무도 날카로워서 고통을 상기시키는 쾌락만이 존재하는 듯했기 때문이다.

13

맥스가 일주일 동안 약혼녀와 함께 타오르미나로 휴가를 떠난 까닭에 나는 사무실로 돌아가서 곧바로 보고할 수 없었다. 나는 유예 상태로 지냈다. 금요일이 되었지만 톰 헤일리에게서는 연락이 없었다. 나는 그가 그날 어퍼 리젠트 스트리트에 있는 사무실을 방문했다면 나를 만나지 않기로 굳게 결심한 게 분명하다고 결론내렸다. 월요일에 파크 레인 우편사서함에서 편지 한 통을 꺼냈다. 자유국제재단 비서가 타이핑해서 보낸 메모로, 헤일리 씨가 금요일 오전 늦게 찾아와 한 시간쯤 머물며 많은 질문을 했고 재단이 하는 일에 감명받은 듯했다는 내용이었다. 나는 기운이 나야 마땅했고 어렴풋이 그랬던 것도 같다. 하지만 차였다는 기분이 제일 앞섰다. 결국 헤일리의 엄지손가락 움직임은 기회가 있다고 여겨지는 모든 여자에게 시도하는 반사적 행동이었던 것이다. 나는 골이 나서 그가 마침내 황송하게도 재단의 돈을 받겠다고 말하면 맥스에게 그가 우리 제안을 거절했으니 다른 사람을 찾아봐야겠다고 보고해 그 기회를 박살내는 상상을 했다.

직장에서는 중동전쟁이 화젯거리였다. 가장 지각없는 상류층 비서들까지도 그 일일드라마에 관심이 쏠려 있었다. 사람들은 미국이 이스라엘을, 소련이 이집트와 시리아, 팔레스타인을 지지해서 우리를 핵전쟁으로 한 걸음 더 나아가게 할 일종의 대리전이 일어날 가능성이 있다고 말했다. 새로운 쿠바 미사일 위기!* 사무실 복도 벽에 적대 세력을 나타내는 플라스틱 구슬과 그들의 최근 움직임을 보여주는 화살표가 붙은 지도가 걸렸다. 속죄일 기습공격**으로 휘청거리던 이스라엘은 기운을 되찾기 시작했고, 이집트와 시리아는 몇 가지 전략적 실수를 범했으며, 미국은 동맹국에 무기를 공수했고, 모스크바는 경계경보를 발령했다. 그 모든 일에 나는 더 흥분했어야 했다. 일상생활에 더 예리하게 날을 세우고 있었어야 했다. 문명이 핵전쟁의 위협을 받

---

* 1962년 소련이 중거리 핵미사일 쿠바 배치를 둘러싸고 미국과 대치하면서 핵전쟁 직전까지 갔던 위기 사태.

** 1973년 유대교 속죄일인 10월 6일 이집트와 시리아가 이스라엘에 가한 공격.

고 있는 마당에 엄지손가락으로 내 손바닥을 애무한 낯선 남자에 대한 생각이나 곱씹고 있다니. 지독히도 자기중심적이다.

하지만 톰 생각만 하고 있었던 건 아니다. 셜리 걱정도 하고 있었다. 그녀와 비스 메이크 허니 공연장에서 헤어진 후 육 주가 흘렀다. 그녀는 그주의 근무시간을 채운 뒤 아무에게도 작별인사를 하지 않고 자기 자리를, 등록소의 책상을 떠났다. 사흘 후 신입사원이 그녀의 자리에 들어왔다. 셜리의 승진을 우울하게 예견하던 여직원들이 이제 와서 그녀가 우리와 출신이 달라 떠날 수밖에 없었다고 말하고 있었다. 옛친구에게 너무 화가 나 있었던 나는 그녀를 찾아나서지 않았다. 당시에는 그녀가 야단법석 떨지 않고 슬그머니 사라져서 다행스러웠다. 하지만 시간이 지나면서 배신감은 희미해졌다. 그녀 입장이었다면 나도 똑같이 했으리라는 생각이 들기 시작했다. 인정받고 싶어하는 내 욕구를 감안하면 더 기꺼이 그랬을 수도 있다. 그녀 말이 틀렸을지도 모른다는 의심이 들었다—나는 미행당하고 있지 않았다. 하지만 그녀가 그리웠다. 그 요란한 웃음, 비밀을 털어놓고 싶을 때 내 손목을 잡던 묵직한 손, 태평한 로큰롤 취향. 그녀에 비하면 직장의 나머지 우리는 남의 험담을 하거나 서로 조롱할 때조차 소심하고 보수적이었다.

이제 내 저녁시간은 텅 비었다. 퇴근해서 집에 돌아와 냉장고

'내 코너'에서 식료품을 꺼내 저녁식사를 준비했고, 변호사들이 집에 있으면 함께 시간을 보낸 후 내 방의 상자 모양 소형 안락의자에서 잠자리에 들 시간인 열한시까지 책을 읽었다. 그해 10월에는 윌리엄 트레버의 단편소설에 빠져 있었다. 그의 인물들의 속박된 삶이 나라는 존재는 그의 손에서 어떻게 그려질까 궁금증을 불러일으켰다. 단칸방에 혼자 세들어 살고 세면대에서 머리를 감는 젊은 여자. 연락 없는 브라이턴의 남자와 삶에서 사라져버린 제일 친한 친구와 그녀가 홀딱 빠졌으나 내일 만나면 자신의 결혼 계획을 들려줄 남자에 대한 몽상에 젖는 여자. 얼마나 음울하고 슬픈가.

헤일리를 만나고 일주일이 지난 후, 나는 온갖 어리석은 희망을 품고 사과의 말을 준비해 캠던에서 홀로웨이 로드까지 걸어갔다. 하지만 셜리는 주소도 남기지 않고 셋방을 떠난 후였다. 나는 일퍼드의 그녀 부모 집주소를 몰랐고 직장에서도 알려주지 않았다. 전화번호부에서 베드월드를 찾아 도움이 안 되는 점원과 통화했다. 점원 말이, 실링 씨는 전화를 받을 수 없고, 그의 딸은 그곳에서 일하지 않으며, 거기 있을 수도 있고 아닐 수도 있었다. 베드월드로 편지를 보내도 그녀에게 전달될지 안 될지 모른다고 했다. 나는 우리 사이에 아무 일도 없었던 것처럼 부자연스러울 정도로 쾌활한 엽서를 썼다. 그녀에게 연락을 달라고 부탁했다. 답장은 기대하지 않았다.

나는 맥스가 휴가에서 돌아와 출근하는 첫날 그와 만나기로 되어 있었다. 그날 아침 출근길은 고생이 이만저만이 아니었다. 나뿐만 아니라 모두가 그랬다. 날씨가 쌀쌀했고 도시의 비, 한 달 동안 이어질 수도 있을 것 같은 줄기차고 무자비한 비가 내리고 있었다. 빅토리아선에 폭파 위협이 있었다. 급진주의 아일랜드공화국군이 신문사에 전화를 걸어와 암호를 알려주었다. 버스를 기다리는 줄이 길게 늘어섰고 차라리 걷는 편이 나을 것 같아서 그대로 지나쳐 사무실까지 2킬로미터 가까이 걸어갔다. 우산 천이 살에서 떨어지는 바람에 채플린 영화의 부랑자 꼴이 되었다. 펌프스 가죽이 갈라져서 물기가 새어들어왔다. 신문가판대에 내걸린 모든 신문 1면이 OPEC 오일쇼크 기사를 전하고 있었다. 서구는 이스라엘을 지지한 대가로 막대한 유가 상승이라는 벌을 받고 있었다. 미국으로의 수출도 금지되었다. 광산노동조합 지도자들은 이 사태를 활용할 최고의 방안을 논의하기 위해 특별회의를 열었다. 우리는 파멸을 앞두고 있었다. 레인코트 속으로 잔뜩 움츠린 행인들이 우산으로 남의 얼굴을 때리지 않으려고 애쓰며 느릿느릿 움직이는 콘딧 스트리트 위로 하늘이 어두워져 가고 있었다. 이제 겨우 10월인데 기온이 영상 4도밖에 되지 않았다—다가오는 긴 겨울의 조짐. 나는 셜리와의 대화를 울적하게 되새기며 끔찍한 예언이 모두 현실이 되어가고 있다고 생각했다. 나를 향해 고개를 돌린 사람들, 그들의 비난 어린 시선, 내게 남겨진 오점이 떠올랐고 셜리에 대한 묵은 분노가 되살아나면서 기분이 한층 암울해졌다. 그녀의 우정은 가식이었고, 나는 호구였으며, 다른 업무에 속해 있었다. 물컹하고 움푹 꺼진 침대에 누워 베개에 머리를 묻고 있었으면 좋겠다는 생각이 들었다.

이미 지각이었지만 레컨필드 하우스를 향해 모퉁이를 돌아 뛰기 전에 우편사서함을 먼저 확인했다. 그리고 여자화장실에 들어가 롤러타월로 머리를 말리고 스타킹에 튄 빗물 자국을 닦아내느라 십오 분을 보냈다. 맥스는 실패한 목표였으나 그래도 내게는 지켜야 할 존엄이 있었다. 차갑게 젖은 발을 의식하며 그의 삼각형 사무실로 비집고 들어갔을 때는 십 분 늦은 시간이었다. 서류철을 정리하며 사무적인 모습을 과시하는 그를 책상 너머로 지켜보았다. 닥터 루스와 타오르미나에서 사랑을 나누며 한 주를 보낸 그는 달라 보였던가? 머리를 자르고 와서 귀가 도로 돌출되어 있었다. 눈에는 새로운 자신감의 반짝임도, 눈 밑 다크서클도 없었다. 흰색 새 셔츠와 더 진한 푸른색 넥타이, 새 검은 양복 빼고는 달라진 게 없었다. 결혼식 날 첫날밤을 치르기 위해 각자 방을 따로 잡았을 수도 있을까? 내가 아는 의료계 사람들과 그들의 길고 요란한 수련과정을 고려하면 그럴 리 없었다. 설령 맥스가 어머니의 희한한 지시에 따라 어정쩡하게 머뭇거리는 태도를 보였다 하더라도 닥터 루스가 그를 산 채 잡아먹었을 터였다. 몸, 연약하기만 한 그 몸은 그녀의 전문 분야였다. 뭐, 나는 아직도 맥스를 원했지만 톰 헤일리도 원했고 그게 일종의 보호막이 되었다. 그가 내게 관심 없다는 사실만 무시한다면.

"자." 이윽고 그가 말했다. 그는 스위트 투스 서류철에서 시선을 들고 기다렸다.

"타오르미나에선 어땠어요?"

"그거 알아요? 우리가 거기 있는 동안 매일 비가 왔어요."

종일 침대에 있었다는 말이었다. 그 사실을 인정하듯 그가 얼른 덧붙였다. "그래서 교회, 박물관, 그런 데 내부를 잔뜩 봤죠."

"재밌었겠네요." 내가 단조로운 어조로 말했다.

그는 빈정거리는 기색을 찾아내려고 날카롭게 시선을 들었으나 발견하지 못한 듯했다.

그가 물었다. "헤일리에게선 연락 왔나요?"

"아직요. 만나서 이야기는 잘됐어요. 돈이 필요한 건 분명해요. 자신의 행운을 믿을 수 없어해요. 지난주 재단에 대해 알아보러 런던에 왔었고요. 심사숙고하고 있는 것 같아요."

묘하게도 그런 식으로 말하니 기운이 났다. 나는 생각했다. 그래, 좀더 분별 있게 행동해야 해.

"그는 어땠어요?"

"아주 따뜻하게 맞아줬어요."

"아니, 내 말은, 어떤 사람이냐는 뜻이에요."

"바보는 아니었어요. 교육을 많이 받았고, 글을 쓰고 싶은 열망도 아주 강한 게 분명해요. 학생들도 무척 따르고요. 색다른 방식으로 잘생기기도 했어요."

"사진 봤어요." 맥스가 말했다. 그는 자신의 실수를 후회하고 있을지도 몰랐다. 나와 섹스를 한 후에 약혼 사실을 밝힐 수도 있었다. 나는 맥스에게 추파를 던져서 그가 나를 무시한 걸 후회하게 만들어주는 것이 내 자존심에 대한 의무로 느껴졌다.

"당신이 엽서라도 한 장 보낼 줄 알았는데."

"미안해요, 세리나. 난 엽서를 써본 적이 없어요—그런 습관이 없어요."

"행복했어요?"

허를 찌르는 노골적인 질문이었다. 나는 그가 당황하는 모습을 보고 만족감에 젖었다. "그, 그랬죠, 사실. 아주 행복했어요. 하지만……"

"하지만?"

"다른 일이……"

"그래요?"

“휴가 이야기는 나중에 하죠. 그전에, 아직 헤일리 이야기중이니까, 그에게 일주일 더 시간을 주고 나서 즉시 연락을 달라, 아니면 제안을 철회하겠다는 내용의 편지를 보내요.”

“좋아요.”

그가 서류철을 덮었다. “그 일에 대해 말하죠. 올레크 랼린 기억해요?”

“당신이 전에 언급했죠.”

“난 몰랐으면 좋았을 일이에요. 당신도 확실히 그렇고. 하지만 그건 소문일 뿐이에요. 떠도는 소문. 당신도 아는 편이 나을 것 같아서요. 우리에게 그는 대단한 성과였죠. 1971년 그는 전향하고 싶어했지만 우리 쪽에서 몇 달 더 이곳 런던에서 소련의 스파이 노릇을 하게 했던 게 확실해요. MI5에서 망명을 추진하려고 할 때 그가 음주운전으로 웨스트민스터 경찰에 체포됐어요. 러시아인들보다 우리가 먼저 그에게 갔어요—그들이 먼저 갔다면 분명 그를 죽였을 거예요. 비서이자 애인과 함께 우리 쪽으로 넘어왔죠. 그는 KGB 장교로 소련의 사보타주 부서와 관련있었어요. 아주 수준 낮은, 깡패 같은 인간이었지만 대단히 귀중한 존재였죠. 우리의 최악의 악몽을, 소련 정보장교 수십 명이 외교관 면책특권하에 이곳에서 활동하고 있다는 사실을 확인시켜줬으니까요. 우리가 그들 백다섯 명을 추방했을 때—그 얘기가 나와서 말인데, 히스는 노련한 배우처럼 그 일을 아주 잘 처리했어요. 지금 사람들이 그에 대해 뭐라고 떠들건 말이에요—그때 우리는 모스크바 센터에 완전한 기습공격을 가한 셈이었어요. 심지어 미국에도 미리 알리지 않았죠. 그것 때문에 소란이 일어났고 여전히 가라앉지 않았지만. 그래도 중요한 건 그 사건으로 우리 내부에 주목할 만한 수준의 이중첩자가 더는 없다는 게 밝혀졌다는 점이죠. 조지 블레이크 이후로 전혀 없었어요. 모두에게 대단히 다행스러운 일이었죠.

아마 우리는 랄린이 죽을 때까지 계속 그와 이야기를 하게 될 거예요. 매듭지어지지 않은 일들, 과거의 일들, 새로운 관점을 갖게 된 옛이야기들, 절차상의 문제, 구조, 전투 서열 등에 대해서. 사소한 미스터리가 하나 있었는데, 정보가 너무 모호해서 아무도 정체를 밝혀내지 못한 익명의 존재에 관한 것이었어요. 암호명이 볼트인 영국인인데 1940년대 말부터 1950년대가 끝날 때까지 활동했고, MI6가 아닌 우리를 위해 일했어요. 관심사는 수소폭탄. 사실 우리 영역은 아니었죠. 푹스*처럼 극적이지도 않고, 기술적인 부분도 아니었어요. 심지어 장기적인 기획이나 실

* 핵물리학자이자 영국 원자력연구소 소장으로 소련을 위해 일한 스파이 클라우스 푹스.

행 계획도 아니었고. 랄린은 모스크바에 있을 때 볼트의 자료를 봤어요. 대단한 건 아니었지만 MI5에서 나온 자료라는 걸 알았죠. 그가 본 건 추측에 근거한, 즉 '만약' 서류예요. 미국인들이 시나리오라고 부르는 거요. 우리는 시골 저택에서의 멋진 주말이라고 부르고요. 흰소리죠. 만약 중국이 수소폭탄을 보유한다면 어떻게 될까? 선제공격의 대가는? 비용 제한이 없고 통관이 용이하다고 가정할 때 최적의 비축량은?"

나는 이 대목에서 무엇이 다가오고 있는지 짐작했다. 아니, 내 몸이 알았다고나 할까. 심장이 조금 거칠게 뛰기 시작했다.

"이 일에 몇 개월을 매달렸지만, 우리 직원들의 이력과 대조해 보기엔 볼트에 대한 정보가 너무 빈약했어요. 그러다 작년에 누군가 부에노스아이레스를 통해 미국으로 넘어왔어요. 우리의 미국인 친구들이 뭘 알아냈는지는 나도 몰라요. 내가 아는 건, 그들이 그걸 전해주는 데 늑장을 부렸다는 거예요. 아마 추방 건으로 화가 풀리지 않아서 그랬을 테죠. 그들이 우리에게 준 정보가 무엇이었건, 그것으로 충분했어요."

그는 잠시 말을 끊었다가 이었다. "이 이야기가 어디로 가고 있는지 알죠, 그렇죠?"

나는 "그렇다"고 대답하려 했지만 혀가 제때 움직이지 않았고, 그래서 앓는 소리가 나왔다.

"소문은 이래요. 이십여 년 전 캐닝이 연락책에게 서류를 전달했대요. 십오 개월 동안. 설령 더 치명적인 게 있었더라도 그것에 대해선 몰라요. 그 일이 왜 중단되었는지도 모르고. 어쩌면 전반적으로 실망스러워서였을 수도 있죠."

아직 외동딸이었던 내가 보닛과 예쁜 옷으로 꾸미고는 은빛 바퀴살과 좋은 스프링 장치가 달린 감청색 유모차를 타고 사제관에서 마을 상점들로 나들이를 다닐 때, 토니는 특유의 과시적인 태도로 러시아어를 몇 마디 시도하며 연락책과 일하고 있었다. 그가 버스터미널 싸구려 식당에서 더블정장 안주머니에서 접힌 갈색 봉투를 꺼내는 광경이 눈에 선했다. 그 자료가 일급이 아니라서 미안해하는 미소를 지으며 어깨를 으쓱했을 수도 있다—그는 최고가 되기를 원했으니까. 하지만 그의 얼굴은 보이지 않았다. 지난 몇 달 동안 그의 얼굴을 떠올리려 할 때마다 그 모습은 마음의 눈 앞에서 사라져버렸다. 어쩌면 그래서 덜 고통스러웠을지도 몰랐다. 아니, 거꾸로, 희미해져가는 슬픔이 그의 얼굴을 지우기 시작했던 것일지도.

하지만 그의 목소리는 아니었다. 마음의 귀는 마음의 눈보다 더 예민한 기관이다. 나는 라디오를 켜듯 마음속에서 토니의 목소리를 재생시킬 수 있었다. 질문의 맨 끝부분에 이를 때까지 억양을 높이기를 거부하는 버릇, 'r' 발음에 살짝 섞이는 'w' 소리,

그리고 이의를 제기할 때 쓰는 표현들—"네가 그렇다면" "나라면 그렇게 말하지 않을 텐데" "글쎄, 어느 정도는" "잠깐만"—교양 있는 상류층 말씨, 대단히 확신에 차 있어서 어리석거나 극단적인 생각과 말은 절대 하지 않을 것 같은, 깊은 숙고를 거친 균형 잡힌 관점만을 가진 듯한 태도. 바로 그런 이유로 그가 오두막에서 아침을 먹으며 설명하는 모습을 쉽게 떠올렸다. 대갈못이 불가해하리만치 무수히 박힌 열린 문으로 이른 여름의 햇살이 쏟아져들어와서 판석을 가로질러 식당 저편의 욋가지에 회반죽을 바른 석회색 벽을, 거기 걸린 처칠의 수채화를 비추고 있었다. 그리고 우리 사이의 테이블에는 소금 한 꼬집을 넣고 "주전자 방식"으로 특별히 끓인 흙탕물 색깔 커피와 거미줄 같은 광택이 나는 연초록색 접시에 쌓인 상한 빵처럼 보이는 설익은 토스트, 가정부의 자매가 만든 씁쌀하고 건더기가 큼직큼직한 마멀레이드가 놓여 있었다.

나는 토니의 해명을 똑똑히 들었다. 그의 어조가 암시하듯 바보가 아니라면 감히 반박할 수 없는 주장이었다. 나의 세리나. 우리의 첫 개별지도를 기억했으면 해. 이 무시무시한 신무기들은 오로지 힘의 균형, 상호 간의 두려움, 상호 간의 존중을 통해서만 저지될 수 있어. 설령 그것이 독재국가에 기밀을 넘기는 일이라 할지라도 으스대는 미국의 일방적 지배보다는 나을 거야.

1945년 직후 미국이 아직 보복 수단을 갖지 못한 소련에게 핵근절을 요구한 사실을 기억해줬으면 좋겠어. 그 교활한 논리를 누가 무시할 수 있었겠어? 만일 일본이 그런 무기를 보유했다면 히로시마 참상은 없었겠지. 오직 힘의 균형이 평화를 지킬 수 있어. 나는 내가 해야 하는 일을 했던 거야. 냉전이 우리 앞에 닥쳐오고 있었어. 세계는 적대적 진영들로 배열되었어. 나처럼 생각하는 사람이 나 혼자만은 아니었어. 핵무기 남용이 아무리 기괴하다 해도 소련 또한 똑같이 무장해야 해. 편협한 인간들에게는 나를 조국을 저버린 배신자라 욕하라고 해. 합리적 인간은 세계평화와 문명의 지속을 위해 일하지.

"무슨 할말 없어요?" 맥스가 말했다.

내가 그 일에 연루되어 있거나 모종의 책임이 있다고 암시하는 어조였다. 나는 그의 질문을 무력화하기 위한 짧은 침묵 후에 대답했다. "그가 죽기 전에 그에게 그 사실을 확인했나요?"

"모르겠어요. 내가 아는 건 6층에서 낙수처럼 떨어지는 소문뿐이에요. 분명 시간은 있었어요—육 개월 정도."

정장 차림의 두 남자를 태우고 온 차와 토니가 나를 숲으로 산책 보낸 것, 케임브리지로 급하게 돌아간 일이 기억났다. 맥스의 폭로 후 처음 몇 분간은 별 감정이 없었다. 그 일의 중요성을 알았고 내 앞에 감정들이 기다리고 있다는 것도 알았지만 그것과 대면하기 위해서는 혼자여야 했다. 지금으로선 맥스에 대한 비이성적 적대감과 전달자를 비난하고 싶은 충동에 의해 보호받는 기분이었다. 그는 기회가 날 때마다 톰 헤일리를 깎아내렸고, 이제 내 전 애인을 무너뜨리고 있었다. 그 남자들을 내 인생에서 제거하려 하고 있었다. 그는 내게 캐닝 이야기를 하지 않을 수도 있었다. 그건 소문일 뿐이고 설령 진실이라 하더라도 내가 그 이야기를 들어야 할 작전상의 이유는 없었다. 미래와 과거에 대한 질투가 나란히 달려가는 희귀한 경우였다. 그가 나를 가질 수 없다면 다른 누구도 가질 수 없다는 것이었다. 과거의 남자조차도.

내가 말했다. "토니는 공산주의자가 아니었어요."

"다들 그랬듯이 30년대에 잠깐 발을 담갔겠죠."

"그는 노동당원이었어요. 공개재판과 숙청을 싫어했고요. 옥스퍼드 유니언* 토론에서 자신이라면 왕과 국가에 투표했을 거라고 늘 말했어요."

맥스는 어깨를 으쓱했다. "받아들이기 힘든 거 알아요."

하지만 그는 알지 못했고 나 역시 아직은 그랬다.

나는 당장 눈앞에 놓인 업무로 감각을 마비시키기 위해 맥스의 방을 나와서 책상으로 직행했다. 생각하기에는 아직 너무 일

---

* 옥스퍼드대학 재학생의 토론 모임.

렸다. 아니 그보다는 생각할 엄두가 나지 않았다. 충격에 빠진 채 로봇처럼 업무를 처리했다. 나는 채스 마운트라는 사무직 요원과 일하고 있었는데, 성격이 온화하고 군 출신으로 컴퓨터 세일즈맨 경력도 있는 그는 내게 적절한 임무들을 나눠주는 데서 만족감을 느꼈다. 나는 결국 아일랜드 업무로 이동했다. 우리는 급진주의 아일랜드공화국군에 스파이 두 명을 심어놓았다—더 있었을지도 모르지만 내가 아는 건 그들뿐이었다. 그들은 고정간첩으로서 군대에서 진급하기까지 몇 해를 투자해야 하리라 예상했지만, 거의 투입 즉시 무기 공급망 관련 스파이로부터 정보가 홍수처럼 쏟아져들어왔다. 우리는 잘못된 조사를 바로잡을 상호 참조와 중복자료를 토대로 하위집단들을 만들고 공급자들과 중개인들에 대한 새 서류철들을 만들어 자료를 확장하고 합리화할 필요가 있었다. 우리는 요원들에 대해 아무것도 몰랐다—그들은 그저 '헬륨'과 '스페이드'였다. 하지만 나는 그들이 얼마나 큰 위험을 무릅쓰고 있는지, 나 자신은 이곳 후방에서, 노상 우중충하다고 투덜대는 사무실에서 얼마나 안전한지 자주 떠올렸다. 그들은 분명 아일랜드계 가톨릭 신자일 테고, 자칫 실수를 저지르거나 의심을 사면 뒤통수에 총알이 박힐 수 있음을, 그리고 밀고자가 어떤 꼴을 당하는지 모두가 볼 수 있도록 길거리에 시신이 버려질 것임을 인지하며 보그사이드의 작은 응접실이나 펍 연회실에서 접선할 터였다. 또한 적의 신뢰를 얻기 위해 배역에 충실해야 했다. 이미 스페이드는 위장신분을 들키지 않으려고 매복공격중에 영국 군인 둘에게 중상을 입혔고, 왕립 얼스터 경찰대 대원들의 죽음과 경찰 정보원의 고문 및 살해에 연루되어 있었다.

스페이드, 헬륨, 그리고 이제 볼트. 나는 두어 시간 토니를 막아내려고 애쓰다가 여자화장실 칸막이 안에 들어앉아 그 소식을 받아들이려고 시도했다. 울고 싶었지만 혼란스러움에 분노와 실망의 요소들이 말라붙은 상태였다. 아주 오래전 일이고 그도 죽었지만, 내게 그 행위는 어제 일처럼 새로웠다. 나는 그의 주장을 안다고 생각했지만 받아들일 수는 없었다. 당신은 친구들과 동료들을 실망시켰어요. 바로 그 햇살 비치는 아침식사 시간에 내가 그에게 말하는 소리가 들렸다. 이건 불명예스러운 문제고, 이 일이 알려지면, 결국 알려지게 될 텐데, 당신은 이 행위로 기억되겠죠. 당신이 이룬 다른 모든 일이 무의미해질 거예요. 당신의 명성은 오직 이것에 좌우될 거예요. 궁극적으로 현실은 사회적이고, 우리는 다른 사람들과 더불어 살아야 하고, 그들의 판단이 중요하니까요. 심지어, 아니 특히 우리가 죽었을 때는요. 이제 당신의 삶 전체가 살아 있는 사람들 마음속에서 더럽고 부정직하다고 여겨질 거예요. 다들 당신이 실제로 행한 것보다 더 큰

해를 끼치고 싶어했다고, 완전한 청사진을 손에 넣을 수 있었다면 그걸 넘겼을 거라고 믿어 의심치 않을 거예요. 당신의 행위가 그토록 고귀하고 합리적이라고 생각한다면 왜 솔직하게 드러내지 않는 거죠? 공개적으로 당신 주장을 펼치고 그 결과와 대면하면 되잖아요. 혁명을 위해 이천만 국민을 살해하고 굶주리게 할 수 있었던 스탈린인데, 그가 같은 명분으로 핵전쟁을 통해 더 많은 인명을 희생시킬 수 없다고 어느 누가 말할 수 있겠어요? 독재자가 미국 대통령보다 생명의 가치를 훨씬 낮게 여긴다면, 당신이 말하는 힘의 균형은 어디에 있나요?

화장실에서 죽은 사람과 입씨름을 벌이기란 밀실공포증 같은 체험이다. 칸막이에서 나와 찬물로 세수를 하고 매무새를 가다듬은 후 자리로 돌아갔다. 점심시간 무렵에는 어서 건물 밖으로 나가고 싶어서 안달이 났다. 비는 그쳤고 보도가 뜻밖의 햇살 아래 산뜻하게 반짝였다. 하지만 칼바람이 불어서 한가하게 공원을 거닐 수는 없었다. 나는 비합리적인 생각으로 가득차서 커즌 스트리트를 힘차게 걸었다. 그 소식을 전한 맥스에게, 목숨을 부지하지 못하고 자신의 실수에 대한 부담에 나를 버린 토니에게 화가 났다. 그리고 그가 나를 이 직업으로 이끌었기에—나는 이제 이 직업을 단순한 일 이상으로 생각했다—스스로도 그의 불충에 더럽혀진 기분이었다. 그는 불명예스러운 명단—넌 메이,

로젠버그 부부, 푹스—에 이름을 올렸지만 그들과는 달리 중요한 정보를 넘기지는 않았다. 그는 핵 스파이 역사에서 각주 정도에 해당하는 부차적인 존재였으며, 나는 그의 배신에 딸린 각주였다. 내 명예가 실추되었다. 맥스는 분명 그렇게 생각하고 있었다. 그에게 화가 나는 또하나의 이유였다. 그를 두고 바보처럼 군 스스로에게도 화가 났다. 귀가 삐죽 튀어나온 저 고루한 멍청이가 내게 행복을 가져다줄 수 있으리라 생각하다니. 그의 우스꽝스러운 약혼이라는 예방주사를 맞아서 얼마나 다행인지.

나는 그와 함께 나이팅게일 노래를 떠올렸던 버클리스퀘어를 가로지르고 피커딜리를 향해 버클리 스트리트로 접어들었다. 그린파크역 근처에서 석간신문들의 정오판 헤드라인이 보였다. 휘발유 배급, 에너지 위기, 히스 대국민 연설. 관심이 가지 않았다. 하이드파크 코너를 향해 걸어갔다. 너무 속상해서 배도 고프지 않았다. 발바닥 앞꿈치에서 묘한 작열감이 느껴졌다. 달리거나 발길질을 하고 싶었다. 맹렬한 상대와, 그래도 내가 이길 수 있는 상대와 테니스를 치고 싶었다. 누군가에게 소리치고 싶었다—그거였어, 토니와 대판 싸우고 그가 나를 떠날 기회를 잡기 전에 그를 떠나고 싶었어. 파크 레인으로 접어들 때 더 거세진 바람이 얼굴을 정면으로 때렸다. 마블 아치 위로 비구름이 모여들며 나를 다시 흠뻑 적실 채비를 하고 있었다. 나는 걸음을 빨리했다.

마침 우편사서함을 지나치게 되어 추위도 피할 겸 안으로 들어갔다. 몇 시간 전 이미 확인한 터라 편지가 있으리라 기대하지 않았는데 갑자기 어제 날짜 브라이턴 소인이 찍힌 편지가 손에 잡혔다. 나는 더듬거리며 크리스마스를 맞은 아이처럼 봉투를 열었다. 오늘 한 가지라도 제대로 풀려라, 편지를 읽기 위해 유리문 옆으로 가서 서며 생각했다. 세리나에게. 일이 제대로 풀렸다. 그 이상이었다. 그는 시간이 걸린 것을 사과했다. 나를 만나고 싶어했고, 내 제안을 신중하게 생각해보았다고 했다. 돈을 받을 것이며 감사히 생각한다고, 자신에게는 경이로운 기회라고 했다. 그리고 그다음에 새 단락이 있었다. 나는 편지를 얼굴에 바짝 갖다댔다. 만년필로 쓰인 편지에는 단어 하나가 줄을 그어 지워져 있고 잉크가 번진 얼룩도 한 군데 있었다. 그는 한 가지 조건을 걸고 싶어했다.

당신만 괜찮다면, 우리가 정기적으로 만났으면 합니다—두 가지 이유에서요. 첫째, 나는 이 관대한 재단이 인간의 얼굴을 가져서 매달 오는 돈이 인간미 없는 관료적인 것이 되지 않기를 바랍니다. 둘째, 당신의 안목 높은 의견은 내게 이런 짧은 편지에 담을 수 없는 커다란 의미가 되었습니다. 늘 칭찬과 격려를 기대하지는 않겠다고 약속합니다. 나는 당신의 정직한 평을 원합니다. 물론 내가 보기에 적절치 않은 의견은 부담 없이 무시할 수 있었으면 합니다. 하지만 요지는 이따금 당신의 조언을 얻음으로써 허공에 대고 글을 쓰지 않아도 될 테고, 장편소설을 시작한다면 그건 중요한 일이 될 거라는 것입니다. 우리가 손잡고 있는 한, 큰 부담이 되진 않을 듯합니다. 가끔 커피 한잔이면 됩니다. 긴 작품을 쓰려니 부담이 큰데 이제 얼마간의 기대까지 받게 되니 더욱 그렇습니다. 나는 당신들의 투자를 받을 가치가 있는 존재가 되고 싶습니다. 나를 선택한 재단 사람들이 자랑스러운 결정을 내렸다고 생각하기를 바랍니다.

토요일 아침 런던에 갑니다. 열시에 국립초상화미술관에 있는 세번이 그린 키츠 초상화 앞에서 만나고 싶습니다. 당신이 연락 없이 그곳에 나타나지 않아도 성급한 결론을 내리진 않을 테니 걱정 마세요.

행운을 빌며, 톰 헤일리

14

그 토요일 오후 다섯시 무렵 우리는 연인이 되었다. 일은 순조롭게 진행되지도 않았고, 두 육체와 영혼의 만남에서 안도감과 기쁨이 폭발하지도 않았다. 서배스천과 도둑 아내 모니카의 섹스처럼 황홀하지도 않았다. 처음에는 그랬다. 쑥스럽고 어색했으며, 보이지 않는 관객의 기대를 의식하는 듯한 연극적인 면이 있었다. 그리고 실제로 관객이 있었다. 내가 70번지 현관문을 열고 톰을 안으로 안내했을 때 변호사 하우스메이트 셋이 차가 담긴 머그잔을 든 채, 분명 각자 방으로 돌아가 힘들고 지루한 법 공부로 오후를 보내기 전에 노닥거리느라 계단 발치에 모여 있었다. 나는 쾅 소리나게 문을 닫았다. 북쪽 출신 여자들이 도어매트에 서 있는 나의 새 친구를 노골적인 관심을 드러내며 바라보았다. 내가 마지못해 소개하는 동안 그들은 의미심장한 웃음을 짓고 발을 어색하게 움직였다. 오 분만 늦게 도착했다면 아무도 우리를 보지 못했을 텐데. 유감스럽기 짝이 없었다.

그들이 뒤에서 서로 옆구리를 쿡쿡 찔러대며 쳐다보는 가운데 톰을 내 침실로 이끄는 대신 부엌으로 데리고 들어가 그들이 흩어지기를 기다렸다. 하지만 그들은 미적거리며 시간을 끌었다. 차를 끓이는 동안 그들이 복도에서 웅얼거리는 소리가 들렸다. 그들을 무시하고 톰과 대화를 나누고 싶었지만 정신이 멍했다. 내가 불편해하는 걸 눈치채고 톰이 디킨스의 『돔비와 아들』의 배경인 캠던 타운, 아일랜드 인부들이 땅을 파서 건설한 거대 철도로 가장 가난한 동네들을 뚫고 지나가는 유스턴역 북쪽 노선에 대한 이야기로 침묵을 메웠다. 내가 느끼는 혼란을 설명해주는 내용의 소설 한두 문장을 외우기까지 했다. "거기에는 십만 개는 되는 불완전한 형체와 물질이 제자리를 벗어나 마구 뒤섞이거나, 거꾸로 뒤집히거나, 흙속으로 파고들거나, 공중으로 높이 솟거나, 물속에서 허물어져 꿈처럼 난해한 상태로 존재했다."

이윽고 하우스메이트들이 책상으로 돌아갔고, 몇 분 후 우리는 차가 든 머그잔을 손에 들고 삐걱거리는 계단을 올라갔다. 각각의 방을 지날 때 방문 저편의 정적이 잔뜩 신경을 곤두세우고 있는 듯 느껴졌다. 내 침대가 삐걱거리는지, 내 방의 벽은 얼마나 두꺼운지 기억을 더듬었다—관능적인 생각이라고 하기는 어려웠다. 일단 톰을 방에 들여 독서용 안락의자에 앉히고 나는 침대에 앉아 대화를 계속 이어가는 게 나을 것 같았다.

적어도 대화를 나누는 데는 이미 능숙해져 있었으니까. 우리는 초상화미술관에서 서로 좋아하는 그림을 보여주며 한 시간을 보낸 터였다. 내가 좋아하는 그림은 커샌드라 오스틴이 그린 여동생*의 초상화였고, 그가 좋아하는 그림은 윌리엄 스트랭이 그린 토머스 하디의 초상화였다. 낯선 사람과 함께 그림을 감상하는 건 조심스러운 형태의 상호 탐색이자 가벼운 유혹이었다. 우리는 미학에서 전기로 슬쩍 넘어갔다—초상화 속 인물은 물론 화가에 대해서도 서로의 단편적인 지식을 나눌 수 있었다. 톰은 나보다 훨씬 많이 알았다. 대화는 기본적으로 가십 수준이었다. 거기에는 과시적 요소가 있었다—나는 이런 걸 좋아하는, 이런 부류의 사람이다. 브랜웰 브론테가 그린 자매들** 초상은 미화 없이 실물 그대로에 가깝다거나 사람들에게 자신이 종종 탐정으로 오해받는다고 말했다는 하디의 이야기를 하는 게 대단한 감상평은 아니었다. 그림들 사이에서 우리는 어쩌다 손을 잡게 되

---

* 제인 오스틴.

** 샬럿 브론테와 에밀리 브론테.

었다. 누가 먼저인지는 확실치 않았다. 내가 "손잡기가 시작되었네요"라고 말하자 그는 웃었다. 아마도 그때, 손깍지를 끼며 우리가 결국 내 방으로 가게 되리라 생각했다.

그는 편안한 상대였다. 데이트(이제 데이트가 되었다) 중에 많은 남자가 드러내는, 번번이 상대를 웃기고 싶어하거나 무언가를 가리키며 근엄하게 설명하거나 일련의 정중한 질문으로 여자를 구속하려는 욕구가 없었다. 호기심을 갖고 경청했으며, 자기 이야기를 하고 내 이야기를 받아들였다. 대화를 주고받기를 편안하게 여겼다. 우리는 몸을 푸는 테니스 선수들처럼 각자 베이스라인에 서서 상대가 포핸드를 할 수 있도록 코트 중앙으로 빠르고도 쉬운 공을 보내며 손발이 척척 맞는 정확성에 자부심을 느꼈다. 그렇다, 나는 테니스를 생각하고 있었다. 일 년 가까이 테니스를 친 적이 없었는데.

우리가 샌드위치를 먹으러 갔던 미술관 카페에서 모든 게 끝장나버렸을 수도 있었다. 화제가 그림을 벗어났고—내 레퍼토리가 빈약했으니까—그가 시에 대해 이야기하기 시작했다. 불길했다. 그에게 좋은 성적으로 영문학 학위를 받았다고 말했었는데, 마지막으로 시를 읽은 게 언제인지 기억도 나지 않았다. 내가 아는 사람들 중에 시를 읽는 이는 없었다. 심지어 학교에서도 나는 시를 피해갔다. 우리는 시를 '다루지' 않았다. 물론 소설들과 셰익스피어 희곡 두어 편은 알았다. 그가 요즘 다시 읽고 있는 시에 대해 이야기할 때 나는 격려하듯 고개를 끄덕였다. 나는 무엇이 다가오고 있는지 알았고 즉시 답변할 말을 생각하느라 그의 이야기를 흘려들었다. 그가 물으면 셰익스피어를 댈까? 하지만 그 순간 셰익스피어의 시가 단 한 편도 기억나지 않았다. 그래, 키츠, 바이런, 셸리가 있었다. 하지만 그들이 쓴 시 중에 내가 좋아할 만한 게 무엇일까? 물론 이름을 아는 현대 시인들이 있었지만 초조감에 머릿속이 하얘졌다. 불안의 눈보라가 점점 고조되었다. 단편소설도 일종의 시라고 주장할 수 있을까? 설령 시인 이름을 생각해낸다 하더라도 특정 작품을 언급해야 한다. 바로 그랬다. 단 한 편의 시도 떠오르지 않았다. 그 순간에는. 그가 무슨 질문인가를 하고 나를 바라보며 대답을 기다리고 있었다. 소년은 불타는 갑판 위에 서 있었다.* 그가 다시 물었다.

"그에 대해 어떻게 생각해요?"

"내가 좋아하는 타입은 아닌데……" 나는 말을 멈추었다. 두 가지 선택지뿐이었다—사기꾼임이 탄로나거나 자백하거나. "저기, 고백할 게 있어요. 때를 봐서 말할 작정이었는데 지금이 좋을 것 같네요. 당신에게 거짓말했어요. 난 영문학 학위가 없어요."

* 영국 시인 펠리시어 헤먼즈의 시 「카사비앙카」의 첫 구절.

"고등학교 졸업하고 바로 일을 시작한 거예요?" 그가 격려하는 말투로 물으며 처음 만났을 때처럼 친절하면서도 짓궂은 시선으로 바라보았다.

"수학을 전공했어요."

"케임브리지에서요? 세상에. 그걸 왜 숨기죠?"

"당신 작품에 대한 내 의견을 제대로 인정받지 못할까봐서요. 어리석었다는 거 알아요. 예전에 내가 되고 싶어했던 사람인 척했어요."

"그게 어떤 사람인데요?"

그래서 나는 소설을 빠르게 읽어치우는 습관, 어머니의 강요로 영문학과를 포기한 것, 케임브리지에서의 학업 스트레스, 그래도 계속 소설들을 읽었고 아직도 읽는다는 것을 모두 이야기했다. 용서를 바란다고 말했다. 그의 작품을 정말로 좋아한다고도 말했다.

"수학 공부가 훨씬 힘든 거예요. 그리고 당신은 남은 평생 시를 읽을 수 있어요. 방금 내가 말한 시인부터 시작하면 돼요."

"벌써 그의 이름을 잊은걸요."

"에드워드 토머스. 그리고 그 시*—달콤한 구식 시예요. 시적

---

* 에드워드 토머스의 1915년작 「애들스트럽(Adlestrop)」.

혁명을 일으킨 작품이라고 하긴 어렵죠. 그렇지만 사랑스럽고, 영시 중에서 가장 잘 알려지고 가장 사랑받는 작품 중 하나예요. 당신이 그 시를 모른다니 아주 잘됐네요. 당신 앞에 아주 많은 시가 있으니까요!"

점심값은 미리 치른 뒤였다. 그가 벌떡 일어나 내 팔을 잡고 건물 밖으로 몰아대더니 채링 크로스 로드로 올라갔다. 재앙이 될 수도 있었던 것이 우리를 더 가깝게 만들어주었다. 이제 나의 데이트 상대가 전통적인 태도로 말하게 되었지만. 우리는 세인트 마틴스 코트에 있는 중고서점 지하층 한구석에 서 있었고, 톰이 낡은 하드커버 『토머스 시선집』의 해당 페이지를 펼쳐 보여주었다.

나는 순순히 그 시를 읽고 고개를 들었다. "참 좋네요."

"삼 초 안에 읽을 수 있는 시가 아네요. 천천히 감상해봐요."

감상할 것도 별로 없었다. 네 개의 짧은 행으로 이루어진 4연 시였다. 기차가 어느 이름 없는 역에 예정 없이 정차하고, 타거나 내리는 사람은 아무도 없으며, 누군가 기침을 하고, 새가 노래하고, 날씨가 덥고, 꽃과 나무, 들판에서 말라가는 건초, 수많은 다른 새들이 있다. 그게 다였다.

나는 책을 덮고 말했다. "아름다워요."

그가 고개를 기울이며 참을성 있게 미소 지었다. "당신은 이

시를 이해 못하고 있어요."

"아니, 이해했어요."

"그럼 말해봐요."

"무슨 뜻이죠?"

"나한테 말해줘봐요. 기억나는 내용을 다."

그래서 나는 아는 걸 다, 거의 한 행 한 행 말했고 심지어 건초더미, 조각구름, 버드나무, 터리풀 그리고 옥스퍼드셔와 글로스터셔까지 기억해냈다. 그는 감동한 것 같았고, 무언가를 발견한 듯 기묘한 시선으로 나를 응시했다.

그가 말했다. "당신의 기억력은 아무 문제 없어요. 이제 느낌을 떠올리려고 해봐요."

우리는 서점 지하층의 유일한 손님이었다. 그곳에는 창문이 없고 갓 없는 흐릿한 전구 두 개가 전부였고, 책들이 공기를 거의 다 훔친 듯 기분좋은 최면성의 먼지 냄새가 났다.

내가 말했다. "느낌에 대한 언급은 전혀 없어요."

"시의 첫 단어가 뭐죠?"

"그래."

"좋아요."

"이렇게 시작되죠. '그래, 나는 애들스트럽을 기억한다.'"

그가 가까이 다가왔다. "이름만 기억하고 다른 것은 기억 못하는군요. 고요, 아름다움, 정차의 임의성, 두 카운티를 가로질러 퍼져나가는 새의 노랫소리, 순수한 존재감, 공간과 시간 속에 유예된 느낌, 대격변을 일으킬 전쟁 전의 시간."

나는 고개를 비스듬히 돌렸고 그의 입술이 내 입술을 스쳤다. 내가 아주 조용히 말했다. "시에는 전쟁에 대한 언급이 없어요."

그가 내 손에서 책을 받아들고 키스했고, 나는 닐 카더가 처음 마네킹과 키스하던 때를 떠올렸다. 그녀의 입술은 평생 아무도 신뢰하지 않고 살아왔기에 단단하고 차가웠다.

나는 입술을 부드럽게 움직였다.

나중에 우리는 왔던 길을 되돌아 트래펄가스퀘어를 지나 세인트 제임스 파크로 향했다. 그곳에서 청둥오리에게 줄 빵을 손에 잔뜩 쥐고 뒤뚱거리며 걸어가는 아이들을 지나치며 여자 형제 이야기를 했다. 톰보다 일곱 살 위의 누나 로라는 한때 대단한 미인이었고 변호사 공부를 했으며 장래가 촉망되었지만, 이런저런 고난과 남편과의 불화로 서서히 알코올중독에 빠져 모든 걸 잃었다. 그녀의 내리막길은 복잡다단해서, 거의 회복에 성공해 영웅적으로 법정에 복귀했다가 도로 술에 발목 잡히는 일이 몇 차례나 되풀이되었다. 가족들의 마지막 남은 인내심마저 동나게 만든 다채로운 드라마가 있었다. 그러다 다섯 살 된 막내딸이 자동차 사고로 한쪽 발을 잃었다. 그녀에게는 두 남자에게서 얻은 세 자녀가 있었다. 로라는 현대 자유국가가 고안해낼 수 있는 모든 안전망을 빠져나갔다. 지금은 브리스틀의 어느 호스텔에 살고 있었는데 그곳에서도 곧 쫓겨날 처지였다. 아이들은 아빠와 계모 손에 자라고 있었다. 영국국교회 목사와 결혼한 여동생 조앤이 조카들을 돌봐주었고, 톰도 일 년에 두세 번 여자아이 둘, 남자아이 하나인 조카들을 데리고 휴가를 떠났다.

그의 부모 역시 손주들에게 지극정성이었다. 하지만 헤일리 부부는 이십 년간 충격과 헛된 희망, 곤란한 상황과 야간 비상사태를 겪어왔다. 그들은 로라의 다음 전화를 두려워하며 부단한 슬픔과 자기비난 속에 살고 있다. 로라를 얼마나 사랑하든, 벽난로 장식 선반 위 은색 액자 속에 열번째 생일, 학위 수여식, 첫 결혼식에서의 로라의 본질을 얼마나 고이 간직하고 있든, 그들 역시 로라가 끔찍한 인간이 되었음을, 보기에도 듣기에도 끔찍하고 냄새도 끔찍하다는 사실을 부인할 수 없었다. 그녀의 차분한 지성을 기억하다가 부모를 얼렁뚱땅 속여넘기려는 자기연민과 거짓과 술 취한 약속의 말을 듣기란 끔찍한 노릇이었다. 헤일리 가족은 로라를 구슬리기도 하고, 부드럽게 대립하기도 하고, 노골적으로 비난도 해보고, 치료와 희망에 찬 신약에 의지도 해보면서 갖은 노력을 다했다. 이제 눈물과 시간과 돈을 거의 다 써버린 상태에서 헤일리 가족이 할 수 있는 일은 남은 애정과 자원을 아이들에게 쏟으며 아이들 엄마가 영구입원 후 죽기를 기다리는 것뿐이었다.

그러한 파멸을 향한 경주에서 내 동생 루시는 로라의 경쟁상대가 되지 못했다. 의대를 중퇴한 루시는 심리치료를 통해 아기를 낙태시킨 어머니에 대한 격렬한 분노가 마음속에 남아 있음을 발견했으면서도, 부모님 집 가까운 곳으로 돌아와서 살았다. 어느 동네나 인생의 다음 단계로, 다음 장소로 나아가기를 거부하거나 나아가지 못하는—그것도 무척 행복하게—사람들이 있기 마련이다. 루시는 히피의 길이나 예술학교나 대학에 발을 들였다가 일찌감치 접고 돌아와 쾌적한 고향에 정착해서 주변인의 삶을 살아가는 옛 학교친구들의 포근한 공동체를 발견했다. 당시는 위기와 비상사태들에도 불구하고 실업자로 살기에 좋은 시절이었다. 국가는 너무 많고 부적절한 질문은 생략한 채 화가들과 일거리 없는 배우들, 음악가들, 신비주의자들, 치료사들 그리고 대마초를 피우며 그것에 대해 이야기하기가 유일하게 전념하는 일, 심지어 소명이기까지 한 시민들에게 집세를 대주고 매주 연금까지 주었다. 모두가, 심지어 루시조차 마음속으로는 그 정부지원금이 그렇게 농땡이치며 한가하게 사는 중산층을 위해 만들어진 제도가 아님을 알았지만, 그것을 어렵게 얻은 권리로 여기고 맹렬히 지켰다.

이제 나는 변변찮은 수입으로 살아가는 납세자였기에 동생에 대한 회의가 깊었다. 그녀는 영리하고 생물학과 화학 성적이 뛰어났으며, 친절하고 인간미도 있었다. 나는 그녀가 의사가 되길 바랐다. 과거에 원했던 걸 지금도 원하길 바랐다. 그녀는 지방의회에서 개조해준 빅토리아식 테라스하우스에서 서커스 기술을 가르치는 여자와 함께 공짜로 살고 있었다. 실업수당을 신청하고, 마리화나를 피우고, 매주 토요일 오전 세 시간씩 도심의 시장 가판대에서 무지개색 양초를 팔았다. 최근 집으로 찾아갔을 때 루시는 자신이 등진 신경증적이고 경쟁적인 "진지한" 세상에 대해 이야기했다. 바로 그런 세상 덕에 네가 일을 안 하고도 먹고사는 것 아니냐는 내 말에 그녀는 웃으며 말했다. "언니는 너무 우파야!"

내 배경에 대해 알려주며 톰에게 이 이야기를 할 때 나는 그 역시 국가가 주는 연금의 수령자가 되리라는 걸 잘 알았다. 그의 경우 첩보 예산에서 나온 더 큰 규모의 것, 정부 지출 중 국회에서 세심하게 살펴보지 않을 부분이었다. 하지만 T. H. 헤일리는 열심히 글을 써서 무지개색 양초나 홀치기염색 티셔츠 따위가 아닌 위대한 소설들을 내놓을 터였다. 공원을 세 번인가 네 번 돌았을 때 나는 그에게 말하지 않은 정보 때문에 속이 메스꺼웠지만 그가 우리의 매개자인 재단을 방문한 후 수락했다는 사실을 떠올리자 좀 괜찮아졌다. 그에게 무엇을 쓰고 생각하라거나 어떻게 살아야 한다고 지시할 사람은 아무도 없었다. 나는 진정한 예술가에게 자유를 가져다주는 데 일조했다. 어쩌면 르네상스 시대의 위대한 후원자들이 나 같은 기분이었을지도 모른다. 당면한 세속적 관심사를 초월한 관대함. 너무 거창한 주장으로 여겨진다면 서점 지하층에서 나눈 긴 키스의 여운으로 내가 좀 취기에 젖어 있었음을 기억해주기 바란다. 우리 둘 다 그랬다. 의도적이지는 않았지만, 우리는 불운한 여자 형제들에 대해 이야기하면서 자신의 행복에 주목하고 현실에 단단히 발을 붙일 수 있었다. 그러지 않았다면 기병대 열병식장 위로 둥둥 떠올라 화이트홀을 지나고 강을 건넜을지도 모른다. 특히 아직 메마른 녹빛 잎을 잔뜩 매단 떡갈나무 아래 멈춰 서서 그가 나를 나무로 밀어붙이고 다시 키스를 시작한 후에는.

이번에는 나도 그에게 팔을 두르고 허리띠 달린 타이트한 청바지 속 근육질의 날씬한 허리와 그 아래쪽 단단한 근육으로 이루어진 엉덩이를 느꼈다. 맥이 풀리면서 속이 울렁거리고 목구멍이 바싹 말라서 감기에라도 걸리는 건가 싶었다. 나는 그와 함께 누워서 그의 얼굴을 들여다보고 싶었다. 우리는 내 방으로 가기로 결정했지만 대중교통은 견딜 수 없고 그렇다고 택시를 타기에는 금전적 여유가 없었다. 그래서 우리는 걸었다. 톰이 내 책들, 에드워드 토머스 시집과 또하나의 선물 『옥스퍼드 영시선』을 들었다. 버킹엄궁전을 지나 하이드파크 코너로 가서 파크 레인을 따라 걷다가 내 직장이 있는 거리—그렇다고 말은 못했지만—를 지난 후 에지웨어 로드를 한참이나 터벅터벅 걸어올라가고, 새로 생긴 아랍 식당들을 지나서 마침내 세인트 존스 우드 로드로 접어들어 로드 크리켓 경기장을 지난 다음 리젠트파크 위쪽을 따라 걸어 캠던 타운에 들어섰다. 그보다 훨씬 빠른 길들이 있었지만 우리는 그 점을 알아채지 못했고 신경쓰지도 않았다. 우리는 어디를 향해 가는지 알고 있었다. 대개는 그 생각을 하지 않는 게 걷기가 더 쉬웠다.

젊은 연인들이 흔히 그러듯 우리도 가족 이야기를 하면서 자연스럽게 서로의 입장에 서보고 우리의 상대적 행운을 따져보았다. 어느 순간, 톰이 내게 어떻게 시 없는 삶이 가능한지 모르겠다고 말했다.

내가 대답했다. "그럼, 시 없이 사는 것이 어떻게 불가능하다는 건지 당신이 말해줘봐요." 그렇게 말하면서도 머릿속으로는 이번이 단 한 번의 기회일 수 있으니 대비를 해야 한다고 생각하고 있었다.

나는 맥스에게서 받은 프로필을 통해 그의 가족사를 대략 알고 있었다. 로라와 광장공포증을 앓는 어머니가 있긴 했지만, 톰은 운이 아주 나쁜 편은 아니었다. 우리는 전후의 아이들로서 안전하게 보호받으며 풍족하게 자랐다는 공통점이 있었다. 아버지는 켄트 주의회 도시계획과에서 건축가로 일했으며 은퇴를 앞두고 있었다. 나처럼 톰도 좋은 그래머스쿨 출신이었다. 세븐오크스 학교. 그는 옥스퍼드나 케임브리지 대신 서식스대학을 택했는데, 강의들이 좋아 보였고("개론 강의가 아닌 주제 강의"), 예상을 뒤엎는 일에 흥미를 느끼는 삶의 단계에 이르렀기 때문이었다. 후회는 없다고 그가 우겼지만 나는 믿을 수 없었다. 어머니는 피아노 방문교사였으나, 외출에 대한 공포가 커지면서 집에서만 레슨을 하게 되었다. 하늘이나 구름 귀퉁이만 얼핏 보여도 공황발작을 일으키려 했다. 그녀가 무엇 때문에 광장공포증이 생겼는지는 아무도 몰랐다. 로라의 음주는 그후의 일이었다. 톰의 또다른 여자 형제 조앤은 목사와 결혼하기 전에 드레스 디자이너였다—톰이 그녀에게서 쇼윈도 마네킹과 앨프리더스 목사에 대한 영감을 얻은 모양이라는 생각이 들었지만 그에게 그런 말을 하지는 않았다.

그의 국제관계학 석사논문은 뉘른베르크재판의 정의에 관한 것이었고, 박사논문 주제는 『요정여왕』이었다. 그는 스펜서의 시를 무척 좋아했지만 내가 그 시를 읽을 준비가 되어 있다는 확신은 아직 없었다. 우리는 프린스 앨버트 로드를 걷고 있었고, 런던동물원이 지척에 있었다. 그는 여름 동안 논문을 탈고해 금빛 양각으로 제목을 넣은 하드커버로 특별히 제본해놓았다. 논문에는 감사의 말, 개요, 각주, 참고문헌, 색인 그리고 사백 쪽 분량의 상세한 고찰이 담겼다. 이제 소설 쓰기의 상대적 자유를 생각하면 마음이 놓였다. 나는 내 배경에 대해 이야기했고 그러고 나서는 파크웨이를 걷는 내내, 그리고 캠던 로드 끝에 이르기까지 모르는 사람이나 다름없는 사이에서는 특이하게도, 굳이 대화가 필요치 않은 편안한 침묵이 이어졌다.

나는 움푹 꺼진 침대가 우리를 지탱할 수 있을까 싶었다. 하지만 정말로 마음이 쓰이지는 않았다. 바닥을 뚫고 트리샤의 책상으로 떨어지라지. 나는 거기 톰과 함께 있을 테니까. 마음 상태가 이상했다. 슬픔과 부드럽게 완화된 승리감이 뒤섞인 강렬한 욕망. 내 직장을 지나면서 촉발된 슬픔은 토니 생각이 났기 때문이었다. 또다시 일주일 내내 토니의 죽음에 대한 생각에 사로잡혀 지냈는데, 이전과는 다른 측면에서였다. 그는 스스로를 정당화하는 거칠게 날뛰는 생각을 가득 품은 채 마지막까지 혼자였을까? 랄린이 심문자들에게 무엇을 털어놓았는지 그도 알았을까? 어쩌면 6층의 누군가가 그를 용서해주는 대가로 그가 아는 정보를 모두 얻어내기 위해 쿰링에로 갔었는지도 모른다. 아니면 저쪽 사람이 그의 낡은 바람막이 재킷 옷깃에 레닌 훈장을 달

아주기 위해 예고 없이 찾아왔을 수도 있었다. 나는 비아냥대지 않으려고 애썼지만 대개 실패했다. 이중으로 배신당한 기분이었다. 그는 기사 딸린 검은 차를 타고 온 두 남자에 대해, 그리고 자신이 아프다는 사실에 대해 내게 말해줄 수 있었다. 그랬다면 그를 도왔을 것이다. 그가 요구하는 일이라면 무엇이든 했을 것이다. 발트해의 섬에서 그와 함께 살았을 것이다.

나의 작은 승리는 톰이었다. 나는 바라던 것, 위층 피터 너팅이 '네번째 남자'에 대한 감사를 담아 보낸 한 줄짜리 타이핑 메모를 받았다. '네번째 남자'는 그의 사소한 농담이었다. 내가 스위트 투스에 네번째 작가를 공급했으니까. 나는 톰을 흘끗 보았다. 내 옆에서 성큼성큼 걷고 있는 그는 너무 야위었고, 양손을 청바지 깊숙이 찌른 채 내 쪽이 아닌 어느 한곳에 시선을 고정한 모습이 어쩌면 소설 아이디어를 찾고 있는지도 몰랐다. 나는 이미 그를 자랑스러워하고 있었고 스스로도 아주 조금은 자랑스러웠다. 그는 본인이 원하지 않으면 다시는 에드먼드 스펜서에 대해 생각할 필요가 없을 터였다. 스위트 투스 요정여왕이 톰을 학문적 고투에서 구제해주었다.

그리하여 우리는 마침내 여기, 실내에, 내 한 평짜리 셋방에, 톰은 중고로 산 의자에, 나는 침대 가장자리에 앉아 있었다. 잠시 더 이야기를 나누는 게 나았다. 하우스메이트들이 우리의 웅얼거리는 말소리를 듣고 곧 흥미를 잃을 테니까. 게다가 우리에게는 화젯거리도 많았는데 이백오십 가지나 되는 페이퍼백 소설의 형태로 힌트가 방안 여기저기 흩어져 있거나 바닥과 서랍장에 쌓여 있었던 것이다. 이제 그는 내가 독서가이고 시에 무관심한 머리 빈 여자가 아님을 눈으로 확인할 수 있었다. 우리는 내가 앉아 있는 침대에 대한 긴장을 풀고 마음을 편안히 하기 위해 가볍고 무심하게 책 이야기를 했고, 번번이 의견이 엇갈려도 굳이 자기주장을 펼치려 하지 않았다. 그는 내가 좋아하는 여성 작가들을 상대해주지 않았다—내가 그토록 행복하게 읽었던 바이엇과 드래블 자매, 모니카 디킨스와 엘리자베스 보언을 그의 손이 그냥 지나쳤다. 그가 뮤리얼 스파크의 『운전석』을 발견하고 찬사를 보냈다. 나는 그 작품이 너무 도식적이고 『진 브로디 선생의 전성기』가 더 좋다고 말했다. 그는 고개를 끄덕였지만 내 의견에 동의해서는 아니었고, 이제 내 문제를 이해한 심리치료사처럼 보였다. 그러고는 의자에 앉은 채 상체를 앞으로 뻗어 존 파울즈의 『마법사』를 집어들며 그 작품의 몇몇 부분과 『컬렉터』 『프랑스 중위의 여자』 전체를 찬양했다. 나는 트릭을 좋아하지 않는다고, 내가 알고 있는 삶이 책 속에 재현된 걸 좋아한다고 말했다. 그는 삶이 트릭 없이 책 속에 재현되기란 불가능하다고 말했다. 그러고는 일어나 서랍장에서 B. S. 존슨의 『앨버트 앤젤로』를 집었는데, 본문에 군데군데 구멍이 파여 있는 책이었다. 그는 이 작품도 좋다고 말했다. 나는 혐오한다고 말했다. 그는 앨런 번스의 『기념행사들』을 보고 깜짝 놀랐다—지금까지 영국에서 나온 가장 훌륭한 실험주의자라는 것이 그의 평이었다. 나는 아직 읽지 않았다고 말했다. 그는 내가 존 콜더가 출간한 책들을 몇 권 갖고 있는 걸 보았다. 현존하는 최고의 목록이라고 했다. 나는 그가 서 있는 곳으로 갔다. 단 한 권도 스무 쪽 이상 못 읽었다고 말했다. 게다가 인쇄도 끔찍하다고! J. G. 발라드는 어떤가—그는 내가 가진 그의 작품 세 권을 보았다. 나는 그것들을 마주할 수 없다고 말했다. 너무 종말론적이라고. 톰은 발라드가 한 모든 것을 좋아한다고 했다. 대담하고 멋진 인물이라고. 우리는 웃었다. 톰이 내게 남자와 여자의 상이한 취향에 대해 노래한 킹슬리 에이미스의 시 「서점의 목가」를 읽어주겠다고 약속했다. 마무리가 좀 감상적이긴 하지만 재미있고 진실한 시라고. 나는 아마 그 시를 싫어할 거라고 대꾸했다. 끝부분만 빼고. 그가 키스했고 그로써 문학 토론은 종결되었다. 우리는 침대로 갔다.

어색했다. 우리는 몇 시간이나 대화하는 내내 이 순간을 생각하지 않는 척했다. 서로의 언어로 처음에는 가벼운 내용의, 나중에는 속마음을 담은 편지를 주고받다가 직접 만나 처음부터 다시 시작해야 한다는 걸 깨달은 편팔 같았다. 그의 스타일은 내게 생소했다. 나는 다시 침대 가장자리에 앉아 있었다. 그는 한 번의 키스 후 더이상 애무 없이 내게로 몸을 기울여, 마치 아이에게 잠옷을 갈아입히듯 효율적이고 일상적인 동작으로 옷을 벗겼다. 콧노래를 불렀어도 놀라지 않았으리라. 다른 상황이었더라면, 우리가 더 가까운 사이였다면 매력적이고 다정한 역할놀이일 수도 있었다. 하지만 그것은 침묵 속에서 이루어졌다. 나는 그 의미를 몰라 불안했다. 그가 브라 끈을 풀기 위해 내 어깨 너머로 몸을 뻗었을 때 나는 그를 만질 수 있었고 그러려고 했지만 결국 그만두었다. 그는 내 머리를 손으로 받치고 나를 부드럽게 침대 위로 밀며 속바지를 벗겼다. 그 모든 행위가 내 마음을 끌지 못했다. 긴장이 고조되어갔다. 내가 개입해야 했다.

나는 벌떡 일어나서 말했다. "당신 차례예요." 그는 순순히 내가 앉았던 곳에 앉았다. 그의 앞에 서서 셔츠 단추를 풀다보니 가슴이 그의 얼굴과 가까워졌다. 그가 발기한 게 보였다. "큰 소년이 잠자리에 들 시간이에요." 그가 내 젖꼭지를 입에 물자 다 잘될 거란 생각이 들었다. 목구멍 맨 밑에서 퍼져나가 회음부까지 내려가는 뜨겁고 찌르르하고 날카로운 그 감각을 거의 잊고 있었다. 하지만 침대커버를 젖히고 눕자 그의 그곳이 물렁해져서 내가 뭔가 잘못한 모양이라고 생각했다. 얼핏 그의 음모를 보고 놀라기도 했다—너무 성글어서 없다시피한데다 머리칼처럼 곧고 비단 같았다. 우리는 다시 키스했지만—그는 키스를 잘했다—성기를 손으로 잡아보니 여전히 물렁했다. 아까 효과를 본 터라 그의 머리를 내 가슴에 대고 눌렀다. 새로운 파트너. 그건 마치 새로운 카드게임을 배우는 것과 같았다. 하지만 그의 머리는 내 가슴을 지나쳐 아래로 내려가 혀로 솜씨 좋게 나를 흥분시켰다. 황홀한 일 분이 지나기도 전에 나는 아래층 변호사들을 의식해 억눌린 기침소리로 위장한 작은 비명과 함께 절정에 도달했다. 다시 정신이 들자 그가 잔뜩 흥분한 게 보였고 안도감이 찾아왔다. 내 쾌감이 그의 쾌감의 고삐를 풀어준 것이다. 그래서 나는 그를 끌어당겼고 그 일이 시작되었다.

우리 둘 다에게 대단한 경험은 아니었지만 우리는 그럭저럭 해냈고 체면을 살렸다. 아까도 말했듯이 내게는 다른 세 여자, 연애는 하지 않는 듯하고 침대 스프링의 삐걱거림 너머 인간의 소리를 들으려고 귀를 쫑긋 세우고 있을 하우스메이트들을 의식한 게 부분적으로 걸림돌이 되었다. 톰이 너무 조용한 것도 한몫했다. 애정이나 감탄의 말 한마디 없었고, 호흡조차 변함없었다. 그가 우리의 섹스를 나중에 써먹고자 조용히 기록하고 있으리라는 생각을 떨칠 수 없었다. 마음속으로 메모를 하며, 취향에 맞는 문구들을 창작, 수정하고, 평범함을 넘어서는 디테일을 찾고 있으리라. 나는 가짜 목사와 어린 남자아이의 페니스만한 '거대한' 클리토리스를 가진 진의 이야기가 떠올랐다. 톰은 혀로 내 것의 길이를 가늠하며 무슨 생각을 했을까? 기억에 담아두기에는 너무 보통이다? 에드먼드와 진이 초크 팜에 있는 에드먼드의 아파트에서 재결합해 사랑을 나눌 때 오르가슴에 도달한 진은 BBC 시보처럼 맑고 간격이 고른 고음의 염소 울음소리를 연달아 낸다. 그렇다면 예의바르게 절제된 내 소리는? 그런 의문이 다른 건강하지 못한 생각을 낳았다. 닐 카더는 마네킹의 '부동성'에 기쁨을 느낀다. 그녀가 자신을 경멸하고 무시하는 것일 수도 있다는 가능성에 전율한다. 톰이 원하는 게 그걸까? 여자의 완전한 수동성, 너무 강한 나머지 오히려 그 반대, 그를 압도하고 소모시키는 힘이 되는 내향성. 나도 아무 움직임 없이 가만히 누워 입술을 벌린 채 천장을 응시해야 하나? 정말로 그럴 것 같진 않았고, 그런 추측들이 즐겁지도 않았다.

섹스가 끝나자마자 그가 재킷에서 수첩과 연필을 꺼내는 상상이 고통을 가중시켰다. 물론 그러면 그를 내쫓아버릴 테다! 하지만 그런 자학적 생각들은 악몽에 지나지 않았다. 그는 침대에 등을 대고 누워 있었고 나는 그의 팔을 베고 누워 있었다. 춥지는 않았지만 우리는 시트와 담요를 덮었다. 그러다 몇 분간 설핏 졸았다. 나는 아래층 현관문이 쾅 닫히는 소리에 깼고 멀어져가는 하우스메이트들의 목소리를 들었다. 이제 집안에는 우리뿐이었다. 눈으로 볼 수는 없었지만 톰이 완전히 깨어나는 게 느껴졌다. 그는 잠시 조용히 있더니 좋은 레스토랑에 데려가겠다고 했다. 아직은 아니었지만 곧 재단에서 돈이 올 거라 확신하고 있었다. 나는 말없이 동조했다. 이틀 전 맥스가 지출 서류에 서명했으니까.

우리는 샬럿 스트리트 남단에 있는 화이트 타워로 가서 구운 감자를 곁들인 클레프티코*를 먹고 레치나** 세 병을 마셨다. 우리는 그것들을 주문할 능력이 되었다. 첩보 예산으로 저녁식사를 하고 그렇다고 말할 수 없다니 얼마나 희한한 일인가. 대단히 성숙해진 기분이 들었다. 톰이 말하길, 이 유명 레스토랑은 전시에 그리스식 스팸을 내놓았다고 했다. 우리는 농담으로 그 시절이 곧 다시 올 거라고 말했다. 그가 그 레스토랑의 문학적 연관성을 줄줄이 늘어놓는 동안 나는 취기 어린 미소를 띤 채 약간 건성으로 들었다. 또다시 마음속에 음악이, 이번에는 교향곡이, 말러의 웅장한 스케일로 장엄한 느린악장이 흐르고 있었기 때문이었다. 바로 이 방에서 에즈라 파운드와 윈덤 루이스가 소용돌

* 양념한 고기를 구운 그리스 전통 요리.

** 수지향을 첨가한 그리스산 와인.

이파 잡지인 『블래스트』를 만들었다고 톰이 말하고 있었다. 그 이름들은 내게 아무 의미도 없었다. 우리는 술에 취해 팔짱을 끼고 헛소리를 늘어놓으며 피츠로비아에서 캠던 타운까지 다시 걸어갔다. 이튿날 내 방에서 잠이 깼을 때 우리의 새로운 카드게임은 쉬웠다. 사실 아주 즐거웠다.

15

10월 말이 되자 연례행사로 서머타임의 시곗바늘이 원래대로 되돌아가고, 우리의 오후에 드리운 어둠의 뚜껑이 단단히 닫히고, 나라 분위기가 한층 저조해졌다. 11월이 또 한번의 갑작스러운 추위와 함께 시작되었고 거의 매일 비가 내렸다. 모두가 '위기'를 이야기했다. 정부는 휘발유 배급 쿠폰을 찍어대고 있었다. 지난 전쟁 이래 초유의 사태였다. 끔찍한 미래가 우리를 기다리고 있지만 그 실상을 예견하기도 어렵거니와 피하기도 불가능하다는 게 전반적인 인식이었다. '사회구조'가 와해되기 시작하는 게 아니냐는 의혹이 있었지만 그에 뒤따르는 결과는 아무도 몰랐다. 하지만 나는 행복하고 분주했다. 마침내 연인이 생겼고, 되도록 토니 생각은 하지 않으려 했다. 그에 대한 분노는 그를 혹독하게 비난하는 데 따르는 죄책감에 자리를 내주었거나 적어도 그것과 뒤섞였다. 그 아득한 목가, 서퍽에서 보낸 에드워드왕 시대풍 여름을 잊는 건 잘못이었다. 이제 톰이 곁에 있어서 보호받는 기분을 느끼다보니 토니와 함께했던 시간을 비참한 기분이 아닌 향수 어린 마음으로 생각할 여유가 생겼다. 토니는 조국을 배신했을지언정 내게 인생의 출발점을 가져다주었다.

나는 신문 읽는 버릇이 다시 생겼다. 듣기로는 업계에서 '왜 도대체 왜' 코너로 통한다는, 불평과 탄식이 실린 오피니언 코너가 내 관심을 끌었다. 이를테면 이런 식이었다. 왜 도대체 왜 대학 지식인들은 급진주의 아일랜드공화국군이 일으킨 대학살에 환호하고 분노여단과 붉은군대를 낭만화했는가? 우리 제국과 2차세계대전의 승리로 고통과 비난을 받아온 우리는 왜 도대체 왜 위대한 과거의 폐허 속에서 침체를 겪어야 하는가? 범죄율은 치솟고, 일상적 예의는 무너져가고, 길거리는 지저분하고, 경제와 사기는 꺾이고, 생활수준은 공산국가 동독보다 낮은데 우리는 분열되어 있고 공격적으로 굴며 현실에 상관하지 않는다. 폭동을 선동하는 말썽꾼들은 우리의 민주주의 전통을 해체하고, 인기 TV 프로그램은 병적으로 유치하며, 컬러TV는 너무 비싸고, 모두가 희망이 없다고, 이 나라는 끝났다고, 역사에서 우리의 시간은 지나갔다고 입을 모은다. 왜 도대체 왜?

나는 비참한 매일의 서사도 읽었다. 11월 중순이 되자 석유 수입이 급감했고, 석탄공사는 광부들에게 16.5퍼센트 임금 인상을 제안했으나 OPEC이 준 기회를 잡은 광부들은 35퍼센트를 요구하며 초과근무 거부에 들어갔다. 학교에 난방을 할 수 없어서 아이들을 집으로 돌려보냈고, 에너지 절약을 위해 가로등이 꺼졌으며, 전력 부족으로 모두 일주일에 사흘만 일해야 한다는 터무니없는 이야기가 나돌았다. 정부에서 제5차 비상사태를 선포했다. 어떤 이들은 광부들의 요구를 들어주라고 하고, 다른 이들은 광부들이 깡패, 공갈범이라며 타도를 외쳤다. 나는 그 모든 것을 읽었고 내가 경제에 취미가 있음을 알게 되었다. 그 수치들을 이해했고 위기를 피해갈 방법을 알았다. 하지만 신경쓰지 않았다. 나는 스페이드와 헬륨에 전념했고, 볼트는 잊으려고 애썼으며, 스위트 투스에, 그중에서도 내 사적인 몫에 마음이 가 있었다. 그건 직무상 주말에 브라이턴으로, 역 근처 좁고 흰 집의 위층인 톰의 방 두 칸짜리 보금자리로 떠나는 여행을 의미했다. 클리프턴 스트리트는 아이싱을 입힌 크리스마스 케이크들이 한 줄로 늘어서 있는 듯하고, 공기는 깨끗하며, 프라이버시가 지켜지는 곳이었다. 침대는 모던한 디자인의 소나무 재질이고 매트리스는 조용하고 단단했다. 몇 주 되지 않아 나는 그곳을 내 집처럼 생각하게 되었다.

침실은 침대보다 조금 큰 정도였다. 옷장 문을 25센티미터 이상 열기가 어려워서 안으로 손을 넣어 더듬거리며 옷을 찾아야 했다. 이따금 이른 아침 벽 저편에서 들려오는 톰의 타자기 소리에 잠이 깼다. 부엌이자 거실이기도 한 그의 작업실은 침실보다 넓게 느껴졌다. 집주인인 건축업자가 야심차게 서까래를 노출시켰던 것이다. 톰이 두드리는 불규칙적인 타자기 소리와 갈매기 울음소리—그 소리에 나는 잠이 깨 눈을 감은 채로 느긋하게 삶의 변화를 음미했다. 캠던에서는 얼마나 외로웠던가. 특히 셜리가 떠난 후로. 고된 한 주를 마감하고 금요일 일곱시 브라이턴에 도착해서 가로등 불빛 아래 언덕길을 몇백 미터 걸어올라갈 때, 바다 내음을 맡으며 브라이턴이 니스나 나폴리만큼 런던에서 멀리 떨어진 듯 느껴지고, 톰이 미니 냉장고에 화이트와인 한 병을 넣어놓고 식탁에 와인잔을 준비해놓았으리라는 걸 안다는 건 얼마나 기쁜 일인가. 우리의 주말은 단순했다. 사랑을 나누고, 책을 읽고, 해안가를, 가끔은 다운스를 거닐고, 레스토랑—대개 레인스에 있는—에서 식사를 했다. 그리고 톰은 글을 썼다.

그는 방 한구석에 놓인 녹색 베이즈 천을 깐 카드테이블에서 휴대용 올리베티 타자기로 작업했다. 밤이나 새벽에 일어나 아홉시경까지 글을 썼고, 침대로 돌아와서는 나와 사랑을 나누고 한낮까지 잤다. 그사이 나는 오픈마켓 근처에서 커피와 크루아상을 사왔다. 당시만 해도 영국에서 크루아상은 진기한 것이어서 내가 지내는 브라이턴을 더욱 이국적으로 만들어주었다. 나는 신문을 스포츠면만 빼고 처음부터 끝까지 읽고 나서 프라이업 브런치를 만들 재료를 사러 나가곤 했다.

재단에서 돈이 들어오고 있었다—그러지 않았다면 어떻게 휠러스 레스토랑에서 식사를 하고 냉장고에 샤블리 와인을 쟁여놓을 수 있었겠는가? 11월과 12월에 톰은 대학 강의를 마무리하면서 단편소설 두 편을 쓰고 있었다. 톰은 런던에서 시인이자 편집자인 이언 해밀턴을 만났는데, 마침 『뉴 리뷰』라는 문학잡지를 창간한 해밀턴이 가까운 시일 내에 그의 소설을 싣고 싶어했다. 톰의 출간작품을 모두 읽은 해밀턴은 소호에서 술잔을 기울이며 "아주 훌륭하다"거나 "나쁘지 않다"고 평했다—그쪽 분야에서 그 정도면 극찬인 게 분명했다.

새로운 연인들의 자축 형태로 우리는 여러 자아도취적인 일과와 캐치프레이즈, 페티시를 개발해냈고, 토요일 저녁의 데이트 패턴도 확실히 자리잡았다. 우리는 종종 이른 저녁 사랑을 나누었다—그것이 우리에게는 '그날의 주식'이었다. 이른 아침의 '포옹'은 쳐주지도 않았다. 우리는 성교 후의 멍징하고 고양된 기분으로 저녁 외출 준비를 했고, 집을 나서기 전에 샤블리 와인 한 병을 거의 비웠다. 그나 나나 와인에 대해 전혀 모르면서도 집에서는 꼭 그것만 마셨다. 샤블리는 장난스러운 선택이었는데 듣자하니 제임스 본드가 즐겨 마시는 술이었기 때문이다. 톰은 새로 산 하이파이로 음악을 틀었다. 대개 비밥이었고 내게는 무작위적 음들의 불규칙적인 흐름에 불과했지만 그래도 세련되고 화려하고 도시적으로 들렸다. 그다음에 우리는 차디찬 바닷바람 속으로 나서서 레인스까지 천천히 언덕을 내려갔고, 해산물 요리가 나오는 휠러스 레스토랑을 자주 찾았다. 톰이 얼근히 취해 웨이터들에게 팁을 듬뿍 줄 때가 많아서 우리는 그곳에서 인기 있는 손님이었고, 갈 때마다 과장된 동작으로 "우리" 테이블로 안내받았다. 다른 손님들을 지켜보며 조롱하기에 좋은 한쪽 구석자리였다. 그때의 우리는 정말 꼴불견이 아니었을지. 웨이터에게 전채요리로 "늘 먹던 것"을 주문했다—샴페인 두 잔과 굴 요리. 우리가 그 요리를 정말 즐겼는지는 잘 모르겠지만 그것 자체, 파슬리와 반으로 자른 레몬들 사이에 타원형으로 배치된 만각류 고대 생명체와 촛불의 빛을 받아 화려하게 반짝이는 얼음층, 은접시, 광을 낸 칠리소스 통은 좋았다.

우리 자신에 대해 이야기하지 않을 때는 온갖 정치 문제에 대해 의견을 나누었다—국내 위기, 중동, 베트남. 우리는 공산주의를 견제하기 위한 전쟁에 대해 논리적으로는 좀더 양면적인 태도를 보여야 했을 테지만 우리 세대의 정통적 견해를 취했다. 베트남전은 끔찍이도 잔혹했고 명백한 실패작이었다. 도를 넘은 권력과 어리석음의 드라마인 워터게이트에 대해서도 이야기했는데, 톰이 내가 아는 대부분의 남자처럼 사건 관련 인물들, 날짜, 모든 역사적 전환점, 사소한 헌법적 영향에 빠삭해서 나는 분개한 쓸모없는 말동무에 지나지 않았다. 물론 문학 이야기도 많이 나누었다. 그가 좋아하는 시들이라며 보여주는 건 아무 문제 없었다—나도 그 시들을 좋아했다. 하지만 그는 존 호크스, 배리 해너, 윌리엄 개디스의 소설로 내 관심을 끌지 못했고, 나의 영웅인 마거릿 드래블과 페이 웰든, 그리고 가장 최근 열정의 대상인 제니퍼 존스턴에게 흥미를 느끼지 못했다. 나는 그의 작가들이 너무 건조하다고 생각했고, 그는 내 작가들이 감상적이라고 여겼다. 엘리자베스 보언의 경우 속는 셈치고 믿어줄 준비가 되어 있었지만. 그 시기에 우리가 가까스로 의견을 좁힐 수 있었던 작품은 중편소설 딱 하나, 그가 가제본으로 갖고 있던 윌리엄 코츠윙클의 『비밀의 바다에서 헤엄치는 사람』이었다. 그는 그 작품의 구성이 아름답다고 생각했고, 나는 현명하고 슬프다고 생각했다.

그가 탈고 전 작품 이야기를 하길 꺼려서, 나는 어느 토요일 오후 그가 자료조사차 도서관에 간 틈을 타 몰래 원고를 훔쳐보는 게 합당하고 내 의무를 다하는 것이라고 느꼈다. 그가 계단을 올라오는 소리가 들리도록 문을 열어두었다. 11월 말쯤 초고가 마무리된 한 작품은 화자가 말하는 유인원으로, 그 유인원은 두 번째 소설과 씨름하는 작가인 연인에 대해 염려 어린 책망을 하는 경향이 있었다. 그녀는 첫 소설로 찬사를 얻었다. 그렇게 좋은 작품을 다시 쓸 수 있을까? 그녀는 회의에 빠지기 시작한다. 작품에 매달리느라 자신을 등한시하는 연인에게 상처받은 성난 유인원은 그녀의 등뒤에서 얼쩡거린다. 나는 마지막 쪽에 이르러서야 내가 읽고 있는 이야기가 실은 그녀가 쓰고 있는 작품임을 알게 되었다. 화자인 유인원은 존재하지 않는다. 그는 유령이고 그녀의 조바심치는 상상의 산물이다. 아니다. 다시 한번 말하지만 아니다. 이건 아니다. 부자연스럽고 우스꽝스러운 이종간 섹스의 문제를 차치하더라도, 나는 이런 식의 소설적 트릭을 본능적으로 불신했다. 발밑의 땅을 느끼고 싶었다. 작가와 독자 사이에는 명문화되지 않은 계약이 존재하며 작가는 그걸 존중해야 한다. 가상의 세계나 그 안에 존재하는 인물들의 어떤 요소도 작가의 변덕에 따라 사라지는 것이 허용되어선 안 된다. 허구의 세계도 실제 세계처럼 견고하고 일관성이 있어야 한다. 그건 상호 신뢰를 바탕으로 한 계약이다.

첫 작품이 실망스러웠다면 두번째 작품은 읽기 전부터 놀라움을 안겨주었다. 분량이 백사십 쪽이 넘었고, 마지막 문장 아래 손글씨로 지난주 날짜가 적혀 있었다. 내게는 비밀로 해왔던, 첫 중편소설의 초고였다. 나는 원고를 읽으려다가 바깥 계단으로 나가는 문이 쾅 닫히는 소리에 화들짝 놀랐다. 허술한 창문 틈으로 들어온 바람에 문이 저절로 닫혔던 것이다. 나는 의자에서 일어나 톰이 전에 혼자 힘으로 옷장을 계단으로 끌어올릴 때 사용했던 기름때 묻은 밧줄 사리를 문에 괴어놓았다. 그러고는 서까래에 매달린 전등을 켜고 죄스러운 마음으로 속독을 시작했다.

『서머싯 평원으로부터』는 한 남자가 아홉 살 난 딸을 데리고 불타버린 마을들과 작은 도시들의 황폐한 풍경을 가로지르는 여행기였다. 쥐와 콜레라, 가래톳페스트의 위험이 상존하고, 물이 오염되어 이웃끼리 오래된 깡통주스를 두고 사력을 다해 싸우며, 주민들은 개 한 마리와 말라빠진 고양이 두 마리를 모닥불에 구워먹는 축하 만찬에 초대된 걸 행운으로 여긴다. 아버지와 딸이 런던에 도착해보니 황량함은 더 심각하다. 퇴락해가는 고층 건물들과 녹슬어가는 차량들, 사람이 살 수 없는 테라스하우스가 늘어선 거리의 풍경 속에 쥐와 떠돌이 개가 들끓고, 얼굴에 원색 줄무늬를 그린 민병대 지휘관들과 그 패거리들이 빈곤한 시민들을 공포에 떨게 한다. 전기는 아득히 먼 기억이다. 그나마 기능하는 건 정부 청사뿐이다. 갈라지고 잡초가 무성한 콘크리트의 광대한 평원 위로 정부의 고층건물이 솟아 있다. 아버지와 딸은 관청 밖 행렬에 끼기 위해 새벽에 평원을 가로지르며 썩고 짓밟힌 채소, 납작하게 접어 침대로 쓰는 판지상자, 불의 잔해와 구운 비둘기 사체, 녹슨 깡통, 토사물, 닳은 타이어, 화학물질이 고인 초록 웅덩이, 인간과 동물의 배설물을 지난다. 하늘을 찌르는 강철과 유리의 수직선으로 수렴되는 수평선의 옛 꿈은 이제 까마득히 잊혔다.

소설 중심부에 자주 등장하는 이 광장은 슬픈 신세계의 거대한 축소판이다. 광장 한가운데에 사용하지 않는 분수대가 있고 그 위의 대기는 파리떼로 뒤덮여 잿빛이었다. 어른 아이 할 것 없이 남자들은 날마다 그곳에 와서 넓은 콘크리트 가장자리에 쭈그리고 앉아 대변을 봤다. 그 모습이 횃대에 앉은 깃털 없는 새들 같다. 시간이 흐르자 그곳에는 사람들이 개미군락처럼 바글거리고, 공기 중에 연기가 자욱하고, 소음 때문에 귀가 먹먹하고, 사람들이 알록달록한 모포에 한심한 물건들을 펼쳐놓고, 아버지는 쓰다 남은 오래된 비누를 두고 흥정을 벌이지만 깨끗한 물은 구하기 어려울 것이다. 평원에서 파는 물건들은 모두 오래전에 지금은 이해할 수 없는 공정을 거쳐 만들어진 것이다. 나중에 남자(짜증스럽게도 우리는 그의 이름을 영영 듣지 못한다)는 옛 친구를 만나는데, 그녀는 운좋게도 방 한 칸을 구해서 산다. 그녀는 수집가다. 테이블에 전화기가 놓여 있는데 선이 10센티미터만 남긴 채 잘렸고, 그

외에 브라운관 하나가 벽에 기대어 있었다. 텔레비전의 나무 외피와 유리 화면, 조작 버튼들은 오래전에 뜯겨나가고 반짝이는 전선 뭉치만 칙칙한 금속에 둘둘 감겨 있었다. 그녀는 그런 물건들이 인간의 창의성과 디자인에서 나온 산물이어서 좋아한다고 그에게 말한다. 그리고 물건들을 좋아하지 않는 건 인간을 싫어하기 바로 직전 상태라고. 하지만 그가 생각하기에 그녀의 수집 충동은 무의미하다. 전화 시스템이 없다면 전화기는 무가치한 쓰레기에 지나지 않으니까.

산업문명과 그 모든 체제 그리고 문화가 기억에서 희미해지고 있다. 인간은 부족한 자원을 차지하기 위해 끊임없이 경쟁하면서 친절이나 창의성을 발휘할 여지가 없었던 야만적인 과거로 시간을 거슬러가고 있다. 지난 시절은 돌아오지 않을 것이다. 여자는 모든 것이 너무 많이 변해서 우리가 거기 있었다는 게 믿기지 않는다며 그들이 한때 공유했던 과거에 대해 말한다. 우리는 늘 이곳을 향해 걸어오고 있었다, 어느 맨발의 철학적 인물이 그에게 말한다. 소설의 다른 부분에서 문명의 붕괴가 20세기의 불의, 갈등, 모순과 함께 시작되었음이 명백히 밝혀진다.

독자는 마지막에 이르기까지 아버지와 어린 딸이 어디로 향하는지 모른다. 그들은 그의 아내, 딸의 어머니를 찾고 있었다. 그들을 도와줄 통신 시스템도, 공무원도 없다. 그들이 지닌 사진은 그녀가 어릴 때 찍은 것뿐이다. 그들은 입소문에 의지하고, 수없이 허탕 친 끝에 가래톳페스트로 쓰러지면서 결국 실패하고 만다. 아버지와 딸은 한때 유명 은행 본점이었던 폐건물의 악취나는 지하실에서 서로 부둥켜안고 죽어간다.

원고를 끝까지 읽는 데 한 시간 십오 분이 걸렸다. 나는 원고를 타자기 옆에 원래대로 너저분하게 흩뜨려놓은 뒤 밧줄을 치우고 문을 닫았다. 혼란스러운 마음으로 생각을 정리하려고 식탁에 앉았다. 피터 너팅과 동료들의 반발이 어렵지 않게 떠올랐다. 그 작품에는 우리는 원치 않는 비운의 디스토피아가, 그동안 우리가 고안하거나 쌓아올리거나 사랑한 모든 것을 고발하고 거부하며 전체 계획이 물거품이 되는 걸 즐기는, 요즘 유행하는 종말론이 있었다. 다른 이들의 발전에 대한 모든 희망을 비웃는 잘 먹고 잘사는 남자의 호사와 특권이 있었다. T. H. 헤일리는 따뜻하게 키워주고, 공짜로 자유로이 배우게 해주고, 전쟁에 내보내지 않고, 무서운 의식이나 기아나 복수심에 불타는 신에 대한 두려움 없이 어른이 되게 해주고, 이십대에 거액의 연금으로 품어주고, 표현의 자유에 아무런 제한도 두지 않은 세상에 대해 부채의식이 전혀 없었다. 우리가 만들어온 모든 것이 부패했음을 결코 의심하지 않고, 대안을 제시할 생각도 결코 없고, 우정과 사랑, 자유시장, 산업, 기술, 상업, 예술과 학문에서 희망을 이끌어내는 법 없는 편리한 니힐리즘이었다.

그의 이야기는 (나는 너팅의 환영이 되어 계속 말했다) 종말을 맞이해 홀로 누워 자기 자신에게만 갇힌 채 아무 희망 없이 조약돌을 빨고 있는 인간에게나 특별히 허락되는 사뮈엘 베케트의 유산이었다. 민주주의에서 행정의 어려움, 요구가 많고 그럴 자격이 있으며 자유롭게 사고하는 수백만 명의 개인을 바르게 통치하는 일에 대해 전혀 알지 못하고, 우리가 불과 오백 년 만에 잔혹하고 빈곤했던 과거로부터 얼마나 장족의 발전을 이루었는지에 대해 전혀 관심 없는 남자.

반면…… 그 작품의 좋은 점은 무엇일까? 그 작품은 모두를, 특히 맥스를 화나게 만들 테고 그 점 하나만으로도 굉장했다. 소설가를 선택한 게 실수라는 그의 견해가 옳았음을 확인해주더라도 화가 나긴 할 터였다. 역설적으로, 그 작품은 헤일리라는 작가가 그에게 돈을 주는 사람들로부터 얼마나 자유로운지 보여줌으로써 스위트 투스를 더욱 공고히 할 터였다. 『서머싯 평원으로부터』는 모든 신문 헤드라인에 출몰하는 유령의 구현이자 벼랑 끝에서 엿본 심연, 극화된 최악의 경우였다—런던이 헤라트, 델리, 상파울루가 된 것이다. 그렇다면 그 작품에 대한 나의 생각은? 너무 어둡고 너무 절망적이어서 내 마음까지 우울해졌다. 톰은 적어도 아이만은 살렸어야 했다. 독자에게 미래에 대한 작은 믿음을 주었어야 했다. 나는 너팅의 환영이 한 말이 옳을지도 모른다고 생각했다—이 비관주의에는 유행을 좇는 측면이 있으며 이는 하나의 미학적, 문학적 가면 혹은 태도에 불과하다. 그 작품은 진정한 톰이 아니었다. 그의 아주 작은 일부분에 지나지 않았고 따라서 진실되지 못했다. 나는 그 작품이 전혀 마음에 들지 않았다. T. H. 헤일리는 내 선택으로 여겨질 것이고 내게 책임이 있을 터였다. 또하나의 오점이 될 것이었다.

나는 방 저편의 타자기와 그 옆에 놓인 빈 커피잔을 바라보며 생각에 잠겼다. 등뒤에 유인원이 있는 그 작가처럼, 내가 사귀고 있는 남자도 초기에 엿보인 장래성을 구현하지 못하는 것으로 판명되고 마는 걸까? 만일 그의 최고작이 이미 나왔다면 나는 당혹스러운 판단상의 실수를 한 것이 된다. 비난을 받겠지만 실상 그는 내게 접시, 아니 서류철에 담겨서 넘겨졌었다. 나는 작품에 홀렸고 그다음에 사람에게 빠졌다. 그것은 중매결혼, 6층에서 주선한 결혼이었고 때는 이미 늦어 나는 도망칠 수 없는 신부가 되었다. 아무리 실망스러워도 그의 곁을 지키며 그와 함께 있을 것이고, 그건 내 이익을 위해서만은 아니었다. 물론 여전히 그를 믿어서였다. 그가 독창적인 목소리와 뛰어난 정신의 소유자라는—그리고 나의 멋진 연인이라는—믿음은 부실한 작품 두어 편으로 사라지지 않을 터였다. 그는 나의 프로젝트, 나의 일, 나의 임무였다. 그의 예술, 그의 작품, 그리고 우리의 연애는 하나였다. 그가 실패하면 나도 실패하는 것이었다. 그렇다면 간단했다—우리는 함께 성공할 것이다.

여섯시가 다 된 시각이었다. 톰은 아직 외출중이었고, 중편소설 원고는 그럴듯하게 타자기 주위에 흩어져 있었고, 저녁의 즐거움이 우리 앞에 놓여 있었다. 나는 향기가 짙은 입욕제를 풀어 목욕을 했다. 욕실은 가로 1.5미터, 세로 1.2미터이고(우리가 직접 재보았다) 공간절약형 반신욕조를 들여놓아서 물속으로 들어가 미켈란젤로의 〈생각하는 사람〉 자세로 턱에 앉거나 웅크릴 수 있었다. 거기 웅크리고 앉아서 좀더 생각에 잠겼다. 희망적인 가능성이 하나 있다면, 해밀턴이라는 편집자가 톰의 평가대로 예리한 사람일 경우 타당한 이유를 들어 두 작품 다 거절할 거라는 점이었다. 그 경우 나는 아무 말도 하지 않고 기다려야 했다. 돈으로 그를 자유롭게 해주고 그에게 간섭하지 않으면서 끝까지 낙관하는 것, 그것이 우리의 취지였다. 그럼에도…… 그럼에도, 나는 스스로를 훌륭한 독자로 여겼다. 나는 그가 실수를 저지르고 있다고, 이 흑백의 비관주의 작품은 그의 재능을 살리지 못하고 가짜 목사 이야기나 사기꾼임을 알게 된 아내와 격정적인 사랑을 나누는 남자의 모호성이 지닌 재치 있는 반전도 없다고 확신했다. 톰이 내 의견을 경청할 만큼 나를 좋아한다고 생각했다.

하지만 내가 받은 지시는 분명했다. 나는 간섭하고 싶은 충동과 싸워야 했다.

이십 분 후 마음의 결정을 내리지 못한 채 여전히 고민하며 욕조 옆에서 몸을 말리고 있는데 계단을 올라오는 발소리가 들렸다. 그가 문을 두드리고는 김이 자욱한 내실로 들어왔고, 우리는 말없이 포옹했다. 그의 코트 자락에서 거리의 한기가 느껴졌다. 완벽한 타이밍이었다. 나는 알몸이었고, 향기로웠고, 준비되어 있었다. 그가 나를 침실로 이끌었고 모든 게 좋았다. 골치 아픈 질문은 모두 사라져갔다. 한 시간쯤 후 우리는 저녁 외출을 위해 옷을 차려입고 샤블리 와인을 마시며, 여자처럼 노래하는 쳇 베이커의 〈마이 퍼니 밸런타인〉을 들었다. 그의 트럼펫 솔로에 비밥 같은 구석이 있을지는 몰라도 온화하고 부드러웠다. 재즈를 좋아하게 될 수도 있겠다는 생각이 들었다. 우리는 잔을 부딪치고 키스했다. 그다음 톰이 내게서 몸을 돌려 와인잔을 들고 카드 테이블로 가서는 몇 분 동안 원고를 내려다보았다. 원고 뭉치를 한 장씩 들추며 뒤적이다가 특정 구절을 찾아내 연필로 표시했다. 이맛살을 찌푸린 채 타자기에 끼워진 페이지를 읽기 위해 느리고 의미심장한 철커덕철커덕 소리를 내며 캐리지를 돌렸다. 그가 고개를 들어 나를 보자 초조해졌다.

그가 말했다. "당신에게 할말이 있어."

"좋은 일이야?"

"저녁 먹으면서 얘기할게."

그가 내게로 왔고 우리는 다시 키스했다. 그는 아직 재킷을 걸치지 않고 런던 저민 스트리트에서 맞춘 셔츠 세 장 중 하나를 입고 있었다. 셔츠 세 장이 똑같이 흰색 고급 이집트면으로 만들어졌고, 어깨와 팔 부분을 넉넉하게 재단해 약간 해적 같은 인상을 주었다. 그는 내게 모름지기 남자라면 흰 셔츠 "라이브러리"가 있어야 한다고 말했다. 나는 그런 멋내기에는 관심 없지만 면 셔츠 아래 느껴지는 그의 촉감이 좋았고 그가 돈에 적응해가는 방식도 마음에 들었다. 하이파이, 레스토랑, 글로브트로터 여행 가방, 전동타자기—그는 학생의 삶을 우아하게, 죄의식 없이 떨쳐내고 있었다. 크리스마스 전의 그 몇 개월 동안은 강의료도 받고 있었다. 그는 돈이 넘쳐났고 함께 있기에 좋았다. 내게 선물을 사주었다—실크재킷, 향수, 직장에 갖고 다닐 부드러운 가죽 서류가방, 실비아 플라스 시집, 포드 매덕스 포드의 하드커버 소설들. 1파운드가 훌쩍 넘는 왕복 기차비도 대주었다. 나는 주말이면 냉장고 한구석에 한심하리만치 빈약한 음식을 넣어두고 아침마다 지하철 요금과 점심값으로 쓸 잔돈을 세는 궁핍한 런던 생활을 잊었다.

우리는 와인 한 병을 비운 후 퀸스 로드를 구르다시피 내려가서 클락 타워를 지나 레인스로 들어섰고, 톰이 구개열 아기를 안은 인도인 부부에게 길을 알려주기 위해 멈춰 섰을 때 말고는 쉬지 않고 걸었다. 좁은 거리는 비수기의 황량한 분위기를 풍겼다. 소금기를 머금은 축축한 공기에 인적이 끊겼고 자갈길은 위험하게 미끄러웠다. 명랑하게 놀리듯이 톰이 재단의 지원을 받는 '다른' 작가들에 대해 나를 심문했다. 전에도 몇 번 그랬고 이제는 거의 일상적인 일이 되었다. 그는 작가로서뿐 아니라 성적으로도 질투 혹은 경쟁심에 빠져 있었다.

"이것만 말해줘. 대부분 젊은 사람이야?"

"대부분 불멸의 존재지."

"그러지 말고. 말해줄 수 있잖아. 유명한 늙은이들이야? 앤서니 버지스? 존 브레인? 여자는 없어?"

"여자가 나한테 무슨 소용이야?"

"그 사람들은 나보다 돈 더 받아? 그건 말해줘도 되잖아."

"모두 당신보다 최소 두 배는 받지."

"세리나!"

"좋아. 전부 똑같이 받아."

"나만큼."

"당신만큼."

"작품 출간이 안 된 사람은 나뿐이야?"

"더는 말 못해."

"그들하고도 자봤어?"

"많이."

"그리고 여전히 명단을 가지고 작업중이고?"

"잘 아네."

그가 웃음을 터뜨리더니 나를 보석상 문간으로 끌어당겨 키스했다. 그는 자기 여자가 딴 남자와 성교한다는 생각에 가끔 흥분을 느끼는 부류 중 하나였다. 특정한 기분일 때 바람난 애인을 둔 남자가 되는 공상에 성적 자극을 받았다. 막상 그런 일이 생기면 역겨워하거나 마음의 상처를 받거나 분노하겠지만. 분명 그건 카더가 마네킹에게 품는 성적 환상의 근원이었다. 나는 전혀 이해할 수 없었지만 장단 맞추는 법을 터득했다. 때때로 섹스 중에 그가 속삭이며 자극하면 나는 따로 만나고 있는 남자가 누구고 그에게 어떤 걸 해주는지 순순히 털어놓았다. 톰은 그 남자가 작가인 걸 선호했고, 개연성이 떨어지고 지위가 높고 고뇌가 클수록 좋아했다. 솔 벨로, 노먼 메일러, 파이프 피우는 귄터 그라스, 나는 최고의 작가들과 교제했다. 아니, 그가 꼽는 최고의 작가들. 그때조차 나는 둘이 공유하는 인위적인 환상이 내가 어쩔 수 없이 하는 거짓말을 희석시키는 데 유용하다는 걸 깨달았다. 그토록 가까운 남자에게 내가 재단에서 하는 일에 대해 이야기하기란 쉽지 않았다. 내가 비밀을 좋아하는 것이 하나의 탈출구였다면, 이 막연히 유머러스한 성적 환상은 또다른 탈출구였다. 하지만 둘 다 충분하지 않았다. 그것이 내 행복에 묻은 작고 검은 얼룩이었다.

물론 우리는 휠러스에서 웨이터들이 미스 세리나가 한 주를 어떻게 보냈는지, 미스터 톰의 건강은 어떤지, 우리의 식욕은 어떤지 고개를 끄덕여가며 물어봐주고, 재빨리 의자를 빼주고, 무릎에 냅킨을 펴주며 따뜻하게 반기는 이유를 잘 알았지만, 그래도 무척 행복했고, 정말로 우리가 둔하고 나이든 다른 손님들보다 훨씬 더 그들의 감탄과 존경을 받고 있다고 거의 확신했다. 당시만 해도 소수의 팝스타를 제외하면 젊은이들은 아직 수중에 돈이 없었다. 그래서 다른 손님들이 우리 테이블을 훔쳐보며 눈살을 찌푸리는 것도 우리의 즐거움을 고조시켰다. 우리는 너무나 특별했다. 만일 그들이 세금으로 우리 식사비를 내고 있다는 걸 안다면? 톰이 그걸 알 수 있다면? 일 분도 지나지 않아서, 우리보다 먼저 온 손님들이 아직 빈 테이블로 앉아 있는데 우리에게는 샴페인이 나오고 곧이어 얼음과 번들거리는 소똥 모양의 짭짤한 내장이 든 껍데기들이 은접시에 담겨 나왔다. 우리는 굴을 좋아하는 척하지 않을 용기가 없었다. 비결은 맛을 보지 않고 후루룩 마셔버리는 것이었다. 샴페인도 얼른 마시고 잔을 다시 채워달라고 했다. 그리고 전에 왔을 때도 그랬듯이 다음에는 샴페인을 잔이 아닌 병으로 주문해야겠다고 다짐했다. 그럼 돈을 많이 절약할 수 있으니까.

레스토랑 안이 습하고 따뜻해서 톰은 재킷을 벗고 있었다. 그가 테이블 너머로 내 손을 잡았다. 촛불 불빛을 받아 그의 눈동자의 초록색이 더 짙어지고 창백한 피부가 건강한 갈색이 도는 분홍빛을 띠었다. 언제나처럼 고개를 옆으로 살짝 기울였고, 입술은 말을 하기보다는 내 말을 기다리느라, 나와 이야기를 주고받기 위해서 긴장한 채 벌어져 있었다. 바로 그 순간, 이미 알딸딸하게 취한 나는 그보다 더 아름다운 남자를 본 적이 없다고 생각했다. 그의 해적 같은 맞춤셔츠를 용서했다. 사랑은 꾸준한 속도로 커가는 게 아니라 파도처럼 휘몰아치고 번개처럼 날아오고 거칠게 도약하는 것이며, 이 경우도 그중 하나였다. 첫번째는 화이트 타워에서였다. 이번이 훨씬 강력했다. 나는 새침한 미소를 지으며 브라이턴의 해산물 레스토랑에 앉아 있었지만, 「전당포 포르노」의 서배스천 모렐처럼 무차원 공간에서 뒹굴고 있었다. 하지만 늘 생각의 끄트머리에는 그 작은 얼룩이 존재했다. 대개는 무시하려 애썼고 지나치게 흥분한 나머지 종종 성공하기도 했다. 그러다 벼랑 너머로 미끄러져 떨어지면서 결코 자신의 몸무게를 지탱할 수 없는 풀 한 다발을 움켜잡으려는 여자처럼, 톰이 내가 누구이며 진짜 하는 일이 무엇인지 모르며 지금 그에게 말해야 한다는 사실을 또다시 떠올렸다. 마지막 기회야! 어서 그에게 말해. 하지만 너무 늦었다. 진실은 너무 무거웠고 우리를 파괴할 것이었다. 그는 영원히 나를 증오하게 될 것이었다. 나는 벼랑에서 떨어졌고 돌아갈 길은 없었다. 나는 그의 삶에 커다란 혜택과 예술적 자유를 가져다주었다고 다시금 상기할 수 있었지만, 그를 계속 만나려면 앞으로도 이 누르스름한 하얀 거짓말을 해야 한다는 사실은 변함없었다.

그의 손이 내 손목으로 올라가더니 단단히 감아쥐었다. 웨이터가 우리 잔을 다시 채우러 왔다.

톰이 말했다. "지금이 당신한테 말할 적절한 때 같아." 그가 잔을 들었고, 나도 순순히 잔을 들었다. "당신도 알다시피, 난 이언 해밀턴에게 보낼 작품들을 써왔어. 결과적으로 한 작품이 계속 길어지다가, 내가 일 년 정도 구상해오던 중편소설로 바뀌어가고 있다는 걸 깨달았지. 나는 너무 흥분했고, 당신한테 말하고 싶었어. 당신한테 보여주고 싶었어. 하지만 잘 안 될까봐 두려워서 그러지 못했어. 지난주 초고를 끝내고 일부를 복사해서 사람들이 하나같이 내게 얘기하던 편집자에게 보냈어. 톰 미쉴러라고. 아니, 매쉴러. 오늘 아침 그에게서 편지가 왔어. 그렇게 빨리 답이 오리라곤 예상 못했는데. 오늘 오후 집에서 나갈 때까지도 편지를 뜯어보지 않았어. 세리나, 그가 그 작품을 원한대! 급하게. 크리스마스 때까지 최종 원고를 받아보고 싶대."

나는 술잔을 들고 있느라 팔이 아팠다. 내가 말했다. "톰, 정말 멋진 소식이네. 축하해! 당신을 위해 건배!"

우리는 술을 쭉 들이켰다. 그가 말했다. "어두운 작품이야. 근미래 배경인데 모든 게 붕괴된 상태지. 약간 밸러드* 작품과 비슷해. 하지만 당신 마음에 들 거야."

"결말은 어떻게 끝나는데? 상황이 나아져?"

그가 관대한 미소를 지었다. "물론 아니지."

"아주 멋지네."

메뉴판이 왔고 우리는 도버 솔**을 주문했다. 음료는 우리가 자유로운 정신의 소유자임을 증명하기 위해 화이트와인 대신 레드와인을, 알코올 함량이 높은 리오하***를 선택했다. 톰은 자기 소설에 대해, 그리고 조지프 헬러, 필립 로스, 가브리엘 마르케스의 작품들을 출간한 자신의 새 편집자에 대해 좀더 이야기했다. 나는 그 소식을 맥스에게 어떻게 전할지 궁리했다. 반자본주

---

* 디스토피아적 예지에 찬 전위적 작품으로 높이 평가받는 영국 작가 제임스 그레이엄 밸러드.

** 도버해협에서 잡히는 가자미목 생선.

*** 스페인 북동부 리오하산 와인.

의적 디스토피아. 다른 스위트 투스 작가들이 『동물 농장』의 논픽션 판을 내고 있는 마당에. 하지만 적어도 내 남자는 자기 길을 가는 창조적인 인력이었다. 나 또한 그렇게 될 터였다. 일단 보안국에서 잘리고 나면.

터무니없는 생각이었다. 지금은 축하를 위한 시간이었다. 이제 우리가 "노벨라"라고 칭하고 있는 톰의 작품에 대해 내가 할 수 있는 일은 아무것도 없었다. 그래서 우리는 먹고 마시고 이야기하고 이러저러한 좋은 결과에 대해 건배했다. 그 저녁이 끝나가면서 레스토랑에 손님이 대여섯 명밖에 없고 우리의 웨이터들이 하품을 하며 주위에서 얼쩡거릴 때, 톰이 짐짓 나무라는 투로 말했다. "난 늘 당신한테 시와 소설 이야기를 하는데 당신은 나한테 수학에 대해 말한 적이 없어. 이제 때가 됐어."

"성적이 별로 안 좋았어." 내가 말했다. "다 잊어버렸는걸."

"그래도 안 돼. 난 꼭 듣고 싶어…… 재미있는, 아니, 반反직관적이고 역설적인 걸로. 자긴 나한테 멋진 수학 이야기를 빚졌어."

수학의 어떤 면도 내게 반직관적으로 여겨진 적이 없었다. 내게 수학은 이해할 수 있거나 없는 것이었고, 케임브리지 이후로는 대개 후자였다. 하지만 나는 도전을 좋아했다. 내가 말했다. "몇 분만 시간을 줘." 그래서 톰은 새로 산 전동타자기에 대해, 이제 얼마나 빨리 작업할 수 있는지를 얘기했다. 이윽고 나는 그에게 해줄 이야기가 떠올랐다.

“내가 케임브리지에 다닐 때 그곳 수학도들 사이에 돌던 이야기야. 아직 그 이야기를 글로 쓴 사람은 없을 거야. 확률에 관한 건데, 질문 형태로 되어 있어. 〈렛츠 메이크 어 딜〉이라는 미국 퀴즈 프로그램에서 가져온 거야. 몇 년 전 그 프로그램 사회자는 몬티 홀이라는 남자였지. 당신이 몬티의 프로그램에 참가자로 나갔다고 가정해보자고. 당신 앞에 밀폐된 상자 세 개, 1번, 2번, 3번이 있고 그 상자 중 하나에 굉장한 상금이 들어 있어—이를테면……”

“고액의 연금을 주는 미녀.”

“바로 그거야. 몬티는 어떤 상자에 연금이 들어 있는지 알지만 당신은 몰라. 아무튼 선택해야 해. 당신이 1번 상자를 골랐고 아직 열어보진 않았어. 그다음에 연금이 어느 상자에 있는지 아는 몬티가 빈 상자 하나를 열어. 그게 3번 상자라고 치자고. 그래서 당신은 고액의 평생연금이 당신이 고른 1번 상자 아니면 2번 상자에 들어 있다는 걸 알게 돼. 이제 몬티가 당신한테 2번 상자로 바꿀지 아니면 1번 상자를 고수할지 선택할 기회를 줘. 연금이 어디에 있을 가능성이 더 클까? 상자를 바꿔야 할까, 그대로 있어야 할까?”

웨이터가 은접시에 계산서를 들고 왔다. 톰이 지갑을 꺼내려다가 마음을 바꾸었다. 와인과 샴페인을 꽤 마셨는데도 그는 정신이 말짱한 듯 말했다. 우리 둘 다 그랬다. 자신이 얼마나 술이 센지 서로에게 과시하고 싶어했다.

"뻔하지. 우선 1번 상자를 골랐을 때 난 3분의 1의 가능성을 가진 거야. 3번 상자가 열린 다음에는 가능성이 2분의 1로 좁혀지고. 2번 상자의 경우도 마찬가지야. 고액의 연금이 들어 있을 가능성은 두 상자가 똑같지. 그러니 내가 선택을 바꾸건 안 바꾸건 차이가 없어. 세리나, 당신 말도 안 되게 아름답다."

"고마워. 당신 같은 선택을 하는 사람이 많을 거야. 하지만 당신의 선택은 잘못됐어. 다른 상자로 바꾸면 다시는 직업을 가질 필요가 없게 될 가능성이 두 배가 되니까."

"말도 안 돼."

나는 그가 계산하려고 지갑을 꺼내는 모습을 지켜보았다. 음식값이 30파운드 가까이 나왔다. 그가 20파운드를 팁으로 탁 소리나게 놓았고 얼마나 취했는지 그 엉성한 동작이 말해주었다. 내 주급보다 많은 액수였다. 그는 전례의 덫에 걸린 것이다.

내가 말했다. "당신이 연금이 든 상자를 골랐을 가능성은 여전히 3분의 1이야. 확률의 합은 1이 되어야 하지. 그래서 나머지 상자 두 개 중 하나에 연금이 들어 있을 확률은 3분의 2여야 하고. 3번이 빈 상자라는 게 확인되었으니 2번 상자에 연금이 들어 있을 확률은 3분의 2야."

그는 내가 어느 극단주의 교파의 전도사라도 되는 양 측은하게 바라보았다. "몬티는 그 상자를 열어서 내게 추가로 정보를 준 거야. 내 확률은 3분의 1이었어. 이제 2분의 1이 된 거고."

"그건 상자가 열린 후에 당신이 그 방에 들어왔고 그다음에 나머지 두 상자 중 하나를 선택했을 때만 성립해. 그때는 당신이 2분의 1의 확률을 갖는 거지."

"세리나. 당신이 진실을 보지 못하다니 놀라워."

나는 독특하고 색다른 종류의 기쁨을, 해방감을 느끼기 시작했다. 정신 공간의 한 부분, 어쩌면 꽤 크다고 할 수 있는 그 부분에서 나는 톰보다 똑똑했다. 어찌나 이상해 보이던지. 내게는 간단하기 짝이 없는 것이 그의 이해력 밖에 있었다.

내가 말했다. "이런 식으로 생각해봐. 만일 당신이 처음에 선택을 잘해서 연금이 1번 상자에 들어 있다면 2번 상자로 바꾸는 건 잘못된 선택이지. 그 경우 확률은 3분의 1이고. 따라서 2번 상자로 바꾸는 게 잘못된 선택일 가능성은 3분의 1이고, 그렇다면 옳은 선택일 가능성은 3분의 2가 되는 거야."

그는 이맛살을 찌푸리며 끙끙대고 있었다. 그러다 얼핏 진실을 보았지만 눈 한 번 깜빡이는 사이 사라져버렸다.

그가 말했다. "내가 맞다는 거 알아. 설명을 제대로 못할 뿐이지. 몬티라는 사람은 연금을 넣을 상자를 임의로 뽑았어. 연금이 들어 있을 수 있는 상자는 두 개뿐이고, 따라서 그 두 상자는 같은 확률을 가져야 해." 그는 의자에서 일어나려다가 도로 털썩 앉았다. "머리를 써서 어지럽네."

내가 말했다. "다른 접근법도 있어. 상자가 백만 개라고 가정해보자고. 규칙은 같아. 당신이 70만 번 상자를 고른다고 쳐. 몬티가 일렬로 늘어선 상자들을 여는데 다 비어 있어. 그는 매번 상금이 든 상자를 피했어. 이제 남은 상자는 당신이 고른 것과, 음, 95번 상자뿐이라고 쳐. 그럼 확률이 어떻게 되지?"

"똑같지." 그가 억눌린 목소리로 말했다. "각각 50대 50."

나는 어린애 대하듯 하지 않으려고 애쓰며 말했다. "톰, 당신 상자에 연금이 있을 확률은 백만 분의 1이고, 그래서 연금은 남은 한 상자에 있을 게 거의 확실해."

그는 이번에도 똑같이 순간적으로 깨달은 듯한 표정이 되었으나 깨달음은 이내 사라졌다. "음, 아냐, 난 그렇게 생각 안 해, 내 말은 난…… 실은 나 토할 것 같아."

그는 비틀거리며 일어나 작별인사도 없이 황급히 웨이터들을 지나쳤다. 밖으로 따라 나가보니 그는 승용차 옆에서 몸을 숙이고 신발을 내려다보고 있었다. 찬 공기 덕에 기운을 차려서 어쨌든 토하지는 않았다. 우리는 팔짱을 끼고 집을 향해 걸었다.

그가 그럭저럭 회복된 듯 보이자 나는 말했다. "카드를 이용해서 경험적으로 시험해볼 수도 있어. 그럼 우린……"

"세리나, 자기야, 그만. 또 그 생각을 했다간 진짜 토할 거야."

"반직관적인 이야기를 해달라며."

"그래. 미안해. 다시는 그런 요구 안 할게. 친직관적인 걸 고수하자."

그래서 우리는 다른 이야기를 했고, 집에 도착하자마자 침대로 가서 곯아떨어졌다. 하지만 일요일 아침 일찍부터 그가 흥분해서는 나를 어지러운 꿈에서 흔들어 깨웠다.

"이해했어! 세리나, 그게 왜 그런지 알았어. 당신이 한 말들, 아주 간단한 거야. 확실히 이해했어. 그거 있잖아, 그 무슨 큐브 그림 같은 거지."

"네커 큐브."*

"그걸 갖고 뭔가를 할 수 있겠어."

"그래, 그럼……"

옆방의 타자기 자판 소리를 들으며 나는 잠들었고 세 시간을 내리 잤다. 일요일의 남은 시간 동안 우리는 몬티 홀에 대해 거

* 스위스 결정학자 루이 알베르 네커가 제시한 입방체 투시도로, 유명한 착시 사례로 꼽힌다.

의 언급하지 않았다. 그가 작업하는 동안 나는 로스트 런치*를 준비했다. 숙취로 기분이 저조해져서인지 세인트 어거스틴 로드에 있는 내 쓸쓸한 방, 봉 하나짜리 전기히터를 켜고 세면대에서 머리를 감고 직장에 입고 갈 블라우스를 다리는 생활로 돌아갈 생각을 하니 평소보다 더 서글퍼졌다.

음울한 오후의 빛 속에서 톰이 기차역까지 배웅해주었다. 플랫폼에서 그와 포옹할 때 하마터면 눈물이 날 뻔했지만 남부끄러운 모습을 보이지 않았고, 그도 눈치채지 못했을 것이다.

---

* 로스트비프, 구운 감자, 푸딩, 데친 채소로 이루어진 영국 가정식.

16

사흘 후 그의 단편소설이 우편으로 도착했다. 원고 첫 장에 브라이턴의 웨스트 피어 엽서가 붙어 있고, 엽서 뒷면에 "내가 제대로 썼나?"라고 적혀 있었다.

나는 출근 전 추운 부엌에서 차를 마시며 「간통의 확률」을 읽었다. 테리 몰은 런던에 사는 건축가로, 아이가 없는 그와 샐리의 결혼생활은 아내의 잇따른 바람으로 서서히 붕괴되어가고 있다. 직업도 돌볼 아이도 없고 집안일을 해주는 가정부까지 둔 샐리는 무모하고 상습적인 불륜에 전념할 수 있다. 또한 날마다 마리화나를 피우고, 점심식사 전 위스키를 큰 잔으로 한두 잔씩 즐긴다. 한편, 테리는 십오 년도 되지 않아 헐릴 싸구려 고층 공영아파트 설계에 주 72시간씩 매달리고 있다. 샐리는 잘 알지도 못하는 남자들과 밀회를 갖는다. 그녀는 모욕적일 정도로 뻔한 거짓말과 핑계를 꾸며대지만 그는 반박할 수 없었다. 그럴 시간이 없었다. 그러던 어느 날 현장회의 몇 개가 취소되자 그는 빈 시간을 이용해 아내를 미행하기로 한다. 슬픔과 질투가 그를 좀먹어가고 있었고, 비참함이 극에 달해 그녀를 떠날 결심을 굳힐 수 있도록 그녀가 다른 남자와 함께 있는 장면을 목격해야 했다. 그녀는 세인트 올번스에 사는 이모에게 놀러간다고 말했었다. 하지만 그녀는 빅토리아역으로 향하고, 테리는 그녀를 미행한다.

그녀가 브라이턴행 기차를 타자 그도 두 량 뒤에서 같은 기차에 오른다. 브라이턴에서 그는 그녀를 따라 스타인을 가로질러 켐프 타운 뒷골목으로 들어서고, 마침내 그녀는 어퍼 록 가든스에 있는 작은 호텔로 들어간다. 테리는 그녀가 호텔 로비에서 웬 남자와 만나는 광경을 바깥 보도에서 지켜보는데, 다행히 체구가 왜소하다. 그는 두 사람이 프런트에서 열쇠를 받아 좁은 계단을 올라가는 모습을 본다. 호텔로 들어가 프런트 직원의 눈에 띄지 않고—그냥 못 본 척해준 것일지도 모르지만—계단을 오른다. 위쪽에서 그들의 발소리가 들린다. 그는 걸음을 멈추고 그들이 5층으로 올라갈 때까지 기다린다. 문이 열렸다 닫히는 소리가 들린다. 그는 층계참에 다다른다. 앞에는 501호, 502호, 503호밖에 없다. 그의 계획은 두 사람이 침대로 갈 때까지 기다렸다가

문을 박차고 들어가 아내에게 망신을 주고 그 조그만 놈의 머리통을 갈기는 것이다.

하지만 그들이 어느 방에 있는지 알 수 없다.

그는 안에서 소리가 새어나오기를 바라며 층계참에 조용히 서 있다. 신음이든 비명이든 침대 스프링의 삐걱거림이든 무슨 소리라도 들리기를 간절히 원했다. 하지만 아무 소리도 들리지 않았다. 시간이 흐르고 그는 선택을 해야 한다. 가장 가까운 501호로 결정한다. 문이 얇아서 날아차기 한 방이면 열릴 것이다. 문을 향해 달려가려고 뒤로 물러서는데 503호 문이 열리고 구개열 아기를 안은 인도인 부부가 나온다. 그들은 수줍은 미소를 지어 보이며 그를 지나쳐 계단을 내려간다.

그들이 떠난 후 테리는 망설인다. 이야기가 클라이맥스를 향하면서 긴장감이 감돌기 시작한다. 건축가이자 아마추어 수학가이기도 한 그는 숫자에 대한 이해가 뛰어나다. 그는 급히 계산한다. 아내가 501호에 있을 확률은 3분의 1이었다. 그러니까 방금 전까지 그녀가 502호나 503호에 있을 확률은 3분의 2였다. 그런데 이제 503호가 비었으니 그녀가 502호에 있을 확률은 3분의 2가 된다. 그 엄격한 확률 법칙은 불변의 진리이므로 첫번째 선택을 고수하는 건 바보짓이었다. 그는 502호를 향해 달려가서 공중으로 날아올라 문을 부수고 들어간다. 그들이 침대에서 알몸으로 그

짓을 시작하고 있다. 그는 남자의 따귀를 때리고 아내에게 차가운 경멸의 눈길을 던진 후 런던으로 떠난다. 런던에서 이혼소송을 내고 새로운 인생을 시작할 것이다.

그 수요일 내내 나는 급진주의 아일랜드공화국군의 조 케이힐 관련 자료를 분류하고 서류철로 정리했다. 그는 카다피 대령과 접촉해 리비아에서 무기를 들여오던 중 MI6의 추적을 당하다가 3월 말 워터퍼드 앞바다에서 아일랜드 해군에 가로막혔다. 그 배에 타고 있던 케이힐은 목덜미에 닿은 총구를 느낄 때까지 아무것도 몰랐다. 종이클립으로 묶인 부가자료를 보니 우리 MI5는 그 정보를 몰랐고 그래서 화가 난 듯했다. "이런 실수는 두 번 다시 있어선 안 된다." 누군가 격분해서 쓴 메모였다. 충분히 흥미로웠다. 어느 정도까지는. 하지만 나는 어떤 장소—멋진 배 클로디아호와 내 연인의 마음속 중에서—가 더 흥미를 끄는지 알았다. 흥미를 넘어서서 걱정스럽고 초조했다. 쉬는 시간마다 내 머릿속은 브라이턴의 호텔 5층에 있는 문들로 향했다.

좋은 작품이었다. 그의 최고작 중 하나는 아닐지라도 기량을, 올바른 쪽으로 기량을 회복한 것이다. 하지만 그날 아침 그 작품을 읽을 때 그것이 허울만 그럴듯한 가정들, 성립되지 않는 대응, 가망 없는 수학에 기반을 둔 결함을 지닌 이야기임을 단박에 알아차렸다. 그는 내 말을, 그 문제를 전혀 이해하지 못했던 것이다. 그는 깨달음의 흥분에, 네커 큐브의 순간에 휘말렸다. 그의 어린애 같은 희열을, 그리고 그때 내가 잠에서 깨어나 그 아이디어에 대해 의견을 나누지 않고 도로 잠들어버린 일을 생각하자 부끄러운 마음이 들었다. 그는 그 편중된 선택의 역설을 자기 소설에 도입한다는 생각에 전율했으리라. 그의 야망은 원대했다—수학을 드라마화하고 윤리적 차원을 부여하는 것이다. 엽서에 적힌 그의 메시지는 분명했다. 그는 내게 의지해 예술과 논리 사이의 깊은 골에 다리를 놓는 영웅적 시도를 했고, 나 때문에 그가 잘못된 방향으로 돌진했다. 그의 이야기는 성립할 수 없고 말이 되지 않았다. 그가 그게 말이 된다고 생각했다는 사실이 내 마음을 울렸다. 하지만 그의 이야기가 무가치하다고 어떻게 그에게 말해줄 수 있을까? 나도 부분적으로는 책임이 있는데.

503호에서 인도인 부부가 나왔다고 502호의 확률이 높아지지는 않는다는, 내게 간단하고 자명한 이치가 그에게는 이해할 수 있는 범위를 한참 벗어난 것이었다. 인도인 부부는 TV 퀴즈 프로그램에서 몬티 홀이 했던 역할을 대신할 수 없었다. 몬티의 선택은 프로그램 참가자에 의해 제약되고 결정된 것인 데 반해 인도인 부부의 등장은 임의적인 것이다. 몬티는 임의의 선택자로 대체될 수 없다. 설령 테리가 503호를 선택했다 해도 인도인 부부와 아기는 다른 문으로 나오기 위해 다른 방으로 이동하는 마술을 부릴 수 없었을 것이다. 그들이 나온 후 테리의 아내는 똑같은 확률로 501호나 502호에 있게 된다. 그러니 처음 선택한 방의 문을 부수고 들어가는 편이 낫다.

그러다 오전 중반쯤 트롤리에 실린 차를 마시기 위해 복도를 걸어가다가 톰이 저지른 실수의 근원을 퍼뜩 깨달았다. 바로 나였다! 우뚝 멈춰 선 내가 한 손을 입으로 가져가려는데 앞쪽에서 한 남자가 받침까지 갖춘 찻잔을 들고 다가오고 있었다. 나는 그를 똑똑히 보았지만 방금 깨달은 사실에 너무 충격받고 몰두한 나머지 제대로 알아보지 못했다. 귀가 돌출된 잘생긴 남자가 걸음을 늦추며 내 앞을 막았다. 물론 맥스였다. 내 상관이자 한때 속마음을 털어놓았던 친구. 그에게 보고할 일이 남아 있었던가?

"세리나. 괜찮아요?"

"예. 미안해요. 공상에 빠져 있었어요, 알다시피……"

그가 강렬한 눈빛으로 나를 바라보고 있었고, 지나치게 큰 트위드 재킷 속 야윈 어깨가 어색하게 굽어 보였다. 찻잔이 받침 위에서 덜그럭거려서 그가 빈손으로 똑바로 놓았다.

그가 말했다. "우리 얘기 좀 해야겠어요."

"시간만 말해요. 당신 사무실로 갈게요."

"여기서가 아니라. 퇴근 후에 술 한잔 해요. 식사나 다른 것도 좋고.”

나는 천천히 그의 옆을 돌아 지나갔다. “좋아요.”

“금요일?”

“금요일은 안 돼요.”

“그럼 월요일.”

“좋아요.”

나는 그에게서 완전히 벗어난 후 반쯤 돌아서서 살짝 손을 흔들었고, 다시 걸음을 옮기자마자 그를 잊었다. 지난 주말 레스토랑에서 했던 얘기가 또렷이 기억났던 것이다. 나는 톰에게 몬티가 임의로 빈 상자를 골랐다고 했다. 그러면 당연히 3분의 2의 확률은 성립될 수 없었다. 퀴즈에서 몬티는 참가자가 선택하지 않은 빈 상자만 고를 수 있다. 참가자가 빈 상자를 고를 확률은 3분의 2다. 그 경우 몬티가 고를 수 있는 상자는 하나뿐이다. 참가자가 선택을 잘해서 연금이 든 상자를 골랐을 경우에만 몬티는 빈 상자 두 개 중 하나를 임의로 고를 수 있게 된다. 물론 나는 이런 내용을 다 알고 있었지만 제대로 설명하지 않았다. 그것은 실패한 단편소설이었고 내 탓이었다. 톰은 내게서 운이 퀴즈 프로그램 진행자 역할을 할 수 있다는 아이디어를 얻은 것이었다.

죄책감을 두 배로 짊어지게 된 나는 톰에게 그의 작품이 성립하지 않는다는 말을 간단히 할 수가 없었다. 내게는 해결책을 찾을 의무가 있었다. 그래서 여느 때처럼 점심시간에 밖으로 나가지 않고 타자기 앞을 지키며 핸드백에서 톰의 원고를 꺼냈다. 타자기에 새 종이를 끼우는데 마음속에서 기쁨이 일었고 자판을 두들기기 시작하자 흥분까지 느껴졌다. 내게는 방안이 있었다. 톰이 이야기의 결말을 어떻게 고쳐쓰면 될지, 어떻게 테리가 아내와 다른 남자가 침대에 누워 있을 확률이 두 배인 방으로 쳐들어가게 만들 수 있을지 알았다. 우선 구개열 아기를 안은 인도인 부부를 삭제했다. 그들은 매력적이긴 하나 이 드라마에서는 아무 역할도 할 수 없었다. 대신, 테리는 501호로 뛰어들기 위해 뒤로 몇 발짝 물러서다가 아래층 층계참에서 객실청소부 둘이 떠드는 소리를 엿듣게 된다. 청소부들의 목소리가 또렷하게 들려온다. 한 청소부가 "위층에 잠깐 들러서 빈방 두 개 중 하나를 청소할게"라고 말한다. 그러자 다른 청소부가 대꾸한다. "조심해, 그 커플이 늘 묵는 방에 있으니까." 두 사람은 다 안다는 듯 웃는다.

테리는 청소부가 계단을 올라오는 기척을 듣는다. 실력 있는 아마추어 수학자인 그는 자신에게 굉장한 기회가 주어졌음을 깨닫는다. 신속하게 생각해야 한다. 그가 세 방 중 하나—501호가 될 것이다—의 문 앞에 가서 서 있으면 청소부는 나머지 두 방 중 하나로 들어가야 할 것이다. 그녀는 그 커플이 어디 있는지 안다. 그가 자기 방으로 들어가려는 손님이거나 아니면 그 커플의 친구로 그들의 방 밖에서 기다리는 거라고 생각할 것이다. 그녀가 어떤 방을 선택하든 테리는 다른 방으로 옮겨가 확률을 두 배로 높일 수 있다. 그의 예상은 정확히 맞아떨어진다. 구개열인 그 청소부는 테리를 힐끔 보고 고개를 끄덕여 인사한 후 503호로 들어간다. 테리는 결정을 바꿔 502호로 뛰어들고 거기서 그들, 샐리와 남자의 불륜 현장을 덮친다.

이야기가 막힘없이 흘러갔고 나는 톰에게 다른 가능성들도 깔끔하게 정리해보라는 제안을 해야겠다고 생각했다. 방 두 개가 비어 있음을 아는 테리가 다 들어가보는 건 왜 안 될까? 불륜 커플이 그 소리를 들을 테고 테리는 그들을 불시에 덮치고 싶기 때문이다. 청소부가 두번째 방을 청소하는지 기다리며 지켜보는 건 어떨까? 그럼 아내가 어디 있는지 확실히 알게 될 것 아닌가? 그날 저녁 중요한 현장회의가 있어서 런던으로 돌아가야 한다는 내용이 앞부분에 나온다.

나는 사십 분간 타자기를 두들겨 톰에게 보낼 세 쪽 분량의 메모를 완성했다. 그리고 첨부된 편지에 인도인 부부가 그런 역할을 할 수 없는 이유를 아주 쉽게 풀어쓴 다음 HMSO 마크가 없는 빈 봉투를 발견하고 핸드백 밑바닥에서 우표를 찾아냈으며, 점심시간이 끝나기 전에 간신히 파크 레인에 있는 우체통에 다녀올 수 있었다. 톰의 작품을 다루다가 클로디아호의 불법 화물 목록—상대적으로 실망스러운 양인 5톤의 폭발물, 무기, 탄약으로 이루어진—을 확인하는 건 얼마나 재미없는 일이었는지. 한 메모에 카다피가 급진주의 아일랜드공화국군을 신뢰하지 않는다는 의견이 있었고, "MI6가 선을 넘었다"고 거듭 말하는 메모도 있었다. 나는 관심 없었다.

그날 밤 캠던에서 나는 그주의 어떤 날보다 행복하게 잠자리에 들었다. 방바닥에는 내일 밤 꾸릴 준비를 마친, 금요일 저녁 브라이턴으로 떠나는 여행 짐을 담을 작은 가방이 놓여 있었다. 이제 이틀만 더 견디면 되었다. 톰을 만날 때쯤이면 그도 이미 내 편지를 읽었을 터였다. 그의 작품이 얼마나 훌륭한지 다시 말해주고, 확률에 대해 다시 한번 설명해준 다음 더 나은 작품을 만들어낼 것이다. 우리는 일상과 의식을 함께할 것이다.

결국 확률 계산은 기술적 세부사항에 불과했다. 그 단편소설의 힘은 다른 곳에 있었다. 어둠 속에 누워 잠들기를 기다리며 창작에 대해 무언가 이해되기 시작했다고 생각했다. 독자로서, 속독자로서 나는 창작이란 걸 당연시했고, 그 과정은 내가 골치썩일 필요가 없는 일이었다. 책꽂이에서 책을 빼면 그 안에 사람들이 사는 창조된 세계가 있었고 그 세계는 우리가 사는 곳만큼이나 당연했다. 하지만 이제 나는 레스토랑에서 몬티 홀과 씨름하던 톰처럼 창작의 기술을 파악하게 되었다고 생각했다. 완전히는 아니더라도. 그건 마치 요리와 같다고 졸음에 겨워하며 생각했다. 요리할 때 열이 재료를 변형시키듯이 문학에도 순수한 창조가, 번뜩임이, 숨겨진 요소가 있다. 그 결과물은 부분의 합 이상이다. 나는 그것들을 열거해보았다. 톰은 확률에 대해 내가 이해한 바를 테리에게 부여했을 뿐 아니라, 애인이 바람을 피운다는 상상에 은밀한 흥분을 느끼는 자신의 성적 취향도 넘겨주었다. 하지만 그전에 그걸 더 용인되기 쉬운 것—질투심에 찬 분노—으로 바꾸어놓았다. 톰의 누나 로라의 망가진 삶도 샐리의 삶에 녹아들었다. 그리고 익숙한 기차 여행, 브라이턴의 거리들, 어처구니없을 정도로 작은 호텔들. 인도인 부부와 구개열 아기는 503호에서 나오는 역할을 위해 동원되었다. 그들의 예의바름과 약점은 옆방의 발정난 커플과 대비된다. 톰은 간신히 이해한 주제를 장악해("첫번째 선택을 고수하는 건 바보짓이다"!) 자기 것으로 만들고자 했다. 만일 내 제안을 받아들인다면 그 주제는 온전히 그의 것이 될 터였다. 그는 교묘한 솜씨로 테리를 그 인물의 창조자보다 수학에 훨씬 뛰어나도록 만들었다. 어떤 면에서는, 이런 각각의 부분이 어떻게 작품 속에 끼어들고 배치되는지 쉽게 파악되었다. 수수께끼는 그것들이 어떤 식으로 뒤섞여 응집력 있고 그럴싸한 게 되는지, 재료들이 어떻게 맛있는 음식으로 요리되는지의 문제였다. 생각이 흩어지면서 나는 망각의 경계를 향해 둥둥 떠갔고, 수수께끼가 거의 풀렸다고 생각했다.

얼마 후 초인종 소리가 들렸다. 그 소리가 내 꿈속에서 정교하고도 연속적으로 일어나는 우연한 일들의 정점을 장식했다. 하지만 꿈이 사라져가면서 다시 초인종 소리가 들렸다. 나는 다른 하우스메이트가 내려가기를 바라며 꼼짝도 하지 않았다. 어쨌거나 그들이 현관문에 더 가까우니까. 세번째 초인종 소리에 불을 켜고 알람시계를 보았다. 자정 십 분 전이었다. 한 시간쯤 잔 것이다. 초인종이 다시, 더 고집스럽게 울렸다. 가운을 걸치고 슬리퍼를 꿰신고서 계단을 내려갔다. 너무 졸린 탓에 내가 왜 서둘러야 하는지 의문을 가질 겨를도 없었다. 하우스메이트 중 하나가 열쇠를 두고 나간 모양이라고 생각했다. 전에도 그런 적이 있었다. 복도로 들어서자 슬리퍼 밑창을 뚫고 올라오는 리놀륨의 냉기가 느껴졌다. 나는 현관문을 열기 전에 도어체인을 걸었다. 문을 열고 7센티미터쯤 되는 틈으로 내다보니 계단에 남자가 서 있었다. 얼굴은 보이지 않았다. 남자는 갱스터 같은 페도라를 쓰고 벨트 달린 레인코트를 입은 차림이었고, 어깨 위의 빗방울들이 뒤쪽 가로등 불빛을 받아 반짝였다. 나는 깜짝 놀라 문을 닫았다. 친숙한 목소리가 조용히 말했다. "폐를 끼쳐 죄송합니다.

세리나 프룸을 만나러 왔습니다."

나는 도어체인을 풀고 문을 열었다. "맥스. 여기서 뭐해요?"

그는 취해 있었다. 약간 비틀거렸고, 긴장을 놓지 않던 얼굴이 느슨하게 풀어져 있었다. 그가 말하자 위스키 냄새가 풍겼다.

"내가 여기 왜 왔는지 당신도 알잖아요."

"아뇨, 몰라요."

"당신에게 할말이 있어요."

"내일 해요, 맥스, 제발."

"급해요."

이제 잠이 완전히 달아난 나는 이대로 그를 보내면 잠들 수 없을 걸 알았기에, 안으로 들여 부엌으로 데려갔다. 가스레인지 두 구를 켰다. 열을 낼 수 있는 건 그뿐이었다. 그는 식탁에 앉아 모자를 벗었다. 바지 무릎 아래쪽에 진흙이 묻어 있었다. 여기까지 걸어온 모양이었다. 그는 약간 정신이 나간 듯 입이 헤벌어지고 눈 밑이 검푸른색이었다. 나는 그에게 뜨거운 음료를 만들어주려다가 그만두었다. 그가 지위를 이용해서, 내가 아랫사람이니 밤중에 깨워도 된다고 여겨서 좀 화가 났다. 나는 그냥 맞은편에 앉아서 그가 손등으로 모자의 빗방울을 살살 쓸어내는 모습을 지켜보았다. 그는 술에 취한 티를 내지 않으려고 애쓰는 듯했다. 나는 오한이 나고 긴장되었는데 추워서만은 아니었다. 맥스가 토니에 관한 나쁜 소식을 더 전하러 온 건 아닐까 싶었다. 하지만 죽은 반역자가 되는 것보다 더 나쁜 일이 어디 있겠는가?

"내가 왜 여기 왔는지 모르겠다니 믿을 수가 없네요." 그가 말했다.

나는 고개를 저었다. 그는 그걸 용서할 수 있는 작은 거짓말로 받아들이고 미소를 보냈다.

"오늘 복도에서 마주쳤을 때 당신이 나와 똑같은 생각을 하고 있다는 걸 알았어요."

"그래요?"

"왜 이래요, 세리나. 우리 둘 다 알잖아요."

그는 애원 어린 간절한 눈으로 나를 보았고, 그 순간 나는 무엇이 다가오고 있는지 알 것 같았다. 그것을 듣고, 부정하고, 모두 해결하고, 어떻게든 미래로 수용해야 한다는 예감에 마음 한편이 피로감으로 축 처졌다.

그럼에도 나는 이렇게 말했다. "무슨 말인지 모르겠네요."

"난 파혼해야 했어요."

"왜요?"

"내가 약혼 얘기 했을 때 당신은 감정을 분명하게 표현했어요."

"그래서요?"

"당신은 실망하는 기색이 역력했어요. 안타까웠지만 무시해야 했죠. 사적인 감정이 일에 방해되게 할 순 없었으니까."

"나도 마찬가지예요, 맥스."

"하지만 당신과 마주칠 때마다 우리 둘 다 우리에게 일어났을 수도 있는 일을 생각한다는 걸 알았어요."

"이봐요……"

"그게, 있잖아요……"

그는 다시 모자를 들어올리고 자세히 살펴보았다.

"……결혼 준비 말예요. 양가가 그 일로 바빴어요. 하지만 난 당신 생각을 떨쳐버릴 수 없었고…… 미칠 것 같았어요. 오늘 아침 마주쳤을 때, 우리 둘 다 그 생각이 떠오른 거예요. 당신은 기절할 것처럼 보였어요. 분명 나도 그렇게 보였겠죠. 세리나, 아닌 척하는 건…… 아무 말도 안 하는 건 미친 짓이에요. 오늘 저녁 루스에게 전화해서 사실대로 말했어요. 루스는 몹시 충격받았어요. 하지만 그것은 우리, 당신과 나를 향해 닥쳐오고 있고, 피할 수 없어요. 우린 계속해서 무시해버릴 수가 없어요!"

나는 차마 그를 볼 수 없었다. 그가 자신의 변화하는 욕구를 비인격적인 운명과 합치시키는 게 짜증났다. 나는 그걸 원한다, 고로…… 운명이다! 남자들은 대체 왜 그 모양일까? 기초적인 논리조차 왜 그토록 어려워할까? 내 한쪽 어깨선을 따라 시선을 움직여 쉭쉭거리며 타오르는 가스레인지 불을 바라보았다. 마침

내 부엌이 따뜻해지고 있었고 나는 단단히 여민 가운의 목 부분을 느슨하게 풀었다. 그리고 생각을 명확히 하기 위해 얼굴 주변의 헝클어진 머리칼을 쓸어넘겼다. 그는 내가 올바른 고백을 하고, 내 욕망을 그의 것에 맞춰 조정하고, 그의 자기중심주의를 한층 굳건히 해주며 동조하기를 기다리고 있었다. 하지만 어쩌면 내가 그에게 너무 매정한 건지도 몰랐다. 단순한 오해였다. 적어도 나는 그렇게 대하기로 했다.

"당신 약혼이 갑작스러웠던 건 사실이에요. 당신은 루스에 대해 한 번도 언급한 적이 없었고, 그래서 좀 화가 났어요. 하지만 다 극복했어요, 맥스. 난 결혼식에 초대받기를 바랐어요."

"다 끝난 일이에요. 우린 다시 시작할 수 있어요."

"아니, 그렇지 않아요."

그가 날카로운 시선을 들었다. "그게 무슨 뜻이죠?"

날카로운 눈을 들었다.

"우리가 다시 시작할 수 없다는 뜻이에요."

"왜요?"

나는 어깨를 으쓱했다.

"만나는 사람이 생겼군요."

"그래요."

그 효과는 놀라웠다. 그가 벌떡 일어섰고 식탁 의자가 뒤로 넘어졌다. 나는 의자가 바닥에 부딪히는 요란한 소리에 다른 하우스메이트들이 깰 거라고 생각했다. 그는 섬뜩한 모습으로 내 앞에 비틀거리며 서 있었다. 하나뿐인 갓 없는 전구의 노란 불빛 속에 그는 푸르스름해 보였고 입술이 번들거렸다. 나는 일주일 안에 두번째로 남자에게서 토할 것 같다는 말을 듣기를 기다리고 있었다.

그러나 그는 자리에 버티고 서서, 아니 비틀거리면서 말했다. "하지만 당신은 마치, 그러니까, 나와 함께 있기를 원하는 듯한…… 그런 인상을 줘왔어요."

"그랬나요?"

"내 사무실에 들어올 때마다. 나한테 추파를 보냈어요."

어느 정도 진실이었다. 나는 잠시 생각하고 나서 말했다. "하지만 톰을 만나기 시작한 후로는 안 그랬어요."

"톰? 설마 헤일리는 아니겠죠?"

나는 고개를 끄덕였다.

"맙소사. 그럼 진심으로 한 말이었군. 이 멍청이!" 그는 넘어진 의자를 세우고 털썩 앉았다. "나한테 벌을 주기 위해선가요?"

"그를 좋아해요."

"너무 프로답지 못해요."

"아, 이러지 마요. 우리 모두 무슨 일이 일어나는지 알잖아요."

사실 나는 몰랐다. 내가 아는 거라곤 사무직 요원들이 여자 공작원과 사귀는 것에 대한 가십—어쩌면 공상일 수도 있는—이 전부였다. 그들의 친밀함과 스트레스 등을 감안하면 충분히 그러고도 남지 않겠는가?

"그는 당신이 누군지 알아낼 거예요. 반드시 그렇게 돼요."

"아니, 그렇지 않아요."

그는 양손에 머리를 받치고 구부정하게 앉아 있었다. 입으로 요란하게 푸우 숨을 뱉었다. 얼마나 취했는지 알 수 없었다.

"왜 나한테 말 안 했어요?"

"우린 사적인 감정이 일에 방해되는 걸 원치 않는다고 생각했으니까요."

"세리나! 이건 스위트 투스의 문제예요. 헤일리는 우리 사람이에요. 당신도 그렇고."

나는 혹시 내가 잘못하고 있나 하는 생각이 들기 시작했고 바로 그런 이유로 공격을 이어갔다. "맥스, 당신은 내가 당신에게 접근하도록 부추겼어요. 그러면서 한편으로 약혼을 발표할 준비를 하고 있었죠. 누굴 만나라 마라 당신이 간섭하는 걸 내가 왜 참아야 하죠?"

그는 듣고 있지 않았다. 신음하며 손꿈치로 이마를 눌렀다. "맙소사." 그가 중얼거렸다. "내가 무슨 짓을 한 거지?"

나는 잠자코 기다렸다. 마음속에서 죄책감이 무정형의 검은 모양으로 커지며 나를 집어삼키려고 위협했다. 나는 그에게 추파를 던지고, 놀리고, 약혼자를 버리게 하고, 인생을 망쳤다. 부인하기 힘들었다.

그가 불쑥 말했다. "술 좀 있어요?"

"아뇨." 토스터 뒤에 작은 셰리주 병이 숨겨져 있었다. 술을 더 마시면 그는 토할 테고 나는 그가 가줬으면 했다.

"하나만 말해줘요. 오늘 아침 복도에서는 무슨 일이 있었던 거죠?"

"몰라요. 아무 일 없었어요."

"당신은 게임을 벌이고 있었어요, 안 그래요, 세리나? 당신은 게임을 좋아하니까."

대답할 가치가 없었다. 나는 그를 빤히 보기만 했다. 한쪽 입가에서 나온 가느다란 침 줄기가 얼굴에 묻어 있었다. 그가 내 시선의 방향을 보고 손등으로 침을 닦았다.

"당신은 이 일로 스위트 투스를 망칠 거예요."

"그게 당신이 반대하는 이유인 척하지 마요. 원래 이 작전을 싫어하잖아요."

놀랍게도 그가 이렇게 말했다. "빌어먹을, 맞아요, 그래요." 그건 취기로 인한 거친 솔직함이었고, 이제 그는 상처를 주고 싶어했다. "당신 부서의 여직원들, 벨린다, 앤, 힐러리, 웬디 등등. 그들에게 대학 성적이 어땠는지 물어본 적 있어요?"

"아뇨."

"유감이네요. 1등급, 우수 1등급, 복수전공 1등급, 뭐가 됐든 다 우등성적을 받았어요. 고전학, 역사학, 영문학에서."

"똑똑하네요."

"심지어 당신 친구 셜리도 받았고."

"심지어?"

"3등급을, 그것도 수학에서 받은 당신이 어떻게 뽑혔는지 생각해본 적 있어요?"

그가 대답을 기다렸으나 나는 잠자코 있었다.

"캐닝이 당신을 뽑았어요. 그래서 그들은 당신을 조직의 내부 사정을 알 수 있는 위치에 두는 편이 낫겠다고 생각한 거예요. 누군가에게 정보를 빼돌리나 보려고. 당신은 전혀 몰랐죠. 미행도 좀 하고 방도 뒤졌다고요. 늘 하던 방식대로. 당신을 스위트 투스에 투입한 건 수준 낮은 무해한 작전이기 때문이에요. 당신을 채스 마운트에게 붙여준 것도 그가 쓸모없는 존재이기 때문이고. 하지만 세리나, 당신은 실망스러웠어요. 당신 배후에는 아무도 없었어요. 당신은 그냥 평범한 여자였어요. 평범하게 어리석고 일자리를 얻어 기뻐하는. 캐닝이 당신에게 호의를 베푼 게 분명해요. 내가 보기엔 보상을 해준 거죠."

내가 말했다. "나는 그가 나를 사랑했다고 생각해요."

"그럼 내 생각이 맞네. 그가 당신을 행복하게 만들어주고 싶어서 그랬던 거네요."

"맥스, 누구의 사랑을 받아본 적 있어요?"

"나쁜 년."

그 모욕이 일을 쉽게 만들어주었다. 이제 그가 가야 할 때였다. 이제 부엌은 견딜 만했으나 가스불의 온기로 눅눅하게 느껴졌다. 나는 일어나서 가운을 단단히 여미고 가스불을 껐다.

"그럼 나 때문에 약혼자를 떠날 이유가 없네요."

하지만 우리는 아직 마지막에 이르지 못했다. 그의 기분이 다시 바뀌고 있었던 것이다. 그는 울고 있었다. 아니, 눈에 눈물이 가득 고여 있었다. 그의 입술이 팽팽하게 늘어나며 섬뜩한 미소를 만들어냈다.

"맙소사." 그가 쥐어짜낸 새된 목소리로 외쳤다. "미안해요, 미안해요. 당신은 절대 그런 사람이 아니에요. 못 들은 걸로 해줘요. 세리나, 미안해요."

"괜찮아요." 내가 말했다. "잊었어요. 하지만 이제 가줘요."

그는 일어나서 바지 주머니를 더듬어 손수건을 찾았다. 손수건에 대고 코를 푼 후에도 여전히 울고 있었다. "내가 다 망쳤어.

난 바보멍청이예요."

나는 그를 이끌고 복도를 지나 현관문으로 가서 문을 열었다.

우리는 계단 위에서 마지막 대화를 나누었다. 그가 말했다. "세리나, 한 가지만 약속해줘요."

그가 내 손을 잡으려고 했다. 그가 안됐다는 느낌이 들었지만 나는 뒤로 물러섰다. 둘이 손을 잡을 때가 아니었다.

"다시 한번 생각해보겠다고 약속해줘요. 제발. 그것만 해줘요. 내가 마음을 바꿀 수 있다면 당신도 그럴 수 있으니까."

"나 피곤해 죽겠어요, 맥스."

그는 조금씩 정신을 차리는 모습이었다. 그가 심호흡을 하며 말했다. "잘 들어요. 지금 당신은 톰 헤일리와 아주 심각한 실수를 저지르는 것일 수도 있어요."

"저쪽으로 가면 캠던 로드에서 택시를 잡을 수 있을 거예요."

내가 문을 닫을 때 그는 한 계단 아래 서서 애원과 비난이 어린 눈빛으로 나를 올려다보고 있었다. 나는 문 뒤에서 망설였고, 멀어지는 그의 발소리를 들었는데도 방으로 올라가기 전에 도어 체인을 걸었다.

17

브라이턴에서 보낸 12월의 어느 주말, 톰이 내게 『서머싯 평원으로부터』를 읽어달라고 했다. 나는 원고를 침실로 들고 가서 꼼꼼하게 읽었다. 조금씩 수정한 부분이 여러 군데 눈에 띄었지만, 원고를 다 읽었을 때 내 의견은 변함없었다. 마음을 숨기지 못하리라는 걸 알았기에 그가 기다리고 있을 대화가 두려웠다. 그날 오후 우리는 다운스로 산책을 나갔다. 나는 그 소설이 아버지와 어린 딸의 운명에 무심한 것, 주변 인물들의 당당한 악행, 짓밟힌 도시 대중의 참담함, 빈곤한 시골의 노골적인 불결, 전반적인 절망의 분위기, 잔인하고 기쁨이 없는 서사, 독자에게 미치는 우울한 효과에 대해 말했다.

톰의 눈이 빛났다. 그보다 더 친절한 평을 해줄 수 없다는 것이었다. "바로 그거야!" 그가 반복해서 말했다. "그거라고. 맞아. 당신이 제대로 봤어!"

내가 오자와 중복 몇 개를 잡아내자 그는 지나치게 고마워했다. 그러고는 일주일가량 걸려서 가벼운 수정을 가한 또하나의 원고를 완성했다—그것으로 끝이었다. 그는 편집자에게 원고를 넘길 때 함께 가줄 수 있는지 물었고, 나는 영광이라고 대답했다. 사흘 연휴가 시작되는 크리스마스이브 아침 그가 런던으로 올라왔다. 우리는 토튼햄 코트 로드 전철역에서 만나 베드퍼드 스퀘어로 걸어갔다. 그가 원고 꾸러미를 건네며 내가 들고 가야 행운이 찾아올 거라고 했다. 구식 풀스캡 용지에 두 줄 간격으로 타이핑해서 136쪽이라고 자랑스럽게 말했다. 걸음을 옮기면서 나는 소설 마지막 장면에서 불탄 지하실의 젖은 바닥에서 고통스럽게 죽어가던 어린 딸을 생각했다. 정말로 내 의무를 다하려면 가장 가까운 배수구에 원고를 봉투째 버려야 했다. 하지만 그를 생각하니 마음이 들떴고, 그 암울한 연대기가 나의—우리의—아기라도 되는 양 가슴에 꼭 껴안고 있었다.

크리스마스를 톰과 함께 브라이턴 집에 틀어박혀 보내고 싶었지만, 부모님의 호출 명령이 떨어지는 바람에 그날 오후 기차를 타야 했다. 벌써 몇 개월째 집에 다녀오지 않았다. 엄마는 전화상으로 완강했고, 주교님마저 의견을 보였다. 나는 그걸 거부할 만큼 반항아는 아니었지만, 톰에게 사정을 얘기하자니 부끄러웠다. 이십대 초반인데도 여전히 어린 시절의 마지막 남은 끈에 묶여 있었으니까. 하지만 이십대 후반의 자유로운 어른인 그는 내 부모님 의견에 동조했다. 당연히 부모님이 보고 싶어할 거라고, 당연히 가야 한다고. 부모님과 함께 크리스마스를 보내는 건 성인의 의무라고. 자신도 25일에 세븐오크스에서 가족과 함께 지낼 거고, 로라 누나를 브리스틀 호스텔에서 데리고 나와 자녀들과 크리스마스 식탁에 앉게 해주되 술은 못 마시게 할 작정이라고 했다.

그래서 나는 그의 원고 꾸러미를 들고 블룸즈버리를 향해 걸으며, 우리가 오늘 몇 시간밖에 함께 있을 수 없고, 내가 27일에 바로 직장에 복귀해야 해서 일주일 넘게 떨어져 지내야 한다는 사실을 의식했다. 걷는 동안 그가 최근 소식을 전했다. 얼마 전 『뉴 리뷰』의 이언 해밀턴에게서 연락이 왔다. 톰은 내 제안대로 「간통의 확률」의 클라이맥스를 다시 써서, 말하는 유인원 이야기와 함께 해밀턴에게 보냈었다. 해밀턴은 답신에서 「간통의 확률」은 자기 취향이 아니며, 자신은 "논리물"의 복잡한 내용에 대한 인내심이 없다고, "시니어 랭글러*가 아니라면" 누구나 그럴 거

* '랭글러'는 케임브리지대학에서 실시하는 수학 우등생 시험으로, 이 시험의 수석을 '시니어 랭글러'라고 칭한다.

라고 했다. 반면 말 많은 원숭이 이야기는 "나쁘지 않다"고 생각했다. 톰은 그게 원고를 싣겠다는 뜻인지 확신이 없었다. 그래서 새해에 해밀턴을 만나 직접 알아보겠다고 했다.

우리는 광장이 내다보이는 조지왕 시대풍 저택 2층에 자리한 톰 매쉴러의 웅장한 사무실 혹은 서재로 안내되었다. 한달음에 달려온 발행인 톰 매쉴러에게 소설을 건넨 건 나였다. 그는 뒤쪽 책상에 원고를 툭 던진 다음 내 양 뺨에 축축한 키스를 하고 톰과 힘차게 악수를 나누고는 축하한다고 말하며 그를 의자로 안내한 뒤 심문을 시작했고, 질문하고 나서 대답을 제대로 기다리지도 않고 다음 질문을 던졌다. 무슨 일을 해서 먹고사느냐, 둘이 결혼은 언제 할 거냐, 러셀 호번을 읽어봤느냐, 여간해서는 만나기 힘든 토머스 핀천이 어제 바로 그 의자에 앉아 있었던 걸 아느냐, 킹슬리 에이미스의 아들 마틴 에이미스를 아느냐, 매더 재프리를 만나고 싶으냐? 그런 매쉴러를 보니 예전에 우리 학교에 와서 어느 오후 레슨에서 안달복달하면서도 쾌활하게 내 백핸드를 바로잡아준 이탈리아인 테니스 코치가 떠올랐다. 발행인 매쉴러는 호리호리하고 피부가 가무스름했으며, 정보에 굶주려 있었고, 금세라도 농담이 튀어나오거나 우연한 말을 통해 혁신적인 새 아이디어가 떠오를 것처럼 기분좋게 동요한 상태였다.

나는 그의 관심 밖인 걸 다행스러워하며 방 저쪽 끝으로 어슬

렁어슬렁 걸어가 창가에 서서 베드퍼드스퀘어의 겨울나무들을 바라보았다. 나는 톰, 나의 톰이 학생들을 가르쳐서 생계를 꾸려간다고, 아직 『백년 동안의 고독』이나 마셜 매클루언에 관한 조너선 밀러의 책을 읽어보지 못했지만 앞으로 읽어볼 작정이라고, 아니, 아직 다음 소설에 대한 뚜렷한 아이디어는 없다고 말하는 걸 들었다. 결혼 질문은 건너뛰었고, 필립 로스는 천재고 『포트노이의 불평』은 걸작이며 네루다의 소네트 영어 번역은 이례적으로 뛰어나다는 데 동의했다. 톰은 나처럼 스페인어를 몰랐기에 그런 평가를 내릴 입장이 아니었다. 그리고 우리는 그때까지 필립 로스의 소설을 읽어본 적이 없었다. 그의 답변은 조심스럽고 심지어 진부하기까지 했으며, 나는 그런 그에게 공감했다—우리는 매쉴러가 언급하는 문학적 대상의 범위와 속도에 압도된 순진한 시골뜨기였고, 십 분 만에 쫓겨나는 게 지당하게 여겨졌다. 우리는 지루하기 짝이 없었으니까. 그가 계단 꼭대기까지 배웅했다. 작별인사를 하면서 우리를 샬럿 스트리트에 있는 단골 그리스 식당에 데려갈 수도 있지만 자신은 점심식사의 가치를 인정하지 않는다고 말했다. 우리는 약간 얼이 빠진 채로 보도에 나와 있었고, 걸음을 옮기면서 한동안 매쉴러와의 만남이 '잘되었는지'에 대해 의견을 나누었다. 톰은 모든 것을 감안할 때 그렇다고 생각했고, 나는 맞장구를 쳤지만 사실은 그렇지 않다고 생각했다.

하지만 그건 중요하지 않았다. 그 소설, 그 끔찍한 소설은 전달되었고, 우리는 곧 헤어져야 했고, 크리스마스를 축하해야 했다. 우리는 남쪽으로 정처 없이 걷다가 트래펄가스퀘어로 들어가서 국립초상화미술관을 지났고, 삼십 년은 된 커플처럼 그곳에서의 첫 만남을 회고했다—우리 둘 다 그것이 하룻밤 인연으로 끝날 거라고 생각했나? 그다음에 어떻게 될지 짐작할 수 있었나? 우리는 오던 길로 되돌아가 쉬키스 레스토랑으로 들어갔고, 용케 예약 없이 자리를 잡을 수 있었다. 나는 술을 조심했다. 셋방에 가서 짐을 싼 다음 다섯시 기차에 맞춰 리버풀 스트리트에 도착하고, 국가의 비밀공작원 역할에서 벗어나 보건사회보장부에서 순조롭게 출세의 사다리를 오르는 순종적인 딸이 될 준비를 해야 했다.

하지만 도버 솔 요리가 나오기 한참 전에 샴페인 한 병과 얼음통이 도착했고, 술병이 비어갔고, 또 한 병이 나오기 전에 톰이 테이블 너머로 내 손을 잡더니 고백하고 싶은 비밀이 있다고, 헤어지기 직전에 이런 고백을 해서 걱정 끼치고 싶지는 않지만 안 그러면 잠을 못 잘 것 같다고 말했다. 고백의 내용은 이랬다. 그는 다음 장편소설에 대한 아이디어가 전혀 없고 앞으로도 아이디어가 떠오를지 의심스러웠다. 『서머싯 평원으로부터』—우리는 그냥 '평원'이라고 불렀다—는 요행이었고, 다른 것에 대한 단편을 쓰고 있다고 생각했는데 어찌어찌하다보니 우연히 그 소설로 들어서게 된 것이었다. 그리고 며칠 전 브라이턴 파빌리온을 지나쳐 걷는데 뜬금없이 스펜서의 시 한 줄—반암과 대리석에 넣어져 나타나—이 떠올랐다. 스펜서가 로마에서 그곳의 과거를 돌아보는 내용이었다. 하지만 반드시 로마일 필요는 없었다. 톰은 시와 도시—수세기의 역사가 깃든 도시—의 관계에 대한 글을 구상하기 시작했다. 학술적 글쓰기는 그의 과거에 머물러 있어야 했다. 학위논문을 쓰면서 절망에 빠졌던 시기가 있었으니까. 하지만 향수가 고개를 들기 시작했다—학문의 차분한 고결성과 엄격한 의례들, 그리고 무엇보다 스펜서의 아름다운 시에 대한 향수. 그는 학문을, 그 형식성 아래 존재하는 따뜻함을 너무도 잘 알았다—그곳이 바로 그가 살아갈 수 있는 세계였다. 그 글에 대한 아이디어는 독창적이고 대담했다. 그건 지질학, 도시계획, 고고학 같은 이질적인 분야의 경계를 넘나드는 흥미진진한 일이었다. 그가 글을 보내주면 기뻐할 전문 학술지 편집자가 있었다. 이틀 전, 톰은 브리스틀대학에 강사 자리가 났다는 소식에 궁금증이 일었다. 국제관계학 석사과정은 기분전환이었다. 어쩌면 소설도 그런 것일 수 있었다. 그의 미래는 가르치는 일과 학술 연구에 있었다. 방금 전 베드퍼드스퀘어에서 스스로가 얼마나 사기꾼처럼 느껴졌었는지 모른다. 매쉴러와 대화하는 동안 얼마나 부자연스러웠었는지 모른다. 그가 다시는 소설을, 심지어 단편소설조차 쓰지 못하는 건 실제로 일어날 수 있는 일이었다. 런던에서 가장 존경받는 소설 발행인 매쉴러 앞에서 그 점을 어떻게 시인할 수 있었겠는가?

내 앞에서도. 나는 그에게서 손을 뺐다. 몇 달 만에 처음 맞은 노는 월요일이었는데, 스위트 투스를 위해 일해야 했다. 나는 톰에게 작가들이 산고를 치르며 작품을 탈고하고 나면 공허함을 느낀다는 건 잘 알려진 사실이라고 말했다. 그리고 그것에 대해 좀 아는 척하며, 가끔 학술 에세이도 쓰면서 소설을 쓰는 게 결코 양립할 수 없는 일은 아니라고 했다. 나는 그런 사례로 들 만한 유명 작가가 없나 궁리해보았지만 한 사람도 생각나지 않았다. 추가로 주문한 샴페인이 도착했고, 나는 톰의 작품에 대한 찬양을 늘어놓기 시작했다. 그의 단편들은 독특한 심리적 경향을, 동독 폭동과 대열차 강도에 대한 그의 현실 접근적 에세이들과 결합된 묘한 친밀성이 있으며, 그를 두드러지게 하는 건 바로 그 관심사의 폭넓음이다. 재단이 그와의 관계를 그토록 자랑스러워하는 것도, T. H. 헤일리라는 이름이 문학계에 마법처럼 등장한 것도, 그리고 그곳에서 가장 중요한 두 인물 해밀턴과 매쉴러가 그의 글을 원하는 것도 바로 그 이유에서다.

내가 그러는 내내 톰은 엷은 미소를 머금고—가끔 나를 격분시키는—관대한 회의주의를 내보이며 나를 바라보았다.

"당신이 그랬잖아, 글쓰기와 가르치는 일을 병행할 수 없다고. 조교수 수입에 만족하며 살 수 있겠어? 연봉이 800파운드인데? 그것도 자리를 얻는다는 가정하에."

"내가 그런 생각을 안 해봤을 거라고 단정하지 마."

"요전날 밤 『검열의 지표』 잡지에 실을 루마니아 보안기관에 관한 글을 쓸지도 모른다고 했잖아. 그걸 뭐라고 하더라?"

"DSS.* 하지만 사실은 시에 관한 글이야."

"난 고문에 관한 글이라고 생각했는데."

"그건 부수적인 거고."

"단편소설이 될 수도 있다고 했잖아."

그의 얼굴이 조금 밝아졌다. "그럴 수도 있지. 다음주에 시인 친구인 트라이안을 다시 만나기로 했어. 그의 허락 없이는 아무것도 쓸 수 없거든."

내가 말했다. "그 스펜서 에세이도 쓰지 말아야 할 이유가 없지. 당신은 그럴 자유가 있고, 재단이 당신에게 바라는 것도 그거야. 당신은 뭐든 하고 싶은 대로 할 수 있어."

---

* 국가안전부를 뜻하는 Department of State Security의 약자.

그후로 톰은 그 대화에 흥미를 잃은 듯 화제를 바꾸고 싶어했다. 그래서 우리도 너나없이 모두가 이야기하는 것들에 대해 이야기했다—12월 31일부터 정부 주도로 실시되는 에너지 절약을 위한 주 3일제, 어제 유가가 두 배로 뛴 것, 급진주의 아일랜드공화국군이 '크리스마스 선물'로 런던 시내 펍과 상점에서 일으킨 몇 건의 폭발사건. 우리는 사람들이 에너지 절약을 위해 촛불을 켜놓고 지내는 걸 희한하게도 행복해하는 것 같다며 역경이 그들에게 존재의 목적을 되찾아주기라도 한 모양이라고 말했다. 샴페인을 두 병째 비우고 있던 참이라 그런 생각을 하기가 쉬웠다.

우리는 네시가 다 되어서야 레스터스퀘어 지하철역 밖에서 작별인사를 했다. 지하철역 계단으로 올라오는 훈풍의 애무를 받으며 껴안고 키스했다. 그러고서 그는 생각을 정리하겠다며 빅토리아역을 향해 걸어갔고 나는 옷가지와 변변찮은 크리스마스 선물을 챙기러 캠던으로 가면서 이제 제시간에 기차를 탈 가망은 없고, 어머니가 며칠 동안 헌신적으로 준비한 크리스마스이브 만찬에 늦으리라는 것을 흐리멍덩하게 의식했다. 어머니가 마뜩잖아하겠지.

나는 여섯시 반 기차를 타고 아홉시 직전에 도착해, 역에서부터 걸어서 강을 건넌 다음 맑은 반달 달빛 아래 약간 시골 정취가 느껴지는 강변길을 따라갔고, 시베리아에서 불어와 이스트앵글리아*를 가로질러온 얼음처럼 차고 깨끗한 공기를 들이마시며 강둑에 묶인 검은 배들을 지나쳤다. 공기의 맛이 나의 사춘기를, 권태와 갈망, 놀라운 과제물로 특정 선생님들의 마음에 들고 싶은 욕망에 의해 다스려지거나 무산된 우리의 작은 반항들을 일깨웠다. 오, 에이 마이너스의 기고만장한 실망감, 그건 북쪽에서 불어오는 차가운 바람만큼 날카로웠다! 길이 남학교 럭비 경기장 아래로 구부러졌고 첨탑이, 우리 아버지의 첨탑이 하늘 위로 우뚝 솟은 채 크림색으로 빛났다. 나는 강변에서 벗어나 경기장을 가로지르며 과거 남학생들의 시큼하면서도 매력적인 냄새를 풍기던 탈의실을 지났고, 잠겨 있었던 적이 없는 낡은 떡갈나무문을 통해 교회 경내로 들어갔다. 지금도 문이 잠겨 있지 않고 여전히 경첩이 삐걱거려서 기분이 좋았다. 오랜 과거를 가로질러 걸으니 놀라웠다. 사오 년—아무것도 아닌 시간이었다. 하지만 서른 살이 넘은 사람은 십대 후반에서 이십대 초반까지의 이 특별한 무게를 지닌 응축된 시간을, 고등학교를 졸업하고 월급을 받는 전문가가 되기까지의, 대학과 연애, 죽음, 선택이 있는, 하나의 이름을 가질 필요가 있는 이 인생구간을 이해하지 못할

* 영국 동남부의 고대 왕국으로 오늘날 노퍽과 서퍽에 해당된다.

것이다. 나는 어린 시절이 얼마나 최근이었는지, 한때는 그게 얼마나 길고 벗어나기 어렵게 느껴졌는지 잊고 있었다. 내가 얼마나 성장했고, 얼마나 변함없는지.

그때 집으로 걸어가는데 왜 심장이 더 세차게 뛰었는지 모르겠다. 집에 가까워지자 걸음을 늦췄다. 우리집이 얼마나 큰지 잊고 있었고, 내가 연붉은색 벽돌로 된 앤여왕 시대 양식의 그 저택을 당연시할 수 있었다는 게 놀라웠다. 가지를 쳐낸 앙상한 장미 관목과 요크산 포장재인 육중한 석판으로 테를 두른 화단에서 자라고 있는 회양목울타리 사이로 나아갔다. 나는 끈을 당겨 초인종을 울렸다. 놀랍게도 거의 즉시 문이 열렸고 거기 자주색 사제복 셔츠와 도그칼라* 위에 회색 재킷을 입은 주교님이 서 있었다. 그는 이따가 자정예배를 이끌어야 했다. 초인종이 울렸을 때 마침 현관을 지나는 길이었던 것이 분명했다. 평소에는 직접 문을 열어주는 법이 절대 없었다. 그는 체격이 컸고, 얼굴은 윤곽이 희미하고 친절한 인상을 주었으며, 새하얗게 셌지만 소년 같은 앞머리를 늘 옆으로 쓸어넘겼다. 사람들은 그가 유순한 얼룩고양이를 닮았다고 말했다. 오십대를 위엄 있게 나아가면서 배가 나왔고, 그 모습이 그의 느리고 자기 생각에 몰두하는 태도

* 개 목걸이 모양의 사제용 흰 칼라.

와 잘 어울리는 듯했다. 동생과 나는 뒤에서 그를 조롱하고 가끔은 적개심을 품기까지 했는데 아버지를 싫어해서가 아니라—그것과는 거리가 멀었다—그의 관심을 결코, 아니 오랫동안 받지 못해서였다. 그에게 우리의 삶은 멀리 떨어져 있는 어리석은 것이었다. 루시와 내가 십대 시절 그를 두고 가끔 싸운 것도 몰랐다. 우리는 서재에서 단 십 분이라도 그를 독차지하기를 갈망했고 서로 상대방이 아버지의 사랑을 더 많이 받고 있다고 생각했다. 마약, 임신, 법적인 문제에 얽혀들면서 루시는 그런 특권적인 몇 분을 더 많이 누리게 되었다. 전화로 그 소식을 들었을 때 동생이 걱정되는 한편으로 해묵은 질투에 가슴이 아렸다. 내 차례는 언제 올까?

지금이었다.

"세리나!" 그가 약간 놀란 시늉을 하며 다정한 하강 어조로 이름을 부르고는 나를 안아주었다. 나는 가방을 발밑에 떨어뜨리며 그의 품에 안겼고, 셔츠에 얼굴을 박고 친숙한 임피리얼 레더 비누와 교회—라벤더 밀랍—향을 맡자 울음이 터졌다. 왜 그랬는지 모르겠다. 그저 느닷없이 감정이 복받치면서 눈물이 나기 시작했다. 잘 울지 않는 편이라 그만큼이나 나도 놀랐다. 하지만 어찌할 도리가 없었다. 피곤한 아이에게서 들을 법한 엉엉 우는 절망적인 울음이었다. 그때 내 울음보를 터뜨린 건 그의 목소리,

내 이름을 부르는 어조였던 것 같다.

그는 잠자코 나를 안고 있었지만 순간 그의 몸이 긴장하는 게 느껴졌다. 그가 웅얼거렸다. "엄마 데려올까?"

그가 무슨 생각을 하고 있는지 알 것 같았다—이제 큰딸이 임신이나 다른 현대적 재난의 수렁에 빠졌고, 지금 그의 갓 다린 자주색 셔츠를 적시고 있는 여자들의 문제가 무엇이든 간에 여자가 처리하는 게 나을 거라는 생각일 터였다. 그는 그 문제를 다른 사람에게 넘기고 저녁식사 전에 크리스마스 설교문을 훑어보기 위해 서재로 가던 걸음을 이어가야 했다.

하지만 나는 그를 놓아주고 싶지 않았다. 나는 그에게 매달렸다. 그 자리에서 범죄를 꾸며댈 수 있었다면 마법의 교회 권력을 동원해 내 죄를 사해달라고 애원했을 것이다.

내가 말했다. "아니, 아녜요. 괜찮아요, 아빠. 그냥, 돌아온 게 너무 행복해서요. 여기…… 있는 게요."

그의 긴장이 풀리는 게 느껴졌다. 하지만 내 말은 진실이 아니었다. 행복은 절대 아니었다. 그 감정이 무엇인지 나는 정확히 말할 수 없었다. 역에서부터 걸어온 것, 그리고 런던 생활을 떠나온 것과 관련있었다. 어쩌면 안도감일지도 몰랐지만 회한이나 심지어 절망 같은 더 가혹한 요소도 있었다. 나중에는 점심때 술을 마셔서 마음이 약해진 거라고 확신했다.

문간에서의 그 순간은 삼십 초도 되지 않았을 것이다. 나는 정신을 차리고 가방을 집어들고 안으로 들어서며, 아직 조심스럽게 바라보고 있는 주교님에게 사과했다. 그러자 그는 내 어깨를 두드리고는 현관을 가로질러 서재로 가던 길을 갔으며, 나는 화장실—족히 나의 캠던 셋방만한—로 들어가 빨갛게 부어오른 눈을 찬물로 가라앉혔다. 어머니에게 심문당하고 싶지는 않았다. 어머니를 찾으러 가다가 예전에 나를 숨막히게 했던 모든 것이 이제 편안하게 느껴짐을 의식했다—고기 굽는 냄새, 카펫이 깔린 바닥의 온기, 떡갈나무와 마호가니와 은과 유리의 광택, 어머니가 화병들에 간소하고 고상하게 배치해놓은, 무서리를 표현하기 위해 은색 페인트를 살짝 뿌린 앙상한 개암나무와 층층나무 가지들. 루시가 열다섯 살이 되어 나처럼 세상 물정에 밝은 어른 행세를 할 때 일이었는데, 크리스마스 저녁 집에 들어와서 그 나뭇가지를 가리키며 외쳤다. "아주 그냥 개신교네."

루시는 주교님에게서 여태 내가 본 가장 언짢은 눈초리를 받았다. 어지간해서는 질책을 하지 않는 그였지만 이번에는 차갑게 말했다. "똑바로 다시 말하든지, 아니면 네 방으로 가라."

루시가 깊이 뉘우치는 어조로 "엄마, 저 장식 정말로 훌륭해요"라고 읊조리는 걸 듣자 나는 킥킥 웃음이 났고, 차라리 내가 거기서 나가는 게 낫겠다고 생각했다. 그후 '아주 그냥 개신교'

는 우리 둘에게 반항의 구호가 되었지만, 언제나 주교님 귀에 들리지 않도록 낮게 웅얼거렸다.

만찬에는 다섯 명이 참석했다. 루시가 도시 저편에서 아일랜드인 장발 남자친구, 키가 2미터 가까이 되는 루크를 데려왔다. 루크는 시에서 공원원예사로 일하며, 최근 결성된 군대 철수 운동에 활발히 참여하는 멤버라고 했다. 그 말을 듣자마자 나는 논쟁에 말려들지 않기로 결심했다. 딱히 어려운 일도 아니었다. 그가 느릿느릿한 가짜 미국식 말투를 쓰긴 했지만 유쾌하고 재미있는 사람이었기 때문이었다. 나중에 저녁식사가 끝난 후 그와 나는 로열리스트*의 잔혹행위에 대해 거의 격분된 찬양이라고 할 수 있는 토론을 벌여 의견 일치를 보았다. 그 일이라면 나도 거의 그만큼이나 아는 것이 많았다. 정치에 일절 관심 없는 주교님이 식사중에 루크를 향해 몸을 기울이고, 만일 그의 뜻대로 군대가 철수하면 소수 가톨릭계 대학살이 일어나리라 예상하는지 부드럽게 물었다. 루크는 영국군이 북아일랜드에서 가톨릭 신자들을 위해 해준 일이 별로 없으며 그들은 스스로를 지킬 수 있을 것으로 생각한다고 대답했다.

"아." 아버지가 안심한 척하며 대꾸했다. "그럼 전부 피바다가

* 북아일랜드의 영국 합병을 주장하는 통합파.

되겠군."

루크는 자기가 조롱당한 것인지 헷갈려서 어리둥절한 표정을 지었다. 사실 조롱은 아니었다. 주교님은 단지 예의를 지킨 것이었고 곧 다른 주제로 넘어갔다. 그가 정치는 물론 신학 논쟁에도 휘말리지 않는 건 다른 사람들 의견에 무심하고 그것과 교감하거나 맞서고 싶은 충동을 느끼지 못해서였다.

결과적으로 열시에 저녁식사를 내는 것이 어머니 스케줄에도 맞았고, 어머니는 내가 집에 와서 기분이 좋았다. 그녀는 여전히 내 직업을, 그녀의 바람대로 내가 독립적인 삶을 누리고 있는 것을 자랑스러워했다. 나는 어머니의 질문에 대답할 수 있도록 근무한다고 둘러댄 부서에 대해 다시 한번 벼락치기로 공부한 뒤였다. 직장에 다니는 거의 모든 딸이 부모에게 정확히 무슨 일을 하는지 이야기한다는 걸—부모가 자세한 내용까지 캐묻지는 않는다는 조건하에—꽤 오래전부터 알고 있었다. 내 경우 철저한 조사를 통해 정교하게 이야기를 꾸며냈기에, 불필요한 선의의 거짓말을 너무 많이 했다. 되돌리기에는 늦었다. 어머니가 진실을 알게 되면 루시에게 이야기할 테고, 그럼 루시는 나와 두 번 다시 말을 섞지 않을 수도 있었다. 더구나 내가 무슨 일을 하는지 루크가 알게 하고 싶지도 않았다. 그래서 나는 몇 분간 사회보장제도 개혁에 대한 보건사회보장부의 입장을 밝히며, 어머니도 주교님과 루시처럼 지루함을 느껴 더이상 똑똑한 질문으로 내가 자꾸 거짓말을 하도록 만들지 않기를 빌었다.

아버지가 교회에서 예배를 집전할 때 우리가 듣거나 보러 가지 않아도 되는 건 우리 가족, 어쩌면 영국국교회 전반의 장점 중 하나였다. 주교님은 우리가 거기 있든 없든 관심 없었다. 나는 열일곱 살 이후로 참석하지 않았다. 루시는 열두 살 이후로 그랬을 것이다. 연중 가장 바쁜 시기였던지라 그는 디저트가 나오기 직전에 벌떡 일어나 우리 모두에게 행복한 크리스마스를 기원해준 후 자리를 떴다. 내가 앉은 자리에서는 그의 교회 셔츠에 내 눈물 자국이 남은 것처럼 보이지는 않았다. 오 분 후, 우리는 그가 식당을 지나 현관문으로 갈 때 수도복 자락이 스치는 친숙한 소리를 들었다. 나는 그의 업무를 평범한 일상으로 여기며 자라왔지만 그동안 집을 떠나 런던 생활에 몰두하다가 돌아와보니, 일상적으로 초자연적 존재를 접하고 우리를 대표해 신에게 감사나 찬양, 간청을 하기 위해 밤늦게 집 열쇠를 주머니에 넣고 아름다운 석조 사원으로 일하러 가는 아버지를 둔 것이 신기하게 느껴졌다.

어머니가 선물을 마저 포장하러 포장실로 사용되는 위층의 작은 빈방으로 올라간 후, 루시와 루크, 나는 식탁을 치우고 설거지를 했다. 루시가 주방 라디오 채널을 〈존 필 쇼〉에 맞춰서 우리는 프로그레시브 록을 들으며 일했다. 케임브리지 이후 듣지 않은 그 음악은 더이상 아무 감흥이 없었다. 해방된 청년들의 연대의식을 불러일으키며 신세계를 약속했던 음악이 이제 대부분 실연에 대한, 가끔은 열린 길에 대한 한낱 노래로 쪼그라든 것이다. 그들도 다른 사람들처럼 혼잡한 음악계에서 출세를 열망하며 고군분투하는 음악가였다. 노래 사이사이 필이 두서없이 들려주는 박식한 이야기도 그런 암시를 담고 있었다. 두어 곡의 펍록마저 내 마음을 움직이지 못했다. 나이를 먹어가고 있기 때문이라고 나는 어머니의 베이킹 접시들을 박박 문질러 닦으며 생각했다. 다음 생일이면 스물세 살이 된다. 루시가 자기랑 루크와 함께 경내를 한 바퀴 돌 의향이 있는지 물었다. 그들은 담배를 피우고 싶었고 주교님은 집안에서 흡연하는 걸, 적어도 우리 가족에게는, 용납하지 않았던 것이다—당시에는 별나고 억압적인 태도라는 게 우리 의견이었다.

이제 달은 하늘 높이 떠 있었고, 풀에 살짝 내린 서리가 어머니가 스프레이로 연출한 것보다 더 멋스러웠다. 불을 밝힌 교회는 좌초한 원양여객선처럼 고립되고 항로를 이탈한 듯 보였다. 멀리서 육중한 오르간이 〈천사 찬송하기를〉 연주를 시작하고 이어서 신도들이 씩씩하게 노래하는 소리가 들렸다. 신도가 많은 듯했고 나는 아버지 입장에서 기뻤다. 하지만 성인들이 입을 모아 귀에 거슬리는 목소리로 진지하게 천사에 대해 노래하다니…… 벼랑 너머 공허를 보기라도 한 듯 가슴이 철렁했다. 나는 믿는 게 별로 없었다—캐럴도, 심지어 록 음악조차도. 우리 셋은 나란히 서서 교회 경내의 다른 좋은 집들을 따라 이어진 좁은 길을 천천히 걸었다. 몇몇은 변호사 사무실이었고 미용 치과도 한두 군데 있었다. 경내는 세속적이었고 교회에서는 높은 임대료를 부과했다.

알고 보니 내 산책 동행들이 원한 건 단순히 담배가 아니었다. 루크가 코트에서 작은 크리스마스 폭죽 크기와 모양의 마리화나를 꺼내더니 걸어가면서 불을 붙였다. 그는 대단히 엄숙한 의식을 치르듯 마리화나를 손가락 사이에 끼우고 양손을 오므려 모아 두 엄지손가락 사이로 요란하게 공기 들이마시는 소리를 내며 빨아들이고, 보란듯이 숨을 참았으며, 이야기를 계속하면서 마리화나를 피워 복화술 인형 같은 소리를 냈다—완전히 잊고 지냈던 야단스럽고 무의미한 짓이었다. 얼마나 촌스러워 보이던지. 60년대는 지나갔다! 하지만 루크가 마리화나를 건넸을 때—내 생각에는 다소 위협적으로—나는 루시의 보수적인 언니처럼 보이지 않으려고 정중히 두어 번 빼끔거렸다. 사실 루시의 보수적인 언니가 맞았지만.

나는 두 가지 이유로 불안했다. 첫째, 아까 현관문에서 있었던 일의 여파에서 벗어나지 못하고 있었다. 숙취보다는 과로 탓이었을까? 아버지가 다시 그 일을 언급하거나 어떻게 된 건지 묻지 않으리란 건 알고 있었다. 서운하게 여겨야 마땅하지만 안도감이 들었다. 어차피 아버지에게 뭐라고 말해야 할지 몰랐으니까. 둘째, 나는 한동안 입지 않았던 코트를 걸치고 있었는데, 교회 경내를 막 산책하기 시작했을 때 주머니에서 종이 쪼가리가 만져졌다. 손가락으로 가장자리를 쓸어보고 그게 뭔지 정확히 알았다. 그동안 까맣게 잊고 있었는데, 안가에서 발견한 그 신문지 쪼가리였다. 지저분하게 미결로 남은 많은 것이, 어지럽게 널린 정신적 쓰레기들이 떠올랐다—토니의 수치, 셜리의 실종, 내가 채용된 건 단지 토니의 행위가 발각되었기 때문일 가능성, 감시자들이 내 방을 뒤진 것. 가장 골치 아픈 건 맥스와의 다툼이었다. 그가 집으로 찾아온 이후 우리는 서로 피하고 있었다. 나는 스위트 투스 보고서를 들고 그를 만난 적이 없었다. 그를 생각할 때마다 죄책감이 일었으나 죄책감은 즉시 분개에 자리를 내주었다. 그는 약혼녀 때문에 나를 차버리더니 뒤늦게 나 때문에 약혼녀를 버렸다. 그는 자기 생각만 하는 거야. 내가 왜 비난받아야 하지? 하지만 다시 그가 생각나면 똑같은 죄책감이 밀려들어 또다시 스스로를 변호해야 했다.

이 모든 것이 그 종이 쪼가리 뒤에 기형적인 연의 꼬리처럼 매달려 나부꼈다. 우리는 교회 서쪽 끝으로 걸어가 시내로 나가는 높은 돌문의 짙은 그림자 속에 멈춰 섰고, 동생과 그녀의 남자친구는 마리화나를 나눠 피웠다. 나는 루크의 대서양 건너편 스타일의 단조로운 웅얼거림 너머로 아버지의 목소리를 들으려고 귀를 기울였지만 교회는 조용했다. 기도중이리라. 내 운명의 저울에 달린 다른 접시에는, 내 승진이라는 사소한 사실과 별개로, 톰이 올라가 있었다. 나는 루시에게 톰 이야기를 하고 싶었다. 자매의 대화 시간을 가졌다면 좋았을 것이다. 우리는 가끔 그런 시간을 가졌다. 하지만 지금은 루크의 거대한 형상이 우리 사이에 끼어 있었고, 마리화나를 좋아하는 남자들이 흔히 저지르는 용서가 되지 않는 짓을 그도 하고 있었다. 그러니까 그것에 대해 쉴새없이 떠들어댔다—태국의 어느 특별한 마을에서 나는 유명 대마초, 어느 날 밤 불시단속에 걸릴 뻔했던 끔찍한 경험, 마리화나에 취한 채로 해질녘 바라본 어느 성스러운 호수 건너편 풍경, 버스정류장에서의 재미있는 오해, 기타 멍청한 일화들. 우리 세대는 뭐가 잘못된 걸까? 우리 부모들에게는 전쟁이라는 지루한 이야깃거리가 있었다. 우리에게는 이것이 있고.

얼마 후 우리 여자들은 완전히 침묵에 잠겼고, 반면 루크는 자기 이야기가 재미있어서 우리가 정신이 팔린 거라는 착각에 더 깊이 빠져서는 마냥 신나하며 다급하게 떠들어댔다. 그리고 거의 즉시, 나는 정반대의 깨달음을 얻었다. 똑똑히 알게 되었다.

당연하게도. 루시와 루크는 둘만 있을 수 있도록 내가 자리를 피해주기를 기다리고 있었다. 내가 톰과 함께 있었더라도 그랬을 것이다. 루크는 나를 쫓아내려고 의도적으로, 체계적으로 나를 지루하게 만들고 있었다. 미련하게 그걸 눈치 못 채다니. 불쌍한 남자, 그는 무리할 수밖에 없었고, 가망 없을 정도로 과도한, 실패한 연기를 했다. 현실에서는 아무도 그 정도로 지루할 수 없었다. 하지만 그는 우회적인 방식으로 친절하게 굴려고 애쓴 것뿐이었다.

그래서 나는 그림자 속에서 기지개를 켜며 요란하게 하품을 하고는 그의 말을 자르고 엉뚱한 소리를 했다. "당신이 전적으로 옳아요. 난 이만 가봐야겠어요." 그러고 나서 자리를 떴고, 몇 초 만에 기분이 나아져서 뒤에서 루시가 부르는 소리를 가볍게 무시할 수 있었다. 루크의 일화에서 해방되어 오던 길을 되밟아 빠르게 걸었고, 그다음 발아래 기분좋게 밟히는 서리를 느끼며 풀밭을 가로지르다가 회랑 바로 옆, 반달의 달빛이 닿지 않는 곳에 이르러 희미한 어둠 속에서 앉아도 될 만큼 튀어나온 돌을 발견하고 코트 깃을 세웠다.

교회 안에서 읊조리는 소리가 희미하게 들려왔지만 주교님의 목소리인지는 알 수 없었다. 이런 행사 때마다 그를 위해 일하는 대규모 팀이 있었다. 힘든 순간에는 지금 자신이 가장 하고 싶은 일이 무엇인지 자문하고 그걸 어떻게 이룰 수 있을지 생각해보는 게 때로 도움이 된다. 그게 불가능하다면 그다음 하고 싶은 일로 옮겨가면 된다. 나는 톰과 함께 있고 싶었다. 그와 함께 자고, 테이블에 마주앉고, 그의 손을 잡고 거리를 걷고 싶었다. 그건 어려우니, 그를 생각하고 싶었다. 그래서 크리스마스이브에 삼십 분 동안 그 일을 했다. 그를 흠모하며 우리가 함께했던 시간들, 그의 튼튼하면서도 어린아이 같은 몸, 우리의 커져가는 애정, 그의 작품, 그리고 그를 도울 방법을 생각했다. 그에게 말 못하고 있는 비밀에 대한 생각은 밀어냈다. 대신 내가 그의 삶에 가져다준 자유를, 「간통의 확률」의 집필을 도왔고 앞으로 훨씬 더 자주 도우리란 것을 생각했다. 모든 게 너무 달콤했다. 나는 그 생각을 편지에 적어 그에게 보내기로 했다. 서정적이고 열정적인 편지. 우리집 현관문 앞에서 무너져 아버지 가슴에 안겨 운 이야기도 해주리라.

영하의 기온에 돌 위에 꼼짝 않고 앉아 있는 건 좋은 생각이 아니었다. 나는 오한이 나기 시작했다. 그때 동생이 경내 어딘가에서 다시 나를 부르는 소리가 들렸다. 걱정스러운 목소리였고, 그제야 정신이 들면서 내가 쌀쌀맞게 구는 듯 보였으리란 걸 깨달았다. 크리스마스 폭죽을 빼끔거린 탓이었다. 루크가 루시와 잠시 단둘이 있기 위해 고의로 지루하게 굴었다는 게 이제 말도 안 되는 생각으로 여겨졌다. 사고의 주체인 정신이 몽롱하게 취한 상태에서 자신이 잘못 판단했음을 알기는 힘들었다. 이제 나는 맑은 머리로 생각하고 있었다. 달빛 비치는 풀밭으로 나갔고, 100미터쯤 떨어진 길에서 동생과 그녀의 남자친구를 보았다. 어서 사과하고 싶어서 황급히 그들에게로 갔다.

18

레컨필드 하우스에서는 모범을 보이고자 온도조절장치를 다른 정부 부처보다 2도 낮은 섭씨 15.5도로 내렸다. 우리는 코트를 입고 손가락장갑을 낀 채 일했고, 부유한 여직원들 일부는 스키여행 때 썼던 방울 달린 털모자까지 착용했다. 우리는 바닥에서 올라오는 냉기를 막아줄 네모난 펠트 발깔개를 지급받았다. 손을 덥히는 가장 좋은 방법은 계속 타자기를 두들기는 것이었다. 철도기관사들이 광부들에 대한 지지의 표시로 초과근무 거부에 들어갔고, 국가에 돈이 떨어졌듯이 발전소도 1월 말이면 석탄이 동날지 몰랐다. 우간다의 이디 아민은, 영국 공군이 와서 가져가기만 한다면 모금운동을 벌여 가난에 시달리는 과거 식민지 지배자들에게 채소를 한 트럭 제공하겠다고 했다.

부모님 집에서 캠던으로 돌아오니 톰의 편지가 기다리고 있었다. 그는 아버지 차를 빌려 로라를 브리스틀까지 태워다줄 작정이었다. 그리고 그 일은 간단치 않을 것이었다. 로라가 아이들을 데려가고 싶다고 말하고 있었다. 크리스마스 칠면조 요리 앞에서 고성이 오갔다. 하지만 호스텔에서는 어른만 받아주었고 로라는 늘 그랬듯 아이들을 돌볼 수 있는 상태가 아니었다.

그의 계획은 나와 함께 새해를 맞이할 수 있도록 런던으로 오는 것이었다. 하지만 30일에 브리스틀에서 전보를 보내왔다. 아직은 로라 곁을 떠날 수 없다고. 그곳에 머물며 그녀를 진정시켜야 한다고 했다. 그래서 나는 하우스메이트 세 명과 모닝턴 크레센트의 파티장에서 1974년을 맞이했다. 그 북적거리는 불결한 아파트에서 변호사가 아닌 사람은 나뿐이었다. 가대식 테이블에서 다른 사람이 사용했던 종이컵에 미지근한 화이트와인을 따르고 있는데 누가 내 엉덩이를 정말로, 진짜 세게, 꼬집었다. 나는 홱 돌아서서, 어쩌면 엉뚱한 사람일지 모르는 누군가에게 화를 냈다. 일찍 그곳을 빠져나와 한시쯤 잠자리에 들었고 춥고 어두운 방에 누워 자기연민에 빠졌다. 잠들기 전 로라가 지내는 호스텔의 서비스가 얼마나 훌륭한지 모른다고 했던 톰의 말이 생각났다. 그게 사실이라면, 그가 이틀이나 브리스틀에 머물러야 하다니 너무 이상했다. 하지만 중요한 것도 아니었고, 나는 곯아떨어져서 새벽 네시 법조계 친구들이 취해서 들어오는 소리도 거의 듣지 못했다.

해가 바뀌어 주 3일제가 시행되었지만, 우리는 공식적으로 필수 서비스 분야로 규정되어 5일을 다 근무했다. 1월 2일, 나는 4층 해리 탭의 사무실에서 회의가 있으니 참석하라는 지시를 받았다. 사전경고도, 회의 주제에 대한 암시도 없었다. 그곳에 도착했을 때는 열시였고, 벤저민 트레스콧이 문간에서 명단을 확인하고 있었다. 방안에 스무 명이 넘는 사람이 있어서 깜짝 놀랐다. 그중 둘은 내 동기였고, 우리는 탭의 책상 주위에 좁은 말굽 모양으로 배치된 플라스틱 의자를 차지하고 앉기에는 너무 직위가 낮았다. 피터 너팅이 들어와 방안을 쓱 훑어보더니 다시 나갔다. 해리 탭도 책상에서 일어나 그를 따라 나갔다. 그래서 나는 스위트 투스 관련 회의일 거라 짐작했다. 다들 담배를 피우거나 웅성대며 기다리고 있었다. 나는 서류 캐비닛과 금고 사이 45센티미터쯤 되는 틈으로 비집고 들어갔다. 이제는 대화할 상대가 없어도 신경쓰지 않았다. 나는 건너편의 힐러리와 벨린다에게 미소를 보냈다. 그들은 그 모든 것을 대단한 책략으로 여긴다는 걸 내게 보여주려고 어깨를 으쓱하며 눈알을 굴렸다. 그들도 각자 관리하는 스위트 투스 작가가, 재단의 돈을 거절할 수 없는 학자나 글쟁이가 있음이 분명했다. 하지만 T. H. 헤일리만큼 빛

나는 인물은 아니리라.

십 분이 지나고 플라스틱 의자들이 찼다. 맥스가 들어와 가운뎃줄 의자에 앉았다. 내 자리는 뒤쪽이라 처음에는 그의 눈에 띄지 않았다. 그가 고개를 돌려 방안을 둘러봤다. 분명 나를 찾고 있었다. 잠시 우리의 시선이 마주쳤고, 그가 다시 앞으로 고개를 돌리더니 펜을 꺼냈다. 내 위치에서 잘 보이지는 않았지만 손을 떨고 있는 것 같았다. 얼굴을 아는 6층 사람이 두어 명 있었다. 하지만 국장은 보이지 않았다—스위트 투스는 중요한 작전이 전혀 아니었다. 탭과 너팅이 키 작은 근육질 남자와 함께 돌아왔는데, 뿔테안경을 끼고 흰머리를 짧게 친 그는 맵시 있는 청색 양복을 입고 그보다 짙은 청색 물방울무늬 실크넥타이를 맨 차림이었다. 탭은 자신의 책상으로 가고 나머지 둘은 우리 앞에 서서 장내가 정리되기를 참을성 있게 기다렸다.

너팅이 말했다. "피에르는 런던에 배치되어 근무중인데, 고맙게도 우리 일과 관련있을 수 있는 자기 업무에 대해 몇 마디 들려주기 위해 이 자리에 참석했습니다." 그 간략한 소개와 피에르의 억양을 듣고 우리는 그가 CIA라고 짐작했다. 확실히 프랑스인은 아니었다. 그의 목소리는 테너 음역에서 오르내렸고, 듣기 좋을 정도로 조심스러웠다. 그는 발언이 논박당하더라도 기꺼이 사실에 입각해 견해를 바꿀 듯한 인상을 풍겼다. 나는 그 올빼미 같은, 거의 사죄하는 듯한 태도 뒤에 무한한 자신감이 존재함을 깨닫기 시작했다. 그는 내가 처음 만난 미국 귀족계급이었고, 나중에 알고 보니 버몬트의 명문가 출신으로 스파르타식 헤게모니에 대한 책과 아게실라오스 2세와 페르시아 티사페르네스의 참수에 대한 책을 썼다고 했다.

나는 피에르에게 호감이 갔다. 그는 우리에게 "냉전의 가장 부드럽고 달콤한 부분, 유일하게 진실로 흥미로운 부분인 이념 전쟁"에 대해 이야기하겠다는 말로 강연을 시작했다. 그는 말을 통해 세 개의 단편적 정경을 제시하고 싶다고 했다. 첫번째, 전쟁 전 맨해튼을 생각해보라며 오든의 유명한 시 첫 구절을 인용했는데, 토니가 읽어준 적이 있고 톰도 좋아하는 시였다. 내게는 유명한 시도 아니고 그때까지만 해도 별 의미가 없었지만 미국인이 영국인의 시를 우리에게 도로 인용하는 것을 듣고 있자니 감동적이었다. 나 싸구려 술집에 앉아 있네/ 52번가/ 확신이 없고 두렵고…… 그건 1940년 열아홉 살 나이로 맨해튼 미드타운의 삼촌 집에 놀러와 대학생활의 전망에 질린 채로 술집에서 취해가던 피에르의 모습이기도 했다. 오든만큼이나 확신이 없지는 않았지만. 그는 자기 나라가 유럽의 전쟁에 참여해 자신에게 역할이 주어지기를 갈망했다. 그는 군인이 되고 싶었다.

그다음 피에르는 우리에게 1950년을 환기시켰다. 유럽 본토와 일본과 중국이 파괴되거나 쇠약해지고, 영국은 기나긴 영웅적 전쟁으로 빈곤해지고, 구소련에서는 사망자가 수백만을 헤아리던 때—전쟁 덕에 경제가 활성화되고 윤택해진 미국은 지구상에서 인간의 자유를 지키는 최고 수호자로서 멋진 새 의무에 눈뜨게 되었다. 그렇게 말하면서도 그는 양손을 펼쳐 그 점에 대해 애석해하거나 사죄하는 듯한 인상을 주었다. 그러지 않을 수도 있었다는 듯.

세번째 단편적 정경도 1950년 것이었다. 여기 피에르가, 모로코와 튀니지 작전들, 노르망디와 휘르트겐발트 전투와 다하우 해방을 뒤로한 그가 있다. 그는 브라운대학 그리스어 부교수로, 파크 애비뉴에 있는 월도프 애스토리아 호텔 입구를 향해, 미국 애국자들과 가톨릭 수녀들, 우익 미치광이들로 이루어진 시위대를 지나쳐 걸어간다.

"안에서," 피에르가 한 손을 쫙 펼쳐들며 극적으로 말했다. "나는 하나의 싸움을 목격했고 그로 인해 인생이 바뀌었습니다."

그 행사는 '세계 평화를 위한 문화과학학회'라는 평범한 이름의 회합이었고 명목상으로는 미국의 어느 전문가위원회가 조직했다고 되어 있었지만, 사실은 소련 코민포름이 주도한 것이었다. 전 세계에서 온 천 명의 대표는 공개재판과 나치-소련 협약, 억압, 숙청, 고문, 살인, 강제노동수용소에 대해 알면서도 공산주의 이상에 대한 믿음을 버리지 않은, 완전히 버리지는 않은 사람들이었다. 러시아의 위대한 작곡가 드미트리 쇼스타코비치도 스탈린의 명령을 받고 억지로 그곳에 앉아 있었다. 미국 쪽 대표로는 아서 밀러, 레너드 번스타인, 클리퍼드 오데츠가 있었다. 이들을 비롯한 미국 전문가들은 국민에게 과거의 소중한 동맹국을 위험한 적으로 취급하라고 강요하는 미국 정부를 비판하거나 불신했다. 아무리 추잡한 사건들이 밝혀지고 있어도 많은 사람이 마르크스주의적 분석은 여전히 유효하다고 믿었다. 그리고 그런 사건들은 탐욕스러운 기업의 소유인 미국 언론에 의해 크게 왜곡되고 있다고 여겼다. 설령 소련의 정책이 무례하거나 공격적이라도, 내부의 비판을 좀 억누른다 해도, 시작부터 서구의 적대감과 사보타주에 직면하다보니 방어기제가 발동했기 때문이라는 것이었다.

피에르는 우리에게, 요컨대 그 행사는 크렘린을 위한 선전행위였다고 말했다. 자본주의의 수도에서 세계적인 무대를 준비해 그들의 주장이 평화와 이성의 목소리—자유의 목소리는 아닐지라도—로 들리게 했으며, 미국인 저명인사 수십 명이 그들 편에 있었다.

"그러나!" 피에르가 한 팔을 들어 꼿꼿한 검지로 위쪽을 가리켜 몇 초 동안 우리 모두를 일시정지 상태에 가두었다. 그러더니 그 호텔 11층의 호화로운 스위트룸에 그것의 타도를 위한 자원 부대가, 시드니 훅이라는 철학자를 중심으로 뭉친 지식인 무리가 있었다고 말했다. 주로 비공산주의 좌파인 민주적 탈공산주의자나 탈트로츠키주의 좌파로, 소련에 대한 비판이 광적인 우파의 전유물이 되지 못하도록 행동에 나선 것이었다. 그들은 타자기, 등사기, 최근 설치된 복수의 전화선 앞에 웅크리고서 푸짐한 룸서비스 간식과 술로 버티며 밤새 일했다. 아래층에서 학회가 진행될 때 곤란한 질문—특히 예술적 자유에 관한—을 던지고 일련의 보도자료를 내놓아 방해할 작정이었다. 또한 상대 진영보다 더 영향력 있는 인사들의 지지를 내세울 수 있었다. 매리 매카시, 로버트 로웰, 엘리자베스 하드윅, 그리고 멀리서 국제적 지지를 보낸 T. S. 엘리엇, 이고리 스트라빈스키, 버트런드 러셀 등등.

그 방해 작전은 언론매체의 서사를 장악해 헤드라인을 장식하면서 성공을 거두었다. 그리고 학회중에 올바른 질문들이 교묘히 던져졌다. 쇼스타코비치는 스트라빈스키와 힌데미트, 쇤베르크를 '퇴폐적인 부르주아 형식주의자들'로 성토한 〈프라우다〉의 기사에 동의하느냐는 질문을 받았다. 위대한 러시아 작곡가는 천천히 일어나 그 기사에 동의한다고 웅얼거렸고, 양심과 두려움—KGB 조종자들의 심기를 건드리는 일과 고국에 돌아가 스탈린에게 당할 보복에 대한—사이에 비참하게 갇힌 모습을 보여주었다.

학회 휴식시간에 스위트룸에서 전용 전화기와 타자기를 가지고 욕실 근처 구석자리에 있던 피에르는 인생을 바꿀, 결국 대학 강단을 떠나 CIA와 이념 전쟁에 헌신하게 만들 연락책을 만났다. 왜냐하면 당연하게도 CIA에서 학회 반대 비용을 대고 있었고, CIA는 그 과정에서 다수가 좌파이며 공산주의의 유혹과 거짓 약속에 대한 쓰라린 체험에서 얻은 강력한 사상을 가진 작가, 예술가, 지식인을 이용, 한 걸음 물러서서 이념 전쟁을 효율적으로 치를 수 있음을 깨달았던 것이다. 그들에게 필요한 건, 설령 그들은 몰랐을지라도, CIA가 제공할 수 있었다—조직, 구조, 그리고 무엇보다 자금. 작전이 런던, 파리, 베를린으로 옮겨가면서 자금은 중요해졌다. "1950년대 초 우리에게 도움이 된 점은 유럽의 모두가 무일푼이었다는 사실입니다."

그리하여, 피에르는 자신의 표현에 따르면 다른 종류의 군인이 되었고, 해방되었으나 위기에 처한 유럽에서 많은 새 작전에 투입되었다. 한동안 마이클 조셀슨 밑에서 일했고, 그후 멜빈 래스키와 친구가 되었다가 둘 사이에 균열이 생기면서 갈라섰다. 피에르는 문화자유회의에 관여했고, CIA의 자금 지원을 받는 권위 있는 학술지 『데어 모나트』에 독일어로 기고했으며, 『인카운터』 창간 때 막후 작업도 했다. 지적인 프리마돈나들의 자아를 어루만지는 섬세한 기술을 익혔고, 미국 발레단의 순회공연과 오케스트라들, 현대미술 전시회들, 그리고 그가 "정치와 문학이 만나는 위험한 영역"이라고 칭한 여남은 학회를 꾸리는 일을 도왔다. 1967년 『램파츠』 잡지에서 CIA의 『인카운터』 자금 지원이 폭로된 후 미국인들이 보인 야단법석과 순진함에 그는 놀랐다고 말했다. 전체주의에 대한 반대야말로 정부가 취해야 할 합리적이고 올바른 태도가 아닐까? 이곳 영국에서는 외무부가 BBC 월드서비스를 지원하는 일에 대해 아무도 우려하지 않으며, BBC 월드서비스는 높은 평가를 받고 있다. 『인카운터』 역시 그렇다. 사람들이 소란을 피우며 놀라는 시늉을 하고 코를 싸쥐어도 말이다. 피에르는 외무부 이야기가 나와서 생각났다며, IRD의 업적에 찬사를 보냈다. 특히 IRD가 조지 오웰의 작품을 홍보하기 위해 한 일을 칭찬하며 앰퍼샌드 북스와 벨먼 북스 같은 출판사들의 사업을 적당한 거리를 두고 지원한 부분을 좋게 말했다.

거의 이십삼 년간 그 일을 해오면서 그가 내린 결론은? 그는 두 가지를 이야기하겠다고 했다. 첫째가 가장 중요했다. 냉전은, 사람들이 뭐라 하든, 아직 끝나지 않았다. 따라서 문화적 자유라는 대의명분은 여전히 매우 중요하며 언제나 고귀할 것이다. 소련의 열렬한 지지자들은 이제 얼마 남지 않았지만, 아직도 나태하게 중립주의자의 입장—소련이 미국보다 나쁘지 않다는—을 취하는 사람들의 지적 동토가 광대하게 펼쳐져 있다. 그런 사람들은 진실에 직면할 필요가 있다. 둘째, 그는 자신의 옛 CIA 친구로 방송인이 된 톰 브레이든의 발언을 인용해, 어떤 것은 작을 때 더 잘 굴러간다는 사실을 이해 못하는 지구상의 유일한 국가가 미국이라는 취지의 말을 했다.

이 발언은 재정난에 시달리는 우리 보안국의 혼잡한 방에서 감탄의 웅얼거림을 얻어냈다.

"우리 사업들은 지나치게 커지고, 많아지고, 다양해지고, 야심만만해지고, 자금 지원은 과도해졌습니다. 우리는 신중함을 잃었고, 그 과정에서 메시지는 신선함을 잃었어요. 우리는 어디에나 존재하고 강압적이 되었으며, 분노를 불러일으키죠. 여러분이 이곳에서 새로운 일을 진행하고 있다는 걸 압니다. 행운을 빕니다. 하지만 진지하게 말씀드리는데, 여러분, 작게 벌이세요."

피에르—본명인지는 모르겠으나—는 질문을 받지 않고 강연을 마치자마자 우리의 박수에 무뚝뚝하게 고개를 끄덕이고는 피터 너팅의 안내를 받아 문으로 향했다.

방이 비어가고 직위가 낮은 사람들은 자동적으로 차례를 기다리며 남아 있는 상태에서, 나는 맥스가 고개를 돌려 나와 눈을 마주치고 다가와 좀 보자고 말할까봐 두려웠다. 물론 사무적인 이유로. 하지만 천천히 문밖으로 나가는 무리 속에서 그의 등과 큰 귀가 보였고 나는 당혹감과 함께 익숙한 죄책감을 느꼈다. 너무 큰 상처를 받아서 나와는 말도 하기 싫어진 것이다. 그런 생각이 들자 섬뜩했다. 늘 그랬듯이 나는 자기방어적 울분을 불러일으키려 했다. 언젠가 여자들은 일과 사생활을 구분할 줄 모른다고 말한 사람이 바로 그였다. 이제 그가 약혼녀를 버리고 나를 택한 게 내 탓인가? 나는 콘크리트 계단을 내려가는 내내—엘리베이터에서 동료들과 말을 섞기 싫어서 계단을 택했다—스스로를 변호했고, 책상으로 돌아와서도 종일 그 문제를 떨치지 못했다. 맥스가 나를 거절했을 때 내가 소란을 피웠나? 눈물을 흘리며 애원이라도 했나? 아니었다. 그런데 왜 내가 톰을 만나면 안 되나? 나도 행복을 누릴 자격이 있지 않나?

톰과 거의 두 주나 떨어져 지내다가 이틀 후 금요일 저녁 브라이턴행 기차를 탄 나는 무척이나 기뻤다. 톰이 역으로 마중나와 있었다. 기차가 속도를 늦출 때 우리는 서로를 발견했고, 그가 내 칸 옆에서 달리며 입 모양으로 무슨 말인가 하고 있었다. 기차에서 내려 그의 품에 안길 때의 달콤하고 짜릿한 기분은 난생 처음 맛본 것이었다. 그가 너무 꽉 껴안아서 숨이 막혔다.

그가 내 귀에 대고 말했다. "당신이 얼마나 특별한지 이제 막

깨닫기 시작했어."

나는 이 순간만 고대했다고 속삭였다. 우리는 포옹을 풀었고 그가 내 가방을 들었다.

내가 말했다. "당신 달라 보여."

"나 달라졌어!" 그가 소리치다시피 말하고는 미친듯이 웃어댔다. "아주 근사한 아이디어가 떠올랐거든."

"나한테 말해줄 수 있어?"

"아주 괴상한 거야, 세리나."

"그럼 말해."

"집에 가자. 십일 일이라니. 너무 길었어!"

그래서 우리는 클리프턴 스트리트로 갔고, 톰이 애스프리스에서 사온 샤블리 와인이 은색 얼음통에 담겨 기다리고 있었다. 1월에 얼음을 보니 이상했다. 와인은 냉장고에 보관하면 더 시원했겠지만 무슨 상관인가? 우리는 서로의 옷을 벗기며 와인을 마셨다. 물론 그동안 떨어져 지낸 게 욕망의 연료가 되고 샤블리가 늘 그랬듯이 우리의 욕망에 불을 붙였지만, 그 두 가지만으로는 이후의 시간을 설명하기에 충분치 않았다. 우리는 무엇을 해야 할지 정확히 아는 처음 만난 남녀 같았다. 톰은 갈망 어린 다정한 태도를 보였고 그것이 나를 녹였다. 흡사 슬픔과도 같았다. 나는 강력한 보호본능이 일었고, 함께 침대에 누워 그가 내 가슴에 키스할 때 언젠가는 그에게 피임약을 끊어야 할지 묻게 될까 궁금해했다. 하지만 내가 원하는 건 아기가 아니라 그였다. 그의 작고 탄탄하고 동그란 엉덩이를 어루만지고 주무르다가 그를 내게로 끌어당기며, 그를 내가 소유하고 소중히 여기고 절대로 시선 밖에 두지 않을 어린애로 생각했다. 그건 오래전 케임브리지에서 제러미에게 느꼈던 감정이었지만, 그때 나는 속고 있었다. 이제 그를 에워싸고 소유하는 느낌은 거의 고통과 같았다. 내가 느껴본 최고의 감정이 모두 모여 견딜 수 없을 만큼 날카로운 끄트머리를 이룬 듯했다.

떨어져 지낸 후의 요란하고 땀으로 뒤범벅된 섹스가 아니었다. 관음증을 가진 사람이 지나가다가 침실 커튼 사이로 훔쳐봤다면, 정상 체위로 거의 소리도 내지 않는 고루한 커플을 목격했으리라. 우리의 황홀은 숨을 죽이고 있었다. 우리는 몸이 떨어질까 두려워 거의 움직이지 않았다. 이제 그가 원하든 원하지 않든 그는 온전히 내 것이고 앞으로도 영원히 그럴 거라는 특별한 감정은 무게 없이 공허했으며, 언제라도 놓아버릴 수 있었다. 나는 두려움이 없었다. 그가 가볍게 키스하며 내 이름을 거듭 웅얼거렸다. 어쩌면 지금이, 그가 떠날 수 없는 지금이 진실을 말할 때인지도 몰랐다. 그에게 말해. 나는 계속 생각했다. 네가 무슨 일을 하는지 그에게 말해.

하지만 우리가 꿈에서 깨어났을 때, 나머지 세상이 우리에게 쏟아져들어오고, 바깥의 자동차 소리와 브라이턴역에 서는 기차 소리가 들리고, 우리가 남은 저녁시간을 어떻게 보낼지 생각하기 시작했을 때, 내가 얼마나 자기파괴에 다가갔었는지 깨달았다.

그날 밤 우리는 레스토랑에 가지 않았다. 최근 날씨가 포근해져서 정부는 안도하고 광부들은 화가 날 터였다. 톰은 초조해하며 해안을 따라 걷고 싶어했다. 그래서 우리는 웨스트 스트리트를 내려가 호브 방향으로 난 넓고 한산한 산책로를 따라 걷다가 내륙 쪽으로 들어가 펍에 들렀고, 다시 걷다가 피시앤드칩스를 샀다. 바닷가에도 바람이 없었다. 에너지 절약을 위해 가로등은 미약한 밝기였지만, 그래도 여전히 불빛은 낮고 무겁게 드리운 구름을 칙칙한 오렌지색으로 물들이고 있었다. 나는 톰이 뭐가 달라졌는지 딱 꼬집어 말할 수 없었다. 의견을 피력할 때 내 손을 잡는다든지, 한 팔로 나를 감싸안고 가까이 끌어당기며 그는 충분히 다정한 모습을 보여주고 있었다. 우리는 빠르게 걸었고, 그의 말도 빨랐다. 우리는 크리스마스가 어땠는지 이야기를 나누었다. 그는 가족 싸움, 누나와 아이들의 끔찍한 이별, 누나가 의족을 한 어린 딸을 억지로 차에 태우려 했던 일을 자세히 이야기했다. 로라가 브리스틀로 가는 내내 울면서 가족, 특히 부모님에 대해 심한 말을 한 것도. 나는 주교님 품에 안겨 운 일에 대해 말했다. 톰이 그 장면을 자세히 말해달라고 했다. 그때의 내 감정에 대해, 그리고 역에서 집까지 걸어가면서 어땠는지에 대해 더 자세히 알고 싶어했다. 다시 어린애가 된 기분이었나? 내가 집을 얼마나 그리워하고 있었는지 문득 깨달은 건가? 감정을 추스르는 데 얼마나 걸렸고, 어째서 나중에 아버지에게 가서 그 일을 말하지 않았나? 나는 울음이 나와서 울었을 뿐이고 이유는 모르겠다고 대답했다.

우리는 걸음을 멈췄고, 그가 내게 키스하며 구제불능이라고 말했다. 루시, 루크와 함께 교회 경내에서 밤 산책을 한 이야기를 들려주자 톰은 못마땅해했다. 다시는 마리화나를 피우지 않겠다고 약속하라고 했다. 나는 그에게 청교도적인 구석이 있는 게 놀라웠고, 사실 지키기 쉬운 약속인데도 그냥 어깨를 으쓱하고 말았다. 그가 내게 맹세를 요구할 권리는 없다고 생각했다.

내가 새 아이디어에 대해 물었지만 그는 대답을 회피했다. 대신 베드퍼드스퀘어에서 온 소식을 전해주었다. 매슐러가 『서머싯 평원으로부터』를 마음에 들어하며 3월 말까지 출간할 계획을 세우고 있는데, 출판계에서 기록적인 속도의 일정이며 그가 막강한 힘을 가진 편집자이기에 가능한 일이라고 했다. 제인오스틴상 소설 부문 출품 마감일에 맞추기 위해 서두르는 것으로, 그 상은 새롭게 유행하는 부커상만큼이나 권위가 있었다. 최종 후

보작 명단에 오를 가능성은 요원하지만, 매슐러가 만나는 사람마다 붙잡고 새로 발굴한 작가에 대해, 그리고 그 책이 심사위원단을 위해 급히 특별 인쇄에 들어간 사실이 벌써 신문에 난 일에 대해 이야기하는 모양이었다. 그게 책에 대한 입소문을 내는 방법이었다. 나는 우리 보안국에서 반자본주의 중편소설 작가에게 돈을 대고 있는 걸 피에르가 알면 뭐라고 할지 궁금했다. 작게 벌이세요. 나는 말없이 톰의 팔을 꽉 잡았다.

우리는 노부부처럼 시에서 설치한 벤치에 바다를 마주하고 앉아 있었다. 이지러지는 반달이 보여야 했지만 오렌지색 구름이 육중한 덮개처럼 달을 가렸다. 톰이 내 어깨에 팔을 두르고 있었고, 영국해협은 매끄럽고 잔잔하고 조용했으며, 나도 연인의 품에서 오랜만에 평온을 느꼈다. 그는 케임브리지에서 열리는 젊은 신예 작가들을 위한 행사에서 낭독을 해달라는 초청을 받았다고 했다. 킹슬리 에이미스의 아들 마틴과 함께 무대에 설 예정인데, 마틴도 그처럼 올해 출간될—매슐러를 통해—첫 장편소설을 낭독할 거라고 했다.

"하고 싶은 게 있는데, 당신이 허락해줘야 가능해." 톰이 말했다. 그는 낭독회 다음날 케임브리지에서 기차를 타고 내 고향으로 가서 여동생을 만나 이야기하고 싶다고 했다. "내가 구상중인 인물이 사회 주변부에서 근근이 살아가면서도 타로카드와 점성

술을 믿고, 마약을 좋아하고, 과도하게는 아니지만, 수많은 음모론, 이를테면 달 착륙이 스튜디오에서 연출됐다든가 등을 믿으며 아주 행복하게 사는 사람이야. 그러면서도 다른 영역에서는 완벽하게 합리적이라 어린 아들에게 훌륭한 엄마고, 베트남전 반대 시위에 참가하고, 믿을 만한 친구고 뭐 그렇지."

"루시랑 다른 것 같은데." 나는 그렇게 말하고서 동생을 야박하게 평가한 듯해서 즉시 정정했다. "하지만 루시는 정말로 아주 친절하고 당신이랑 이야기하는 것도 좋아할 거야. 한 가지 조건이 있어. 내 얘기는 하지 마."

"좋아."

"루시한테 당신이 좋은 친구고 빈털터리라 하룻밤 재워달라고 편지해둘게."

우리는 다시 걷기 시작했다. 톰은 낭독회를 해본 적이 없어서 걱정하고 있었다. 그는 자신이 가장 자랑스러워하는 맨 마지막 부분, 아버지와 딸이 서로의 품에 안겨 죽는 처참한 장면을 낭독할 계획이라고 했다. 나는 그런 식으로 줄거리를 미리 알려주면 안 된다고 말했다.

"그건 옛날 생각이지."

"잊지 마, 나는 중급 취향이라고."

"결말은 이미 도입부에 나와 있어. 세리나, 딱히 줄거리라고 할 것도 없고. 그냥 하나의 사색이야."

그는 낭독회 순서에 대해서도 궁금해했다. 누가 먼저 해야 할까? 에이미스? 헤일리? 어떻게 결정할까?

"에이미스가 해야지. 주인공은 맨 나중에 등장하는 법이니까." 내가 충성스럽게 말했다.

"오 세상에. 밤에 깨서 낭독회 생각을 하면 잠이 안 온다니까."

"알파벳순으로 정하는 건 어때?"

"아니, 내 말은, 사람들 앞에 서서 그들도 충분히 읽을 수 있는 걸 굳이 읽는 게 그렇다는 거야. 낭독회 같은 걸 왜 하는지 모르겠어. 밤에 식은땀이 난다니까."

톰이 바다에 돌을 던지고 싶어해서 우리는 해변으로 내려갔다. 그는 이상하리만치 에너지가 넘쳤다. 다시금 그의 동요 혹은 억눌린 흥분이 감지되었다. 나는 자갈로 된 벽에 기대앉아 있었고, 그는 발로 조약돌을 헤치며 적당한 무게와 모양의 것을 찾았다. 그러더니 가까운 물가로 달려가 돌을 던졌고, 멀리 옅은 안개 속으로 날아간 돌은 소리 없이 물을 튀기며 희미한 흰 얼룩을 남겼다. 십 분 후 그가 내 옆으로 와서 앉았다. 숨을 헐떡이며 땀을 흘렸고 키스에서 소금맛이 났다. 키스가 진지해지기 시작했고, 여기가 어디인지 우리는 거의 잊어버렸다.

그가 양 손바닥으로 내 얼굴을 꼭 감싸고 말했다. "잘 들어. 무슨 일이 있건, 내가 당신과 함께 있는 걸 얼마나 좋아하는지 알아줘."

나는 걱정스러웠다. 그건 영화 주인공이 어딘가로 죽으러 떠나기 전에 여자에게 하는 진부한 말이었으니까.

내가 물었다. "무슨 일이 있건?"

그는 내 얼굴에 키스하며 불편한 돌더미로 나를 밀었다. "내 말은, 절대 변심하지 않겠다는 거야. 당신은 너무너무 특별해."

나는 안도감에 젖었다. 우리는 위쪽 난간이 있는 보도에서 50미터 떨어진 해변에 있었고 그곳에서 사랑을 나누게 될 것 같았다. 나도 그만큼이나 원하고 있었다.

내가 말했다. "여기선 안 돼."

하지만 그에게 계획이 있었다. 그가 땅바닥에 누워 바지 지퍼를 내리는 사이 나는 신발을 벗어던지고 팬티스타킹과 속바지를 벗어 코트 주머니에 쑤셔넣었다. 치마와 코트 자락을 활짝 펼치고서 그의 몸에 걸터앉았고, 내가 살짝 엉덩이를 움직일 때마다 그가 신음했다. 호브 산책로를 지나가는 행인들에게 수상쩍어 보이지는 않을 거라고 우리는 생각했다.

"잠깐만 움직이지 마. 금방 끝나버릴 것 같아." 그가 빠르게 말했다.

고개를 뒤로 젖혀 머리칼이 자갈들 위로 흘러내린 그의 모습이 무척이나 아름다웠다. 우리는 서로의 눈을 들여다보았다. 해안도로를 지나는 자동차 소리가 들렸고, 가끔씩만 물가에서 작은 파도가 철썩였다.

잠시 후 그가 아득하고 단조로운 목소리로 말했다. "세리나, 우린 멈출 수 없어. 돌아갈 길이 없어. 간단해. 사랑해."

나도 사랑한다고 말하고 싶었지만 목구멍이 꽉 막혀서 헐떡거리는 소리밖에 나오지 않았다. 그 말로 인해 우리는 함께 절정에 이르렀고 희열에 찬 비명은 지나가는 차들의 소리에 묻혔다. 우리가 여태 피해온 말이었다. 그건 너무나 중대한 발언이었고, 우리가 넘지 않으려고 경계하던 선이었으며, 즐기는 연애에서 진지한 미지의 것, 거의 짐과도 같은 것으로의 이행을 의미했다. 하지만 지금은 그렇게 느껴지지 않았다. 나는 그의 얼굴을 가까이 끌어당겨 키스하며 그 말을 되풀이했다. 쉬웠다. 그리고 그에게서 떨어져 자갈 위에 무릎을 꿇고서 옷을 챙겨입었다. 그러면서 이 사랑이 방향을 잡고 흘러가기 전에 그에게 나에 대해 말해야 한다고 생각했다. 하지만 그러면 우리 사랑은 끝날 것이다. 그래서 말할 수 없다. 하지만 말해야 한다.

나중에 우리는 어둠 속에서 팔짱을 끼고 누워 우리의 비밀, 아무에게도 들키지 않은 나쁜 짓에 어린애처럼 키득거렸다. 그리고 우리가 나눈 엄청난 말에도 웃었다. 다른 사람들은 규칙에 묶여 있지만 우리는 자유로웠다. 우리는 전 세계에서 사랑을 나눌 것이고, 우리 사랑은 어디에나 존재할 것이다. 우리는 일어나 앉아서 담배를 나눠 피웠다. 그러다 둘 다 추위에 떨기 시작했고, 그래서 집으로 향했다.

19

2월에는 암울한 분위기가 우리 부서를 짓눌렀다. 잡담이 금지되었다. 아니 저절로 사라졌다. 우리는 코트 안에 가운이나 카디건을 껴입고, 실패에 속죄라도 하듯 티타임과 점심시간에도 일했다. 평소에는 쾌활하고 동요할 줄 모르던 사무직 요원 채스 마운트가 서류철을 벽에 던졌고, 나와 다른 여직원이 한 시간 동안 바닥에 무릎을 꿇고 주워서 다시 정리했다. 우리 팀은 현장요원 스페이드와 헬륨의 실패를 우리의 실패로 여겼다. 그들은 그동안 위장신분 유지 훈련을 너무 철저히 받았거나, 아니면 단순히 아무것도 모르는 듯했다. 어쨌거나, 마운트가 여러 방식으로 계속 말하고 있듯이, 우리가 코앞에서 이런 극적인 잔혹행위를 당해야 한다면 그렇게 위험하고 비용도 많이 드는 작전을 펼쳐봤자 소용없는 짓이었다. 우리는 그가 익히 아는 사실, 즉 우리의 세포들은 서로 존재를 전혀 모르고 우리가 대적하고 있는 상대는 〈타임스〉 사설에 따르면 "세계에서 가장 조직적이고 무자비한 테러집단"이라는 것을 그에게 말해줄 위치가 아니었다. 그리고 당시에도 치열한 경합이 벌어지고 있었다. 마운트는 보안국에서 주기도문만큼 흔히 들을 수 있는, 런던 경찰청과 왕립 얼스터 경찰대에 대한 의례적인 욕설을 웅얼거리기도 했다. 대개는 더 심한 표현을 썼지만, 요지는 정보 수집이나 분석에 대해 아무것도 모르는 서투른 경찰관이 너무 많다는 것이었다.

이 사건의 경우 코앞은 허더즈필드와 리즈 간 M62 고속도로였다. 사무실에서 누군가 철도기관사들의 파업만 아니었더라면 공작원들이 가족과 함께 심야 고속버스를 타지 않았을 거라고 말하는 소리가 들렸다. 하지만 노조원들은 아무도 죽이지 않았다. 마운트의 지시로 게시판에 붙은 신문기사 스크랩에 따르면, 버스 뒤쪽 화물칸에 11킬로그램의 폭탄이 설치되었고, 그 폭탄이 터지면서 뒷좌석에서 잠들어 있던 일가족이, 공작원과 그의 아내, 다섯 살과 두 살 먹은 자녀들이 즉사했고, 사체 조각이 도로 근방 200미터까지 흩어졌다. 마운트도 그애들보다 조금 더 큰 자녀 둘이 있는 것 또한 우리 팀이 그 사건에 감정이입을 할 수밖에 없었던 하나의 이유였다. 하지만 영국 본토에서 급진주의 아일랜드공화국군의 테러를 방지할 일차적 책임이 보안국에 있는지는 분명치 않았다. 만일 그랬다면 이런 일은 일어나지 않았을 거라고 우리는 편리하게 생각했다.

며칠 후, 격노한 총리가 진단받기 전의 갑상선 이상 때문에 퉁퉁 부은 기진맥진한 모습으로 TV 대국민 연설을 통해 조기 선거를 발표했다. 에드워드 히스에게는 새로운 권한이 필요했고, 그는 이것이 우리 모두에게 던져진 질문이라고 했다—누가 영국을 통치하는가? 우리가 선거를 통해 뽑은 대표인가, 아니면 광부노조의 소수 극단주의자인가? 그건 곧 히스를 다시 뽑느냐, 윌슨을 다시 뽑느냐의 문제임을 온 나라가 알았다. 여러 사건으로 내몰린 총리냐, 아니면 우리 여직원들 귀에까지 들어온 소문에 따르면 정신질환 증세를 보인다는 야당 당수냐? 어느 익살꾼은 오피니언 칼럼에 '누가 더 자격이 없는지 가리는 선거'라고 썼다. 주 3일제는 가뿐히 두 달째로 접어들었다. 너무 춥고 어두웠으며, 민주주의적 책임에 대한 분명한 사고를 하기에 우리는 너무 우울했다.

나의 당면한 관심사는 이번 주말 톰이 케임브리지에 갔다가 내 동생을 만나러 갈 예정이라 브라이턴에 갈 수 없다는 것이었다. 그는 내가 낭독회에 참석하지 말았으면 했다. 객석에 내가 있는 걸 알면 낭독회를 "망칠" 거라고. 다음 월요일 그에게서 편지가 왔다. 나는 인사말을 천천히 음미했다—내 사랑. 그는 내가 그 자리에 없었던 게 천만다행이라고 했다. 낭독회는 대실패였다고. 마틴 에이미스는 유쾌한 인물이었고 진행 순서에는 아무 관심 없었다. 그래서 톰이 주인공을 맡고 마틴이 분위기를 띄우는 역할을 하게 되었다. 그게 실수였다. 에이미스는 그의 소설 『레이철 페이퍼스』를 낭독했다. 음란하고 잔인하고 무척 웃겼다—어찌나 웃긴지 가끔 낭독을 중단하고 관객들의 웃음이 진정되기를 기다려야 했다. 그가 낭독을 끝내고 톰이 무대에 나갔는데도 박수갈채가 끊이지 않아, 톰은 무대 옆 어둠 속으로 돌아가야 했다. 마침내 그가 "가래톳과 고름과 죽음으로 가득한 나의 삼천 단어"를 소개하기 위해 연단에 섰을 때도 관객들은 여전히 신음하며 눈가를 훔치고 있었다. 낭독이 진행되는 중에 일부 관객이 자리를 떴는데, 아버지와 딸이 무의식 속으로 미끄러져들어가기도 전이었다. 아마 막차를 놓치지 않으려고 그랬겠지만 톰은 자신감이 꺾이면서 목소리가 가늘어지고, 쉬운 단어를 더듬었으며, 한 줄을 빼먹어서 그 부분으로 다시 돌아가야 했다. 객석 전체가 흥을 깬 그에게 화를 내고 있는 듯했다. 낭독이 끝나고 관객들이 박수를 보낸 것도 고문이 끝난 게 기뻐서였다. 나중에 술집에서 에이미스에게 축하의 말을 건넸지만 에이미스는 그에게 찬사로 답하지 않았다. 대신 트리플스카치를 한 잔 사주었다.

좋은 소식도 있었다. 그의 1월은 생산적이었다. 박해받는 루마니아 시인들에 관한 글이 『검열의 지표』에 실리게 되었고, 스펜서와 도시계획에 관한 논문 초안이 마무리되었다. 내가 도와준 「간통의 확률」이 『뉴 리뷰』에서는 거절당했었지만 『바나나스』 잡지에서는 싣기로 했고, 물론 새 장편소설이 있는데 그건 비밀이라고 했다.

총선 유세 사흘째 날 맥스의 호출을 받았다. 계속 서로를 피할 수는 없었다. 피터 너팅이 모든 스위트 투스 건의 경과 보고를 원했다. 그래서 맥스는 나를 만날 수밖에 없었다. 그가 심야에 나를 찾아온 뒤로 우리는 거의 말을 하지 않았다. 복도에서 마주쳐도 인사만 웅얼거리며 지나갔고, 구내식당에서도 멀찍이 떨어져 앉았다. 그가 했던 얘기를 많이 생각해봤다. 그날 밤 그가 한 얘기는 아마도 진실이었을 것이다. 보안국에서 학점이 좋지 않은 나를 채용한 건 토니의 추천 때문이라는 것도, 그들이 한동안 나를 미행하다가 흥미를 잃고 그만두었다는 것도 그럴듯했다. 토니는 작별의 제스처로 나를, 무해한 나를 보냄으로써 옛 직장에 자신 또한 무해한 존재임을 보여주고 싶었는지도 모른다. 아니면 내 바람대로 그가 나를 사랑했고, 나를 보안국에 보내는 선물로, 그 나름의 보상으로 생각했을 수도 있다.

나는 맥스가 약혼녀에게 돌아가 우리가 예전처럼 지낼 수 있기를 바랐다. 그리고 내가 그의 책상 뒤로 들어가서 헤일리의 중편소설과 루마니아 시인들, 『뉴 리뷰』 『바나나스』, 스펜서 에세이에 대해 설명한 첫 십오 분은 그렇게 흘러가는 듯 보였다.

"그에 관한 입소문이 나기 시작했어요." 내가 결론적으로 말했다. "그는 전도유망한 사람이에요."

맥스가 얼굴을 찌푸렸다. "지금쯤 둘이 끝났을 줄 알았는데."

나는 아무 말도 하지 않았다.

"그가 여기저기 떠돌아다닌다는 얘기는 들었어요. 검객처럼."

"맥스, 일 얘기만 하죠." 내가 조용히 말했다.

"그의 소설에 대해 더 말해줘요."

그래서 나는 출판사에서 흥분을 감추지 못하고 있고, 오스틴상 공모 기한에 맞추려고 출간을 서두르고 있다는 소식이 신문에 실렸으며, 데이비드 호크니가 표지 디자인을 맡을 거라는 소문이 있다고 전했다.

"소설 내용은 아직 얘기 안 했어요."

나도 그만큼 위층 사람들에게서 칭찬받고 싶었다. 하지만 톰을 모욕한 그를 공격하고 싶은 마음이 더 컸다. "내가 읽어본 책들 중에서 가장 슬픈 작품이에요. 핵전쟁 후 문명은 야만의 상태로 퇴보하고, 아빠와 딸이 아이의 엄마를 찾아서 웨스트 컨트리에서 런던으로 길을 떠나요. 그들은 그녀를 찾지 못하고 가래톳 페스트에 걸려 죽게 돼요. 정말 아름다운 작품이에요."

그가 나를 자세히 들여다보았다. "내 기억으로는, 너팅이 못 견뎌하는 바로 그런 종류네요. 아, 그건 그렇고, 그와 탭이 당신에게 할말이 있다던데 연락받았어요?"

"아뇨, 못 받았어요. 하지만 맥스, 우리는 작가에게 간섭할 수 없게 되어 있잖아요."

"그런데 왜 그렇게 기뻐해요?"

"그가 훌륭한 작가니까요. 아주 신나는 일이죠."

하마터면 우리가 사랑하는 사이라고 덧붙일 뻔했다. 하지만 톰과 나는 은밀했다. 시류에 따라 우리는 서로를 부모에게 인사시킬 계획이 없었다. 우리는 브라이턴과 호브 사이 어딘가의 자갈 해변 하늘 아래에서 사랑을 선언했으며, 그 선언은 단순하고 순수한 상태로 남아 있었다.

맥스와의 짧은 만남에서 분명해진 건 우리 사이의 무언가가 기울거나 바뀌었다는 점이었다. 크리스마스 전의 그날 밤 그는 위엄과 함께 얼마간의 힘까지 잃고 만 것이었다. 나는 그가 그 점을 인지하고 있음을 감지했고, 그도 내가 안다는 걸 알았다. 나는 건방진 말투가 되어가는 걸 자제하지 못했고, 그 역시 한순간 비굴한 목소리를 내다가 다음 순간 과도하게 단호해지기를 멈추지 못했다. 나는 그가 나 때문에 차버린 약혼녀, 그 의료계 여자에 대해 묻고 싶었다. 그녀는 그를 다시 받아주었을까, 아니면 떠났을까? 어느 쪽이든 수치스러운 일이었고, 나는 우쭐한 기분에도 그 질문을 하지 않을 만큼 분별은 있었다.

침묵이 흘렀다. 맥스는 검은 양복을 포기하고—며칠 전 구내식당에서 먼발치로 보고 알게 되었다—빳빳한 해리스 트위드로 돌아갔으며, 체크무늬 비옐라 셔츠에 겨자색 니트 넥타이를 매는 역겨운 새 패션을 선보였다. 그의 취향을 인도해줄 사람이, 여자가 없는 듯했다. 그는 책상 위에 양손을 올려놓고 손가락을 쫙 펼친 채 내려다보고 있었다. 그가 깊은 숨을 들이쉬자 콧구멍에서 휘파람 소리가 났다.

"지금 내가 아는 바는 이래요. 우리에겐 헤일리를 포함해서 열 명이 있어요. 존경받는 언론인들과 학자들. 그들 이름은 모르지만 그들이 시간을 들여 쓰고 있는 책에 대해선 알아요. 하나는 영국과 미국 식물생물학이 제3세계 쌀 재배국들에 녹색혁명을 일으키고 있다는 내용이고, 또하나는 톰 페인의 전기, 그리고 전후 소련이 나치뿐 아니라 사민주의자들과 아이들까지 살해하는 목적으로 사용했다가 이제 동독 당국이 반체제 인사 같은 사람들을 구금하고 정신적으로 고문하기 위해 확장해놓은 동베를린의 임시수용소인 '제3특별수용소'를 처음으로 다루는 책도 있어요. 식민지 독립 후 아프리카의 정치적 재난에 관한 책, 아흐마토바의 시 새 번역본, 17세기 유럽의 이상향에 대한 연구서도 있고요. 붉은군대를 이끈 트로츠키에 대한 논문도 있고, 지금 기억 안 나는 책이 두어 권 더 있어요."

이윽고 그가 손에서 시선을 들었는데 엷은 빛깔의 눈이 냉정해 보였다.

"그런데, 당신의 염병할 T. H. 헤일리와 그의 하찮은 판타지 세계가 우리가 아는 것 혹은 관심 갖는 것의 총합에 어떤 보탬이 될까요?"

그가 욕설을 내뱉는 건 한 번도 들은 적이 없었다. 나는 그가 내 얼굴에 뭘 던지기라도 한 것처럼 움찔했다. 『서머싯 평원으로부터』를 좋아한 적이 없었지만 이제 그 작품이 좋아졌다. 다른 때 같았으면 맥스가 그만 가보라는 말을 할 때까지 기다렸을 터였다. 나는 벌떡 일어나 의자를 책상 아래로 밀어넣고 조금씩 움직여서 방을 빠져나오기 시작했다. 멋진 작별의 대사를 남길 수도 있었지만 머릿속이 하얬다. 문을 거의 지나서 흘끗 돌아보니, 좁은 방 꼭짓점에 자리한 책상에 꼿꼿이 앉은 그의 고통 혹은 슬픔에 찬 얼굴이 마치 가면처럼 묘하게 일그러져 있었다. 그의 낮은 목소리가 들렸다. "세리나, 제발 가지 마요."

또다시 끔찍한 광경이 벌어지려 하고 있음을 알아챘다. 그곳을 벗어나야 했다. 빠른 걸음으로 복도를 지났고 그가 뒤에서 부르자 속도를 더 높여 그의 감정들뿐 아니라 스스로의 불합리한 죄책감에서도 도망쳤다. 삐걱거리는 엘리베이터를 타고 아래층으로 내려와 내 책상에 갈 때까지, 내가 누군가에게 속해 있고 사랑받고 있으며 이제 맥스가 한 어떤 말도 내게 영향을 미치지 못하고 그에게 아무것도 빚진 게 없음을 상기했다.

단 몇 분 만에 나는 채스 마운트 팀의 우울과 자기비난의 분위기에 편리하게 빠져들어, 사무직 요원이 윗선에 올려보내는 비관적인 메모의 날짜들과 사실들을 재확인했다. '최근의 실패에 관한 메모.' 그리고 그날 남은 시간 동안 맥스 생각은 거의 하지 않았다.

다행스럽게도 그때는 금요일 오후였고 다음날 점심시간에 소호의 어느 펍에서 톰을 만나기로 되어 있었다. 톰은 그리크 스트리트에 있는 필러스 오브 헤르쿨레스에서 이언 해밀턴을 만나기 위해 런던에 오는 것이었다. 잡지가 거의 납세자의 돈—첩보 예산이 아니라 예술위원회—으로 4월에 창간될 예정이었다. 벌써부터 언론에서는 어느 신문의 표현을 빌리자면 "이미 우리가 값을 치른 것"에 75페니의 가격을 붙인다며 불만을 제기했다. 편집자는 말하는 유인원 이야기를 몇 군데 조금씩 수정하고 싶어했고 마침내 제목도 정해졌다—'그녀의 두번째 소설.' 톰은 그가 스펜서 에세이에도 관심을 보일 수 있고, 그게 아니더라도 자신에게 평론을 의뢰할지도 모른다고 생각했다. 기사의 경우 원고료가 없었지만, 톰은 그 잡지가 글을 싣기에 가장 권위 있는 간행물이 되리라 확신했다. 나는 그보다 한 시간 뒤 그곳에 나타나 "감자튀김 위주의 펍 점심"이라는 것을 함께 먹기로 약속했다.

토요일 아침 나는 방 청소를 한 다음 빨래방에 가서 다음주에 입을 옷을 다리고, 머리를 감고 말렸다. 톰을 만나고 싶은 조바심에 집에서 일찍 나와 약속시간보다 거의 한 시간 일찍 레스터 스퀘어 지하철역 계단을 올라가고 있었다. 채링 크로스 로드에 있는 중고서점들을 둘러볼 생각이었다. 하지만 너무 초조했다. 서가 앞에 서 있어도 글씨가 눈에 들어오지 않았고, 다른 서점에서도 사정은 마찬가지였다. 톰에게 선물할 새 페이퍼백 한 권을 골라볼까 하는 막연한 생각으로 포일스 서점에도 가봤지만 집중할 수가 없었다. 그를 만나고 싶은 마음이 간절했다. 포일스 건물 북쪽 면을 따라가며, 왼쪽에 필러스 오브 헤르쿨레스 술집이 있는 건물을 통과하는 마네트 스트리트를 지나갔다. 과거 마차들이 머물던 여관 마당으로 쓰였던 듯한 짧은 터널을 지나자 그리크 스트리트가 나왔다. 바로 길모퉁이에 육중한 나무살이 달린 창문이 있었다. 창가에 앉은 톰이 비스듬히 보였는데 낡은 유리창에 왜곡된 모습으로, 몸을 앞으로 기울이고서 내 시야에는 들어오지 않는 누군가와 이야기를 나누고 있었다. 그리로 가서 유리창을 두드릴 수도 있었다. 하지만, 물론, 중요한 회의중인 그를 방해하고 싶지 않았다. 바보같이 너무 일찍 도착했다. 좀더 돌아다니다 왔어야 했다. 하다못해 그리크 스트리트에 면한 정문으로 들어갔어야 했다. 그랬더라면 그가 나를 보았을 테고 나는 아무것도 목격하지 못했으리라. 하지만 나는 돌아서서 지붕으로 덮인 길에 면한 옆문을 통해 펍으로 들어갔다.

남자화장실에서 새어나오는 페퍼민트향을 헤치며 또다른 문을 밀어서 열었다. 어떤 남자가 한 손에 담배를, 다른 손에는 스카치를 들고 바 이쪽 끝에 홀로 서 있었다. 그가 고개를 돌려 나를 보았고, 나는 이언 해밀턴임을 즉시 알아챘다. 적대적인 신문기사에서 그의 사진을 본 적 있었다. 하지만 그는 톰과 함께 있어야 하지 않나? 해밀턴은 입을 다문 채 비뚜름한 미소를 지으며 거의 우호적이다시피 한 중립적인 시선으로 나를 보고 있었다. 톰이 묘사한 대로, 그의 강건한 턱은 옛날 흑백 로맨스 영화에 나오는 마음씨 착한 악당처럼 생겼다. 그는 내가 다가오기를 기다리고 있는 듯했다. 나는 푸르스름하고 희부연 빛 속에서 바닥이 높은 창가 구석자리를 보았다. 톰이 나를 등지고 있는 여자와 함께 앉아 있었다. 그녀의 모습이 낯익었다. 톰은 테이블 위로 그녀의 손을 잡고, 머리를 그녀의 머리와 거의 닿을 정도로 기울이고서 이야기를 듣고 있었다. 있을 수 없는 일이었다. 나는 뚫어져라 응시하며 그 장면을 사리에 맞는 것으로, 순수한 것으로 만들기 위해 애썼다. 하지만 맥스가 말한 멍청하고 터무니없는 클리셰가 있었다. 검객. 그 말이 기생충처럼 피부를 파고들어 혈류에 신경독을 퍼뜨렸던 것이다. 그래서 내 눈으로 직접 확인하기 위해 평소와 달리 약속장소에 일찍 왔던 것이다.

해밀턴이 내 시선을 좇으며 다가와서 옆에 섰다.

"그녀도 작가예요. 상업적인 글을 써요. 하지만 나쁘지 않죠. 그도 마찬가지고요. 그녀는 부친상을 당한 지 얼마 안 됐어요."

그는 내가 믿지 않으리란 걸 잘 안다는 듯 가볍게 말했다. 남자로서 다른 남자를 감싸주는 종족의 의리 같은 것이었다.

내가 말했다. "둘이 오랜 친구 같은데요."

"뭘로 들겠어요?"

내가 레모네이드를 마시겠다고 하자 그가 움찔하는 듯했다. 그는 바로 다가갔고 나는 그 펍의 특색인, 서서 술을 마시는 손님의 사적인 대화를 보장하기 위해 세워진 반쪽짜리 칸막이 뒤로 물러섰다. 옆문으로 빠져나가 주말 내내 톰을 피해서, 내가 혼란을 품고 있는 동안 그가 진땀을 빼도록 만들고 싶은 충동을 느꼈다. 정말 그런 추한 일이 일어난 걸까? 톰이 바람을 피우고 있는 걸까? 칸막이 너머로 훔쳐보니 배신의 장면은 변함이 없었다. 여자는 여전히 말하고 있고, 톰은 여전히 그녀의 손을 잡고 그녀에게로 머리를 숙이고서 다정하게 듣고 있었다. 너무 어처구니가 없어서 우습기까지 했다. 아직 아무 감정도 느껴지지 않았다. 분노도, 공황도, 슬픔도. 멍한 기분도 들지 않았다. 섬뜩한 명료함만 있었다.

이언 해밀턴이 음료를 가져왔는데 아주 큰 잔에 든 밀짚 색깔 화이트와인이었다. 정확히 내게 필요한 것이었다.

"이걸로 들어요."

와인을 마시는 나를 짓궂은 우려가 담긴 눈빛으로 지켜보던 그가 무슨 일을 하느냐고 물었다. 나는 예술재단에서 일한다고 설명했다. 그 즉시, 따분하다는 듯 그의 눈꺼풀이 무거워졌다. 하지만 내 말을 끝까지 듣고는 이제 알겠다는 듯 말했다.

"새 잡지에 돈을 대고 싶은 거군요. 그래서 여기 온 거네요. 내게 돈을 주려고."

우리 재단에서는 개인만 후원한다고 내가 말했다.

"이 잡지를 통하면 쉰 명의 예술가 개인을 후원할 수 있어요."

내가 말했다. "그럼 사업 계획서를 보여줄 수 있겠네요."

"사업 계획서요?"

내가 들은 말은 그 한마디가 다였고 짐작대로 대화는 거기서 끝났다.

해밀턴이 톰을 향해 고개를 끄덕이며 말했다. "저기 당신이 찾는 사람이 있어요."

나는 칸막이 뒤에서 나왔다. 저쪽 구석에서 톰은 벌써 일어서 있고, 여자는 옆좌석에 둔 코트를 집으려고 손을 뻗고 있었다. 그녀도 일어나서 돌아섰다. 체중이 20킬로그램쯤 빠지고, 머리칼은 곧게 펴서 어깨에 닿을락 말락 기르고, 타이트한 블랙진에 종아리까지 올라오는 부츠를 신고, 얼굴이 더 길고 갸름해져서 사실상 아름다웠지만 나는 그녀를 즉시 알아볼 수 있었다. 내 옛 친구 셜리 실링이었다. 내가 그녀를 본 순간 그녀도 나를 보았다. 우리의 시선이 마주친 짧은 순간, 그녀는 손을 들어 인사하려다가 절망적으로 내렸다. 설명할 게 너무 많은데 지금은 그럴 기분이 아니라고 인정하듯이. 그녀는 재빨리 앞문으로 나갔다. 톰이 내게로 다가오며 흐리멍덩한 미소를 지었고, 나도 멍청이처럼 억지로 미소를 짜냈다. 옆에서 담배 한 개비를 더 피워 물며 우리를 지켜보고 있는 해밀턴이 의식되었다. 그의 태도에는 자제를 강요하는 무언가가 있었다. 그가 냉정하고 침착해서 우리도 그래야 할 것 같았다. 나는 아무렇지도 않은 척할 수밖에 없었다.

그래서 우리는 한동안 바에 서서 술을 마셨다. 남자들은 책 이야기와 작가들 뒷담화를 했고, 특히 시인이자 해밀턴의 친구로 미쳐가고 있는 듯한 로버트 로웰이 도마에 올랐다. 축구 이야기도 했는데, 톰은 축구에는 약했지만 자신이 아는 두세 가지를 능숙하게 활용했다. 아무도 앉을 생각을 하지 않았다. 톰이 돼지고기 파이와 세 사람의 술을 주문했지만, 해밀턴은 음식에 손도 대지 않았고 나중에 그의 접시는 물론 파이까지도 재떨이로 쓰였다. 톰도 나처럼 대화가 끝나는 걸 원치 않는 듯했다. 그럼 우리의 싸움이 시작될 테니까. 술을 두 잔 마신 후 나는 대화에 가끔 끼어들긴 했지만 주로 듣는 척하며 셜리 생각을 했다. 그렇게 많이 변하다니! 그녀는 작가의 꿈을 이루었고, 그러니 필러스 오브 헤르쿨레스에서 톰을 만난 건 우연이라고 볼 수 없었다—톰이 내게 말해준 대로라면 그곳은 이미 『뉴 리뷰』 사무실의 연장, 대기실이자 구내식당으로 자리잡았고, 창간 준비가 진행되면서 작가 수십 명이 드나들었던 것이다. 그녀는 살과 함께 예의도 버렸다. 여기서 나를 보고도 놀라는 기색이 없었던 건 나와 톰의 관계를 알고 있었기 때문이리라. 내가 화낼 차례가 오면 그녀는 감당 못할 정도로 당하게 될 것이다. 지옥의 맛을 보게 되리라.

하지만 지금은 아무 감정이 없었다. 펍이 문을 닫자 우리는 해밀턴을 따라 오후의 어스름을 헤치고 작고 어두컴컴한 술집 뮤리얼스로 갔다. 그곳에서는 턱살이 늘어지면서 얼굴이 망가진 특정 연령대의 남자들이 바에 앉아 시끄럽게 국제 문제를 논하고 있었다.

우리가 들어설 때 누가 큰 소리로 말했다. “중국? 꺼지라고 해. 중국!”

우리는 구석에 놓인 벨벳 안락의자 세 개에 바짝 모여 앉았다. 톰과 이언은 지엽적인 내용의 주변부를 끊임없이 맴도는 음주 단계에 진입해 있었다. 그들은 라킨에 대해, 「성령강림절 결혼식들」 마지막 몇 행에 대해 이야기했는데, 톰이 내게 읽어준 적 있는 시였다. 그들은 ‘시야에서 벗어나, 어딘가에서 비가 되는/ 화살 소나기처럼’을 두고 의견이 갈렸지만 대단한 열의는 없어 보였다. 해밀턴은 그 구절이 아주 분명하다고 말했다. 기차 여행은 끝나고, 신혼부부들은 런던으로, 그들의 운명으로, 제 갈 길을 가게 된 거라고 했다. 톰이 그보다 좀더 장황하게 설명하기를, 그 구절은 어둡고, 불길한 예감을 담고 있으며, 요소들—어딘가에서 젖고, 길 잃은 채, 하강하는 느낌—이 부정적이라고 했다. 그가 ‘액화’라는 단어를 사용하자 해밀턴은 무미건조하게 “뭐, 액화?” 하고 반문했다. 그들은 자신의 주장을 펼칠 기발한 방법을 찾아내 다시 원점으로 돌아갔는데, 나는 나이든 남자가 논쟁을 통해 톰의 판단력이나 명민함을 평가하고 있는지도 모른다는 생각이 들었다. 어느 쪽이든 해밀턴은 별로 개의치 않는 듯했다.

나는 계속 듣고 있지는 않았다. 남자들은 나를 무시하고 둘이

서만 이야기했고, 나는 바보일 뿐만 아니라 작가의 싸구려 여자가 된 기분까지 들기 시작했다. 브라이턴 집에 있는 내 물건의 목록을 머릿속으로 정리했다—다시는 거기 안 갈 수도 있으니까. 헤어드라이어, 속옷, 여름 원피스 두어 벌, 수영복, 진심으로 아까운 것은 없었다. 톰을 떠나면 정직이라는 짐에서 벗어나게 될 거라고 스스로를 달랬다. 그럼 비밀을 그대로 유지할 수 있다. 이제 우리는 커피를 넣은 브랜디를 마시고 있었다. 나는 톰과 헤어져도 괜찮았다. 얼른 그를 잊고 다른 사람, 더 나은 사람을 찾으리라. 아무 문제 없다. 스스로를 돌볼 수 있고 시간을 잘 보낼 것이다. 일에 헌신하고, 침대 곁에 일렬로 세워둔 올리비아 매닝의 발칸 삼부작을 읽을 것이며, 주교님이 준 20파운드짜리 수표로 봄에 일주일간 휴가를 내어 어느 작은 지중해 호텔에서 관심을 끄는 싱글이 되리다.

우리는 여섯시에 술자리를 파하고 거리로 나가 차가운 비를 맞으며 소호스퀘어를 향해 걸었다. 해밀턴은 그날 저녁 얼스 코트에 있는 시 협회에서 낭독을 하기로 되어 있었다. 그는 톰과 악수를 나누고 나를 포옹한 후 우리가 뒷모습을 지켜보는 가운데 서둘러 떠났다. 걸음걸이에는 그가 어떤 오후를 보냈는지 전혀 드러나지 않았다. 이제 단둘이 남은 톰과 나는 어느 방향으로 가야 할지 몰랐다. 이제 시작이구나, 나는 생각했다. 그 순간, 얼굴을 때리는 차가운 비에 정신이 들면서 나의 상실과 톰의 배신이 얼마나 엄청난지 깨달은 나는 갑작스러운 참담함에 압도되어 움직일 수 없었다. 거대한 검은 무게에 짓눌렸고, 발이 무겁고 무감각했다. 그 자리에 서서 광장 건너편 옥스퍼드 스트리트를 바라보았다. 하레 크리슈나를 읊는, 머리를 박박 밀고 탬버린을 든 얼간이들이 자기들 본부로 줄지어 복귀하고 있었다. 그들의 신이 내리는 비를 피해서. 나는 그들 모두가 혐오스러웠다.

"세리나, 자기, 왜 그래?"

톰이 잔뜩 취한 채 내 앞에 불안정하게 서 있었고, 연기하는 데는 선수라 얼굴을 일그러뜨리며 극적으로 우려를 표했다.

마치 두 층 위 창가에서 가장자리가 검은 빗방울에 왜곡된 장면을 보듯, 나는 우리의 모습을 똑똑히 볼 수 있었다. 지저분하고 미끄러운 보도에서 싸움을 벌이려는 소호의 주정뱅이 커플. 결과가 뻔해서 그냥 자리를 뜨는 게 좋았을 것이었다. 하지만 여전히 움직일 수가 없었다.

그 대신, 나는 지친 한숨을 쉬며 싸움을 시작했다. "당신은 내 친구와 바람을 피우고 있어."

내 말은 처량하고, 유치하고, 모르는 여자와 바람을 피웠다면 괜찮기라도 하다는 듯 멍청하게 들렸다. 그는 놀란 눈으로 바라보았고, 당혹스러워하는 연기를 잘도 했다. 나는 그를 때릴 수도 있었다.

"도대체 무슨……?" 그러더니 굉장한 깨달음을 얻은 사람 흉내를 서툴게 냈다.

"셜리 실링! 맙소사, 세리나. 정말 그렇게 생각하는 거야? 진작 설명했어야 했는데. 케임브리지 낭독회에서 만났어. 마틴 에이미스와 함께 왔더라고. 당신이랑 그녀가 어딘가에 있는 사무실에서 함께 일한 적이 있다는 건 오늘에야 알게 됐어. 그런데 당신을 만나자마자 이언과 얘기하느라 까맣게 잊고 있었어. 그녀는 얼마 전 부친상을 당해서 망연자실한 상태야. 그녀도 함께 올 수 있었지만 정신적으로 너무 힘들어해서……"

그가 내 어깨에 손을 얹었지만 뿌리쳤다. 동정받는 게 싫었다. 게다가 그의 입가에 어린 재미있어하는 표정을 본 것 같았다.

내가 말했다. "뻔하던데, 톰. 어디서 감히!"

"그녀는 매우 감상적인 로맨스 소설을 써. 하지만 난 그녀가 좋아. 그게 다야. 아버지가 가구점을 운영했는데 그녀는 아버지와 각별했고 아버지 밑에서 일했어. 그래서 진심으로 위로한 거야. 정말이야, 내 사랑."

처음에는 단순히 혼란스러웠고, 그 말을 믿어야 할지 그를 미워해야 할지 알 수 없었다. 그러다 스스로가 의심스러워지기 시작할 때, 나는 골이 나서 고집 피우는 게 달콤했고, 그가 셜리와 바람을 피웠다는 파괴적인 생각을 놔버리고 싶지 않다는 비뚤어진 충동을 느꼈다.

"가여운 내 사랑, 오후 내내 얼마나 괴로웠을까. 그래서 그렇게 조용했구나. 그랬구나! 내가 그녀의 손을 잡고 있는 걸 봤구나. 오 내 사랑, 정말 미안해. 당신을 사랑해. 당신만을. 정말 미안해……"

그가 결백을 주장하며 위로하는 동안 나는 마음을 닫은 표정을 풀지 않았다. 그의 말을 믿는다고 화가 덜 나는 게 아니었다. 그가 나를 바보로 만들었고, 속으로 나를 비웃고 있을지도 몰랐고, 이것을 소재로 우스운 이야기를 쓸 수도 있어서 화가 났다. 그가 더욱 열심히 달래야 마음을 풀기로 작정했다. 나는 그를 의심하는 척하고 있을 뿐임을 스스로 잘 아는 단계에 이르고 있었다. 어쩌면 그게 멍청이처럼 보이는 것보다 나을 수도 있었고, 게다가 나는 거기서 어떻게 벗어날지, 어떻게 확고한 내 입장을 바꾸고 그럴듯하게 보일지 몰랐다. 그래서 침묵을 지켰지만 그가 손을 잡자 뿌리치지 않았고, 그가 끌어당기자 마지못해 끌려가 내 정수리에 입을 맞추도록 내버려두었다.

"당신 흠뻑 젖었어. 떨고 있잖아." 그가 내 귀에 대고 웅얼거렸다. "실내로 들어가야겠다."

나는 고개를 끄덕여 나의 신랄함이, 불신이 막을 내렸음을 보여주었다. 그리크 스트리트를 따라 100미터만 가면 필러스 오브 헤르쿨레스가 있었지만, 실내가 내 방을 의미한다는 걸 알았다.

그가 나를 더 가까이 끌어당겼다. "자기야, 우리 해변에서 말했잖아. 우린 서로 사랑해. 그건 단순한 거야."

나는 다시 고개를 끄덕였다. 얼마나 추운지, 내가 얼마나 취했는지 이제는 그 생각뿐이었다. 뒤에서 택시 소리가 들렸고, 그가 택시를 세우려고 몸을 돌려 팔을 뻗는 게 느껴졌다. 택시를 타고 북쪽으로 향하면서 톰이 히터를 틀었다. 위잉 소리와 함께 차가운 공기가 조금 흘러나왔다. 택시기사와 우리 사이의 차단막에 그 차 같은 택시의 광고가 있었는데 글자들이 위로, 옆으로 움직이는 통에 멀미가 날까봐 두려웠다. 집에 도착해보니 다행히 하우스메이트들은 나가고 없었다. 톰이 나를 위해 욕조에 물을 받았다. 델 듯이 뜨거운 물에서 김이 피어올라 차가운 벽에 응결되었다가 흘러내려 꽃무늬 리놀륨 바닥에 고였다. 우리는 욕조에 함께 들어가 머리와 발만 내놓고 온몸을 물에 담근 채 서로 발을 주물러주며 흘러간 비틀스 노래들을 불렀다. 그는 나보다 훨씬 먼저 나가서 물기를 닦고 수건을 더 가지러 갔다. 그 역시 취해 있었지만 다정한 손길로 내가 욕조에서 나오도록 도와주고, 아이처럼 물기를 닦아주고, 침대로 이끌었다. 아래층으로 내려가 차 두 잔을 끓여서 내 옆으로 들어왔다. 그리고 내게 특별 서비스를 해주었다.

그 모든 일이 일어나고 몇 달, 또 몇 년이 흐른 뒤에도 나는 밤중에 잠이 깨어 위안이 필요할 때면 그 초겨울 저녁을 떠올렸다. 나는 그의 품에 안겨 있었고, 그는 내 얼굴에 키스하며 내가 얼마나 바보 같았는지, 자기가 얼마나 미안한지, 그리고 나를 얼마나 사랑하는지 거듭 말했다.

20

선거일이 얼마 남지 않은 2월 말 오스틴상 심사위원단이 최종 후보자 명단을 발표했는데, 친숙한 거장들—버지스, 머독, 패럴, 스파크, 드래블—사이에 전혀 알려지지 않은 이름 T. H. 헤일리가 있었다. 하지만 아무도 큰 관심을 보이지 않았다. 발표 날짜를 잘못 잡은 것이 그날은 다들 이녁 파월이 소속 당 대표인 총리를 공격한 이야기만 했다. 불쌍한 뚱보 테드! 국민들은 광부들과 '누가 영국을 통치하는가?'에 대한 걱정을 접어두고 20퍼센트에 달하는 인플레이션과 경제 붕괴를, 파월의 말을 들어야 할지, 노동당에 투표해 유럽에서 벗어나야 할지를 고민하기 시작했다. 그러니까 국민에게 동시대 소설에 대해 생각하라고 요구할 계제가 아니었다. 주 3일제 덕에 정전사태가 일어나지 않자 그 모든 정책이 사기로 여겨졌다. 결과적으로 석탄 저장량은 적지 않았고 공업 생산도 큰 타격이 없어서 우리가 아무것도 아닌 일로 겁을 먹었다는, 어쩌면 정치적 목적 때문이었을 거라는, 모든 일이 공연한 소동이었다는 분위기가 팽배했다.

그리하여 모든 예상을 뒤엎고 에드워드 히스와 그의 피아노, 악보, 바다 그림들은 다우닝 스트리트를 떠나고 해럴드와 매리 윌슨이 그곳에 두번째로 입주했다. 나는 3월 초 직장에서 TV로 다우닝 스트리트 10번지 바깥에 서 있는 새 총리를 보았는데, 구부정하고 노쇠한 모습이 거의 히스만큼이나 지쳐 보였다. 모두가 지쳐 있었고, 레컨필드 하우스 사람들은 영국이 총리를 잘못 뽑았다는 생각에 지친데다 우울하기까지 했다.

나는 좌파의 교활한 생존자인 윌슨에게 두번째로 표를 주었기에 대부분의 사람보다 즐거워야 했지만 불면증으로 기진맥진한 상태였다. 오스틴상 최종 후보자 명단에 대한 생각을 떨칠 수 없었다. 물론 나는 톰이 상을 받기를 원했다. 그 자신보다 더. 하지만 피터 너팅에게서, 그와 다른 사람들이 『서머싯 평원으로부터』를 교정쇄로 읽었으며 그 작품을 "유행에 편승해 부정적이고 지루할" 뿐만 아니라 "조잡하고 한심하다"고 생각한다는 말을 들었다—어느 날 점심시간 커즌 스트리트에서 나를 불러세우더니 그렇게 말했다. 그 말을 남기고 너팅은 돌돌 만 우산으로 보도를 치면서 성큼성큼 걸어갔고, 뒤에 남은 나는 내 선택을 받은 작가가 수상쩍다면 나 또한 마찬가지임을 깨달았다.

점차 언론에서 오스틴상에 흥미를 보이기 시작했고, 수상 후보자들 중 하나뿐인 새 이름에 관심이 쏠렸다. 처음 출품한 소설가가 상을 받은 전례가 없었다. 그리고 오스틴상 백년 역사상 길이가 가장 짧았던 수상작도 『평원』보다 두 배는 길었다. 짧은 소설은 남자답지 못하고 불성실한 데가 있다는 뉘앙스를 풍기는 기사가 많았다. 〈선데이 타임스〉에 톰이 소개되었는데, 팰리스 피어 앞에서 찍은 사진에는 그의 행복하고도 상처받기 쉬운 모습이 고스란히 드러나 있었다. 두어 기사에 그가 재단 지원금을 받고 있다는 내용이 실렸다. 그의 책이 기한에 맞추기 위해 얼마나 급히 인쇄되었는지 환기하는 기사도 있었다. 톰 매쉴러가 전략적으로 서평용 증정본 전달을 미루고 있어서 기자들은 아직 그 책을 읽지 못한 상태였다. 〈데일리 텔레그래프〉는 이례적으로 일일 칼럼에서 톰이 미남임은 대체로 합의를 얻은 사실이며 그가 미소 지으면 여자들이 "흐물흐물"해진다고 했다. 그것을 읽는 순간 질투심과 소유욕에 정신이 아찔했다. 어떤 여자들? 톰은 이제 집에 전화가 있어서 나는 캠던 로드의 악취나는 공중전화부스에서 그에게 전화할 수 있었다.

"여기 여자들 없어." 그가 쾌활하게 말했다. "신문사 여자들이 내 사진 앞에서 흐물흐물해지나보네."

그는 최종 후보자 명단에 오른 게 신기한데, 매쉴러가 전화를 걸어와 만일 탈락했다면 자신은 무척 분개했을 거라 말했다고 했다. "너무 당연한 거예요." 그는 분명 이렇게 말했을 터였다. "당신은 천재고 그 작품은 걸작이에요. 그들은 감히 그 작품을 무시할 수 없어요."

하지만 새로 발굴된 작가는 언론의 관심에 어리벙벙하면서도 그 오스틴상 소동에서 떨어져 있을 수 있었다. 『평원』은 그에게 이미 과거였고, "피아노 다섯 손가락 연습"처럼 쉬운 일이었다. 나는 아직 심사가 진행중이니 기자들에게 절대 그런 말을 해선 안 된다고 주의를 주었다. 그는 상관없다고, 자신에게는 써야 할 소설이 있고 오직 강박과 새 전동타자기만이 만들어낼 수 있는 속도로 작업이 진행되고 있다고 말했다. 내가 그 책에 관해 아는 건 작업량뿐이었다. 하루에 대개는 삼사천 단어씩, 가끔 육천 단어씩도 쓰고 한번은 오후와 밤새 미친듯이 매달려 만 단어를 썼다고 했다. 나는 그 수치의 의미를 몰랐지만 전화선을 통해 들려오는 흥분된 쉰 목소리를 통해 짐작할 수는 있었다.

"만 단어라고, 세리나. 한 달 동안 매일 그만큼 쓰면 『안나 카레니나』라도 써낼걸."

그렇지 않으리란 건 나도 알았다. 그에 대한 보호본능이 일었고, 리뷰가 나왔는데 악평이라면 그가 실망하고 놀라지는 않을지 걱정스러웠다. 정작 그는 조사차 스코틀랜드에 갔다가 막 돌아온 참이라 집중력이 흐트러지진 않았을까 그 걱정뿐이었다.

"당신은 휴식이 필요해." 내가 캠던 로드에서 말했다. "주말에 갈게."

"좋아. 하지만 난 계속 글을 써야 해."

"톰, 제발 무슨 내용인지 조금만이라도 말해줘."

"당신한테 제일 먼저 보여줄 거야. 약속해."

오스틴상 최종 후보자 명단이 발표된 다음날, 맥스가 평소처럼 나를 자기 사무실로 부르지 않고 몸소 찾아왔다. 그는 먼저 채스 마운트의 책상 옆에 서서 담소를 나누었다. 공교롭게도 그날 오전 우리 부서는 정신없이 바빴다. 마운트가 RUC와 군대도 관련된 과거 문제를 돌아보는 내부 보고서 초안을 작성했다. 마운트가 "고름이 흐르는 상처"라는 신랄한 표현을 쓴 그 문제는 재판 없이 행한 구금이었다. 1971년 RUC 특수 지부가 옛날 것이라 쓸모없게 된 용의자 명단을 사용하는 바람에 무고한 사람 수십 명이 검거되었다. 왕당파 살인자들, 얼스터 의용군은 아무도 체포되지 않았다. 구금자들은 제대로 분리되지도 않은 채 부적절한 시설에 수용되었다. 모든 적법한 절차, 모든 적법성이 무시되었다—우리의 적에게 선전용 선물을 안겨준 것이나 다름없었다. 아덴에서 복무한 적 있는 채스 마운트는 군과 RUC가 구금자에게 사용하는 심문 기술—검은 두건, 고립, 식사 제한, 백색 소음, 몇 시간씩 세워두기—에 늘 회의적이었다. 그는 보안국이 상대적으로 결백함을 입증하고 싶어했다. 우리 여직원들도 그렇게 믿고 있었다. 그 유감스러운 사건이 유럽인권재판소를 향해 나아가는 중이었다. 마운트의 설명으로는, RUC가 우리까지 끌고 들어가려 했고 군도 그들 편이었다. 그들은 사건에 대한 마운트식 해석을 전혀 마음에 들어하지 않았다. 마운트보다 높은 우리 쪽 사람이 보고서 초안을 그에게 돌려보내며 모두가 만족하도록 다시 쓰라고 했다. 애초에 '그저' 내부 보고서이고 곧 서류철에 넣어져 잊힐 것인데도 말이다.

그래서 그가 더 많은 서류철을 요구했고, 우리는 등록소를 드나들며 추가할 서류를 타이핑하느라 분주했다. 맥스는 채스 마운트 옆에서 얼쩡거리며 잡담을 시도하기에는 때를 잘못 골랐다. 엄격한 보안조항에 따르자면, 이렇게 서류가 펼쳐져 있을 때는 우리 사무실에 들어와선 안 되었다. 하지만 채스는 그런 말을 하기에는 지나치게 예의바르고 마음씨가 좋았다. 그렇긴 해도 대답을 짤막짤막하게 해서, 맥스는 곧 내게로 왔다. 작은 갈색 봉투를 여봐란듯이 내 책상에 놓고 다른 사람에게도 다 들리게 큰 소리로 말했다. "짬나는 대로 이것 좀 봐요."

한동안, 어쩌면 한 시간이나 나는 짬을 내지 않았다. 내가 가장 두려워하는 것이 회사 사무용품에 적힌 진심 어린 선언이었다. 마침내 읽게 된 건 서두의 '대외비'와 '스위트 투스'와 'MG가 SF에게', 그리고 너팅과 탭과 내가 모르는 두 사람의 이름 머리글자가 포함된 회람자 명단이 함께 타이핑된 메모였다. 맥스가 공식적으로 쓴 게 분명한 그 메모는 "프룸 양에게"로 시작되었다. 그리고 내가 "이미 고려했을" 일에 대해 알려주었다. 스위트 투스 대상자 중 하나가 언론의 주목을 받고 있으며 아마도 더 많은 주목을 받게 될 것이다. "우리 직원은 사진이 찍히거나 신문에 나는 일을 피해야 합니다. 당신은 오스틴상 리셉션에 참석하는 것을 임무 수행으로 여길 수도 있겠으나 그 자리를 피하는 게 상책입니다."

분통 터지긴 했지만 매우 현명한 권고였다. 사실 나는 톰과 함께 리셉션에 참석할 예정이었다. 수상을 하건 못하건 그에게는 내가 필요했다. 하지만 어째서 내 귀에 속삭이지 않고 이런 회람을 돌렸을까? 나와 단둘이 이야기하기에는 맥스가 너무 고통스러워서였을까? 그보다는 내게 일종의 관료적 덫을 놓은 것 같다는 의심이 들었다. 그렇다면 문제는 맥스에게 반항하느냐, 아니면 리셉션에 참석하지 않느냐다. 절차상 옳은 후자가 더 안전하겠지만 나는 그 일 때문에 기분이 언짢았고 저녁 퇴근길에는 맥스에게, 그리고 그의 계획에—그게 무엇이건—분노가 치밀었다. 톰에게 리셉션에 갈 수 없는 그럴듯한 핑계를 대야 하는 것도 짜증스러웠다. 가족이 아프다고 할까? 독감에 걸렸다고 해야 하나? 직장에 급한 일이 생겼다고 할까? 상한 음식을 먹었다고 하기로 정했다. 발병이 빠르고, 정상적인 활동이 불가능하고, 금세 회복되니까. 그를 속일 생각을 하자 묵은 고민이 자연스레 되살아났다. 그동안 그에게 진실을 고백할 절호의 기회가 없었다. 만일 내가 그를 스위트 투스에서 탈락시키고 그다음에 그와 사귀고 보안국을 떠났다면, 혹은 첫 만남 때 그에게 말했다면…… 아니, 둘 다 말이 되지 않았다. 처음에는 우리가 어떤 관계가 될지 알 수 없었고, 알게 된 후로는 그와의 관계가 너무 소중해서 모험을 할 수 없었다. 그에게 진실을 말하고 사직하거나, 아니면 사직한 다음 말할 수도 있었지만 그래도 그를 잃을 위험은 남아 있었다. 내가 생각할 수 있는 방법이라곤 끝까지 말하지 않는 것뿐이었다. 그런 자신을 견딜 수 있을까? 이미 견디고 있었다.

오스틴상은 떠들썩한 어린 사촌인 부커상과는 달리 거물을 심사위원으로 위촉하거나 연회를 여는 것을 달가워하지 않았다. 톰이 설명하길, 도체스터에서 무알코올 음료 리셉션이 열리고 문학계 저명인사의 짧은 연설이 있을 예정이라고 했다. 심사위원 대부분은 문인, 학자, 비평가이고 가끔 철학자나 역사가도 위

축되었다. 상금이 상당했던 때도 있었다—1875년에 2,000파운드면 오래 쓸 수 있는 돈이었다. 이제 상금으로는 부커의 상대가 못 되었다. 오스틴상은 오직 권위로 인정받았다. 도체스터 행사를 텔레비전으로 내보내자는 이야기도 있었지만 나이 많은 이사들이 경계심을 보였고, 톰의 말이, 언젠가 텔레비전으로 방송될 가능성은 부커상이 더 컸다.

리셉션은 다음날 저녁 여섯시에 열렸다. 다섯시에 메이페어 우체국에서 도체스터의 톰에게 전보를 보냈다. 아파. 상한 샌드위치. 내 마음은 당신과 함께. 끝나고 캠던으로 와. 사랑해. S. 나는 스스로를, 그리고 내가 처한 상황을 증오하며 구부정하니 사무실로 돌아왔다. 과거의 나였다면 이런 경우 토니는 어떻게 했을지 자문했을 것이다. 이제 그럴 필요가 없었다. 기분이 좋지 않은 걸 아프다고 속여 마운트에게 조퇴 허락을 받아내기란 식은 죽 먹기였다. 집에 도착하니 여섯시였다. 톰의 팔짱을 끼고 도체스터 행사장에 입장했어야 할 시간이었다. 여덟시가 가까워지자 그가 일찍 나타날 경우에 대비해 연기를 해야겠다고 생각했다. 몸이 좋지 않다고 믿는 일은 쉬웠다. 잠옷과 가운을 입은 차림으로 골이 나고 자기연민에 빠진 채 몽롱하게 침대에 누워서 잠시 책을 읽다가, 한두 시간 깜빡 잠이 들어 초인종 소리를 듣지 못했다.

다른 하우스메이트가 문을 열어주었는지 눈을 떠보니 톰이 한 손으로 수표 귀퉁이를 잡고 다른 손에는 소설 완성본을 들고 침대 옆에 서 있었다. 바보처럼 히죽거리고 있었다. 나는 상한 샌드위치는 까맣게 잊고 그의 품으로 뛰어들었다. 우리가 환호성을 지르며 한바탕 소동을 일으키는 바람에 트리샤가 내 방문을 두드리며 혹시 도움이 필요하냐고 물었다. 우리는 그녀를 안심시키고, 사랑을 나누고(그는 섹스에 엄청 굶주린 듯했다), 그러고는 곧장 택시를 잡아타고 화이트 타워로 갔다.

첫 데이트 이후 그곳에 간 적이 없어서 일종의 기념행사 같은 방문이었다. 우리는 내가 가져가자고 우긴 『서머싯 평원으로부터』를 테이블 너머로 주고받고, 백사십일 쪽 분량의 책장을 휘휘 넘기면서 활자체에 감탄하고, 1945년의 베를린이나 드레스덴일 수도 있는 파괴된 도시를 입자가 거친 흑백으로 보여주는 표지와 작가 사진을 흐뭇하게 감상했다. 보안에 미칠 영향에 대한 우려를 억누르면서 나는 "세리나에게"라고 쓰여 있는 헌사에 탄성을 지르며 의자에서 일어나 그에게 키스했고, 오늘 행사가 어땠는지 그가 들려주는 이야기에 귀기울였다. 윌리엄 골딩의 익살스러운 연설에 이어 심사위원장인 카디프 출신 대학교수의 알아듣기 힘든 연설이 있었다고 했다. 톰은 자기 이름이 불렸을 때 잔뜩 긴장해서 앞으로 나가다가 카펫 가장자리에 발이 걸리는 바람에 의자 등받이에 손목을 다쳤다고 했다. 나는 그 손목에 다정하게 입을 맞추었다. 시상식이 끝난 후 그는 짧은 인터뷰를 네 개 했는데, 아무도 그의 책을 읽어보지 않아서 무슨 말을 하든 상관없었고 어쩐지 사기를 치는 기분이었다고 했다. 나는 샴페인 두 잔을 시켰고, 우리는 유일하게 첫 소설로 오스틴상을 탄 소설가를 위해 건배했다. 너무도 멋진 날이라 우리는 취하더라도 전혀 신경쓰지 않았다. 나는 현재 환자라는 걸 명심하며 조심조심 식사했다.

톰 매쉴러는 달 착륙처럼 정확하게 출간 계획을 세워놓았다. 마치 오스틴상을 줄 권한이 그에게 있는 듯했다. 최종 후보자 명단, 작가 소개 기사들, 수상자 발표가 조바심에 찬 기대감을 조성하는 데 한몫했고, 그주가 끝나갈 무렵 첫 서평들이 나오기 시작하고 책이 서점에 깔리면서 그 기대감이 충족되었다. 우리의 주말 계획은 단순했다. 톰은 계속 글을 쓰고, 나는 기차를 타고 내려가면서 신문 서평들을 읽을 작정이었다. 서평 일곱 개를 무릎에 올려놓은 채 나는 금요일 저녁 브라이턴 여행을 시작했다. 세상은 대부분 내 연인에게 호의적이었다. 〈텔레그래프〉는 이렇게 썼다. "유일한 희망의 끈은 아버지와 딸을 하나로 묶지만(그것은 현대 소설에서 더없이 다정하게 이루어지는 사랑이다) 독자는 이 암울한 걸작이 그 끈마저 끊어버릴 것임을 금세 알게 된다. 가슴 찢는 결말은 견디기 힘들 정도다." 『타임스 리터러리 서플먼트』의 평은 이랬다. "기이한 빛, 섬뜩한 지하의 빛이 헤일리 씨의 산문을 가득 채우고, 독자의 내면의 눈에 미치는 환각효과는 비극적인 종말의 시간을 맞이한 세상을 가혹하면서도 거부할 수 없는 아름다움이 깃든 영역으로 바꾸어놓는다." 『리스너』는 이랬다. "그의 산문은 가차없다. 그는 사이코패스의 메마르고 침착한 시선을 지녔으며, 도덕적으로 올바르고 육체적으로 아름다운 그의 인물들은 신이 없는 세상에서 최악의 존재들과 운명을 함께해야 한다." 〈타임스〉는 이렇게 썼다. "헤일리 씨가 개들에게 굶주린 거지의 내장을 뜯어내게 할 때 우리가 현대 미학의 도가니로 던져지고 있으며, 거부하거나 적어도 못 본 체하도록 도전받고 있음을 안다. 그 장면은 대부분의 작가들 손에서는 경솔하게 고통을 슬쩍 건드려보는 정도에 그쳐 용서할 수 없는 것이 되었겠지만, 헤일리의 정신은 강인한 동시에 초월적이다. 소설의 첫 단락부터 당신은 그의 손안에 있으며, 그가 자신이 무얼 하고 있는지 똑똑히 안다는 걸 알 수 있고, 그를 신뢰할 수 있다. 이 작은 책은 천재의 장래성과 부담을 담지하고 있다."

기차는 벌써 헤이워즈 히스를 지나고 있었다. 가방에서 책을, 내 책을 꺼내 아무데나 펼쳐서 읽어보았고, 물론, 달라진 눈으로 작품을 보기 시작했다. 확실한 의견 일치를 본 서평의 힘은 대단히 강력해서 『평원』이 다르게 보였다. 표현들이, 목적지가 더 자신만만해 보이고 리듬이 최면적이었다. 너무도 의미심장했다. 「애들스트럽」처럼 정확하고 유예적이어서 장엄한 시처럼 읽혔다. 기차의 약강격(이 단어를 내게 가르쳐준 사람이 누구였더라?) 소음 너머로 톰이 자기 글을 읊는 소리가 들렸다. 불과 이삼년 전만 해도 재클린 수잰이 제인 오스틴보다 낫다고 주장하던 미천한 첩보원인 내가 뭘 알겠는가? 하지만 '의견 일치'라고 해서 신뢰할 만한가? 나는 『뉴 스테이츠먼』을 집어들었다. 톰이 설명해주길, 이 문예주간지의 '후반부'는 문단에서 중요한 역할을 했다. 목차에서 밝힌 대로 아트디렉터가 직접 서평을 써서 의견을 제시했다. "균형 잡힌 순간들, 이따금 인류에 대한 혐오감이 치밀어오르게 하는 냉담한 서술력이 있다는 건 인정하지만, 전반적인 인상은 어딘가 억지스럽고, 약간 틀에 박히고, 감정을 교묘하게 몰아가고, 전체적으로 빈약하다. 그는 인류 공통의 역경에 대한 뭔가 심오한 이야기를 하고 있다고 스스로를 속인다(하지만 독자는 속이지 못한다). 스케일, 야심, 꾸밈없는 지성이 결여되어 있다. 하지만, 그는 앞으로 무언가 이뤄낼 수도 있을 것이다." 〈이브닝 스탠더드〉의 '런더너스 다이어리'에 조그맣게 실린 평은 이랬다. "오스틴상 위원회가 내린 최악의 결정 중 하나…… 올해 오스틴상 심사위원들은 재무부 역할을 하는 게 공동의 목적이었는지, 그 상의 통화가치 평가절하를 결정했다. 그들은 사춘기적 디스토피아, 무질서와 야만성에 대한 여드름쟁이의 찬양을 선택했다. 다행히 단편소설보다 많이 길지는 않다."

톰이 서평을 보고 싶지 않다고 말한 터라, 그날 저녁 나는 그의 집에서 호평을 엄선한 부분을 읽어주고 부정적인 기사는 최대한 완곡한 표현으로 요약해주었다. 물론 그는 찬사를 듣고 기뻐했으나 이미 다음 작품으로 넘어간 게 분명했다. '걸작'이라는 단어가 포함된 구절을 읽어줄 때조차 타이핑된 원고에서 눈을 떼지 않았다. 내 이야기가 끝나자마자 그는 다시 타자기를 두들겼고, 저녁 내내 작업을 이어가고 싶어했다. 나는 피시앤드칩스를 사왔고, 타자기 앞에 앉아 먹던 그는 포장지로 쓰인, 어제자 〈이브닝 아르고스〉의 극찬하는 기사에도 눈길조차 주지 않았다.

나는 책을 읽었고, 잠자리에 들 때까지 그와 거의 한마디도 나누지 않았다. 한 시간 후에도 아직 깨어 있었는데 그가 내 옆에 와서 눕더니 또다시 그 굶주린 듯한 방식으로, 마치 일 년은 섹스를 못하고 산 것처럼 내 몸을 탐했다. 그는 나보다 훨씬 더 많이 소리를 냈다. 나는 돼지 여물 먹는 소리가 난다며 그를 놀렸다.

이튿날 아침, 그의 새 타자기가 내는 억눌린 소리에 나는 잠이 깼다. 토요 시장에 가는 길에 그의 옆을 지나며 정수리에 키스했다. 장을 보고 신문들을 사모아서 단골 커피숍으로 들어갔다. 창가 테이블, 카푸치노, 아몬드 크루아상. 완벽했다. 그리고 〈파이낸셜 타임스〉에 아주 멋진 서평이 실려 있었다. "T. H. 헤일리를 읽으면 너무 빨리 급커브를 도는 차를 탄 기분이다. 하지만 이 날렵한 차는 절대 도로를 이탈하지 않으니 안심해도 좋다." 어서 빨리 톰에게 읽어주고 싶었다. 신문 뭉치의 다음 차례는 〈가디언〉으로, 1면에 톰의 이름과 도체스터에서 찍은 그의 사진이 실려 있었다. 좋아. 그리고 그에 관한 기사가 있었다. 나는 그리로 시선을 옮겨 헤드라인을 보았다—그리고 그대로 얼어붙었다. "오스틴상 수상작가 MI5 자금 받아."

바로 그 자리에서 토할 것만 같았다. 제일 먼저 든 어리석은 생각은 톰이 그 기사를 영원히 보지 않을 수도 있다는 것이었다. 자유국제재단이, 어쩌면 그런 사실을 모른 채, "간접적으로 보안국의 자금 지원을 받는 단체에서 일부 자금을 댄 또다른 단체로부터 지원금을 받아왔다"고 "믿을 만한 소식통"이 신문사에 확인해주었다. 패닉에 빠진 나는 빠르게 기사를 훑어보았다. 스위트 투스나 다른 작가에 대한 언급은 없었다. 월 지급액, 톰이 첫 지원금을 받고 대학원생 강사직을 그만둔 일에 대한 정확한 요약이 있었고, 그보다 덜 위험한, 문화자유회의와 CIA의 관계에 대한 언급이 이어졌다. 케케묵은 『인카운터』 이야기가 다시 활기

를 얻어 특종으로 돌아왔다. 기사 내용에 따르면 T. H. 헤일리는

동독 폭동, 베를린장벽에 대한 서독 작가들의 침묵, 그리고 가장 최근에는 국가의 박해를 받는 루마니아 시인들에 대한 열정적인 반공산주의 글들을 썼다. 동료들의 일반적인 좌익 성향에 대해 웅변적으로 회의를 표하는 우익 작가는 우리 정보기관들이 이 나라에서 번성하기를 바라는 동지일지도 모른다. 하지만 문화 영역에서 이런 수준의 은밀한 간섭이 자행되고 있다면, 냉전하의 개방성과 예술적 자유에 대한 의문이 제기되지 않을 수 없다. 아직 오스틴상 심사위원들의 청렴성을 의심하는 사람은 없지만, 이사회에서는 그들의 학식 있는 심사위원회가 어떤 종류의 수상자를 선정했는지, 그리고 헤일리의 이름이 불렸을 때 런던의 특정 정보기관에서 샴페인 코르크마개가 날아오르지는 않았는지 궁금해하고 있을지도 모른다.

내가 그 기사를 다시 읽고 이십 분간 꼼짝 않고 앉아 있는 동안 입도 대지 않은 커피가 식어갔다. 이제 확실했다. 그 일은 일어날 수밖에 없었다. 내가 그에게 말하지 않아도 다른 누군가가 할 터였다. 비겁함에 대한 벌이었다. 이제 비밀을 밝힐 수밖에

없는 처지가 되어 정직한 척 내 입장을 설명하려 한다면, 그 꼴이 얼마나 혐오스럽고 우스꽝스러울까. 당신을 사랑해서 말 못한 거야. 당신을 잃을까봐 겁이 나서. 오 그래, 완벽한 방법이었다. 나의 침묵, 그의 수치. 곧장 역으로 가서 다음 런던행 기차를 잡아타고 그의 인생에서 사라질까도 생각했다. 그래, 그 혼자 폭풍에 맞서게 하는 거야. 더 비겁한 짓이었다. 하지만 그가 진실을 알게 되면 나를 가까이 오지 못하게 할 것이다. 그러다 다시 마음이 바뀌었다. 빠져나갈 길이 없다는 걸 알지만 그래도 그와 대면해야 한다. 집으로 가서 그에게 기사를 보여줘야 한다.

나는 닭고기와 채소, 신문을 챙긴 후 제대로 먹지도 않은 아침식사의 값을 내고 그가 사는 거리를 향해 천천히 언덕길을 올라갔다. 계단을 오르자 타자기 소리가 들렸다. 그 소리가 이제 멈출 터였다. 안으로 들어가 그가 시선을 들기를 기다렸다.

내 귀가를 알아차린 그가 엷은 미소로 반기고 작업을 계속하려 했지만 내가 말했다. "이것 좀 보는 게 좋겠어. 서평은 아냐."

〈가디언〉의 그 면이 접혀 있었다. 신문을 건네받은 그는 내게 등을 돌리고 읽었다. 나는 멍한 채로 일이 터지면 짐을 싸야 할지 아니면 그냥 떠나야 할지 생각했다. 침대 밑에 작은 여행가방이 있었다. 헤어드라이어는 잊지 말고 챙겨야 할 것이다. 하지만 그럴 시간이 없을지도 모른다. 그가 당장 내쫓아버릴지도 모른다.

마침내 그가 나를 보며 모호하게 말했다. "끔찍하군."

"그래."

"내가 무슨 말을 해야 하는 거지?"

"톰, 난……"

"이런 자금 추적에 대해서 말이야. 들어봐. 재단이 어쩌고저쩌고 '간접적으로 보안국의 자금 지원을 받는 단체에서 일부 자금을 댄 또다른 단체로부터 지원금을 받아왔다'."

"미안해, 톰."

"간접적으로? 일부? 세 단체나 거쳐서? 무슨 수로 우리가 그걸 안다고 여길 수 있지?"

"모르겠어." 나는 그가 '우리'라고 한 걸 들었지만 그냥 흘려 넘겼다.

그가 말했다. "그들의 사무실에 가서 직접 다 확인했어. 그 재단은 숨기는 게 없었어."

"물론 그렇지."

"회계장부 감사라도 해야 했던 모양이군. 망할 회계사처럼!"

이제 그는 분개하고 있었다. "난 이해가 안 돼. 정부에서 특정 견해를 전파하고 싶다면 왜 비밀리에 하는데?"

"그렇지."

"정부한테는 우호적인 언론인들, 예술위원회, 장학금, BBC,

정보 부서들, 왕립학회들이 있어. 그 외에 뭐가 더 존재하는지 난 몰라. 정부는 교육제도 전체를 운영하잖아! 그런데 뭐하러 MI5를 움직여?"

"미친 짓이야, 톰."

"미쳤어. 이게 첩보 관료들이 자리를 쭉 보존하는 방식이지. 애송이 부하가 윗분들을 기쁘게 해주려고 책략을 꾸미는 거야. 하지만 그 일이 뭘 위한 거고 어떤 취지인지는 아무도 몰라. 묻지도 않고. 카프카 소설에 나올 법한 이야기지."

그가 벌떡 일어나 내게 다가왔다.

"잘 들어. 세리나. 내게 뭘 쓰라고 말한 사람은 아무도 없어. 내가 투옥중인 루마니아 시인을 옹호했다고 우익이 되는 건 아냐. 베를린장벽을 똥 무더기라 부른다고 MI5의 봉이 되지도 않아. 베를린장벽을 무시하는 서독 작가들을 겁쟁이라고 부르는 일도 마찬가지고."

"당연하지."

"하지만 이들이 암시하는 게 그거잖아. 염병할 동류! 다들 그렇게 생각할 거라고."

정말 그렇게 단순할까? 그가 나를 너무나 사랑하고, 내가 너무나 사랑하는 걸 느껴서 나를 의심 못하는 걸까? 그가 그렇게 단순한가? 나는 작은 다락방에서 서성이기 시작한 그를 지켜보았다. 바닥이 시끄럽게 삐걱거리고 서까래에 걸린 등이 살짝 흔들렸다. 반쯤 온 지금이 그에게 진실을 말할 때이리라. 하지만 나는 이 유예 기회를 거부하지 못할 것이었다.

그가 다시 격분에 휩싸였다. 왜 나지? 부당해. 보복성 기사야. 이제 막 작가로서의 삶을 멋지게 시작했는데.

그러더니 멈춰 서서 말했다. "월요일에 은행에 가서 지급 정지 신청을 할 거야."

"좋은 생각이야."

"상금으로 당분간 살 수 있어."

"그래."

"하지만 세리나……" 그가 다시 내게로 다가와 손을 잡았다. 우리는 서로의 눈을 들여다보았고, 이어서 키스했다.

"세리나, 나 어떡해야 할까?"

단호하고 감정 없는 내 목소리가 들렸다. "내 생각엔 성명을 내야 할 것 같아. 성명서를 써서 전화로 언론 협회에 전달하는 거야."

"성명서 쓰는 것 좀 도와줘."

"물론이지. 당신은 아무것도 몰랐고, 분개하고 있으며, 더이상 돈을 안 받을 거라는 내용을 담아야 해."

"자긴 정말 똑똑해. 사랑해."

그는 새 작품의 낱장 원고를 서랍에 넣고 잠갔다. 그런 다음 내가 타자기 앞에 앉아 새 종이를 끼우고 둘이 함께 성명서를 작성했다. 나는 전동타자기의 민감한 자판에 적응하기까지 몇 분이 걸렸다. 작성을 마치고 읽어주자 톰이 말했다. "이 말도 넣어. '나는 어떤 시점에서도 MI5의 연락을 받거나 그 구성원과 접촉한 사실이 없음을 분명히 밝혀두고 싶다.'"

나는 다리 힘이 풀렸다. "그 말은 필요 없어. 앞부분에서 그것까지 밝힌 셈이니까. 지나치게 부인하는 것처럼 느껴져."

"잘 모르겠는데. 그래도 확실히 해두는 게 좋지 않을까?"

"그 정도면 확실해, 톰. 정말로. 그것까지 쓸 필요 없어."

우리의 눈길이 다시 마주쳤다. 피로에 지친 그의 눈언저리가 붉게 물들어 있었다. 그것 말고는 신뢰밖에 보이지 않았다.

"좋아. 그건 됐어." 그가 말했다.

나는 성명서를 그에게 넘기고 옆방으로 가서 침대에 누웠고, 그는 전화교환원에게 언론 협회의 번호를 알아낸 다음 전화로 성명을 전달했다. 놀랍게도 방금 우리가 빼기로 합의한 내용을 불러주는 소리가 들렸다.

"그리고 이 점을 분명히 밝혀둔다. 나는 평생 MI5 구성원과 접촉한 적이 없다."

나는 벌떡 일어나 앉아 그에게 소리지르려고 했지만 이미 엎

질러진 물이라 도로 베개 위로 무너졌다. 생각이 내내 한곳을 맴도는 게 지긋지긋했다. 그에게 말해. 끝내버려. 안 돼! 그러기만 해봐. 상황이 통제를 벗어나고 있었고 나는 뭘 어떻게 해야 할지 도무지 알 수 없었다. 그가 수화기를 내려놓고 책상으로 가는 기척이 들렸다. 그리고 몇 분 만에 다시 타이핑이 시작되었다. 저런 집중력이라니, 지금 상상의 세계로 밀고 들어갈 수 있다니 얼마나 비범하고 놀라운가. 나는 아무 의욕도 없이, 다음주는 지옥이 될 거라는 확신에 짓눌린 채 흐트러진 침대에 누워 있었다. 〈가디언〉 후속기사가 나오지 않더라도 직장에서 몹시 곤란한 처지가 될 터였다. 그리고 후속기사는 나오게 되어 있었다. 상황이 더 나빠질 수밖에 없었다. 맥스 말을 들었어야 했다. 기사를 쓴 기자는 이미 기사화한 내용밖에 모를 수도 있었다. 하지만 그 이상을 알고 있다면, 그리고 내 신분이 노출된다면, 그렇다면…… 그렇다면 신문에 나기 전에 톰에게 말해야 한다. 또 그 생각. 나는 움직이지 않았다. 움직일 수가 없었다.

사십 분 후 타자기 소리가 멈췄다. 오 분 후 마룻널이 삐걱거리는 소리가 들리더니 톰이 재킷을 입으며 들어와서 내 옆에 앉아 키스했다. 마음을 다잡을 수가 없다고 그가 말했다. 그러면서 사흘간 집밖으로 나가지 않았다고 했다. 그와 같이 바닷가로 산책 나갈까? 그런 다음 휠러스에 가서 점심을 사달라고 할까? 순간적인 망각은 마음의 위안이 되었다. 내가 코트를 입는 즉시 우리는 밖으로 나가 근심 걱정 없던 다른 주말처럼 팔짱을 끼고 영국해협을 향해 언덕을 내려갔다. 그와 함께 있는 현재에 몰입할 수 있는 한 나는 안전하다고 느꼈다. 톰의 쾌활한 태도가 도움이 되었다. 그는 언론에 보낸 성명이 문제를 해결해줄 거라고 생각하는 듯했다. 바닷가에서 우리는 동쪽으로 걸었고, 오른편 회녹색 바다에서는 신선한 북풍의 채찍질에 물결이 넘실대고 흰 포말이 일었다. 켐프 타운을 지났고, 그다음에는 정박지 건설 계획에 반대하는 플래카드를 든 한 무리의 시위대 사이를 지나갔다. 우리는 어찌되든 상관없다는 데 의견을 같이했다. 이십 분 뒤 그 장소로 돌아가보니 시위대는 해산한 뒤였다.

바로 그때 톰이 말했다. "우리 미행당하는 것 같아."

일순간 내가 공포로 위장이 오그라들었다면 그가 모든 것을 알고 있고 나를 놀리려고 한 말이라고 생각했기 때문이다. 하지만 그는 진지했다. 나는 뒤돌아보았다. 춥고 바람이 세서 사람들이 산책을 나오지 않는 날이었다. 시야에 들어오는 사람은 딱 한 명이었고, 우리와 200미터 이상 떨어져 있었다.

"저 사람?"

"가죽코트를 입었어. 집에서 나올 때도 봤어."

그래서 우리는 걸음을 멈추고 남자가 가까이 오기를 기다렸지만, 그는 금세 도로를 건너 바닷가에서 벗어난 옆길로 방향을 돌렸다. 그 시점에서 우리는 점심 영업이 끝나기 전에 레스토랑에 도착하는 데 더 관심이 쏠려서 레인스를 향해, 우리 테이블과 우리가 '늘 먹던 것', 그다음 샤블리 와인과 홍어날개구이, 그리고 마지막으로 나오는 느끼한 와인크림*을 향해 서둘러 뒤돌아 걸어갔다.

휠러스를 나올 때 톰이 말했다. "저기 그 사람이 있어." 그러면서 손가락으로 가리켰지만 내 눈에는 텅 빈 길모퉁이밖에 보이지 않았다. 톰이 그쪽으로 천천히 달려갔지만, 양손으로 엉덩이를 짚고 서 있는 것으로 미루어 아무도 못 본 게 분명했다.

이번에 우리의 우선순위—아까보다 더 절박한—는 집으로 돌아가 사랑을 나누는 일이었다. 톰은 어느 때보다 광적이라고 할까, 황홀경에 빠진 상태여서 감히 놀릴 수가 없었다. 어쨌거나 놀리고 싶은 마음도 없었지만. 다음주의 냉기가 느껴졌다. 내일 오후 기차를 타고 집으로 돌아가 머리를 감고 옷을 준비한 후, 월요일에 출근해서 상사들에게 해명하고, 조간신문을 마주하고, 조만간 톰과 대면해야 할 것이다. 이걸 따지는 게 이치에 맞는지는 몰라도 나는 우리 둘 중 누가 불운한지, 아니 누가 더 불운한

* 크림에 와인, 설탕, 주스를 넣은 디저트.

지 알 수 없었다. 우리 중 누가 망신을 당할까? 제발 나만 당했으면. 우리 둘 다가 아니라. 톰이 침대에서 일어나 의자에 있던 옷을 집어들고 벌거벗은 채 방을 가로질러 욕실로 가는 모습을 바라보며 나는 그렇게 생각했다. 그는 앞으로 닥칠 일을 몰랐고 그런 일을 당할 만큼 잘못한 게 없었다. 나를 만난 게 악운이었다. 그런 생각을 하며 전에도 자주 그랬듯이 그의 타자기 소리에 잠들었다. 망각이 유일한 합리적 선택인 듯했다. 꿈도 꾸지 않고 깊이 잠들었다. 초저녁 무렵 언젠가 그가 조용히 침실로 돌아와 내 옆으로 슬그머니 들어오더니 다시 섹스를 했다. 그는 정말 대단했다.

21

일요일에 세인트 어거스틴 로드로 돌아와 또다시 뜬눈으로 밤을 지새웠다. 마음이 어수선해서 책도 읽히지 않았다. 밤나무 가지들과 커튼 틈으로 들어온 가로등 불빛이 구부러진 막대기 모양으로 천장에 비쳤고, 나는 침대에 누워 그 모습을 뚫어져라 응시했다. 일이 엉망으로 꼬여버렸지만 달리 어떻게 할 수 있었을지 생각나지 않았다. MI5에 들어오지 않았더라면 톰을 만나지 않았을 것이다. 처음 만났을 때 내 직장에 대해 말했더라면—하지만 초면에 뭐하러 그런 얘기를 한단 말인가?—그는 당장 방에서 나가달라고 했을 것이다. 그가 점점 더 좋아지고 그러다가 사랑하게 되면서 그에게 진실을 말하는 게 더 중요해졌는데도 그러기가 더 어렵고 위험해졌다. 나는 덫에 걸렸고 늘 그랬었다.

만일 충분한 돈과 외골수 성향이 있어서 아무런 해명 없이 이곳에서 먼, 발트해의 쿰링에섬처럼 단순하고 깨끗한 곳으로 훌쩍 떠난다면 어떨까, 구체적인 상상의 나래를 펼쳤다. 온갖 의무와 관계에서 놓여나 습한 햇살 속에서 만의 모래사장 옆으로 난 좁은 길을 짐가방 없이 걷는 나를 그려보았다. 아르메리아 마리티마와 가시금작화가 피어 있고 소나무 한 그루가 서 있는 그 길을 따라 올라가면 곶과 소박한 흰색 시골 교회가 나오고, 교회의 작은 묘지에는 새 묘석과 가정부가 남기고 간 실잔대꽃이 꽂힌 잼병이 있다. 나는 토니의 무덤가 풀밭에 앉아 그를 생각하고, 우리가 다정한 연인이었던 여름을 추억하고, 조국을 배신한 그를 용서한다. 그 일은 선의에서 비롯된 잠깐의 어리석음이었고 실제로 해를 끼치지도 않았다. 공기와 빛이 깨끗한 쿰링에에서는 뭐든 해결될 수 있기에 그를 용서할 수 있다. 베리 세인트 에드먼즈 근처 나무꾼 오두막에서 나를 무척 좋아해주고 요리를 해주고 이끌어주는 나이든 남자와 함께 보낸 주말보다 내 삶이 더 낫고 단순했던 적이 있었던가?

지금 이 시각, 새벽 네시 반에도 전국적으로 톰의 사진이 실린 신문 뭉치가 기차와 화물차에서 플랫폼으로, 보도로 던져지고 있었다. 톰이 언론 협회에 보낸 성명이 모든 신문에 실렸을 것이다. 그렇다면 그의 운명은 화요일자 신문들에 좌우될 것이다. 나는 불을 켜고 가운을 걸친 뒤 의자에 앉았다. 보안국가의 추종자 T. H. 헤일리, 그는 시작하기도 전에 진실성을 잃게 될 것이고 그를 무너뜨린 사람은 바로 나, 아니, 우리, 세리나 프룸과 그녀의 고용자들이다. 첩보 예산에서 나온 돈을 받는 사람이 루마니아의 검열에 대해 쓴 글을 누가 신뢰하겠는가? 우리의 스위트 투스 총아는 망가졌다. 다른 작가 아홉 명이 어쩌면 더 중요하고 쓸모 있는 존재일지 모르며 의심받고 있지도 않다. 6층에서 이렇게 말하는 소리가 귀에 들리는 듯했다—스위트 투스 작전은 계속될 거야. 나는 이언 해밀턴이 뭐라고 할지 생각했다. 흥분상태의 불면으로 상상이 망막에서 활개쳤다. 어둠 속에서 돌아서는 그의 희미한 미소와 으쓱이는 어깨가 눈앞에 보이는 듯했다. 그럼 다른 작가를 찾아봐야겠군. 대단히 유감이야. 똑똑한 청년이었는데. 어쩌면 내가 과장해서 생각하고 있는지도 몰랐다. 스티븐 스펜더는 『인카운터』 스캔들에서 살아남았고 『인카운터』 역시 그랬다. 하지만 스티븐 스펜더는 톰처럼 공격에 노출되어 있지 않았다. 톰은 거짓말쟁이로 여겨질 것이다.

한 시간쯤 잤을까, 알람이 울렸다. 멍한 상태에서 씻고 옷을 입었다. 완전히 기진맥진해서 앞으로 맞이하게 될 하루를 생각할 기운도 없었다. 그런 와중에도 감각을 마비시키는 두려움이 느껴졌다. 아침 이 시간이면 집이 추울 뿐 아니라 습하기까지 했지만 부엌은 활기가 넘쳤다. 브리짓이 아홉시에 중요한 시험이 있어서 트리샤와 폴린이 아침을 챙겨먹이고 있었다. 그들 중 하나가 내게 찻잔을 건넸고, 한옆에 앉아 찻잔에 손을 녹이면서 그들의 농담을 듣고 있자니 나도 부동산법 변호사 준비를 하고 있었으면 좋겠다는 생각이 들었다. 폴린이 왜 그렇게 침울해 보이느냐고 물어서 나는 밤잠을 설쳤다고 솔직히 대답했다. 그러자 그녀가 어깨를 토닥여주고 달걀프라이와 베이컨을 넣은 샌드위치를 건넸다. 친절에 눈물이 날 것 같았다. 그들이 나갈 준비를 하는 동안 자청해서 설거지를 했는데 뜨거운 물, 거품, 김이 나는 깨끗한 접시들이 만들어내는 가정적인 질서 덕분에 마음이 편안해졌다.

내가 마지막으로 집에서 나갔다. 현관문으로 가는데 리놀륨 바닥에 흩어진 광고 우편물 사이에서 내게 온 엽서가 보였다. 안티과섬 해변과 꽃바구니를 머리에 인 여인의 사진이 실려 있었다. 제러미 모트가 보낸 것이었다.

안녕, 세리나. 에든버러의 긴 겨울에서 탈출했어. 드디어 코트를 벗다니 얼마나 기쁜지 몰라. 지난주에 신비의 밀회를 즐기며 네 얘기를 많이 했지! 언제 한번 놀러와. 키스를 담아 제러미가.

밀회? 수수께끼를 풀 기분이 아니었다. 엽서를 가방에 넣고 집을 나섰다. 일단 캠던 지하철역을 향해 빠르게 걷기 시작하자 기분이 조금 나아졌다. 어차피 운명이라 생각하며 용감해지려고 애썼다. 국지성 폭풍이고, 지원금 이야기일 뿐이다. 어쨌거나 내가 할 수 있는 일은 없었다. 연인과 직장을 잃을 수 있겠지만, 누가 죽거나 하는 일은 아니었다.

신문 뭉치를 든 모습으로 직장 사람들의 눈에 띄고 싶지 않아 캠던에서 신문을 훑어보기로 이미 마음먹은 뒤였다. 그래서 역사 중앙홀 쌍둥이 입구로 휘몰아쳐들어오는 차가운 돌풍을 맞으며 바람에 펄럭이는 신문 몇 부를 간신히 붙들고 서 있었다. 톰의 기사가 1면에 난 신문은 없었지만 모든 브로드시트*와 〈데일리 메일〉〈데일리 익스프레스〉 안쪽에 상이한 사진들과 함께 실려 있었다. 하나같이 원 기사의 재탕에 톰이 언론 협회에 보낸 성명서 내용을 덧붙인 형태였다. MI5에 아는 사람이 없다는 그의 주장은 어느 기사에나 들어 있었다. 좋지는 않았지만 더 나쁠 수도 있었다. 새로운 정보가 없으면 그 뉴스는 잠잠해질지도 모른다. 그래서 이십 분 후 커즌 스트리트를 내려가는 내 발걸음은

* 타블로이드와 대비되는 일반적 크기의 신문.

활기 비슷한 것을 띠었다. 오 분 후 사무실에 도착해서 책상에 놓인 내부 우편 봉투를 집어들 때도 심장박동은 거의 달라지지 않았다. 예상했던 대로 오전 아홉시 탭의 사무실에서 회의가 있으니 참석하라는 내용이었다. 나는 코트를 걸고 엘리베이터에 올랐다.

그들이 나를 기다리고 있었다—탭, 너팅, 6층에서 온 머리가 희끗희끗하고 얼굴이 쪼그라든 것처럼 보이는 남자, 그리고 맥스. 내가 그들의 침묵을 방해한 듯한 인상을 받았다. 그들은 커피를 마시고 있었지만 아무도 내게 권하지 않았고, 탭이 펼친 손으로 하나뿐인 빈 의자를 가리켰다. 앞쪽 낮은 테이블에 신문기사 스크랩 뭉치가 있었다. 그 옆에 톰의 소설이 한 권 놓여 있었다. 탭이 그걸 집어들고 한 장을 넘겨 읽었다. "세리나에게." 그는 책을 신문기사 스크랩 위로 던졌다.

"그래, 프룸 양, 왜 우리가 모든 신문에 난 거지?"

"제가 한 일이 아닙니다."

조용하고 회의적인 헛기침이 짧은 침묵을 메운 후 탭이 무심하게 말했다. "그렇군." 그리고 이렇게 물었다. "자네…… 이 남자 만나나?"

그는 동사를 음란하게 발음했다. 나는 고개를 끄덕였고, 주위를 둘러보다가 맥스와 시선이 마주쳤다. 이번에는 그가 내 눈을 피하지 않았고 나도 마지못해 마주보다가 탭이 다시 입을 열었을 때 시선을 돌렸다.

"언제부터?"

"10월입니다."

"런던에서 만나나?"

"대개 브라이턴에서요. 주말에. 그는 아무것도 모릅니다. 저를 의심하지 않아요."

"그렇군." 역시 덤덤한 어조였다.

"그리고 그가 안다고 해도, 신문에 제보하겠다는 생각을 할 리 없습니다."

그들은 나를 지켜보며 말이 이어지기를 기다렸다. 나는 스스로가 그들이 생각하는 것만큼 멍청하게 느껴지기 시작했다.

탭이 말했다. "자네가 심각한 곤경에 빠진 건 알겠나?"

적절한 질문이었다. 나는 고개를 끄덕였다.

"왜 그렇게 생각하는지 말해봐."

"여러분은 제가 입다물고 있지 못할 거라고 생각하니까요."

탭이 말했다. "우리가 자네의 프로 정신에 의혹을 품게 되었다고 할 수 있겠지."

피터 너팅이 무릎 위 서류철을 펼쳤다. "자넨 그를 선정하도록 추천하는 보고서를 맥스에게 올렸어."

"예."

"그 보고서를 쓸 때 이미 헤일리의 애인이었군."

"절대 아닙니다."

"그럼 그에게 끌리긴 했겠지."

"아닙니다. 나중 일입니다."

너팅은 고개를 돌려 내게 옆얼굴을 보인 채 나를 제 잇속만 차리는 인간으로 보이게 만들 다른 방법을 궁리했다. 마침내 그가 입을 열었다. "우린 긍정적이라는 자네 얘기를 듣고 그를 스위트 투스에 받아들였어."

내 기억으로는 그들이 내게 헤일리를 추천하고 그에 관한 서류 일체를 들려 내보냈다. 내가 말했다. "제가 헤일리를 만나보기도 전에 맥스가 제게 브라이턴으로 내려가서 그와 계약하라고 했습니다. 제 생각에 그때 우리 일이 예정보다 지체된 상황이었습니다." 나는 일을 지연시킨 게 바로 탭과 너팅이었다는 말도 할 수 있었다. 하지만 잠시 침묵하다가 덧붙였다. "하지만 그 결정이 제게 맡겨졌다면 저는 분명 그를 선택했을 겁니다."

맥스가 움직였다. "그건 사실입니다. 서류상으로 그가 적합하다고 생각했는데, 분명 잘못된 판단이었습니다. 우리는 급하게 소설가를 선정해야 했습니다. 하지만 내가 받은 인상으로는 프룸 양이 처음부터 그를 목표로 정했던 것 같습니다."

그가 나를 3인칭으로 칭하는 게 거슬렸다. 하지만 나도 방금 전 그에게 똑같이 했었다.

"그렇지 않아요." 내가 말했다. "저는 그의 단편들이 무척 마음에 들었고 그러다보니 그를 만났을 때 더 쉽게 호감이 생겼습니다."

너팅이 말했다. "큰 차이가 있는 것 같진 않군."

나는 애원조로 들리지 않으려고 애쓰며 말했다. "그는 뛰어난 작가입니다. 우리가 그를 후원하는 걸 자랑스러워하지 못할 이유를 모르겠어요. 공개적으로는 그렇다 쳐도."

"물론 우리는 그를 끊어내야 해." 탭이 말했다. "선택의 여지가 없어. 명단 전체가 곤란해질 수도 있어. 그 소설도 말이야, 콘월인지 어딘지—"

"순 헛소리지." 피터 너팅이 놀랍다는 듯 고개를 저으며 말했다. "문명이 자본주의의 내부 모순으로 붕괴되다니. 아주 기가 막힌다니까."

"나도 그 소설이 싫어요." 맥스가 고자질쟁이 학생처럼 열성적으로 말했다. "상을 받았다는 게 믿기지 않아요."

"지금은 다른 소설을 쓰고 있습니다." 내가 말했다. "아주 기대되는 작품 같아요."

"고맙지만 사양하지." 탭이 말했다. "그와는 끝이야."

쪼그라든 남자가 벌떡 일어나더니 초조한 한숨을 쉬며 문 쪽으로 갔다. "더이상 기사가 나는 건 원치 않아. 오늘 저녁 〈가디언〉 편집장을 만나기로 했어. 나머지는 자네들이 처리해. 내일 점심시간까지 내 책상에 보고서 올려놓고."

그가 나가자마자 너팅이 말했다. "자네에게 하는 말이네, 맥스. 우리한테도 참조로 보내주는 거 잊지 말고. 바로 시작하는 게 좋겠군. 해리, 우리는 평소대로 편집장들을 나눠 상대하지."

"보도금지 공문?"

"그러기엔 너무 늦었고 공연히 멍청해 보이기만 할 거야. 이제……"

이제는 내게 한 말이었지만, 우리는 맥스가 나가기를 기다렸다. 맥스는 문간에 이르자 몸을 빙글 돌려 뒷걸음질로 나가며 눈을 맞추려 했다. 그의 무표정에서 승리감 같은 걸 읽었으나 내가 잘못 본 것일 수도 있다.

우리는 복도를 따라 멀어지는 맥스의 발소리를 들었다. 이윽고 너팅이 말했다. "그의 약혼이 깨진 게 자네 탓이라는 소문이 있어. 어쩌면 자네가 오해를 바로잡을 수도 있겠지만. 자넨 얼굴이 예쁘다보니 대체적으로 지닌 값어치보다 문제가 더 크다고 할 수 있지."

대꾸할 말이 생각나지 않았다. 회의 내내 줄담배를 피우던 탭이 한 대 더 불을 붙였다. 그가 말했다. "우린 여자를 기용해야 한다는 유행에 편승한 주장과 많은 압력에 굴복했어. 결과는 거의 예상한 대로야."

이제 나는 잘릴 테고 잃을 게 아무것도 없다는 생각이 들었다. 내가 물었다. "저를 왜 뽑았나요?"

"나도 계속 그 질문을 곱씹고 있지." 탭이 유쾌하게 말했다.

"토니 캐닝 때문이었나요?"

"아 그래. 불쌍한 토니. 우린 그가 섬으로 떠나기 전 이틀 동안 안가에 데리고 있었어. 그를 다시는 볼 수 없다는 걸 알게 돼서, 관련된 모든 문제가 말끔하게 매듭지어졌는지 확인하고 싶었거든. 슬픈 일이었지. 마침 폭염이었어. 그는 거의 내내 코피를 흘렸지. 우리는 그가 무해하다는 판단을 내렸어."

너팅이 덧붙였다. "단순한 호기심에서 우리는 그에게 동기를 추궁했네. 그는 힘의 균형이니 어쩌니 헛소리를 늘어놓았지만 우리는 부에노스아이레스 정보원을 통해 이미 알고 있었어. 그는 협박당했어. 1950년, 그의 첫 결혼이 삼 개월째 접어들었을 때였지. 모스크바 센터에서 아주 매력적인 여자를 그에게 접근시켰어."

"그는 젊은 여자를 좋아했어." 탭이 말했다. "얘기가 나와서 말인데, 그가 자네에게 이걸 전해달라고 하더군."

그가 개봉된 봉투를 들어올렸다. "몇 달 전에 전해줬어야 했는데, 거기 암호를 심어뒀을지 모른다고 지하층 기술자들이 판단했거든."

나는 감정을 드러내지 않으려고 애쓰며 그에게서 봉투를 건네받아 핸드백에 쑤셔넣었다. 하지만 이미 낯익은 글씨체를 봤고 몸이 떨리기 시작했다.

탭이 그 모습을 눈여겨보며 덧붙였다. "맥스 말로는 자네가 작은 신문지 쪼가리 때문에 흥분했었다던데. 아마 내가 쓴 걸 거야. 내가 섬 이름을 적었거든. 토니가 그 근방 송어 낚시가 끝내준다고 해서."

무의미한 사실이 흩어져 사라지는 동안 침묵이 흘렀다.

이윽고 너팅이 말했다. "하지만 자네 말이 맞아. 우리는 그를 잘못 판단했을 경우에 대비해 자넬 뽑았네. 자넬 지켜봤지. 결과적으로, 자네가 불러일으킨 위험은 더 진부한 것이었어."

"그럼 저를 내보내겠군요."

너팅이 탭을 보았고 그가 담뱃갑을 건넸다. 너팅이 담배를 피우며 말했다. "그건 아냐. 자넨 근신이야. 더이상 말썽을 일으키지 않고 우리를 곤경에 빠뜨리지 않는다면 간신히 넘어갈 수도 있어. 내일 브라이턴으로 내려가 헤일리에게 지원금이 중단되었다고 말하게. 물론 재단 직원이라는 위장신분은 유지하고. 그 일을 어떻게 해낼지는 자네가 고민해. 자네가 그 형편없는 소설에 대한 진실을 그에게 말하든 말든 우린 신경 안 쓰네. 그리고 그와의 관계도 끝내고. 다시 말하는데, 방법은 자네 좋을 대로 해. 자넨 그에게서 사라져야 해. 혹여 자넬 찾아와도 단호하게 돌려보내야 해. 딴사람이 생겼다고 하게. 끝났다고. 알아들었나?"

그들이 대답을 기다렸다. 십대 시절 주교님이 내 근황에 대해 이야기하기 위해 서재로 부를 때 가끔 느꼈던 기분을 다시 맛보았다. 작고 버릇없는 아이가 된 기분.

나는 고개를 끄덕였다.

"말로 대답하게."

"제가 어떻게 하기를 원하시는지 알아들었습니다."

"맞네. 그리고?"

"그대로 하겠습니다."

"다시. 더 크게."

"예, 그렇게 하겠습니다."

탭이 일어나서 누르스름한 손으로 정중히 문을 가리키는 동안 너팅은 그대로 앉아 있었다.

나는 계단을 한 층 내려가서 복도를 따라 커즌 스트리트가 내려다보이는 층계참으로 갔다. 핸드백에서 봉투를 꺼내기 전에 어깨 너머를 돌아보았다. 한 장짜리 편지가 손을 많이 타서 꼬질꼬질했다.

1972년 9월 28일

내 사랑,

네가 지난주에 합격했다는 소식을 오늘 들었어. 축하한다. 무척 기쁘구나. 그 일은 네게 많은 성취와 기쁨을 가져다줄 테고, 난 네가 잘해내리라는 걸 알아.

너팅이 이 편지를 네게 전해주겠다고 약속했지만, 이런 일들이 어떻게 처리되는지 알기에 시간이 좀 지나야 네가 편지를 받아볼 수 있으리라는 생각이 든다. 그때쯤이면 네가 최악의 소식을 들었겠지. 넌 내가 왜 떠나야 했는지, 왜 홀로 남아야 했는지, 그리고 내가 왜 온 힘을 다해 너를 밀어내야 했는지 알게 될 거야. 너를 그 대피소에 남겨두고 차를 몰고 떠난 건 내 평생 가장 비열한 짓이었어. 하지만 진실을 말했더라면 네가 쿰링에까지 따라오는 걸 말릴 수 없었을 거야. 넌 씩씩한 여자니까. 안 된다는 말을 받아들이지 않았을 테지. 네가 죽어가는 나를 지켜보고 있다면 정말 싫었을 거야. 넌 슬픔의 구렁텅이로 빨려들어갔겠지. 이 병은 무자비해. 그런 걸 견디기에 넌 너무 젊어. 내가 고귀하고 이타적인 순교자라서가 아냐. 나는 혼자 더 잘해낼 수 있다고 확신해.

지금 옛 친구들을 만나기 위해 이틀 정도 머물고 있는 런던의 어느 집에서 이 편지를 쓰고 있어. 지금은 한밤중이고, 내일이면 떠나. 슬픔이 아니라, 이제 돌이킬 방법이 없다는 걸 알던 시기에 네가 삶에 불어넣어준 기쁨에 감사하는 마음을 품고 너를 떠나고 싶어. 너와 관계를 맺은 건 내가 나약하고 이기적인 인간이기 때문이었어—무자비하기까지 했지. 나를 용서해주기 바란다. 너도 나를 만나면서 얼마간 행복했다고 믿고 싶다. 어쩌면 직업까지도. 네가 살아가면서 하는 모든 일에 행운이 깃들기를. 네가 죽어가는 남자의 가슴에 너무도 큰 친절과 사랑을 안겨주었던 그 여름 주말을, 눈부시게 아름다웠던 숲속 피크닉을 네 기억의 작은 한구석에 간직해줬으면 좋겠구나.

고맙고, 고맙다, 내 사랑.

토니

나는 창밖을 내다보는 척하며 그 자리에 머물렀고 조금 울었다. 다행히 아무도 지나가지 않았다. 여자화장실에 가서 세수를 하고 아래층으로 내려가 일에 몰두하려고 애썼다. 우리가 맡은 아일랜드 파트는 소리 없는 혼란에 휩싸여 있었다. 자리로 돌아가자마자 채스 마운트가 자신이 아침에 쓴 중복되는 메모 세 개를 대조해서 타이핑하라고 했다. 셋을 하나로 합쳐야 했다. 헬륨의 실종에 관한 내용이었다. 그가 발각되어 총살당했다는 확인되지 않은 소문이 있었지만, 어젯밤 늦게 우리는 소문이 사실이 아님을 알게 되었다. 벨파스트 현장요원의 보고에 따르면, 헬륨이 약속된 장소에 오긴 했는데 관리자에게 자신은 빠진다고, 떠나겠다고, 양쪽 다 신물난다고 말하고 이 분 정도만에 나가버렸다. 우리 요원이 압력을 행사하거나 달랠 새도 없었다. 채스는 자신이 그 이유를 안다고 확신했다. 그의 메모는 6층 사람들에게 강력하게 항의하는 내용이었다.

비밀첩보원은 더이상 쓸모없다고 여겨지면 잔인하게 버려질 수도 있다. 정보기관 입장에서는 약속대로 그에게 새로운 신분과 가족과 함께 살 곳을 마련해주고 돈을 주며 보살피는 대신 적의 손에 죽게 하는 것이, 적어도 그렇게 보이도록 만드는 것이 편리할 때가 가끔 있다. 그게 더 안전하고, 깔끔하고, 비용도 싸고, 무엇보다 확실하다. 적어도 떠도는 소문은 그랬고, 국가민권위원회에서 진술한 비밀첩자 케네스 레넌의 사례는 상황에 도움이 되지 않았다. 그는 고용주인 특수부와 첩보 대상인 급진주의 아일랜드공화국군 사이에서 진퇴양난의 처지에 몰렸다. 그는 특수부가 그와의 관계를 끝내고 영국에서 그를 쫓고 있는 적에게 정보를 흘렸다는 사실을 알게 되었다고 말했다. 급진주의 아일랜드공화국군에게 처단되지 않으면 특수부에서 그 일을 할 터였다. 그는 국가민권위원회에 자신의 살날이 얼마 남지 않았다고 말했다. 이틀 후 그는 서리의 어느 개천에서 머리에 총을 세 발 맞은 시체로 발견되었다.

"가슴이 아파." 내가 초안을 읽어보라고 넘겨줄 때 채스가 말했다. "이 친구들은 모든 걸 거는데 우리는 그들을 잘라내고, 소문은 돌고. 그리고 우린 왜 다른 사람을 구할 수 없는지 의아해하지."

나는 점심시간에 파크 레인의 공중전화부스로 가서 톰에게 전화를 걸었다. 그에게 내일 가겠다고 알리고 싶었다. 톰은 전화를 받지 않았지만 그때는 별로 걱정되지 않았다. 저녁 일곱시에 전화로 신문기사에 대해 의논하기로 그와 약속이 되어 있었다. 그때 말하면 된다고 생각했다. 입맛도 없고 실내로 들어가고 싶지도 않아서 하이드파크를 우울하게 거닐었다. 3월이었지만 여전히 겨울 날씨였고, 수선화는 아직 꽃을 피울 기미가 보이지 않았다. 헐벗은 나무들의 뼈대가 흰 하늘을 배경으로 황량하게 보였다. 맥스와 함께 이곳에 오던 때를, 그리고 바로 저 나무 근처에서 그가 내게 키스하도록 만들었던 일을 생각했다. 어쩌면 너팅 말대로 나는 지닌 값어치보다 문제가 더 큰 사람인지도 모른다.

어느 집 문간에 멈춰 서서 토니의 편지를 꺼내 다시 한번 읽었고, 내용에 대해 생각해보려 했으나 다시 울음이 터졌다. 나는 곧 직장으로 돌아갔다.

나는 오후 내내 마운트의 메모 초안을 다시 썼다. 그가 점심식사를 하면서 공격의 수위를 낮추기로 마음먹은 것이다. 6층에서 아랫사람의 비판을 달가워하지 않을 것이며 앙심을 품을 수도 있음을 그도 아는 게 분명했다. 새 초안에는 '특정 관점에서는' '그동안 그 방식이 우리에게 유용했음을 인정하더라도 ……라는 주장이 있을 수 있으며' 같은 구절이 포함되었다. 최종안에서는 헬륨이나 비밀첩보원들의 죽음에 대한 언급을 빼고, 그들을 잘 대우해주고 임무가 끝났을 때 좋은 가명을 지어줘서 신규 모집이 더 용이해지도록 하자는 의견만 담았다. 여섯시가 다 되어서야 사무실에서 나와 흔들리는 엘리베이터를 타고 내려가, 이제는 내가 지나갈 때 노려보지 않는 무뚝뚝한 수위들에게 큰 소리로 인사했다.

톰과 연락하고, 토니의 편지를 다시 읽어야 했다. 마음이 너무 혼란스러워서 도저히 생각을 할 수가 없었다. 레컨필드 하우스에서 나와 그린파크 지하철역으로 가려는데, 길 건너편 나이트클럽 입구에 서 있는 코트 깃을 세우고 챙 넓은 모자를 쓴 사람이 보였다. 그 사람이 누군지 나는 정확히 알았다. 길가에 서서 차들이 지나가기를 기다렸다가 건너편을 향해 외쳤다. "셜리, 나 기다리는 거야?"

그녀가 급히 건너왔다. "여기서 삼십 분이나 기다렸어. 그 안에서 뭐하고 있었던 거야? 아니, 아니, 대답할 필요 없어."

그녀가 내 양쪽 뺨에 키스했다—새로운 보헤미안 스타일이었다. 부드러운 갈색 펠트 모자를 쓰고, 가늘어진 허리를 벨트로 꽉 조인 코트를 입고 있었다. 긴 얼굴에 주근깨가 우아하게 퍼져 있고 뼈대는 가느다랗고 광대뼈 아래가 섬세하게 살짝 꺼져 있었다. 대변신이었다. 그런 그녀를 보자 질투심에 사로잡혔던 기억이 떠올랐고, 그때 톰이 자신은 결백하다고 나를 설득하긴 했었지만 그녀에게 경계심을 품지 않을 수 없었다.

그녀가 내 팔을 잡고 길을 따라 이끌었다. "적어도 거긴 지금 문 열었을 거야. 가자. 너한테 할말이 너무 많아."

우리는 커즌 스트리트에서 벗어나 작은 펍이 있는 골목으로 들어갔다. 펍 내부는 벨벳과 황동으로 아늑하게 꾸며져 있었는데 과거의 셜리였다면 "허세 넘친다"고 무시했을 터였다.

우리가 반 파인트짜리 잔을 앞에 놓고 앉았을 때 그녀가 말했다. "우선 사과부터 할게. 그때 필러스에서는 너랑 얘기할 수가 없었어. 거기서 벗어나야 했어. 여럿이 있는 자리는 불편해서."

"아버지 일은 정말 안됐어."

내 애도에 북받치는 감정을 억누르느라 그녀의 목에 미세한 파문이 일었다.

"우리 가족에게 정말 끔찍한 일이었어. 다들 충격이 컸지."

"어떻게 된 거야?"

"아버지가 도로로 들어서면서 무슨 이유에선지 한눈을 팔다가 오토바이에 치였어. 가게 바로 앞에서. 그나마 다행인 건 즉사해서 아무것도 모르고 가신 거지."

나는 조의를 표했고, 그녀는 어머니가 긴장증을 보이고 끈끈했던 가족이 장례절차를 두고 해체 위기까지 가고 유서가 없어서 가게가 어떻게 되었는지에 대해 잠시 이야기했다. 축구선수인 오빠는 친구에게 가게를 넘기고 싶어했다. 하지만 지금은 가게문을 다시 열어 셜리가 운영중이고, 어머니도 침대에서 나와 말을 하게 되었다. 술을 한 잔씩 더 주문하러 바에 갔다가 자리로 돌아온 셜리는 목소리가 씩씩해졌다. 그 화제는 끝났다.

"톰 헤일리 기사 봤어. 한심한 짓거리야. 그 일이 너랑 관련있을 거라고 짐작했지."

나는 고개조차 끄덕이지 않았다.

"내가 그 일을 했더라면 좋았을걸. 그럼 그게 얼마나 나쁜 생각인지 그들에게 말해줬을 텐데."

나는 어깨를 으쓱하고 맥주를 마셨는데, 셜리에게 할말이 생각날 때까지 애매하게 술잔 뒤로 숨었던 듯하다.

"괜찮아. 더이상 캐묻지 않을게. 난 그저 이 말을 해서 네 머릿속에 한 가지 작은 생각을 심어주고 싶었던 것뿐이고, 지금 대답할 필요는 없어. 내가 지레짐작하는 걸 수도 있지만, 오늘 아침 신문기사로 봐서 넌 잘릴 가능성이 다분해. 내 생각이 틀렸다면 정말 좋은 일이고. 만일 내 생각이 맞다면, 그래서 네가 곤란해진다면 나한테 와서 내 밑에서, 아니 나와 함께 일해. 햇살 가득한 일퍼드를 알아가는 거야. 우린 재미나게 살 수 있어. 네가 지금 받는 봉급보다 두 배 이상 줄 수 있어. 침대에 관한 모든 걸 배워봐. 지금이 사업하기 좋은 시기는 아니지만 사람은 언제나 잠잘 곳이 필요하니까."

나는 그녀의 손에 손을 포갰다. "정말 고마워, 셜리. 일자리가 필요해지면 잘 생각해볼게."

"자선을 베푸는 게 아냐. 네가 사업이 어떻게 돌아가는지 배우면 나는 글쓰는 데 더 많은 시간을 할애할 수 있어. 있잖아, 내 소설을 두고 판권 경쟁이 붙었었어. 거액에 팔렸지. 이제 영화 판권도 팔렸어. 줄리 크리스티가 그 영화에 출연하고 싶어해."

"셜리! 축하해! 제목이 뭐야?"

"'물고문 의자.'"

아 그래. 물고문 의자에서 익사하면 마녀라는 혐의를 벗고, 살아남으면 마녀로 판명되어 화형에 처해진다. 어느 젊은 여자의 삶에 대한 은유였다. 내가 이상적인 독자일 거라고 셜리에게 말했다. 그 책 이야기가 오간 다음 화제는 곧 차기작으로 옮겨갔다. 18세기 영국 귀족과 그의 마음을 아프게 하는 빈민가 출신 여배우의 연애담이었다.

셜리가 말했다. "그럼 진짜로 톰이랑 사귀는 거네. 놀랍다. 이 복받은 아가씨야! 그도 복받은 남자고. 난 싸구려 통속소설 작가지만 그는 최고지. 그가 상을 받아서 기뻐. 하지만 그 괴상한 짧은 소설은 잘 모르겠어. 지금 상황은 힘들겠지만, 세리나, 그가 지원금이 어디서 나오는지 알고 있었다고 믿는 사람은 아무도 없을 거야."

"네가 그렇게 생각한다니 기뻐." 내가 말했다. 나는 셜리의 머리 너머 바 위쪽에 걸린 시계에서 눈을 떼지 않았다. 톰과 약속한 시간은 일곱시였다. 앞으로 오 분 안에 이곳에서 나가 조용한 공중전화부스를 찾아야 하는데, 그 일을 우아하게 해낼 에너지가 부족했다. 침대 이야기에 다시 피로감이 밀려들었던 것이다.

"이만 가봐야 해." 내가 맥주잔에 대고 웅얼거렸다.

"먼저 이 일이 어떻게 신문에 나게 됐는지 내 이론부터 들어봐."

나는 자리에서 일어나 코트를 집으려고 손을 뻗었다. "나중에 말해줘."

"그들이 나를 왜 쫓아냈는지 알고 싶지 않아? 네가 묻고 싶은 게 많을 줄 알았는데." 그녀가 내게 가까이 붙어서는 바람에 테이블 안쪽에서 나가는 길이 막혔다.

"지금은 말고, 셜리. 나 전화해야 해."

"그들이 왜 너한테 감시자들을 붙였는지 어쩌면 언젠가는 네가 말해주겠지. 난 친구를 염탐하는 짓은 그만하고 싶었어. 그런 짓에 동조한 스스로가 정말 부끄러웠지. 하지만 내가 잘린 이유는 그게 아냐. 그들이 너한테 메시지를 전하는 방법이었던 거지. 피해망상이라고 하지 마. 잘못된 고등학교, 잘못된 대학, 잘못된 말씨, 잘못된 태도. 다른 말로 하면, 전반적으로 부적격."

그녀는 나를 끌어당겨 포옹하더니 다시 양쪽 뺨에 키스했다. 그러고는 내 손에 명함을 쥐여주었다.

"침대를 따뜻하게 해놓고 기다릴게. 잘 생각해봐. 지배인이 되고, 체인을 시작하고, 제국을 건설하는 거야! 어서 가, 친구. 나가서 왼쪽으로 돌면 끝에 공중전화부스가 있어. 그에게 내 안부 전해줘."

나는 오 분 늦게 전화를 걸었다. 톰은 받지 않았다. 수화기를 내려놓고 서른까지 센 후 다시 걸었다. 그린파크 지하철역에서도 걸고 캠던에서도 걸었다. 집에 와서 코트를 입은 채로 침대에 앉아 토니의 편지를 다시 읽었다. 톰 때문에 걱정되지 않았더라면 얼마간 마음이 편안해지기 시작한 걸 알았을 것이다. 묵은 슬픔이 조금은 누그러졌다. 나는 적당한 때가 되기를 기다렸다가 캠던 로드 공중전화부스로 갔다. 그날 저녁 네 번이나 다녀왔다. 마지막으로 간 게 열한시 사십오분이었고 교환원에게 전화선에 문제가 없는지 확인해달라고 부탁했다. 세인트 어거스틴 로드에 돌아와 잠자리에 들 준비를 한 후 하마터면 다시 옷을 입고 마지막으로 한번 더 가볼 뻔했다. 그러다 그냥 어둠 속에 누워 상상하기조차 무서운 일에 생각이 미치지 못하도록 무해한 이유를 총동원했다. 당장 브라이턴으로 가볼까도 생각했다. 우유를 실어나르는 새벽 완행열차 같은 게 있지 않았나? 그런 열차는 진짜로 존재하고 새벽에는 런던 밖으로 나가는 게 아니라 런던으로 들어오지 않나? 그다음에는 푸아송 분포*를 생각해내서 최악의 가능성들에 대한 생각을 밀어냈다. 그가 전화를 받지 않는 빈도가 높아질수록 다음번에 전화를 받을 가능성은 낮아진다. 하지만 사람의 요인이 그 가설을 무너뜨렸다. 그가 어느 시점에는 집으로 돌아오게 되어 있으니까. 그런 생각이 들었을 때 나는 지난밤의 피로에 무너졌고, 여섯시 사십오분 알람이 울릴 때까지 세상모르고 잤다.

---

* 확률이 아주 낮은 사건의 발생 가능성을 나타내는 분포.

다음날 아침 캠던 지하철역까지 가서야 톰의 집 열쇠를 두고 온 걸 깨달았다. 그래서 역에서 그에게 다시 전화를 걸었고, 그가 자고 있을지도 모른다는 생각에 일 분 넘게 수화기를 들고 있다가 침울하게 세인트 어거스틴 로드로 되돌아갔다. 그나마 짐이 없어서 다행이었다. 하지만 톰이 브라이턴에 없다면 거기 가는 게 무슨 소용인가? 선택의 여지가 없다는 건 알고 있었다. 직접 내 눈으로 확인해야 했다. 만일 그가 거기 없다면 그를 찾는 일은 그 집에서 시작될 터였다. 나는 핸드백에서 열쇠를 찾아 다시 길을 나섰다.

삼십 분 후 나는 남쪽에서 온 교외열차에서 쏟아져나온 통근자의 물결을 거슬러 빅토리아역 중앙홀을 가로지르고 있었다. 그러다 우연히 오른쪽을 흘끗 보았는데 마침 인파가 갈라지면서 아주 황당무계한 게 눈에 들어왔다. 순간적으로 내 얼굴이 보였다가, 이내 인파의 갈라졌던 틈이 메워지면서 사라졌다. 나는 오른쪽으로 홱 돌아서서 빽빽한 인파를 헤치고 나가 스미스 신문 가판대까지 마지막 몇 미터를 뛰었다. 거기, 신문가판대에 내가 있었다. 〈데일리 익스프레스〉였다. 나와 톰이 팔짱을 끼고 서로에게 다정하게 고개를 기울이고서 카메라를 향해 걷고 있었고, 휠러스 레스토랑이 우리 뒤에 흐릿한 형체로 보였다. 사진 위에서 흉측한 블록체 대문자들이 외치고 있었다. 헤일리의 섹시 스파이. 나는 그 신문을 와락 잡아채 반으로 접은 후 계산하려고 줄을 섰다. 내 사진 옆에서 사람들 눈에 띄고 싶지는 않아서 신문을 들고 화장실로 갔다. 칸막이 문을 잠그고 기차를 놓칠 정도로 오래 앉아 있었다. 안쪽 면에 사진이 두 장 더 있었다. 하나는 톰과 내가 그의 집, "사랑의 보금자리"에서 나오는 모습을, 나머지 하나는 우리가 바닷가에서 키스하는 장면을 담고 있었다.

흥분과 격노에 차서 숨가쁘게 써내려간 기사였지만 진실의 요소가 포함되지 않은 내용은 거의 없었다. 나는 MI5에서 일하는 "비밀첩보원"으로 케임브리지를 졸업했고, 수학 "전공자"이며, 런던에 기반을 두고, 후한 지원금을 제공하기 위해 톰 헤일리와 접촉하는 임무를 맡았다고 소개되어 있었다. 자금 출처도 워드 언펜드뿐 아니라 자유국제재단까지 언급하며 막연하긴 하지만 제대로 밝히고 있었다. 톰의 성명서 내용 중에서 자신은 정보기관 구성원과 접촉한 적 없다는 부분은 굵은 활자로 강조되어 있었다. 내무장관 대변인 로이 젠킨스는 그 문제에 대해 "크게 우려할 일"이라며 오늘 관계자 대책회의가 있을 예정이라고 전했다. 야당 입장은 에드워드 히스가 몸소 밝혔는데, 만약 그 일이 사실이라면 정부가 "벌써 길을 잃었다"는 표시라고 말했다. 하지만 가장 중요한 점은 톰이 기자에게 자신은 "그 문제에 대해 할말이 없다"고 한 것이었다.

어제 일이었을 터였다. 그다음에 잠적한 게 분명했다. 그게 아니라면 그의 침묵을 어떻게 설명할 수 있겠는가? 나는 화장실 칸막이에서 나가 신문을 쓰레기통에 버리고 간신히 다음 기차에 올랐다. 최근의 브라이턴행은 금요일 저녁 어둠 속에서만 이루어졌었다. 그래서 맨 처음 제일 좋은 옷으로 빼입고 톰을 면담하기 위해 대학으로 찾아갔을 때를 제외하면 대낮에 서식스 윌드를 가로지른 적이 없었다. 이제 막 무성해지기 시작한 초봄의 산울타리와 벌거숭이 나무들의 매력을 보면서 또다시 내가 잘못된 삶을 살고 있다는 생각과 더불어 찾아오는 막연한 갈망과 좌절감에 시달렸다. 나 스스로 선택한 삶이 아니었다. 모든 게 우연이었다. 만일 제러미를 만나지 않았더라면, 그래서 토니를 만나지 않았더라면 이렇게 궁지에 빠져 생각하기조차 두려운 재앙을 향해 질주하고 있지 않았을 것이다. 유일한 위안이라면 토니의 작별인사였다. 슬프긴 해도 그 일은 잠재워졌고 마침내 나는 증표를 가지게 되었다. 그 여름은 나만의 환상이 아니라 함께 나눈 것이었다. 내게 그랬던 것만큼 그에게도 의미가 있었다. 죽어가던 그에게는 더 큰 의미가 있었다. 나는 우리 사이에 있었던 일에 대한 증거를 갖게 되었고 얼마간 위안을 얻었다.

나는 너팅과 탭의 명령에 복종해 톰과 헤어질 생각은 추호도 없었다. 우리 관계를 끝낼 특권은 톰에게 있었다. 오늘자 신문

헤드라인은 보안국에서의 내 시간이 끝났음을 의미했다. 그러니 명령 불복종이라고 볼 수도 없었다. 신문 헤드라인은 또한 톰이 나를 내치는 것 외에 방도가 없음을 의미했다. 차라리 톰이 집에 없어서 마지막 대면을 피할 수 있으면 좋겠다는 생각까지 들었다. 하지만 그러면 나는 고통에 빠질 테고 그건 견디기 힘든 일일 터였다. 망연자실한 채 그렇게 고민과 한 조각 위안 사이를 오가다보니, 어느새 기차가 종착역인 브라이턴의 격자구조 강철 동굴에서 덜컹거리다 멈춰 섰다.

기차역 뒤 언덕길을 오르며 나는 재갈매기들의 까악까악 울부짖음이 평소보다 훨씬 강력한 종지부를 찍으며 강조적 하강조를 이루는 게 찬송가의 예측 가능한 마지막 음조 같다고 생각했다. 소금기와 자동차 매연, 튀김의 풍미가 뒤섞인 공기가 근심 걱정 없던 주말들에 대한 향수를 불러일으켰다. 그 시절로 다시 돌아갈 수 있을 것 같지 않았다. 톰이 사는 건물 앞에 기자들이 있으리란 생각에 클리프턴 스트리트로 접어들면서 걸음을 늦췄다. 하지만 보도는 텅 비어 있었다. 건물 안으로 들어가서 꼭대기층을 향해 계단을 올라갔다. 팝 음악 소리와 아침식사 냄새가 흘러나오는 3층을 지났다. 나는 톰의 집 앞 층계참에서 망설이다가, 악마 같은 생각들을 쫓아버리기 위해 아무 일 없었던 듯 활기차게 문을 두드리고는, 기다렸다가, 더듬거리며 열쇠를 꽂아 처음에는 반대 방향으로 돌렸다가, 욕설을 웅얼거리고, 문을 밀어 활짝 열었다.

제일 먼저 눈에 띈 건 그의 신발이었다. 앞부리가 살짝 안쪽을 향하고, 한쪽 굽 옆면에 나뭇잎이 하나 붙어 있고, 끈이 바닥으로 늘어진 닳은 갈색 구두가 식탁 아래 놓여 있었다. 그것만 빼면 집안이 평소와 달리 말끔했다. 냄비와 그릇을 싹 치웠고, 책들도 깔끔하게 쌓여 있었다. 나는 욕실로 갔다. 마룻널이 삐걱거리는 익숙한 그 소리가 마치 흘러간 옛 노래 같았다. 내가 기억하는 몇 안 되는 영화의 자살 신 중에 피 묻은 수건을 목에 감은 시신이 사려 깊게도 욕조에 쓰러져 있는 장면이 있었다. 다행히 문이 열려 있어서 안에 들어가지 않고도 그가 거기 없다는 걸 알았다. 이제 남은 건 침실뿐이었다.

문이 닫혀 있었다. 나는 또 멍청하게 노크를 하고 기다렸다. 목소리가 들린 것 같았다. 그때 다시 목소리가 들렸다. 거리에서 올라온 소리거나 아랫집 라디오 소리였다. 내 맥박이 고동치는 소리도 들렸다. 문손잡이를 돌려 문을 열었지만 안으로 들어가기가 너무 두려워 그대로 서 있었다. 잘 정돈된 침대가 한눈에 들어왔고, 인도 사라사천 침대보도 제자리에 깔끔하게 덮여 있었다. 보통은 바닥에 뒤엉켜 있던 것이었다. 침실은 너무 작아서 달리 숨을 데가 없었다.

토할 것 같고 목이 타서 물을 마시려고 다시 부엌으로 갔다. 싱크대에서 물러나서야 식탁 위에 놓인 물건이 눈에 들어왔다. 구두에 정신이 팔려 보지 못했던 것이 틀림없다. 갈색 종이로 싼 다음 끈으로 묶은 꾸러미가 있고 그 위에 그의 필체로 내 이름을 쓴 흰 봉투가 놓여 있었다. 나는 먼저 물을 마시고 식탁에 앉아 봉투를 열어서 이틀 만에 두번째로 받은 편지를 읽기 시작했다.

22

세리나에게,

당신은 이 편지를 런던으로 돌아가는 기차에서 읽고 있을지도 모르지만, 내 짐작으로는 식탁에 앉아 있을 거야. 만일 그렇다면 집 상태에 대해 사과할게. 쓰레기를 치우고 바닥을 닦기 시작하면서 당신을 위해 하는 일이라고 확신했어—지난주 당신 이름을 임차인으로 올려놓았고, 이 집이 쓸모가 있을지도 모르니까. 하지만 막상 청소를 끝내고 둘러보니 여기서 함께했던 우리의 삶이 깨끗이 제거되고 좋았던 시간들이 모두 지워져 당신에게 이곳이 메마르게, 낯설게 보일지도 모른다는 생각이 들었어. 빈 샤블리 병이 든 마분지상자들이, 침대에서 함께 읽었던 신문 뭉치가 그립지는 않을까? 결국 나는 자신을 위해 청소를 했던 것 같아. 나는 이 에피소드를 끝내는 중이고, 정리정돈에는 얼마간 망각이 따르기 마련이니까. 일종의 절연이라고 할까. 또한 이 편지를 쓰기 전에 주변을 깨끗이 치워야 했고, 어쩌면 (내가 감히 당신에게 이런 말을 할 수 있을까?) 바닥을 박박 문질러 닦으며 당신을, 과거의 당신을 지워내고 있었는지도 모르지.

전화 안 받은 것도 미안해. 기자들을 피하고 있었거든. 당신도 피하고 있었어. 지금은 우리가 이야기를 나눌 때가 아닌 것 같아서. 이제 나는 당신을 잘 안다고 생각하고 당신이 내일 여기 올 거라고 확신해. 당신 옷가지는 한곳에 모아놓았어. 옷장 바닥에. 당신 물건을 정리할 때 내 마음이 어땠는지는 말하지 않겠지만, 마치 옛날 사진첩을 정리할 때처럼 시간이 많이 걸렸지. 난 너무도 여러 모습의 당신을 기억하고 있어. 당신이 휠러스에서 내게 몬티 홀 문제에 대해 설명해주려고 애쓰던 날 밤 입었던 검정 스웨이드 재킷이 옷장 바닥에 똘똘 뭉쳐 있는 걸 발견했지. 난 그 재킷을 접기 전에 무언가를 잘 간수해두는 마음으로 단추를 모두 채웠어. 확률은 여전히 이해를 못하겠어. 침대 밑에서 우리가 국립초상화미술관에서 만났을 때 당신이 입었던 오렌지색 짧은 주름치마도 찾았는데, 내 생각엔 이 모든 일이 시작되도록 불을 지핀 게 그 치마였어. 치마를 접어본 적이 없어서 쉽지 않더라고.

'접는다'는 단어를 타이핑하니 당신이 내 편지를 다 읽기도 전에 슬픔이나 분노나 죄책감에 젖어 편지를 도로 봉투에 넣을 수도 있겠다는 생각이 들어. 제발 그러지 마. 비난을 길게 늘어놓으려는 게 아니고 좋게 끝날 거니까. 적어도 특정한 면면에서는 그래. 나와 함께 있어줘. 당신이 여기 머물고 싶어지도록 난방도 켜놓고 왔어. 피곤하면 침대를 써도 돼. 시트도 깨끗해. 우리 과거의 모든 흔적은 기차역 건너편 빨래방에서 사라졌어. 빨래방에 세탁을 맡겼는데 그곳에서 일하는 친절한 부인이 1파운드를 더 받고 다림질까지 해줬어. 다림질된 시트, 고마운 줄 몰랐던 어린 시절의 특권이지. 하지만 내게는 빈 종이도 떠오르게 해. 크게 확대된 관능적인 빈 종이. 크리스마스 전, 다시는 소설을 쓸 수 없으리라고 확신하던 때 빈 종이는 내 머릿속에서 정말 거대했어. 톰 매쉴러에게 『평원』을 전달하고 나서 당신에게 글이 안 써진다고 토로했지. 당신은 다정하게 (하지만 헛되이) 격려해주었고. 그때 당신에게 그럴 만한 직업상의 이유가 있었다는 걸 이제는 알아. 12월의 대부분을 그 빈 종이를 바라보며 보냈지. 난 사랑에 빠졌다고 생각했지만 도저히 쓸 만한 아이디어가 떠오르지 않았어. 그러던 차에 기묘한 일이 일어났어. 누가 나를 만나러 온 거야.

크리스마스가 지나고 누나를 브리스틀의 호스텔에 데려다준 후였어. 로라 누나와 감정싸움을 한바탕한 후라 진이 다 빠져서 세븐오크스로 차를 몰고 돌아가는 지루한 여정이 달갑지 않았어. 그래서 평소보다 좀더 수동적이었던 것 같아. 차에 타려는데 낯선 사람이 접근했고, 난 경계심이 풀어진 상태였어. 거지나 사기꾼일 거라고 무심결에 단정해버리진 않았어. 그는 내 이름을 알았고 당신에 대해 중요한 할말이 있다고 했어. 해코지할 사람으로 보이진 않았고 호기심도 동해서, 커피를 사겠다는 그의 제안에 응했지. 지금쯤 당신도 그가 맥스 그레이토렉스라는 걸 짐작했겠지. 켄트에서부터, 어쩌면 그전 브라이턴에서부터 줄곧 나를 미행한 게 분명했어. 그에게 묻진 않았어. 당신에게 내 행적에 대해 거짓말한 거 인정할게. 나는 브리스틀에 남아 로라 누나와 시간을 보낸 게 아니야. 그날 오후 두어 시간 당신 동료의 이야기를 들었고, 호텔에서 이틀 밤을 묵었지.

그래서 우리는 어둡고 냄새가 지독하고 공중화장실 같은 타일이 깔린 50년대의 유적 안에 앉아 내가 평생 마셔봤던 커피 중 가장 맛없는 것을 마셨어. 그레이토렉스는 내게 일부만 말한 게 분명해. 먼저, 자기와 당신이 어디서 일하는지 말해주었어. 증거를 요구하자 여러 내부 문서를 꺼냈는데, 일부는 당신에 대해 언급한 것이었고, 나머지는 이름과 주소가 인쇄된 종이에 당신 필체로 쓴 문서였어. 그중 두 문서에는 당신 사진도 있었고. 그가 커다란 위험을 무릅쓰고 사무실에서 가지고 나온 거라고 했어. 그다음엔 스위트 투스 작전에 대해 자세히 설명해주었는데 다른 작가들 이름은 말하지 않았어. 그 계획에 소설가가 한 명 들어간 건 나중에 즉흥적으로 추가된 거라고 했지. 그는 문학에 열정이 있고 내 단편소설들과 기사들을 알고 좋아하며, 내가 명단에 있다는 말을 듣고 프로젝트에 대해 원칙적으로 반대하는 입장을 굳혔다고 했어. 그러면서 내가 정보기관의 지원금을 받고 있다는 사실이 알려지면 치욕에서 벗어나지 못할까봐 걱정된다더군. 그땐 몰랐지만, 나를 찾아온 동기에 대해선 전혀 솔직하지 않았지.

그다음엔 당신 이야기를 했어. 당신은 똑똑할—그는 '교활'이라는 단어를 썼어—뿐 아니라 아름다워서 브라이턴으로 내려가 계약을 성사시킬 적임자로 여겨졌다고 했지. 그의 스타일상 '미인계' 같은 천박한 표현을 쓰지는 않았지만 내게는 그런 의미로 들렸어. 화가 났고, 진실을 말해준 사람에게 화풀이를 하고 싶어져서 하마터면 그의 얼굴에 주먹을 날릴 뻔했어. 하지만 그도 대단한 사람이더군—내게 진실을 밝히는 걸 즐기고 있다는 티를 내지 않으려고 조심했거든. 사뭇 슬픈 어조였어. 자신으로서는 나와 관련된 추잡한 사건을 털어놓느니 짧은 연휴를 즐기는 편이 훨씬 나았을 거라고 은근히 내비쳤지. 자신의 미래와 직업, 심지어 자유까지 걸고 보안을 침해하는 행위를 하고 있다는 거였어. 솔직함, 문학, 품위를 소중히 여기기 때문에. 그가 한 말이야.

그는 당신의 위장신분, 재단, 정확한 액수와 그 밖의 모든 사항에 대해 말했어—자기 이야기에 대한 증거를 보강하려는 노력의 일환이었겠지. 그쯤 되자 의심의 여지가 없더군. 감정이 격해져서, 너무 열이 오르고 동요해서 밖으로 나가야 했어. 몇 분간 거리를 왔다갔다했지. 나는 분노를 넘어서 있었어. 증오라는 새롭고 어두운 영역에 이른 거지—당신과 나 자신, 그레이트렉스, 브리스틀 공습과 전후 개발업자들이 폭격당한 지역에 쌓아올린 소름끼치는 싸구려 건물들을 향한 분노. 당신이 내게 노골적으로나 암시적으로 거짓말을 하지 않은 날이 단 하루라도 있었을까 싶더군. 그 순간 판자로 막아놓은 어느 가게 입구에 대고 토하려고 했지만 실패했어. 뱃속에서 당신의 맛을 게워내려고 말이야. 나는 그레이트렉스의 이야기를 마저 듣기 위해 퀵 스낵스로 다시 들어갔어.

자리에 앉자 마음이 한결 차분해져서 제보자를 찬찬히 살펴볼 수 있었어. 그는 내 또래였지만 자신감 넘치는 귀족적인 태도가 엿보였고 온건한 공무원의 분위기도 언뜻 풍겼어. 어쩌면 나를 깔보는 투로 이야기하고 있었는지도 몰라. 그런 건 상관없었어. 살인지 뼈인지 모를 둔덕에 귀가 달린 모습이 꼭 외계인 같더군. 목이 가늘어서 목둘레가 한 사이즈는 큰 셔츠를 입은 비쩍 마른 남자라 당신이 한때 집착을 보일 정도로, 그래서 그의 약혼녀가 떠날 정도로 그를 사랑했다는 걸 알고 놀랐어. 당신이 좋아할 타입이라고는 전혀 생각 못했거든. 그에게 실연의 고통 때문에 나를 찾아온 거냐고 물었지. 아니라고 했어. 그 결혼을 했으면 끔찍했을 거고 어떤 면에서는 당신에게 고맙다면서.

우리는 다시 스위트 투스 이야기로 넘어갔어. 그는 정보기관에서 문화를 장려하고 올바른 지식인을 양성해내는 건 하등 이례적인 일이 아니라고 했어. 러시아도 그렇게 하는데 우리라고 왜 안 하겠느냐고. 이게 부드러운 냉전이라고. 토요일에 당신에게 했던 말을 그에게도 했지. 어째서 다른 정부 부처를 통해 공개적으로 돈을 주지 않느냐고. 왜 비밀작전을 하느냐고. 그레이토렉스는 한숨을 쉬고 나를 바라보며 딱하다는 듯 고개를 저었어. 어느 기관, 어느 조직이든 결국 자족적이고 경쟁적인 하나의 영지가 되어 자체 논리로 움직이며 생존과 영역 확대에 매진한다는 걸 알아야 한다더군. 화학 공정처럼 가차없고 맹목적이라고. MI6가 외무부의 비밀정보 부문을 장악하자 MI5에서는 자체 프로젝트를 원하게 되었다고. 둘 다 미국, CIA—수년간 유럽에서 누구도 다 알아차리지 못할 정도로 많은 문화에 돈을 대온—의 인정을 받고 싶어한다고.

그가 내 차까지 함께 가주었는데 그때는 비가 세차게 내리고 있었지. 우리는 작별에 별로 시간을 허비하지 않았어. 악수를 나누기 전에 그가 집 전화번호를 주더군. 그리고 그런 소식을 전하게 되어 유감이라고 말했어. 배신은 추악하며 누구도 당해선 안 된다고. 그러면서 내가 해결책을 찾기를 빌어주었어. 그가 떠나고 나는 손에 든 시동키를 늘어뜨린 채 차 안에 앉아 있었어. 세상이 끝난 것처럼 비가 퍼부었지. 그런 말을 들은 뒤 차를 몰 수도, 부모님을 만날 수도, 클리프턴 스트리트로 돌아올 수도 없었어. 당신과 함께 새해를 맞이하는 일도 포기했지. 지저분한 거리가 빗물에 씻겨나가는 풍경을 지켜보는 것 외에 다른 일을 하는 건 상상도 할 수 없었어. 한 시간 후 차를 몰고 우체국으로 가서 당신에게 전보를 보내고 호텔을 잡았어. 괜찮은 곳으로. 수상쩍은 돈일랑 흥청망청 써버리는 게 나을 것 같았거든. 나는 자기연민에 젖어 스카치 한 병을 방으로 시켰어. 잔에 스카치와 물을 2.5센티미터씩 부어 마시다보니 취하고 싶은 마음이 사라지더군. 그것도 오후 다섯시에는. 그렇다고 멀쩡한 정신으로 있기도 싫고. 원하는 게 아무것도 없었어. 망각조차도.

하지만 존재와 망각 외에 달리 머물 곳이 없었어. 그래서 실크처럼 보드라운 침대에 누워 당신을 생각하고, 기분이 더 고약해질 장면들을 되새겼어. 우리의 진지하고 서툴렀던 첫 섹스, 아주 근사했던 두번째 섹스, 그 모든 시, 생선, 얼음통, 단편소설들, 정치, 금요일 저녁의 재회, 장난기, 함께 한 목욕, 함께 잠든 일, 키스와 애무와 혀의 만남—당신은 보이는 그대로, 있는 그대로의 모습인 듯 꾸미는 재주가 어찌나 뛰어났던지. 나는 씁쓸하게, 냉소적으로 당신의 초고속 승진을 빌었어. 그다음엔 다른 걸 빌었지. 만일 그때 당신의 어여쁜 창백한 목이 내 무릎 위에 나타나고 내 손에 칼이 쥐어졌다면 나는 생각도 하지 않고 일을 저질렀을 거야. 그것이 이유다, 그것이 이유다, 내 영혼아.* 나와 달리 오셀로는 피를 보고 싶어하지 않았지. 심약한 자였어.

지금 떠나지 마, 세리나. 계속 읽어. 이 순간은 오래가지 않아. 난 분명 당신을 증오했고, 봉이 된 스스로를 증오했어. 돈이 솟아나는 샘이 당연히 제 것이고 브라이턴 바닷가에서 그의 팔을 잡고 함께 산책하는 아름다운 여인 또한 그렇다고 쉽게 믿어버린 교만한 봉. 오스틴상도 별로 놀라지 않고 정당하게 내 소유라고 받아들였지.

그래, 난 기둥이 네 개 달린 킹사이즈 침대, 중세 사냥 무늬가 있는 실크 침대보에 큰대자로 누워, 기억이 덤불에서 쏟아낼 수 있는 온갖 고통과 모욕을 뒤쫓았어. 휠러스에서 했던 긴 저녁식사, 높이 든 술잔의 부딪침, 문학, 어린 시절, 확률—그 모든 것이 한 구의 살진 시체로 합쳐져서 꼬치구이처럼 천천히 돌아갔

---

* 『오셀로』에서 데스데모나를 죽이기 전 오셀로의 독백.

지. 난 크리스마스 전을 돌아보고 있었어. 그때 처음으로 대화중에 둘이 함께하는 미래에 대한 암시를 주고받지 않았었나? 하지만 당신이 내게 정체를 밝히지 않았는데 우리에게 무슨 미래가 있었겠어? 당신은 끝이 어디일 거라고 생각한 거야? 물론 평생 나를 속일 작정은 아니었겠지. 그날 밤 여덟시에 마신 스카치는 다섯시에 마신 스카치보다 맛이 좋았어. 나는 물 없이 병의 3분의 1을 비우고 전화를 걸어 보르도 와인과 햄샌드위치를 시켰어. 룸서비스가 올 때까지 사십 분 내내 스카치를 마셨고. 하지만 술에 취해 고성을 질러대거나 방을 엉망으로 만들거나 짐승 같은 소리를 내거나 당신에게 욕을 퍼붓진 않았어. 대신 호텔 편지지에 당신에게 보낼 무자비한 편지를 써서 우표를 찾아 붙이고 봉투에 주소를 쓴 다음 코트 주머니에 넣었지. 와인 한 잔을 마시고 샌드위치를 하나 더 주문했고, 더이상 조리 있는 생각을 할 수 없는 상태가 되어 열시쯤 얌전히 잠들었어.

몇 시간 후 암흑 속에서 잠이 깼고—객실 커튼이 두꺼웠거든—괴롭진 않지만 완전한 기억상실 상태로 빠져들었어. 편안한 침대는 느껴졌지만 내가 누구고 여기가 어디인지 도통 알 수 없었어. 정신이 백지처럼 순수한 존재로 머물렀던 그 순간은 불과 몇 초였어. 필연적으로 서사가 천천히 스며들기 시작했는데, 가까운 세부사항이 먼저 도착했지—방, 호텔, 도시, 그레이토렉스, 당신. 그다음엔 내 인생의 더 큰 사실들—내 이름, 전반적인 상황. 바로 그때, 일어나 앉아서 침대 옆 전등스위치를 더듬어 찾는데 스위트 투스 사건이 완전히 다른 관점에서 보였어. 정신을 깨끗이 비우는 잠깐의 기억상실 덕분에 상식에 가닿게 된 거지. 그 사건은 비참한 배신과 개인적 재앙이기만 한 건 아니었어. 모욕감에 짓눌려 실체를 보지 못했던 거야—그 사건은 하나의 기회이자 선물이었어. 소설 없는 소설가인 내 앞에 행운이 맛있는 뼈다귀를, 유용한 이야기의 줄거리를 던져주었던 거지. 내 침대에 스파이가 누워 있어. 내 베개를 베고 내 귀에 입술을 대고서. 그녀는 진짜 목적을 숨기고 있고, 결정적으로, 내가 그 사실을 안다는 걸 몰라. 난 그녀에게 말할 생각이 없어. 그녀에게 진실을 들이대지 않을 거고 어떤 비난도, 최후의 말다툼도, 갈림길도 없을 거야. 아직은. 대신 침묵, 신중함, 끈기 있게 지켜보기, 집필이 있을 거야. 사건이 플롯을 결정할 거야. 등장인물들은 이미 만들어져 있고. 난 아무것도 지어내지 않고 기록만 할 거야. 당신이 일하는 걸 지켜볼 거야. 나도 스파이가 될 수 있어.

나는 침대에 꼿꼿이 앉아 마치 벽에서 걸어나오는 아버지의 유령을 지켜보는 사람처럼 입을 벌린 채 방 저편을 응시하고 있었어. 난 내가 쓰려는 소설을 봤어. 그 위험도 봤고. 지원금 출처를 다 알면서도 계속 돈을 받을 거야. 내가 알고 있다는 걸 그레이토렉스는 알아. 그것이 내게는 약점이 됐고 그에게는 나를 좌지우지할 힘을 줬지. 이 소설이 복수심에서 잉태되었느냐고? 글쎄, 그건 아니지만 당신이 나를 자유롭게 해주었어. 당신은 내게 스위트 투스의 일원이 되기를 원하는지 묻지 않았고, 나도 당신에게 내 소설 속 인물이 되기를 원하는지 묻지 않을 작정이야. 언젠가 이언 해밀턴에게 들은 이야기인데, 어느 작가 친구가 결혼생활의 내밀한 부분을 소설에 넣었다는 거야. 작가의 아내는 세세하게 재현된 그들의 성생활과 잠자리 정담을 보고 분노했지. 작가는 이혼당하고 그 일을 오래오래 후회했는데, 특히 그녀가 아주 부자였기 때문이었어. 내 경우 그런 문제는 없었어. 난 마음대로 할 수 있으니까. 하지만 입을 벌린 채 마냥 앉아 있을 순 없겠더라고. 서둘러 옷을 입고 공책을 찾아내 두 시간 만에 꽉 채웠어. 그저 내가 본 대로, 당신이 대학에 있는 내 연구실로 찾아온 순간부터 그레이토렉스와의 만남까지—그리고 그후의 일들을 이야기해야 했거든.

이튿날 아침, 목적이 생겨 신이 나서는 식사 전에 나가 친절한 신문판매대에서 연습장 세 권을 샀어. 브리스틀이 괜찮은 곳이라는 결론을 내렸지. 호텔방으로 돌아와 커피를 주문하고 작업에 돌입해 메모를 하고, 사건들을 배열하고, 맛보기로 한두 단락 써봤어. 그러다보니 첫 장의 거의 절반이 완성됐어. 오후 중반쯤 되자 불안해지기 시작했어. 두 시간 뒤, 써놓은 걸 읽어보고는 소리를 지르며 펜을 던지고 의자를 뒤로 넘어뜨리며 벌떡 일어났어. 젠장! 지루한 글이었어, 죽은 글이었다고. 마흔 쪽을 숫자 세기만큼이나 쉽게 썼지만 저항도, 어려움도, 반동도, 놀라움도, 풍부함도, 기이함도 없었어. 웅웅거림도, 비틀림도 없었지. 대신 내가 보고 듣고 말하고 행한 모든 일이 꼬투리에 든 콩처럼 일렬로 정렬되어 있었어. 단순히 표면적으로 서투르고 어설픈 게 아니었어. 아이디어 깊숙한 곳에 결함이 내재해 있었어. 아니, 그것도 지나치게 관대한 표현이야. 그 글은 한마디로 재미가 없었어.

나는 귀중한 선물을 망치고 있었고 구역질이 났어. 초저녁 어둠 속에서 도시를 돌아다니며 당신에게 그 편지를 부쳐야 하나 고민했어. 그러다 문제는 나라는 결론을 내렸어. 아무 생각 없이 나 자신을 영국 해학소설의 전형적 주인공—서투르지만 똑똑하다고 볼 수 있고, 소극적이고, 진지하며, 구구절절 설명되고, 절실하게 재미없는—인 양 가장해서 그린 거야. 내가 일에 골몰해서 16세기 시에 대해 생각하고 있을 때, 믿기 어려운 일이지만, 아름다운 여인이 연구실로 걸어들어와 지원금을 제안했다. 이 익살이라는 허울로 나는 무엇을 보호하고 있었을까? 아직 다루지 않은 그 모든 마음의 고통이겠지.

나는 클리프턴 현수교로 걸어갔어. 떨어질 곳을 미리 살피고 가늠해보는 자살 계획자들을 가끔 볼 수 있다는 곳이지. 다리를 건너다가 중간쯤 멈춰 서서 시커먼 협곡을 내려다봤어. 그리고 다시 우리의 두번째 섹스를 생각했지. 당신 방에서, 화이트 타워에 다녀온 다음날 아침에. 기억나? 나는 베개를 받치고 누워 있고—그 호사란—당신이 내 위에서 몸을 흔들었지. 환희의 춤. 그때 나를 내려다보던 당신의 얼굴에서는 쾌락과 진정한 애정의 시작밖에 읽을 수 없었어. 이제 난 그때 당신이 무엇을 알고 무엇을 감춰야 했는지 알게 되었고, 동시에 두 장소에 존재하는, 사랑을 하면서…… 보고를 올리는 당신이 되어보는 상상을 했지. 나라면 어떻게 거기 들어가고, 또 보고를 할 수 있을까? 바로 그거였어. 방법이 보였어. 아주 간단했지. 이 이야기는 내가 하면 안 되는 거였어. 당신이 해야 하는 거였어. 당신의 임무는 내게 보고하는 거고. 나는 내 몸을 빠져나와 당신에게로 들어가야 했어. 나는 변신해야 했고, 복장도착자가 되어 당신 치마와 하이힐에 당신의 속옷에 나를 욱여넣고, 당신의 반짝이는 흰색 핸드백을 메야 했어. 내 어깨에. 그리고 당신처럼 말하기 시작했지. 내가 당신을 충분히 잘 알고 있을까? 분명 아니었어. 내가 충분히 훌륭한 복화술사일까? 그걸 알아내는 방법은 하나뿐이었지. 일단 시작해보기. 주머니에서 당신에게 쓴 편지를 꺼내 갈기갈기 찢어서 에이번 협곡의 어둠 속에 흩뿌렸어. 그리고는 서둘러 다리 끝으로 돌아가서 택시를 잡아타고 호텔로 가서 새해 전날 밤과 다음날의 일부를 당신의 목소리로 다른 연습장을 채우는 데 보냈어. 그리고 늦게 체크아웃을 하고 차를 몰아 걱정하고 있는 부모님에게 돌아갔지.

크리스마스가 지나고 우리가 처음 만난 날 기억해? 1월 3일인가 4일이었을 거야. 우리의 금요일 저녁 중 하루였지. 내가 역으로 데리러 가겠다고 고집했던 거 당신도 알 거야. 어쩌면 당신도 평소와 다르다는 생각이 얼핏 스쳤을지 몰라. 연기를 잘할 자신이 없다보니 당신과 함께 있을 때 자연스럽게 행동하지 못해 들킬까봐 걱정되었어. 내가 다 알고 있다는 걸 말이야. 조용한 집보다는 혼잡한 플랫폼이 당신을 맞이하기가 더 쉬웠어. 하지만 기차가 들어오고 당신의 객차가 미끄러지듯 지나가면서 좌석 위 가방을 내리기 위해 너무도 예쁘게 팔을 뻗는 당신 모습이 보였을 때, 그리고 몇 초 후 우리가 격한 포옹을 했을 때, 당신을 향한 갈망이 너무 커서 연기를 할 필요도 없었어. 당신과 키스하면서 그 일을 쉽게 해내리란 걸 알았어. 난 당신을 원할 수 있었고, 지켜볼 수 있었어. 그 두 가지는 상호 배타적이지 않아. 사실 서로 충족시키는 관계지. 한 시간 후 우리가 사랑을 나눌 때 당신은 여전히 가면을 쓰고 있으면서도 너무나 다정하고 독창적으로 나에 대한 소유욕을 드러냈어—아주 간단하게 표현하면, 그래서 황홀했어. 하마터면 기절할 뻔했지. 그래서 당신이 다정하게 '돼지 여물 먹는 소리'라고 부르는 게 시작되었어. 타자기로 가서 그 순간을 당신의 관점으로 서술할 수 있다는 사실이 쾌감을 배가시켰어. 당신의 이중적 관점, 거기에는 당신이 나를 연인이자 스위트 투스의 도구로 여기는 것도 포함되어야 해. 내 과제는 당신 의식의 프리즘을 거쳐서 나 자신을 재구성하는 것이었어. 내가 자신을 좋게 평가했다면 당신이 나에 대해 좋은 말을 해주었기 때문이지. 이 순환적 개선으로 내 임무는 당신 임무보다 더 흥미로워졌어. 당신 상사들은 당신이 내 눈에 어떻게 비치는지 조사하라는 요구는 하지 않았으니까. 난 당신이 하는 일을 배우고, 기만이라는 천에 주름을 하나 더 추가해 그걸 개선시켰지. 그리고 거기에 얼마나 잘 적응했는지 몰라.

몇 시간 뒤 브라이턴 해변—정확한 지명은 호브지. 호브, 러브와 불완전 각운*을 이루지만 낭만적인 울림은 없는 단어군. 우리가 관계할 때 겨우 두번째로 내가 아래에 있었고, 축축한 자갈이 내 꼬리뼈를 차갑게 식혔지. 그 산책로를 지나는 경찰관이 있었다면 외설죄로 체포됐을걸. 경찰관에게 어떻게 우리 주변을 도는 저 평행 세계들을 설명할 수 있었겠어? 한 궤도에는 우리간

* 자음과 모음 중 하나만 일치하는 운.

의 상호 기만이 있지. 내 경우에는 새로운 것이고, 당신에게는 습관적인 것이며 어쩌면 중독적이고 필시 치명적일. 그리고 다른 궤도에는 황홀경을 뚫고 사랑으로 가는 우리의 애정이 있지. 우리는 마침내 찬란한 절정에 이르러 서로 비밀을 간직한 채 "사랑해"를 주고받았어. 나는 우리가 어떻게 그 일을 할 수 있는지 보았어. 나란히 붙은 밀폐된 구획들이 있고 한 칸의 축축한 악취가 다른 칸의 향기를 침범 못하게 하면서 살아가는 거야. 내가 그레이토렉스를 만난 후 우리의 섹스가 얼마나 격렬해졌는지 다시 언급하면, 당신은 「전당포 포르노」를 떠올리겠지. (지금은 그 말장난* 제목을 얼마나 후회하는지 몰라.) 바보 같은 남편은 자기 물건을 훔친 아내에게 강렬한 욕정을 품고, 아내의 기만을 알기에 더 짜릿한 쾌감을 느끼지. 그래, 그녀는 내가 당신의 존재를 알기도 전에 치른 예행연습이었던 거야. 그리고 그 공통된 근원이 나라는 건 부정하지 않을게. 하지만 내가 지금 염두에 두고 있는 건 다른 단편소설, 자신을 파괴할 여자를 사랑하게 되는 목사의 형제 이야기야. 당신은 그 작품을 좋아했지. 두번째 소설을 쓰도록 종용하는 유인원 애인의 환영에게 시달리는 작가는 어떨

---

* pornography의 porn 대신 전당포를 뜻하는 pawn을 붙여 pawnography라는 조어를 만든 것을 가리킨다.

까? 위조품, 복제품, 가짜에 불과한 것을 환상 속에서 진짜 사람이라 믿고 사랑하는 얼간이는?

하지만 부엌을 떠나지 마. 나와 함께 있어줘. 내 마음에서 신랄함을 몰아낼 수 있게 해줘. 이제 조사에 대해 이야기할게. 당신이 그 금요일 브라이턴에 오기 전, 난 서리 에검에 있는 맥스 그레이토렉스의 집에서 그를 두번째로 만났어. 그때도 그는 놀랍도록 솔직하게 스위트 투스 회의들, 당신과 그가 공원과 그의 사무실에서 가진 다양한 만남, 그가 세인트 어거스틴 로드로 밤늦게 당신을 찾아간 일, 그리고 당신들의 직장에 대해 상세히 알려주었지. 그렇게 더 많은 것을 알게 되자 혹시 그가 자기파괴적인 방식으로 네번째 남자가 되기를 갈망하는 건 아닌지, 당신의 토니 캐닝과 성적 경쟁을 벌이는 건 아닌지 의심이 들었어. 맥스는 스위트 투스가 너무도 급이 낮은 작전이라 문제될 게 거의 없다고 말했어. 난 그가 보안국을 떠나 다른 데로 옮길 결심을 굳힌 것 같다는 인상을 받았지. 이제는 그가 브리스틀에서 나를 만난 목적이 우리 관계를 깨기 위해서였다는 걸 셜리 실링에게 들어서 알아. 오로지 당신을 파괴하겠다는 일념으로 무분별한 행동을 한 거지. 내가 다시 만나자고 하자 그는 자신이 내게 기꺼이 주입한 분노에 찬 집착 때문이라고 생각했던 모양이야. 나중에 내가 아직 당신을 만나고 있다는 사실을 알고 놀라더군. 그는 당신이 도체스터에서 열리는 오스틴상 행사에 참석할 예정이라는 말을 듣고 분노했어. 그래서 언론계 연줄을 동원해서 우리를 매장한 거고. 나는 올해 그를 세 번 만났어. 그는 내게 대단히 많은 걸 줬고 정말 큰 도움이 되었어. 그래서 그를 혐오할 수밖에 없는 게 안타까워. 그는 캐닝 이야기도 해줬어. 그가 발트해로 죽으러 가기 전 안가에서 마지막 면담을 했던 것, 그가 코피를 흘려서 매트리스를 못 쓰게 만들고 그로 인해 당신이 끔찍한 상상을 하게 된 것. 그레이토렉스는 그 모든 걸 무척이나 재미있어 했어.

마지막으로 만났을 때 그가 당신의 옛 친구 셜리 실링의 주소를 줬어. 신문에서 그녀에 관한 기사를 본 적이 있는데, 똘똘한 에이전트 덕에 첫 소설의 출판권을 놓고 다섯 출판사가 경합을 벌였고 LA에서도 영화 판권을 사려는 곳이 줄을 잇고 있다는 내용이었지. 케임브리지 낭독회 때 그녀는 마틴 에이미스의 팔짱을 끼고 있었어. 난 그녀가 마음에 들었고, 그녀는 당신을 무척 좋아해. 당신과 함께 런던의 록 공연 펍을 순례한 이야기를 들려주더군. 당신이 무슨 일을 하는지 안다고 하니 함께 청소부로 위장했던 일과 당신을 염탐하라는 지시를 받았던 것도 얘기해줬고. 당신의 옛 친구 제러미 이야기도 해줘서 케임브리지에 갔을 때 그의 학교로 찾아가 에든버러 주소를 알아냈어. 캐닝 부인도 찾아갔어. 남편의 제자였다고 둘러댔지. 그녀는 정중했지만 별 다른 소득은 없었어. 그녀가 당신에 대해 전혀 모른다는 걸 당신이 알면 기뻐하겠지. 셜리가 서픽에 있는 캐닝의 오두막까지 차로 데려다주겠다고 했어. (그녀는 미치광이처럼 운전하더군.) 우리는 정원을 들여다보고 숲을 산책했지. 그곳을 떠날 때쯤엔 당신의 밀회, 비밀리에 진행된 교육 장면을 재현하기에 충분한 정보를 얻었다는 느낌이 들었어.

당신도 기억하겠지만 난 케임브리지에서 곧장 당신 동생과 그녀의 남자친구 루크를 만나러 갔어. 알다시피 난 약에 취해 멍해지는 걸 싫어하잖아. 정신이 쪼그라드는 느낌이라서. 따끔따끔 전기가 흐르는 듯한 자의식 과잉 상태가 나랑 맞지 않고, 즐거움도 못 느끼면서 단것을 찾게 되는 화학적 욕구도 마찬가지야. 하지만 루시와 어울리며 대화를 나누려면 그 방법뿐이었어. 그들의 집에서 우리 셋은 어두운 불빛 아래 바닥의 쿠션에 앉아 있었는데, 손으로 빚은 토기에서 향이 타고, 보이지 않는 스피커에서 흘러나오는 시타르* 연주의 라가**가 머리로 스며들었어. 마음을 정화시키는 차도 마셨지. 가여운 당신 동생은 언니에게 경외심

* 남아시아의 기타 비슷한 악기.

** 인도의 전통적인 선율로 이루어진 곡.

을 품고, 언니의 인정을 갈구하고 있었어. 내 생각에는 인정을 거의 못 받는 거 같았어. 어느 시점에 그녀가 쓸쓸히 말하더군. 당신이 더 똑똑하고 게다가 더 예쁘니 불공평하다고. 나는 그곳에 간 목적—당신의 어린 시절과 십대 시절에 대해 알아내는 것—을 달성했지. 해시시에 취해 몽롱한 정신으로 대부분은 잊어버렸을지도 모르지만. 그때 우리가 저녁으로 콜리플라워 치즈와 현미밥을 먹은 건 기억나.

일요일에 교회에서 당신 아버지 설교를 들으려고 그날 밤 그곳에서 묵었어. 당신 편지에 현관문 앞에서 아버지 품에 안겨 울음을 터뜨린 이야기가 있어서 호기심이 생겼거든. 먼발치로 그의 빛나는 모습을 보았지만 그날 그는 아무 말도 하지 않았어. 그들 자체로도 충분히 위엄 있는 아랫사람들이 미미한 신도 수에도 좌절하지 않고 굳건한 믿음의 활력으로 예배를 진행했지. 콧소리를 내는 남자가 설교를 했는데, 착한 사마리아인 우화에 대한 정확한 해석이었어. 교회 밖으로 나가는 길에 당신 아버지와 악수를 나누었지. 나를 눈여겨보면서 다시 올지 다정하게 묻더군. 그에게 어떻게 진실을 말할 수 있었겠어?

제러미에게는 당신의 친한 친구인데 에든버러를 지나게 되었다고 편지를 보냈어. 당신이 연락해보라고 했다면서. 당신이 거짓말을 개의치 않으리란 걸 알고 있었고, 또 내가 도박을 하고 있다는 것도 알았지. 그가 당신에게 내 이야기를 하면 위장이 탄로날 테니까. 이번에는 실질적인 진전을 보기 위해 술에 취해야 했어. 그러지 않고 무슨 수로 당신이 『?쿠이스?』에 글을 쓰게 된 경위에 대해 들을 수 있었겠어? 그가 좀처럼 오르가슴을 못 느꼈고 특이한 치골 때문에 수건을 접어서 대야 했다고 말해준 사람은 당신이었고. 제러미와 나는 16세기 역사와 문학이라는 공통 관심사가 있었고, 나는 그에게 토니 캐닝의 반역행위와 당신과의 불륜에 대해 말해줄 수 있었지. 충격을 받더군. 그래서 우리의 밤은 아름답게 질주했고, 올드 웨이벌리 호텔에서 계산서를 집어들 때도 돈이 아깝지 않은 것 같았지.

그런데 왜 내 조사에 대해 구구절절 써서 당신을 성가시게 하는 걸까? 첫째, 내가 이 일에 진지하게 임했다는 걸 알려주기 위해서지. 둘째, 내 주된 정보원은 누구보다도 당신이라는 걸 분명히 해두기 위해서고. 물론 나 스스로 본 모든 게 있지. 그리고 내가 1월에 돌아다니며 만난 몇몇 사람. 그러면 남는 건 체험의 섬이자 전체에서 아주 중요한 일부분으로, 그곳은 당신이 홀로, 당신의 생각들과 더불어 존재하고, 때때로 스스로에게도 보이지 않는 당신이 존재하는 곳이야. 이 영역에 관해서는 추정하거나 지어내는 수밖에 없었어.

예를 하나 들게. 당신도 나도 우리가 내 연구실에서 처음 만난 때를 잊지 못할 거야. 책상에 앉아 있던 나는 안으로 들어서는 당신의 예스러운 복숭아빛 도는 매끈한 피부와 여름의 파란색 눈을 보며 내 인생이 바뀔지도 모른다고 생각했지. 그 몇 분 전 당신이 속물적 혐오감—나중에 당신이 내게 '새 대학'이라는 발상에 대해 드러내던—에 차 팔머역에서 서식스 캠퍼스로 오는 모습을 상상해봤어. 금발에 매끈한 외모인 당신이 장발에 맨발인 학생들을 헤치며 당당하게 걸어오고 있었지. 내게 자기소개를 하고 거짓을 말하기 시작할 때까지도 당신 얼굴에서는 좀처럼 멸시가 가시지 않았어. 당신은 내게 케임브리지 시절에 대해 불평하며 멍청이가 된 기분이었다고 했지만, 당신의 대학을 최대한 옹호하고 내 대학을 업신여긴 거야. 내 생각일 뿐인지도 모르지만, 다시 생각해봐. 시끄러운 음악에 속지 말고. 난 내 대학이 당신 대학보다 더 야심차고 진지하고 즐겁다고 생각해. 아사 브리그스가 제창한 배움의 새 지도地圖의 산물로서, 탐험가로서 말하는 거야. 우리의 개별지도 수업은 요구하는 게 많았지. 삼 년 동안 매주 에세이를 두 편씩 제출해야 했고 봐주기가 없었으니까. 신입생 전원이 일반 문학수업을 듣고, 특히 역사기록학을 필수로 수강해야 했고, 내 경우 선택 과목으로 우주론, 미술, 국제관계학, 베르길리우스, 단테, 다윈, 오르테가 이 가세트…… 서식스는 당신이 겪었던 그런 침체를 허용하지 않았을 거고, 수학 외에 다른 건 아무것도 못하게 만들었을 거야. 왜 이런 이야기를 늘어놓느냐고? 당신이 속으로 말하는 소리가 들리거든. 그는 질투하고 있어. 판유리로 된 백화점 같은 자기 대학에 대해, 당구대 모양 잔디밭들과 벌꿀색 석회암 건물들이 있는 내 대학에 다니지 못해서 예민하게 굴고 있어. 하지만 당신 생각은 틀렸어. 내가 왜 제스로 툴의 곡이 흘러나오는 건물을 지나면서 당신이 입술을 삐죽거리도록 그렸는지, 내 눈으로 보지 못한 냉소를 그려놓았는지 당신에게 상기시켜주고 싶었을 뿐이야. 정보에 입각한 추측, 하나의 추론이지.

조사에 대해선 이쯤 해둘게. 내게는 금으로 된 얇은 판이라는 재료가 있고 그걸 망치로 두드려 멋진 모양을 만들 동기도 있었어. 그 일에 미친듯이 매달려 석 달 남짓한 기간에 십만 단어 이상을 썼지. 오스틴상은 그 흥분과 인정에도 불구하고 끔찍한 방해물처럼 여겨졌어. 나는 일주일에 칠일, 매일 천오백 단어씩 쓰기로 목표를 잡았지. 가끔 창의력이 고갈되면 거의 불가능한 일이었지만, 다른 때는 당신과 대화를 나누고 몇 분 후 글로 옮길 수 있어서 식은 죽 먹기였어. 가끔은 사건들이 나 대신 하나의 절節을 통째로 써주기도 했어.

최근 예를 들자면, 지난 토요일 당신이 장을 보러 갔다가 와서 내게 〈가디언〉 기사를 보여줬잖아. 나는 그레이토렉스가 게임의 수준을 한 단계 높여 일이 빨리 진행되리란 걸 알았어. 맨 앞줄에서 당신과 나의 기만을 관람하게 되었지. 당신이 이제 정체가 들통나서 비난받게 되었다고 생각하는 게 보였어. 난 당신을 너무 사랑해서 의심을 못하는 것처럼 행동했지—쉬운 일이었어. 당신이 언론 협회에 성명서를 보내자고 제안했을 때 그게 부질없는 짓임을 알았지만 못할 것도 없다고 생각했지. 그 이야기는 저절로 쓰였어. 게다가 재단의 돈을 포기할 때가 되기도 했지. 정보기관 사람은 아무도 모른다는 주장을 성명서에 넣는 걸 당신이 애써 만류할 때, 난 속으로 감동했어. 당신은 내가 얼마나 공격에 무너지기 쉬운지, 자신이 나를 얼마나 위태롭게 만들었는지 알았고, 자신도 고통 속에 있으면서 나를 보호하려고 했으니까. 그런데도 왜 그 내용을 넣었느냐고? 더 많은 이야기를 위해서! 거부할 수가 없었어. 또 당신에게 아무것도 모르는 것처럼 보이고 싶기도 했고. 나 자신에게 커다란 위해를 가하려 하고 있다는 걸 알았지. 하지만 상관없었어. 난 무분별하고 집착에 사로잡혀 있었고, 무슨 일이 일어나는지 보고 싶었어. 그게 종반전일 거라 생각했고 결국 그렇게 되었지. 당신이 침대에 누워 자신의 딜레마를 곱씹는 동안, 나는 당신이 시장 근처 카페에서 신문들을 보는 장면을 묘사하고 아직 기억이 생생할 때 우리 대화를 빼놓지 않고 기록했어. 우린 휠러스에서 점심을 먹고 와서 사랑을 나눴지. 당신은 잠들었고, 나는 다시 작업에 매달려 최근 시간들을 타이핑하고 수정했어. 초저녁에 침실로 들어가 당신을 깨워서 다시 사랑을 나눌 때, 당신은 내 성기를 잡고 당신 안으로 이끌며 속삭였어. "당신 정말 대단해." 당신이 개의치 않았으면 좋겠어. 그것도 소설에 넣었거든.

세리나, 우리의 쇠락해가는 연애에 해가 지고 있고 달도 별들도 마찬가지라는 걸 받아들여. 오늘 오후—당신에게는 어제가 되겠지—초인종이 울렸어. 내려가보니 〈데일리 익스프레스〉에서 나온 여자가 보도에 서 있더군. 그녀는 유쾌하고 솔직한 태도로 내일 신문에 어떤 기사가 실릴지, 내가 얼마나 거짓되고 탐욕스러운 사기꾼으로 비치게 될지 말해줬어. 자신이 쓴 기사 일부를 읽어주기까지 했지. 함께 실릴 사진들에 대해서도 설명해주고 내 말을 인용해도 되는지 정중하게 물었어. 난 할말이 없었지. 그녀가 돌아가자마자 그 내용을 썼어. 난 내일 〈익스프레스〉를 살 여건이 못 되겠지만, 오늘 오후 그 기자가 말해준 내용을 포함시키고 당신이 기차에서 그 기사를 읽게 할 거라서 문제되지 않았지. 그래, 다 끝났어. 그 기자 말로는 벌써 에드워드 히스와 로이 젠킨스도 입장을 냈다더군. 난 공개적 수치를 향해 가고 있어. 우리 모두가 그렇지. 나는 언론 협회에 보낸 성명서에서 거짓말을 한 것, 부적절한 출처의 돈을 받은 것, 사고의 독립성을 판 것에 대해 비난받을 거고 그런 비난을 받아 마땅해. 당신의 관리자들은 어리석게도 자신들의 영역이 아닌 곳에 끼어들었고, 정계 윗선을 곤혹스럽게 만들었어. 얼마 못 가 다른 스위트투스 수혜자들 명단도 밝혀지겠지. 조롱과 얼굴 붉힘, 한두 명의 해고가 이어질 테고. 당신의 경우 내일 신문이 나오면 살아남을 가망이 없어. 당신이 굉장히 아름답게 나온 사진들이 실린다고 들었어. 하지만 당신은 일자리를 찾으러 다니게 되겠지.

이제 곧 나는 당신에게 중요한 결정을 내려달라고 부탁하겠지만, 그전에 내가 제일 좋아하는 스파이 이야기를 들려주고 싶어. MI5도 관련되어 있어. MI6도. 1943년 일이고. 그땐 지금보다 싸움이 더 냉혹하고 중대했지. 그해 4월 영국 해군 장교의 부패한 시신이 안달루시아 해안으로 떠밀려왔어. 시신의 손목에 서류가방이 사슬로 묶여 있었는데, 그 안에 그리스와 사르디니아를 통한 남유럽 침공 계획 문서가 있었지. 그곳 당국 관계자들이 영국대사관 해군 무관에게 연락을 취했는데 그 해군 무관은 처음에는 시신이나 물건에 별로 관심이 없는 듯했어. 그러다 마음이 바뀌었는지 시신과 물건을 인계받으려고 미친듯이 뛰어다녔어. 하지만 너무 늦었지. 스페인은 2차세계대전에서 중립국이었지만 대체로 나치에 더 호의적이었거든. 독일 정보기관에서 그 사실을 눈치챘고, 서류가방은 베를린으로 보내졌지. 독일군 최고사

령부에서 가방의 내용물을 검토해 연합군의 의도를 알아내고 그에 따라 방어전략을 수정했어. 그러나 당신도 아마 『존재한 적 없는 사나이』를 통해 알겠지만, 그 시신과 계획은 가짜였어. 영국 정보기관이 파놓은 함정이었지. 사실 그 장교는 시체안치소에 있던 웨일스인 부랑자였는데, 가상의 신분에 걸맞게 세세한 부분까지 신경써서 철저히 변장시키고, 연애편지들과 런던의 공연 티켓으로 위장을 완성했지. 연합군의 남유럽 침공은 더 뻔한 루트인 시칠리아를 통해 이루어졌고, 그곳은 방어가 허술했어. 히틀러의 군단 일부는 엉뚱한 길목을 지키고 있었던 거야.

민스미트 작전은 수십 가지는 되는 전시 기만작전 중 하나였지만, 내 생각에 그 작전의 특별한 걸출함과 성공은 시작의 방식에서 나온 것 같아. 아이디어의 출처는 1937년 출간된 소설 『여성용 모자 상인의 모자 미스터리』였어. 그 에피소드를 발견한 젊은 해군 지휘관은 나중에 유명 소설가가 되지. 그의 이름은 이언 플레밍이었고, 그가 다른 계략들과 함께 그 아이디어를 써놓은 메모가 탐정소설을 쓰는 옥스퍼드 교수가 의장으로 있는 비밀위원회 앞에 놓였어. 소설적 솜씨로 시신에 신분과 배경, 그럴듯한 인생이 주어졌지. 스페인에서 익사한 장교 시신의 인계 작전을 조직한 해군 무관도 소설가였어. 시詩는 아무 일도 일으키지 않는다고 누가 그래? 민스미트 작전이 성공한 건 창의력이, 상상력이 정보기관을 이끌었기 때문이야. 참담한 비교를 하자면, 쇠퇴의 선구자 스위트 투스는 그 절차를 거꾸로 뒤집어 정보기관이 창의력에 간섭하려고 하는 바람에 실패한 거야. 우리의 시대는 삼십 년 전이었어. 우리는 쇠퇴하고 있고, 거인들의 그림자 속에서 살고 있지. 당신과 당신 동료들은 처음부터 그 프로젝트가 썩었고 실패할 운명이라는 걸 알았지만 관료주의적인 동기에 따라 움직이며 위에서 내려온 지시라는 이유로 그냥 진행했던 거야. 당신네 피터 너팅은 예술위원회 회장 앵거스 윌슨의 말을 새겨들었어야 했어. 그는 전시 정보기관과 관련있는 소설가지.

당신 앞에 놓인 꾸러미의 원고를 쓰게 만든 건 분노가 아니었다고 말했었지. 하지만 늘 앙갚음의 요소는 있었어. 우리 둘 다 서로에 대해 보고했지. 당신은 내게 거짓말을 했고, 나는 당신을 염탐했어. 그건 달콤했고, 당신이 자초한 일이라고 생각했어. 그 일을 책에 담아 마무리짓고 당신에게 편지로 다 털어놓은 후 훌가분하게 작별인사를 할 수 있을 거라고 진심으로 믿었고. 하지만 과정의 필연성을 고려하지 못했어. 나는 케임브리지에 가서 당신처럼 형편없는 학점을 받고, 서픽 오두막에서 늙은 두꺼비 같은 남자와 사랑을 나누고, 캠던의 단칸방에 세들어 살고, 사별을 겪고, 출근하기 위해 머리를 감고 치마를 다리고 아침 지하철을 타고, 당신을 부모와 연결해주고 아버지 품에서 울게 만드는 유대감뿐 아니라 독립 욕구까지 체험해야 했어. 당신의 외로움, 당신의 불확신, 윗사람들에게 인정받고 싶은 욕구, 자매애 부족, 사소한 속물적 충동, 무지와 허영, 최소한의 사회적 양심, 자기연민의 순간들을 맛봐야 했고, 대부분의 사안에서 통설을 따르는 면을 내재해야 했지. 그리고 당신의 똑똑함, 아름다움과 다정함, 섹스와 재미에 대한 사랑, 짓궂은 유머감각, 상냥한 보호본능을 무시하지 않으면서 그 모든 걸 하는 거야. 당신 안에 살면서 나는 스스로를 분명히 보게 되었어. 내 물질적 탐욕과 지위에 대한 갈망, 자폐에 가까운 외골수 성향. 그리고 섹스에 대한, 옷에 대한, 무엇보다 미학에 대한 터무니없는 허영심—그게 아니라면 왜 끝없이 이어지는 이야기에 당신을 붙잡아두고, 왜 마음에 드는 구절들을 고딕체로 쓰겠어? 종이 위에 당신을 재창조하기 위해 당신이 되고 당신을 이해해야 했고(그게 소설이 요구하는 것이지), 그 과정에서 불가피한 일이 일어났어. 당신 안으로 들어갈 때 결과를 짐작했어야 했어. 난 여전히 당신을 사랑해. 아니, 그게 아니지. 당신을 더 사랑하게 되었어.

당신은 우리가 기만에 너무 깊이 빠졌다고, 서로에게 평생 지울 수 없을 만큼 많은 거짓말을 했다고, 우리의 기만과 굴욕이 각자의 길을 갈 이유들을 배가시켰다고 생각할지도 모르겠어. 나는 그것들이 상쇄되었고, 우리가 서로를 놓아주기에는 상호 감시 속에 너무 심하게 뒤엉켜버렸다고 생각하고 싶어. 이제 난 당신을 지켜보는 일을 하고 있어. 당신도 내게 똑같이 해주고 싶지 않아? 지금 난 사랑의 선언과 청혼을 향해 나아가고 있어. 예전에 당신이 소설은 모름지기 '나와 결혼해줘'로 끝나야 한다는 구닥다리 의견을 밝히지 않았어? 식탁에 놓인 이 책을 언젠가 당신 허락하에 출간하고 싶어. 해명서라고 하기는 어렵고 우리 둘에 대한 고발서로 분명 우리를 더 단단하게 묶어줄 거야. 하지만 장애물들이 있지. 당신이나 셜리, 심지어 그레이토렉스 씨조차 철창신세를 지게 하고 싶지 않으니 공직자 비밀엄수법에서 자유로운 21세기가 훌쩍 넘을 때까지 기다려야 한다는 거야. 내가 당신의 고독에 대해 추정해서 쓴 것들을 당신이 바로잡아주고, 당신의 기밀업무의 나머지 부분들과 당신과 맥스 사이에 실제로 무슨 일이 있었는지에 대해 말해주고, 이런 회고의 삽입구들을 끼워넣기에 수십 년은 충분한 시간이지. 당시에는, 그때는, 그런 시절이라…… 아니면 '이제 거울이 다른 말을 하니, 나도 이 말을 하고 지나갈 수 있다. 나는 진짜로 예뻤다.' 너무 잔인하다고? 걱정할 필요 없어. 당신 허락 없이는 아무것도 보태지 않을 테니까. 우리는 출판을 서두르지 않을 거야.

내가 영원히 공개적 경멸의 대상으로 남지는 않겠지만 시간이 걸리겠지. 적어도 세상과 나는 지금 의견의 일치를 보았어—나는 자립을 위한 수입원이 필요해. 유니버시티 칼리지 런던에 자리가 하나 났어. 스펜서 전문가를 원한다는데 내가 유력한 후보자라고 들었어. 가르치는 일이 글을 쓰는 데 꼭 방해가 되는 건 아니라는 확신이 좀더 생겼어. 그리고 셜리가 당신만 좋다면 런던에 당신 일자리를 마련해줄 수 있다고 했어.

오늘밤 난 파리행 비행기를 탈 거야. 학교 친구가 며칠 방 하나를 내줄 수 있다고 해서 함께 지내려고. 상황이 진정되면, 내가 신문 헤드라인에서 사라지면 바로 돌아올 거야. 당신의 대답이 결단코 거절이라면, 그래, 난 복사본을 만들어놓지 않았고 이 원본뿐이니까 그냥 불속에 던져버리면 돼. 당신이 여전히 나를 사랑하고 나를 받아들여준다면 우리의 공동작업이 시작되는 것이고, 이 편지는 당신의 동의하에 스위트 투스의 마지막 장이 될 거야.

사랑하는 세리나, 당신 결정에 달렸어.

감사의 말

프랜시스 스토너 손더스의 책『누가 자금을 댔는가? CIA와 문화 냉전』, 폴 래시마와 올리버 제임스의『영국의 은밀한 프로파간다 전쟁: 1948~1977』, 휴 윌퍼드의『CIA와 영국 좌파와 냉전: 결정권을 가졌는가?』에 특별히 감사를 전한다. 다음 책들 또한 크나큰 도움이 되었다. 캐럴 브라이트먼의『위험한 글쓰기: 메리 매카시와 그녀의 세상』, R. N. 커루 헌트의『공산주의의 이론과 실천』, 벤 매킨타이어의『민스미트 작전』, 제프리 로버트슨의『꺼리는 유다』, 스텔라 리밍턴의『MI5 전前 국장 자서전』, 크리스토퍼 앤드루의『왕국의 방위: MI5의 공인된 역사』, 토머스 헤네시와 클레어 토머스의『스파이들: MI5 야사』, 피터 라이트의『스파이 잡는 사람: 고위 정보요원의 솔직한 자서전』, 도미닉

샌드브룩의 『비상사태: 그때 그 시절: 영국, 1970~1974』, 앤디 베케트의 『불이 나갔을 때: 1970년대 영국』, 알윈 W. 터너의 『위기? 무슨 위기? 1970년대 영국』, 프랜시스 휜의 『정말이지 이상한 나날』.

사려 깊은 의견을 준 팀 가턴 애시, 매혹적인 회고담을 들려준 데이비드 콘웰, 몬티 홀 문제를 해결해준 그레임 미치슨과 칼 프리스턴, 알렉스 보울러, 그리고 늘 그랬듯이 애나레나 매카피에게 감사를 전한다.

이 책에 쏟아진 찬사

사랑 이야기이자 스파이 소설이면서 문학 그 자체에 대한 작품.

파이낸셜 타임스

러시아 인형과도 같은 여러 겹의 층위를 갖춘 작품. 통렬한 감정적 매력이 있다.

옵서버

독자들이 매큐언에게 기대하는 모든 장점이 들어 있다. 구석구석 스며 있는 지성, 넓고도 깊은 지식, 우아한 문체, 절묘한 재미와 기분좋은 놀라움의 요소까지.

워싱턴 포스트

매우 스타일리시하며 매큐언 자신이 가장 잘 드러난 작품.

데일리 비스트

매큐언은 이 작품에서 놀라운 일을 해냈다. 서스펜스 넘치는 플롯과 등장인물이 이끌어가는 이 작품은 예상치 못한 포스트모더니즘적인 전개로 치닫는다. 제인 오스틴과 존 르 카레와 존 바스가 한데 모여 있는 듯한 소설.

보스턴 글로브

매큐언의 서명과도 같은 분명한 문체로 쓰인 대단히 훌륭한 소설. 브라보!

버펄로 뉴스

픽션과 현실의 관계를 거장의 솜씨로 처리한 교묘하고도 달콤하게 전복적인 소설.

커커스 리뷰

꾸밈없이 정확한 문체로 런던 캠던의 초라한 아파트, 주 3일제, 아일랜드 공화국군의 잔혹행위를 묘사한다. 그가 그려내는 여성의 페르소나 또한 완벽하다.

데일리 메일

냉전 시대 스릴러 소설의 장치를 이용, 서스펜스를 배가시킨다. 잘 짜인 구성 덕에 읽기가 즐거운 작품. 매끄러운 문체와 지성이 크림처럼 미끄러져나간다.

인디펜던트

사랑과 배신, 그리고 반反 스파이 활동에 대한 재치 있는 스릴러. 궁극적으로는 창작과 삶에 대한 작품이다.

텔레그래프

매큐언의 팬들은 결코 실망하지 않을 것이다. 매큐언을 처음 읽는 사람들은 정점의 작품으로 그를 접하게 될 것이다.

글로브 앤드 메일

지은이 **이언 매큐언**

1948년 영국 서리 지방 알더샷 출생. 1970년 서식스대학교 영문학부를 졸업한 후 이스트 앵글리아대학교에서 문학 석사 학위를 받았다. 1975년 『첫사랑, 마지막 의식』으로 데뷔했고, 이 책으로 서머싯 몸 상을 수상했다. 1998년 『암스테르담』으로 부커상을, 2001년 출간한 『속죄』로 LA 타임스 도서상, 전미비평가협회상 등을 수상했다. 2000년 영국 왕실로부터 커맨더 작위를 받았고, 2011년 예루살렘상을 수상했으며, 2020년 괴테문화원에서 수여하는 괴테 메달을 받았다.

옮긴이 **민승남**

서울대학교 영어영문학과를 졸업하고 현재 전문 번역가로 활동중이다. 옮긴 책으로 『시핑 뉴스』 『솔라』 『넛셸』 『사실들』 『빌리 린의 전쟁 같은 휴가』 『상승』 『사이더 하우스』 『밤으로의 긴 여로』 『알렉산드로스 대왕』 『멀베이니 가족』 『동물 애호가를 위한 잔혹한 책』 『파운틴 헤드』 『빨강의 자서전』 『켈리 갱의 진짜 이야기』 등이 있다.

문학동네 세계문학

스위트 투스

1판 1쇄 2020년 9월 29일 | 1판 2쇄 2020년 11월 4일

지은이 이언 매큐언 | 옮긴이 민승남 | 펴낸이 염현숙
책임편집 손예린 | 편집 홍지은 황문정
디자인 김이정 최미영 | 저작권 한문숙 김지영 이영은
마케팅 정민호 정진아 함유지 김혜연 김수현
홍보 김희숙 김상만 지문희 김현지
제작 강신은 김동욱 임현식 | 제작처 한영문화사(인쇄) 신안제책사(제본)

펴낸곳 (주)문학동네
출판등록 1993년 10월 22일 제406-2003-000045호
주소 10881 경기도 파주시 회동길 210
전자우편 editor@munhak.com | 대표전화 031) 955-8888 | 팩스 031) 955-8855
문의전화 031) 955-8896(마케팅) 031) 955-2654(편집)
문학동네카페 http://cafe.naver.com/mhdn | 트위터 @munhakdongne
북클럽문학동네 http://bookclubmunhak.com

ISBN 978-89-546-7499-7 03840

www.munhak.com